Clive Cussler
& Graham Brown

GEFÄHRLICHE ALLIANZ

Autoren

Seit er 1973 seinen ersten Helden Dirk Pitt erfand, ist jeder Roman von Clive Cussler ein »New-York-Times«-Bestseller. Auch auf der deutschen SPIEGEL-Bestsellerliste ist jeder seiner Romane vertreten. 1979 gründete er die reale NUMA, um das maritime Erbe durch die Entdeckung, Erforschung und Konservierung von Schiffswracks zu bewahren. Er lebt in der Wüste von Arizona und in den Bergen Colorados.

Der leidenschaftliche Pilot Graham Brown hält Abschlüsse in Aeronautik und Rechtswissenschaften. In den USA gilt er bereits als der neue Shootingstar des intelligenten Thrillers in der Tradition von Michael Crichton. Wie keinem zweiten Autor gelingt es Graham Brown verblüffende wissenschaftliche Aspekte mit rasanter Nonstop-Action zu einem unwiderstehlichen Hochspannungscocktail zu vermischen.

Die Kurt-Austin-Romane bei Blanvalet

1. Tödliche Beute
2. Brennendes Wasser
3. Das Todeswrack
4. Killeralgen
5. Packeis
6. Höllenschlund
7. Flammendes Eis
8. Eiskalte Brandung
9. Teufelstor
10. Höllensturm
11. Codename Tartarus
12. Todeshandel
13. Das Osiris-Komplott
14. Projekt Nighthawk
15. Die zweite Sintflut
16. Das Jericho-Programm
17. Geheimfracht Pharao
18. Die Antarktis-Verschwörung
19. Gefährliche Allianz

Weitere Bände in Vorbereitung

Clive Cussler
& Graham Brown

GEFÄHRLICHE ALLIANZ

Ein Kurt-Austin-Roman

Aus dem Englischen
von Michael Kubiak

blanvalet

Die englische Originalausgabe erschien unter dem Titel
»Dark Vector (Kurt Austin 19)« bei Putnam, New York.

Sollte diese Publikation Links auf Webseiten Dritter enthalten,
so übernehmen wir für deren Inhalte keine Haftung,
da wir uns diese nicht zu eigen machen, sondern lediglich auf deren
Stand zum Zeitpunkt der Erstveröffentlichung verweisen.

MIX
Papier | Fördert gute Waldnutzung
FSC® C014496
FSC www.fsc.org

Klimaneutral*
Druckprodukt
ClimatePartner.com/14044-1912-1001

Penguin Random House Verlagsgruppe FSC® N001967

1. Auflage

Umschlaggestaltung und -motiv: © Johannes Wiebel | punchdesign,
unter Verwendung von Motiven von andrej pol / stock.adobe.com
und einer Illustration von Max Meinzold
Redaktion: Jörn Rauser
HK · Herstellung: sam
Satz: KCFG – Medienagentur, Neuss
Druck und Einband: GGP Media GmbH, Pößneck
Printed in Germany
ISBN: 978-3-7341-1268-3

www.blanvalet.de

HANDELNDE PERSONEN

CHINA 1808

Zi Jun Chu – Eigner einer Dreimastdschunke, die auf Handelsrouten des Ostchinesischen Meeres verkehrt.

KAPITÄN VON JUNS SCHIFF

Ching Shih – Chinesische Piratin, deren Flotte Anfang des neunzehnten Jahrhunderts das Südchinesische Meer beherrschte.

GEGENWART

WASSER-RATTEN (PIRATENBANDE)

Lucas Teng (Teng Kung-Lu) – Anführer der Diebesbande, die sich selbst die Wasser-Ratten nennt.

Vincent Uhr – Stellvertretender Anführer der Wasser-Ratten.

Callum Zhen – Mitglied der Wasser-Ratten.

HONGKONG

Kinnard Emmerson – Britischer Exilant und Anführer einer Gangsterbande in Hongkong.

Guānchà (The Watcher) – Emmersons Leutnant und vertrauenswürdigster Auftragsmörder.

Yan-Li – Schifffahrtshistorikerin und Tauchexpertin bei der Marine der Volksbefreiungsarmee. Ihre akademische Disziplin ist die Meeresarchäologie.

Degra – Einer der Anführer von CIPHER, einer berüchtigten in China ansässigen Internet-Verbrecherorganisation.

Ferret – Einer der Hacker, die für CIPHER arbeiten.

NATIONAL UNDERWATER AND MARINE AGENCY (NUMA)

Kurt Austin – Direktor der Abteilung für Spezialprojekte und Sonderaufgaben, außerdem Bergungsexperte und begeisterter Segelsportler.

Joe Zavala – Kurt Austins Assistent und bester Freund, Hubschrauberpilot und technisches und mechanisches Genie.

Rudi Gunn – Stellvertretender Direktor der NUMA, Absolvent der Naval Academy, leitet die meisten Routine-Operationen der NUMA.

Hiram Yaeger – Direktor für Informationstechnologie bei der NUMA. Computerexperte und genialer Designer von Hochleistungsrechnern.

Paul Trout – Chefgeologe der NUMA und Absolvent des Scripps Institute.

Gamay Trout – Leitende Meeresbiologin der NUMA und ebenfalls Scripps-Absolventin.

Winterburn – Erster Offizier der NUMA-Jacht *Sapphire.*

Stratton – Ingenieur bei der NUMA und Spezialist für den Einsatz und die Bedienung von Unterwasserdrohnen.

U.S. NAVY WETTERSTATION IN NAHA, OKINAWA

Lieutenant Callie Baker – Sonarexperte in der Naha Weather Station.

Lieutenant Commander Aaron Stewart – Leitender Offizier der Naha Station.

WASHINGTON, D.C.

Anna Biel – Beraterin des Präsidenten und Chefin der National Security Agency.

Elliot Harner – Stellvertretender CIA-Direktor.

Konteradmiral Marcus Wagner – Chef der Naval Intelligence für den West-Pazifik.

Arthur Hicks – U.S. Cyber Command.

TAIWAN R.O.C.

Steven Wu – CIA-Verbindungsoffizier in Taipeh.

HYDRO-COM CORPORATION

Sunil Pradi – Gründer und Eigentümer der Hydro-Com Corporation.

Sabrina Lang – Chefin der Digital Security der Hydro-Com Corporation.

PROLOG

DIE ROTE FLAGGE

SÜDCHINESISCHES MEER
SEPTEMBER 1808

Jun Chu stand auf dem Deck der Dreimastdschunke, die den glückverheißenden Namen *Seidener Drache* trug. Mit seinem smaragdgrünen Rumpf, den goldenen Verzierungen und den blutorangefarbenen Segeln war das Schiff ein wahres Fest für die Augen.

Es lag in einer ruhigen Bucht vor Anker. Klares aquamarinblaues Wasser befand sich unter seinem Rumpf, und auf einer weiter entfernten Insel erhob sich ein steiler Berggipfel.

Der Berg hatte ihnen zunächst etwas morgendlichen Schatten gespendet. Nun stand die Sonne bereits hoch über ihnen, und die Temperatur war deutlich gestiegen. Wären sie nicht von einer kühlen Brise – die aus dem Westen kam – lebhaft umfächelt worden, die Hitze wäre unerträglich gewesen. Hinzu kam ein deutlich wahrnehmbarer schwefliger Geruch in der Luft. Für einen kurzen Augenblick fragte sich Jun verwirrt nach seinem Ursprung, aber in diesem Moment hatte er andere Probleme, die er möglichst schnell und gründlich lösen musste.

Er zog ein Messingfernrohr aus einer Lederhülle. Das wunderschöne Instrument war poliert und glänzte. Ins

Gehäuse eingravierte Schriftzeichen erinnerten ihn daran, dass es ein Geschenk der mächtigen Piratenkönigin Ching Shih war.

Der Kapitän des Schiffes trat neben ihn. »Was seht Ihr?«

Jun blickte durch das Fernglas. Grimmig verzog sich sein Gesicht. »Es scheint, als sei unsere Flucht aus Macau nicht unbemerkt geblieben. Drei Schiffe kommen näher.«

»Wir befinden uns auf einer Handelsroute«, erinnerte ihn der Kapitän. »Viele Schiffe verkehren in diesen Gewässern. Vermutet daher nicht gleich Gefahr.«

»Ich vermute gar nichts«, erwiderte Jun. »Nehmt das Fernglas, und Ihr werdet sehen, dass ich nicht ohne Grund skeptisch bin. Diese Schiffe fahren unter der roten Flagge von Madam Ching. Sie sind Jäger, ausgesandt, uns zu töten oder uns nach Macau zurückzubringen, wo uns Strafen erwarten, die ich mir lieber nicht ausmale.«

Jun konzentrierte sich auf das nächste der sich nähernden Schiffe. Es war größer als die *Seidener Drache.* Mit vier Segeln hatte es eins mehr als seine drei, und einen Toppmast, an dem Banner flatterten, so rot wie Blut.

Die anderen Schiffe der Schwadron hingen weiter zurück, zu weit, um irgendwelche Details zu erkennen, aber sie hatten den gleichen Kurs.

Der Kapitän äußerte eine Hoffnung: »Es heißt, Madam Ching verschont die Mannschaft eines Schiffes, wenn ihr der Kapitän seine Ladung kampflos überlässt.«

Jun ließ das Teleskop sinken. Ching Shih hatte in der Tat einen Ehrenkodex begründet, an den sich ihre Piraten zu halten pflegten. Solche Überlegungen hatten für Jun jedoch keinerlei Bedeutung und waren ihm fremd. »Ihr Kodex gilt nicht für uns. Wir sind Diebe und Verräter, keine ehrenhaften Gegner.«

Mehr brauchte nicht gesagt zu werden. Der Schatz in ihrem Frachtraum war bereits von Madam Chings Schiffen geraubt worden, aber anstatt der Beute einverleibt und regelgerecht aufgeteilt zu werden, hatte ein habgieriger Kapitän aus ihrer Gefolgschaft einen großen Teil seiner Beute für sich behalten. Er hatte sie an Jun verkauft und ihm versichert, niemand würde die Wahrheit erfahren.

»Euer Freund ist offenbar erwischt worden«, sagte der Kapitän.

Jun erschauerte, als er an das Schicksal des Mannes dachte. »Beute zurückzuhalten wird mit dem Tod bestraft«, sagte er. »Sie zu stehlen … Geköpft zu werden wäre das gnädigste Schicksal, das sich der Mann erhoffen kann. Zweifellos ist er getötet worden – wenn auch nicht schnell genug, um nicht vorher noch unsere Namen zu nennen.«

»Wir können ihnen nicht entkommen«, sagte der Kapitän. »Jedes ihrer Schiffe ist größer und schneller.«

»Dann müssen wir kämpfen«, entschied Jun. »Wir haben Kanonen, die wir von der East India Company gekauft haben. Wir besitzen Armbrüste und Arkebusen.«

»Aber wir sind mindestens fünf zu eins in der Unterzahl.«

»Schließlich können sie nicht alle gleichzeitig herüberkommen«, sagte Jun. »Und ihre großen Schiffe sind kaum in der Lage, das Riff zu überqueren. Wenn wir hier ausharren, werden sie sich mit kleinen Booten nähern und versuchen müssen, mit Leitern und Haken zu entern. Nach meiner Erfahrung sind *grenadoes* und brennende Pfeile auf eine solche Entfernung ziemlich wirkungsvoll.«

Die Miene des Kapitäns entspannte sich. »Ihr hofft also, sie jeweils in kleinen Gruppen zu besiegen.«

Jun nickte. Diese Taktik war wirklich ihre einzige Hoffnung. »Und wenn sie genug geblutet haben, lassen sie von uns ab und kehren nach Macau zurück, wo sie dann Madam Ching berichten werden, dass wir das Schiff verbrannt haben, anstatt uns zu ergeben und dem Tod ins Auge zu schauen.«

Der Gesichtsausdruck des Kapitäns war unergründlich. Er nahm das Fernglas wieder an sich und blickte zu den rot beflaggten Schiffen hinüber, die gerade dabei waren, Kurs auf die Bucht zu nehmen. »Ihr habt eine silberne Zunge, Master Jun. Fast bringt Ihr es fertig, dass ich glaube, wir könnten am Leben bleiben.«

Während sich die Männer an Bord der *Seidener Drachen* für den Kampf wappneten, näherte sich Chings Flotte dem Riff und zog sich gleich wieder zurück. Kleinere Boote waren vonnöten, und der größere Teil jeder Schiffscrew bereitete sich darauf vor weiterzusegeln.

Bisher hatte sich jede von Juns Prophezeiungen als zutreffend erwiesen – alle bis auf eine. Unter keinen Umständen würde die kleine Flotte mit einer nicht zutreffenden Schilderung nach Macau zurückkehren, da Madam Ching sich an Bord des größten Schiffes befand und ihr Zorn sich mittlerweile zu einem rasenden Feuer gesteigert hatte.

Zheng Yi Sao – oder Ching Shih, als die man sie besser kannte – schritt auf dem Deck vor ihren Männern auf und ab. Eine Frau von mittlerer Größe mit breiten Schultern und stechenden Augen, deren Gesicht noch immer so ebenmäßig und schön war wie an dem Tag, als Lord Cheng sie zur Frau genommen hatte.

Zusammen hatten sie eine Dynastie gegründet und die Kontrolle über die Städte rund um Macau mit eiserner

Faust an sich gerissen. Nach Chengs Tod erlangte Ching Shih dann die volle Kontrolle, vergrößerte ihr Imperium, gewann unterworfene Gegner als Verbündete und brachte Ordnung in das Chaos.

Ein Großteil dieser Ordnung beruhte auf dem Kodex, der die Grundlage ihrer Herrschaft war. Dazu gehörte eine allzeit faire Behandlung von Mannschaften, Gefangenen und Konkubinen. Er sah strenge Strafen für Offiziere vor, die ihre Untergebenen schlecht behandelten. Außerdem forderte er eine schnelle und unbarmherzige Vergeltung für jede Form von Verrat, wenn er sich zum Schaden der Flotte unter dem blutroten Banner auswirkte.

Nachdem sie diese Regeln eingeführt und ihnen Gesetzeskraft verliehen hatte, schwang sie sich zur Gouverneurin der wirtschaftlich aufblühenden Region auf und galt schließlich als die gefürchtetste und daher angesehenste Piratenchefin in ganz Asien. Wer sie bestahl, hatte sein Leben verwirkt.

In einem glänzenden blaugrauen Seidengewand stand sie in stolzer Haltung auf dem Deck und lenkte die Aufmerksamkeit der gesamten Schiffscrew auf sich. Um den Hals hatte sie sich einen roten Schal geschlungen, und auf dem Kopf trug sie einen schwarzen Hut mit drei Spitzen. Nicht einen Laut gaben die einhundert Männer von sich, die vor ihr auf dem Deck standen, während sie die Treppe zum Kommandostand hinaufstieg, um sich an sie zu wenden.

»Diese Verräter haben nicht mich bestohlen«, sagte sie, »sie haben euch bestohlen.« Sie machte erst eine kurze Pause, um dieser Aussage das angemessene Gewicht zu verleihen, und stellte dann eine Frage: »Welches Gesetz gilt beim Plündern?«

Sie antworten nahezu einstimmig. »Was erbeutet wurde, muss zusammengetragen und präsentiert werden. Es muss unter allen aufgeteilt werden.«

Der Gemeinschaftssinn dieser Männer erfüllte sie mit Stolz. »Und wie lautet die Strafe für Diebstahl?«

»Prügel und Tod.«

Das gefiel ihr. In ihrer Flotte herrschte Disziplin. Ihre Männer waren eine bestens ausgebildete Armee. Da sie wusste, dass ihnen schwere Verluste drohten, machte sie ein Versprechen. »Alle, die unbeirrt vorwärtsdrängen, erhalten einen doppelten Anteil. Alle, die verletzt werden, einen dreifachen. Und sollte heute jemand sterben, so sei dessen Familie bis weit in die nächste Generation hinein versorgt.«

Sie standen still. Es war brütend heiß, kein Lüftchen rührte sich.

»Und wer mir den Verräter lebendig bringt, den erwartet ein Reichtum, der sogar die Träume eines Kaisers übersteigt.«

Die Männer applaudierten begeistert, bildeten einen Sprechchor und riefen wiederholt ihren Namen, um sich in kampfbereite Stimmung zu bringen.

»Geht jetzt«, sagte sie dann, »und holt euch, was euch von Rechts wegen zusteht.«

Vierundsechzig Männer kletterten über Leitern in vier Boote hinunter. Acht weitere Boote wurden von Chings anderen Schiffen zu Wasser gelassen. In jedem Boot griff die Hälfte der Mannschaft zu den Rudern, während sich die andere Hälfte – entweder bewaffnet oder darauf wartend, Strickleitern zu schleudern und an der Reling des verfolgten Schiffes einzuhängen – am Bootsrand drängte.

Jun beobachtete, wie die Flotte kleiner Boote das Riff überquerte und – von der Kraft der Ruderer angetrieben – auf ihn und sein Schiff zuhielt. Zwölf kleine Boote. Etwa einhundertachtzig Männer. Und er verfügte nur über fünfundsiebzig. Dafür stand er jedoch an Bord einer schwimmenden Festung.

»Sie kommen!«, rief er. »Haltet euch bereit!«

Warnungen erklangen vom Bug bis zum Heck. Juns Männer schwärmten auf dem Oberdeck der Dschunke aus, Waffen aller Art in den Händen. Die erste Gruppe stellte sich an der Reling auf, Armbrüste und Musketen waren schussbereit. Andere Gruppen drängten sich hinter ihnen, um die Lücken auszufüllen. Sie eröffneten das Feuer, sobald die Boote bis in Schussweite vorgedrungen waren.

Die Musketen waren auf jede Entfernung ungenau und – abgesehen von dem Lärm und dem Qualm, den sie erzeugten – so gut wie wirkungslos. Die Armbrüste und Bögen hingegen wirkten sich geradezu tödlich aus. Die erste Pfeil- und Bolzensalve durchbohrte mehrere Männer in den führenden Booten. Einige Ruderer wurden in den Rücken getroffen. Sie sackten nach vorn und wanden sich in Schmerzen. Zwei Männer, die eine Leiter bereithielten, wurden von Treffern in die Brust ereilt. Sie kippten über die Reling und stürzten ins Meer.

Im zweiten Boot wurden ein paar Männer in die Beine getroffen und auf die Holzplanken unter ihren Füßen genagelt. Sie schrien vor Schmerzen, aber die Flotte behielt ihre Richtung bei und kam unbeirrt näher.

Nachdem die Besatzungen der führenden Boote dezimiert worden waren, eröffneten die Männer in den nachfolgenden Booten das Feuer aus größerer Entfernung – in der Hoffnung, Juns Männer zurückzudrängen.

Jun zog den Kopf ein, als Musketenkugeln über sie hinwegpfiffen, aber dieses erwidernde Feuer war mehr ein Theaterdonner als sonderlich gefährlich. Die schaukelnden Boote und die Ungenauigkeit der Schusswaffen bewirkten einen Kugelhagel, der über ihre Köpfe hinwegrauschte, ohne ein einziges Mannschaftsmitglied zu verletzen.

Der Austausch kurzer Salven war bei Weitem wirkungsvoller, und für mehrere Minuten verlegten sich die Bootsbesatzungen und die Verteidiger auf diese Taktik, wobei jede Seite neue Opfer zu beklagen hatte.

Es war ein Zermürbungskampf, der Juns Männern zwar deutliche Vorteile verschaffte, und doch kamen mit jeder Sekunde, die verstrich, Ching Shihs Männer in ihren Booten näher. Nicht mehr lange, und sie würden die *Seidener Drache* umzingelt haben, wobei die meisten der Boote in Schussweite gelangten.

»Sie teilen sich auf«, rief Jun warnend. Mehrere Boote waren zur Backbordseite gewechselt. Andere steuerten in Richtung des Bugs. »Sie wollen uns von allen Seiten attackieren. Die Männer sollen sich verteilen.«

Die Verteidiger wichen auseinander und versuchten, alle Bereiche des Schiffes gleichzeitig zu schützen, während das Kampfgeschehen wieder an Heftigkeit zunahm. »Von konzentriertem Feuer unsererseits kann keine Rede mehr sein«, stellte der Kapitän fest.

Jun zückte seine Steinschlosspistole und spannte den Hammer. »Noch müssen sie erst einmal an Bord kommen.«

Erste Versuche wurden bereits unternommen. Enterhaken waren an der Backbordseite auf dem Oberdeck gelandet. Erste wacklige Leitern hingen an der Steuerbordseite von der Reling herab.

»Treibt sie zurück«, befahl der Kapitän.

Juns Männer wehrten sich mit Äxten, holten damit aus und schlugen unbarmherzig zu. Sie zielten jedoch nicht auf die Männer, sondern hatten es auf die Haken und die Leinen abgesehen. Die Axtklingen durchtrennten die Seile und gruben sich tief in die bunt lackierte Holzreling des Schiffes ein.

Auf der anderen Seite des Schiffes wurden Leitern mit langen Stangen zurückgestoßen, bis sie das Übergewicht bekamen und die Männer, die sie zum Teil bereits erklettert hatten, ins Meer stürzten.

Die Piraten griffen im Feuerschutz ihrer Gefährten auf dem Piratenschiff an und nutzten einen wilden Hagel von Pfeilen, Gewehrkugeln und sogar Wurfspeeren, um Juns Männer am Kappen der Seile zu hindern. Für jeden abgeschnittenen Enterhaken und jede abgewehrte Leiter verlor Jun einen, zwei oder drei Verteidiger. Und Ching Shihs Männer kamen näher und näher.

Zusätzliche Enterhaken verfingen sich an der Reling, und schon erreichten die ersten Eindringlinge das Schiffsdeck. Die Angreifer waren von kleinerem Wuchs und dank der Geschwindigkeit, mit der sie klettern konnten, auf diese Aufgabe spezialisiert. Sie turnten an dem jadegrünen Schiffsrumpf empor, schwangen sich über die Reling, wobei sie aus ihren Pistolen wild um sich feuerten und mit ihren Schwertern und Säbeln auf alles einschlugen, was sich in ihrer Reichweite befand.

Da er mit einem solchen Angriff gerechnet hatte – und außerdem wusste, dass die Männer der ersten Angriffswelle sehr oft mit nackten Füßen kletterten, weil sie auf diese Weise an den Seilen schneller und sicherer an Höhe gewannen –, hatte Jun auf dem Deck Krähenfüße ausstreuen lassen: scharfkantige Metallsplitter, die sich in die

Fußsohlen der Männer gruben, die über die Reling sprangen.

Aber Ching Shih kannte all diese Tricks. Ihre Männer trugen dicksohlige robuste Stiefel. Die Krähenfüße konnten sie nicht aufhalten. Mit Kurzschwertern und Dolchen in den Fäusten strömten sie auf das Deck.

Einen von ihnen erschoss Jun mit seiner Pistole und ließ den Mann mit einer tiefen Brustwunde auf den Decksplanken liegen. Danach schaltete ein Armbrustpfeil einen zweiten Angreifer aus. Und der Kapitän tötete einen dritten mit einem Schwerthieb. Aber weitere kletterten hinter ihnen über die Reling. Beide Seiten des Schiffes wurden jetzt auf die gleiche Weise bedroht, während eine Gruppe von Ching Shihs Männern in der Nähe des Bugs an Bord gelangt war, der sich dichter über dem Wasser befand und darum leichter zu erklettern war.

Ein heftiger Kampf Mann gegen Mann entbrannte. Zwar konnten Pistolen benutzt werden, aber es war nicht möglich, sie nachzuladen. Musketen waren nutzlos – außer vielleicht als stumpfe Schlagwaffen, um einen Schwerthieb zu parieren oder dem Gegner damit den Schädel einzuschlagen.

Juns Männer wurden auf allen Seiten zurückgedrängt, von der Reling getrennt und auf das erhobene Heck getrieben, wo sie sich zum letzten Gefecht aufstellen mussten.

Eine weitere Salve Armbrustpfeile wurde abgefeuert und riss Lücken in die Reihen der Angreifer, aber weitere Piraten erklommen die Seile und Leitern.

»Offenbar sind sie bereit, ihre Boote bis auf den letzten Mann zu leeren!«, rief der Kapitän.

Jun war deshalb nicht wenig geschockt, aber der Kapitän hatte recht. Mehrere Boote trieben in der Nähe des Bugs mit niemandem an Bord, der verletzt oder tot war.

»Bildet zwei Reihen«, rief Jun.

Die Mannschaft befolgte den Befehl, aber die Reihen hielten nicht lange stand. Die Überlebenden waren gezwungen, immer weiter zurückzuweichen und Boden auf dem mit Blut besudelten Deck preiszugeben.

Sie zogen sich die Treppe hinauf zum Heckkastell zurück. Weniger als dreißig Männer waren noch am Leben, und etwa die doppelte Anzahl verfolgte sie.

Ching Shihs Piraten formierten sich für den letzten Angriff und stürmten die Treppe hinauf. Schulter an Schulter überwanden sie die Stufen, eine solide Wand aus Männern und Schwertern. Im letzten Augenblick rief Jun aus vollem Hals einen Befehl.

Seine Leute wichen zu beiden Seiten zurück, ließen sich auf das Deck fallen und gaben den Blick auf vier Kanonen und eine gleiche Anzahl Arkebusen frei, die auf ihren Lafetten und Dreibeinen darauf warteten, abgefeuert zu werden. Die Waffen waren nicht nach außen, sondern auf das Schiffsinnere und nach unten ausgerichtet. Ihre gähnenden Mündungen zielten auf die Treppe, die in diesem Augenblick von angreifenden Piraten dicht bevölkert war.

Die Kanonen gingen mit dem ohrenbetäubenden Knall explodierender Schwarzpulverladungen los. Der Lärm allein reichte aus, um jeden Mann zu Boden zu werfen, aber die eigentlich vernichtende Wirkung wurde von der Munition in den Waffen ausgelöst.

Die glatt gezogenen Rohre waren mit Ketten, zerbrochenen Schwertklingen und anderen Trümmern aus Metall und Glas gefüllt. Diese Splitterwolke flog den angreifenden Männern entgegen. Sie blähte sich auf ihrem Weg auf.

Die Ketten verwandelten sich in fliegende Peitschen, und das Glas und die Metalltrümmer erschienen wie eine Geschosssalve aus einhundert gleichzeitig abgefeuerten Musketen.

Innerhalb eines kurzen Augenblicks wurde die Schar der Angreifer halbiert. Und von denen, die diese geballte Salve überlebt hatten, war mindestens die Hälfte verwundet. Und selbst die Unversehrten stürzten in einem Zustand halb betäubten Unglaubens zu Boden.

Als Nächstes feuerten die Gewehre auf ihren Drehlafetten. Zwar nicht so tödlich und vernichtend, aber wirkungsvoll genug, um die Masse der angreifenden Piraten weiter zu verringern.

»Macht ein Ende mit ihnen!«, rief Jun.

Der Kapitän setzte seinen Sturmlauf mit gezücktem Schwert fort. Die überlebenden Mannschaftsmitglieder schlossen sich ihm an: um sich schlagend und hackend.

Jun stand inmitten des Kampfgetümmels, stolz auf seinen Geniestreich. Indem er mit dem Einsetzen seiner stärksten Waffe gewartet hatte, bis sich Madam Chings Soldaten an einem Ort dicht zusammengedrängt hatten, hatte er die meisten auf einen einzigen Schlag niedergemacht.

Als seine Männer zum Gegenangriff übergingen, wurden Chings Piraten vom Schiff vertrieben und sprangen nun über die Reling und hinab in die Bucht. Einige versuchten, schwimmend die Sicherheit der Insel zu erreichen, andere schwammen zu den herrenlos treibenden Booten hinüber oder sogar zu dem Riff hinter ihnen.

Während er zu der achtern gelegenen Reling rannte, deutete Jun durch den Qualm auf eines der abdrehenden Boote. »Dreht die Kanonen herum«, rief er. »Zerstört die Boote, damit sie uns nicht mehr angreifen können.«

Zwei seiner Männer machten sich daran, eine der Kanonen zu wenden. Ein dritter lud sie dabei schon mit Pulver und festen Projektilen. Aber bevor sie die Lunte in Brand setzen konnten, ertönte ein ohrenbetäubender Knall. Er erschütterte die Bucht und war lauter als jede Kanone oder jeder Donnerschlag – oder überhaupt als irgendetwas, das Jun jemals gehört oder gespürt hatte.

Die Druckwelle warf ihn auf das Deck, fegte mehrere Männer vom Schiff herunter und zerbrach einen der Masten. Die *Seidener Drache* neigte sich zur Seite und drohte, sich in der Bucht auf den Rücken zu rollen.

Mit dem Gesicht nach unten auf den Holzplanken liegend, spürte Jun, wie glühend heiße Finger seinen Nacken streichelten. Eine Woge heißer Luft brannte in seiner Nase und trocknete gleichzeitig seine Augen aus. In panischer Angst, Feuer gefangen zu haben, wälzte er sich herum und versuchte, die eingebildeten Flammen zu ersticken.

Er brannte nicht, sondern wurde nur von glühend heißen Windböen herumgeworfen und war einem Trommelfeuer kleiner Steine ausgesetzt, die in einem dichten Schauer vom Himmel regneten. Als er aufschaute, sah er, dass die Sonne hinter einer dunklen Wolke verschwunden war.

Erst jetzt begriff er, was geschehen war. Der Berg war explodiert. Ein Vulkanausbruch hatte das obere Drittel seines Gipfels pulverisiert. Eine pilzförmige Aschewolke stieg in den Himmel. Felsbrocken, groß wie Häuser, flogen wie Vögel durch den Himmel. Bäume und Büsche, die meisten in hellen Flammen stehend, ragten vom Boden auf. Blitze zuckten durch den tobenden Mahlstrom.

»Mein Gott«, flüsterte Jun.

Inzwischen war der Kampf zum Erliegen gekommen.

Die Schlacht hatte keinerlei Bedeutung mehr, der Schatz war unwichtig. Ein einziger Gedanke beherrschte jeden noch lebenden Geist: Nichts wie weg von der Insel, sonst drohte der Tod.

»Spannt die Segel auf!«, rief Jun. »Und kappt die Ankertaue!«

Die Männer beeilten sich, die Befehle auszuführen. Draußen, jenseits des Riffs, verließen die Schiffe mit den Roten Bannern ihre Positionen und überließen ihre rudernden Kameraden dem sicheren Untergang.

Riesige Felsbrocken und Steine fielen vom Himmel. Wo sie landeten, wurden Türme weißer Gischt hochgeschleudert und überschütteten das jeweilige Schiff und seine Insassen.

Vom Anker befreit und die Segel vom Wind aufgebläht, setzten sich die Schiffe in Bewegung.

Asche rieselte ringsum herab und legte sich wie grauer Schnee auf das Deck. Als er sich umdrehte, begriff Jun, welchem gnädigen Schicksal sie es zu verdanken hatten, dass sie überhaupt noch am Leben waren: Die Eruption hatte sich auf die andere – ferne – Seite der Insel beschränkt. Die Explosion war nach Osten gerichtet, also nach außen, weg von der Insel. Die Asche und das Lavagestein hatten sich zwar weiter ausgebreitet, aber die ständigen Passatwinde hatten auch die Aschewolke nach Osten geschoben. Selbst die *Seidener Drache* nahm schneller Fahrt auf, als er sich jemals hätte träumen lassen.

»Vielleicht schützt der *Drache* uns auch weiterhin«, sagte Jun.

Der Kapitän, der sich eine Verletzung an seinem Bein zugezogen hatte und humpelte, schüttelte den Kopf. »Die Bucht leert sich«, sagte er.

Jun starrte durch die Schwaden des Ascheregens. Große Korallenformationen tauchten in der Bucht auf und stiegen wie eine Barriere aus triefenden Zähnen aus dem Wasser weiter auf. Streifen nassen Sandes erschienen, und zwischen ihnen wurden winzige Wassertümpel sichtbar, in denen verzweifelte Fische zappelten.

»Was ist hier los?«, fragte Jun.

»Die Insel steigt auf«, sagte der Kapitän. »Der Vulkanausbruch ist noch nicht zu Ende.«

Das Schiff stoppte knirschend, und die Planken im Rumpf barsten, als sie mit den Riffs kollidierten.

In den letzten Wasserresten kam es schließlich zur Ruhe, sank noch tiefer und tiefer und legte sich am Ende auf eine Seite, als wäre es bei Hochflut auf einem Strand auf Grund gelaufen.

Ein weiteres Zittern lief jetzt durch den Untergrund, und die Gase und die Magma, die sich in einer Kammer unterhalb der Insel angesammelt hatten, wurden nun schlagartig freigesetzt.

Die Reste des Berges zerbarsten. Der Untergrund unter dem Schiff gab ganz nach, und die See füllte die Senke aus. Im gleichen Augenblick ergoss sich der pyroklastische Strom aus Feuer, Asche und Schlamm die Reste des Berges hinunter. Die beiden Ströme – Wasser und Magma – trafen über dem sinkenden Schiff wie ein Paar gigantischer applaudierender Hände aufeinander und entfernten die *Seidener Drache* aus der Geschichte.

1

DREIHUNDERT MEILEN NORDÖSTLICH VON TAIWAN GEGENWART

Die *Canberra Swift* segelte von Taiwan mit Kurs nach Norden durch die Nacht. Sie war ein mittelgroßes Frachtschiff mit hoher Bordkante und einem aerodynamischen Schild, der die vordere Hälfte des Schiffes überdeckte. Die Kommandobrücke erhob sich hinter dem Schild etwa in der Mitte des Schiffes, während dahinter zwei scharf nach achtern geneigte Schornsteine aufragten.

Ein führendes nautisches Magazin beschrieb ihr Äußeres als nach nautischen Gesichtspunkten unattraktiv, wenn nicht gar hässlich und meinte, sie sehe aus, als hätten ein japanischer Bullet Train und eine hochseetüchtige Fähre gemeinsam einen Nachkommen gezeugt. Aber die seltsame Form hatte ihren praktischen Sinn.

Das Schiff war dafür konstruiert, überdimensionale Fracht in Roll-on/Roll-off-Konfiguration ähnlich einer Fähre zu transportieren. Fracht und Ausrüstung wurden über eine Rampe, die etwa sechs Fahrspuren breit war, vom Heck aus in das Schiff eingeladen. Geparkt oder gelagert wurde die Fracht in einer riesigen durchgehenden Ladehalle, die sich auf dem Hauptdeck vom Bug bis zum Heck erstreckte. Am Bestimmungsort angekommen, konnte die Fracht dann einfach über eine andere Rampe nach vorn aus dem Schiff herausgefahren werden.

Wegen ihrer Größe, ihrer äußeren Form und ihrer Geschwindigkeit war die *Canberra Swift* eingesetzt worden, um alles Mögliche – von Rumpfabschnitten von Großraumflugzeugen bis hin zu Raketenteilen und sogar zu radioaktiven Abfällen – durch die Weltgeschichte zu bewegen, Letztere in versiegelten, mit Blei ausgekleideten Spezialcontainern. Sollte ein Krieg ausbrechen, war sie bereits vertraglich verpflichtet, überdimensionales Kriegsmaterial zu Stützpunkten in der Nähe welcher Kriegsgebiete auch immer zu bringen.

Aufträge wie diese wurden an die *Swift* nicht nur deshalb vergeben, weil sie für den Transport ungewöhnlicher Lasten konstruiert worden war, sondern auch weil sie – wie ihr Name andeutete – eins der schnellsten Frachtschiffe war, die je auf Kiel gelegt worden waren. Sie schaffte vierzig Knoten im Sprint-Modus und fünfunddreißig im Dauerbetrieb. Sie konnte den Pazifik in sieben Tagen überqueren, also in einem Drittel der Zeit, die ein Containerschiff mit durchschnittlicher Leistung brauchte.

Der Kapitän der *Canberra Swift* stand auf der Kommandobrücke und studierte das Radar. Kein anderes Schiff, dem besondere Aufmerksamkeit hätte geschenkt werden müssen, war in der Nähe zu sehen. »Volle Kraft voraus«, befahl er. »Ein Sturm ist an der kanadischen Küste entlang von Alaska zu uns unterwegs, und ich würde die Bucht von San Francisco gern noch vor ihm erreichen.«

Der Rudergänger bestätigte den Befehl mit einem Kopfnicken und leitete ihn an den Maschinenraum weiter, wo die Gasturbinen auf maximale Reiseleistung geschaltet wurden.

Nachdem der Maschinenraum geantwortet hatte, lächelte der Kapitän zufrieden. Er wandte sich an seinen Ersten

Offizier. »Das Schiff gehört Ihnen. Ich bin in meiner Kabine, wenn Sie mich brauchen sollten.«

Der Erste Offizier nickte, während der Kapitän die Kommandobrücke verließ. Er ließ sich in den Kommandosessel sinken, während die *Canberra Swift* Tempo zulegte.

Mit magnetischen Hand- und Knie-Pads auf der Außenseite des Schiffes klebend, konnte Teng Kung-Lu – für seine Männer nur Lucas – dem Zuwachs an Geschwindigkeit nicht allzu viel Positives abgewinnen. Die elektromagnetische Kraft, die ihn an Ort und Stelle fixierte, mochte beachtlich sein, aber jedes bisschen an zusätzlicher Geschwindigkeit verstärkte den böigen Fahrtwind noch, der den magnetischen Halt schwächen konnte.

Er zog sich dicht an den Rumpf heran und tat alles, was er tun konnte, um zu verhindern, dass sich der Luftstrom zwischen ihn und das Schiff schob. Das Gesicht aus dem Wind drehend, blickte er zur Seite und nach unten. Die acht Männer seines Teams machten das Gleiche, was er tat, indem sie wie Wasserschnecken am Schiffsrumpf klebten. Jeder war schwarz gekleidet, und ihre Maschinenpistolen waren unter breiten Klettbandstreifen gesichert.

Er konnte die Anstrengung in ihren Armen erkennen und die Anspannung in ihren Gesichtern, da diese Phase des Überfalls schon viel länger dauerte als beabsichtigt.

Er blickte nach oben und zählte die Sekunden, bis die Hauptbeleuchtung des Schiffes schließlich erlosch. Die dritte Wache hatte begonnen. Mit dem Daumen aktivierte er einen Lichtpunkt im Magnet-Pad unter seiner linken Hand. Drei Punkte waren ein Befehl, die Kletterpartie fortzusetzen. Sie müssten sich beeilen, den Rumpf hinter sich zu bringen, ehe der Wind sie von dort herunterwehte.

Mit dem rechten Daumen drückte er auf einen Knopf, der mit einer Manschette verbunden war, die seinen rechten Arm umschloss. Der Magnet wurde ausgeschaltet, sodass er ihn vom Schiffsrumpf lösen und weiter nach oben schieben konnte. Nachdem er sich so weit wie möglich gestreckt hatte, ließ er den Knopf wieder los.

Der Elektromagnet zog seinen Arm sofort auf die Stahlplatte zurück, wo er sich in Position festsaugte. Indem er einen zweiten Knopf drückte, konnte er sein rechtes Bein nach oben schieben. Danach wiederholte er diese Prozedur auf der linken Seite. Langsam, aber stetig kletterte er zu einer Luke hinauf.

Seine Männer folgten seinem Beispiel. Sie waren wie eine Ameisenfamilie, die zum Zuckervorrat innerhalb des Schiffes wollte. Als er die Luke erreichte, wagte er es, die linke Hand lange genug von der Rumpfwand zu lösen, um gegen den Stahl zu klopfen. Nichts geschah. Er klopfte lauter, indem er den metallenen Teil der Manschette benutzte und ein lautes Klirren erzeugte.

Diesmal hörte er etwas. Ein Riegel wurde zurückgeschoben, dann wurde innen an einem Rad gedreht. Gott sei Dank, dachte Lucas.

Eine Luke, groß genug, um eine Laufplanke hineinzuschieben und auf diesem Weg die Schiffsvorräte aufzufüllen, schwang nach innen, als die Luke geöffnet wurde. Ein Mannschaftsmitglied, das die Uniform der Schifffahrtslinie trug, erschien. Der Mann hatte schwarzes Haar, mit einem seltsamen weißen Streifen in der Mitte. Er sah Lucas fragend an und reichte ihm eine Hand.

Lucas ergriff sie, löste den anderen Magneten und wurde ins Schiff gezogen. Das Mannschaftsmitglied zog sich in den Schatten zurück, während Lucas seinen Männern nacheinander durch die Lukenöffnung in den Schutz eines kleinen Abteils half.

Alles ging gut, bis zum letzten Mann. Dieser Mann schaltete seinen Magneten ein wenig zu früh aus. Sein Bein rutschte ab, und er stürzte.

Lucas streckte sich und bekam den Gurt seiner Maschinenpistole zu fassen. Die Waffe verklemmte sich unter der Schulter des Mannes und verhakte sich dort sogar, während Lucas an Deck gezogen wurde und fast aus der Lukenöffnung rutschte.

»Callum!«, rief Lucas. Trotz ihrer chinesischen Herkunft wählten die Mitglieder seiner Gruppe ausnahmslos westliche Namen, wenn sie zusammenkamen. Niemand kannte den anderen bei einem anderen Namen, sodass sie im Fall einer Gefangennahme keinen ihrer Gefährten verraten konnten.

»Fass noch mal nach!«, rief Lucas. »Benutz die Koppler.«

Als er erkannte, dass Callum starr vor Angst war und befürchtete, über den Rand der geöffneten Luke gezogen zu werden, schaltete Lucas sein eigenes Magnetsystem ein und sicherte sich auf dem Deck.

»Klettere über mich hinweg«, rief er.

Der Mann schaute hoch.

»Beeil dich«, sagte Lucas, »bevor du mir den Arm ausrenkst.«

Mit mehreren anderen Männern, die sich bereithielten, um zu helfen, zog sich Callum hoch, wobei er Lucas als Strickleiter benutzte. Sobald sie an ihn heranreichen konnten, packten sie Callum und zogen ihn durch die Lukenöffnung ins Schiff.

Lucas entspannte sich, schaltete die Magneten aus und

zog sich von der Luke zurück. Callum bot ihm eine Hand an und half ihm auf die Füße.

Seine Schulter massierend und sich streckend, rutschte Lucas näher an Callum heran. »Das war ziemlich dumm«, sagte er und musterte den Mann, der beinahe abgestürzt wäre. »Wenn du noch mal so nachlässig bist, lasse ich dich sterben.«

Die Worte klangen hart, aber die Männer wussten es besser. Lucas war der Anführer einer Bande von Brüdern – Piraten, die sich umeinander sorgten. Im Gegensatz zu dem berühmten alten Piraten-Kodex hatte Lucas noch nie einen seiner Männer im Stich gelassen.

Callum senkte den Kopf und wagte nicht, ihn anzusehen. Er schämte sich. Während er zurücktrat, wandte sich Lucas an den Mann, der sie hereingelassen hatte. »Du hattest dich verspätet.«

»Es ging nicht anders«, sagte das Mannschaftsmitglied. »Der Kapitän blieb eine halbe Stunde länger als üblich auf Wache. Jetzt liegt er in seiner Koje und schläft.«

Lucas nickte. »Gibt es noch etwas, das wir wissen sollten?«

Das Besatzungsmitglied schüttelte den Kopf. »Die Sicherheitssysteme sind lahmgelegt. Ihr solltet keine Probleme haben, in den Maschinenraum oder in die Funkzentrale zu gelangen.«

»Gut«, sagte Lucas. Er schickte drei Männer in den Maschinenraum und zwei weitere in die Funkzentrale, wo sich die Satellitenempfänger, die Multiband-Funkgeräte sowie die Kontrollen für die diversen automatischen Peilsender befanden.

Indem er sich zu dem Mannschaftsmitglied der *Swift* umwandte, nahm er eine Änderung vor. »Nimm einen meiner Männer mit und sucht das Quartier des Kapitäns auf. Weckt den alten Mann auf und bringt ihn zu mir.«

»Ich hatte angenommen, du wolltest, dass ich dich zur Kommandobrücke führe.«

»Ich denke, die können wir auch ohne deine Hilfe finden.«

Die verschiedenen Gruppen verließen den Raum in unterschiedliche Richtungen. Lucas gab Callum ein Zeichen, ihn zu begleiten. Sie steuerten auf die nächste Treppe zu.

Mit einer lässigen Bewegung hob Lucas den Klettbandstreifen hoch, der seinen Leib in Taillenhöhe bedeckte. Ohne aus dem Tritt zu kommen, holte er eine QCW-05-Maschinenpistole darunter hervor, die quer über seine Brust geschnallt war. Er hängte sich die Waffe griffbereit über die Schulter und schraubte einen zylinderförmigen Kompressor auf den Lauf.

Die chinesische QCW verfeuerte 5,8 mm-Unterschallgeschosse, die aus gehärtetem Stahl anstatt aus weichem Blei hergestellt wurden. Sie konnten Stahl, der ein viertel Zoll dick war, durchschlagen.

Lucas hatte seine Männer darin ausgebildet, sie mit möglichst tödlicher Wirkung zu benutzen, aber wenn alles wie geplant ablief, brauchten sie keinen einzigen Schuss abzufeuern.

Als sie die Kommandobrücke erreichten, trafen sie dort den Ersten Offizier der *Swift* sowie zwei Mannschaftsmitglieder am Ruderstand an. Auf die Theatralik verzichtend, in den Raum zu platzen und lautstark wilde Drohungen auszustoßen, trat Lucas ruhig über die Schwelle und räusperte sich, um sich bei jedem bemerkbar zu machen.

Die Männer auf der Kommandobrücke reagierten mit Gletschergeschwindigkeit. Ihre Überraschung über das

Erscheinen bewaffneter Männer in Kampfkleidung war so vollständig, dass sie vor Verwirrung erstarrten.

»Legen Sie sich lieber lang auf den Boden«, sagte Lucas vollkommen ruhig, »wenn Sie nicht in Fetzen geschossen werden wollen.«

Die beiden Mannschaftsdienstgrade gehorchten. Der Erste Offizier schien in seinem Sessel zu kleben. Schließlich brachte er es fertig zu sprechen. »Wir haben Bargeld im Safe«, sagte er, hob die Hände, rutschte aus dem Sessel und sank auf ein Knie. »Er ist offen.«

»Natürlich ist er das«, sagte Lucas.

Der Mangel an Gegenwehr und ein unverschlossener Safe zeugten von dem aktuellen Zustand der modernen Piraterie. Eine unausgesprochene Übereinkunft zwischen den verschiedenen Piraten der Welt und den Schifffahrtslinien, deren Frachter die Weltmeere durchfuhren, hatte sich im Laufe der Zeit entwickelt.

Piraten kamen an Bord der Schiffe, wann und wo sie konnten. Gewöhnlich in vielbefahrenen Küstengewässern in der Nähe armer, instabiler Nationen. Anstatt sie abzuwehren und Tod und Vernichtung zu riskieren, versteckten Offiziere und Mannschaften sich oft in Safe Rooms oder *Festungen*, zu denen die Piraten sich keinen Zugang verschaffen konnten, die ihnen jedoch erlaubten, die Schiffe in Ruhe nach Bargeld oder anderen Wertgegenständen zu durchsuchen. Safes wurden offen gelassen und enthielten einen mittleren Geldbetrag. Gerade genug, um die Piraten zufrieden zu stellen und zu veranlassen, das jeweilige Schiff so schnell wie möglich zu verlassen. Gelegentlich wurden Mobiltelefone und Laptops benutzt, um das Bestechungsgeschenk abzurunden, das wie ein Teller Weihnachtskekse für den Nikolaus bereitlag.

Der Deal war simpel. Piraten misshandelten oder töteten keine Schiffsbesatzungen oder stahlen keine Ladungen, die Millionen wert waren, und sie beschädigten auch nicht die Schiffe. Als Gegenleistung sicherten die Schifffahrtslinien ihr schwimmendes Kapital nicht mit bewaffneten Wächtern, insbesondere ehemaligen Angehörigen der Special Forces oder des israelischen Mossad.

Das System ähnelte eher einem Bestechungsgeschäft oder einer Schutzgelderpressung, und es funktionierte in den meisten Fällen. Aber nicht immer.

Während er in die Mündung der Waffe starrte, dämmerte dem Ersten Offizier, dass dies eine dieser seltenen Gelegenheiten war. Er studierte Lucas und seine Kameraden, begutachtete ihre Kleidung und ihre Waffen und bewertete im Stillen die professionelle Heimlichkeit, mit der sie an Bord gelangt waren. »Sie sind nicht hier, weil Sie Geld haben wollen«, stellte er fest. »Oder?«

Lucas ignorierte die Frage. »Rufen Sie die anderen Offiziere auf die Brücke«, verlangte er. »Und versuchen Sie nicht, sie über unsere Anwesenheit zu informieren. Wir kennen Ihre Code-Wörter für Sicherheitsbedrohungen.«

Der Erste Offizier erhob sich langsam und ging zur Steuerkonsole. Er schaltete die schiffsweite Sprechanlage ein und sendete seine Botschaft. »Hier spricht der Erste Offizier. Alle Offiziere melden sich sofort auf der Kommandobrücke zur Stelle. Wir haben neue Befehle erhalten.«

Während seine Stimme aus den Lautsprechern des Schiffes drang, lag in Crawfords Augen ein inständiges Flehen. »Ich musste ihnen einen Grund nennen«, versuchte er, seine zusätzlichen Worte zu rechtfertigen.

Lucas nickte. »Zumindest haben Sie nicht gelogen.«

2

BRISBANE, AUSTRALIEN

Jonathan Freeman saß in den frühen Stunden des australischen Morgens in der Funk- und Kommunikationszentrale der Canberra Shipping & Logistics. Nun absolvierte er schon in der dritten Woche die Nachtschicht, und die schlaflosen Stunden begannen, ihm zuzusetzen. Gähnend und ein Klemmbrett überfliegend – ein ziemlich drolliges Back-up für all die Computermonitore vor ihm –, vergewisserte er sich zum dritten Mal innerhalb einer Stunde, dass alle vorgeschriebenen Meldungen eingegangen waren und er nun nichts anderes zu tun hatte, als bis sechs Uhr auf seine Ablösung zu warten.

Er hoffte, dass man ihm ein Frühstück mitbrachte. Steak und Champignonpastete mit einem Korb noch warmer knuspriger Brötchen wären genau das Richtige.

»Da haben wir es wieder«, sagte er sich. »Jetzt hast du Hunger.«

Auf der Suche nach etwas, um sich vom Frühstück abzulenken, warf er einen Blick auf den Monitor, der die Wege der firmeneigenen Schiffe mithilfe der Signale ihres AIS – Automatic Identification System – verfolgte. In unterschiedlichen Fenstern des Monitors konnte er sehen, wie sie die verschiedenen Ozeane der Welt durchpflügten und genau das taten, was sie tun sollten. Alle bis auf eins, wie er in diesem Augenblick erkannte.

Gegen den Bildschirm tippend, zoomte er den westlichen Pazifik heran, wo eine kurz zuvor noch grün gewesene Linie nun bernsteinfarben zu blinken begonnen hatte.

»Was haben wir denn da?«

Abermals auf den Bildschirm tippend, rief er die ID-Daten des Schiffes auf.

»*Canberra Swift*«, las er laut vor. »Jetzt gar nicht mehr so schnell, oder?«

Im Informationsfenster auf dem Bildschirm war zu verfolgen, wie die Geschwindigkeit des Schiffes von fünfunddreißig Knoten auf weniger als zehn Knoten abfiel und weiter sank. Freeman verfolgte, wie das Tempo bis 9,2 Knoten absackte und dort blieb.

Indem er sich mit beiden Füßen abstieß, rollte er mit seinem Sessel zur Sat-Com-Station. Im Prinzip nicht mehr als ein zweiter Computer, weckte er den Bildschirm mit einem Fingertippen auf und suchte die richtige Vorwahl aus, um mit der *Canberra Swift* Kontakt aufzunehmen.

»*Canberra Swift, Canberra Swift*«, sagte er laut. »Hier ist Operations, was ist bei Ihnen los?«

Er rückte das schlanke weiße Plastikmikrofon vor ihm auf dem Tisch zurecht.

»*Hier spricht der Erste Offizier Crawford*«, antwortete eine Stimme aus den Lautsprechern. »*Fahren Sie fort, Operations.*«

»Wir sehen, dass Sie langsamer werden. Wir messen eine Geschwindigkeit von 9,2 Knoten. Haben Sie irgendwelche Schwierigkeiten?«

»*Messung korrekt*«, erwiderte die Stimme. »*Wir hatten Probleme mit der Treibstoffpumpe der Gasturbine. Zurzeit benutzen wir den Diesel-Back-up. Unsere Techniker befassen sich bereits mit dem Problem. Von dort habe ich soeben die*

Information erhalten, dass die Reparatur des Hauptantriebs bereits im Gange ist und er in etwa einer Stunde wieder laufen wird.«

Freeman musste immer wieder über die Ruhe und Gelassenheit der Kapitäne und Mannschaften staunen. Im vergangenen Monat hatte er geholfen, ein Schiff unbehelligt durch einen Sturm der Stärke 5 mitsamt einem Wellengang, der das gesamte Deck überspülte, und einem schwergängigen Ruder zu manövrieren. Dem Tonfall des Kapitäns nach zu urteilen hatte es nach einer harmlosen vorübergehenden Störung geklungen.

»Wird vermerkt«, sagte Freeman und schrieb die Information auf sein Klemmbrett. »Soll ich San Francisco benachrichtigen und die voraussichtliche Ankunftszeit korrigieren?«

»*Nicht nötig, Operations. Wir holen die Verzögerung auf, sobald das Problem beseitigt ist.*«

Freeman notierte die Anweisung auf seinem Klemmbrett und trug die Uhrzeit ein. »Bestätigt«, sagte er. »Geben Sie uns Bescheid, wenn sich irgendwas ändern sollte.«

Der Erste Offizier meldete sich höflich ab, und Freeman rollte mit seinem Sessel zum Hauptcomputer zurück, in den er die erhaltenen Informationen und das Gespräch über das Keyboard eintippte.

Er saß noch immer an seiner Workstation, als eine Stunde später Signal und Signatur der *Canberra Swift* vom Bildschirm verschwanden.

Achttausend Seemeilen entfernt gönnte sich der Kapitän des südkoreanischen Frachters *Yeongju* auf der Backbord-Brückennock der Kommandobrücke seines Schiffes eine Pause. Erfahrener Weltreisender, der er war, bevorzugte er wegen ihres kräftigen Aromas indonesische Zigaretten und rauchte langsam und methodisch, um jede Phase dieses Vergnügens seiner selbst gewählten Sucht auszukosten und diesen kurzen Augenblick des Nichtstuns so lange wie möglich auszudehnen.

Er machte einen letzten Zug und schnippte die Kippe über die Reling hinaus in die Nacht. Die Glut leuchtete für einen Moment auf, angefacht von dem herrschenden Wind, ehe sie wie eine ausgebrannte Leuchtkugel verschwand.

Er war gerade dabei, den inhalierten Rauch auszuatmen, als ein doppelter Blitz den nördlichen Horizont aufhellte. Er war lautlos und funkelte. Und er hatte eine seltsame blau-weiß leuchtende Farbe.

Er flackerte nicht oder verblasste allmählich, sondern war einfach plötzlich da und gleich wieder verschwunden.

Der Kapitän blickte lange in die Richtung und bemerkte, dass der Blitz ein grünes Nachbild auf seiner Netzhaut hinterlassen hatte. Ein plötzlicher Druck in seiner Brust erinnerte ihn daran, dass er die Luft angehalten hatte. Er atmete eine Rauchwolke aus und kehrte dann auf die Kommandobrücke zurück.

»Irgendeine Wetteränderung?«, erkundigte er sich beim Rudergänger.

»No, Sir«, antwortete der Steuermann sofort. »Nicht vor morgen Nachmittag.«

Seltsam, dachte der Kapitän. Vielleicht war es das Wetterleuchten eines Wärmegewitters. Manchmal hatte die Atmosphäre die seltsamsten optischen Tricks auf Lager. »Vermerken Sie es im Logbuch«, sagte er. »Sehr heller Doppelblitz nördlich unserer momentanen Position. Entfernung unbekannt. Ursprung unbekannt.«

3

M.V. CANBERRA SWIFT

Auf der Kommandobrücke des verdunkelten Schiffes zählte Lucas Teng die Minuten – dies war einfacher, als die Stunden zu zählen. Zweihunderteinunddreißig Minuten waren verstrichen, seit sie das Schiff übernommen hatten. Einhundertsiebzig Minuten, seit sie es verdunkelt und den Kurs geändert hatten. Noch einhundert Minuten mehr, und er befände sich in Position für das Rendezvous und den größten Zahltag seines Lebens.

Zwanzig Millionen Dollar, aufgeteilt zwischen ihm und seinen Männern. Nach Abzug von Spesen und Schmiergeldern an Angestellte der Schifffahrtsgesellschaft, die ihm Insiderinformationen hatten zukommen lassen, bliebe noch immer mehr als genug übrig, um ihm den Ausstieg aus dem kriminellen Leben zu ermöglichen.

Was wirst du dann tun?, fragte er sich. Ein wenig leben. Und das Geld schnell ausgeben. Er kannte sich selbst gut genug, um zu wissen, dass es die Jagd und die damit verbundene Spannung war, die ihn reizten – mehr als das Geld. Aber beide Verlockungen würden ihn zurückholen. Es dauerte vielleicht ein oder zwei Jahre. Dann wäre das Geld weg, und das Leben würde langweilig werden. Aber auf die eine oder andere Art würde er wieder einen solchen Job planen.

Ein weiterer Blick auf die Uhr sagte ihm, dass der

Countdown-Zähler um eine Ziffer geschrumpft war. Noch neunundneunzig Minuten. Es wurde Zeit, einen Rundgang durchs Schiff zu machen.

»Halte uns auf Kurs«, sagte er zu Callum. »Wachwechsel alle zwanzig Minuten. Ich möchte nicht, dass die Boys müde werden.«

Einer der Männer stand am Ruder, zwei andere hatten auf beiden Seiten der Brückennock Posten bezogen und beobachteten den Horizont durch Nachtsichtgläser. Die See war ruhig, und der Wind hatte sich nahezu vollständig gelegt. Aber mit diesem Tempo durch die Wellen zu rauschen, erzeugte einen Fahrtwind, der mit lautem Heulen über die eigenwilligen Aufbauten des Schiffes strich. Da jedes System ausgeschaltet worden war, das Licht oder Radiowellen aussandte – sogar das Wetterradar und das Kollisionswarnsystem –, hatte es sich als notwendig erwiesen, zwei altmodische Ausguckposten aufzustellen. Das Letzte, was Lucas sich wünschte, war, einem anderen Schiff fast auf Tuchfühlung zu begegnen.

Lucas schnappte sich das Funkgerät und hielt es hoch, damit Callum es sehen konnte. »Ich bin in fünfzehn Minuten zurück. Gib mir Bescheid, falls irgendetwas Ungewöhnliches geschieht.«

Nachdem er die Brücke verlassen hatte, durchquerte Lucas das leere Schiff auf seinem Weg hinunter zum Frachtraum. Er hatte die Schlüsselkarte des Kapitäns, eine Liste von Codes und einen Stapel Frachtpapiere dabei. Auf dem Hauptfrachtdeck betrat er einen riesigen freien Raum, der in seinen Ausmaßen eher an ein Warenhaus oder einen Flugzeughangar erinnerte.

Er schlängelte sich zwischen überdimensionalen Frachtstücken hindurch und gelangte zu einer verschiebbaren

Zwischenwand, die mitten im Frachtraum errichtet worden war und ihn teilte. Diese dünne Stahlbarriere sollte die wertvollste Fracht des Schiffes schützen, falls das Wetter sich verschlechterte oder andere Frachtstücke sich losrissen.

Er verglich die Frachtpapiere mit der Liste von Codenummern, die er sich auf der Kommandobrücke hatte geben lassen, und wedelte mit der Schlüsselkarte des Kapitäns vor dem Leseterminal herum. Dessen Kontrolllampe leuchtete auf. Über eine Zahlentastatur gab er einen Nummerncode ein. Das rote Licht sprang auf Grün um, und die elektronische Verriegelung öffnete sich mit einem Klick.

Lucas öffnete die Lukentür und stieg über die erhöhte Schwelle. Eine Batterie Lampen leuchtete über ihm auf und tauchte die Umgebung in ein kaltes, steriles Neonlicht.

Der Raum hatte kaum Ähnlichkeit mit dem Frachtabteil eines herkömmlichen Handelsschiffes. Seine Wände bestanden aus weißem Kunststoffmaterial, das stellenweise aufgeraut und zerkratzt worden war, aber noch immer so stark glänzte, dass es das Licht der Deckenbeleuchtung reflektierte.

In großen Stellagen ruhten mehrere lange achteckige Zylinder. Lucas ging näher heran und entdeckte eine Inschrift.

HYDRO-COM CORP.

VECTOR I-OOI-04

Warning: Container is pressurized with Nitrogen

to five atmospheres.

Depressurize before opening.

»Also das ist das, worauf Emmerson so scharf ist«, flüsterte er vor sich hin. »Ich hätte eher Waffen oder Uran Yellow Cake erwartet. Dies ist viel akzeptabler.«

»Und auch profitabler«, sagte eine Stimme hinter ihm.

Lucas wirbelte herum. Er sah eine Gestalt in der Lukentüröffnung. Das Mannschaftsmitglied, das ihnen den Zutritt zum Schiff ermöglicht hatte. Der Mann hielt eine Waffe in der Hand.

»Was tust du hier?«, fragte Lucas. »Du sollst eigentlich bei der restlichen Mannschaft sein und so tun, als wärest du ebenfalls gefangen genommen.«

Der Mann richtete die Pistole auf Lucas. »Ich hatte keine Lust mehr, so zu tun als ob«, erwiderte er. »Daher habe ich mich aus der Gefangenschaft entlassen und alle erschossen.«

Sofort rechnete Lucas damit, dass ihm das gleiche Schicksal drohte, also tauchte er zur Seite weg und suchte hinter den Servergehäusen Schutz.

Der Mann feuerte sofort und drückte mehrmals kurz hintereinander ab. Zwei Schüsse gingen fehl, eine Kugel traf den Server, aber die vierte erwischte Lucas im Unterschenkel, fraß sich durch den Muskel und zertrümmerte sein Schienbein.

Er stieß einen Schmerzensschrei aus, während er zu Boden sackte, da sein Bein nachgab … aber er kroch sofort vorwärts in dem verzweifelten Bemühen, sein Leben zu retten.

»Du hättest deine Waffe mitnehmen sollen«, sagte der Mann, während er langsam in seine Richtung ging. »Aber gut, wahrscheinlich meintest du, dass du sie nicht brauchen würdest.«

Lucas kroch jetzt auf allen vieren, zog sein verletztes

Bein hinter sich her und legte dabei eine breite Blutspur auf den weißen Plastikfußboden.

Er hakte das Sprechfunkgerät von seinem Gürtel los und forderte Unterstützung an. »Cal«, rief er laut. »Ich brauche Hilfe. Wir wurden ausgetrickst.«

Er ließ die Sprechtaste los und wartete auf Antwort, aber er hörte nichts als den Klang toter Luft und schlurfende Schritte hinter den Servergehäusen. Wieder drückte er auf den Sendeknopf. »Callum?«

»Es hätte dir gutgetan, wenn du dich mit dem Schiff vertraut gemacht hättest, ehe du an Bord kamst«, sagte der schleichende Mann. »Weißt du, der Laderaum ist nur eine vorübergehende Oase für diese Maschinen, entworfen und geschaffen, um sie vor jeder Form elektromagnetischer Strahlung zu schützen. Keine Radiowellen können in den Laderaum eindringen oder von dort herausgelangen, was bedeutet, dass dein Hilferuf hier genauso eingesperrt ist wie du selbst in diesem Augenblick.«

Lucas kroch weiter, duckte sich hinter einen anderen Server, während der Mann am Ende des Raums erschien und einen weiteren Schuss abfeuerte. Diese Kugel traf Lucas unterhalb des Knies und jagte eine neue Schmerzwelle durch sein verletztes Bein.

Er rutschte rückwärts bis zur Wand, beugte sich hinunter und riss einen Stoffstreifen aus seinem Hosenbein. Dabei konnte er auch sehen, wie schlimm ihn die erste Kugel getroffen hatte. Freigelegte Muskelstränge und zersplitterte Knochenfragmente ließen keinen Zweifel zu. Selbst wenn er am Ende überlebte, wäre eine Amputation unausweichlich.

Er legte sich einen Druckverband um den Oberschenkel und zog ihn so fest zu, wie es ihm in seinem angeschlagenen

Zustand möglich war. »Du gehörst nicht zur Mannschaft«, rief er. »Für wen arbeitest du?«

»Ich fürchte, das ist etwas, das du nie erfahren wirst.«

Ein weiterer Schuss fiel. Diese Kugel stanzte ein Loch in die Wand.

»Du bist ein toter Mann«, rief Lucas, zwängte sich zwischen zwei Servergehäuse und schob sich zentimeterweise vorwärts. »Selbst wenn meine Männer dich nicht töten, wird Emmerson dich jagen und am Ende erwischen.«

»Emmerson wird mich niemals finden«, sagte der Mann und klang nun weiter entfernt. »Und sollte er mich tatsächlich finden, dann werde ich dich ganz sicher überleben.«

Die Stimme war mittlerweile kaum noch zu verstehen. Und der laute Knall, mit dem die Lukentür zuschlug, verriet Lucas auch, weshalb. Er zwang sich, hinzuschauen und das Unabänderliche zur Kenntnis zu nehmen. Sie war tatsächlich geschlossen und verriegelt. Er war im Frachtraum gefangen.

Sekunden später lief ein Rumpeln durch das Schiff. Es erfolgte stoßweise und wanderte vom Heck bis zum Bug.

Lucas identifizierte es als Sprengladungen, die in schneller Folge gezündet wurden, ähnlich der Methode, die ein Sprengexperte anwendete, um ein großes Gebäude zu zerlegen.

Während er sich bemühte, die Logik hinter dieser letzten Überraschung zu begreifen, erklangen Alarmsirenen. Das Schiff nahm Wasser auf.

Der Rumpf war entlang der Wasserlinie aufgesprengt worden. Der Mann, der auf ihn geschossen hatte, versenkte das Schiff gerade. Lucas konnte nicht begreifen, weshalb, aber als sich das Schiff zur Seite neigte, Schlagseite bekam und der Boden zu einer Seite immer steiler absackte, war er sicher, dass das Schiff sinken würde.

Er wagte sich aus seinem Versteck und schleppte sich zur Lukentür. Sie gab nicht nach, selbst als er mit aller Kraft daran zog.

Er versuchte noch einmal sein Glück mit dem Sprechfunkgerät. »Callum«, rief er. »Callum!«

Wasser sickerte durch winzige Spalten an den Rändern der Luke und tropfte durch das Einschussloch in der Wand.

Das Wasser stieg schnell an. Es musste außerhalb seines Gefängnisses bereits eine Höhe von gut einem halben Meter erreicht haben.

Mühsam hielt sich Lucas auf seinem unversehrten Bein aufrecht und warf sich mehrmals erfolglos gegen die Lukentür. Er packte den Handgriff, während er zurücksank, zog daran und hoffte, das Wasser draußen würde mithelfen, die Tür nach innen zu drücken. Das Schloss gab nicht nach, also zog er noch einmal.

Die Tür knarrte, und der Rahmen wölbte sich nach innen. Tür und Rahmen – beide gaben gleichzeitig nach.

Lucas hechtete zur Seite, um Platz zu machen und der Flut zu entgehen, aber der Wasserschwall erwischte ihn, als er durch die Öffnung schoss. Lucas wurde von den Füßen gerissen und wie ein Stück Treibholz weggeschwemmt, das dem Spiel der Wellen hilflos ausgeliefert war.

Er wurde gegen die hintere Wand geschleudert und durch den gesamten Raum gespült. Wasserstrudel rissen ihn nach unten und drückten ihn gleich darauf wieder nach oben. Als er auftauchte, rang er nach Luft und griff nach dem Metallrahmen, der einen der Server schützte. Er zog sich vorwärts und schlang Arme und Beine um das Servergehäuse, als hielte er sich an einem Baum fest.

Das Schiff kippte jetzt nach achtern. Das Heck war zuerst gesprengt worden. Mit hoch erhobenem Bug würde es den Abstieg in die Tiefe antreten.

Lucas zog sich höher, während die Wassermassen ungehindert einströmten. Aber er wusste, dass er in diesem Kampf auf verlorenem Posten stand. Er hoffte, dass in dem Raum ein gewisses Gleichgewicht einsetzte und er die Möglichkeit hätte hinauszuschwimmen, doch in dem Maße, wie das Wasser anstieg, ließen seine Kräfte nach.

Ein dumpfer metallischer Glockenton erklang hinter ihm, als sich irgendein Maschinenelement oder ein nur nachlässig gesichertes Teil der Fracht losriss und gegen die Trennwand geschleudert wurde.

Sekunden später flackerten die Lichter auf und erloschen dann ganz.

Lucas spürte, wie ihm die Kälte in die Knochen drang. Er hatte den Kampf, sich über Wasser zu halten, aufgegeben. Er glaubte nicht mehr daran, zum nächsten Deck schwimmen zu können und einen Weg zu finden, auf dem er das Schiff verlassen könnte.

Mit zunehmend tauben Fingern klammerte er sich weiter an den Sicherungsrahmen des Servers, während er vor Wut kochte und sich fragte, wer ihn besiegt, wer ihn verraten hatte. Und dann, nicht bereit, dies seine letzten Gedanken sein zu lassen, konzentrierte er sich auf bessere Dinge, auf seine Frau und seine Kinder, die sich ihm aufgrund des Lebens, das er führte, längs schon entfremdet hatten – die aber irgendwo da draußen in Sicherheit und in einer Welt lebten, die sich von seiner eigenen grundlegend unterschied.

Seine Hände verkrampften sich in der Kälte. Sein Griff lockerte sich, er rutschte von dem Sicherungsrahmen ab und sank langsam in die Tiefe. Dabei fielen ihm zwei Lichtquellen auf. Die eine war das verschwommene Zifferblatt seiner Uhr, die noch immer die Minuten bis zu seinem Erfolg herunterzählte. Die zweite Lichtquelle waren die LED-Streifen in dem Servergehäuse vor ihm. Trotz des Chaos, der Schießerei und der eisigen Flut war die Maschine nach wie vor unbeirrt in Betrieb.

4

ZWEIHUNDERT MEILEN NORDÖSTLICH VON DA NANG, VIETNAM
GEGENWART

Zwei Gestalten in Nasstauchanzügen schwammen in einer Tiefe von dreißig Fuß. Sonnenlicht drang durch das klare Wasser und erzeugte tanzende Muster, wo es auf das von Leben wimmelnde Riff unter ihnen traf.

Kurt Austin studierte die wechselnden Muster von Licht und Dunkelheit, sank tiefer, während er an einer kleinen Schule hellgelber Fische vorbei in die Regionen dahinter blickte, die in einem kräftigeren Blau leuchteten.

Er war der Chef der Abteilung für Spezialaufgaben bei der National Underwater and Marine Agency, kurz NUMA, die sich den Erhalt und Schutz der Ozeane auf ihr Banner geschrieben hatte. Mehr als eintausend Stunden seines Lebens hatte er bei verschiedenen Tauchfahrten unter Wasser verbracht – und wahrscheinlich das Dreifache dieser Zeitspanne in den verschiedensten U-Boot-Typen. In all dieser Zeit war er der Schönheiten des Meeres niemals überdrüssig geworden, noch hatte er jemals die Gefahren unterschätzt, die ebenfalls dort lauerten.

»Flatterfische«, sagte eine Stimme. Der Name drang aus dem winzigen Lautsprecher in seinem Vollgesichtshelm.

Kurt sah hinüber zu der Gestalt neben ihm. Sein Tauchpartner war eine Frau namens Yan-Li, eine Schifffahrtshistorikerin aus der Volksrepublik China, die einst als Tauchexpertin bei der Marine der Volksrepublik gedient hatte. Ihr Nasstauchanzug und ihr Helm zeigten das gleiche Rot wie die chinesische Flagge. Ihre Pressluftflasche war ein gelber Aluminiumzylinder, und an den Füßen trug sie gelbe Schwimmflossen.

Im Gegensatz dazu erschien Kurts Ausrüstung wie das Outfit eines Unterwasserarbeiters – dunkelblauer Nasstuchanzug, verschrammte stählerne Pressluftflasche, schwarze Schwimmflossen, Tauchschuhe und Handschuhe.

»Ich habe mir schon oft gedacht, dass Fische sehr oft zu roh behandelt werden«, fuhr sie fort.

»Wenn Sie damit die Sashimi-Phase ihres Daseins meinen«, erwiderte Kurt, »haben Sie sicherlich recht.«

Kurt grinste bei diesen Worten, wobei die Falten um seine Augen durch die Art und Weise, wie der Helm gegen sein Gesicht presste, noch betont wurden. Er war knapp über vierzig, aber ein Leben auf See und in der Sonne hatten seinem Gesicht mehr Charakter verliehen, als man bei den meisten seiner Altersgenossen finden konnte. Stahlgraue Strähnen in seinem Haar unterstrichen das Markante seines Aussehens und verhalfen ihm zu einer älteren und ausgesprochen wettergegerbten Erscheinung.

»Ich meine«, erklärte die Frau, »die Namensauswahl, zu der wir bei der Benennung wassergebundener Spezies neigen. So viele werden nach anderen Dingen benannt. Flatterfische, Papageienfische, Rotfeuerfische. Heute Vormittag habe ich sogar einen Ananasfisch entdeckt. Und wenn wir uns aufmerksam umsehen, finden wir hier in der Umgebung vielleicht sogar eine Knoblauchbrot-Seegurke.«

»Letzteres haben Sie aber erfunden«, sagte Kurt und

blickte wieder voller Interesse in die tieferen Meeresregionen jenseits des Korallenriffs.

»Ich versichere Ihnen, das habe ich nicht«, erwiderte sie und machte einen kreisenden Schwimmzug, um ihre Position beizubehalten.

Kurt konzentrierte sich auf einen Schatten in einiger Entfernung. Er war aus den tieferen Küstengewässern gekommen und hatte sich dann entfernt, bis er außer Sicht geriet. Jetzt war er wieder da und kam näher, wobei die Sonnenstrahlen, die durchs Wasser drangen, die Streifen auf seinem Rücken deutlicher hervortreten ließen.

»Ich schlage vor, wir steigen zu den Korallen hinunter«, sagte Kurt. »Eine andere Ihrer so unzutreffend benannten Kreaturen interessiert sich gerade auffällig für uns. Ein Tigerhai. Fünf Meter lang.«

Yans Haltung verkrampfte sich ein wenig, aber so etwas wie Angst war ihr nicht anzumerken. Während sie ein wenig Luft aus ihrem Auftriebskompensator abließ, sank sie neben Kurt in eine Lücke des Riffs.

Kurt wusste, dass sie sehr gut auf sich selbst aufpassen konnte. Sie hatten die letzten fünf Monate auf der Spur eines mystischen Schatzes verbracht und dabei in einer Art ungenehmigter internationaler Partnerschaft zusammengearbeitet. Auf sie war geschossen worden, sie waren durch Bergregionen gejagt worden, und sie hatten sogar von einer Brücke springen müssen, als sie in einem abgelegenen Teil Kambodschas in die Enge getrieben worden waren. Und dies alles nur wegen eines Tagebuchs, das der berühmten chinesischen Piratin Ching Shih gehört hatte, und wegen des unermesslichen Schatzes, den sie darin beschrieb und der ihr, wie sie berichtete, gestohlen wurde und im Südchinesischen Meer versunken war.

Dennoch gab es durchaus einen Unterschied zwischen einer Schlägerei in irgendeiner dunklen Gasse und der Abwehr eines tausend Pfund schweren Hais.

Langsam zum Riff hinabsinkend, behielt Kurt den Hai im Auge. Er schwamm noch immer auf sie zu und drehte dann nach Norden ab. Gerade, als es so aussah, als hätte er das Interesse verloren, machte er kehrt, beschleunigte und streckte sich.

»Das ist eine aggressive Pose«, bemerkte Yan. »Nicht gut.«

Der Hai schwamm auf sie zu und machte Fahrt wie ein Torpedo. Kurt griff nach der soliden Kante einer Hirnkorallenkolonie, zog sich daran abwärts und nahm Yan mit der freien Hand gleich mit.

Indem sie hinter der inselähnlichen Formation Schutz suchten, entgingen sie dem ersten Angriffsversuch des Raubfisches. Er schoss mit seiner kantigen Nase und seinem weißen Bauch über sie hinweg und kam ihnen beinahe so nahe, dass sie nur die Hände hätten ausstrecken müssen, um ihn zu berühren.

Kurt wirbelte herum, damit er ihn verfolgen konnte. Dabei brach er mit einer Schwimmflosse einen Ast einer Hirschgeweihkoralle ab.

»Großer Fisch«, sagte Yan.

»Ich wünschte, er wäre noch größer«, versuchte Kurt einen Scherz. »Haie mit vollen Bäuchen sind bei Weitem nicht so gefährlich. Dieser hier sieht aus, als ob er schon seit Längerem strenge Diät hält.«

Der Tigerhai schwamm bis ins flache Wasser, dann wendete er und hielt erneut auf sie zu.

»Sehen Sie sich das an«, sagte Yan.

Kurt hatte nicht die Absicht, den Blick von dem großen

Raubfisch zu lösen, aber Yans drängender Tonfall animierte ihn, ihrer Aufforderung nachzukommen. Widerstrebend blickte er nach unten.

Dort, an der Basis einer Korallenformation, befand sich ein geschwärztes Riff, das schnurgerade verlief. »Das ist keine Koralle«, sagte Yan. »Es ist möglicherweise eine Kolonie von Corallimorpharia.«

Corallimorpharia waren eine invasive Spezies, die auf Eisen gedieh und gelegentlich die Korallenkrankheit Black Band Disease auslöste.

Kurt erkannte die Bedeutung dieser Erscheinung, aber er wusste: Es würde ihnen nicht weiterhelfen, wenn sie dem Tigerhai als Mahlzeit dienten, ehe sie eine genaue Untersuchung anstellen konnten. »Solange wir unserem Mittagsgast keine Portion Thunfisch anbieten können, meine ich, dass wir uns später darum kümmern sollen.«

»Ich glaube, er verlässt uns«, sagte Yan.

»Seien Sie sich lieber nicht so sicher«, erwiderte Kurt.

Yan richtete ihre Tauchlampe auf die Corallimorph-Formation und wedelte mit der freien Hand das Sediment und den Sand weg, der sich darauf angesammelt hatte. Eine etwa einen Meter lange Röhre wurde freigelegt, an ihrem Ende befand sich ein Griff, komplett mit Abzugsbügel und dem Rest eines Abzugshebels versehen. Ungleichmäßiger Korallenbewuchs bedeckte die restlichen Teile der Waffe, darunter zwei Metallplatten, die dazu hätten dienen können, den Lauf auf einem zweibeinigen Ständer abzulegen.

»Das ist eine Waffe«, stellte Yan fest.

Da er Duellpistolen und andere seltene antike Waffen sammelte, erkannte Kurt auf Anhieb, was er vor sich hatte. »Eine Arkebuse. Über die Mündung geladen. Frühes achtzehntes Jahrhundert.«

»Im Logbuch wurden vier Exemplare dieser Waffe an Bord der *Seidener Drache* beschrieben«, sagte Yan-Li.

»Man fand sie damals auf fast jedem Schiff«, sagte Kurt. »Sie waren das wirksamste Mittel, um Piraten vom Entern abzuhalten.«

Er hatte Mühe, im Wasser etwas zu erkennen. Der Hai befand sich nun vollkommen außer Sicht, was aber nicht hieß, dass er verschwunden war. Kurt suchte von seiner Position aus jeden Sektor ab. Und plötzlich war der Hai wieder da.

»Achtung!«

Er schob Yan hinter die Koralle, während er selbst ausholte und mit seiner Kamera auf das Gesicht des angreifenden Hais zielte. Er traf ihn genau aufs Maul. Der Hai reagierte, indem er den Kopf hin und her warf. Das Blitzlicht verwirrte ihn offenbar. Die Bestie schnappte um sich, bekam nur Wasser zwischen die Zähne, schoss dann vorwärts und biss in die Korallen.

Geschmack und Konsistenz sagten ihm offenbar nicht zu. Er wich zurück und erwischte Kurt mit seiner mächtigen Schwanzflosse.

Yan war jetzt doch ein wenig erschrocken. Und Kurt fühlte sich auch nicht sonderlich wohl. »Wenn dies ein großer Weißer war, dann erwarte ich, dass er weiterzieht«, sagte er. »Sie sind gar nicht so sehr daran interessiert, Menschen zu verspeisen. Aber Tigerhaie sind um einiges aggressiver. Sie stürzen sich auf alles.«

Er erwartete mindestens eine weitere Attacke, und die demolierte Kamera würde bei einem zweiten Angriff als Waffe sicher nicht ausreichen.

»Behalten Sie den Burschen bloß im Auge«, sagte Kurt.

»Tu ich«, versprach Yan.

Kurt wechselte die Kanäle und rief ihr Hilfsboot oben auf dem Wasser. »*Sapphire*, wir haben ein Problem. Hungriger Tigerhai hat Appetit auf uns und findet uns unwiderstehlich. Ihr müsst mit dem Boot hierherkommen, damit wir einen schnellen Abgang machen können. Ich aktiviere einen Peilsender.«

»Dachte mir schon, dass ich ein paar Streifen im Wasser gesehen habe«, erwiderte eine Stimme. »Bin in sechzig Sekunden bei euch.«

Kurt holte einen kleinen Gegenstand aus seinem Werkzeugsack. Er hatte die Größe und das Aussehen eines elektrischen Rasierapparats.

»Sagen Sie bloß, dass man damit Haie abwehren kann«, sagte Yan staunend.

»Das ist ein Peilsender«, erklärte Kurt. »Im Augenblick habe ich wenig Lust, zum Schiff zu schwimmen, wenn wir das Schiff auch bitten können, zu uns zu kommen.«

Er drehte die obere Kappe um neunzig Grad und ließ das kleine Gerät los. Es stieg sofort nach oben, als sein starker Auftrieb es zur Wasseroberfläche zog. Gleichzeitig begann ein kleines Licht zu blinken. Ein mit Gummi beschichteter Antennenknubbel an der Seite sendete ein Signal, das von einem Satelliten aufgespürt und zur *Sapphire* übermittelt wurde, sobald der kleine Sender aus dem Wasser auftauchte.

»Joe sollte sich lieber beeilen«, sagte Yan und deutete auf einen noch weit entfernten Punkt im Wasser, der sich ihnen zügig näherte. »Der Hai kommt zurück.«

Kurt kauerte sich neben sie. »Besteht die Chance, dass Sie die Arkebuse irgendwie aus den Korallen heraushebeln? Es wäre nett, wenn wir einen langen Eisenstab hätten, mit dem wir dem Hai eins aufs Maul geben können.«

»Unmöglich«, meinte Yan und schüttelte den Kopf. »Die Korallen haben sie fest im Griff.«

Während er sich umsah und nach einer anderen Waffe Ausschau hielt, entdeckte Kurt eine Kolonie schwarzer und violetter Seeigel mit fast zehn Zentimeter langen Stacheln. Behutsam löste er den größten vom Untergrund, brach ein paar Stacheln ab, damit er ihn festhalten konnte, und kreiselte dann schnell herum.

Der Tigerhai hatte das Tempo gedrosselt, kam langsam näher und versuchte offenbar, sich darüber klar zu werden, wie er trotz des Korallenpfeilers an sie herankäme. Er tastete sich näher und näher und umkreiste sie, während Kurt und Yan darauf achteten, dass sich der Korallenturm jederzeit zwischen ihnen und dem Hai befand.

Mit erstaunlichem Tempo machte der Hai kehrt und schoss abwärts. Yan stieß ihm die Tauchlampe entgegen und Kurt streckte den Körper zur Seite und schmetterte den Seeigel dem Hai vor das Maul. Er traf ihn dicht unterhalb der Nase. Diesmal drehte er sofort ab und machte keinerlei Anstalten mehr zurückzukommen.

»Nun«, sagte Kurt und zog einen schmerzhaften Stachel aus einer Hand, »jetzt muss er sich nur noch eine Minute lang von uns fernhalten.«

5

Joe Zavala stand auf der Flybridge einer neunzig Fuß langen Motorjacht namens *Sapphire*. Seine von der Sonne gebräunte Haut und das kurze dunkle Haar bildeten einen reizvollen Kontrast zu dem pinkfarbenen Leinenhemd und den weißen Shorts, die er trug. Polarisierte Sonnengläser schützten seine Augen, während seine Füße sockenlos in engen Bootsschuhen steckten. Alles in allem sah er eher wie ein männliches Model während eines Fototermins für ein Bootsmagazin aus, und gar nicht wie das technische Genie, der mechanische Tausendsassa und der ehemalige Boxer, das und der er tatsächlich war.

In Wahrheit war sein stählerner Blick eher ein Indiz für die Konzentriertheit, während er das Multi-Millionen-Dollar-Boot um die einsame Insel herum navigierte und sich dabei so nah wie möglich an das Riff heranwagte. Seine Aufmerksamkeit teilte er zwischen der sich verändernden Farbe des Wassers und dem Bildschirm des Sonars auf. Beide, seine Augen und der Bildschirm, signalisierten ihm, dass der Meeresgrund nicht besonders weit unter dem Kiel lauerte.

In mäßiger Fahrt vor der Küste kreuzend, erschien die Jacht wie jedes andere Spielzeug der Reichen und Berühmten, aber unter Deck war sie für die Durchführung umfangreicher wissenschaftlicher nautischer Untersuchungen von Grund auf umgestaltet worden.

Die luxuriöse Master Suite war in einen Lagerraum für Tauchgeräte und Ausgrabungswerkzeug umgewandelt worden. Der Hauptsalon hatte seine Bar, die Ledersitzgruppen und die auf Hochglanz polierten Holzmöbel verloren und dafür ein Satelliten-Kommunikationssystem und andere Formen von Elektronik und genügend Rechenpower erhalten, um einem internationalen Videospiel-Kongress die nötigen technischen Voraussetzungen zu bieten. Das Achterdeck war vergrößert und verstärkt worden, um einen Landeteller für kleinere Helikopter aufzunehmen, während das Heck mit Winschen und Kränen aufgerüstet worden war, um Sonarantennen, Magnetometer und andere Arten von *Fischen* auszubringen und zu schleppen, die zum Suchen und Aufspüren von Objekten in großer Tiefe benutzt wurden.

Was allerdings nicht geopfert wurde, waren die leistungsstarken Maschinen, derer Joe sich hatte ausgiebig bedienen können, während er die Insel umrundete. In den vierzig Minuten, seit Yan und Kurt von Bord gegangen waren, hatte er sich einen gründlichen Überblick über den Küstenverlauf verschafft.

Er zog die Zwillingsgashebel zurück und erlaubte der Jacht, beträchtlich an Fahrt zu verlieren, dann drehte er das Ruder nach rechts. Der scharfe Kurswechsel rief bei dem turnusmäßigen Rudergänger der *Sapphire* – einem schon lange bei der NUMA tätigen Spezialisten namens Winterburn – ein unwirsches Knurren hervor.

»Ich fände es gar nicht gut, wenn Sie mir meinen Rumpf zerkratzen«, sagte er.

Winterburn betrachtete das Schiff offenbar als sein persönliches Eigentum. Und die kleine Mannschaft als seine Männer. Joe hatte eine geschlagene Woche gebraucht, um

Winterburn davon zu überzeugen, dass er selbst ein solches Boot professionell führen und jederzeit das Ruder übernehmen konnte.

»Das ist besser, als zuzulassen, dass Kurt und Yan als Hauptgang auf dem Mittagstisch dieses Hais enden«, erwiderte Joe.

»Hmm …«, brummte Winterburn. »Das ist sicher richtig.«

Die Jacht schwang nach Steuerbord herum, wurde langsamer und tastete sich durch eine Lücke im Riff in die Bucht hinein. Joe zog die Gashebel auf Rückwärtsgang und stoppte die Jacht direkt neben dem blinkenden Peilsender.

Da die *Sapphire* nun reglos im Wasser lag, nahm er das tragbare Sprechfunkgerät von seiner Ladebasis. »Sind in Position, um Taucher aufzunehmen«, sagte er und klang schrecklich offiziell. »Das heißt, vorausgesetzt, dass Sie die beiden finden, nachdem sie lange genug herumgeplanscht haben.«

Kurts Stimme kam nur Sekunden später zurück. Blechern und leise drang sie aus dem kleinen Lautsprecher. »*Wir sehen Sie. Lassen Sie die Treppe herunter, okay? Keine Ahnung, wohin Ihr Freund mit der scharfen Rückenflosse verschwunden ist.*«

Joe betätigte einen Schalter auf dem Armaturenbrett neben dem Ruder. Als Reaktion sank am Heck der Jacht eine Schwimmplattform mitsamt Leiter ins Wasser hinab.

»Leitern im Wasser«, sagte er. »Komme zu Hilfe.«

Joe übergab das Ruder an Winterburn und eilte zum Heck. Er schnappte sich einen Bootshaken, während er sich der Plattform näherte, für den Fall, dass er den hungrigen Hai abwehren musste.

Er erreichte die Plattform gerade in dem Augenblick, als die beiden Taucher durch die Wasseroberfläche brachen. Yan-Li war ihm am nächsten. Sie warf die gelben Schwimmflossen aufs Deck und kletterte sofort die Leiter hoch.

Während sie die letzten Stufen nahm, reichte Joe ihr eine Hand und half ihr, trotz der schweren Pressluftflasche auf ihrem Rücken das Gleichgewicht zu behalten.

Sie nahm den Helm ab. »Danke, Joe. Wie immer der perfekte Gentleman.«

Joe grinste. Er freute sich über das Lob. Ehe er sich wieder zur Leiter umwenden konnte, flog ein zweites Paar Schwimmflossen über den Bootsrand. Er duckte sich, um nicht getroffen zu werden. Kurt war schon aus dem Wasser und hatte die Treppe bereits zur Hälfte hinter sich.

»Guter Wurf«, sagte Joe und deutete mit dem Kopf auf die Schwimmflossen. »Aber schon wieder daneben. Zu weit nach rechts.«

Kurt öffnete den Verschluss seines Helms, setzte ihn ab, und ein Wust nassen silbergrauen Haars kam zum Vorschein. »Offenbar funktionieren deine lange verschütteten Boxreflexe noch immer.«

In seiner Zeit bei der Navy war Joe Mitglied der Boxstaffel gewesen. Er ließ es sich nicht nehmen, regelmäßig seine Kräfte in Sparringskämpfen zu messen. »Lange verschüttet? Wenn ich wollte, könnte ich schon morgen wieder in den Ring steigen.«

»In diesem Fall muss es wohl an meinen Zielfähigkeiten gelegen haben«, sagte Kurt und streifte die Handschuhe ab. Drei abgebrochene Seeigelstachel steckten in seiner Hand. Seine Handfläche und das Handgelenk waren gerötet und angeschwollen.

»Du brauchst Essig und eine Pinzette«, sagte Joe.

»Ganz zu schweigen von einem Schmerzmittel.«

»Rum ist aus«, sagte Joe und fand eine Nasenhaarpinzette. »Aber Scotch haben wir noch in rauen Mengen.«

»Der tut's auch«, meinte Kurt.

Während Kurt ihm die Pinzette aus der Hand nahm, schlüpfte Yan aus ihrem Tauchgeschirr und atmete aus. »Das war ja richtig wild«, stellte sie eher freudig erregt als von Furcht gezeichnet fest.

»Habt ihr etwas gefunden?«, fragte Joe.

»Die Überreste einer Drehbasse aus dem neunzehnten Jahrhundert«, sagte Yan, »und von dem Schiff keine Spur, aber ich kann mir keinen anderen Grund für die Existenz einer solchen Waffe auf dieser unbewohnten Insel vorstellen. Habt ihr irgendetwas in der Bucht oder außerhalb des Riffs gefunden?«

»Nein, ich habe die gesamte Insel umrundet. Nichts auf dem Sonar und auch nichts auf den Karten.«

»Sie haben vielleicht Steine als Ballast verwendet«, sagte Yan. »Und der Schatz bestand vorwiegend aus Gold-, Silber- und Jadeobjekten. All dies sind Materialien, in denen kein Eisen enthalten ist. Und davon würden wir nichts aufspüren, selbst wenn das Schiff auf dem Grund der Bucht läge.«

»Das klingt, als wäret ihr erfolgreicher gewesen«, sagte Joe.

»Aber nur, wenn du säuberlich zerlegt und fast bei lebendigem Leib verzehrt zu werden, als ›erfolgreicher‹ bezeichnest«, erwiderte Kurt grinsend. »Sobald wir sicher sein können, dass der Flossentiger diese schöne Gegend verlassen hat, gehen wir wieder runter, untersuchen alles mit einem tragbaren Magnetometer und graben die Arkebuse aus. Selbst wenn in der damaligen Zeit jede Menge Schiffe mit ähnlichen Schusswaffen bestückt waren, dürften sich die Waffen des *Drachen* deutlich von ihnen unterschieden haben. Wie man weiß, waren sie mit Silberbeschlägen und Perlen verziert. Dies könnte ein Beweis sein, dass sie sich tatsächlich hier befunden hat.«

Joe schüttelte den Kopf. »Leider habe ich die Pflicht, euch darüber zu informieren, dass die Leute in D.C. eine Nachricht geschickt haben, während ihr unten auf dem Riff wart. Es hat sich etwas ergeben, um das wir uns sofort kümmern müssen.«

Abgesehen von einem leichten Zucken seiner Kaumuskeln war Kurt keinerlei emotionale Reaktion anzumerken. Das sah bei Yan allerdings vollkommen anders aus. »Soll das ein Witz sein?«, platzte sie heraus. »Wir stehen so dicht davor.«

Sie hatte Joes Mitgefühl. Seit fast drei Jahren war sie nun schon auf der Suche. Lange bevor die chinesische Regierung eine finanzielle Belohnung für die Auffindung des Schatzes ausgelobt hatte.

»Tut mir leid«, sagte Joe. »Momentan ist ein Hubschrauber unterwegs, um Sie aufzugabeln und nach Da Nang zurückzubringen. Dort werden Sie jederzeit einen Flug nach Hongkong finden.«

»Sie nehmen mich nicht mit?«

»Wir müssen in die andere Richtung. Nach Manila im Osten, wo wir auf einem weiteren Schiff der NUMA erwartet werden. Um was es geht und wie unsere neuen Befehle lauten, werden wir erst erfahren, wenn wir dort sind.«

Yan seufzte resignierend.

»Wir merken uns diese Geschichte vor«, sagte Kurt.

»Wie auch immer unsere neue Aufgabe aussehen mag, ich kann mir nicht vorstellen, dass sie viel Zeit in Anspruch nehmen wird. Wahrscheinlich geht es um einen verirrten Delphin oder etwas in dieser Richtung. Sobald wir das erledigt haben, kommen wir zurück, melden uns bei Ihnen und machen dort weiter, wo wir aufgehört haben.«

Joe beugte sich mit dem Bootshaken über die Reling und angelte den Peilsender aus dem Wasser. Er schaltete ihn aus, indem er die Kappe in die Ausgangsstellung drehte, und reichte ihn Yan. »Wenn Sie bis dahin unsere Hilfe brauchen sollten, drehen Sie einfach an der Kappe und werfen Sie das Ding ins Wasser, Kurt und ich werden dann angerannt kommen, um Ihnen zu helfen.«

Yan lächelte und steckte den Peilsender ein – ein reizvolles Souvenir. Neunzig Minuten später setzte ein Helikopter der NUMA auf dem Landeteller der *Sapphire* auf. Der Pilot ließ den Rotor laufen, um gleich wieder starten zu können.

Yan-Li stand in der Nähe bereit, eine Reisetasche neben sich auf dem Deck und einen Rucksack auf den Schultern. »Ich habe für lange Abschiedsszenen noch nie viel übrig gehabt«, sagte sie. »Wie wäre es mit ›bis demnächst in diesem Theater‹?«

»Das ist ganz in meinem Sinn«, erwiderte Kurt.

Er umarmte sie kurz und machte ihr dann Platz. Joe folgte seinem Beispiel. Sie nahm ihre Reisetasche und kletterte in den Helikopter. Die Seitentür wurde geschlossen, und die Maschine hob ab.

Während er ihr nachschaute, sagte Kurt zu Joe: »Da zurzeit keins unserer Schiffe in der Nähe der Philippinen unterwegs ist, vermute ich stark, dass unsere Reise nicht nach Manila geht.«

»Nein«, bestätigte Joe. »Nach Nordwesten, Richtung Taiwan.«

»Hat irgendjemand angedeutet, weshalb?«

Joe schüttelte den Kopf und warf einen Blick auf seine Uhr. »Aber da wir uns in fünf Minuten für ein Satellitentelefonat bereithalten sollen, nehme ich an, dass wir es schon in Kürze erfahren werden.«

6

»Ein großes und wichtiges Schiff wird vermisst.«

Diese Worte kamen aus Rudi Gunns Mund, der Stellvertretender Direktor der Operationsabteilung der NUMA war. Seine Erscheinung füllte den HD-Bildschirm im Funkraum der *Sapphire*.

Rudi Gunn maß nicht mehr als eins fünfundsechzig, aber wie zahlreiche Schauspieler von geringer Köpergröße hatte er eine Ausstrahlung, die ihn bedeutend größer erscheinen ließ. Dies machte sich bemerkbar, wenn man ihm persönlich begegnete, aber während der Videokonferenz füllte er den Bildschirm ebenso aus, wie es ein junger Marlon Brando oder Paul Newman fertiggebracht hätten. Allerdings mit Hornbrille und ohne die Andeutung eines süffisanten Grinsens.

»Die *Canberra Swift*«, fuhr Rudi fort. »Sie befand sich gerade am Beginn einer Passage zwischen Taiwan und San Francisco.«

Kurt warf einen kurzen Blick auf ein Datenblatt, das sie heruntergeladen und ausgedruckt hatten. Auf dem Papier war aufgeführt, was die NUMA wusste und was nicht. Leider war die zweite Liste wesentlich umfangreicher als die erste.

Er sah, dass die *Swift* ein modernes Fünfzigtausend-Tonnen-Schiff mit sechsundzwanzig Mann Besatzung war. Das Verschwinden eines solchen Schiffes wurde normalerweise zum Hauptthema aller Nachrichtensendungen weltweit.

»Warum haben wir noch nichts davon gehört?«, fragte Joe, der den Platz neben Kurt einnahm.

»Weil die NSA und das Pentagon es so wollten«, sagte Rudi mit entwaffnender Offenheit.

»Geht das schon wieder los?«, flüsterte Joe.

Rudi fing die Bemerkung auf und ging sofort auf Konfrontationskurs. »Was war das, Zavala?«

»Ich sagte … gut zu wissen.« Joe grinste von einem Ohr zum anderen, während er die Frage beantwortete.

»Was sonst«, erwiderte Rudi. »Nur eine kleine Vorwarnung. Die Mikrofone auf der Jacht sind um einiges empfindlicher als die alten Dinger auf unseren anderen Schiffen. Überlegen Sie sich lieber vorher, was Sie vor sich hin murmeln. Sie wollen doch nicht, dass Ihr Boss erfährt, wie Sie tatsächlich über ihn denken, oder?«

»Auch das ist gut zu wissen«, meinte Kurt lachend. »Aber zurück zu dem vermissten Schiff. Weshalb verschweigt die NSA das Verschwinden eines Allerweltsfrachters? Was hatte er denn geladen?«

»Acht der höchstentwickelten und leistungsfähigsten Servereinheiten, die je gebaut wurden«, sagte Rudi. »Konstruiert von der Hydro-Com Corporation in Silicon Valley, zusammengeschraubt in Taiwan und unterwegs zur Westküste. Sie haben ihnen den Namen Vector Units gegeben, und es sind im Grunde nichts anderes als unglaublich leistungsfähige Computer, jeder so groß wie ein VW-Bus und in der Lage, Milliarden von Transaktionen innerhalb von Sekunden durchzuführen. Was aber noch wichtiger ist – sie dürfen nicht nach Russland, China, in den Iran und mindestens ein Dutzend weiterer Länder verkauft werden.«

Rudi tippte auf eine Taste, und das Bild einer der Vector Units erschien auf dem Bildschirm. Sie waren schwarz oder dunkelgrau und hatten eine zylindrische Form, aber mit geraden Seitenflächen. Im Grunde waren es achteckige Tower. In den Seitenflächen befanden sich Sichtschirme und Displays sowie eine Vielzahl faseroptischer Schnittstellen. Andere Verbindungsmöglichkeiten befanden sich jeweils an den Enden der achteckigen Gehäuse.

»Unter normalen Umständen«, fuhr Rudi fort, »hätten diese Maschinen amerikanische Hoheitsgewässer niemals verlassen, aber wir leben mittlerweile im einundzwanzigsten Jahrhundert und müssen hinnehmen, dass aus irgendwelchen strategischen Gründen Computer, die in den USA konstruiert und entwickelt wurden, woanders gebaut und zwecks Installation wieder in die Heimat zurücktransportiert werden.«

Allmählich begann Kurt zu begreifen, weshalb sich die Mächtigen in Washington solche Sorgen machten. »Mal ganz abgesehen von dem Irrsinn, streng geheime Computer nur einhundert Meilen von den Grenzen unseres schlimmsten Feindes entfernt zusammenbauen zu lassen, welchen Sinn hat es überhaupt, uns mit dieser Angelegenheit zu befassen? Wir haben doch sicherlich einige militärische Einheiten in Japan stationiert, die allein schon aufgrund der größeren geografischen Nähe wesentlich besser geeignet sind, eine groß angelegte Such- und Rettungsaktion durchzuführen.«

»Es geht hier nicht um Suchen oder Retten«, erwiderte Rudi. »Wir haben keinerlei Notsignale oder Hilferufe aufgefangen. Das Schiff ist mitten in der Nacht ganz einfach verschwunden. Wir haben heute Morgen Satelliten umdirigiert und die entsprechende Gegend unter die Lupe nehmen lassen, und die Navy hat ein Aufklärungsflugzeug in diese Meeresregion geschickt. Da draußen schwimmen keine Rettungsboote herum, zu sehen sind lediglich ein Ölfleck, der etwa eine Meile lang ist, und mögliche Trümmer oder Wrackteile. Doch es könnte auch nur Abfall sein, der widerrechtlich entsorgt wurde.«

Über diese Information war Kurt sichtlich verblüfft. Er fuhr sich mit der Hand durchs Haar. »Das ergibt irgendwie keinen Sinn. Schiffe sind keine Flugzeuge, Rudi. Sie verschwinden doch nicht einfach in einem Feuerblitz oder brechen plötzlich auseinander und saufen ab. Wenn sie Probleme haben, stoppen sie gewöhnlich die Maschinen, lassen sich treiben und rufen um Hilfe. Und selbst wenn sie sinken, passiert es verdammt selten, dass sie keinen Notruf absetzen oder Überlebende in kleinen orangefarbenen Rettungsbooten zurücklassen. Willst du mir weismachen, dass es keine Überlebenden gibt?«

Rudi blieb ganz ruhig und nickte. »Keine Überlebenden. Keine Notrufe. Keine EPIRB-Signale. Was diesen Feuerblitz betrifft – genau das muss dem Schiff zugestoßen sein.«

»Wie das?«

»Die *Canberra Swift* ist ein ganz spezieller, besonders schneller Frachter«, erklärte Rudi. »Angetrieben wird sie von zwei Hochdruck-Gasturbinen. Dabei verwendet sie flüssiges Erdgas. Wie Sie sicherlich wissen, kann das Platzen eines LNG-Tanks eine Katastrophe auslösen.«

»Deshalb werden diese Dinger ja auch mit den verrücktesten Sicherheitsvorkehrungen ausgestattet«, sagte Joe.

»Gibt es irgendwelche Hinweise, dass ein solcher Tank geplatzt sein könnte?«, fragte Kurt.

»Kurz nach zwei Uhr morgens drosselte das Schiff seine

Geschwindigkeit von fünfunddreißig auf neun Knoten. Das Meer war ruhig, es herrschte kein nennenswerter Wind. Laut einer Meldung an die Operationszentrale der Firma in Auckland gab es Probleme mit den Gasturbinen, sodass sie kurzfristig auf Dieselantrieb umschalten mussten. Etwa eine Stunde später, als – wie angekündigt – der normale Betrieb wieder aufgenommen werden sollte, verschwand das Schiff vom Radar. Um etwa die gleiche Uhrzeit meldete der Kapitän eines koreanischen Schiffes einen grellen, unerklärlichen Blitz am Horizont.«

»Das klingt nicht gut«, meinte Joe. »Wenn ein LNG-Tank platzt, dann ist es so, als würde das Pulvermagazin eines alten Kriegsschiffes in die Luft fliegen. Es bliebe kaum Zeit, um sich davor in Sicherhit zu bringen. Und ganz sicher gäbe es keine Gelegenheit, einen Notruf abzusetzen.«

»Und genau das scheint hier passiert zu sein«, bemerkte Rudi.

»Was uns zu der Frage bringt«, sagte Kurt, »weshalb *wir* dorthin geschickt werden? Es bricht mir das Herz, dass von der Mannschaft offenbar niemand überlebt hat, aber helfen können wir ihnen doch nicht mehr. Und was diese Computer betrifft: Wenn das Schiff explodiert ist, weshalb macht die NSA sich dann Sorgen? Selbst wenn die Explosion nur die obere Hälfte des Schiffes zerrissen hat und der Rest zerbrochen und untergegangen ist, würden diese Maschinen allein durch den Wasserdruck in der Tiefe zermalmt und vom Salzwasser in Mitleidenschaft gezogen werden. Ich kann mir nicht vorstellen, dass sie in diesem Zustand noch für jemanden einen Nutzen haben könnten.«

Rudi lehnte sich zurück, grinste und nickte. Kurt erkannte, dass ihn eine ganz besondere Überraschung erwartete.

»Das könnte man meinen«, begann Rudi. »Nachdem ich meinen alten Laptop damals mit nicht mehr als einer umgestoßenen Flasche Mineralwasser kaputt bekommen habe, wäre ich geneigt, dir zuzustimmen. Aber diese Computer sind schon ein bisschen was anderes. Sie wurden von Anfang dahingehend konstruiert, dass sie auch unter Wasser funktionieren können. Sie sind eingeschlossen in unter Druck stehenden Hüllen aus Kohlefaser. Kugelsicher, stoßgesichert und ganz gewiss wasserdicht.«

»Warum sollte jemand einen Computer bauen wollen, der auch unter Wasser arbeitet?«, fragte Joe.

»Weil Computer und Server dieses Kalibers in hohem Maß Wärme erzeugen«, erklärte Rudi. »Und je leistungsfähiger sie sind, desto mehr Wärme erzeugen sie auch. Fünfundsiebzig Prozent der Energie, die von Serverfarmen und Supercomputern verbraucht wird, entfallen auf die Kühlsysteme. Bei technisch weniger anspruchsvollen Geräten sind dies starke Ventilatoren und Kühlbleche. Bei den High-End-Geräten sind es Stickstoffpumpen und Flüssigkeitskühlung. Einigen seriösen Schätzungen zufolge verbrauchen sämtliche Computer auf der Welt mehr elektrischen Strom als die Städte New York, London und Abu Dhabi zusammen, um einen Meltdown zu vermeiden. Wie man mir erklärt hat: Je größer und leistungsfähiger das System ist, desto mehr Kühlung ist auch notwendig. Und zwar in einem exponentialen Verhältnis. Verdoppelt man die Leistung des Systems, muss das Vierfache an Wärme abgeleitet werden. Wird die Leistung vervierfacht, braucht man eine sechzehnmal so starke Kühlung. Sie sehen, das Ganze läuft auf einen Prozess des sinkenden Ertrags hinaus.«

»Irgendwann gelangt man zu einem Punkt, an dem die Kühlung des Computers so teuer wird, dass sich ein Leistungszuwachs ganz einfach nicht mehr lohnt«, sagte Joe. »Dann hat man die viel zitierte Wachstumsgrenze erreicht.«

Rudi nickte. »Hydro-Com umgeht dieses Problem, indem sie Server konstruieren, die in tief gelegenen Kaltwasserströmungen installiert werden. Aus eigenen Erfahrungen, die Sie im Zuge Ihrer Missionen in kalten Gewässern wie Seen und Ozeanen gemacht haben, wissen Sie schließlich auch, dass Wasser ein besserer Wärmeleiter ist als Luft, und zwar fünfundzwanzigmal besser. Deshalb können Hydro-Com-Geräte fünfundzwanzigmal schneller arbeiten als konkurrierende Systeme, und dies über deutlich längere Zeiträume hinweg.«

Kurt verschränkte die Arme vor der Brust. »Ich glaube, ich erkenne langsam, was sich daraus ergibt und wohin das führen wird. Welche Wassertiefe ist den Containern zumutbar?«

»Fünftausend Fuß«, sagte Rudi. »Mit einem zwanzigprozentigen Sicherheitspolster.«

Kurt blickte auf die nautische Karte von der Region, in der die *Canberra Swift* verschwunden war. Joe tat das Gleiche. Die Schifffahrtsstraße von Taipeh nach San Francisco beschrieb eine Schleife, die im Norden oberhalb von Japan begann, ehe sie nach Westen schwenkte. Dieser weite Kreis verkürzte die Reise um eintausend Meilen, verglichen mit der Route über den Pazifik – oder was auf einer zweidimensionalen Karte wie ein direkter Weg aussah. Was die auf diesem Weg vorkommenden Wassertiefen betraf, so war es ein Ritt auf der Rasierklinge. Vergleichsweise flache Gewässer und ein tiefer Abgrund an Backbord, während Wassertiefen von sechs- bis siebentausend Fuß wenige Meilen entfernt an Steuerbord drohten.

»Wenn wir Glück haben, hat sich die *Swift* nach links gewendet, ehe sie sank«, sagte Joe.

»Ich habe meine Zweifel, dass wir mit einem solchen Glücksfall rechnen können«, meinte Rudi.

Kurt verließ sich nicht allzu gern auf sein Glück. Dies hielt er sich für den Moment in Reserve, in dem er es wirklich brauchte. »Angenommen, wir finden das Wrack, wie genau sollen wir dann acht Computer, die so groß sind wie Telefonzellen, ohne fremde Hilfe bergen?«

Joe nickte und fügte hinzu: »Um Martin Brody in *Der Weiße Hai* zu zitieren: ›Wir brauchen ein größeres Schiff.‹«

»Sie brauchen sie gar nicht zu bergen«, sagte Rudi kühl. »Finden Sie die Dinger und überzeugen Sie sich, dass sie dem Wasserdruck nicht standgehalten haben und irreparabel beschädigt sind.«

»Und wenn sie noch immer weitgehend heil und funktionsfähig sind?«

»Sie haben genug Sprengstoff an Bord«, sagte Rudi. »Ich verlasse mich darauf, dass Sie damit umgehen können und wissen, wie Sie ihn einsetzen müssen.«

7

IRGENDWO ÜBER DEM OSTCHINESISCHEN MEER
05:30 UHR ORTSZEIT

Sieben Männer saßen auf dem Deck des Heckabschnitts eines Großraumfrachtflugzeugs. Sie froren in nasser Kleidung, die Ohren waren der geballten Lärmattacke kreischender Jetmotoren außerhalb der dünnen Aluminiumhaut ungeschützt ausgesetzt. Ihre Gesichter waren von Sonnenbrand und den roten Pusteln entstehender Salzwassergeschwüre gezeichnet.

Blicklos starrten sie ins Leere oder hatten die Augen geschlossen. Wenn ihre Blicke sich trafen, nickten sie unmerklich. Zumindest waren sie noch am Leben.

Ein Stück von den anderen entfernt, die Füße leicht gespreizt, als ob er sich bemühte, in einem schwankenden U-Bahn-Wagen das Gleichgewicht zu halten, stand Callum Zhen – der Mann, den Lucas vor dem Sturz ins Meer bewahrt hatte – und fragte sich, wie lange die Galgenfrist dauern würde.

Ihnen war bereits im Voraus ein hoher Geldbetrag gezahlt worden, um das Hijacking durchzuführen. Und sie hatten es total vermasselt. Der Mann, für den sie arbeiteten, war nicht dafür bekannt, ein solches Versagen zu verzeihen.

Nachdem er sich eine Zeit lang allein mit diesen Gedanken herumgeschlagen hatte, war Callum froh, beobachten zu können, wie ein anderes Mitglied ihrer Gruppe sich erhob und zu ihm herüberkam.

»Dein dauerndes Herumhampeln und deine besorgte Miene machen meine Männer nervös«, sagte Vincent Uhr zu ihm.

Uhr deutete auf den Gurt, an den Callum sich klammerte. Er umschlang seine Hand mittlerweile derart stramm, dass er die Durchblutung seiner Finger unterbrach. Callum entspannte die Hand. »Tut mir leid«, sagte er. »Ich mache mir Sorgen. Laoban wird eine Erklärung verlangen.«

Laoban war ein Sang-Ausdruck für den Bossman, den Direktor. In diesem Fall war Kinnard Emmerson gemeint, der Anführer des Verbrechersyndikats, das auf dem Festland residierte. Emmerson hatte sie angeheuert, um die *Canberra Swift* zu kapern und ihre Fracht abzuliefern. Das Schiff zu versenken war nicht Teil des Plans gewesen.

Uhr reagierte nicht sofort. Er schien tief in Gedanken versunken. Dies verursachte Callum noch mehr Unbehagen.

»Wir sind bald zu Hause«, bohrte Callum weiter. »Du musst bereit sein. Nun, da Lucas nicht mehr da ist, bist du die Nummer eins.«

Nachdem Lucas vermisst und wahrscheinlich tot war, rückte jeder von ihnen in der Hackordnung eine Stufe höher. Das war in der Gruppe so üblich. Normalerweise galt es als eine profitable Entwicklung, vor allem für den, der den Platz an der Spitze übernahm, aber nicht, wenn die erste Amtshandlung des neuen Anführers darin bestand, den katastrophalen Verlust von Schiff und Fracht zu erklären.

Callum war dankbar, dass nicht ihm diese Aufgabe in den Schoß gefallen war. »Was wirst du sagen?«

Als Uhr antwortete, klang seine Stimme kalt und kontrolliert. »Was immer ich sagen muss«, erwiderte er geheimnisvoll. »Egal, was geschieht, halte den Mund. Wir kommen aus dieser Geschichte nur dann heil heraus, wenn wir zusammenhalten.«

Eine weitere Lampenreihe flammte in der nur matt erhellten Metallröhre auf. Eine Tür, die zum Passagierabteil in der Nähe des Cockpits führte, wurde entriegelt und schwang auf.

Mehrere bewaffnete Männer kamen durch die Türöffnung. Einer von ihnen hatte eine Pistole in der Hand, ein anderer sogar eine Maschinenpistole. Zwei weitere schwangen Knüppel, die sie in den Händen hielten. Callum erkannte, dass es Kälberstäbe waren. Plötzlich wünschte er sich, noch immer seine eigene Waffe in der Hand zu halten, aber keiner von ihnen war so vorausschauend gewesen, die Pistolen oder die schweren Magazine zu behalten, während sie Wasser traten und am Leben zu bleiben versuchten.

Hinter den bewaffneten Männern entdeckte er Emmerson. Er hatte eine athletische Figur, breite Schultern und – für seine Köpergröße – einen ziemlich großen Kopf. Dieser sorgte für den Eindruck einer vornübergebeugten Haltung, als wäre Emmerson kopflastig und ständig in Bewegung.

Bekannt für seine teuren maßgeschneiderten Anzüge, trug er bei dieser Gelegenheit einen grünen Pilotenblouson über einem dunkelblauen Kaschmirpullover. Er hatte Lärmschutzkopfhörer auf den Ohren. Sie trugen jedoch kaum dazu bei, ihn zu maskieren. Die Bulldoggenhaltung, das pomadisierte zurückgekämmte Haar, die gebrochene, leicht zur Seite geknickte platte Nase – all dies verriet ihn.

Callum verkrampfte sich, während Emmerson näher kam. »Laoban kommt persönlich, um uns aufzugreifen. Ist das eine gute oder eine schlechte Nachricht?«

Uhr brauchte nicht lange nachzudenken. »Ich werte das als schlechte.«

Emmerson übernahm sofort das Kommando, setzte den Kopfhörer ab und fuhr sich mit der Hand durchs dunkle Haar. »Dies ist keine freudige Begrüßung.«

Niemand sagte etwas. Noch war ihnen keine Frage gestellt worden.

»Ich habe euch im Voraus eine Million Dollar gegeben«, fuhr Emmerson fort. »Außerdem habe ich euch jede Hilfe geleistet, die ihr brauchtet, und als Gegenleistung versenkt ihr mein Schiff und bringt mich um meine Fracht.«

Uhr holte tief Luft und trat entschlossen vor. »Es kann nur Sabotage gewesen sein«, sagte er. »Wir hatten das Ganze in unserer Gewalt. Die Mannschaft war ausgeschaltet und unter Deck gefangen. Alles lief genau nach Plan, bis …«

»Bis *was*?«, fragte Emmerson.

»Bis zu den Explosionen«, sagte Uhr mit fester, aber angespannter Stimme. »Mehrere kleine, kurz hintereinander. Darauf folgte ein allgemeiner Alarm. Jemand muss das Schiff versenkt haben.«

»Du hast mir doch gerade erzählt, die Mannschaft sei eingesperrt worden.«

»Das war sie auch«, bekräftigte Uhr. »Aber es gab vielleicht irgendein verstecktes Sicherheitsteam. Ein oder zwei Männer hätten ausgereicht, die Ladungen zu zünden.«

Emmerson war sichtlich enttäuscht. »Ist das alles, was dir dazu einfällt? Versteckte Saboteure? Weshalb sollten sie das Schiff versenken, anstatt um Hilfe zu bitten? Warum wurde die Mannschaft nicht befreit, um das Schiff wieder in die Gewalt zu bekommen?«

»Ich … ich … das kann ich auch nicht erklären«, sagte Uhr. »Aber Sprengladungen sind die einzige Erklärung, weshalb das Schiff so schnell abgesoffen ist.«

Emmerson schien anderer Meinung zu sein. »Die *Canberra Swift* war ein Frachtschiff, kein Kriegskreuzer. Sie hatte kein geheimes Sicherheitskommando an Bord und keinen Schalter, um sie schnell auf den Meeresgrund zu schicken. Du beleidigst mich mit diesem Unsinn.«

»Wir haben Explosionen gehört«, fügte Callum hinzu und versuchte, seinen neuen Anführer zu unterstützen.

Emmerson musterte Callum mit drohendem Blick. Er redete nicht mit Untergebenen.

Als er sich wieder zu Uhr umwandte, hatte Callum das Gefühl, als sei er gerade noch mal dem Tod entronnen. Er schwor sich, still zu bleiben.

»Das Wasser strömte rasend schnell ein. Was hätte es sonst sein können?«, fragte Uhr.

»Ja«, sagte Emmerson mit skeptischer Miene. »In der Tat, was sonst?« Er ließ den Blick über die Gruppe gleiten, blieb an jedem Gesicht hängen. »Wo ist Lucas Teng?«

»Er ist mit dem Schiff untergegangen.«

Emmerson schien es nicht zu glauben. »Warum um alles in der Welt sollte er so etwas tun? Hatte er so viel Angst vor mir?«

Aus seiner Position als Beobachter konnte Callum erkennen, wie sich Zweifel ausbreitete. Uhr hatte sich aus Vorsicht nicht klar ausgedrückt, und Emmerson begann zu erkennen, was hinter den vagen Aussagen steckte.

»Er hatte nicht entschieden, mit dem Schiff unterzugehen«, sagte Uhr. »Er saß in der Falle.«

»Auf der Kommandobrücke? Auf dem höchsten Punkt des Schiffes?« Emmersons Gesichtsausdruck ließ sich am treffendsten mit Abscheu beschreiben. »Du musst mich für einen Idioten halten.«

»Er war unter Deck«, erklärte Uhr. »Er wollte einen Inspektionsrundgang machen.«

»Wo? Wie? Warum denn das?«

»Das weiß ich nicht.«

»Hast du gesehen, wie er ertrunken ist?«

»Nein, aber …«

Emmerson blickte zur Decke, als flehte er den Himmel um Beistand an. »Mal sehen, ob ich alles richtig verstanden habe. Lucas verließ also die Brücke, um aus unbekanntem Grund einen anderen Teil des Schiffes zu inspizieren, und dann fanden diese Explosionen statt, und danach ging das Schiff unter. Ist das die Reihenfolge der Ereignisse?«

Uhr presste die Lippen aufeinander. Das war besser, als über seine eigene Zunge zu stolpern.

Emmerson gab seinen beiden Begleitern ein Zeichen. Einer von ihnen rammte Uhr einen Knüppel in die Magengrube, sodass er nach vorn einknickte. Der andere erwischte ihn mit einem Stromschlag des Kälberstabs.

Uhrs Muskeln verkrampften sich schmerzhaft. Er stürzte rückwärts aufs Deck und landete auf der Seite. Ein zweiter Stromschlag ließ ihn zappeln wie einen Fisch auf dem Trockenen, während der Geruch von versengtem Haar durch die Kabine wallte.

Der Mann mit dem Kälberstab wollte abermals zuschlagen, als Emmerson ihm Einhalt gebot. »Nicht alles auf einmal«, sagte er. »Wir wollen doch, dass er sich noch an seinen Namen erinnert.«

Callum sah Uhr entsetzt an. Teils aus Mitgefühl, teils

wegen der Erkenntnis, dass – wenn Uhr jetzt sterben sollte – Callum der neue Anführer wäre und das Verhör irgendwie überstehen müsste.

Während Emmersons Männer sich zurückhielten, erholte sich Uhr allmählich. Er streckte sich, nachdem er sich in eine fetale Haltung zusammengekrümmt hatte. Dabei atmete er mühsam und spuckte eine Mischung aus Speichel und Blut aus, nachdem er sich auf die Zunge gebissen hatte. Für einen winzigen Moment starrte er auf das Deck, ehe er den Kopf hob und Emmerson ansah.

»Ich warte«, sagte Emmerson. Wahrscheinlich meinte er, auf eine bessere Erklärung.

Uhr sagte nichts.

Emmerson schüttelte den Kopf und wedelte mit einer Hand vor seinem Gesicht herum. »Lass mal frische Luft herein«, sagte er zu einem seiner Männer. »Es stinkt.«

Der Mann mit dem Kälberstab ging zum Flugzeugheck, wo sich eine Steuerkonsole befand. Er öffnete das Sperrschloss und legte den Sicherheitsschalter um. Dann betätigte er einen Hebel und legte ihn von »Closed« auf »Open« um.

Das Geräusch einer Hydraulik erklang, und am Heckende der Kabine erschien ein heller Spalt. Er weitete sich auf beiden Seiten, während sich zwei Klapptore öffneten.

Der Lärm der Strahltriebwerke und das Heulen des Windes nahmen an Intensität zu. Windböen peitschten in den Flugzeugrumpf, wirbelten durch die Kabine und zerrten an den Männern, die sich dort zusammendrängten. Der Mann an den Kontrollen hatte einen sicheren Stand. Seine Hosenbeine und Hemdschöße flatterten.

Als die Tore sich vollständig geöffnet hatten, verriegelten sie sich in dieser Position. Eine Rampe schob sich nach vorn, senkte sich schräg abwärts und wurde zwischen den Toren fixiert.

Callum blinzelte in das grelle Licht, das durch die Öffnung hereinströmte. Nachdem sich seine Augen an die Helligkeit gewöhnt hatten, sah er den frühmorgendlichen Himmel und unter sich den dunklen Ozean vorbeirasen. Sie befanden sich mehr als zwanzig Meter über dem Wasser und hatten eine Geschwindigkeit von fast dreihundert Meilen in der Stunde.

Emmerson kam zu Uhr herüber und ging neben ihm auf ein Knie hinunter. »Ich nehme an, du begreifst, was hier gleich geschehen wird, aber um sicherzugehen, dass du dich nicht irrst, erwartet dich eine kleine Demonstration.«

Er richtete sich auf, schnippte mit den Fingern und deutete auf einen der verletzten Piraten. Zwei seiner Männer waren mit wenigen Schritten bei ihm und zogen ihn von einer Notliege hoch.

»Nein!«, rief Uhr, als er seine Stimme wiederfand.

Genauso entsetzt streckte sich auch Callum – in der Hoffnung, einschreiten zu können. Er wurde jedoch niedergeschlagen und von einem von Emmersons Männern auf dem Boden festgehalten. Mit einem Knie zwischen seinen Schulterblättern konnte Callum den Kopf so weit heben, dass er mitbekam, was geschah.

Als er den Kopf weit genug herumgedreht hatte, war der verletzte Mann ans Ende des Flugzeugs geschleift worden. Er wurde hochgehoben, aufgerichtet und vorwärts gestoßen. Hinaus und über die Kante der Rampe.

Er verschwand unter dem letzten Abschnitt der Rampe, um wieder zu erscheinen, als er aufs Wasser aufschlug. Anstatt sofort zu versinken, hüpfte sein Körper über die

Wasseroberfläche und verrenkte sich dabei grotesk. Er blieb schnell hinter ihnen zurück, schlug ein zweites Mal auf, pflügte ein Stück weit durchs Wasser und versank in einer ringförmigen Gischtwolke.

»Das war nicht nötig«, sagte Uhr vorwurfsvoll.

»In diesem Punkt widerspreche ich dir«, sagte Emmerson. »Der Zweck bestand darin, deine volle Aufmerksamkeit zu wecken. Deinem Gesichtsausdruck nach zu urteilen denke ich, dass es gewirkt hat. Nun frage ich dich noch ein weiteres Mal – und wenn du mir die Ereignisse nicht zu meiner Zufriedenheit erklärst, werfe ich dich aus dem Flugzeug und nehme mir den nächsten Mann vor. Und dann den nächsten. Und wieder den nächsten. Ich werde die Wahrheit erfahren, oder mir gehen die Männer aus, die ich fragen kann. Habe ich mich klar ausgedrückt?«

Uhr nickte langsam. Und dann fragte Emmerson ihn erneut. »Was ist mit eurem Anführer passiert? Und wohin hat er mein Schiff und meine Fracht gebracht?«

Auf dem Deck liegend, erkannte Callum schließlich das Problem. Emmerson glaubte ihm nicht, dass das Schiff gesunken war. Er dachte, dass Lucas und die anderen Piraten ihn ausgetrickst und das Schiff und die Fracht für ihre eigenen Zwecke gestohlen hatten.

Uhr schaute hoch. »Ich habe Ihnen alles erzählt, was ich weiß.«

Emmerson schüttelte ungehalten den Kopf. »Hängt ihn an.«

Ein anderer von Emmersons Männern trat vor. Er fesselte Uhrs Hände mit mehreren Schlingen Klebeband, die er in einen Karabiner einklinkte. Der Karabiner wurde an einem längeren Nylonseil befestigt, der als große Acht auf dem Kabinendeck des Flugzeugs lag.

Das andere Ende des Seils wurde aus dem Flugzeug in den Wind hinausgeschoben. Kein Gewicht hing daran, nur die Plastikkappe, die verhinderte, dass die Stränge, aus denen es geflochten war, sich aufribbelten. Dennoch begann der Wind an dem Ende zu ziehen, und langsam aber sicher entwirrte sich die große Acht auf dem Kabinendeck.

Uhrs Blick wanderte von dem dreißig Meter langen Seil zur Öffnung im Flugzeugheck.

»Je länger das Seil ist, desto kräftiger wird die Luft daran ziehen«, erklärte Emmerson, »und desto schneller wird es sich entwirren. Wenn es ins Wasser sinkt, wird dieser Vorgang sich weiter beschleunigen. Und sobald es sich mit Wasser vollgesogen hat und schwer genug ist, wird es im Wasser eingetaucht bleiben. Zu diesem Zeitpunkt wirst du von dort, wo du stehst, weggezogen, als zerrten zehn Männer am anderen Ende.«

Emmerson wandte sich zu dem Seil um, während eine weitere Schlinge über das Deck rutschte und verschwand. »Nach meiner Schätzung hast du noch sechzig Sekunden Zeit.«

Uhr gab sich einen Ruck. »Ich versuche die ganze Zeit, es Ihnen zu erklären«, sagte er. »Das Schiff ist gesunken. Jemand hat es mit Sprengladungen präpariert.«

Das Seil rutschte weiter. Sein Ende peitschte im Heckwind hin und her.

»Du hast mich belogen«, sagte Emmerson. »Sag mir endlich die Wahrheit.«

Callum konnte nicht länger warten. »Ich weiß, wo das Schiff ist!«, rief er.

Emmerson hob eine Hand, und der Mann, der dem Seil am nächsten war, stellte einen Fuß darauf und verhinderte, dass es sich weiter entwirrte.

»Rede!«, befahl Emmerson.

Callum wand sich unter dem Gewicht des Mannes, der ihn auf dem Boden festnagelte, und hatte Mühe, die Worte hervorzubringen. »Ich stand am Ruder, als die Explosionen stattgefunden haben. Wir befanden uns fünfzig Meilen vor Miyako-Jima. Eine Unterwasserformation namens Ryukyu Ridge verläuft zwischen der Insel und Okinawa in einhundert Meilen Entfernung. Die Wassertiefe in diesem Bereich ist unterschiedlich, aber Werte von fünfhundert Fuß sind nicht ungewöhnlich.«

Hätte er die Karte gesehen, wäre es Emmerson geradezu unglaublich vorgekommen, welches Glück er hatte. Ryukyu Ridge war eine schmale geologische Erscheinung, die diagonal vor einem der tiefsten Abgründe der Welt verlief. Wäre das Schiff nur dreißig Minuten früher gesunken, hätte es erst nach einer Reise von drei Meilen abwärts auf dem Meeresgrund aufgesetzt.

Dennoch musterte er Callum argwöhnisch. »Du scheinst dir dieser Information sehr sicher zu sein. Woher weißt du so gut Bescheid, wie es da unten aussieht?«

»Ich habe vier Jahre lang in der Marine der Volksarmee gedient«, antwortete Callum. »Ich wurde in Navigation ausgebildet. In dieser Zeit ist es für mich zur zweiten Natur geworden, Positionen und Tiefenangaben zu registrieren. Mein erster Gedanke nach der Explosion war, unsere Position zu bestimmen für den Fall, dass wir Unterstützung brauchen. Natürlich habe ich nicht um Hilfe gerufen, aber die alte Gewohnheit hatte sich erhalten.«

»Glück für dich«, sagte Emmerson. »Kannst du diese Position finden?«

Callum nickte. »Innerhalb eines Umkreises von ein oder zwei Meilen.«

Emmerson dachte nach, während er im Geist rechnete. Schließlich wandte er sich an den Mann, dessen Fuß auf Uhrs Seil stand und es fixierte. »Lass ihn frei.«

Callum atmete erleichtert auf, aber seine Freude war nur von kurzer Dauer. Anstatt Uhr vom Seil abzuschneiden, hob der Mann den Fuß hoch. Das Seil entwirrte sich weiter.

»Nein!«, rief Callum.

Uhr geriet jetzt in Panik und wehrte sich gegen den unwiderstehlichen Zug. »Callum hat die Wahrheit gesagt!«, rief er.

»Ja«, meinte Emmerson, »er sagte so etwas.«

»Nein!«, rief Uhr, während sich die letzten Schlingen auflösten.

Das ferne Ende des Seils tauchte ins Wasser ein und hüpfte hoch. Sekunden später schlug es wieder auf, diesmal spannte es sich, ehe es wie ein fliegender Fisch wieder auftauchte und vorwärts sprang. Uhr wurde zur Hecktür gezogen, stürzte aufs Gesicht und rutschte ein paar Schritte weit.

Als der Zug nachließ – das Seil sprang hoch und vorwärts –, drehte er seinen Körper, stemmte die Füße gegen die Kante der Rampe und wappnete sich für den nächsten ruckartigen Zug.

Diese Position verlieh ihm mehr Hebelkraft, sodass er sich wirkungsvoller wehren konnte. Er flehte Emmerson an. »Lassen Sie mich frei. Es war mein Fehler.«

Der nächste Ruck war so heftig, dass Uhr das Gefühl hatte, sein Arm würde aus dem Schultergelenk gerissen. Ein Fuß rutschte weiter, das andere Knie beugte sich unter dem Druck. Er bettelte abermals. »Bitte!«, rief er. »Lucas ist verschwunden. Ich bin der Anführer.«

»Eigentlich«, sagt Emmerson, »habe ich jemand anderen im Sinn.«

Das Seil tauchte noch einmal in den Ozean, und Uhr wurde blitzartig aus dem Flugzeug gezogen. Jegliche Schreie oder Rufe wurden vom Wind verweht.

Callum wandte sich ab. Er konnte weder zur Hecköffnung noch zu den Männern schauen, die nicht weit von ihm entfernt in der Flugzeugkabine standen.

Emmerson hingegen wirkte hochzufrieden. Er gab einem seiner Männer ein Zeichen, die Rampe hochzufahren und das Tor zu schließen. Während die Hydraulik wieder startete, wandte er sich an Callum. »Du solltest lieber nicht lügen«, riet er ihm, »sonst wird dein Schicksal noch schlimmer sein als seins.«

Emmersons Maschine setzte ihren Flug fort und bewegte sich unterhalb der Radarschirme der nächstliegenden westlichen Länder. Aber im Ostchinesischen Meer gab es weitere aufmerksame Augenpaare außer denen der Beobachter auf großen Schiffen oder in landgestützten Küstenstationen. Ungefähr tausend winzige Fischerboote bevölkerten diese Gewässer.

Eine Gruppe von Männern in einem solchen Boot war gerade dabei, ihre Netze einzuholen, als das laute Heulen eines Flugzeugs ihre Aufmerksamkeit erregte. Sie schauten von ihrer morgendlichen Arbeit hoch und erblickten ein Flugzeug – es glich keinem anderen, das sie je gesehen hatten. Es flog niedrig und schnell quer über den Horizont.

Es hatte sechs Strahlturbinen auf Pylonen in der Nähe seiner Nase. Dicke stummelförmige Tragflächen ragten auf halber Länge des Fliegers aus dem Rumpf und endeten in ausfahrbaren Schwimmern. Der Schwanz schwang sich am

Achterende des Rumpfs aufwärts, aber anstatt in einer einzigen Flosse endete er in zwei nach außen gerichteten Tragflächen in Y-Formation. Die Motoren waren schon älteren Datums, lauter und schriller und weniger leistungsfähig als die von modernen Flugzeugen. Sie zogen dünne Streifen braunen Rauchs hinter sich her.

»*Guaiwuu*«, sagte der älteste der Fischer im Boot.

Das Wort bedeutete Monster. Es war ein Witz, natürlich, aber näher an der Wahrheit, als der Mann jemals erfahren würde.

8

HONGKONG

Der Anblick eines roten Taxis, das vor ihr am Bordstein anhielt, sagte Yan-Li, dass sie endlich wieder zu Hause war.

Ihr Flug von Da Nang war ruhig und ereignislos verlaufen, ihre Ankunftsformalitäten und die Zollabfertigung folgten der wie immer effizienten Routine. Aber der Hong Kong Airport erinnerte sie an ein Dutzend anderer Flughäfen überall auf dem Planeten – effizient und gesichtslos, sauber und steril, mit der gleichen nichtssagenden Ausstrahlung einer modernen überdimensionalen Mall. Das rote Taxi hingegen war ein einzigartiges Symbol Hongkongs. Sie kannte und benutzte diese Transportmöglichkeit, seit sie ein kleines Mädchen war.

Auf der Rückbank ließ sie sich nach hinten sinken und erfreute sich an den vertrauten Sehenswürdigkeiten und Eindrücken, während sie Stonecutters Island überquerten und durch West Kowloon rollten. Auf dieser Route herrschte weniger Verkehr, außerdem bot sie einen unglaublichen Panoramablick auf den Victoria Harbour.

Nachdem sie Kowloon hinter sich gelassen hatten, ging es in einen Tunnel hinunter, unter der Bucht hindurch und weiter nach Hong Kong Island, dem eigentlichen Hongkong. Hier folgten sie der Straße bergauf, schlängelten sich durch die Berge und gelangten in einen Bezirk, der ein wenig fantasielos die Mid-Levels genannt wurde.

Am Fuß dieser Berge residierte die Hong Kong University, während dreißigstöckige Apartmenthäuser aus dem üppigen Grün herausragten.

Das rote Taxi setzte sie vor ihrem Wohnhaus ab. Mit dem Fahrstuhl fuhr sie zu ihrem Apartment im zehnten Stock hinauf. Nachdem es mehrere Monate lang nicht bewohnt worden war, erwartete sie in den Räumen modrige, schale und abgestandene Luft. Stattdessen roch es so frisch und sauber wie nach einem Frühlingsregen.

Sie fragte sich, ob ihre Mutter hierhergekommen war, um ihre Bleibe vor ihrer Rückkehr ausgiebig zu lüften.

Sie betrat das kleine Foyer und ließ die Reisetasche, die mit ihrer Tauchausrüstung gefüllt war, auf den Fußboden fallen. Dann ging sie an der kleinen Küche vorbei ins Wohnzimmer.

Dort hielt sie für einen Augenblick inne, als ihr auffiel, dass sich der dünne Vorhang zwischen dem Wohnzimmer und dem Balkon im leichten Durchzug bauschte. »Mutter?«, rief sie und ging in Richtung Schlafzimmer.

Ein Mann erschien in der Türöffnung zu dem kleinen Raum. Er hatte die Arme auf der Brust verschränkt und machte keinerlei Anstalten, sie anzugreifen.

Sie trat zurück und drehte sich zur äußeren Tür um.

Zu spät.

Ein zweiter Mann, der die gleiche Haltung einnahm, versperrte ihr den Weg.

Da sie kaum eine Wahl hatte, blieb sie, wo sie war. Die Männer konnten von der Regierung geschickt worden sein, dachte sie. Hongkong war nicht mehr so frei wie früher. Das und die Tatsache, dass sie den ganzen Sommer über mit US-Amerikanern zusammengearbeitet hatte, musste irgendwann Fragen aufgeworfen haben.

»Wer sind Sie?«, fragte sie.

Keine der beiden Schlägerfiguren antwortete. Stattdessen erschien ein dritter Mann vom Balkon und trat durch den Vorhang. »Kein Grund, gleich wütend zu werden«, sagte er, »wir sind nicht hier, um Ihnen irgendetwas anzutun.«

Sie bemerkte auf Anhieb, dass er Kaukasier war und einen teuren Anzug trug. Nicht von der Regierung, war sie überzeugt. Sein Akzent klang britisch. Er würde gewiss niemals zum Tee in den Buckingham Palast eingeladen werden, aber sein Englisch hatte er ganz sicher im UK gelernt. Während sie sein Gesicht prüfend betrachtete, hatte sie das seltsame Gefühl, ihn schon einmal irgendwo gesehen zu haben.

»Und weshalb sind Sie hier?«, reagierte sie auf sein Versprechen.

»Um Ihnen ein Angebot zu machen«, sagte der Weiße. »Ein lukratives dazu. Mein Name ist Emmerson. Ich bin ein Mitarbeiter Ihres Ex-Ehemanns.«

Plötzlich kam ihr die Erkenntnis. Sie hatte ihn tatsächlich schon einmal gesehen. Vor Jahren während eines Dinners mit Kung-Lu, in der Zeit, bevor die Wahrheit über Kung-Lus kriminelle Aktivitäten ans Tageslicht gekommen war.

»Ich habe Lucas schon seit Jahren nicht mehr gesehen«, beteuerte sie und verwendete den besser bekannten Spitznamen ihres Mannes. »Was immer Sie an Geschäften mit ihm betreiben, hat mit mir nichts zu tun.«

Der Mann zuckte die Achseln. »Ich denke, das werden Sie anders sehen, sobald ich Ihnen alles erklärt habe.«

Yan-Li hatte schon früher in Gefahr geschwebt – verschollene Schiffe zu suchen, die mit Schätzen gefüllt waren, führte häufig zu gewissen Konfrontationen –, aber irgendetwas an dieser Begegnung war seltsam. Als wartete der Mann ab, um zu sehen, wie sie reagierte.

Wie ein amtlicher Schätzer schaute er sich um. »Teure Wohnung, dies hier«, sagte er. »Zwei Schlafzimmer und ein Balkon, dazu noch in den Mid-Levels. Keine besondere Aussicht, natürlich, es sei denn, Sie lieben es, die Rückseite des Nachbarhauses ständig vor der Nase zu haben. Aber immerhin haben Sie eine vollständig eingerichtete Küche. Wie viel hat Sie das gekostet? Eine Million mindestens.«

»Das weiß ich wirklich nicht«, erwiderte sie abwehrend. »Es gehört der Universität. Ich kann hier so lange wohnen, wie ich lehre und Bücher veröffentliche.«

»Ah, ich sehe«, sagte er. »Steuergeld, das endlich mal für einen sinnvollen Zweck ausgegeben wird. Arbeiten Sie mit mir zusammen, und Sie können in Kürze eine solche Hütte bezahlen – in bar auf den Tisch des Hauses.«

»Dann lebe ich lieber in Sham Shui Po.«

Sham Shui Po war das ärmste Viertel in Hongkong, wo unglaubliche Menschenmassen in Mietskasernen zusammengepfercht wurden.

»Ihr Mann stammte von dort«, erinnerte er sie. »Er war nicht so scharf darauf, dorthin zurückzukehren.«

»Lucas war auf viele Dinge nicht sehr scharf«, schnappte sie. »Auf Wahrheit und Ehrlichkeit zum Beispiel. Sie sind nicht der Erste, den er enttäuscht hat. Und Sie werden nicht der Letzte sein.«

»Im Gegenteil«, sagte der Mann. »Ich werde der Letzte sein. Auf die eine oder andere Weise.«

Er beugte sich zu ihr vor, die Augen zusammengekniffen und lauernd, die Lippen ein schmaler Strich über Raubtierzähnen. »Ihr Mann ist entweder tot, oder er hat mich betrogen, und in diesem Fall ist er so gut wie tot. Aber so oder so ist er mir etwas schuldig. Und da er nicht bezahlen kann, geht diese Schuld auf Sie über … und Ihre Kinder.«

Emmerson trat zurück, zog den Vorhang beiseite und gab den Blick auf den Balkon frei. Zwei weitere Männer standen dort. Vor ihnen, auf den Knien, kauerten Yans noch junge Kinder und ihre eigene zierliche Mutter.

Ihre Münder waren mit Plastikfolie zugeklebt, die Hände mit Kabelbindern vor dem Bauch gefesselt. Tränen strömten über ihre vor Entsetzen verzerrten Gesichter.

Bei diesem Anblick verlor Yan-Li die Fassung. Beinahe gaben ihre Knie nach, aber sie machte einige schnelle Schritte vorwärts. Der Engländer ergriff ihren Arm und hinderte sie daran, den Balkon zu betreten.

»Nein«, sagte er und schüttelte den Kopf. »Nein, Sie rühren sie nicht an. Nicht bevor wir uns geeinigt haben.«

Sie wollte sich wehren, wollte sich herumwerfen, ihren Ellbogen gegen den Adamsapfel dieses Bastards rammen, der ihren Arm festhielt. Aber sie wusste: Das würde eine Tragödie in Gang setzen.

Ihr Sohn und ihre Tochter waren beide für ihr Alter noch sehr klein. Die Schläger würden nur Sekunden brauchen, um sie hochzuheben und über das Geländer zu werfen. Für sie wäre es nichts, bedeutungslos, aber für sie – Yan – wäre es das Ende.

Plötzlich spürte sie eine eisige Ruhe in sich. Es war die gleiche Ruhe, die ihr seinerzeit die Kraft gegeben hatte, den Mann zu verlassen, den sie geliebt hatte.

Ein tiefer Atemzug folgte, und nachdem sie in die braunen Augen ihres Sohnes geschaut hatte, entschied sie sich für Stärke und eiserne Härte statt Schwäche und Angst. Sie trat zurück, riss sich von dem Engländer los, der sie festhielt. Nachdem sie sich einige Schritte von ihm entfernt hatte, sah sie ihn gleichmütig an. »Was wollen Sie von mir? Was soll ich tun?«, fragte sie.

Er lächelte, sein Gesicht sah plötzlich wieder sanft und geradezu freundlich aus. »Es ist wirklich ganz einfach. Irgendwo da draußen liegt ein Schiff mit einer ganz speziellen Ladung an Bord. Einer Ladung, die Lucas mir bringen sollte. Die werden Sie jetzt für mich heraufholen.«

Natürlich, dachte sie. Piraterie. Das Geschäft ihres Ex-Mannes. Wenn er nicht die Schätze plünderte, zu denen sie ihn hingeführt hatte, hijackte er Schiffe und stahl deren Fracht.

»Und wenn ich tue, was Sie verlangen, lassen Sie meine Familie dann frei?«

Er sagte nichts, sondern wies seine Schläger mit einer Handbewegung an, sie in Ruhe zu lassen. Die Kinder und ihre Großmutter wurden ins Wohnzimmer geführt, wo ihnen erlaubt wurde, sich hinzusetzen.

»Sind Sie bereit, mir zu helfen?«, fragte Emmerson.

Sie nickte. Was konnte sie sonst tun?

»Schnappen Sie sich Ihre Ausrüstung«, sagte Emmerson und deutete auf die Tauchtasche in der Diele. »Sie werden sie brauchen.«

»Weshalb?«, fragte Yan-Li.

»Weil das Schiff auf dem Grund des Ostchinesischen Meers liegt.«

9

OSTCHINESISCHES MEER

Kurt lehnte sich über den Rand der Schwimmplattform der *Sapphire*, in der Hand hielt er einen langen Bootshaken. Während er sich, so weit er konnte, streckte, schaute er am Rumpf des Boots entlang und betrachtete den Abfall, der daran vorbeitrieb.

»Wie sieht es aus?«, fragte Joe Zavala, der hinter Kurt stand.

»Mehr Plastikmüll, was sonst?«, antwortete Kurt Austin.

Während sich der Müll dem Heck näherte, lehnte sich Kurt mit seinen vollen eins achtzig hinaus, erwischte mit dem Haken einen Zipfel des Plastikmaterials und zog es näher ans Boot heran. Das mit Wasser vollgesogene Gewirr aus dem Ozean zu hieven, war schwieriger, als es auf den ersten Blick aussah, und Kurt musste, als er sich aufrichtete und zurücklehnte, jeden Muskel seines Körpers aufs Äußerste anspannen. Er schwang mit einem Ruck herum und deponierte seinen Fang auf dem Deck.

Joe nahm sofort seinen Platz ein und benutzte einen selbst gebastelten Kescher, um kleinere Trümmerteile aufzufischen und dem wachsenden Abfallhaufen in der Mitte der Schwimmplattform hinzuzufügen.

Kurt bückte sich, um seinen Fund zu untersuchen. Stofffetzen, Plastik, einige Brocken Styropor. Aber nichts, das darauf hinwies, dass der Müll von dem verschwundenen

Schiff stammte. »Nach allem, was wir wissen, könnte dieser Mist auch von einem Kreuzfahrtschiff ins Meer gekippt worden sein.«

»Oder er ist nach einem Erdrutsch vom Regen ins Meer gespült worden«, fügte Joe hinzu.

Kurt griff wieder nach dem Kescher und tauchte ihn ins Meer. »Dieses Herumfischen im Trüben wäre einfacher, wenn das Boot für einen Moment still läge.« Er spürte die Belastung in seinen eigenen Muskeln. »Wenn wir jedes Mal anhielten, sobald wir treibenden Abfall entdecken, wären wir während der letzten fünf Stunden keine zwei Meilen weit gekommen. Wir müssen in Bewegung bleiben, damit die Schleppantenne so viel Meeresboden wie möglich überstreicht.«

Joe wusste das, aber er hatte kein Interesse daran, sich einen Muskel zu zerren oder von der Plattform gerissen zu werden, wenn er versuchte, Müll, der an ihnen vorbeischwamm, an Bord zu holen. »Wenn du das meinst, okay, aber dann ärgere dich nicht, wenn du von meinem Orthopäden eine Rechnung kriegst.«

Das Radio neben ihnen meldete sich. »*Neues Ziel!*«, rief Winterburns Stimme. »*Fünf Grad backbord. Ich schätze, etwa tausend Meter entfernt.*«

»Eintausend Meter«, staunte Kurt. »Der Junge hat verdammt gute Augen.«

»Er benutzt das LiDAR-System, um nach Abfall zu suchen«, erklärte Joe, »ganz schön clever von ihm.«

LiDAR stand für Light Detection and Ranging. Das System benutzte zwei HD-Kameras mit Zoom-Objektiven, um nach vorne oder nach hinten zu suchen. Weil die Kameras weit voneinander entfernt auf dem Vorderdeck installiert waren, lieferten sie eine stereoskopische Ansicht der Welt, die der Computer auf alle möglichen Erscheinungen – bekannte wie unbekannte – absuchen konnte.

Das System sollte fähig sein, ein Rettungsfloß auf zehn Meilen und einen durchschnittlich großen Trawler auf Horizontweite zu identifizieren. Wenn man das System zur Abfallsuche nutzte, war es ein interessanter Schritt, sich seiner besonderen Fähigkeiten zu bedienen.

Kurt bewunderte den Einfallsreichtum, der diese Idee hervorgebracht hatte. Er ergriff das Sprechfunkgerät und drückte auf die Mikrofontaste. »Nehmt Kurs darauf. Nehmt es an Steuerbord auf, wenn möglich. Sonst kann sich Joe auf beiden Seiten Muskelzerrungen zuziehen.«

Joe lachte. »Das soll sicher ein Scherz sein. Aber wenn ich mich verletze, kannst du die ganze Arbeit allein machen.«

Das Argument hatte etwas für sich, dachte Kurt. Er drückte wieder auf die Taste. »Und nehmt eine Idee Gas zurück. Es gibt keinen Grund zur Eile.«

Die *Sapphire* änderte den Kurs, schlug eine neue Richtung ein und wurde einen Deut langsamer. Kurt und Joe wechselten auf die andere Seite der Schwimmplattform. Während das Objekt größer wurde, konnten sie mit bloßem Auge einige Details erkennen.

Diesmal stand Joe vorne. »Sieht das für dich wie internationales Orange aus?«

Kurt nickte. Die Farbe war zwar verblasst und fleckig, aber sie entsprach der international vorgeschriebenen Farbe für Notfall- und Rettungseinrichtungen.

Während das Objekt näher kam, schien es zu wachsen. Einmal stieß es gegen den Rumpf der Jacht, als es in ihr Fahrwasser geriet und heftig schaukelte.

»Maschinen stopp!«, gab Kurt über Funk durch.

Die Motorvibrationen ließen schlagartig nach, und die *Sapphire* trieb im Schneckentempo. Das treibende Objekt stieß noch mehrmals gegen den Rumpf der *Sapphire* und drehte sich im Wasser, bis es sich mit der Schwimmplattform auf gleicher Höhe befand.

Joe fing es im Netz auf und zog. Kurt suchte eine geeignete Stelle für den Bootshaken und zog ebenfalls. Gemeinsam manövrierten sie das Objekt an die Plattform heran und hielten es in Position. Als die Jacht anhielt, holten sie es ein.

Wie Angler mit einem Sonntagsfang hatten sie etwas am Haken, das für das Deck zu groß war. Zwei Meter lang und zig Zentimeter breit, hatte es die Form eines überdimensionalen Puzzleteils. Es war verbogen und stellenweise angesengt. Als sie es über den Bootsrand hievten, tippte Kurt auf ein Gewicht von nahezu einhundert Pfund.

Joe klopfte mit den Fingerknöcheln gegen das Objekt. »FRP«, sagte er. »Fiber-Reinforced Plastic.«

Kurt untersuchte den Querschnitt. »Zwei Schichten mit hohlem Zwischenraum, der mit wasserdichtem Schaummaterial gefüllt ist.«

»Das stammt von einem Rettungsboot«, lautete Joes Schlussfolgerung.

Kurt nickte. Der Ernst in Joes Stimme entsprach Kurts sorgenvollen Gedanken. Moderne Rettungsboote waren praktisch unzerstörbar. Die Tatsache, dass sie nur ein kleines Bruchstück gefunden hatten, war eine schlechte Nachricht.

Joe ging auf ein Knie hinunter und stellte fest, dass das Teil teilweise mit einem Ölfilm bedeckt war. Mit der Hand säuberte er eine kleine Fläche. Der Name *Canberra Swift* erschien und darunter in verblassten Lettern die eingestanzte Identitätsnummer des Schiffes.

»Nun«, sagte Joe und schaute hoch, »zumindest wissen wir jetzt, dass wir am richtigen Ort suchen.«

Kurt studierte das Bruchstück eingehender. Risse verliefen über seine Oberfläche, als sei es mit Gewalt gebogen worden, ehe es vom Rettungsboot abgebrochen und in seine alte Form zurückgeschnellt war. Die Oberfläche des geschmolzenen Plastikmaterials fühlte sich rau an, als ob winzige Haken aus der zuvor glatten Oberfläche herausragten. »Fällt dir dazu etwas ein?«

»Blitzartig erhitzt und schockgefroren«, sagte Joe. »Das Ding flog aus einer Bratpfanne heraus, aber nicht ins Feuer. Ich würde meinen, es landete im kalten Ozean und erstarrte sofort in der Form, in die es sich verkrümmt hatte.«

Kurt gab sich mit Joes Analyse zufrieden. Die Explosions-Theorie erschien mit jeder Sekunde plausibler. Und doch war etwas nicht so, wie es hätte sein sollen. Vorläufig behielt Kurt diesen Gedanken für sich.

Er erhob sich und suchte den Horizont ab. Die Sonne stand niedrig. Das Wasser färbte sich dunkel, während auf seiner Oberfläche goldgelbe und platinweiße Streifen funkelten. Er hatte Mühe, nach Westen zu blicken und irgendetwas zu erkennen, obwohl er eine Sonnenbrille mit polarisierten Gläsern trug.

»Das Tageslicht lässt langsam nach«, stellte er fest. »Ich räume hier oben auf. Sieh zu, dass du diesen Fund irgendwo sicher unterbringst, und dann erkundige dich bei Stratton, was das Sonar sagt. So können wir jetzt am ehesten etwas von Bedeutung finden.«

Während Joe das orangefarbene Trümmerteil des ehemaligen Rettungsboots hereinholte, schaltete Kurt das Sprechfunkgerät ein. »Winterburn, haben Sie noch etwas anderes am Horizont gesehen?«

»*Nee*«, meinte der junge Offizier. »*Das heißt … negativ, Sir.*«

Kurt lachte. Er war kein Erbsenzähler, was Äußerlichkeiten betraf. Für ihn war es wichtiger, dass Leute ihren Job erledigten, anstatt sich an irgendwelche Kommunikationsvorschriften zu halten. »Bringen Sie uns wieder auf unseren ursprünglichen Kurs. Und zwar mit dem höchstmöglichen Tempo, ohne das Sonarsignal zu verfälschen.«

Während sich die Jacht in Bewegung setzte, sammelte Kurt die restlichen Trümmer ein, die sie gefunden hatten, und stopfte sie in große Plastiksäcke. Diese verstaute er in dem achtern gelegenen Tauchschrank und fuhr die Schwimmplattform hoch, ehe er sich auf den Weg zum vorderen Abteil machte.

Als er dort eintraf, unterhielt sich Joe gerade mit Stratton, dem anderen NUMA-Vertreter an Bord. Stratton war Sonarexperte und außerdem Spezialist für Unterwasser-Drohnen. Er hatte die vorangegangenen vier Stunden damit verbracht, die Bilder zu überwachen, die von der geschleppten Sonarantenne und drei Unterwasser-Drohnen übermittelt wurden, die mit der Jacht in Formation den Meeresgrund absuchten.

»Gibt es etwas Neues?«, fragte Kurt.

»Rote Augen und einen leeren Kaffeebecher«, sagte Stratton und hielt seine überdimensionale Tasse hoch, damit Kurt sie sehen konnte.

»Ich hatte mich auf unsere Suche bezogen.«

Stratton schüttelte den Kopf.

Kurt checkte einen Computerbildschirm, der einen Überblick über den jeweiligen Suchbereich lieferte. Er sah vier vertikale Streifen, die parallel verliefen – mit Ausnahme der von der *Sapphire* vorgenommenen Kursabweichungen, um Treibgut aufzunehmen. In sechs Stunden hatten sie insgesamt etwa dreihundert Quadratmeilen überprüft. Normalerweise wäre dies ein Tropfen auf den heißen Stein gewesen, aber da sie sich in einem fest umgrenzten Gebiet – markiert durch den letzten *Beep* des AIS-Senders der *Canberra Swift* und den von dem Kapitän des südkoreanischen Frachters beobachteten Lichtblitz – befanden, hatten sie ein relativ kleines Arbeitsgebiet. Noch weitere zwei Tage, und es gab nichts mehr, wo sie weiter hätten nachschauen können.

»Ich besorge mir was zu essen«, sagte Kurt. »Soll ich euch etwas aus der Küche mitbringen? Ich meine den Mikrowellenherd.«

Joe gab keine Antwort, was seltsam war, da Essen in diesem Moment das Thema war.

»Stratt?«, fragte Kurt.

Er bemerkte, dass beide Männer sich zum Bildschirm vorbeugten.

»Sehen Sie das?«, fragte Joe leise.

»Tu ich«, erwiderte Stratton. Er tippte auf dem Keyboard und vergrößerte das Bild, das offenbar ihre Aufmerksamkeit fesselte.

»Dort ist definitiv etwas«, sagte Joe.

»Warten Sie mit dem Applaus«, bremste ihn der Sonarspezialist. »Es kann alles Mögliche sein, Schrott, Felstrümmer, was auch immer. Oder ein Frachtcontainer. Ich habe in der letzten Stunde drei davon gefunden. Einer enthielt mindestens eintausend Paar teure Sneaker, die aus einem Ende herausgequollen sind. Haben Sie eine Ahnung, was man dafür bekommt, wenn man sie aus dem Wasser holt und auf dem Flohmarkt verscherbelt?«

»Wir sind nicht hier, um Fußbekleidung zu retten und sie zu meistbietend zu verkaufen«, sagte Joe. »Aber darüber können wir gern später reden.«

Kurt trat hinter sie, blickte über ihre Schultern und blieb still. Jeder Gedanke an Essen hatte sich verflüchtigt. Oder war zumindest bis auf Weiteres in den Hintergrund verschoben worden.

»Es liegt am Rand des Prüffeldes«, sagte Joe. »Wir brauchen ein besseres Bild.«

»Ich lenke die Drohne noch einmal um«, erwiderte Stratton. Er tippte wieder auf seinem Keyboard und übernahm die Steuerung des torpedoförmigen Vehikels, manövrierte es aus der Formation und in Richtung des rätselhaften Objekts.

Während die Drohne dem neuen Kurs folgte, schaltete Stratton das Sonar von Seitensuche auf Bodensuche.

»Riskieren wir mal einen Blick«, sagte Joe.

Stratton aktivierte die Kamera der Drohne und ihre ultrahellen Scheinwerfer. Zuerst enthüllten sie gar nichts auf dem kahlen Gelände des Meeresgrundes in dreitausendsechshundert Fuß Tiefe. Dann erschienen kleine Trümmerstücke. Einige lagen in winzigen Kratern, die sie beim Aufschlagen erzeugt hatten.

»Hab auf dem Mag eine starke Anzeige«, sagte Joe.

Kurt schüttelte ungläubig den Kopf. »So viel Glück ist doch nicht möglich«, murmelte er, »nicht in einer Million Jahre.«

»Du sagst es«, meinte Joe.

Mehrere lange verbogene Metallteile erschienen, und dann holten die Lichtquellen etwas noch Eindrucksvolleres aus dem Dunkel.

»Ist es das, wofür ich es halte?«

»Ein Motorblock«, sagte Joe. »So wie es aussieht, eine große Dieselmaschine.«

Kurt studierte das Bild und nickte stumm. Er konnte die Kolbenmanschetten deutlich erkennen. »Muss ich euch daran erinnern, dass die *Swift* einen Gasturbinenantrieb hatte?«

»Sie verfügte außerdem über einen Dieselmotor für Langsamfahrt-Manöver und zwei APUS, die mit Schweröl betrieben wurden.«

»Registriert«, sagte Kurt, verschränkte die Arme und lehnte sich an die Wand. Zwar gab er sich alle Mühe, sich eines Urteils zu enthalten, aber irgendetwas kam ihm seltsam vor.

Schließlich erschien noch ein anderes Objekt. Dies war größer als der Motorblock, den sie soeben gefunden hatten. Es nahm nach und nach Farbe an, während es ins Bild rückte. Zuerst mattbraun, dann hellte es sich zu einem internationalen Orange auf.

»Ein Rettungsboot«, sagte Joe. »Oder zumindest ein Teil davon.«

»Wo ist der Rest?«, fragte Stratton.

»Ein Teil liegt in unserem Tauchspind«, meinte Kurt.

Was sie gefunden hatten, war der spitze Bug des Boots. Er lag auf der Seite wie ein dreidimensionales Dreieck oder ein Zelt, das vom Wind umgeweht worden war.

»Näher heran«, verlangte Joe.

Stratton lenkte die Drohne abwärts und hielt sie gegen die Strömung in Position. Der Aluminiumrahmen, an dem das Element aus hochfestem Kunststoffverbundmaterial befestigt war, erschien im Lichtkegel der Lampen. Seine Verstrebungen mussten durch eine ungeheure Kraft nach außen gebogen worden sein. Brandspuren und weitere

Bruchstücke des geschmolzenen und schockgefrosteten Plastikmaterials waren auf dem Meeresgrund verstreut.

Alles wirkte sehr klar, dachte Kurt. Und irreführend. »Ich sage es nicht gerne, Gentlemen, aber wir wurden an der Nase herumgeführt.«

10

WASHINGTON, D.C.

Es war Rudi Gunn, der die schlechte Nachricht verkünden musste.

Nachdem er seinen Amtskollegen bei der NSA ins Bild gesetzt hatte, arrangierte Rudi eine Lagebesprechung in der NUMA-Zentrale. Um fünf Uhr morgens füllte sich der Konferenzsaal mit den Vertretern verschiedener in Washington ansässiger Ministerien und Regierungsabteilungen und einigen leitenden Angehörigen des NUMA-Personals.

Begleitet wurde Rudi von Hiram Yaeger, dem Direktor für Informationstechnologie der NUMA. Während Rudi frisch rasiert war und wie aus dem Ei gepellt schien – selbst zu dieser frühen Morgenstunde –, trug Hiram eine ausgebleichte Jeans und einen schwarzen Baumwollpullover. Außerdem hatte er schon länger keinen Friseur mehr gesehen, zumindest war das die Meinung aller, die ihn in diesem Augenblick sahen, aber anlässlich des Treffens hatte er immerhin sein ergrauendes Haar unter einer von Kennern mittlerweile als echte Antiquität begehrten Baseballmütze der Washington Senators versteckt.

Hirams Aufmachung war keine Folge des frühen Weckrufs. Wie zahlreiche Computerexperten und IT-Manager bevorzugte er einen ungezwungenen, lässigen Kleidungsstil. In Hirams Fall war seine Modeauswahl zumeist durch eine ausgeprägte Vorliebe für komfortable Bewegungsfreiheit, Bikerkultur à la Harley-Davidson und klassische Rockbands geprägt.

Nachdem er seinen ersten Schluck schwarzen ungezuckerten Kaffees getrunken hatte, wandte sich Yaeger an Rudi. »Falls es sich einbürgern sollte, dass Konferenzen einberufen werden, bevor die Sonne aufgeht – oder Starbucks geöffnet hat –, erwarte ich, dass die NUMA eine Cappuccinomaschine aufstellt.«

Rudi grinste. »Aber Sie wissen schon, dass in Cappuccino deutlich weniger Koffein enthalten ist als in einer normalen Tasse Kaffee, oder?«

»Ich bin mir dessen durchaus bewusst«, erwiderte Yaeger. »Aber ich könnte sechs Espressi trinken und trotzdem weniger Flüssigkeit zu mir nehmen. Was von Bedeutung sein könnte« – er hob die Augenbrauen – »im späteren Verlauf der Konferenz.«

Rudi quittierte dieses Argument mit einem dem Ernst der Lage angemessenen sparsamem Grinsen und ging weiter zum Konferenztisch, wo sich mehrere Konferenzteilnehmer bereits in den Bericht vertieften, den Kurt und Joe bereitgestellt hatten.

Direkt am Tisch und in der Mitte saß Anna Biel, Mitglied des präsidialen Beraterstabs und Direktorin der National Security Agency.

Einen Platz weiter sah er Elliot Harner, den Stellvertretenden Direktor der CIA. Die einzige Zivilperson in der Gruppe war Sunil Pradi, CEO von Hydro-Com, der Firma, die die verschwundenen Computer konstruiert und gebaut hatte.

Und schließlich, offenbar ganz und gar nicht glücklich, mit hinzugezogen worden zu sein, war Konteradmiral Marcus Wagner zu sehen, ein alter Freund von Rudi Gunn und der derzeitige Chef der Naval Intelligence für den West-Pazifik.

»Ich weiß gar nicht, weshalb ich überhaupt hier bin«, sagte Wagner zu Rudi, »aber ich hoffe, dass es Sinn hat. Sonst werde ich dich nämlich in Zukunft regelmäßig zu unseren Frühbesprechungen einladen.«

»Würde mir nicht das Geringste ausmachen«, sagte Rudi. »Ich bin jeden Morgen auch ohne Wecker schon um vier auf den Beinen.«

Rudi war ein ehemaliger Navy-Mann. Er hatte als Bester seiner Klasse in Annapolis graduiert und eine atemberaubende Karriere absolviert, ehe er zur NUMA gestoßen war. Dieser Background verhalf ihm zu großem Respekt bei den hohen Tieren der Navy und sorgte auch für eine nicht alltägliche Art von Vertrautheit, dank derer sie mit ihm umgingen, als wäre er einer von ihnen. Das konnte gut oder schlecht sein, je nach Situation und herrschenden Umständen.

»Wer's glaubt«, erwiderte Wagner mit einem Anflug von Sarkasmus.

Rudi setzte sich. »Ich nehme an, Sie alle haben Kurts Bericht gelesen. Was denken Sie?«

Anna Biel meldete sich zuerst zu Wort. »Wenn ich alles richtig verstanden habe, ist er der Meinung, dass die Explosion und das Verstummen des AIS-Signals ein Täuschungsmanöver waren, um uns und die Welt glauben zu machen, dass das Schiff an einer besonders tiefen Stelle des Ozeans gesunken ist. Während es in Wirklichkeit noch immer mit voller Kraft zu irgendeinem unbekannten Ziel unterwegs war. Sollte er damit recht haben, dann ist dies das Schlimmste, was überhaupt passieren konnte. Offen gesagt, ich hoffe, dass er sich irrt.«

»Nicht sehr wahrscheinlich«, sagte Rudi. »Zuerst einmal, Kurt neigt nicht zur Panikmache und überlegt sich immer sehr gut, was er von sich gibt. Und zweitens sind die Daten, die uns zur Verfügung stehen, alles andere als irreführend. Die Bruchstellen des Rettungsboots lassen eindeutig erkennen, dass es von innen zerrissen wurde und nicht von einer von außen einwirkenden Kraft oder Explosion beschädigt oder gar zerstört wurde. Außerdem sind an dem mit Glasfasern verstärkten Plastikmaterial, aus dem das Rettungsboot bestand, deutliche Spuren plötzlicher Erhitzung mit Schmelzwirkung zu erkennen, aber auch das nur auf den Innenflächen. Das ist das absolute Gegenteil dessen, was wir erwarten könnten, wenn das Rettungsboot durch eine gigantische Explosion, die das gesamte Schiff auf den Grund des Ozeans hinabgeschickt hätte, von der *Canberra Swift* heruntergeschleudert worden wäre. Und schließlich gibt es noch diesen kleinen Hinweis auf Seite drei. Nach meiner Meinung hat Kurt die Lösung des Rätsels gefunden.«

Jeder der Anwesenden blätterte zu Seite drei.

»Achten Sie bitte auf den fünften Punkt der Liste der vom Meeresgrund geborgenen Gegenstände«, sagte Rudi.

»Ein AIS-Transponder«, las Konteradmiral Wagner laut vor. »Was ist damit? Man findet sie doch auf allen Rettungsbooten.«

»Nur dass dieser hier an einer besonders seltsamen Stelle des Rettungsboots angebracht war«, erwiderte Rudi. »So etwas würde man bei einem älteren Schiff erwarten, das in den Küstengewässern eines Drittwelt-Staates kreuzt, aber nicht bei einem mit allen technischen Raffinessen ausgestatteten Rettungsboot an Bord eines modernen Frachters.«

»Dann ist da noch seine Größe oder besser: sein Format«, warf Yaeger ein. »Dies ist ein NJX 1700-Modell. Es verbraucht mehr Strom und sendet ein stärkeres Signal, als man von einer Rettungsinsel erwarten würde. Die Antenne wurde bei der Explosion abgerissen, aber es ist deutlich zu erkennen, dass der Montagepunkt für eine längere und schwerere Antenne vorgesehen ist.«

»Und was genau bedeutet das?«, fragte Ms. Biel.

»Dass sie zu einem größeren Schiff gehört«, erklärte Rudi. »In diesem Fall zur *Canberra Swift*. Kurt vertritt die Theorie, dass sie vom Frachter abmontiert und an der Rettungsinsel angebracht wurde, um vorzutäuschen, dass die *Canberra Swift* nach wie vor ihrem Kurs folgte. Das Einzige, was sie nicht simulieren konnten, war die unglaubliche Geschwindigkeit der *Swift*.«

Wieder ergriff Yaeger das Wort: »Daraus ergab sich die Notwendigkeit der Botschaft, die sie dem Operations-Zentrum übermittelten, dass sie Probleme mit ihrem Gasantrieb hätten und kurzfristig auf ihren Diesel-Hilfsmotor umschalten müssten.«

Rudi nickte. »Eine wirkungsvolle Lüge, da sie eine doppelte Aufgabe erfüllte, indem sie einerseits die geringere Geschwindigkeit des Rettungsboots erklärte und gleichzeitig auf die Möglichkeit einer schweren Explosion verwies, ausgelöst durch das Platzen eines der Flüssiggastanks.«

Ms. Biel war sichtlich beunruhigt von dieser Neuigkeit, aber sie gehörte zu denen, die Beweise zu deuten wussten und auch bereit waren, die schlimmstmöglichen Schlussfolgerungen daraus zu ziehen. »Demnach haben wir nur auf das AIS-Signal der Rettungsinsel geachtet, während der Frachter selbst die Lampen ausknipste und sich in eine andere Richtung davonschlich. War es so?«

»Ein bühnenreifer Zaubertrick«, sagte Rudi. »Nur ist

diesmal kein Mensch verschwunden, sondern ein ganzes Schiff.«

In dem Raum wurde es still, während die Versammelten sich die daraus ergebenden Möglichkeiten ausmalten. Der CEO von Hydro-Com sah aus, als ob ihn bei dieser Vorstellung jeden Moment der Schlag treffen könnte. Ein gesunkenes Schiff und zerstörte Computer waren die eine Sache. Doch gestohlene Technologie und alles, was sich daraus ergeben konnte, war etwas vollkommen anderes. »Aber Sie haben Trümmer gefunden, Wrackteile.«

»Nur eine geringe Menge«, sagte Rudi. »Ein gesunkenes Schiff, so groß wie der Frachter, hätte eine meilenlange Spur von Treibgut hinterlassen. Ein explodierendes Schiff hätte sich wie eine Konfettiwolke verteilt.«

»Und der Ölteppich?«

»Künstlich erzeugt oder Überreste der Rettungsboote.«

Pradi hörte und verstand es sicherlich, aber jemand, der daran gewöhnt war, sich mit Verwaltungsratsmitgliedern und Aktieninhabern herumzuschlagen, war nicht so leicht zu überzeugen und von eigenen Ideen abzubringen. »Mr. Gunn«, sagte er. »Ihre Männer haben fast dreihundert Quadratmeilen Meeresboden überprüft – schnelle Arbeit und bewundernswert, muss ich ehrlich zugeben –, aber dort draußen wartet noch immer ein ganzer Ozean darauf, abgesucht zu werden. Viele Schiffe und Flugzeuge sind im Laufe der Jahre verschwunden und nie mehr gesehen worden.«

»Tut mir leid, Mr. Pradi«, sagte Rudi. »es ist ein riesiger Ozean. Aber wenn die *Swift* dort explodierte, wo das AIS verstummte und der koreanische Kapitän den Lichtblitz sah, dann müsste das Wrack irgendwo in nächster Nähe auf den Meeresgrund gesunken sein. Ein solcher Schaden hätte dem Schiff niemals erlaubt, seine Fahrt noch für mehrere Meilen fortzusetzen und dann erst unterzugehen. Ganz sicher nicht unbeobachtet von anderen Schiffen oder deren Radar. Dies begrenzt den Suchbereich auf eine relativ kleine Region. Und diese Region haben Kurt und Joe sehr sorgfältig unter die Lupe genommen.«

Elliot Harner, der Repräsentant der CIA, rührte sich. Wie ein guter Spion war er mit seinem Hintergrund derart perfekt verschmolzen, dass man ihn schon beinahe vergessen hatte. »Also«, sagte er ruhig, »falls Sie sich damit ein wenig besser fühlen, meine Leute haben nichts gefunden, das darauf hindeuten würde, dass diese Geschichte staatlich eingefädelt oder gefördert wurde. Die Chinesen gehen anscheinend davon aus, dass irgendetwas passiert ist, haben aber offenbar keine Ahnung von seiner Bedeutung und scheinen sich auch nicht allzu sehr dafür zu interessieren. Ich tippe auf einen Wert von 2,5 auf der organisatorischen Richter-Skala, und das ist oberhalb des mittleren Managements nicht mehr wahrnehmbar.«

»Was ist mit den Russen?«, fragte Ms. Biel. »Oder dem nordkoreanischen und dem iranischen Lager?«

»Die Russen schlafen bekanntlich schon am Lenkrad ein«, sagte Harner. »Sie haben nur begrenztes Personal in dieser Gegend und sind schlicht und einfach keine ernst zu nehmenden Konkurrenten. Das kann sich natürlich ändern, sobald die ersten Gerüchte die Runde machen oder gar die Wahrheit bekannt wird. Was Nordkorea und den Iran betrifft, die spielen keine Rolle.«

Ms. Biel nahm das sichtlich beruhigt zur Kenntnis, aber sie brauchte weitere Fakten. »Sie haben alle bedeutenden Verdächtigen ausgeschlossen, Elliot. Haben Sie irgendwen, der deren Position einnehmen könnte?«

»Momentan nicht.«

Yaeger hatte einen Vorschlag. »Was ist mit anderen Wirtschaftsunternehmen?«, fragte er. »Diese Technologie ist hoch entwickelt. Man könnte sie sogar als revolutionär einstufen. Wie viele Milliarden wäre sie einer anderen Firma wert? Wie viel Zeit und Kosten würde es bei der Entwicklung eines potenziellen Konkurrenzprodukts einsparen, wenn es gelänge, sie zu stehlen?«

Der CEO antwortete: »Milliarden Dollar und Jahre intensivster Forschung. Wir haben mit den meisten legitimen Konkurrenten Verträge abgeschlossen, seien es Lizenzabkommen oder zukünftige Joint Ventures. Und was die kleineren Firmen betrifft …« Nach kurzem Nachdenken schüttelte er den Kopf. »… nein, nein, nein. Kämen sie mit einem Produkt auf den Markt, das unserem auch nur entfernt ähnlich ist, würden sie sich einen Rattenschwanz an Prozessen einhandeln. Wir würden sie an allen Ecken und Enden blockieren. Und selbst im Bereich der physikalischen Architektur müssten sie ihre eigenen Quellcodes und AI-Prozeduren entwickeln, um ihrem Produkt zu einiger Effizienz zu verhelfen. Daran würden unsere kleineren Konkurrenten pleitegehen, und unsere ernst zu nehmende Konkurrenz hat sich bereits einen Teil des großen Kuchens gesichert. Sie würden ihre eigenen Interessen sabotieren. Falls dies ein Fall von Piraterie ist, dann muss der Dieb die Regierung irgendeiner Nation sein. Niemand sonst könnte einen bedeutenden Nutzen daraus ziehen.«

Rudi erkannte das Dilemma. Während er sich mit Pradis Logik anfreunden konnte, wusste er auch, wie tief Elliot Harners Beziehungen und Kontakte speziell in China und in Russland reichten. Wenn Harner erklärte, dass diese

Nationen als Initiatoren oder aktive Beteiligte nicht infrage kämen, würde Rudi dies als gegeben hinnehmen, solange kein überzeugender Gegenbeweis auf dem Tisch lag.

»Höchstwahrscheinlich gibt es da etwas, das wir nicht wissen«, sagte Ms. Biel erstaunlich ruhig. »Es wäre nicht das erste Mal. Ungeachtet dessen müssen wir davon ausgehen, dass das Schiff gehijackt wurde und die Vector-Einheiten als gestohlen verbucht werden müssen.«

»Bis auf einen Punkt«, erwiderte Harner. »Wenn man ein Schiff hijackt, ergibt sich zwangsläufig irgendwann die Notwendigkeit, es auch irgendwo zu parken. Unsere Satelliten haben jeden Hafen und jeden Fluss im Umkreis von eintausend Meilen um die letzte bekannte Position des Schiffes kontrolliert. Weder hat es irgendwo angedockt, noch ankert es an irgendeinem Flussufer. Darüber hinaus haben wir mithilfe von hochauflösenden Kameras jedes Schiff, das im Suchgebiet unterwegs war, überprüft. Alle wurden zweifelsfrei identifiziert, und die *Canberra Swift* befand sich nicht unter ihnen.«

»Was ist mit Trockendocks?«, fragte Wagner. »Oder Sichtblenden? Die Chinesen haben einige ihrer größeren Schiffe im Schutz solcher Sichtblenden gebaut, um sie vor neugierigen Blicken zu verbergen.«

Harner schüttelte den Kopf. »In jedem größeren chinesischen Hafen und auf jeder Werft haben wir Beobachter auf der Lohnliste, die alle Auffälligkeiten umgehend melden. Bislang gibt es überhaupt keine Spur von der *Canberra Swift*.«

»Vielleicht haben sie das Schiff mit hohen Containerstapeln beladen«, äußerte Pradi eine Vermutung. »Und ihm anschließend einen Express-Farbanstrich verpasst oder es unter einem Wald von Kränen verschwinden lassen.«

Darauf wusste Rudi eine überzeugende Antwort. »Dagegen sprechen eine Reihe von Fakten. Die *Swift* hat ein einzigartiges Profil. Sie wurde konstruiert, um auf dem Wasser schnell und windschnittig zu sein. Sie sieht eher wie ein verlängerter Zeppelin oder ein zu stark aufgeblasener Bullet-Train aus. Egal, wohin man sie bringt, sie würde überall auffallen wie ein bunter Hund.«

»Was wäre denn mit einem Rendezvous?«, meinte Ms. Biel. »Sie könnten die Fracht auf ein anderes Schiff umgeladen und die *Swift* erst danach versenkt haben.«

»Das kann man nicht ausschließen«, räumte Rudi ein. »Aber es wäre schwierig, das angesichts der Konstruktion der *Swift* in die Tat umzusetzen. Sie ist ein RO/RO-Schiff – roll on/roll off. Ideal, um Fracht zu bewegen, wenn sie an einem Betonpier liegt, aber vollkommen ungeeignet für Umladeaktionen auf hoher See.«

»Letzteres wäre ganz unmöglich«, warf Pradi mit Nachdruck ein.

»Was meinen Sie mit unmöglich?«

»Die Vector-Einheiten können nicht von Schiff zu Schiff bewegt werden«, erklärte er. »Wäre so etwas geschehen, hätten wir es sofort gewusst.«

»Woher? Und wie? Erzählen Sie mal«, forderte Ms. Biel ihn auf.

»Die Maschinen stehen per Satellit mit unserem Kontrollzentrum in San Francisco in Verbindung«, führte er aus. »Wären sie von der *Swift* auf ein anderes Schiff transferiert worden, hätten sie sich in einem Prozess – der Handshake genannt wird – mit den Satelliten verbunden. Die Verbindung wäre automatisch und augenblicklich hergestellt worden. Die Positions- und Operationsdaten wären sofort hochgeladen worden. Die Tatsache, dass es bis jetzt noch nicht zu einem solchen Link-up kam, sagt uns, dass die Server den Frachtraum dieses Schiffes bis zu diesem Zeitpunkt nicht verlassen haben.«

Ungehalten schüttelte Ms. Biel den Kopf. »Ich muss dem Präsidenten in zwei Stunden Bericht erstatten. Ihn davon in Kenntnis zu setzen, dass wir nicht die geringste Ahnung haben, was geschehen ist, wer dafür verantwortlich ist oder warum es dazu kam, ist gewiss nicht das, was er hören möchte. Ich brauche etwas Handfestes. Wenn das Schiff nicht in irgendeinem Hafen oder in einem Fluss liegt oder noch immer auf See unterwegs ist, wo zum Teufel kann es dann abgeblieben sein?«

»Der einzige Ort, der mir einfällt«, sagte Rudi, »ist der Meeresgrund.«

»Aber Ihr Mann meinte doch, dass sie nicht gesunken ist«, entgegnete sie verärgert.

»Nein«, korrigierte Rudi sie. »Er sagte, dass sie nicht dort gefunden wurde, wo sie sich nach Berücksichtigung aller Fakten hätte befinden müssen. Das heißt aber nicht, dass sie nicht doch auf dem Meeresgrund liegt, aber an einem einfacher zugänglichen Ort.«

Ein Ausdruck allmählichen Verstehens erschien in ihrem Gesicht. Sie lehnte sich zurück. »Und schon kehrt die ursprüngliche Angst zurück, wenn ich mir dieses Szenario vorstelle. Das Schiff lieg irgendwo in seichtem Wasser, wo die Computer nach wie vor intakt und relativ einfach erreichbar sind. Ist es das, was Ihnen durch den Kopf geht?«

Rudi nickte.

»Jetzt erkenne ich allmählich, weshalb Sie mich hierher bestellt haben«, meldete sich Wagner. »Sie brauchen die Navy und ihre Einrichtungen, um diese Aufgabe zu lösen.«

»Nein«, erwiderte Rudi. »Mit dieser Aufgabe ist die

NUMA aus einem bestimmten Grund betraut worden. Sie würden eine gesamte Flotte kriegsschiffgrauer Bergungsschiffe ins Ostchinesische Meer beordern und damit der ganzen Welt verkünden, dass wir irgendetwas suchen. Unser Team wird das Schiff finden. Was wir allerdings von der Navy brauchen, ist eine Information, die Sie im Ärmel versteckt haben.«

Wagner musterte Rudi argwöhnisch. »Welche Information sollte das sein?«

»Sie haben eine Abhörstation in Naha«, sagte Rudi. »An der Südspitze von Okinawa. Offiziell wird sie als Wetterstation geführt, und ihr Personal besteht vermutlich aus Zivilisten. Aber Gerüchte besagen, dass Naha das Kontrollzentrum für sämtliche Unterwasser-Lauschaktivitäten im Pazifik ist und dazu leistungsfähige Hydrophone einsetzt, um die Wege der chinesischen U-Boote in den flacheren Regionen ihrer eigenen Gewässer zu verfolgen.«

Der Konteradmiral räusperte sich ausgiebig, ehe er darauf antwortete. »Ist richtig interessant, was an Gerüchten so in Umlauf ist, Gunn, aber reden Sie nur …«

»Wenn man bedenkt, dass der Kontinentalsockel mit seinem Schelf von China bis nach Okinawa reicht und die flachen Gebiete des Schelfs die am besten geeigneten Orte wären, um das Schiff dort zu versenken. Und falls nun jemand die Computer bergen möchte, könnte man doch sagen, dass sich Ihre Lauscheinrichtungen dort in der idealen Position befänden, um mitzuhören, wie das Schiff geflutet wird und irgendwo da auf dem Meeresgrund aufsetzt. Wenn Sie uns die Koordinaten dieses Ortes nennen, dann suchen und finden wir die verschwundenen Computer, bevor die Russen und Chinesen aus ihren Betten aufgestanden sind.«

Wagner behielt seine abweisende stoische Haltung bei. Aber Ms. Biel nickte bereits. »Mir gefällt der Plan. Ich informiere den Präsidenten und hole mir seine Erlaubnis.« Sie schlug den Schnellhefter auf die Tischplatte, ehe sie hinzufügte: »Warten Sie nicht auf meine Antwort, sondern setzen Sie sich schon in Bewegung. Ich kann nicht erkennen, was der Präsident gegen diese Vorgehensweise einzuwenden haben könnte. Machen Sie sich sofort ans Werk.«

Konteradmiral Wagner sah aus, als wäre er unter die Räuber gefallen. »Von einer solchen Wetterstation weiß ich nichts«, beharrte er. »Aber ich gebe Ihnen Bescheid, was sie möglicherweise aufgeschnappt haben könnte.«

11

NAHA, OKINAWA

Lieutenant Callie Baker brachte ihren 1973er Ford Bronco vor dem äußeren Tor der Naha Weather Station zum Stehen. Das rot-weiße Fahrzeug war ein absoluter Klassiker, allerdings focht speziell diese Version einen aussichtslosen Kampf gegen die salzige Luft von Okinawa.

Der Bronco befand sich seit mehr als vierzig Jahren auf der Insel und wurde ständig von einem Navysoldaten zum nächsten weitergereicht. Er hatte Beulen, Rostflecken und einhunderttausend Meilen auf dem Tachometer. Und er hatte kein Dach mehr – dank einer Motorsäge und ihrer unbeabsichtigten Begegnung mit einem Baumast während eines Taifuns.

Selbst mit all diesen Spuren seiner wechselvollen Biografie war das Fahrzeug ein heiß begehrtes Wunschobjekt unter den Amerikanern, die auf der Insel stationiert waren. Einerseits war es zum Teil Tradition, andererseits war es darauf zurückzuführen, dass die Japaner seit 1976 den Import in Amerika hergestellter Autos verboten.

Während er das Vehikel mit eifersüchtigem Blick betrachtete, machte der Torwächter Callie ein Angebot. »Wenn du mir erlaubst, diesen Schlitten zu restaurieren, kann ich dir einen sechsstelligen Verkaufspreis garantieren.«

»Und wie viel würde es kosten, diese Arbeiten ausführen zu lassen?«, fragte sie.

»Eine fünfstellige Summe«, schätzte er. »Im oberen Bereich.«

»So was hab ich mir schon gedacht«, sagte sie. »Ich verzichte.«

Er zuckte die Achseln, hob die Schranke, und Callie fuhr durchs Tor. Sie hielt vor einem bescheidenen einstöckigen Gebäude an und parkte auf der Schotterfläche neben einer Hecke tropischer Büsche.

Sie stieg aus dem Bronco und ging zum Hauseingang. Bekleidet war sie mit Kakishorts und einem ärmellosen Top. Dazu trug sie eine Sonnenbrille. Ihre Füße steckten in bequemen Sandalen, und das Haar hatte sie zu einem Pferdeschwanz zusammengerafft, um die Hitze und die feuchte Luft ein wenig erträglicher zu machen. In jeder Hinsicht sah sie wie die zivile Angestellte aus, die sie tatsächlich war, aber sie war mit Leib und Seele Navy und konnte es kaum erwarten, ihren Arbeitstag zu beginnen.

Als sie die Station betrat, traf sie mit ihrem Boss, Lieutenant Commander Aaron Stewart, zusammen. Er trug ebenfalls Shorts und dazu ein blau-gelb bedrucktes Hawaiihemd. Sein Haar war wuschelig und entsprach sicher nicht der herrschenden Vorschrift, wenn man bedachte, wie weit es über seine Ohren wucherte.

»Guten Morgen, Aaron«, sagte sie. Da sie als Zivilisten auftreten sollten, sprachen sie einander mit Vornamen an, eine Praxis, an die sich zu gewöhnen nicht leichtfiel.

»Guten Morgen, Callie«, sagte er. »Schön, dass Sie so früh hier sind. Wir haben einen seltsamen Auftrag erhalten – von oben. Sie müssen noch einmal die Einträge der letzten drei Tage durchgehen und nach einem ungewöhnlichen Signal Ausschau halten. Sie glauben, dass zwischen hier und der chinesischen Küste ein Schiff gesunken ist.«

»Davon habe ich noch nichts gehört«, sagte sie. »Aber den Chinesen würde ich zutrauen, so etwas geheim zu halten.«

»Es geht um kein chinesisches Schiff«, präzisierte er. »Das ist alles, was ich Ihnen sagen kann.«

Sie holte sich einen Aktenordner, verließ das Büro und verzichtete auf ihren allmorgendlichen Abstecher zu den Kaffee- und Snackautomaten.

Sie setzte sich an ihren Schreibtisch und benutzte die Computer, um die Tonaufnahmen der vergangenen drei Tage durchzugehen. Es dauerte zwei Stunden.

In Küstennähe fand sie nichts von Interesse, aber aus übergroßer Vorsicht überprüfte sie auch die anderen Gebiete, die von den Hydrophonen belauscht wurden.

Nicht lange, und der Computer fand ein Signal, das sie sich mehrmals anhörte. Nachdem sie die Hintergrundgeräusche weggefiltert hatte, war es klar. Fünf Minuten später kehrte sie in Stewarts Büro zurück.

»Eine Serie kleinerer Explosionen«, erklärte sie, während er sich das Tonband anhörte. »Gefolgt vom Geräusch starker Luftbewegung. Ansonsten gibt es aber keinen Hinweis auf Brüche oder interne strukturelle Schäden. Was dem am nächsten kommt, sind die Aufnahmen von einem Schiff, das wir vor ein paar Jahren verschrottet und absichtlich versenkt haben, um ein künstliches Riff anzulegen.«

»Ein kontrollierter Vorgang?«, fragte er.

»Könnte sein«, sagte sie. »Was immer es ist, es sank in einem Stück auf den Meeresboden hinunter.«

»Haben Sie die Position?«

»Die Koordinaten stehen in den Akten.«

Er nahm den Bericht entgegen, blätterte sekundenlang

darin. Währenddessen stand Callie abwartend vor seinem Schreibtisch.

»Das ist alles«, sagte er schließlich und verzichtete diesmal darauf, ihren Vornamen zu benutzen.

Förmlich entlassen, machte sie kehrt und ging hinaus. Sie konnte nicht umhin, so etwas wie Enttäuschung zu empfinden. Ein Charakteristikum ihres Jobs war es, nur ein kleines Rädchen im Getriebe zu sein, was gewöhnlich bedeutete, niemals einen Blick auf das große Ganze werfen zu dürfen.

Wirklich schade, dachte sie und fragte sich, wer ein Schiff im Ryukyu Channel versenkte und weshalb niemand auf der ganzen Welt darüber Bescheid wusste.

Es begann zu regnen, als der Himmel plötzlich seine Schleusen für einen kurzen, heftigen Tropenschauer öffnete. Innerhalb von Sekunden trommelten die Regentropfen auf das Dach und prasselten gegen die Fenster.

Sie vergaß das Schiff und rannte nach draußen, um die Schutzplane über den Bronco zu ziehen und zu retten, was von den verschlissenen Sitzpolstern noch übrig war.

12

RYUKYU CHANNEL

»Dort ist sie«, verkündete Joe Zavala.

Kurt und Joe standen im Ruderhaus der *Sapphire* und fixierten den Flachbildmonitor, der das Sonarsignal übertrug, das Stratton unten im Schiff überwachte. Was sie auf dem Bildschirm sahen, konnte nur die *Canberra Swift* sein.

»Ich ziehe den Hut vor den Leuten in dieser Navy-Wetterstation«, erwiderte Kurt. »Sie haben uns genau zu dem Schiff geführt.«

»Geradezu beängstigend präzise«, pflichtete Joe ihm bei. »Wenn sie irgendwann einen Taifun oder einen Tsunami voraussagen sollten, sehe ich zu, dass ich schnellstens von hier verschwinde.«

Es war kurz nach achtzehn Uhr Ortszeit. Seitdem sie die Information von der Station in Naha erhalten hatten, war die *Sapphire* mit voller Kraft nach Westen durchgestartet und durch die Wellen gepflügt, während der Abend heraufzog. Seit Rudis erster Nachricht waren sie ständig unter Dampf gewesen, und dass sie das Schiff gefunden hatten, löste eher ein Gefühl der Erleichterung in ihnen aus als den Wunsch, diesen Erfolg zu feiern. Kurt kippte seinen Sessel nach hinten und erlaubte sich einige Sekunden tiefer Ruhe. Aber noch waren sie nicht fertig. Er wandte sich an Winterburn, der unbeirrt am Ruder stand und seinen Job machte. »Bringen Sie uns anderthalb Meilen weit nach Westen und schalten Sie die Maschinen aus. Wir lassen uns mit der Strömung über das Wrack zurücktreiben und bringen dann das U-Boot zu Wasser.«

»Nach Südwesten für eins Punkt fünf«, wiederholte Winterburn, kurbelte an dem Ruder und justierte den Antriebshebel.

»Wollen Sie nicht bis morgen warten?«, fragte Joe.

»Ich erledige die Geschichte lieber in einem Rutsch, ehe irgendjemand davon Wind bekommt, dass wir hier sind.«

Während die *Sapphire* zu wenden begann, verließen Kurt und Joe die Kommandobrücke. Sie stiegen zum Unterdeck hinab, wo ein Abteil, in dem früher die Jetskis, die aufblasbaren Wasserspielzeuge und ein sechzehn Fuß langes Motorboot untergebracht waren, so weit umgebaut worden war, dass es einem kleinen Tauchboot und den torpedoförmigen Drohnen, die sie am Vortag bei ihrer Suche im tiefen Wasser benutzt hatten, ausreichend Platz bot.

»Was ist der Plan?«, fragte Joe, während Kurt zum Bereitschafts-Magazin hinunterging.

»Ich schneide das Schiff auf, dringe ein und deponiere die Sprengladungen«, sagte Kurt. »Dazu brauchen wir die *Scarab*. Ich mache sie startbereit, während du dir überlegst, wie ich den Sprengstoff am besten transportieren kann.«

Kurt kletterte in die *Scarab*, ein Ein-Mann-Tauchboot, das die NUMA häufig bei kurzzeitigen Tieftauchfahrten einsetzte. Seinen Spitznamen verdankte es seiner Ähnlichkeit mit einem gepanzerten Käfer – vor allem dann, wenn es die Greifarme ausgefahren hatte wie ein Paar Fühler, um seine Umgebung abzutasten. Das kleine Unterwasserfahrzeug war leicht manövrierbar, wendig und vor allem erstaunlich schnell für ein Unterseeboot. Das war eine Eigenschaft, die sich schon öfter als nur einmal als praktisch, wenn nicht gar lebensrettend erwiesen hatte.

In seinem engen Cockpit sitzend – mit der Plexiglaskuppel über dem Kopf –, ging Kurt eine Checkliste durch und startete die Systeme des U-Boots, während Joe einen Satz rechteckiger Blöcke in einem verschließbaren Fach im Bug stapelte.

»Die Bomben kommen in deinen kleinen Fahrradkorb«, meinte er wie eine fürsorgliche Mutter.

»Was benutzen wir?«, erkundigte sich Kurt, setzte ein Headset auf und justierte das Mikrofon.

»Ich dachte, ich gebe dir eine ausreichende Menge Spreng-Tabasco mit«, sagte Joe.

Spreng-Tabasco war ein Zwei-Phasen-Sprengstoff, der in der Forschungsabteilung entwickelt worden war. Die Mischung bestand aus sogenanntem RDX und Thermit, einem Material, das beim Verbrennen extrem hohe Temperaturen entwickelte.

»Reicht das aus, um durch die Schutzbehälter zu dringen?«, fragte Kurt skeptisch.

»Das Thermit zündet zuerst«, sagte Joe. »Es erzeugt eine über zweitausend Grad heiße Stichflamme, die in kürzester Zeit ein Loch in die äußere Schutzhülle brennt. Eine halbe Sekunde später detoniert das RDX und presst das supererhitzte Gas in den Behälter, wo es sich schockwellenartig ausbreitet. Was nicht sofort schmilzt, wird zu feinkörnigem Sand zerbröselt. Vertrau mir, das Spreng-Tabasco wird ganze Arbeit leisten.«

Kurt aktivierte den Robotarm des U-Boots, um seine Funktionsfähigkeit zu testen. Indem er mit den Kontrollen spielte, schaffte er es, die Hand mit erhobenem Daumen ein Okay-Zeichen imitieren zu lassen, um zu bestätigen, dass er alles, was Joe ihm erklärt hatte, verstanden hatte.

»Sehr lustig.«

Kurt betätigte die Schalter, die Metallfinger streckten sich, und die Handfläche wurde nach oben gedreht. »High five?«

Joe reagierte wunschgemäß, tippte mit den Fingern auf die mechanische Hand und wandte sich den Kontrollen zu, um das U-Boot zu Wasser zu lassen. Er betätigte einige Schalter, löste die *Scarab* aus der Verriegelung auf dem Deck und setzte das Förderband in Gang, das die *Scarab* zur äußeren Tür der Kammer trug.

Am Rand der Kammer glitt das U-Boot auf eine Plattform, die über das Wasser hinausschwang.

»Plattform sinkt herab«, sagte Joe.

Das hydraulische System des Lifts wurde aktiviert, und die Plattform senkte sich langsam zum Wasser hinab. Während sie dem Ozean entgegenschwebte, spülten erste Wellen über ihre Stellfläche und versetzten das U-Boot in ein leichtes Schaukeln. Sekunden später schwamm es auf und trieb gemächlich von der Plattform weg.

Vom Lift vollständig gelöst und in sicherem Abstand zu ihm, schaltete Kurt die Druckstrahlruder ein, drückte das Ruder nach links und ging zur Jacht auf Distanz.

Wie alle U-Boote ließ sich das Boot unter Wasser am besten navigieren, eine Eigenschaft, die es in den Wellen des Ozeans zu einem unsicheren und schwankenden Fahrzeug machte.

Da alle Kontrolllampen auf dem Armaturenbrett grün leuchteten, öffnete Kurt das Ventil, um Luft aus den Ballasttanks ausströmen zu lassen. Ein leises Zischen ertönte, als die Luft durch einströmendes Wasser ersetzt wurde und die *Scarab* schwerer und schwerer wurde.

Kurt beobachtete, wie das Wasser um die Plexiglaskuppel herum anstieg und sie schließlich überströmte. Einen Augenblick später durchbrach das U-Boot die Oberflächenspannung und begann seine Reise abwärts.

Nachdem er die Tauchruder fixiert und einen Kurs festgelegt hatte, sah Kurt nach oben. Die *Sapphire* war eine lange ebene Silhouette inmitten einer Lichtkugel. Einer Kugel, die verblasste und schnell kleiner wurde.

Kurt testete das Sprechfunkgerät. »Könnt ihr mich verstehen?«

»Laut und deutlich«, antwortete Joe. »Unsere Anzeigen melden, dass du die *Swift* in sechs Minuten erreicht haben wirst. Sollen wir in Position bleiben?«

Worüber die *Sapphire* nicht verfügte, waren die raffinierten Druckstrahlruder, die Bergungsschiffen erlaubten, trotz wechselnder Winde und Strömungen über einem Punkt auf dem Meeresboden auszuharren.

»Negativ«, sagte Kurt. »Lass sie treiben, bis sie das Wrack etwa zwei Meilen hinter sich gelassen hat, dann wirf die Maschinen an und kehre in weitem Bogen zurück, um sie wieder treiben zu lassen.«

»Wird gemacht«, antwortete Joe.

»Und halt Ausschau nach irgendwelchem Ärger«, fügte Kurt hinzu. »Wer immer dieses Schiff zu den Fischen geschickt hat, wird es sicherlich ständig ganz genau im Auge haben. Wie ein Habicht.«

»Laut Rudis Informationen befindet sich im Umkreis von dreißig Meilen kein einziges Schiff in unserer Nähe.«

»Schiffe können ihre Position ändern«, erwiderte Kurt. »Ich kann euch nur raten, achtet auf das Radar.«

13

Nachdem er das Gerätedock geschlossen hatte, kehrte Joe auf die Kommandobrücke zurück und gab Kurts Anweisungen weiter. Erst einmal beschäftigungslos, weil die Jacht nach Nordosten trieb, suchte sich Winterburn einen gemütlichen Sitzplatz und legte die Beine für ein paar Minuten auf den Rand der Steuerkonsole.

Während er sich ausruhte, sah Joe zur Radarstation und änderte den Suchmodus des LiDAR-Systems in kleine Schiffe. In diesem Modus würde es den Horizont nun beständig absuchen und aufzeichnen, was dem Radar möglicherweise entging.

Nachdem er dies erledigt hatte, schnappte er sich ein Marinefernglas und ging zu der Leiter, die zur Brückennock hinaufführte.

»Kein Vertrauen in diese neuartigen elektronischen Systeme?«, fragte Winterburn mit leisem Spott in der Stimme.

Joe schüttelte den Kopf. »Ich hab schon zu viele von den Dingern wegen irgendwelcher Defekte repariert und zu viele justiert, bei denen sich ständig blinde Flecken zeigten. Da vertraue ich lieber auf das, was ich mit meinen eigenen Augen sehe.«

Als er auf dem Oberdeck der *Sapphire* stand, fand Joe die Abendluft angenehm und nicht allzu schwül. Die Sonne war soeben untergegangen, aber noch herrschte ein relativ helles Zwielicht.

Er setzte das Fernglas an die Augen und suchte den Horizont in allen Richtungen ab, so wie es die Seeleute seit Anbeginn der Zeit getan hatten und auch weiterhin tun würden. Im Westen klebte noch ein schmaler orangefarbener Lichtstreifen am Horizont, über dem sich eine aquamarinblaue Farbschicht angesammelt hatte. Im Süden türmten sich die Wolkengebirge eines isolierten Gewitters und schimmerten dort violett, wo die Sonne noch ihre Kronen erreichte, und grau mit gelegentlichen blauen Blitzen weiter unten, wo sie fast auf dem Ozean auflagen. Im Norden fand er nichts Interessantes. Und als sein Blick zurück nach Osten wanderte, bot sich ihm lediglich das tiefe Blau der heraufziehenden Nacht, durchsetzt mit dem Funkeln vereinzelter Sterne.

Als er das Fernglas auf einen dunklen Fleck richtete und scharf stellte, entdeckte er, dass er mit Dutzenden von Lichtpunkten gefüllt war. Offenbar waren das Sterne, deren Licht zu schwach war, um auf Anhieb entdeckt zu werden.

Es erinnerte ihn daran, dass es in der Welt sehr viel mehr gab, als mit bloßem Auge zu erkennen war.

Vierhundertsechzig Fuß unter ihm hätte Kurt der Einschätzung seines Freundes voll und ganz zugestimmt. Er schwebte durch sein eigenes schwarzes Nichts, das nur von gelegentlichen winzigen Festkörpern erhellt wurde, sobald diese das Licht der Lampen der *Scarab* reflektierten.

Der Ozean war in dieser Tiefe genauso dunkel wie der Weltraum. Eigentlich sogar noch dunkler, weil Meerwasser jegliches Licht schon nach einigen Hundert Fuß absorbierte, während der Weltraum ihm gestattete, Milliarden von Lichtjahren ungehindert zurückzulegen. Nur mithilfe der in die *Scarab* integrierten Systeme hatte Kurt eine Vorstellung davon, wo er war, wo die Wasseroberfläche und die *Sapphire* sich befanden und wo er suchen musste, um das gesunkene Frachtschiff zu finden.

Als er sich dem Meeresgrund näherte, drosselte er die Sinkgeschwindigkeit. Die Scheinwerfer seines Boots erhellten den Seeboden, und er bewegte sich weiter in westlicher Richtung, wobei er darauf achtete, einen Mindestabstand von etwa zehn Metern zum Meeresboden einzuhalten. Es dauerte nur eine Minute, bis seine Scheinwerfer von der Seitenfläche des Rumpfs der *Canberra Swift* reflektiert wurden.

»Die *Scarab* ist an Ort und Stelle eingetroffen«, meldete er mit ruhiger gelassener Stimme.

»*Verstanden*«, antwortete Joe. »*Wie sieht es da unten aus?*«

»Als hätte ein Riese sie dort mit seinen Händen behutsam abgelegt. Sie steht sogar aufrecht auf ihrem Kiel und ist, soweit ich erkennen kann, vollkommen unbeschädigt.«

»*Ich habe die Grundrisse der verschiedenen Ebenen vor mir*«, sagte Joe. »*Der geeignetste Zugangspunkt befindet sich am Heck. Wenn du dich durch das Achtertor schneidest, kommst du aufs Hauptdeck. Es steht weit offen. Wie das Innere einer Autofähre.*«

Nachdem er die Kontrollen entsprechend justiert hatte, wandte sich Kurt nach links und glitt an der Seite des Schiffes entlang zum Heck.

Auf und in dem Sediment ruhend, in das der Rumpf nur anderthalb bis zwei Meter tief eingesunken war, stand die *Swift* aufrechter und höher auf dem Grund als in ihrem früheren schwimmenden Zustand. Zu sehen waren mindestens fünf Meter mit Farbe bedeckter Stahl, die normalerweise unterhalb der Wasserlinie versteckt und damit unsichtbar waren. Hier und da entdeckte Kurt die geborstenen und verbogenen Stahlplatten, in deren Nähe die Sprengladungen hochgegangen sein mussten. Sie waren jeweils weit genug voneinander entfernt und groß genug, um ein schnelles Einströmen des Meerwassers zu gewährleisten, ohne dass die Gefahr weiterer Rumpfbeschädigungen bestand.

»Das war ein professioneller Versenkungsjob«, meldete er. »Und absolut sauber ausgeführt.«

»*Versuch in Erfahrung zu bringen, wer dieser Könner gewesen ist*«, sagte Joe. »*Wir könnten ihn glatt anheuern, wenn wir das nächste Mal jemanden auf diese Weise loswerden wollen.*«

Das hintere Ende des Rumpfs umrundend, schwang Kurt herum und begutachtete das Schiffsheck. Dort entdeckte er das erste Hindernis. »Das Achterschiff ist beschädigt.«

Die Rumpfplatten waren verbogen und wölbten sich hoch. Der aerodynamische Schild war gebrochen, und die Schweißnähte, mit denen er am Rumpf befestigt war, wiesen lange Risse auf. Sein hinteres Ende hing vor dem achtern gelegenen breiten Frachtraumtor herab.

»*Von hier oben aus sieht es ziemlich schlimm aus*«, sagte Joe, der den von der *Scarab*-Kamera übermittelten Video-Stream aufmerksam verfolgte.

»Aus der Nähe betrachtet, sieht es eher noch schlimmer aus«, sagte Kurt. »Sie muss mit dem Rumpfende zuerst aufgeschlagen sein. Ich weiß nicht, ob ich mich durch dieses Schrottdickicht hindurcharbeiten kann. Wo sonst könnten wir es versuchen?«

»*Einen Moment Geduld*«, sagte Joe. »*Ich sehe mir noch einmal die Grundrisspläne an.*«

Während Joe sich erneut das Innenleben des Schiffes zu Gemüte führte, suchte sich Kurt, um Energie zu sparen, eine Stelle in seiner Nähe, an der er sich ohne elektrischen Kraftaufwand in Position halten konnte.

Die Strömung war in Meeresgrundnähe so gut wie nicht vorhanden. Daher musste er nicht befürchten, von seiner Position weggetragen zu werden. Außerdem wirkte das Wasser in diesem Bereich besonders klar. Und die Geräuschkulisse war um vieles leiser, sodass Kurt seinen eigenen Atem und Herzschlag hören konnte. Und … noch etwas anderes.

Er spitzte die Ohren und lauschte angestrengt. Ein pulsierender Laut machte sich im Wasser ringsum bemerkbar. Er war undefinierbar – aber zweifelsfrei vorhanden. »Habt ihr bereits Fahrt aufgenommen?«

»*Negativ*«, antwortete Joe. »*Wir treiben über dir wie ein Seeotter, der ein Schläfchen macht.*«

Kurt hielt den Atem an und lauschte weiter. Das Geräusch erklang noch immer, diesmal ein wenig lauter.

»Wie sieht es mit anderem Schiffsverkehr aus?«

»*Wir haben alles abgesucht*«, sagte Joe. »*Hier oben rührt sich nichts. Nicht in einem Umkreis von dreißig Meilen.*«

Kurt runzelte die Stirn. Wenn das Geräusch rotierender Propeller nicht von einem Schiff erzeugt wurde, dann musste es von unten kommen.

»Ich sage es wirklich nicht gern«, meinte Kurt, »aber wir haben Gesellschaft.«

14

Kurt streckte die Hand aus, tastete über das Armaturenbrett und löschte die Außenscheinwerfer der *Scarab*. An ihrer Stelle erwachte ein Streifen schwacher LEDs zum Leben. Sie gaben gerade noch genug Licht, um den Rand des gesunkenen Schiffes zu streifen und es wie einen riesigen Schatten erscheinen zu lassen.

Antriebslos durch die Dunkelheit zu schweben, schärfte Kurts Sinne, aber er konnte noch immer nicht entscheiden, aus welcher Richtung die Geräusche zu ihm drangen oder wie weit sie möglicherweise entfernt waren. Das war eine unangenehme, wenngleich nicht überraschende Tatsache.

Wasser hatte bekanntermaßen eine Menge akustischer Tricks auf Lager. Nicht nur bewegte sich der Schall schneller durchs Wasser als durch die Luft – mit etwa dreitausend Meilen in der Stunde –, er legte auch wesentlich weitere Strecken zurück. Unter günstigen Bedingungen konnten Walgesänge und andere tiefe Klänge und Geräusche Hunderte, sogar Tausende Meilen weit reisen, wobei sie von Wasserschichten mit anderen Temperaturen oder unterschiedlichem Salzgehalt abprallten und zwischen ihnen hin und her geworfen wurden wie Bowlingkugeln auf einer Bahn mit glatten Seitenwänden und ohne Auffangrinne.

Und dennoch waren die Klänge, die er gerade hörte, deutlich höher. Sie mussten von Druckdüsen oder kleinen, schnell rotierenden Propellern in nächster Nähe erzeugt werden, nicht von gewaltigen Schiffsschrauben, die sich in großer Entfernung eher langsam drehten.

Kurt legte einen anderen Schalter um und aktivierte eine Nachtsichtfunktion des Monitors, vor dem er saß. Auf dem Bildschirm verwandelte sich der Schatten der *Canberra Swift* in einen hellgrün leuchtenden Monolithen, während das Meerwasser im Hintergrund eine mattgraue Welt erzeugte.

Kurt interessierte sich jetzt nicht mehr für den Frachter. Er wollte vielmehr sehen, was sich da offenbar in seine Richtung bewegte. Ein sanfter Druck gegen den Steuerhebel der Strahlruder bewirkte, dass er sich rückwärts von dem Wrack entfernte. Und je weiter er zurückwich, desto größer wurde sein Blickwinkel. Schon bald konnte er an beiden Seiten des Schiffes entlangblicken und sogar darüber hinweg.

Die neue Position hielt auch eine bessere Akustik bereit, die sich nähernden Geräusche klangen nun lauter und leichter identifizierbar.

»Es ist ganz eindeutig, dass jemand auf mich zukommt«, flüsterte er.

»*Vielleicht solltest du lieber von dort verschwinden und zur Meeresoberfläche zurückkommen*«, empfahl Joe.

»Und mich um die Chance bringen zu erfahren, wer zum Dinner kommt? Nie im Leben.«

»*Ich mache mir Sorgen, dass genau das – deins nämlich – in Gefahr ist*«, sagte Joe. »*Wer auch immer dieses Schiff auf den Grund des Ozeans geschickt hat, beobachtet es wahrscheinlich die ganze Zeit oder trifft bereits Vorbereitungen, sich die Computer zu holen, die als Fracht in dem Schiff liegen. So oder so werden sie bestimmt nicht erfreut sein, dich dort anzutreffen.*«

»In diesem Fall«, sagte Kurt vollkommen ruhig, »werde ich dafür sorgen, dass sie mich nicht finden.«

Er löschte den letzten Lichtstreifen und tauchte in totale Dunkelheit hinab, abgesehen von dem grünen Schimmer des Bildschirms und den farbigen Lichtpunkten der beleuchteten Instrumente in seinem Cockpit.

»Und was sollen wir jetzt tun?«, fragte Joe.

»Lasst euch weiter treiben und haltet die Augen offen.«

Joes Antwort war überhaupt nicht so klar und deutlich zu verstehen, wahrscheinlich weil er sie halblaut als Beschwerde gemurmelt hatte. Keiner von ihnen liebte es, eine passive Rolle zu spielen, und Joe passte es offenbar überhaupt nicht, an der Wasseroberfläche festzuhängen, während sich tief unter ihm eine interessante Entwicklung andeutete.

Immer noch treibend, nahm Kurt geringfügige Veränderungen seiner Position vor, um den Ursprung der Propellergeräusche möglicherweise doch noch lokalisieren zu können.

»Am lautesten sind sie im Westen«, sagte er, während er seine Position hielt.

Er starrte ins schwarze Wasser und sah auf der Glasscheibe nur das Innere der *Scarab*. Als er wieder auf den Nachtsichtmonitor blickte, gewahrte er ein flackerndes Licht, das sich näherte. Es löste sich zu mehreren ovalen, gestirnähnlichen Lichtquellen auf.

Sie waren zu schwach, um mit dem bloßen Auge Details erkennen zu können, doch der Bildschirm ließ keinen Zweifel daran, dass sich mehrere Tauchboote dem Schiff näherten.

»Neue Freunde kommen zum Tanz«, meldete er Joe nach oben.

»*Haben sie dich entdeckt?*«

»Nein«, sagte Kurt. »Ich habe das Licht gelöscht, aber ich befinde mich in einer Position hinter dem Schiff. Es scheint, als ob sie die gleiche Idee gehabt hätten wie wir, nämlich vom Heck aus ins Schiff einzudringen.«

Sich noch weiter zurückziehend und bemüht, nicht zu viel Sediment aufzuwirbeln, verfolgte Kurt, wie die Lichtpunkte größer wurden und von einem tiefen Blau zu einem gelbgrünen Farbton wechselten, während sie sich näherten.

Noch immer relativ schwach, schienen die Lichtpunkte nach wie vor in weiter Ferne zu sein, dabei betrug der Abstand in diesem Augenblick nur noch einige Hundert Fuß.

Kurt schaltete das Strahldruckruder aus. Wenn er sie sehen konnte, dann würde es nicht mehr allzu lange dauern, bis auch sie ihn sehen konnten, und das geschähe noch eher, wenn er in eine schwebende Sedimentwolke eingehüllt wäre.

»Kontakt mit drei … vier Tauchbooten«, gab er an Joe durch. »Ein Mini-U-Boot und drei kleinere Boote, möglicherweise Ein-Mann-Modelle oder ROVs.«

»*Eine chinesische oder russische Flagge kannst du bei keinem erkennen, oder?*«

Kurt strengte die Augen an. Er bemerkte zwar keinerlei Markierungen an den Booten, aber die Maschinen kamen ihm trotzdem vertraut vor. Das größte Boot, das er als Mini-U-Boot bezeichnet hatte, war etwa dreißig Meter lang und hatte eine rechteckige und keine zylindrische Form wie die meisten Unterseeboote. Es war breiter als hoch. Schwarz-weiß lackiert, verfügte es über einen orangefarbenen Dockingkragen, mit dem es Kurt an ein chinesisches Rettungs-U-Boot älteren Datums erinnerte.

Die kleineren Boote waren ausnahmslos ROVs. Und während er sie eingehender inspizierte, kam es ihm so vor, als kenne er ihre Herkunft. »Keinerlei Markierungen. Aber diese kleinen Maschinen sehen wie die russischen Pipeline-Schweißboote aus, die wir im vergangenen Jahr im Kaspischen Meer gesehen haben.«

Seit Jahrzehnten legten die Russen Pipelines im Baltischen, Kaspischen und Schwarzen Meer an. In dieser Zeit hatten sie eine ganze Flotte spezieller Vehikel für die Arbeit unter Wasser konstruiert, einige von Schiffen aus ferngesteuert, andere vollständig autonom. Die NUMA hatte jede technische Version auf Herz und Nieren geprüft und kannte daher ihre jeweiligen Stärken und Schwächen.

Während das Mini-U-Boot ein halbes Dutzend Scheinwerfer auf das Heck des Wracks richtete, begaben sich die »Pipeline-Schweißer« in Position. Sekunden später flammten Azetylenflammen auf, mit denen sich die drei kleinen Boote durch den Rumpf des Schiffes fraßen. »Sie arbeiten jetzt am Heck«, berichtete Kurt. »So wie es aussieht, wollen sie offenbar eine Öffnung schaffen, die groß genug ist, um einen Autobus hindurchzulenken.«

Während die Neuankömmlinge ihre Arbeit an dem Schiff aufnahmen, ging Kurt seine Möglichkeiten durch. Die *Scarab* war wendig und einfach manövrierbar, wenn auch nicht sehr schnell. Die einzige Waffe, die ihm zur Verfügung stand, waren die Sprengladungen, und die mussten von Hand deponiert werden.

Sogar die *Hunley* hatte einen Schlagstock an Bord.

Die Schweißer fuhren fort, die Rumpfplatten aufzuschneiden, und folgten einer Linie, die als untere Kante eines breiten Rechtecks vorgesehen war. Sie bewegten sich auf beiden Seiten nach oben und schufen dort vertikale

Einschnitte. Da nur noch der obere horizontale Schnitt ausgeführt werden musste, verließ eine der Schweißdrohnen ihre Position, wechselte auf die andere Seite des Wracks und verschwand außer Sicht, während die beiden anderen Boote die Arbeit fortsetzten und sich auf der oberen Linie von beiden Seiten aus in Richtung Mitte bewegten.

Als die letzte Stahlbrücke durchtrennt worden war, entfernten sich die Schweißer. Die rechteckige Stahlplatte sackte herab, lehnte für einen kurzen Moment an der Unterkante der Öffnung und kippte dann um.

Sie fiel im Zeitlupentempo herab, schlug klirrend auf dem Grund des Kiels auf und landete flach auf dem Meeresgrund.

Der Aufprall wirbelte eine dichte Wolke Meeressediment hoch, die wie ein Sandsturm über den Meeresboden wallte. Sie erreichte die *Scarab*, raubte Kurt die Sicht und drückte ihn aus seiner Position.

Er aktivierte die Strahlruder, um zu verhindern, dass das Tauchboot ins Taumeln geriet. Das Letzte, was er jetzt brauchen konnte, war, im Schlick des Meeresgrundes zu versinken.

Als er die *Scarab* wieder unter Kontrolle hatte und nachdem sich das aufgewirbelte Sediment gesetzt hatte, fokussierte Kurt seine Aufmerksamkeit erneut auf den Unterwasserraubzug. Im Bereich des Frachterhecks war es dunkler geworden. Nur das Mini-U-Boot befand sich dort noch in Position.

Kurt nahm an, dass die kleineren Maschinen in den Schiffsrumpf eingedrungen waren, aber er entdeckte in der Rumpföffnung keinen Lichtschimmer, der darauf hingewiesen hätte.

Wenn sie nicht eingedrungen waren …

Er konnte den Gedanken nicht beenden. Die *Scarab* erhielt einen heftigen Stoß von hinten. Kurt wurde beinahe aus seinem Sitz geschleudert, als der Aufprall das U-Boot nach vorne stieß und abwärts drückte.

Kurt zerbiss einen Fluch, während er nach dem Fahrthebel griff, ihn auf volle Kraft nach vorn schob und den Hebel der Haltungskontrolle zu sich riss. Die *Scarab* richtete die Nase steil nach oben, blieb jedoch unverrückbar im Griff des angreifenden U-Boots.

»*Was war das?*«, fragte Joe in Reaktion auf die Flüche. »*Hab dich nicht richtig verstanden.*«

»Schlimme Worte«, knurrte Kurt. »Aber der Situation absolut angemessen.«

Der kombinierte Druck von Kurts Ein-Mann-U-Boot und des Pipeline-Schweißers bewirkte, dass die beiden Fahrzeuge einander zu umrunden begannen wie Planeten, die in einer sich beschleunigenden tödlichen Spirale umeinander kreisten.

Sie vollführten erst eine Umdrehung, dann eine zweite. Schon bei der dritten wusste Kurt nicht mehr, ob er aufstieg oder tiefer sank.

In der Hoffnung zu blenden, wer immer ihn da attackierte, schaltete er die Scheinwerfer ein, aber das Cockpit des anderen Boots war leer. Nun konnte er sich auch die selbstmörderische Art der Attacke erklären. Das gegnerische Boot war unbemannt und wurde wahrscheinlich von dem größeren U-Boot aus ferngesteuert.

Während die beiden Boote ihren wilden Kreiseltanz fortsetzten, kämpfte Kurt gegen die Fliehkräfte an. Er streckte sich, um an die Kontrollen des mechanischen Greifarms heranzukommen.

Er hob den Arm, holte zu einem Karateschlag aus in der

Hoffnung, den Griff des gegnerischen U-Boots zu lockern. Aber selbst mehrere Treffer blieben vollkommen wirkungslos.

»*Was ist los?*«, drang Joes Frage aus dem Cockpitlautsprecher.

»Ich werde von einem ROV auf Steroiden angegriffen«, erwiderte Kurt. »Wenn du das nächste Mal einen Robotarm baust, verpass ihm ein paar anständige Muskeln.«

Kurt brauchte einen anderen Plan. Er zog den Arm zurück und schaltete die Druckstrahlruder aus. Die Kreiselbewegung ließ nach, aber das war nur eine willkommene Nebenwirkung. Er schaltete die Kontrollen auf Schubumkehr und dann auf volle Kraft.

Die *Scarab* vollführte einen Schlenker zur Seite, und die Greifhand, die sie festhielt, verrutschte um einige Zentimeter. Kurt schaltete den Antrieb abermals aus und aktivierte erneut die Schubumkehr, um gleich wieder auf volle Kraft zu gehen.

Die Greifhand rutschte weiter und hinterließ tiefe Kratzer auf der Außenhaut des Mini-U-Boots.

»Ein Mal noch, das müsste ausreichen«, sagte Kurt und drückte die Kontrollen in die Gegenrichtung.

Diesmal war der Druck zu groß. Obgleich die Greifhand nicht losließ, verbog sich der ganze Arm. Kurt entdeckte einen diagonalen Riss im Aluminium des Rahmens. Er bewegte die Kontrollen vor und zurück, und jetzt erst versagte der mechanische Arm, verdrehte sich und brach ab.

Dank der noch intakten Verkabelung verharrte er für einen Moment an seiner Aufhängung, aber als die *Scarab* ruckartig wegzog, wurde der Greifarm endgültig abgerissen.

In dem Mini-U-Boot verfolgten mehrere Gestalten voller Sorge diesen Kampf. Am direktesten war der ROV-Pilot beteiligt, dessen Blick auf dem Bildschirm klebte, während eine Hand über eine Tastatur flog und die andere einen Joystick umklammerte.

Hinter ihm standen die beiden Personen, die diese Operation leiteten – sie beugten sich in dem eng bemessenen Raum nach vorn und ließen die Blicke zwischen dem Bildschirm und dem Bullauge hin und her springen.

Es war Yan-Li, die das U-Boot am Heck des Frachters entdeckt hatte. Und sie war es auch, die den Befehl gab, das ROV im Schutz der Sedimentwolke heranzuführen und den Störenfried anzugreifen. Aber als die beiden Boote aneinandergeklammert ihren wilden Tanz begannen, bemerkte sie etwas, das ihr einen eiskalten Schauer über den Rücken laufen ließ. Die Kamera des Pipeline-Schweißers war die ganze Zeit auf einen einzigen Punkt auf dem Rumpf des Tauchboots gerichtet. Zu sehen waren dort ein Logo, ein Name und eine Flagge.

»Das ist kein chinesisches Boot«, sagte der ROV-Pilot. »Es ist ein amerikanisches.«

Sie konnte die US-Flagge auf der Flanke des U-Boots sehen. Das Logo in ihrer Nähe wurde von einem Schatten verdeckt, aber die Lettern, die den Namen der Behörde bildeten, in deren Auftrag das Tauchboot operierte, waren deutlich zu erkennen.

Der ROV-Pilot las sie ebenfalls. »N… U… M…«

»NUMA«, sagte Yan-Li, bevor er den Namen vollständig aussprechen konnte. Ein seltsames Gefühl überkam sie, als wäre der sprichwörtliche Teppich unter ihren Füßen weggezogen worden. Sie beugte sich weiter vor, ging mit dem Gesicht ganz nahe an den Bildschirm heran, in der Hoffnung, in das andere U-Boot hineinblicken zu können und zu erkennen, wer dort an den Kontrollen saß. Das Licht reichte nicht aus, um irgendetwas zu unterscheiden.

Es war auch vollkommen bedeutungslos. Sie wusste genau, wer es war. Wer es sein musste.

Verdammt, dachte sie, wie konnte er ausgerechnet hier sein? Sie waren Tausende Meilen von diesem Ort entfernt gewesen, als sie sich voneinander verabschiedet hatten.

»Zerstören Sie es«, befahl der Mann, der hinter ihr stand. »Benutzen Sie die Schweißflamme.«

»Nein«, widersprach sie. »Drücken Sie es hinunter auf den Meeresgrund. Beschädigen Sie es, aber lassen Sie es ansonsten intakt.«

»Sie gehen ein hohes Risiko ein«, sagte Callum. »Ein Risiko, das unseren Tod zur Folge haben könnte.«

»Lucas würde niemals jemanden töten, wenn es nicht absolut notwendig wäre«, sagte sie und nannte den Namen ihres Ex-Mannes, der der ehemalige Anführer ihrer Gruppe gewesen war. »Diese Männer sind Forscher, Wissenschaftler«, fuhr sie fort, »keine Militärs.«

Zischend sog Callum die Luft zwischen den Zähnen ein, sagte jedoch nichts.

»Sobald wir die Computer haben, ist es ohnehin gleichgültig, ob sie uns gesehen haben oder nicht«, fuhr sie fort. »Wir haben keine Markierungen. Dieses Unterseeboot und die ROVs gehören Emmerson. Es gibt nichts, was dies hier mit einem von uns in irgendeiner Weise in Verbindung bringen könnte.«

Auf dem Bildschirm dauerte der Zweikampf so lange an, bis der Blickwinkel sich änderte, als der Greifarm eines der ROVs verbogen wurde und abbrach.

»Also, das hat nicht funktioniert«, stellte Callum sarkastisch fest. »Was jetzt?«

»Setzen Sie die anderen ROVs in Marsch«, befahl Yan.

»Benutzen Sie aber diesmal die Schweißflammen«, verlangte Callum.

Yan starrte auf den Bildschirm. Das NUMA-U-Boot machte keinerlei Anstalten zu fliehen und zur Meeresoberfläche aufzusteigen, wie sie gehofft hatte.

Der ROV-Pilot sah sie fragend an, um sich die Bestätigung zu holen, während ihre Lippen sich weigerten, die notwendigen Worte zu formen.

Und dann dachte sie an ihre Kinder und daran, was geschehen würde, falls sie Emmerson hinterging. Sie nickte in Richtung des ROV-Piloten. »Rufen Sie die anderen. Sie sollen die Schweißflammen einsetzen.«

Nachdem er die erste Maschine abgeschüttelt hatte, wagte Kurt einen Blick in die Dunkelheit, um nach den anderen Ausschau zu halten. Beide kamen in breiter Front weit voneinander entfernt auf ihn zu, um jeden Fluchtversuch seinerseits zu vereiteln. Als er einen Blick hinter sich warf, sah er, dass ihn das ROV mit dem abgebrochenen Greifarm ebenfalls verfolgte.

»*Sapphire*«, rief Kurt über das Funksprechnetz, »ich habe ein Problem. Ich bin mit drei zu eins in der Unterzahl. Und diese ROVs sind ziemlich unverträglich.«

Oben auf der *Sapphire* war Joe längst aktiv geworden. Er gehörte nicht zu denen, die am liebsten untätig herumsaßen und sich mit Zuschauen zufriedengaben.

»Starten Sie die Maschinen!«, rief er Winterburn zu. »Bringen Sie uns zurück!«

Winterburn warf das Triebwerk an und kurbelte das Ruder nach Steuerbord, während die Propeller die See aufschäumten. Mit einem hohen Gischtkragen am Heck setzte sich die *Sapphire* in Bewegung. »Schon unterwegs«, meldete der Kapitän. »Aber was genau sollen wir tun?«

Joe war bereits unterwegs zum Unterdeck. Er fand aber noch Zeit, um zu antworten. »Wir werden für ein wenig Chancengleichheit sorgen.«

15

Auf seinem Weg zum Bereitschafts-Magazin der *Sapphire*, den er im Laufschritt zurücklegte, rutschte Joe, um Zeit zu sparen, eine Leiter hinunter und stieß dabei beinahe mit Stratton zusammen.

»Was ist denn los?«, fragte der Sonartechniker. »Ich fange von dort unten jede Menge Lärm auf.«

»Kurt ist in einen Kampf verwickelt«, antwortete Joe. »Wir müssen ihm helfen. Kommen Sie mit.«

Mit Stratton als Nachhut rannten sie durch das Schiff und gelangten zum Bereitschafts-Magazin, von wo aus Kurt zwanzig Minuten zuvor mit der *Scarab* gestartet war.

Joe platzte in das Magazin hinein und knipste die Deckenbeleuchtung an. Ohne das Tauchboot auf seinem Platz machte das Gerätelager einen ausgesprochen geräumigen Eindruck. Joe sah sich um und überlegte, welche Möglichkeiten des Eingreifens sich anboten.

Zu seiner Linken stand ein ROV, so groß und kantig geformt wie ein Kühlschrank, während im rechten Teil des Raums die torpedoförmigen Drohnen in ihren Gurtnetzen lagen. Die spitzen Nasen zielten auf die Außentür, die Stummelflossen drückten eine einzige flehende Bitte aus, endlich ihre speziellen Fähigkeiten in der Praxis demonstrieren zu dürfen.

»Machen Sie die Drohnen startbereit«, sagte Joe.

Wortlos ging Stratton zum Regal und beeilte sich, die

Sicherungsgurte zu lösen, die sie davor bewahrten, sich bei stärkerem Seegang selbstständig zu machen. »Ihre Batterien sind aber nur zu sechzig Prozent aufgeladen.«

»Das sind neunundfünfzig Prozent mehr, als wir brauchen«, sagte Joe.

Nachdem er das Magazintor entriegelt und geöffnet hatte, drückte Joe auf die Mikrofontaste der Sprechanlage und rief Winterburn. »Gibt es Neues von Kurt?«

»*Nur ein paar Flüche, die mir bislang unbekannt waren, und interessante neue Schimpfworte. Es klingt, als befände er sich noch immer mitten im Kampfgetümmel.*«

»Bestellen Sie ihm, er soll in Bewegung bleiben«, sagte Joe.

Das Magazintor verriegelte sich in der offenen Stellung. Durch diese Öffnung konnte man den grauen Horizont und das dunkle Meer sehen.

Während die *Sapphire* Tempo aufnahm, erzeugte der Bug eine Welle, die die meisten Wellen der Dünung vom Magazintor fernhielt. Aber Wellen lassen sich niemals präzise vorausberechnen, und so schlug jede dritte oder vierte Welle gegen den Schiffsrumpf und überschüttete das Magazin mit einer Gischtwolke.

Während Joe eine Hand auf die Liftkontrollen legte, erkannte er, dass sie ein Problem hatten. Eigentlich müssten die Drohnen genauso zu Wasser gelassen werden wie die *Scarab*. Eine nach der anderen unter Verwendung der Plattform, während die Jacht ruhig im Wasser lag.

Doch nicht nur, dass dies unter den gegebenen Umständen viel zu lange dauern würde, vielmehr würde das Stoppen sie auch für jeden Angriff anfällig machen, falls die Leute, mit denen Kurt sich momentan herumschlug, über die Mittel verfügten, ein Schiff über Wasser anzugreifen.

Eine weitere Welle rollte gegen den Rumpf des Schiffes. Diese überspülte die Kante des Magazins und schickte einen Schwall Meerwasser in den Lagerraum. Stratton wurde bis auf die Haut durchnässt, und Joe bekam ebenfalls eine reichliche Ladung mit.

»Neuer Plan«, informierte Joe den Kapitän der *Sapphire*. »Drehen Sie das Schiff nach Steuerbord. Und zwar scharf genug, damit es sich weit auf die Seite legt. Und halten Sie es in dieser Stellung, bis ich Ihnen ein Zeichen gebe.«

»*Aye*«, sagte Winterburn. »*Halten Sie sich fest.*«

Während Winterburn am Ruderrad kurbelte, schwangen die Zwillingsruder am Heck der *Sapphire* bis zum Anschlag herum. Die Nase der Jacht wanderte nach rechts, aber aufgrund der Größe der Jacht und ihrer Lastverschiebung rollte sie in die entgegengesetzte Richtung und legte sich auf die Seite wie ein Cadillac aus den Mittsiebzigerjahren.

Joes Blick wanderte von der wogenden See hinauf zum zwielichtgrauen Himmel. Während er sich gegen die fünfzehn Grad Schlagseite mühsam aufrecht hielt, tastete er sich zu Stratton hinüber, um ihm dabei behilflich zu sein, die Sicherheitsgurte von den Drohnen zu entfernen.

»Sie werden doch hoffentlich nicht versuchen, was ich befürchte?«, fragte Stratton.

»Es ist die einzige Möglichkeit, noch vor der letzten Glocke in den Kampf einzugreifen«, sagte Joe.

»Oh … meine schönen Drohnen«, jammerte Stratton, als müsste er sich von einer seiner preisgekrönten Orchideen verabschieden.

Mit einer Kollektion Bremskeile und Sicherungsschnüre in der Hand aktivierte Joe das Mikrofon der Sprechanlage. »Wie weit sind wir herum?«

»*Fünfzehn Sekunden vor Kreisende*«, antwortete Winterburn aus dem Ruderhaus.

»Sobald wir wieder auf dem ursprünglichen Kurs sind, lenken Sie das Boot in die entgegengesetzte Richtung«, befahl Joe. »Diesmal nach Backbord. So scharf Sie können.«

In Erwartung der abrupten Kehre klammerte sich Stratton an einen Handgriff. Joe hielt sich bereit, um den Drohnen einen Stoß zu geben. Die Jacht schwang in ihre ursprüngliche Fahrtrichtung zurück, rollte ein, zwei Sekunden lang in aufrechter Haltung und warf sich hart in die andere Richtung herum.

Die plötzliche Richtungsänderung ließ die Drohnen aus ihren Transportwiegen und durch das offene Magazintor rutschen.

Die Drohne im obersten Regalfach schaffte den Weg zum Wasser vollkommen problemlos. Sie flog aus dem Regal und segelte durch die Toröffnung hinaus wie ein Eisvogel auf Nahrungssuche.

Die zweite Drohne folgte dichtauf, verließ das mittlere Regalfach und rauschte nur wenige Zentimeter über die untere Kante der Toröffnung hinweg.

Die dritte Drohne war nicht so erfolgreich. Sie lag im Regal zu weit unten, um ausreichend Luft unter sich zu haben. Sie schlug auf dem Deck auf und rutschte zur Magazinöffnung wie ein Pinguin während einer Gletscherwanderung. Als sie gerade im Begriff war, den festen Boden des Magazins zu verlassen und ins Meer zu taumeln, schlug eine Welle gegen die Schiffsseite und spülte die Drohne mit einem Brecher zurück ins Magazin.

Joe setzte mit einem Sprung über die Drohne hinweg, als sie unter ihm durchrutschte, während Stratton ihr mit einem kleinen Schritt aus dem Weg ging.

Die Drohne prallte gegen die Innenwand und blieb mit rotierendem Propeller liegen.

Stratton betätigte einen Schalter auf der Kontrolltafel und unterbrach den Stromkreis. Der Propeller blieb abrupt stehen, während das Wasser über die Kante der Toröffnung zurück ins Meer strömte.

»Zwei von dreien ist doch nicht schlecht«, stellte Joe nicht ohne einen stolzen Unterton in der Stimme fest.

Stratton konnte seine Freude nicht teilen. Aber in Anbetracht dessen, was Joe als Nächstes zu tun beabsichtigte, wäre er wahrscheinlich sehr froh gewesen, dass eine der Drohnen zurückgeblieben war.

Kurt wäre über jede Art von Hilfe begeistert gewesen. Alles hätte ihm gefallen, um das Ganze zu einem fairen Kampf zu machen. Angesichts der maschinellen Schweißer, die ihn wie Robothaie umkreisten, entschied er, dass Diskretion zu diesem Zeitpunkt die bessere Taktik wäre.

Indem er mit der *Scarab* einen Schwenk in die eine Richtung andeutete, dann jedoch sofort die andere Richtung einschlug, suchte er sein Heil in der Flucht in weniger bevölkerte Wasserzonen. Dieser Versuch war jedoch nicht von Erfolg gekrönt. Die Pipeline-Schweißer waren kleiner und schneller. Sie folgten ihm wie Bluthunde der Fährte eines verwundeten Fuchses.

»Notiz für mich selbst«, sagte er. »Schnellere U-Boote bauen.«

Als die unbemannten Maschinen den Kreis um ihn zu schließen drohten, machte er scharf kehrt und versuchte, zwischen sie zu gelangen.

Dieser Schachzug gelang beim ersten Mal recht gut, aber schon bald umschwärmten sie ihn wieder von allen

Seiten. Er ließ sich absinken und bewegte sich so dicht wie möglich über dem Meeresgrund. Er brachte den Vakuumschlauch der *Scarab* aus und nahm mit ihm eine beträchtliche Menge Schlick auf.

Das Sediment drang aus dem hinteren Ende des Schlauchs und bildete eine Art Rauchvorhang. Während die Wolke hinter ihm aufwallte und sich im Wasser verteilte, richtete Kurt die Nase der *Scarab* nach oben und begann mit dem Aufstieg zur Meeresoberfläche.

Stetig an Höhe gewinnend, blickte er zurück. Er konnte sehen, dass die Sedimentwolke durch die Scheinwerfer der verfolgenden ROVs von innen beleuchtet wurde. Eins der ROVs ließ die Wolke hinter sich und folgte einem schnurgeraden Kurs. Ein zweites verließ die Wolke auf der rechten Seite, entfernte sich ein Stück von ihr und kehrte in weitem Bogen wieder zu ihr zurück.

So aufmerksam Kurt sich auch umschaute, die dritte Maschine war nicht zu sehen.

Plötzlich erinnerte er sich an eine alte Regel, die er aus dem Mund eines Kampffliegers gehört hatte. Wenn du den Feind nicht sehen kannst, dann kann er dir nur am Hintern hängen.

Er lenkte sein Boot nach links, um sich einen besseren Überblick zu verschaffen, doch es war schon zu spät. Der Stoß, der ihn von hinten traf, sagte ihm alles, was er wissen musste. Der Schweißroboter hatte Halt am Heck der *Scarab* gefunden. Die blauen Lichtblitze konnten nichts anderes sein als Reflexe seiner Azetylenflamme.

Eine der Außenkameras zeigte ihm, dass sich die Schneidflamme seines lästigen Anhängsels bereits in das Gehäuse seines Strahlruders hineinzufressen begann. Das war eine schlechte Nachricht. Wenn seine Energiezelle zerstört würde, läge er tot im Wasser. Und tot auch in jeder anderen Hinsicht.

Er ging wieder zu seinem Links-rechts-Tanz über, der Angreifer hatte ihn jedoch wesentlich fester und sicherer im Griff als sein erster Verfolger. Er zog in Erwägung, die Sprengstoffladungen einzusetzen, aber bei diesem geringen Abstand und in dieser Wassertiefe würden wahrscheinlich beide Boote bei der Explosion zerstört werden.

»*Sapphire*«, rief er. »Jetzt wäre der geeignete Moment …«

Das Metall des Rudergehäuses begann zu schmelzen, abzukühlen und zum Meeresboden zu sinken. Das Einzige, was den Zerstörungsakt noch etwas aufhielt, war die Wasserströmung auf der Außenhaut der *Scarab*, dem Fahrtwind eines auf dem Festland dahinrollenden Fahrzeugs nicht unähnlich, hervorgerufen durch Kurts Fluchtversuch. Sie minderte die Wirkung der Schweißflamme.

Kurt schaltete das Druckstrahlruder auf volle Kraft und tauchte auf den Meeresgrund hinab, wobei er das Tempo beträchtlich steigerte. Es half, aber nicht sehr.

Es konnte nur noch Sekunden dauern, bis irgendetwas Wichtiges verbrannte, schmolz oder versagte.

Eine plötzliche Bewegung in seiner Nähe lenkte Kurt für einen winzigen Moment ab. Ein graues, haiähnliches Objekt kam für höchstens eine Sekunde in Sicht, ehe ein weiterer heftiger Stoß die *Scarab* aus der Bahn warf und ins Taumeln versetzte.

»*Volltreffer*«, meldete Joe über Funk. »*Oder wie wir zu Hause in Dillon's Pub zu sagen pflegen – Bull's Eye.*«

Während er die *Scarab* wieder aufrichtete und auf Kurs brachte, blickte Kurt durch die Plexiglaskuppel ihrer Nase nach unten. Der Schweißer sank auf den Meeresgrund, sein Rumpf war eingedellt und aufgeplatzt. Der NUMA-Drohne schien es nicht besser ergangen zu sein. Zwar war sie noch in Betrieb, aber sie kreiselte abwärts, ihre Nase eingedrückt und mit nur noch einem einzigen Flossenstummel an der Seite.

»Ich denke, eine bessere Verwendung für eine Eine-Million-Dollar-Drohne gibt es gar nicht«, stellte Kurt fest. »Wie viele Pfeile hast du noch in deinem Köcher?«

»*Nur noch einen einzigen*«, sagte Joe. »*Und wir werden Stratton wohl in Therapie schicken müssen, wenn wir den ebenfalls verbrauchen.*«

»Sag ihm, dass ich die Rechnung übernehme«, meinte Kurt. »Aber sieh du jetzt erst mal zu, dass du diese Leute in Trab hältst, während ich zum Frachter zurückkehre.«

»Um was zu tun?«

»Den Job zu erledigen.«

16

Die Gelegenheit nutzend, wieder aktiv zu sein, schaltete Kurt abermals sämtliche Lichter aus und stellte die Tiefenruder auf. Er stieg weit auf bis zu einem Punkt, von dem aus er einen vollständigen Überblick über das Wrack hatte. Sein Heck wurde nach wie vor von Scheinwerfern angestrahlt, der Name *Canberra Swift* war unter dem gezackten Einschnitt noch zu lesen. Er konnte auch das Mini-U-Boot sehen, das sich noch immer unterhalb der frisch geschaffenen Öffnung in Position befand.

»Nett von euch, dass ihr für mich das Licht habt brennen lassen.«

Weiter vom Heck des Schiffes entfernt konnte er verfolgen, dass die verbliebene NUMA-Drohne mit den beiden Schweißrobotern Katz und Maus spielte. Wer allerdings wen jagte, war nicht ganz klar zu erkennen, hatte für ihn aber auch nur eine untergeordnete Bedeutung. Dies war der Moment.

Er lenkte die *Scarab* zum Mini-U-Boot hinüber, stoppte etwa dreißig Meter über ihm und tauchte dann senkrecht zu ihm hinunter wie eine Spinne an ihrem Faden. Er hoffte, unbemerkt ins Wrack eindringen zu können, aber die Scheinwerfer, die den Bereich beleuchteten, waren zu hell, um diese Hoffnung auch nur andeutungsweise realistisch erscheinen zu lassen. Er flitzte durch die schartige Öffnung in den Rumpf der *Swift*, ohne sich auch nur für einen winzigen Moment der trügerischen Hoffnung hinzugeben, nicht bemerkt worden zu sein.

Kaum hatte er die Schwelle überquert, setzte eine krasse Veränderung ein. Die hell beleuchteten weißen Stahlplatten des Schiffshecks wurden durch eine dunkle, höhlenartige Umgebung ersetzt. Kurt hatte keine andere Wahl, als die Intensität seiner Lichtquellen zu erhöhen.

Als sie aufflammten, sah er, dass er sich in einem riesigen Raum mit den Ausmaßen und dem Grundriss eines Flugzeughangars befand. Ursprünglich als Roll-on/Roll-off-Schiff konstruiert, sollte die *Canberra Swift* vorwiegend militärisches Gerät transportieren – Abrams-Panzer, F-16-Maschinen und Chinook Helicopter fanden ausreichend Platz in ihr. Die vergleichsweise sehr kleine *Scarab* konnte sich über einen zu geringen Bewegungsspielraum keinesfalls beklagen.

»Jetzt weiß ich, wie es ist, ein winziger Guppy in einem Riesenteich zu sein.«

Als er weiter in den Laderaum eindrang, traf er auf zwei Planierraupen, die um ein Mehrfaches größer als die *Scarab* waren, und drei große Kräne – alle brandneu und mit glänzender gelber Farbe lackiert. Sie standen auf luftleeren, platten Reifen, die unter dem in dieser Tiefe herrschenden Druck den Geist aufgegeben hatten.

Anfangs war Kurt überrascht, dass die Fracht an Ort und Stelle geblieben war, doch beim Passieren der Planierraupen entdeckte er die massiven Ketten, mit denen sie auf ihren Stellplätzen fixiert worden waren.

Als Nächstes gelangte er zu einer Reihe von Frachtcontainern. Am Ende des Frachtraums befand sich schließlich das, was von der Schifffahrtslinie als »vorübergehendes Bedarfsfrachtlager« bezeichnet wurde. Als er die Scheinwerfer der *Scarab* auf die Basis der Wand richtete, konnte Kurt frische Schweißpunkte und hastig auf dem Boden befestigte Längsbalken erkennen, die den Trennwänden Halt geben sollten.

Eine verzerrte Meldung drang aus dem Lautsprecher des Funkgeräts: »*... beeil dich, Amigo*«, trieb Joes Stimme ihn an, »*... haben den Kampfplatz verlassen ... kommen in deine Richtung ...*«

Nachdem er seinen eigenen Azetylenschweißbrenner angezündet hatte, begann Kurt, eine Öffnung in die Trennwand zu schneiden. Die Wand war dünn und leicht. Aus welchem Material sie bestand, konnte er nicht auf Anhieb sagen, auf jeden Fall schmolz es bei relativ niedriger Temperatur.

Indem er die Schweißflamme an der Wand auf und nieder bewegte, schnitt er eine quadratische Öffnung hinein, die für die *Scarab* groß genug war. Er rammte den bearbeiteten Wandabschnitt so, dass der ausgeschnittene Sektor nach innen kippte und auf das stählerne Deck rutschte, als sei es ein welkes Laubblatt, das von einem Baum herabsegelte.

Kurt lenkte die *Scarab* nach unten und leuchtete mit den Scheinwerfern in das Abteil hinein.

»*Bist du drin?*«, fragte Joe.

»Bin ich«, antwortete Kurt und sah sich um. »Es gibt nur ein kleines Problem. Hier ist nichts.«

17

Vollkommen perplex starrte Kurt auf die vollkommene Leere des riesigen Frachtraums.

Lautes Knistern drang aus dem Lautsprecher seiner Sprechfunkgeräte. Dann war, wenn auch anfangs undeutlich, Joes Stimme wieder zu hören. »*Vergewissere dich, dass du am richtigen Ort bist. Mittschiffs … Station Nummer drei.*«

An der Wand direkt vor ihm prangte eine große Drei in gelber Farbe. Sie war unmöglich zu übersehen. Er war am richtigen Ort, zweifellos, aber der Raum war leer.

Oder genauer – fast leer.

Mehrere Fische flitzten vorbei und dann ein Oktopus. Während sie sich entfernten, streiften die Scheinwerferstrahlen der *Scarab* etwas anderes in einer Ecke.

Kurt wandte sich um und richtete den Blick auf den grässlichen Anblick eines ertrunkenen Mannes. Er trieb im Wasser, hatte die Arme ausgebreitet. Die Strömung spielte mit seinem dunklen Haar. Seine Haut war weiß, der Körper noch nicht aufgedunsen. Er hatte kleine Wunden an seinen Händen und im Gesicht, wo Fische ihn angeknabbert hatten, ansonsten waren keine schlimmeren Blessuren zu erkennen.

Kurt registrierte, dass er keine Mannschaftskleidung trug und dass eins seiner Hosenbeine dicht über dem Knie abgerissen worden war. Als er etwas genauer hinschaute, entdeckte Kurt auch einen Druckverband, der ein wenig höher den Oberschenkel einschnürte. Den Unterschenkel hatte es heftig erwischt. Er sah dort, wo eine Kugel ihn getroffen und den Knochen beschädigt hatte, richtig zerfetzt aus. Fasziniert verfolgte er, wie ein kleiner Fisch erschien und sich offenbar einen Probehappen aus der Wunde holen wollte. Kurt machte eine Handbewegung und verscheuchte ihn.

Fische …

Als erfahrener Wracktaucher war Kurt fast daran gewöhnt, in gesunkenen Schiffen Fische und anderes Meeresgetier anzutreffen. In diesem Fall hingegen wurde er sofort stutzig. Wie ist es möglich, fragte er sich, dass Vertreter der Meeresfauna bereits in einem Abschnitt anzutreffen waren, der laut seinen Informationen vollkommen unzugänglich gewesen war?

Er wandte sich zu der Öffnung um, die er soeben erst geschaffen hatte, und bemerkte, dass der Bereich dahinter allmählich schon heller wurde.

Ihm war die Zeit davongelaufen

»Vielleicht ist es ein Fehler«, rief er, »aber ich sprenge diesen Raum sowieso.«

»*Sorg nur dafür, dass du vorher rechtzeitig rauskommst*«, lautete Joes Empfehlung.

»Kinderspiel.«

Mithilfe des mechanischen Greifarms setzte er eine der magnetischen Sprengladungen auf den Boden, eine zweite klebte er an die Wand.

Er stellte den Zeitzünder auf sechzig Sekunden ein, als einer der Schweißroboter über ihm ins Ladeabteil geschwebt kam. Er durchquerte den Raum wie ein Teufelsrochen, wendete und sank aufs Deck herab.

Kurt aktivierte das vertikale Druckstrahlruder, sodass die *Scarab* senkrecht aufstieg, um sie dann durch den Einlass hinauszumanövrieren und den Schweißroboter sich selbst zu überlassen. Er erreichte die Öffnung, schwenkte in Richtung des zweiten ROV herum und kollidierte frontal mit ihm. Die Wucht des Zusammenpralls reichte dem ROV, um die *Scarab* ins Frachtabteil zurückzuschieben.

»Ich sollte mir endlich angewöhnen, auf dich zu hören«, teilte er Joe in einem Anflug von Selbstkritik mit.

Schließlich bekam er das Boot wieder unter Kontrolle und navigierte es auf eine Kreisbahn, um sich einen Überblick zu verschaffen – und musste feststellen, dass er ein Problem hatte. Ein ROV schwebte in der Öffnung und versperrte ihm den Fluchtweg, während das andere sich ihm von hinten näherte.

Das zweite ROV streifte ihn von der Seite und katapultierte Kurts U-Boot frontal gegen eine der großen auf die Stahlwände gemalten Dreien. Ein lautes Dröhnen erklang, während die Platte sich leicht wölbte und eine deutliche Delle aufwies, ansonsten aber nicht nachgeben wollte.

Kurt lenkte die *Scarab* von der demolierten Wand weg, um Anlauf zu nehmen und sich den Fluchtweg mit Gewalt frei zu räumen. Als das Licht seiner Scheinwerfer die andere Seite des Frachtraums erhellte, fand er die Antwort auf seine vorherige Frage, was die überraschende Anwesenheit von ozeanischem Leben betraf sowie den Fluchtweg in die Sicherheit.

Wer immer die Computer herausgeholt hatte, war von der Seite in das gesunkene Schiff eingedrungen und hatte ein klaffendes Loch hinterlassen, durch das nun auch Kurt in den Ozean hinausgelangen konnte.

Er warf einen Blick auf die Zeitschaltuhr. Sechsundzwanzig Sekunden. Mehr als genug, dachte er.

Er schob den Fahrthebel auf Volle Kraft und schoss durch die Rumpföffnung ins freie Wasser hinaus. Dabei büßte er lediglich einen Scheinwerfer an der Seite der *Scarab* ein. Seine Fassung blieb am Rand der Öffnung hängen, brach ab und erhellte die Szene mit einem grellen blauen Blitz, aber die *Scarab* war jetzt nicht mehr aufzuhalten.

Das Schiffswrack hinter sich lassend, richtete Kurt die Nase des Tauchboots aufwärts und presste das Wasser mit Hochdruck aus den Ballasttanks. Während das Mini-U-Boot zügig aufstieg, setzte er die Maschine ein, um das Auftauchen noch zu beschleunigen.

Der Countdown-Timer zeigte nur noch einstellige Zahlen.

Neun … acht … sieben …

An Bord des Mini-U-Boots war die Zeit stehen geblieben.

Für Callum war es ein Schock, einen leeren Frachtraum zu sehen, der eigentlich mit Hightech-Computerservern hätte gefüllt sein müssen. »Das ist doch nicht möglich«, stieß er vollkommen perplex hervor. Doch er las die Zahlen an der Wand und wusste, dass es erschreckende Realität war.

Für Yan-Li hielt die Situation eine vollkommen andere Überraschung bereit. Dort, in einem nassen Grab treibend, befand sich ihr Ehemann, den sie seit Jahren nicht mehr gesehen hatte und dem man sogar im Tod noch ansehen konnte, wie attraktiv er zu Lebzeiten gewesen war.

»Lucas«, flüsterte sie.

»Was ist?«, murmelte Callum.

»Sie haben ihn getötet.«

Callums Blick fiel auf das, was Yan-Li in diesem Moment sah. Den Mann, der ihm das Leben gerettet hatte, nur um zu verschwinden, als das Schiff versunken war. Er sah das Gesicht und die Augen. Sah die Arme und sein Haar im Wasser hin und her wehen. Fast schien es, als winkte Lucas.

Ein blendend heller Blitz füllte den Sichtschirm.

Die Druckwelle quoll aus der Öffnung in der Rumpfseite und in Richtung Schiffsheck. Sie traf das Mini-U-Boot in der Flanke und warf das dreißig Meter lange Boot hart auf die Seite.

Callum wurde umgeworfen, aber Yan-Li konnte sich aufrecht halten. Sie klammerte sich mit eisernem Griff, der ihre Fingerknöchel weiß hervortreten ließ, an die Konsole und starrte auf den Bildschirm, auch wenn er sich längst verdunkelt hatte.

Da ihre offizielle Anführerin erstarrt war und nicht reagierte, gab Callum die notwendigen Befehle. »Bringen Sie uns von hier weg«, sagte er. »So schnell wie möglich.«

Kurt spürte die Druckwelle während des Aufstiegs zur Meeresoberfläche. Sie schüttelte die *Scarab* durch und rief ein Klingeln in seinen Ohren hervor, ansonsten beschränkten ihre Auswirkungen sich nahezu ausschließlich auf das Innere des Frachters.

Er hatte nicht den geringsten Zweifel, dass die angreifenden ROVs sich inzwischen zurückgezogen hatten – und damit, dass das Mini-U-Boot nicht in Mitleidenschaft gezogen worden und noch immer in nächster Nähe anzutreffen war, rechnete er auch nicht. Etwa eine Meile von der Position des Frachters entfernt tauchte er schließlich auf und wartete darauf, dass die *Sapphire* erschien, um ihn an Bord zu nehmen.

Joe senkte die Liftplattform ins Wasser ab, hievte die *Scarab* an Bord und deponierte sie im Bootsmagazin. Kurt öffnete die Luke und streckte den Kopf heraus.

»Bist du okay?«, fragte Joe.

»Mir ging's schon schlechter«, antwortete Kurt. »Ist das U-Boot noch irgendwo zu sehen?«

Joe schüttelte den Kopf. »Die Explosion hat das Sonarbild ziemlich durcheinandergebracht«, sagte er. »Stratton versuchte, ihm mit der verbliebenen Drohne zu folgen, aber es sucht das Weite. Zu schnell, um ihm auf den Fersen zu bleiben. Was meinst du? Müssen wir damit rechnen, dass sie uns noch einmal in die Quere kommen?«

»Vorerst sicher nicht«, erwiderte Kurt. »Sie haben gesehen, was wir gesehen haben – einen leeren Frachtraum. Es hätte keinen Sinn hierzubleiben, wenn das Objekt der Begierde, auf das man so scharf war, von jemand anderem weggeschafft wurde. Die Frage ist allerdings: Wer hat sich die Fracht unter den Nagel gerissen?«

»Nicht nur *wer*«, erwiderte Joe, »sondern auch wie? Wir haben dieses Schiff in Rekordzeit gefunden«, fuhr er fort. »Wer immer sich da unten mit dir angelegt hat, war gleichzeitig mit uns an Ort und Stelle. Wie lässt sich erklären, dass jemand schneller war als wir?«

Wie immer trafen Joes Fragen den Nagel auf den Kopf. Kurt hatte keinen Schimmer, wie die Antwort aussehen könnte, aber irgendetwas sagte ihm, dass der Tote, angeschossen und ertrunken unten im Laderaum des Frachtschiffes, etwas damit zu tun hatte.

18

VICTORIA HARBOUR, HONGKONG

Zwei Bugsierschiffe schoben eine schmutziggraue Baggerschute durch den schmalen Kanal im äußeren Bereich des Victoria Harbour. Die Schute war kaum mehr als ein riesiger schwimmender Behälter, konstruiert, um mit vom Hafengrund heraufgebaggertem Sediment gefüllt zu werden und dieses in ausreichender Entfernung vom Hafen ins Meer zu schütten. Im Augenblick jedoch transportierte die Schute eine andere Fracht – das kantige Mini-U-Boot und die Mannschaft, die es bediente.

Das U-Boot lag im Bauch der Schute, zugedeckt mit großen Planen, um es vor neugierigen Blicken zu verbergen. Yan-Li und die anderen Mitglieder der Mannschaft standen daneben und fragten sich mit gemischten Gefühlen, was die Zukunft für sie bereithalten mochte.

In dieser Richtung war kaum etwas zu erkennen, dachte sie. Und was ihre aktuelle Situation betraf, so lag das meiste ebenfalls im Dunkeln. Als sie sich umsah, waren da nur die rechteckigen Wände des Sedimentbehälters und ein rechteckiger Ausschnitt des Himmels unmittelbar über ihr.

»Ich komme mir wie in einem Gefängnis vor«, sagte sie.

Dennoch, selbst bei diesem äußerst begrenzten Gesichtsfeld wusste sie, wo sie sich befand. Sie konnte die Hörner und Sirenen verschiedener Schiffe hören, das Kreischen der Möwen in der Luft über der Schute, das Rumpeln und Dröhnen schwerer Frachtgüter, die auf den Docks aus- oder eingeladen wurden.

»Das Gefängnis ist möglicherweise deutlich besser als das, was Emmerson mit uns machen wird«, meinte einer der Männer ahnungsvoll.

Die düstere Stimmung lag wie eine drückende Last auf ihnen. Sie hatten seine Reaktion auf die erste Enttäuschung mitbekommen, daher fürchteten sie sich vollkommen zu Recht vor dem, was jetzt mit ihnen geschehen würde.

»Ich muss mit ihm reden«, sagte sie den Männern. »Er hat meine Kinder. Aber wenn Sie wollen, kann ich ihn auch allein aufsuchen. Wenn Sie die Absicht haben zu fliehen, ist dies jetzt Ihre beste Gelegenheit.«

Die Männer sahen sich in dem herrschenden Halbdunkel an. Dann ergriff Callum das Wort und sprach für alle. »Wohin sollen wir fliehen? Wo können wir sicher sein, dass Emmerson uns nicht aufstöbert?«

Diese Frage war berechtigt.

»Weglaufen ist immer noch besser als sterben«, sagte Yan-Li.

Er lachte spöttisch. »Sie sind in Ihrem Leben nicht sehr oft und lange weggelaufen, nicht wahr?«

Sie schüttelte den Kopf.

»Glauben Sie mir, so viel besser ist das nicht. Ich bin mein ganzes Leben lang weggelaufen, bis Lucas mir einen Job gab. Ich habe ihm viel zu verdanken. Jeder von uns steht in seiner Schuld. Es liegt noch keine vier Tage zurück, da hat er mir das Leben gerettet. Und das nicht zum ersten Mal. Allein deshalb bleibe ich bei Ihnen.«

Einige von den anderen nickten. Einer murmelte beifällig.

Yan war von dieser Reaktion regelrecht überwältigt. Sie hatte sich vollkommen allein und verlassen gefühlt. Hin- und hergerissen zwischen Wut und Trauer wegen ihres Ex-Mannes und der Angst um ihre Kinder. Bis zuletzt hatte sie gedacht, dass Lucas nichts anderes als ein Betrüger und Verbrecher sei und dass er ihr sogar noch im Tode geschadet habe. Niemals war ihr der Gedanke gekommen, dass er vielleicht nach einem ganz eigenen Ehrenkodex lebte.

»Sie reden von ihm, als wäre er ein ehrenhafter Mensch gewesen«, sagte sie.

»Er lehrte uns zu stehlen, ohne zu töten, und stets ohne Hass zu handeln«, fuhr Callum fort. »Was halten Sie denn davon? Als Zho während eines unserer Coups einen Wachmann mit seinem Messer verletzte, bestand Lucas darauf, dass wir den Verletzten mitnehmen, um dann einen Arzt zu suchen, der ihn operierte und sein Leben rettete. Als einer unserer Brüder während eines Raubzugs, der schiefging, den Tod fand, gab er seinen Hinterbliebenen Geld. Er vergewisserte sich, dass die Familie versorgt war.«

»Ich wünschte, er hätte diese rührende Fürsorge auch unseren Kindern zuteilwerden lassen«, sagte sie in bitterem Tonfall.

»Er war, wie er war«, sagte Callum.

Die Schute erzitterte, als die Schlepper sie gegen eine Kaimauer drückten. Yan-Li wandte sich von Callum ab und kämpfte gegen die Tränen an, die ihr plötzlich aus den Augen quollen.

19

GOVERNMENT HOUSE, THE PEAK

Zwei Stunden später waren sie und Callum Gäste in Kinnard Emmersons Anwesen in den Bergen oberhalb der Stadt. Das geschichtsträchtige Domizil befand sich über steilen Klippen in einer Region, die unter dem Namen »The Peak« bekannt war, wo der kühle Wind die Berghänge streichelte und man einen atemberaubenden Blick auf die in brütender Hitze dampfende City mit ihrer spektakulären Skyline hatte.

Der Victoria Peak, oder kurz »der Peak«, war die bevorzugte Wohngegend, seit die Briten während des ersten Opiumkrieges im Jahr 1842 Hongkong besetzten und zur Kronkolonie erklärten. Im Laufe der Jahre hatten mehrere Gouverneure und Powerplayer aus Politik und Wirtschaft dort oben ihre Sommervillen gebaut. Ein Grund war sicherlich das Klima gewesen, aber die Lage bot auch noch einen anderen – psychologischen – Vorteil.

Aus dieser Höhe auf die Einwohner hinunterzublicken, vermittelte einem unweigerlich ein Gefühl von Macht und Überlegenheit – während alle, die von unten zu den imposanten Häusern hinaufschauten, nie einen Zweifel hegten, wer wen regierte.

Yan-Li erinnerte sich daran, dass ihr Mann regelmäßig versprochen hatte, seiner Familie eines Tages ein Zuhause auf dem Peak zu kaufen. Es mochte ein naiver Traum gewesen sein, aber er drückte seinen Wunsch aus, irgendwann auch zu denen zu gehören, die überheblich nach unten blickten anstatt neidisch nach oben.

Von zwei Männern Emmersons eskortiert, wurde Yan um das Haus herum dirigiert und auf die ausgedehnte Terrasse auf der Rückseite geführt. In einer Ecke, die sie passierte und die vor den Blicken der anderen verborgen war, stand ein Drahtkäfig mit den Abmessungen eines Reisekoffers. In seinem Innern befanden sich ein Dutzend oder mehr Ratten. Einige waren noch lebendig, andere schon verendet und teilweise angefressen.

Der Anblick überraschte sie und erzeugte gleichzeitig einen Würgereiz bei ihr. »Ratten in einem Käfig«, sagte sie. »Grausamkeit gehört offensichtlich zu Ihren besonderen Geschäftsmethoden.«

Er reagierte nicht auf Yan-Lis kritische Anmerkung. »Sie lieben doch sicher ebenfalls kleine Nagetiere, nicht wahr?«

»Eigentlich nicht«, antwortete sie. »Aber ich behandle sie gewöhnlich um einiges humaner, auch wenn sie als Ungeziefer betrachtet werden.«

»Ach ja«, erwiderte er in spöttischem Tonfall. »Klar, ich könnte sie vergiften, sodass sie sich in Schmerzen winden und qualvoll verenden. Oder in Sprungfederfallen fangen, die sie nur selten auf der Stelle töten. Ich hingegen ziehe es vor, ihnen eine echte Überlebenschance zu geben. Außerdem ergibt sich daraus ein netter Zeitvertreib für die Männer.«

Er schüttelte den Käfig, und unter den Tieren brach heftige Unruhe aus.

»Sehen Sie, dass einige von ihnen mit Farbtupfern markiert sind?«, fragte er. »Während bei anderen die Ohren einen kleinen Schnitt aufweisen? Auf sie wurde gewettet, welches Tier am längsten überlebt.«

Wie sie erwartet hatte, hatte er weitere Grausamkeiten in petto.

»Es ist ein überraschend langsamer Prozess«, versicherte er ihr. »Wenn wir sie zum ersten Mal in den Käfig setzen, geben sie sich wirklich Mühe, miteinander auszukommen. Bei ihrer Suche nach Wasser und Nahrung arbeiten sie sogar auf eine gewisse Weise zusammen. Nach mehreren Tagen werden sie jedoch apathisch. Und nach weiteren Tagen werden sie aggressiv und fangen an, sich gegenseitig auf Leben und Tod zu bekämpfen. Und am Ende nehmen sie Zuflucht zu Kannibalismus.«

Er schüttelte den Käfig abermals und verfolgte dann lachend, wie die Tiere hin und her rannten.

»Am Ende«, erklärte er weiter, »ist nur noch eins der Tiere am Leben. Dann werden die Wetten ausgezahlt.«

»Und Sie lassen das überlebende Tier frei?«

»Natürlich«, sagte er. »Wenn Sie in meinem Gewerbe tätig sind, lernen Sie, den Begriff Bewährung ganz besonders zu schätzen.«

Die Männer, die ihn umringten, lachten. Yan-Li hatte Mühe, ihre Tränen zurückzudrängen. Sie bezweifelte, dass eine der Ratten jemals freigelassen würde, wie sie auch daran zweifelte, dass er sie oder ihre Familie jemals freiließ.

Sie ließen die gefangenen Ratten hinter sich, überquerten die Terrasse und blieben an einem verglasten Geländer stehen. Während eine Hausangestellte herauskam und Emmerson ein mit Gin und Tonic gefülltes hohes Longdrinkglas brachte, warf Yan-Li einen Blick über das Geländer. Das Stadtpanorama aus der Götterperspektive zu betrachten, hatte seinen ganz besonderen Reiz, dem sie sich nicht einmal in dieser ungemütlichen Situation verschließen konnte. Aber auch wenn sie die halbe Stadt überblicken konnte, hätte sie sich dort unten im Schutz der aufragenden Betonbastionen und des dichten Verkehrs in den Straßen weitaus sicherer gefühlt.

Was auch immer Lucas sich von der Erfüllung seines Traums, auf dem Berg zu wohnen, versprochen hatte, es war ihr vollkommen fremd. Sie war ein Kind des Flachlands und gehörte eher zu denen, die sich lieber unterordneten, anstatt sich danach zu drängen, Macht auszuüben. Dies war ihr schon früh bewusst geworden, und es störte sie nicht.

Sie machte einen tiefen Atemzug und wandte sich zu Emmerson um. »Weshalb haben Sie mich hierhergebracht?«, fragte sie. »Sie haben die Videos gesehen, die von den ROVs aufgenommen wurden. Daher sollten Sie wissen, dass die Computer längst verschwunden waren. Ich glaube nicht, dass wir in irgendeiner Weise dafür verantwortlich gemacht werden können.«

Emmerson neigte den Kopf zur Seite. »Wer die Schuld an dieser Angelegenheit trägt und in welchem Umfang, das entscheide ich. Eines sollte Ihnen aber klar sein. Trotz meiner zur Schau gestellten Ruhe und Gelassenheit habe ich Mühe, meine Wut im Zaum zu halten. Sie sind hier, weil ich mehr über die Amerikaner erfahren möchte. Haben sie die Fracht geborgen?«

»Ich glaube nicht«, sagte sie.

»Sie glauben nicht?«

»Ich habe weder für das eine noch für das andere irgendwelche Beweise«, beteuerte sie verzweifelt.

»Dann nennen Sie Ihre Einschätzung«, verlangte Emmerson. »Information ist alles, was jetzt zählt. Daten sind der Schlüssel. Fakten. Was Sie wissen und was Sie nicht wissen. Allein das ist wichtig. Keine vagen Vermutungen und Schlussfolgerungen.«

Sie verspürte eine leichte Benommenheit und fühlte sich schwach. Sie sagte sich, dass sie für dies alles nicht geschaffen war. Aber wenn sie nicht redete, würde niemand sonst einen Ton sagen. »Wären die Server im Besitz der Amerikaner gewesen, hätten sie keinen Grund gehabt, Leib und Leben in einer Auseinandersetzung mit den ROVs aufs Spiel zu setzen«, begann sie. »Sie hätten unbehelligt auftauchen und mit ihrer Beute das Weite suchen können. Es hätte für den Lenker des Unterseeboots keine Notwendigkeit bestanden, ins Wrack einzudringen und die Sprengladungen zu platzieren. Sämtliche Indizien weisen darauf hin, dass sie von dem Verschwinden der Server genauso überrascht waren wie wir. All diese Fakten lassen als einzigen Schluss zu, dass die Amerikaner die Server nicht genommen haben.«

»Schon besser«, sagte Emmerson. »Was sonst noch?«

Durch diese Reaktion ermutigt, fuhr sie fort. »Lucas ist auf diesem Schiff ermordet worden. Er wurde zweimal angeschossen und ist ertrunken. Sie haben die entsprechende Videoaufnahme ebenfalls gesehen. Sie ist der Beweis, dass Lucas Sie nicht betrogen hat. Daher sind weder ich noch meine Kinder Ihnen irgendetwas schuldig. Sie sollten uns sofort freilassen.«

Er hob die Augenbrauen und führte das Glas an die Lippen. »Schade. Bis jetzt waren Sie richtig gut.« Er trank einen Schluck von seinem Gin Tonic.

»Habe ich irgendetwas Falsches gesagt?«

»Sie verwechseln zwei wichtige, immerhin zutreffende Tatsachen miteinander«, erklärte Emmerson. »Ihr Ex hat mich nicht betrogen. Das trifft offensichtlich zu. Aber damit ist seine Schuld keineswegs beglichen. Er wurde dafür bezahlt, eine Ware zu liefern, die nie bei mir ankam. Sie werden sich ab jetzt darum kümmern, diese Maschinen zu suchen und alles in die Wege zu leiten, damit ich sie erhalte. Falls Ihnen das nicht gelingen sollte, werden Ihre Kinder die Schuld abbezahlen, indem sie für den Rest ihres Lebens für mich arbeiten.«

Ihre Hand ballte sich in einem von Instinkt geleiteten Reflex zur Faust, den sie nicht unterdrücken konnte. Sie zwang sich, ruhig zu bleiben und nichts Dummes zu tun. »Ich wüsste nicht, wie ich Ihnen helfen könnte«, sagte sie steif. »Meine Fähigkeiten reichen nicht aus, um zu tun, was Sie von mir verlangen.«

Emmerson stellte sein Glas auf einen Tisch und ging auf sie zu. »Sie sind zu weitaus mehr fähig, als Sie da gerade für sich in Anspruch nehmen. Das trifft auf die meisten Menschen zu. Nehmen Sie mich, zum Beispiel. Ich bin der uneheliche Sohn eines britischen Diplomaten. Zwei Mal verstoßen. Das erste Mal, als meine Herkunft verleugnet wurde und ich mein Leben auf der Straße fristen musste. Und das zweite Mal, als die Krone die Kolonie den Chinesen übergab.

Und nicht nur das«, fügte er hinzu, »sie haben mir mit Nachdruck geraten, nicht in die Heimat zurückzukehren.« Er zuckte die Achseln. »Ich schätze, dass ich das bescheidene Kapital an Unterstützung, das ich rechtmäßig einfordern konnte, aufgebraucht hatte. Aber seien wir doch ehrlich, wer hätte dies in meiner Position nicht getan?«

Kinnard Emmerson begleitete seine Worte mit einem leisen Lachen. Es war, als lache er über einen ganz persönlichen Witz, dessen Pointe nur er kannte und verstand.

Yan-Li konnte bei seinem Bericht keinen Anflug von Mitleid empfinden. »Allem Anschein nach haben Sie all das hinter sich gelassen und sind ziemlich weit gekommen.«

»Nur weil ich nicht mit dem zufrieden war, was ich erreicht hatte«, sagte er. »Nur weil ich die wichtigste Lektion meines Lebens verinnerlicht hatte, nämlich dass Information ein unbezahlbares Gut ist, das ich ständig suche und wie einen wertvollen Goldschatz horte.«

Sie hörte aufmerksam zu.

»Ich bin im Besitz dessen, was nicht an die Öffentlichkeit dringen darf«, fuhr er fort. »Ich weiß über geheime Abmachungen Bescheid und kenne und verfüge über die Bilder und Videos derer, die von der Regierung drangsaliert werden, und noch anderer, deren spezielle Neigungen und Vorlieben sie angreifbar machen. Diese Kenntnisse sind Waffen, die wirkungsvoller als jede Pistole oder Bombe sind. Wenn Sie über solche Informationen verfügen, gibt es nichts, wovor Sie sich fürchten müssen. Sie brauchen nicht mehr zu kämpfen. Im Gegenteil, einige Ihrer Feinde werden beten, dass Ihre Gesundheit Ihnen möglichst lange erhalten bleibt – weil im Fall Ihres Todes die Wahrheit ans Licht kommen würde. Um es kurz, knapp und zündend auszudrücken: Waffen können einen vielleicht gefährlich machen, aber Informationen machen einen unantastbar.«

Je länger Yan ihm zuhörte, desto mehr war sie davon überzeugt, dass er von Gin Tonic oder Macht oder beidem berauscht war. Sein offensichtlicher Hang zur Prahlerei hatte seine Zunge gelöst.

»Ich konnte all diese Informationen sammeln«, sagte Emmerson, »weil niemand auch nur im Entferntesten annahm, dass ich zu solchen Großtaten fähig wäre. Nun wohne ich hier, im Haus des Gouverneurs. Wo ist der uneheliche Bastard geblieben?«

Sie wusste nicht, wie sie darauf reagieren sollte. Der Mann war so dermaßen von sich eingenommen und kam sich einfach großartig vor. Ihm zu schmeicheln würde ihre Lage vielleicht verbessern, doch dazu konnte sie sich beim besten Willen nicht durchringen.

»Nicht jeder kann sich von seiner Herkunft lösen und derart hoch aufsteigen«, sagte sie.

»Man muss sich den Verhältnissen anpassen«, dozierte er. »Oder man bleibt auf der Strecke, wie alle Kreaturen, die dazu nicht fähig sind.«

Jetzt hatte sie aber genug von dem sinnlosen Wortgeklimper. Ihre nächsten Fragen fielen simpel aus und kamen genau auf den Punkt. »Was verlangen Sie von mir? Was soll ich tun?«

»Ich schicke Sie nach Taiwan«, antwortete er. »Zufälligerweise sind mir seit Ihrer Rückkehr von der Mission zwei zusätzliche Fakten zu Ohren gekommen. Eine Sache ist für mich von großer Bedeutung. Die andere dürfte auch Sie brennend interessieren.«

»Ich höre«, sagte sie.

»Ich habe einige Nachforschungen angestellt, seitdem Sie gemeldet haben, dass die Computer aus dem Schiff verschwunden waren. Wie sich herausstellte, erfuhr einer unserer Konkurrenten von meinem Plan, wartete ab, bis Lucas aktiv wurde, und schnappte uns die Maschinen dann unter der Nase weg.«

Während sie seinen Worten lauschte, geriet sie mehr und mehr in Rage. Sie zu zwingen, ihren gescheiterten Einsatz im Wrack näher zu erläutern, war für ihn nichts anderes als ein Spiel gewesen – so wie das, was er sich für die gefangenen Ratten hatte einfallen lassen. Seine gewählte Ausdrucksweise und der freundliche Tonfall konnten nun nicht mehr verhüllen, dass er ein Barbar und von Natur aus grausam und brutal war.

Sie konnte nicht mehr an sich halten. »Wie kommt es dann, dass Ihnen, obwohl Sie im Besitz so vieler Fakten waren, die Aktivitäten eines Konkurrenten entgangen sind?«

Er schlug ihr mit der Rückhand ins Gesicht. Voll getroffen, taumelte Yan und sank zu Boden.

Sie schaute hoch und sah nicht nur einen wütenden Mann, sondern einen wütenden Mann, der es offensichtlich genoss, jemanden physisch zu misshandeln.

»Wir alle haben Konkurrenz«, sagte er mit gesenkter Stimme. »In meinem Fall ist es eine hinterhältige, skrupellose Vereinigung namens CIPHER.«

Ein pochender Schmerz strahlte von ihrer Wange aus. Ihre Unterlippe blutete. Aber der Schlag hatte offenbar dafür gesorgt, dass ihr Geist sich klärte. Jegliche Zweifel daran, dass sie würde kämpfen müssen, um sich aus dieser Lage zu befreien, verflüchtigten sich.

»Es tut mir leid«, sagte sie.

»Ihnen sei verziehen«, erwiderte er gönnerhaft. »Für dieses Mal.«

Sie kam auf die Füße. »CIPHER?«, fragte sie tastend. »Was verbirgt sich dahinter … Eine Bande? So etwas wie die Triaden?«

»Sie arbeiten mit moderneren Methoden«, sagte er. »Es sind Cyberkriminelle. Sie hacken und erpressen.«

Sie tupfte ihre blutende Lippe mit einem Taschentuch ab. »Was soll ich gegen eine solche Gruppe ausrichten?«

»Sie können die Person sein, die sie unterschätzen«, erklärte er. »Diese Leute haben die Absicht, eine Auktion zu veranstalten, um meine Computer dem Höchstbietenden zu verkaufen. Sie werden an dieser Auktion teilnehmen.«

»Und was soll ich tun?«, fragte sie. »Doch wohl nicht die Computer den Leuten abkaufen, die sie Ihnen gestohlen haben.«

Ihre Worte kamen schnell und mit einem scharfen Unterton. Die Vorstellung, dass sich jemand durch die Ermordung ihres Ehemannes finanzielle Vorteile verschaffte, war wie Salz in ihren Wunden. Sie hatte zumindest gehofft, dass Emmerson sich an den Leuten rächte, die Lucas getötet hatten.

»Nein«, sagte Emmerson. »Ich werde dafür sorgen, dass sie für das bezahlen, was sie getan haben, und zwar vorzugsweise in Blut. Aber dazu muss ich jemanden in den Auktionssaal schmuggeln. Meine Leute kennen sie, aber für Sie gilt das nicht. Sie sind ein Rätsel. Und wenn ich die Fakten ein wenig frisiere, verschaffe ich Ihnen eine falsche Persönlichkeit, von der sie glauben, sie unbedingt einladen zu müssen.«

»Und dann?«

»Dann werde ich eine metaphorische Kugel in das CIPHER-Herz schießen, während Sie Gelegenheit bekommen, den Mann, der Ihren Ehemann getötet hat, mit einer realen Kugel niederzustrecken. Ein widerwärtiges Exemplar menschlichen Abschaums, das sich Degra nennt.«

Yan-Li überlief ein kalter Schauer, nicht weil sie es mit Angst zu tun bekam, sondern weil ihr die Vorstellung, tätige Rache üben zu können, absolut reizvoll erschien. Sie spürte, wie Adrenalin durch ihre Adern schoss, den kalten Schauer verdrängte und ihre Haut erglühen ließ. »Ist *er* der Mann, der Lucas ermordet hat?«

»Es geschah auf seinen Befehl.«

Das machte es keinen Deut besser. Sie bemühte sich, ruhig zu bleiben. »Rache ist eine bittere Angelegenheit«, sagte sie. »Ich für meinen Teil halte absolut nichts davon. Für mich ist sie wertlos.«

»Ich finde sie auch verabscheuungswürdig«, pflichtete Emmerson ihr mit einem Achselzucken bei. »Aber … auf jeden Fall werden Sie nach Taiwan gehen, wo Sie CIPHER in meinem Auftrag größtmöglichen Schaden zufügen sollen. Wie viel Spaß es Ihnen macht und wie viel Genugtuung Sie dabei empfinden? Nun … das entscheiden Sie ganz allein.«

20

WASHINGTON, D.C.

Für Konferenzen und Meetings in Washington, D.C. gilt stets eine gewisse Hierarchie, vor allem dann, wenn Geheimdienstagenturen oder hochrangige Mitglieder der jeweiligen Führungsebene der sich versammelnden Institutionen daran teilnehmen.

Wenn die CIA nach Langley einlud, bedeutete das, dass sie die zur Diskussion stehende Situation vollständig unter Kontrolle hatte und bereit war, einige winzige Bruchstücke an Informationen weiterzugeben, die sie meinte, gefahrlos teilen zu können.

Wenn sie sich jedoch an eine andere Institution wandte – wie Elliot Harner es fünf Tage zuvor getan hatte, als er sich bei der NUMA meldete –, bedeutete es, dass der CIA irgendetwas durch die Lappen gegangen sein musste und sie nach Antworten suchte, ganz gleich wo diese zu finden waren.

Und wenn eine bedeutende Persönlichkeit Vertreter aus den unterschiedlichsten Bereichen zu sich nach Hause oder zu einem als zwanglos getarnten gesellschaftlichen Beisammensein einlud, konnte man davon ausgehen, dass einiges vollkommen aus dem Ruder gelaufen war und jedermann sich verzweifelt bemühte, alles so weit wie möglich unter Kontrolle zu behalten.

Die überraschende Bitte, an einem überstürzt arrangierten Brunch in Anna Biels Domizil in Maryland teilzunehmen, wertete Rudi als ein untrügliches Zeichen dafür, dass tatsächlich einiges aus dem Ruder gelaufen war.

Von einem Assistenten der NSA-Chefin durch einen überdachten Laufgang geleitet, gelangte Rudi Gunn auf die Rückseite des Landhauses. Dort erwartete ihn ein etwa zwei Morgen großer Garten, eingerahmt von einer vier Meter hohen, mit Efeu überwucherten Mauer. Farbenfroh in voller Blüte stehende Blumenrabatten gruppierten sich um einen kleinen Pavillon in der Mitte des Rasens. Eine überschaubare Schar Gäste saß an einem strahlendweiß lackierten schmiedeeisernen Tisch.

Anna Biel erhob sich und kam Rudi auf halbem Weg entgegen. »Mimosa oder Bloody Mary?«

Elliot Harner und ein anderer Angehöriger der CIA hatten mit kastanienfarbenen Cocktails gefüllte Gläser vor sich stehen.

»Ich hatte noch nicht meine tägliche Vitamin-C-Ration«, erwiderte Rudi.

»Dann ist es ein Mimosa.«

Sie nahm eine Karaffe mit einer leicht sprudelnden gelben Flüssigkeit von einem fahrbaren Serviertisch und füllte Rudis Glas bis zum Rand. Rudi trank einen Schluck.

»Wie ist er?«

»Ein bisschen herb«, stellte Rudi ehrlicherweise fest.

Sie zuckte die Achseln. »Es dürfte trotzdem das Süßeste sein, was Sie an diesem Vormittag schmecken werden. Suchen Sie sich einen Platz.«

Rudi setzte sich auf einen freien Stuhl, lehnte sich zurück und wartete darauf, dass ihre Gastgeberin ihren Platz am Tisch einnahm. »Worum geht es?«, fragte er, sobald sie sich hingesetzt hatte.

»Es gibt gute und schlechte Neuigkeiten«, begann sie. »Wie sich herausstellte, lag Ihr Mann – Kurt Austin – vollkommen richtig. Der Tote im Frachtraum war ein wichtiger Hinweis. Wir konnten ihn als Lucas Teng identifizieren, Anführer einer Piratenbande mit dem Namen Water Rats. Außerdem ist er Geschäftspartner von Kinnard Emmerson, Chef einer skrupellosen, in Hongkong ansässigen kriminellen Organisation. Emmerson ist alles andere als zurückhaltend und auf Unauffälligkeit bedacht. Das Motto seiner Familie lautet *semper magis.* Immer mehr.«

»Ich nehme an, Sie gehen davon aus, dass Lucas Teng die *Swift* entführt hat, um die Computer zu Emmerson zu bringen«, vermutete Rudi. »Daraus ergibt sich die Frage, was geschehen ist – wie kommt es, dass wir ihn angeschossen und ertrunken auf einem gesunkenen Schiff vorfinden?«

»Weil sich das Blatt gewendet hat«, erwiderte sie lächelnd. »Während der letzten Monate hatte sich Emmerson mit einer anderen Gruppe namens CIPHER in den Haaren. Die CIA verfügt über Informationen, dass CIPHER jemanden eingeschleust hatte, um Lucas auszutricksen. Indem sie das Schiff besetzten und sich, wie wir vermuten, die Computer aneigneten.«

»Demnach befinden sich die Hydro-Com-Server nicht mehr in Emmersons Besitz, sondern in den Händen dieser CIPHER-Gruppe«, sagte Rudi. »Ist das gut … oder ist das schlecht?«

»Das kann man sehen, wie man will«, erwiderte sie, ehe sie Elliot Harner mit einer Geste aufforderte, das Wort zu übernehmen.

Harner lehnte sich vor und nahm seine Sonnenbrille ab. »Der Punkt ist der«, begann er, »dass wir keine Ahnung haben, welche Pläne Emmerson mit den Vector-Einheiten verfolgt. Dafür liegen die Absichten von CIPHER klar auf der Hand. Sie haben ein breites Spektrum von Interessenten informiert und deutlich gemacht, dass sie bereit sind, die Computer dem Meistbietenden zu überlassen.«

Eine schlechte Nachricht, dachte Rudi Gunn, die aber nicht gänzlich unerwartet kommt. »Es war nur eine Frage der Zeit, bis die Neuigkeit die Runde machte. Wen haben sie an den Verhandlungstisch geholt?«

Harner ging eine Liste der üblichen Verdächtigen durch. »Russland, China, Nordkorea, Iran«, sagte er. »Hinzu kommen noch einige andere anonyme Interessenten.«

»Das klingt nach einer ganz großen Nummer«, sagte Rudi, der nun die gedrückte Stimmung, die am Tisch herrschte, nachvollziehen konnte. »Schlimm genug, wenn die Computer in die Hände eines einzigen Konkurrenten gefallen sind. Schlimmer wäre es, wenn sich am Ende drei oder vier Parteien die gesamte Ladung teilen. Abgesehen davon habe ich noch nie von CIPHER gehört. Wer oder was genau verbirgt sich hinter diesem Namen?«

Der andere Mann am Tisch ergriff das Wort. »Arthur Hicks«, stellte er sich vor. »U.S. Cyber Command.«

Rudi hob sein Glas und prostete ihm zu.

»CIPHER ist eine Hacker-Gruppe, die in Südostasien aktiv ist«, begann Hicks. »Sie haben sich auf Erpressung und andere Bereiche der Internetkriminalität spezialisiert. Außerdem betreiben sie Technologiediebstahl in großem Stil und hacken mit Vorliebe mit Kryptowährung gefüllte Konten. Im vergangenen Winter haben sie mehrere Gas- und Stromversorger in Europa lahmgelegt und hohe Lösegelder gefordert, um die gehackten Systeme wieder freizugeben. Wir betrachten sie als Gelegenheitstäter, die vorwiegend dort zuschlagen, wo mit gezielter krimineller Manipulation von Technologie hohe Profite zu erzielen sind.«

Die NSA-Direktorin schaltete sich an dieser Stelle wieder ein. »Seltsam ist allerdings, dass sie mit dem Diebstahl von Hardware bisher nichts zu tun hatten. Sie arbeiten lieber im digitalen Bereich. Codes und Dateien lassen sich einfacher stehlen und transferieren als physische Objekte.«

»Könnte es sein, dass sie eine Tarnorganisation sind, hinter der sich jemand versteckt?«, fragte Rudi.

»Wir sind nicht dieser Meinung«, erwiderte Hicks. »Höchstwahrscheinlich hatten sie eine Chance, in ihrer ständigen Fehde mit Emmerson einen weiteren Treffer zu landen, und nutzten die Gelegenheit. Ungeachtet dessen dürfen wir nicht zulassen, dass sie geheime Technologie an eine der Gruppen veräußern, die gerade genannt wurden.«

Rudi erkannte, um was es ging. Im Grunde nämlich um das Gleiche wie vorher, nur kannte er jetzt weitere Details und hatte eine bessere Vorstellung davon, welche katastrophalen Auswirkungen die Affäre hätte, wenn es ihnen nicht gelang, einzuschreiten und alle weiteren Aktivitäten der Internetkriminellen zu stoppen.

»Sie sagten, dass die Leute bei CIPHER auf digitalen Diebstahl spezialisiert sind. Sunil Pradi erklärte uns, die Computer wären für keinen der Interessenten von Nutzen, solange er den Quellcode für das Betriebssystem nicht kennt.«

»Und das ist unter anderem ein Punkt, an dem Sie ins Spiel kommen«, erklärte Anna und übernahm abermals die Gesprächsleitung. »Die NUMA soll sich mit Hydro-Com in Verbindung setzen. Das dürfte nicht allzu schwierig sein, weil deren CEO anscheinend ein Faible für Ihren IT-Chef, Hiram Yaeger, hat.«

»Sie sprechen die gleiche Sprache«, bemerkte Rudi. »Und damit meine ich Einsen und Nullen.«

»Wir würden es begrüßen, wenn sich die beiden auf dieser Ebene direkt austauschen«, sagte Anna. »Schicken Sie Yaeger nach San Francisco, damit er sich mit den Sicherheitsmaßnahmen bei Hydro-Com vertraut machen kann. Er soll als eine Art neutraler Kontrolleur fungieren, als ein zusätzliches Paar Augen sozusagen, und nach Schwachpunkten suchen, die jemand für seine Machenschaften nutzen könnte.«

»Warum setzen Sie niemanden aus Langley oder vom Cyber Command in Marsch?«

Sie sah ihn an, als beantworte sich diese Frage von allein. »Niemandem gefällt es, wenn CIA oder NSA ihre Nasen in ihre Computersysteme stecken. Sie haben zu viel Angst, dass wir etwas stehlen oder eine Art Trojanisches Pferd hinterlassen.«

Rudi lachte. »Sie sagten, dies sei ein Punkt, an dem die NUMA ins Spiel kommt. Was brauchen Sie sonst noch von uns?«

Ehe sie antwortete, blickte Anna zu Elliot Harner, als wollte sie sich eine letzte Bestätigung holen. Er nickte. Was immer es war, die Weichen waren bereits gestellt worden.

Sie wandte sich wieder zu Rudi um. »Wie gut sind Ihre Männer?«, fragte sie. »Austin und Zavala. Sind sie tatsächlich so kompetent und fähig, wie ihre Papierform vermuten lässt?«

»Besser«, meinte Rudi. »Warum?«

Diesmal zögerte sie nicht mehr. »Weil wir die beiden als

unsere Repräsentanten in die CIPHER-Zentrale schicken wollen.«

Jetzt verstand Rudi. Vorläufig hielt er sich noch mit einem Kommentar zurück.

»Das Ganze ist offensichtlich äußerst riskant«, fügte die NSA-Chefin hinzu. »Was meinen Sie, sind die beiden eventuell bereit, das Wagnis einzugehen? Und was noch wichtiger ist, glauben Sie, dass sie eine reelle Erfolgschance haben?«

»Die erste Frage sollten Kurt und Joe selbst beantworten«, sagte Rudi. »Was die zweite Frage betrifft: Wenn sie sich bereit erklären, den Auftrag anzunehmen, können Sie so gut wie sicher davon ausgehen, dass sie am anderen Ende herauskommen mit allem, was Sie sich gewünscht haben – und noch mit einem Teddybären aus dem Souvenirladen als Bonus dazu.«

Sie nickte anerkennend und wandte sich wieder zu Harner um. »Lassen Sie Ihre Beziehungen spielen«, sagte sie. »Verschaffen Sie uns eine Einladung zu dieser Party. Und lassen Sie uns hoffen, dass Austin und Zavala mit erheblich mehr als einem Teddybären im Arm zurückkehren.«

21

NORDKALIFORNIEN

Hiram Yaeger traf an Bord einer Gulfstream G700 der Hydro-Com in Kalifornien ein. Das Achtzig-Millionen-Flugzeug verkürzte die Flugzeit im Vergleich mit einem regulären Linienflug um mehr als eine Stunde.

Die Maschine landete auf dem Moffett Field südlich von San Francisco. Im Gegensatz zu den geschäftigen Verkehrsflughäfen in San Francisco und dem Oakland International erschien Moffett regelrecht verlassen. Er hatte keine eleganten Terminals oder Flotten von leuchtend bunten Maschinen aus aller Herren Länder auf den Rollfeldern, sondern dort parkten nur ein paar unauffällig graue Militärflugzeuge sowie mehrere neutrale White Tails im Schatten eines riesigen Flughafengebäudes, das wie eine umgedrehte Badewanne aussah.

»Was in aller Welt ist das denn?«, fragte eine Frau, die Hiram gegenübersaß.

Gamay Trout und ihr Ehemann Paul begleiteten Hiram als Teil des Teams. Obgleich er nichts gegen die Gesellschaft einzuwenden hatte, fragte sich Hiram, welche Aufgaben sie während ihres Besuchs bei Hydro-Com eigentlich erfüllen sollten.

»Das ist Hangar 1«, sagte Yaeger. »Er wurde in den Dreißigerjahren für Luftschiffe wie die USS *Macon* gebaut. Jetzt wird er von der NASA benutzt.«

Gamays Interesse verflüchtigte sich augenblicklich. Sie strich sich mit den Fingern durch ihr rotweinfarbenes Haar und verrenkte sich den Hals, um an dem Bauwerk vorbeizublicken, das die Augen beleidigte. »Ein Luftschiffhangar ist nicht gerade das, was man unter einer Sehenswürdigkeit verstehen würde. Ich hatte gehofft, die Transamerica Pyramid, Nob Hill oder die Golden Gate Bridge zu sehen.«

»Das alles ist weit entfernt«, erklärte Yaeger. »Wir befinden uns hier am südlichen Ende der Bucht. Näher beim Silicon Valley.«

»Das war's dann wohl mit dem geplanten Ausflug zum Fisherman's Wharf«, sagte ihr Ehemann ein wenig enttäuscht.

Er hatte eine ganze Sitzreihe für sich allein. Seine langen Beine streckte er in den Mittelgang. Und selbst bei dieser Haltung war zu erkennen, dass der Sessel für jemanden mit seinen zwei Metern Körpergröße deutlich zu klein war.

»Dort war ich schon. Das kann ich abhaken«, meinte Gamay. »Ich interessiere mich viel mehr für Muir Woods und die alten Redwood-Riesen. Oder«, fügte sie nach kurzer Überlegung hinzu, »für einen Ausflug nach Sonoma.«

Yaeger räusperte sich. »Wir sollten uns lieber auf das konzentrieren, weshalb wir hier sind. Wir müssen damit rechnen, stundenlang Sicherheitsprotokolle durchzugehen. Allein das Firewall-System zu testen, dürfte einen halben Tag in Anspruch nehmen.«

»Für dich mag das zutreffen«, sagte Gamay. »Ich komme kaum mit meinem Laptop zurecht, ohne andauernd technische Hilfe in Anspruch nehmen zu müssen. Und Paul …«

»Ich schwöre noch immer auf einen Commodore 64«,

scherzte Paul in Erinnerung an den ersten Computer, den er je besessen hatte.

»Sehr lustig«, erwiderte Yaeger. Er wusste, dass sie nur herumflachsten. Aber wenn er ganz ehrlich war, konnte er nicht erkennen, welchen Sinn es haben sollte, dass sie ihn auf diesem Trip begleiteten. Gamay war Meeresbiologin, und Paul war Geologe und auf Tiefseetopografie und Plattentektonik spezialisiert. Gewöhnlich arbeiteten sie direkt vor Ort und unterstützten Kurt und Joe bei ihren Missionen in irgendeiner abgelegenen Region der Erde. »Was war noch mal der Grund, weshalb Rudi uns mit dir auf die Reise geschickt hat?«

»Um dir Gesellschaft zu leisten«, sagte Gamay. »Und um die Risiko-Kapitalanleger davon abzuhalten, dich abzuwerben.«

Paul konnte das nur bestätigen. »Falls jemand die Worte *Aktienanteile* oder *Berater-Zertifikate* ausspricht, sollen wir dich augenblicklich ruhigstellen und auf kürzestem Weg nach Hause transportieren.«

Yaeger musste lachen, konnte sich eines Anflugs von Stolz aber nicht erwehren. Er war so etwas wie eine Institution in der Computerwelt. Als brillanter Designer von Hardware und Software hielt er über einhundert Patente, die seinen Namen trugen. Mindestens ein Mal im Monat wurde er von dem Headhunter einer Firma im Silicon Valley angerufen, der ihn von der NUMA weglocken wollte. Er war der Meinung, dass sie mittlerweile begriffen haben müssten, dass er nicht die Absicht hatte, den Arbeitgeber zu wechseln, trotzdem versuchten sie immer wieder, ihm diesen Schritt schmackhaft zu machen.

Tatsache war, dass er keinen Grund hatte, die NUMA zu verlassen. Täglich floss Geld auf sein Konto – in Gestalt von Tantiemen, die für die Benutzung seiner Entwicklungen gezahlt wurden. Er hatte genug Geld auf der Bank, das für mindestens zehn Leben ausreichte, selbst wenn er es wie ein trunksüchtiger Seemann verprasste. Noch mehr zu verdienen hatte für ihn keinen Reiz, während die Arbeit bei der NUMA etwas für ihn bereithielt, was sich nicht mit Geld bezahlen ließ – nämlich eine ständige Herausforderung und Prüfung seiner geistigen Fähigkeiten.

»Die einzige Firma, zu der ich abwandern könnte, wäre Harley-Davidson«, sagte er. »Oder vielleicht auch ... Ben & Jerry's.«

Mit einem Mietwagen, der für sie bereitstand, ließen sie den Flughafen hinter sich und erreichten nach etwa zehn Meilen Fahrt in südlicher Richtung das Hydro-Com-Entwicklungszentrum. Aus der Ferne war an dem Gebäude nichts Besonderes zu erkennen, aber aus der Nähe betrachtet entpuppte es sich als architektonisches Meisterwerk. Die von geschwungenen Konturen beherrschte unauffällige Anlage war aus Naturstein, getöntem Glas und künstlich gerostetem Stahl erbaut worden. Ein System verschlungener Wasserläufe mit kleinen Springbrunnen an den Kreuzungspunkten wand sich durch das Gelände, und ein Wasserfall ergoss sich vom Dach des Gebäudes über seine Fassade.

Nachdem sie im Schatten einer Gruppe sorgfältig gestutzter Palo-Verde-Bäume geparkt hatten, gingen sie zum Eingang und überquerten dabei eine schmale Brücke, die sich über einen der Kanäle spannte. Von der Mitte der Brücke aus erschien die gesamte Anlage wie eine aus dem Meer auftauchende Unterwasserstadt.

»Das Ganze sieht wie Atlantis aus, mitten in Kalifornien«, sagte Gamay.

»Diese Firmen legen großen Wert auf ihr äußeres Erscheinungsbild und scheuen dabei weder Mühen noch Kosten«, meinte Yaeger ein wenig abfällig.

Sunil Pradi trat in dem Moment durch die Eingangstür heraus, um sie zu begrüßen, als Yaeger seine kritische Bemerkung machte. Daher entging sie ihm nicht.

»Tatsächlich«, sagte er, »sorgt das Wasser, das über das Dach strömt, dafür, dass die Temperatur innerhalb des Gebäudes im Sommer erträglich ist und im Winter nicht zu tief absinkt. Damit sparen wir Heizkosten und Strom für die Klimatisierung ein. Und da der dünne Wasserfilm für das Sonnenlicht kein Hindernis ist, haben wir das Dach mit Solarzellen gedeckt, die elektrischen Strom erzeugen. Außerdem werden sie durch das Wasser gekühlt, wodurch ihre Leitungsfähigkeit deutlich zunimmt. An sonnigen Tagen erzeugen wir das Doppelte an Strom, das wir verbrauchen. Und im Winter hält das Wasser die Wärme im Gebäude und die Luftfeuchtigkeit konstant.«

»Ein grünes Paradies«, sagte Gamay lächelnd.

»So könnte man es tatsächlich nennen«, meinte Pradi und nickte.

Yaegers Miene hellte sich auf. Intelligente Problemlösungen fanden stets seine Zustimmung. »Sehr clever.«

Pradi quittierte das Kompliment mit einem zufriedenen Lächeln. »Wenn Ihnen dieses Konzept gefällt, werden Sie erst staunen, wenn Sie unser Aquarium sehen.«

Sie folgten ihm ins Gebäude und passierten zwei Sicherheitskontrollen. Bei der ersten wurden sie mit Metalldetektoren abgetastet und mussten ihre Mobiltelefone und sonstigen elektronischen Geräte deponieren. Bei der zweiten Kontrolle wartete einer der Millimeterwellen-Scanner, wie sie auch auf Flughäfen eingesetzt wurden.

»Wir benutzen diesen Scanner, um zu verhindern, dass jemand Zip-Laufwerke oder andere Speichermedien ins Gebäude hinein- oder aus dem Gebäude herausschmuggelt«, erklärte Pradi.

»Und wie sieht es mit dem Schutz vor Hackern aus?«, wollte Yaeger wissen.

»Unsere sensibelsten Systeme sind durch Air Gaps geschützt.«

»Air Gaps?«, fragte Paul.

»Es bedeutet, dass sie physisch vom Internet und sämtlichen anderen Systemen getrennt sind, die Daten verarbeiten.«

»Wie unser alter Commodore 64«, scherzte Yaeger.

»Was ist mit Wi-Fi?«, fragte Gamay.

»Hier gibt es kein Wi-Fi oder irgendeine andere Verbindung zu einem mobilen Funknetz«, sagte Pradi. »Überall im Gebäude sind Störsender in Betrieb. Und das rostige Metall und das Wasser, das Sie draußen gesehen haben, bilden eine zusätzliche Barriere, sodass man das Gebäude als eine Art Faraday'schen Käfig betrachten kann. Kein elektronisches Signal kann herausdringen.«

»Wie kommunizieren Ihre Systeme miteinander?«

»Über Glasfaserkabel«, antwortete Pradi. »Also weitaus effizienter und sicherer als mittels Funkwellen.«

Hiram nickte. »Auf den ersten Blick erscheint Ihre Sicherheit ziemlich perfekt.«

Pradi verteilte hellfarbige Besucherausweise zum Anstecken. »Ich kann Ihnen versichern, dass sie es wirklich ist«, sagte er dann. »Folgen Sie mir. Ich zeige Ihnen noch mehr.«

Sie wanderten durch einen langen Flur, dessen Wände mit Industrie-Preisen und den Vergrößerungen von Magazintitelseiten gepflastert waren, auf denen Hydro-Com als der kommende Big Player der Computerindustrie gefeiert wurde. Am Ende des Flurs betraten sie eine Rolltreppe, die sie in einer Spirale abwärts trug.

»Eine witzige Variante«, sagte Paul.

»Klassische Rolltreppen sind, was ihren Platzbedarf angeht, alles andere als ökonomisch.«

Während Hiram auf der einzigen Wendelrolltreppe, die er je gesehen hatte, langsam abwärts glitt, verfestigte sich bei ihm sein anfänglicher Eindruck, dass dieses Start-up-Unternehmen offenbar keine Hemmungen hatte, für eine ansprechende Optik Millionen auszugeben. Aber diesmal behielt er seine Kritik für sich.

Gamay betrachtete ihre Umgebung mit vollkommen anderen Augen. Während ihr Blick über die Hightech-Workstations und die rundum verglasten Büros wanderte, war sie zutiefst beeindruckt. »Ich komme mir vor wie in einer elektronischen Version von Willy Wonkas Schokoladenfabrik.«

Auf der unteren Etage angekommen, gelangten sie in ein weitläufiges Labor. Techniker waren gerade damit beschäftigt, mithilfe von Lasern und anderen elektronischen Werkzeugen den Prototyp einer neuen Maschine zusammenzubauen. Am hinteren Ende des Labors ragte eine Wand aus blau getöntem Glas in die Höhe. Das Licht, das sie ausstrahlte, verlieh allem einen den Augen schmeichelnden grünen Schimmer, hervorgerufen durch die Millionen Gallonen Wasser im Becken.

Im Gegensatz zu den Test- und Forschungsbecken der NASA, die eher breit und vergleichsweise flach waren, hatte dieses Becken die Form eines hohen Zylinders, dessen Oberfläche sich fast zwanzig Meter über der Laborebene befand und der noch etwa zehn Meter in die Tiefe reichte.

Während die Aufmerksamkeit der Besucher von dem Wasserbecken wie magisch angezogen wurde, sank ein Taucher in einem Helmtaucheranzug von oben herab.

Gamay brach das kurze Schweigen. »Als Sie von einem Aquarium gesprochen haben, dachte ich, dass Sie einen großen Behälter mit exotischen Zierfischen meinten.«

»Keine Fische«, sagte Pradi. »Nur Männer und Maschinen. Dort drinnen sehen Sie ein Modell unseres gesamten Systems.«

Sie gingen näher heran und beobachteten den Taucher im Helmanzug durch die Glaswand. Er sank an ihnen vorbei in Richtung Zylinderboden, während ein Strom Luftblasen aus seinem Regulator drang und tanzend zur Wasseroberfläche aufstieg.

Zehn Meter tiefer stand ein achteckiger, ebenfalls tonnenförmiger Druckbehälter, der den Zylindern glich, die sie auf der *Canberra Swift* angetroffen hatten.

»Sehen Sie dieses K-förmige Werkzeug?«, fragte Pradi. »Damit wird das Glasfaserkabel mit dem Server verbunden. Sobald es sich in der richtigen Position befindet, erledigt es alles Weitere automatisch. Mit diesem Gerät lässt sich ein Vorgang, der bisher immer mehrere Stunden in Anspruch nahm, auf zwanzig Minuten verkürzen.«

»Warum trägt der Taucher einen Hard Suit?«, fragte Paul. »So tief ist das Wasser doch gar nicht.«

»Es handelt sich um eine Trainingsübung«, erklärte Pradi. »Unsere Leute müssen sich daran gewöhnen, sich in Hard Suits zu bewegen, weil die Server in wesentlich größerer Tiefe abgesetzt werden. Deshalb sollten sie von Anfang an diese Anzüge benutzen.«

»Werden die anderen Angestellten durch das, was hier geschieht, nicht abgelenkt?«, fragte Gamay.

»Davon kann keine Rede sein«, erwiderte Pradi nicht ohne Stolz in der Stimme. »Es ist eine absolut beruhigende Kulisse. Wir konnten sogar eine merkliche Zunahme der Produktivität und ein gesteigertes Wohlbefinden der Leute verzeichnen, seit wir den Tank mit Wasser gefüllt haben.«

Gamay beugte sich zu Hiram hinüber. »So etwas können dir Ben & Jerry's nicht bieten.«

Yaeger grinste. »Ein paar Meilen freie Strecke in den Bergen haben die gleiche Wirkung.«

Während Gamay sich lachend weiter umsah und Yaeger sich für das Labor interessierte, ging Paul ein paar Schritte näher an das Wasserbecken heran, um den Übungseinsatz des Tauchers zu verfolgen. Er warf einen Blick nach oben zu der bewegten Wasseroberfläche, deren kleine Wellen das einfallende Licht brachen und ein lebhaftes Spiel von Lichtreflexen und Schatten erzeugten, und hinunter auf den Grund des Zylinders, den der Taucher gleich erreichen würde. Er registrierte die Serverattrappe und die gewundenen Glasfaserkabel in ihrer dicken Gummiummantelung.

Der Taucher erreichte den Boden, brachte sich in Position und begann, das k-förmige Werkzeug einzusetzen, auf das Pradi sie aufmerksam gemacht hatte.

Auch wenn es ein einfacher Prozess war, wie Pradi betont hatte, hatte der Taucher offenbar Schwierigkeiten, ihn auszuführen. Nach mehreren vergeblichen Versuchen ließ er das Werkzeug fallen. Anstatt es aufzuheben, zuckte er vor und zurück und warf sich hin und her wie ein an einer Angel hängender Fisch auf dem Trockenen.

»Irgendetwas stimmt nicht«, sagte Paul.

»Was meinen Sie?«

Die anderen hatten inzwischen nicht auf den Wassertank geachtet.

»Etwas läuft dort drinnen vollkommen schief«, wiederholte Paul, als der CEO sich zu ihm umdrehte. »Ihr Taucher hat erhebliche Probleme.«

22

Pauls Worte schreckten die anderen auf. Pradi, Gamay und Hiram drängten sich vor der Glaswand, um zu verfolgen, was Paul aufgefallen war.

Paul bemerkte, wie sie neben ihn traten, ließ den Taucher jedoch nicht aus den Augen. Dieser hatte sich mittlerweile auf die Seite gelegt und zuckte jetzt so heftig, dass die Bewegungen seines Körpers die Kontrollen des Tauchanzugs störten.

Der Hydro-Com-Chef stand unter Schock. »Was passiert da mit ihm?«

»Ich tippe auf eine Art Anfall«, antwortete Paul.

Als andere Laborangestellte auf das Geschehen aufmerksam wurden, verließen sie ihre Arbeitsplätze und kamen ebenfalls zum Wasserbecken.

»Haben Sie einen Rettungstaucher?«, fragte Paul.

»Ja, natürlich«, sagte Pradi.

»Dann schicken Sie ihn ins Becken.«

Paul hatte kaum das letzte Wort ausgesprochen, als über ihnen offenbar jemand durch die Wasseroberfläche brach. Der Sicherheitstaucher, bekleidet mit einem herkömmlichen Nasstauchanzug und mit einer kleinen Pressluftflasche auf dem Rücken, hatte seine Tauchermaske aufgesetzt und sich rückwärts in den Tank fallen lassen.

Er drehte sich um und strebte mit kraftvollen Flossenschlägen zum Grund des Beckens hinab.

Währenddessen näherte sich ihnen im Laufschritt ein Mann mit strohblondem Haar. »Wir sollten Neun-eins-eins anrufen und Hilfe von draußen anfordern«, sagte er. »Heute ist kein Arzt im Hause.«

»Ja«, stimmte Pradi zu. »Natürlich. Hängen Sie sich sofort ans Telefon.«

Während sich der blonde Mann zum nächsten Telefon begab, sank der Rettungstaucher vor den Augen des aufgeschreckten Publikums in die Tiefe. Er hatte erst die Hälfte des Weges hinter sich, aber Paul schien es, als würden seine Bewegungen bereits langsamer und träger. Die kräftigen Beinschläge wurden schwächer. Und er tauchte nicht mehr senkrecht Richtung Boden, als hätte er Orientierungsprobleme.

Nicht lange, und die Beine des Tauchers bewegten sich gar nicht mehr, während die Arme nur noch kraftlos herumruderten. Dann streckte er sich und begann, ziellos im Wasser zu treiben.

»Was ist mit ihm los?«

Niemand wusste eine Antwort. »Das ist kein Unfall«, sagte Gamay.

»Wie kommen wir nach dort oben?«, fragte Paul.

»Die Treppe«, antwortete Pradi und deutete auf eine Tür links von ihnen. »Das ist der schnellste Weg.«

Paul rannte sofort los, und Gamay folgte ihm. Sie stießen die Tür auf und hasteten drei Treppenfluchten hinauf, wobei Paul immer zwei Stufen auf einmal nahm.

Als sie die Tür am oberen Ende öffneten, gelangten sie auf die Terrasse, die den Glaspool einrahmte. Dort herrschte in diesem Augenblick das vollständige Chaos. Mehrere Personen standen am Rand des gläsernen Wasserbeckens und starrten in die Tiefe. Ein Mann hatte ein Funkgerät und versuchte, mit den Tauchern über ihre Headsets zu kommunizieren. Neben ihm half ein anderer Mann dem Rettungstaucher, eine Pressluftflasche auf seinem Rücken zu befestigen.

»Nein«, warnte Paul. »Es könnte an der Füllung der Atemflaschen liegen. Möglicherweise wurden sie manipuliert.«

»Wer sind Sie?«, wollte der Taucher wissen. »Und wovon reden Sie?«

»Beide Taucher hatten keine Probleme, als sie ins Wasser gingen«, sagte Paul. »Beide hatten jedoch wenig später ein Problem. Daher vermute ich, dass es an der Atemluft liegen muss.«

Der Hilfstaucher hatte den Regulator in der Hand. Er war im Begriff, ihn zwischen seine Zähne zu schieben und probeweise einige Atemzüge zu machen. Dabei hielt er ihn in sicherer Entfernung von seinem Gesicht hoch und ließ einige Sekunden lang das Atemgemisch ausströmen. Es war farb- und geruchlos, wie man es von Sauerstoff gewöhnt war, doch am Mundstück setzte sich ein weißlicher Belag ab. Er bedeckte den Rand der Ausströmöffnung. »Was in aller Welt …«

In diesem Moment hatten sie nicht die Zeit, darüber nachzudenken, was es sein könnte, aber soweit zu erkennen war, hatte niemand das Bedürfnis, mit dieser Substanz in Berührung zu kommen.

Paul streifte seine Schuhe ab und schlüpfte aus seiner Windjacke mit dem NUMA-Emblem. Er trat an einem Bereich an den Rand des Wasserbeckens, an dem eine Art Treppenabsatz unterhalb der Wasseroberfläche zu erkennen war, wie man es bei vielen Schwimmbecken vorfand. Gamay trat neben ihn.

»Ich kümmere mich um den Mann im Hard Suit«, sagte Paul.

»Ich helfe dem Rettungstaucher«, sagte Gamay.

Ohne ein weiteres Wort angelte sich Paul einen Gewichtsgürtel von einem Gestell am Beckenrand und hechtete ins Wasser. Mit schnellen, kräftigen Beinschlägen tauchte er zum Grund des gläsernen Pools hinab.

Die maximale Tiefe des Wassertanks betrug knapp dreißig Meter, und Paul spürte jeden einzelnen Meter in Gestalt des zunehmenden Wasserdrucks in seinen Ohren. Er musste zweimal den Druck ausgleichen und danach noch ein weiteres Mal, aber er musste es vorsichtig tun, weil er jede Unze Sauerstoff brauchte, die seine Lungen fassten.

Da er jahrelang einen Großteil seiner Freizeit mit Schnorcheln und Sporttauchen ausgefüllt hatte, war sich Paul genau darüber bewusst, wie schnell der Wasserdruck beim Tauchen zunahm und was er tun musste, wenn er den Grund des Wasserbeckens erreichte. Sein einziger Fehler bestand darin, dass er es versäumt hatte, sich auch eine Tauchermaske zu verschaffen. Dass er aufgrund seiner ungeschützten Augen seine Umgebung nur leicht verschwommen wahrnehmen konnte, erschwerte die Rettungsaktion beträchtlich.

Den Taucher im Hard Suit fand er schnell, obgleich sich der Mann in seinem beigefarbenen Tauchanzug farblich kaum vom Boden des Glaszylinders unterschied, bis Paul sich ihm fast bis auf Tuchfühlung genähert hatte. Das Problem war nur, die Kontrollen für den Auftriebsausgleich auf Anhieb zu finden.

Paul ließ den Gewichtsgürtel fallen, der ihm geholfen hatte, schnell in die Tiefe zu tauchen, und suchte jetzt Halt am Anzug des reglosen Tauchers. Ihn anzuheben war relativ einfach, aber mit ihm im Schlepptau bis zur Wasseroberfläche aufzusteigen, wäre so gut wie unmöglich. Da sein Anzug auf negativen Aufstieg justiert war, hätte Paul das Gefühl, eine Fünfzig-Pfund-Gewichtheberstange auf den Schultern zu tragen, wenn er mit ihm aufzutauchen versuchte.

Heftig blinzelnd – in der Hoffnung, seine Sehfähigkeit zu verbessern – erkannte Paul drei mit Symbolen versehene Erhebungen auf der Brustplatte des Hard Suits. Er tastete sie ab und fand einen Ventilregler, den er nach rechts drehte. Daraufhin presste Druckluft das Ballastwasser aus dem Auftriebsausgleichtank des Anzugs.

Innerhalb von Sekunden war der Tank geleert, und es stiegen einige Luftblasen auf, ehe sich das Ventil schloss. Augenblicklich begann der Anzug aufzusteigen. Paul ergriff einen Arm des Mannes und stieß sich mit beiden Beinen vom Grund des Wassertanks ab.

Er und der Mann schwebten aufwärts, aber nicht schnell genug, wie ihn der wachsende Druck in seiner Brust warnte. So kräftig er es vermochte, paddelte Paul mit den Beinen, doch der Erfolg hielt sich in Grenzen.

Plötzlich erschien neben ihm ein anderer Taucher. Es war der Hilfstaucher, den er rechtzeitig davon abgehalten hatte, die kontaminierte Pressluft einzuatmen. Er war ebenso wie Paul sofort ins Wasserbecken gesprungen. Er bekam den anderen Arm seines offenbar bewusstlosen Arbeitskollegen zu fassen und half Paul, ihn an die Wasseroberfläche zu transportieren.

Gamay hatte sich nur wenige Sekunden nach Paul in den Zylinderpool gestürzt und war zur Mitte des Beckens hinabgetaucht, wo der reguläre Rettungstaucher im Wasser trieb. Was vor ihr lag, erschien bedeutend einfacher, weil dieser Taucher nicht allzu tief vorgedrungen war, aber als sie ihn erreichte, begann er sich zu regen und wand und krümmte sich in offenbar heftigen Krämpfen.

Sie schlang die Arme um seinen Oberkörper, doch er schüttelte sie ab, wobei sich seine Muskeln unkontrolliert verkrampften und wieder entspannten. Sie wiederholte ihren Versuch, ihn zu fixieren, bekam einen Ellbogenstoß in die Rippen, schaffte es jedoch diesmal, ihren Griff nicht zu lockern.

Ebenso wie Paul sorgte sie sofort dafür, dass sich sein Auftriebskompensator mit Pressluft füllte. Mit kräftigen rhythmischen Beinschlägen stieg sie mit ihm im Schlepptau zur Wasseroberfläche auf, durchbrach sie und füllte ihre Lungen mit einem tiefen Atemzug frischer Luft.

Sie drehte sich auf den Rücken und zog den Taucher nach klassischer Rettungsschwimmermanier zum Beckenrand. Dann gelangte sie mit ihm zu dem abgestuften Bereich, wo bereits zwei Angehörige des Hydro-Com-Personals bereitstanden und ihn aus dem Wasser zogen. Sie streckten ihn auf dem Pooldeck aus, während ihnen eine weibliche Angestellte zu Hilfe kam und den Taucher von seiner Maske befreite.

»Nehmen Sie ihm den Regulator aus dem Mund«, sagte Gamay und kletterte aus dem Pool.

»Ich kann nicht«, erwiderte die Frau. »Er beißt die Zähne zu fest zusammen.«

Gamay konnte sich vage daran erinnern, dass Krämpfe dieser Art häufig zersplitterte Zähne zur Folge hatten oder der Betroffene sich Stücke von seiner Zunge abbiss, wenn die Kiefermuskeln sich verhärteten.

»Massieren Sie seinen Unterkiefer und seine Halsseite«, sagte sie. »Versuchen Sie, seine Muskeln zu lockern.«

Sie befolgte ihre Anweisungen, und tatsächlich entspannten sich die Kaumuskeln des Bewusstlosen allmählich. Die Frau entfernte den Regulator und beugte sich vor, um den Taucher von Mund zu Mund zu beatmen.

»Lassen Sie das lieber«, sagte Gamay. »Sie könnten sich etwas von dem einfangen, was ihn vergiftet und in diesen Zustand versetzt hat.«

Die Frau wich zurück und legte ein Ohr auf seine Brust. »Alles okay«, stellte sie fest, »er atmet noch.«

In diesem Moment erschien Paul mit dem Hard Suit an der Wasseroberfläche. Er schnappte keuchend nach Luft und hatte einen Hustenanfall, während er seine gesamten Kraftreserven einsetzte, um den Taucher in seinem klobigen Anzug zum Beckenrand zu schieben. Selbst mit der Hilfe des anderen Tauchers war der Hard Suit samt Inhalt zu schwer und zu sperrig, um auf den vom Wasser überspülten Treppenabsatz des Pooldecks gewuchtet zu werden.

Normalerweise wurde er bei seinen Einsätzen mittels einer Winde ins Wasser abgelassen oder aufs Trockene geholt, aber der Mann musste schnellstens aus dem Wasserbecken gezogen werden, und das war in diesem Moment allein mit roher Kraft möglich.

Mit schnellen Schritten überquerte Gamay das Pooldeck und umklammerte einen der Traggriffe auf der Anzugschulter, lehnte sich zurück und hob sich beinahe einen Bruch, während Paul und der andere Taucher sich von unten gegen die Last stemmten. Gamay gab wirklich ihr Bestes, aber der Tauchanzug war einfach zu schwer, um ihn auf diese Weise aufs Trockene zu schaffen.

Sie wollte ihre Bemühungen schon abbrechen, als eine andere Gestalt auf dem Pooldeck erschien. Es war der blonde Mann, der empfohlen hatte, Neun-eins-eins anzurufen.

»Ich helfe Ihnen«, sagte er und bemächtigte sich des anderen Tragegriffs. »Bereit?«

Gamay nickte. Sie zogen gemeinsam, während Paul und der andere Taucher schoben. Die vereinten Bemühungen reichten aus. Der Anzug tauchte aus dem Wasser auf und rutschte über den Treppenabsatz auf den Rand des Pooldecks. Dort blieb er auf dem Rücken liegen, umspült von fünfundzwanzig Zentimeter hohem Poolwasser.

Der blonde Mann sank auf die Knie und löste die Klammern, die die untere Anzughälfte mit der oberen verbanden. Als die letzte Klammer aufgeschnappt war, teilte sich der Anzug. Die obere Hälfte wurde abgezogen.

Reglos lag der Taucher auf dem Pooldeck, die Augen geschlossen, das Gesicht starr und totenbleich.

»Helfen Sie mir, ihn vollständig aus dem Anzug herauszuziehen«, sagte der blonde Mann.

Gamay griff unter eine Schulter und hob den Oberkörper des Tauchers an. Gemeinsam mit dem blonden Mann hievte sie ihn aus dem Wasser und bettete ihn behutsam auf das Deck. Sein Körper war schlaff, und sein Kopf rollte haltlos zur Seite wie der einer Lumpenpuppe.

»Er braucht Sauerstoff«, empfahl Gamay. »Haben Sie außer der Tauchstation noch eine andere – separate – Quelle?«

»Unsere Erste-Hilfe-Station verfügt über einen kleinen Vorrat an medizinischem Sauerstoff«, rief jemand.

»Dann her damit. Schnell!«

Zwei kleine grüne Flaschen wurden gebracht. Das Ventil jeder Flasche war mit einem bedruckten Kunststoffstreifen versiegelt.

»An denen hat sich niemand zu schaffen gemacht«, sagte einer der Umstehenden.

Gamay konnte es nur hoffen. Beide Männer wurden mit einer Sauerstoffdusche versorgt, aber keiner von ihnen erwachte aus seiner Bewusstlosigkeit.

Mittlerweile hatte sich die Hälfte der Hydro-Com-Belegschaft auf dem Pooldeck versammelt. Sogar Pradi und Hiram Yaeger waren zu sehen. Sie standen auf einer Aussichtsplattform oberhalb des Wassertanks.

Während die Behandlung der beiden Taucher fortgesetzt wurde, zog sich Gamay zurück. Die Rettungsaktion war abgeschlossen. Von diesem Moment an hing das Leben der Männer von der Schnelligkeit und der Wirksamkeit der weiteren medizinischen Maßnahmen ab. Der Klang der Sirene eines Krankenwagens, der auf den Firmenparkplatz einbog, drang von draußen herein.

Gamay fand Paul, der sich an den Rand des Gedränges zurückgezogen hatte. Jemand reichte ihnen Badetücher, mit denen sie sich die Gesichter abtrockneten, um sie anschließend um die Schultern zu drapieren.

»So viel zu unserer kleinen Besichtigungstour ins Silicon Valley«, sagte Gamay und schmiegte sich an ihren Mann. »So wie es aussieht, wurden wir trotz allem doch noch gebraucht.«

Paul nickte, aber seine Miene war ernst und besorgt, von Stolz keine Spur. »Das war kein Unfall«, sagte er. »Wir sollten lieber wachsam sein und mit allem rechnen.«

23

Hiram Yaeger fand es bewundernswert, mit welcher Konsequenz Gamay und Paul die Initiative ergriffen und ihre Rettungsaktion gestartet hatten. Es lag schon einige Zeit zurück, seit er an einem Einsatz an vorderster Front teilgenommen hatte, und ihm war nahezu vollständig entfallen, wie schnell ungewöhnliche Situationen entstehen und sich verändern konnten. Und wie spontan und mit wie wenigen Informationen ein aktiver Agent im Einsatz reagieren musste, wenn es darum ging, innerhalb von Sekundenbruchteilen schicksalhafte Entscheidungen treffen zu müssen. Dies alles war weit von seiner Welt zeitaufwendiger Analysen und Datenaufbereitung in der NUMA-Zentrale entfernt. Neben dem CEO von Hydro-Com stehend und den Fortgang der Rettungsaktion verfolgend, war er sich beinahe nutzlos vorgekommen.

Sunil Pradi erging es noch schlimmer. Er war zutiefst entsetzt. »Ich kann kaum fassen, was sich da vor meinen Augen abspielt«, sagte er. »So etwas ist hier noch nie passiert. Wir haben doch ausgeklügelte Sicherheitsprotokolle. Erfahrene Taucher. Und die beste technische Ausrüstung.«

Yaeger war versucht, ihm zu versichern, dass alles wieder ins Lot käme, aber genau das war in diesem Augenblick nicht eindeutig abzusehen, und er bezweifelte stark, dass es so enden würde. Die beiden Taucher waren noch immer ohne Bewusstsein, als die Sanitäter mit zwei fahrbaren Krankenbahren erschienen. »Jemand hat den Sauerstoff manipuliert oder irgendein Nervengas in die Tauchmasken einströmen lassen. Sie müssen umgehend das FBI benachrichtigen.«

»Das FBI?« Pradi schüttelte den Kopf. »Nein, nein, nein. Ich fürchte, das ist unmöglich. Diese Art von Publicity können wir uns auf keinen Fall leisten.«

»Sie haben keine Wahl«, machte Yaeger ihm klar. »Dies ist ein Tatort. Hier wurde ein Verbrechen verübt. Diese beiden Männer können sterben.«

Ehe der CEO etwas erwidern konnte, signalisierte ein Fahrstuhl in der Nähe seine Ankunft mit einem elektronischen Glockenton. Die Türen der Kabine öffneten sich, und eine Frau mit kurzem schwarzem Haar und Brille trat heraus. Sie hatte ein Schreibbrett mit einer ausgedruckten Liste in den Händen und einen Bleistift hinter einem Ohr.

Sie kam auf sie zu und sah sich verwundert um. »Was ist passiert?«

Wo immer sie bis zu diesem Moment gewesen war, es musste ein Ort innerhalb des Gebäudes gewesen sein, der keine Sicht auf den Glastank gestattete.

»Ein schrecklicher Unfall«, sagte Pradi und versuchte, an seiner ersten Erklärung des Vorfalls festzuhalten.

Yaeger verzichtete darauf, ihn zu korrigieren. Oben auf dem Pooldeck untersuchten die Sanitäter die verletzten Männer und notierten die gemessenen Funktionswerte. Gleichzeitig wurden sie mit weiterem Sauerstoff versorgt.

»Ich sollte später noch einmal wiederkommen«, sagte Frau. »Dies ist wohl kein besonders günstiger Moment.«

»Nein, nein«, beeilte sich Pradi zu versichern. Er war

offenbar dankbar, dass lediglich eine routinemäßige Entscheidung von ihm verlangt wurde. »Was brauchen Sie von mir?«

»Ich habe mir in Vorbereitung auf Mr. Yaegers Besuch die Sicherheitsprotokolle angesehen.« Sie deutete mit einem Kopfnicken auf Hiram, den sie offensichtlich sofort als den Gesuchten erkannte. »Und ich sage es nur ungern, aber etwas Seltsames ist aufgetaucht.«

Pradi seufzte tief. »Hiram, dies ist Sabrina Lang. Meine Sicherheitschefin. Ich hatte gehofft, Sie beide würden sich unter etwas anderen Umständen kennenlernen.«

Yaeger schüttelte ihr die Hand. »Angenehm, Ms. Lang.«

»Die Leute hier kennen mich nur als Bree«, sagte sie.

»Zeigen Sie uns, was Sie gefunden haben«, bat Pradi. »Und erzählen Sie nicht, dass sich jemand den Quellcode verschafft hat.«

»Nein«, sagte sie und ging zur nächsten Workstation hinüber. »Nichts in dieser Richtung. Aus der Firma ist nichts rausgegangen. Aber ich bin im System auf etwas gestoßen, das eigentlich nicht dort sein dürfte.«

Sie legte das Schreibbrett mit dem bedruckten Blatt Papier auf einen Tisch neben dem Computer. Auf der linken Seite des Blattes waren zahlreiche Zeilen in winziger Druckschrift zu erkennen. Die rechte Blatthälfte wurde von einem kreisrunden Fließdiagramm eingenommen.

»Dies hier ist das Firewall-Protokoll«, sagte sie, nahm den Bleistift von ihrem Ohr und umkreiste damit einen Bereich des ausgedruckten Textes. »Und dies«, fuhr sie fort und markierte eine zweite Zeilengruppe, »ist der Initiator für das, was wir das Anti-Abschöpf-Modul nennen.«

Hiram verstand sie auf Anhieb. »Die Firewall verhindert, dass jemand in das System eindringt. Dieses Anti-

Abschöpf-Modul verhindert hingegen, dass Daten hinausgesandt oder von einem Computer auf einen anderen kopiert werden.«

»Und das sogar innerhalb des Gebäudes«, fügte sie erklärend hinzu.

»Und was geschieht, wenn Daten transferiert werden müssen?«, fragte Hiram. »Weil, zum Beispiel, zwei verschiedene Abteilungen am selben Projekt arbeiten.«

Sie schob ihre Brille zurecht. »Dann wendet sich das Anti-Abschöpf-Modul an den Master-Computer und führt eine doppelte Überprüfung sämtlicher Zugriffsgenehmigungen durch. Danach gestattet es den Transfer, aber nur dann, wenn der Zugriff bereits vorab zugelassen worden war. Sämtliche Transaktionen dieser Art werden in der Master-Kontrolleinheit aufgezeichnet.«

Hiram nickte. Er hatte solche Konstruktionen schon früher kennengelernt, wenn auch nicht mit einem intern geschützten air-gapped System. Es war absolut beeindruckend.

»So, und wo ist das Problem?«, fragte Pradi.

»Hier«, sagte Sabrina Lang und umkreiste einen weiteren Abschnitt des Codes.

Hiram wusste, dass die ausgedruckten Zeilen nur die ersten Code-Gruppen für jedes Programm darstellten, zu dem Millionen weiterer Zeilen gehörten.

»Diese Gruppe hat die gesamte Prozedur verändert«, erklärte sie. »Sämtliche internen Genehmigungsanfragen wurden zu einem neuen, unbenannten Modul gesendet, ehe sie zum Anti-Abschöpfungs-Modul weitergeleitet wurden. Und ich kann mir keinen Reim darauf machen, was es ist und woher es kommt.«

»Stört es das System?«, fragte Pradi. »Kopiert es Daten?«

»Nein«, antwortete Lang. »Bei jedem Test, den ich durchgeführt habe, schickte es die Daten zum Anti-Abschöpfungs-Modul weiter und gestattete dem System, die erhaltenen Befehle auszuführen.«

»Lassen Sie mich mal einen Blick auf den Code werfen«, bat Hiram. »Auf den gesamten Code.«

Sie gingen zu einer weiteren Workstation in der Nähe, in die Sabrina sich einloggte, um eine Darstellung des wirksamen Codes aufzurufen.

»Darf ich?«, fragte Hiram.

Die Sicherheitschefin von Hydro-Com machte ihm Platz und überließ ihm das Keyboard. Während er die Daten studierte, durchsuchte er die Befehlszeilen. Nach ein oder zwei Minuten tippte er eine Anfrage ein und befahl dem Computer die Ausführung einer bestimmten Operation. Das Ergebnis war ein neues Befehlsfenster auf dem Bildschirm.

»Dies hier habe ich schon früher gesehen«, stellte Hiram fest. »Es handelt sich um eine sehr fortschrittliche Backup-Technik. Sie erzeugt innerhalb Ihres Systems einen virtuellen Computer, ohne die normalen Operationen auf irgendeine Weise zu beeinflussen. Sobald dieses Programm aktiviert wird, verändert es äußerst subtil die Arbeitsweise Ihres Computers. Es imitiert die Genehmigungen und Kommandos des Master-Computers, indem es die Zugriffsanfragen abarbeitet und Genehmigungen erteilt, ehe die Anfrage beim Anti-Abschöpfungs-Modul ankommt.«

Pradi erstarrte ... »Können Sie mir verraten, wann dieses Modul im System aufgetaucht ist.«

»Nein, das lässt sich nicht feststellen«, erwiderte Sabrina. »Wer immer es installiert hat, hat seine Spuren nahezu perfekt verwischt. Es kann seit Wochen – wenn nicht gar

Monaten – vorhanden gewesen sein und geschlafen haben, bis der Hacker, der es eingepflanzt hat, sich entschloss, etwas zu stehlen.«

»Indem er Genehmigungen fälschte?«

»Nein, indem er früher erteilte Genehmigungen kopierte«, erklärte Hiram. »Aber weil der Master-Computer die Anfragen gar nicht registriert und die zugehörigen Daten nicht verarbeitet, gibt es keinerlei Hinweise auf den Transfer. Es ist genauso, als würde eine Bank überfallen werden, wobei aber nur das Geld geraubt würde, dessen Einzahlung niemals registriert wurde.«

»Genau das ist es, was ich immer befürchtet habe«, sagte Sabrina.

Pradi biss die Zähne zusammen. »Dies ist wirklich ein schlimmer Tag«, sagte er. »Können Sie feststellen, was angefragt wurde?«

Lang schüttelte den Kopf.

»Ich denke, die Antwort auf diese Frage ist naheliegend«, sagte Hiram. »Es müsste der Quellcode für Ihre Servereinheiten sein.«

»Vielleicht ist noch nicht alles verloren«, sagte Sabrina. »Selbst wenn die Genehmigungen gefälscht waren, konnte der Code nur intern transferiert werden – von einem Computer in diesem Gebäude auf einen anderen, der sich ebenfalls in diesem Gebäude befindet. Jemand müsste ihn physisch hinausschmuggeln. Und die Scanner würden jeden Datenträger aufspüren, ehe er aus dem Gebäude hinaustransportiert wird.«

»Wird denn jeder Angestellte gescannt?«, fragte Hiram.

»Sogar ich und Ms. Lang«, antwortete Pradi. »Ohne Ausnahme.«

»Ein Zip-Laufwerk könnte verschluckt werden«, äußerte

Hiram eine Möglichkeit. »Dies könnte ein Weg nach draußen sein.«

»Diese Möglichkeit haben wir getestet«, antwortete Pradi. »Die Millimeterwellen-Scanner spüren jeden silikon- oder metallhaltigen Gegenstand auf, selbst wenn er in irgendeiner Körperhöhlung versteckt ist. Hinzu kommt, dass der Quellcode auf kein Zip-Laufwerk kopiert werden kann. Es ist ein riesiges Programm, Milliarden Codezeilen. Es würde nicht einmal auf zehn Zips passen. Man bräuchte etwas Größeres. Mindestens ein mehrere Terabyte fassendes Festplattenlaufwerk. Und so eins kann niemand verschlucken.«

Das reduzierte die Anzahl der Möglichkeiten drastisch. »Wie viele Festplatten haben Sie im Haus?«

»Zweihundertdreiundneunzig«, antwortete Sabrina auf Anhieb.

»Vielleicht sollten Sie den Bestand einmal kontrollieren«, sagte Hiram. »Ich nehme an, Sie werden feststellen, dass ein Laufwerk fehlt.«

Die Miene der Sicherheitsexpertin verhärtete sich. Sie tippte auf dem Keyboard einen neuen Suchbefehl. Nach und nach erschienen die Antworten der einzelnen Abteilungen auf dem Bildschirm. Der Statusbalken füllte sich schnell.

Bis auf eine einzige wurden alle Festplatten als vorhanden und einsatzbereit gemeldet.

»Und wo steht dieser Rechner?«

»Im dritten Kellergeschoss«, sagte Sabrina. »Unten in der Testabteilung.«

»Schicken Sie den Sicherheitsdienst dorthin«, befahl Pradi. »Die gesamte Abteilung soll abgeriegelt werden.«

»Die Mühe können Sie sich sparen«, sagte Hiram. »Es

wird niemand aus dem Testzentrum sein. Wer immer Sie gehackt hat, dürfte klug genug sein, nicht seine eigene Maschine zu benutzen. Es muss jemand anders sein. Jemand mit Zugang zum gesamten Netzwerk. Und jemand mit einem festen Plan, die Platte außer Haus zu bringen.«

Hirams Gedanken rasten, während der CEO protestierte. »Das gesamte Gebäude ist sowohl für Insider wie Outsider abgeschottet.«

»Was ist mit den Notausgängen?«

»Die sind ebenfalls gesichert«, sagte Sabrina. »Sie lassen sich nur dann öffnen, wenn ein Alarm ausgelöst wurde. Außerdem werden sie von Kameras überwacht. Niemand kann sie benutzen, ohne direkt gesehen oder von einer Kamera aufgenommen zu werden.«

»Ich vermute, dass die Fenster ebenfalls verriegelt wurden«, sagte Hiram.

»Und zwar doppelt«, sagte Pradi. »Sie sind kugelsicher und an das Alarmsystem angeschlossen. Sie lassen sich nicht öffnen und sind praktisch unzerstörbar.«

Es erschien unmöglich, eine Festplatte aus dem Gebäude zu schmuggeln. Es gab keine Möglichkeit, etwas Derartiges unbemerkt zu bewerkstelligen. Es sei denn …

Die Antwort traf Yaeger wie ein Blitzschlag. Er blickte zum Pooldeck hinüber. Die Sanitäter waren verschwunden. Er sah in die andere Richtung. Sie eilten im Laufschritt zum Ausgang und schoben die beiden Krankenbahren mit den verletzten Tauchern vor sich her. In wenigen Sekunden hätten sie die Tür hinter sich und befänden sich auf der Brücke, die zum Parkplatz führte. Und es war nicht damit zu rechnen, dass sie auf dem Weg dorthin abgetastet oder gescannt wurden.

»Hallo, warten Sie!«, rief Hiram.

Die Sanitäter ignorierten ihn jedoch und eilten die Rampe zur Eingangstür hinunter.

Hiram wandte sich an Pradi. »Befehlen Sie Ihrem Sicherheitsdienst, die Sanitäter aufzuhalten.«

»Warum?«

»Weil die Festplatte auf einer der Bahren versteckt wurde.«

24

Während Pradi auf seinem Telefon die Nummer des Empfangs wählte, rannte Hiram über den Laufgang und die Rampe hinunter und erreichte einen Punkt, von wo aus er die Sicherheitsschleuse am Firmeneingang sehen konnte.

Die beiden Wachmänner waren hinter ihren Kontrollpulten hervorgetreten und versperrten den Weg. Die Sanitäter drosselten ihr Tempo kaum merkbar.

»Gentlemen«, rief Hiram zu ihnen hinunter, »in welches Krankenhaus bringen Sie diese Männer?«

Der führende Sanitäter wandte sich um und fasste Hiram ins Auge. »Wie bitte? Was meinen Sie?«

»In welches Hospital fahren Sie?«, wiederholte Hiram seine Frage. »Zu welcher Notaufnahme?«

Der Mann reagierte mit einem spöttischen Lächeln und sah für einen kurzen Moment aus, als ob er die Absicht habe, die Frage zu beantworten, doch dann griff er unter seine Jacke, zog eine 9-mm-Pistole hervor und feuerte mehrmals in Yaegers Richtung.

Yaeger tauchte seitlich weg und warf sich zu Boden, während die Kugeln gegen das Geländer prasselten. Er landete in einem Regen winziger Glassplitter auf dem Deck.

Tief unter ihm tobte eine Schlacht zwischen den Wachmännern und den falschen Sanitätern. Die Wachmänner befanden sich angesichts des Marmorpodiums zwischen ihnen und den Sanitätern in einer besseren Position, konnten jedoch nicht ungehindert schießen, ohne das Risiko einzugehen, die Männer auf den Krankenbahren oder jemand anderen innerhalb des Gebäudes mit einer Kugel zu treffen.

Während jeder der Anwesenden schnellstens in Deckung ging, rannten Paul und Gamay zu Hiram hinüber und kauerten sich neben ihm nieder.

»Gut gemacht«, sagte Gamay und schüttelte sich ein paar Glassplitter aus dem Haar. »Sie hatten es fast schon durch die Tür nach draußen geschafft.«

»Wahrscheinlich rennen sie in diesem Moment wie der Wind«, sagte Hiram und erhob sich. »Wir müssen uns beeilen, nach unten zu kommen. Wir haben den Ausflug hierher schließlich nicht unternommen, um zuzulassen, dass uns der Quellcode vor den Nasen weggeschnappt wird.«

Er startete durch und sprintete die Rampe zum Eingang hinunter.

»Was ist in ihn gefahren?«, fragte Gamay entgeistert.

»Ich tippe auf Abenteuerlust«, sagte Paul, während er sich erhob. »Komm schon. Wir können nicht zulassen, dass er allein hinter diesen Kerlen herjagt.«

Hiram hatte einen großen Vorsprung vor ihnen herausgeholt und näherte sich dem unteren Ende der Rampe, als der Schusslärm wieder anschwoll und sich schnell zu einem wahren Gewittersturm steigerte.

Um nicht in ein Kreuzfeuer zu geraten, hielt Hiram schließlich an und suchte hinter einem Stützpfeiler Deckung. Paul und Gamay schlossen zu ihm auf und drängten sich neben ihn.

»So habe ich mir immer die Schießerei im O.K. Corral vorgestellt«, sagte Paul.

Die Sanitäter hatten den Ausgang hinter sich gebracht und sich mit den Wachmännern ein heißes Duell geliefert, wobei sie die Bahren – und die verletzten Männer, die auf ihnen lagen – als Schutzschilde benutzten. Sie stürmten zwischen den Metalldetektoren und Scannern durch und deckten – während sie es passierten – das Podium mit einem dichten Bleihagel ein.

Die Wachmänner waren gezwungen, sich zu ducken und in Deckung zu bleiben. Als sie wieder hochkamen, hatten die Sanitäter das Firmengebäude verlassen und befanden sich bereits auf der Brücke, die zum Parkplatz führte.

Hiram, Paul und Gamay rannten weiter zur Sicherheitsschleuse am Empfang. Beide Wachmänner hatten sich Pistolentreffer eingefangen. Der eine war an der rechten Schulter erwischt worden, den anderen hatte eine Kugel im Unterschenkel getroffen. Er saß auf dem Boden und presste eine Hand auf die Wunde, aber er konnte den Blutstrom nicht stoppen.

Hiram reichte dem nicht so schwer verwundeten Mann sein Telefon. »Bestellen Sie lieber einen Krankenwagen hierher«, riet er ihm, ehe er fragte: »Darf ich mir Ihre Pistole ausleihen?«

Der Wachmann zögerte kurz, reichte ihm jedoch die Waffe. Hiram überprüfte, ob sie gesichert war, und entfernte sich dann im Laufschritt zum Ausgang.

Die freitragende Brücke hatte in der Mitte einen höchsten Punkt. Yaeger erreichte ihn und entdeckte die falschen Sanitäter, die am anderen Ende der Brücke im Begriff waren, in den Krankenwagen einzusteigen. Einer von ihnen rannte um den Wagen herum zur Fahrertür, während der andere den hinteren Einstieg benutzte und die Türflügel hinter sich ins Schloss zog.

Da er sich darüber im Klaren war, dass er den Krankenwagen niemals einholen könnte, nahm Hiram Schießhaltung ein, zielte und feuerte.

Was immer er getroffen haben mochte, das Fahrzeug war nicht zu stoppen. Der Motor heulte auf, die Reifen drehten quietschend durch, und der Wagen startete in einer blauen Abgaswolke. Die fahrbaren Krankenbahren wurden wie nutzloses Gerümpel zurückgelassen, aber nur noch eine war mit einem Patienten belegt.

Hiram ließ die Pistole herabsinken und steuerte auf den Mietwagen zu. Er hatte die Schlüssel in der Hand, ehe er vor der Wagentür stand, betätigte den Entriegelungsknopf und öffnete gleichzeitig die Kofferraumhaube.

Er schwang sich in den Fahrersitz und hörte, wie hinter ihm der Kofferraum zugeklappt wurde. Paul und Gamay hatten ihn wieder eingeholt. »Du hast doch nicht angenommen, wir würden zulassen, dass du deine Lone-Ranger-Nummer allein durchziehst, oder?«

Während Paul sich auf die Rückbank faltete, gab Hiram seine Pistole an Gamay weiter. »Nimm sie«, sagte er. »Du bist diejenige, die am besten schießt. Ich fahre. Du versuchst, die Kerle von der Straße zu holen.«

»Oder«, erklang Pauls Stimme hinter ihnen, »wir folgen ihnen und alarmieren die Polizei, sobald wir wissen, wohin sie fahren.«

Hiram legte den Rückwärtsgang ein, setzte zurück, schaltete auf Vorwärtsfahrt und rammte den Fuß aufs Gaspedal. »Das erscheint mir um einiges logischer«, gab er zu. »Ist nicht ganz einfach, einen klaren Gedanken zu fassen, wenn einem das Herz wie wild bis in den Hals klopft.«

Den Wagen mit Vollgas über den Parkplatz prügelnd, erwischte Hiram die Ausfahrt und nahm die Straße unter die

Räder, auf die der Krankenwagen vor ihnen eingeschwenkt war. Auf der leeren Privatstraße, die das Hydro-Com-Gelände säumte, beschleunigten sie. Als sie ihr Höchsttempo erreichten, hatte der Krankenwagen eine halbe Meile Vorsprung und zog eine Staubwolke hinter sich her.

Nach kurzer Fahrt gelangten sie zu einer Kreuzung mit der Staatsschnellstraße.

»Er biegt nach Osten auf die Route 257 ab«, sagte Gamay. »Die führt landeinwärts in die Berge und zu den Redwoods.«

»Vielleicht kriegst du sie trotz allem noch zu sehen«, sagte Hiram.

»Auf dieser Straße gibt es nicht viele Ausfahrten«, sagte Paul. »Die Polizei sollte keine Probleme haben, eine Straßensperre einzurichten oder ein paar von diesen Nagelstreifen zu verteilen.«

»Es gibt nur ein Problem«, sagte Gamay, während sie zum dritten oder vierten Mal ihre Taschen durchsuchte. »Unsere Mobiltelefone liegen sicher aufgehoben in einem Schrank bei Hydro-Com.«

Hiram blickte in den Rückspiegel, erst zu Paul, dann sah er Gamay an. »Ich schätze, damit sind wir auf uns allein gestellt.«

Mit dem Fuß wie festgenagelt auf dem Gaspedal, lenkte Hiram den fast noch fabrikneuen Ford mit halsbrecherischer Geschwindigkeit. Der Krankenwagen befand sich weiterhin direkt vor ihnen, allerdings schrumpfte sein Vorsprung langsam, aber stetig. Die Straße stieg leicht an, und sie trafen auf leichten Touristenverkehr. Dies hätte für den kleineren Wagen ein Vorteil sein können, aber wer auch immer den Krankenwagen lenkte, hatte die brillante Idee, Blaulicht und Sirene einzuschalten.

Die Fahrzeuge auf der Straße machten bereitwillig Platz und überließen dem dahinrasenden Krankenwagen die Vorfahrt. Zu allem Übel kehrten sie jedoch sofort wieder in die Mitte der Fahrbahn zurück, ehe Yaeger und die Trouts sie überholen konnten.

»Das ist unfair«, schimpfte Yaeger, während er sich an einem weiteren langsameren Wagen vorbeischlängelte.

Er hielt die Hand auf dem Hupknopf und schaltete das Fernlicht ein und aus, um anderen Fahrern den Eindruck zu vermitteln, dass sich ihnen ein weiteres Rettungsfahrzeug näherte. Bis zu einem gewissen Grad erzielten sie mit dieser Taktik auch die gewünschte Wirkung, aber wie die wütenden Gesten der anderen Verkehrsteilnehmer deutlich erkennen ließen, machten sie sich damit keine Freunde. Einmal drängten sie sogar einen Pick-up beinahe von der Straße ab.

Während sich Yaeger auf die Strecke vor ihnen konzentrierte, legte Gamay ihren Sicherheitsgurt an. Da Yaeger keine Gelegenheit hatte, ihrem Beispiel zu folgen, interpretierte er ihre Aktion als eindringliche Warnung, um jeden Preis einen Unfall zu vermeiden.

Bei dem nächsten geraden und weitgehend verkehrsfreien Straßenabschnitt hatte der Ford Gelegenheit, verlorenen Boden gutzumachen.

»Ist euch aufgefallen, dass sie beide Krankenbahren zurückgelassen haben, aber nur noch eine belegt war?«, fragte Gamay.

»Ich hab's bemerkt«, sagte Paul. »Wen haben sie zurückgelassen?«

»Den Jungen, den ich gerettet habe – den Hilfstaucher.«

»Ich glaube, eine Geisel ist genauso gut wie zwei«, sagte Hiram.

»Oder er ist gar keine Geisel«, sagte Gamay. »Der Mann, den ich aus dem Wasser gezogen habe, war steif wie ein Brett und vollkommen verkrampft. Sein Unterkiefer musste massiert werden, damit man ihm den Regulator aus dem Mund nehmen konnte. Aber der Mann, den Paul vom Grund des Beckens heraufholte, war ganz schlaff, als wir ihn aus seinem Tauchanzug herausgeschält haben. Dabei ist mir gleich seltsam vorgekommen, dass sich ihre Symptome so krass voneinander unterschieden haben.«

Paul grinste. »Gute Arbeit, Sherlock Trout. Meinst du, dass der Mann im Hard Suit an dem Diebstahl beteiligt war?«

»Es war die einfachste Art, das Gebäude verlassen zu können, ohne lästige Fragen beantworten zu müssen.«

»Dies würde auch noch etwas anderes erklären«, fügte Yaeger hinzu. »Als ich über die Brücke gerannt bin, hatte er die Bahre bereits verlassen und saß im Krankenwagen. Dabei waren sie nur wenige Sekunden lang nicht zu sehen. Mir scheint, es hätte eigentlich ein wenig länger dauern müssen, einen erwachsenen Mann in den Krankenwagen zu verfrachten, ohne die Bahre zu benutzen.«

Er wich dem nächsten Wagen aus, und vor ihnen lag ein kurvenreicher Straßenabschnitt, der außerdem noch deutlich steiler wurde. Der Ford machte bei jeder Spitzkehre weiteren Boden gut. Als sie sich jedoch dem Scheitelpunkt der Brücke näherten, wurden die Hecktüren des Krankenwagens aufgestoßen, und der Schütze, ein Mann in der Uniform eines Sanitäters, erschien und eröffnete das Feuer.

Hiram machte einen Schlenker, aber mehrere Kugeln bohrten sich in die Kühlerhaube, und zwei Projektile sprengten kleine Krater in die Windschutzscheibe.

Gamay kurbelte ihr Seitenfenster herunter und versuchte

sich an der nahezu unmöglichen Aufgabe, einen präzise gezielten Schuss auf das Fahrzeug vor ihnen abzufeuern.

»Im Kino funktioniert das auch nie«, meinte Paul von der Rückbank.

Vor ihnen erschien eine Straßenbiegung, und der Krankenwagen nutzte die gesamte Fahrbahnbreite, um die Rechtskurve zu bewältigen. Als sich der Straßenverlauf wieder begradigte, schloss der schießfreudige Sanitäter die Hecktür des Krankenwagens. Ob als Folge auf Gamays Schussversuche oder um bei der rasenden Fahrt nicht aus dem Wagen herausgeschleudert zu werden, war nicht eindeutig zu erkennen. Zumindest wurden sie nun nicht weiter unter Beschuss genommen.

Hiram trat wieder aufs Gaspedal. Eine lang gestreckte Biegung ging in eine weitere scharfe Rechtskurve über, die zu einem schmalen Tal zwischen den Bergen führte. »Achtung, scharfe Kurve voraus«, warnte er. »Ich glaube, ich kann jeden Augenblick sein Heck erwischen. Paul, du solltest dich lieber anschnallen.«

Der Krankenwagenfahrer gab sich alle Mühe, die ansteigende Rechtskurve zu meistern, aber der große Wagen war zu schwer, um sie mit vollem Tempo zu bewältigen. Seine Bremslichter leuchteten auf, und er beschrieb ein zweites Mal einen weiten Bogen.

Blitzartig setzte sich Hiram neben ihn und nahm ihn aufs Korn. Die Nase des Fords touchierte das Heck des Krankenwagens und kickte es zur Seite. Der Krankenwagen bekam heftig Schlagseite, und eine Qualmwolke stieg von den Hinterrädern auf, als sie abbrachen.

Das Fahrzeug rutschte auf die erhöhte Straßenseite rüber, und für einen Moment sah es so aus, als würde es mit den Felsen dahinter Bekanntschaft machen, doch dann griffen die Reifen wieder. Der Wagen querte die Fahrbahn in einem Winkel von fünfundvierzig Grad, flog über das Bankett hinweg und sackte in den schmalen Graben, der neben der Straße verlief.

Er vollführte mehrere Hüpfer, fällte zwei junge Kiefern und mähte einige Büsche nieder, ehe er auf dem Grund des Grabens aufschlug. Etwa fünfzehn Meter unterhalb der Straße kam er auf der Seite liegend zur Ruhe. Dampf quoll unter der Kühlerhaube hervor, und eins der Vorderräder drehte sich noch einige Sekunden lang.

Hiram brachte den Ford zum Stehen, und Paul und Gamay verließen eilends und wortlos ihre Plätze.

Hiram wollte ihnen folgen, musste jedoch feststellen, dass seine Hände das Lenkrad mit eisernem Griff festhielten, den zu lösen ihm sekundenlang nicht gelingen wollte.

Nachdem er die Luft für Stunden – wie es ihm vorkam – angehalten hatte, atmete er langsam aus. Vorsichtig löste er eine Hand vom Lenkrad und schob den Fahrthebel in Park-Position. Dann, um auf Nummer sicher zu gehen, aktivierte er die Handbremse, unterbrach die Zündung und zog den Schlüssel ab.

Hiram spürte, wie sein Herz gegen die Rippen hämmerte, hörte das Blut in seinen Ohren rauschen und kam zu dem richtigen Schluss, dass Adrenalin zu den Substanzen gehörte, mit denen nicht zu spaßen war.

Paul und Gamay hatten auf der anderen Straßenseite den Graben erreicht. Sie rutschten auf dem lockeren Erdreich die Böschung hinab.

Als sie um den gestrandeten Krankenwagen herumgingen, stellten sie fest, dass einer der falschen Sanitäter herausgeschleudert und gegen einen Baum geschmettert worden war. Paul ging neben ihm auf ein Knie hinunter und untersuchte ihn auf eine Waffe und seinen Pulsschlag. Er fand keins von beidem.

Von dem Toten ablassend, nahm Paul das Autowrack ins Visier. Er sah über die Türschwelle in die Fahrerkabine. Ein Blick reichte aus. Er wandte sich zu Gamay um und schüttelte den Kopf.

Gamay nickte. Zwei weniger, fehlte noch einer.

Die Pistole schussbereit in der Hand, tastete sie sich zum Heck des Krankenwagens. Das Geräusch einer Bewegung ließ sie innehalten. Während sie die Waffe hochhielt und an die Brust presste, ging sie in die Hocke und warf einen Blick ins Wagenheck.

Der Hard-Suit-Taucher, den Paul aus dem Wassertank gerettet hatte, lag auf der seitlichen Innenwand des Krankenwagens. Teile der Inneneinrichtung waren auf ihn herabgestürzt und drückten ihn fest gegen die Wand. Die letzten Energiereste zusammenraffend, die ihm noch geblieben waren, streckte er eine Hand nach der Pistole aus, die er bei dem Salto des Wagens verloren hatte.

Gamay beugte sich vor und brachte sie rechtzeitig an sich. »So viel zu Ihrem bühnenreifen Schwächeanfall. Ich hoffe, es hat sich für Sie gelohnt.«

»Sie verdienen Milliarden und speisen uns mit Almosen ab«, sagte er. »Selbst mit einem sechsstelligen Einkommen kann man sich hier draußen höchstens ein Einzimmerapartment leisten.«

»Also wollten Sie sich revanchieren und hatten vor, den Quellcode zu stehlen und später zu verkaufen«, meinte Gamay.

Ein Hustenanfall schüttelte ihn durch. Blutiger Schaum trat auf seine Lippen. Lange würde er nicht mehr durchhalten. »Glauben Sie, das ist *meine* Idee gewesen? Ich bin nur ein Taucher.« Sein Blick wurde glasig, während er redete. Sein Kopf sank nach hinten, und er starrte an ihr vorbei. »Ich muss Ihnen sagen«, flüsterte er, »Sie haben … den falschen … Mann …«

Bei Hydro-Com waren die ersten echten Helfer schließlich eingetroffen. Und trotz seines vorher geäußerten Protests hatte sich Sunil Pradi mit seiner Rechtsabteilung in Verbindung gesetzt und angewiesen, das FBI zu benachrichtigen. In der Zwischenzeit war er daran interessiert, alles an Beweisen zu sammeln, was er finden konnte. Deshalb beriet er sich mit Sabrina Lang.

»Können Sie mir die Maschine zeigen, deren Festplatte vermisst wird?«, fragte er. »Wir müssen sie irgendwo deponieren, bis die FBI-Techniker sie unter die Lupe nehmen können.«

»Natürlich«, sagte die Sicherheitsexpertin. »Ich denke, das ist das Klügste, was wir im Augenblick tun können.«

Sie durchquerten den Raum und fuhren mit dem Lift in die unterste Etage des Gebäudes. Mithilfe einer Schlüsselkarte gelangten sie in die gesicherte Testabteilung. Pradi schaltete die Beleuchtung ein. Zu seinem nicht gelinden Schreck musste er feststellen, dass sich in dem zuvor noch dunklen Raum jemand aufhielt.

»Was haben Sie hier zu suchen?«, fragte Sabrina.

Der Mann mit den blonden Haaren druckste verwirrt herum. »Ich, hm …«

Während der Mann nach einer Antwort suchte, begann Pradi die wahren Zusammenhänge zu ahnen. »Sie haben doch den Krankenwagen gerufen«, sagte er. »Sie sind an dieser Geschichte beteiligt.«

Der Mann war sichtlich enttäuscht. »Ich wünschte, Sie

hätten sich nicht daran erinnert.« Er zückte eine kleine, spielzeugähnliche Pistole und richtete sie auf den Firmenchef.

Sabrina Lang machte einen Schritt in Richtung Tür.

»Lassen Sie das«, befahl der Blonde. »Mag sein, dass diese Waffe aus einem 3-D-Drucker stammt, aber die Kugeln, mit denen sie geladen ist, sind echt und tödlich.«

Die Frau blieb stehen.

Pradi geriet in Rage. »Wie können Sie es wagen!«, schäumte er. »Wie sind Sie überhaupt hier hereingekommen?«

Der blonde Mann reagierte, indem er zweimal abdrückte und Pradis Brust traf. Der CEO von Hydro-Com brach zusammen.

Sandra wollte ihrem Chef zu Hilfe eilen und machte zwei Schritte. Der Schütze feuerte abermals und erwischte sie knapp oberhalb der Taille. Sie stürzte zu Boden und presste beide Hände auf den Leib.

Ohne Eile ging der Mann zu einer Workstation im hinteren Teil des Raums. Er öffnete das Gehäuse des Towercomputers und entnahm die Festplatte. Er verstaute sie in einem silbern glänzenden Antistatik-Beutel, den er zweimal mit Klebeband umwickelte.

»Ich bin mir ziemlich sicher, dass meinen Freunden die Flucht nicht gelungen ist«, sagte er zu dem sterbenden Firmenchef. »Das nenne ich Pech. Aber Sie kennen ja sicher die wichtigste Regel für den Umgang mit Computern. Vergiss niemals, ein Back-up zu erstellen.«

Er hielt die zweite Festplatte hoch, auf der er den Quellcode gespeichert hatte.

Pradi umklammerte den Fußknöchel des Mannes, aber dieser riss sich los und schoss Pradi mit der letzten Kugel in seiner kleinen Pistole ins Herz. Der CEO sackte zurück und rührte sich nicht mehr.

Der blonde Mann bückte sich und nahm dem CEO und seiner Sicherheitschefin die Namensschilder ab, die sie an Bändern um den Hals trugen. Er verstaute sie in einer Tasche, während er zum Ausgang schlenderte, das Licht löschte und den Raum verließ.

Mit dem Fahrstuhl fuhr er zum Dach hinauf, wo er den silbernen Beutel mit einer wasserdichten – schwarzen – Hülle versah.

Er warf das Päckchen in den seichten Dachpool und beobachtete, wie es von der Strömung zum Wasserfall über der Gebäudefassade getragen wurde. In der hereinbrechenden Nacht wäre das schwarze Päckchen in dem dunklen Wasser unsichtbar.

Er holte die Namensschilder hervor, zerbrach sie und warf sie ebenfalls in den Pool, wo sie auf den Boden hinabsanken und dort liegen blieben.

Während alles wie geplant ablief, kehrte der blonde Mann ins Gebäude zurück. Da die Polizei seine Aussage bereits aufgenommen hatte, durfte er das Gebäude verlassen. Er spazierte zum Ausgang, ließ sich von Metalldetektor und Millimeterwellen-Scanner abtasten und überprüfen.

Nachdem sich die Eingangstür hinter ihm geschlossen hatte, überquerte er die Brücke zum Parkplatz und folgte dem Fußgängerweg, der neben dem Kanal verlief. Er erreichte den Punkt, an dem das Wasser durch eine Abflussöffnung ins Gebäude zurückgeleitet wurde. Der schwarze Beutel war im Sperrgitter hängen geblieben. Dort drehte er sich wie ein Kreisel im Wasserstrudel.

Mit einer schnellen Bewegung fischte der Mann das

schwarze Päckchen auf, klemmte es sich unter den Arm und ging zu seinem Wagen.

Da er ihnen ihre Namensschilder abgenommen hatte, würde es länger als zwei Stunden dauern, ehe man Sunil Pradi und Sabrina Lang fände. Bis dahin wäre Pradi längst gestorben, und Lang läge im Koma, während der Blonde sich an Bord eines Privatjets befände, sich ein Glas Champagner einschenkte und nach Hongkong unterwegs wäre.

25

TAIWAN R.O.C.

Die schlechte Nachricht erreichte Kurt und Joe, als die *Sapphire* in Taipeh vor Anker ging.

»Jemand hat sich den Quellcode von Hydro-Com verschafft«, sagte Kurt, während er den Bericht las. »Dabei ist der Firmenchef getötet worden. Es sieht so aus, als wäre es ein Insiderjob gewesen.«

»Was ist mit Hiram und den Trouts?«

»Sind okay«, sagte Kurt. »Während es geschah, hatten sie sich nicht im Gebäude befunden und jemand anderen verfolgt.«

Joe nickte. »Offenbar wird es allmählich gefährlich. Wir sollten lieber auf alles vorbereitet sein.«

Kurt ließ sich diesen Rat sekundenlang durch den Kopf gehen. Dann nickte er und legte den Bericht beiseite. »Hungrig?«

»Ich könnte etwas Essbares vertragen«, sagte Joe. »Was kannst du anbieten?«

Kurt erhob sich und griff nach einer Baseballmütze. »Wir müssen uns mit einem CIA-Informanten treffen, der uns helfen will. Er hat vorgeschlagen, dass wir auf einem der Nachtmärkte in der Stadt mit ihm Verbindung aufnehmen. Soweit ich mich erinnern kann, findet man dort die köstlichsten Speisen auf der Insel.«

»Gutes Essen, geheime Treffen im Schutz der Dunkelheit, von Menschen wimmelnde Straßen«, sagte Joe. »Da bin ich immer dabei. Lass uns gehen.«

Ohne Winterburn, Stratton und die anderen Mannschaftsmitglieder der *Sapphire* über ihre Aktivitäten ins Bild zu setzen, begaben sich Kurt und Joe in eins der zahlreichen Vergnügungsviertel von Taipeh, das mit pulsierendem Leben erfüllt war. Menschen drängten sich in den Straßen, begleitet von lauter Musik aus Tanzlokalen und umweht von den appetitlichen Aromen der unzähligen exotischen Spezialitäten, die an Dutzenden von offenen Verkaufsständen und in ebenso zahlreichen kleinen Imbisslokalen für die hungrige Kundschaft zubereitet wurden.

Große kugelförmige Lampions hingen über den belebten Straßen, in denen Boutiquen mit gleißend hellen Neonzeichen in Rot, Blau und Grün auf ihr reichhaltiges Angebot an trendiger Mode aller namhaften Hersteller der Welt und deren billige Kopien aufmerksam machten.

»Nicht übel«, meinte Joe, der sich in diesem Getümmel sichtlich wohlfühlte. »Wie Times Square und Mardi Gras am selben Ort.«

»Die hiesigen Nachtmärkte sind beliebte Anziehungspunkte«, erklärte Kurt. »Dieser hier lockt die meisten Touristen an, sodass wir nicht wie ein Paar Aussätzige auffallen.«

Auch wenn Kurt versprochen hatte, die vielfältigen Essgelegenheiten zu nutzen, stand das Treffen mit ihrer Kontaktperson, einem Mann namens Steven Wu, an erster Stelle auf ihrer Tagesordnung. Sie fanden ihn vor einem Laden, der Uhren von Hublot und Zuckerwatte im Angebot hatte, ein Produktmix, wie er kaum seltsamer hätte sein können.

Man begrüßte sich, Codeworte wurden gewechselt.

Kurt stellte die auf der Hand liegende erste Frage. »Können wir hier ungefährdet reden?«

»Ich denke schon«, antwortete Wu. »Wenn wir gehen und uns unterhalten, wird uns bei dem herrschenden Betrieb niemand belauschen können.«

»Und wenn wir gehen, reden und etwas essen?«, warf Joe ein.

»Klar«, meinte Wu. »Allerdings rate ich den Leuten gewöhnlich davon ab, die Nachtmärkte hungrig zu besuchen. Am Ende können Sie nicht widerstehen und versuchen, von allem zu kosten.«

»Genau das war mein Plan«, sagte Joe grinsend.

Während seines Dienstes bei der Navy hatte Kurt mehrere Monate in Taiwan verbracht und war im Zuge seiner Tätigkeit für die NUMA in den nachfolgenden Jahren mehrmals dorthin zurückgekehrt. Für ihn war Taipeh einer der aufregendsten Orte auf dem Planeten. Vor Energie strotzend, als ob jeder, der dort lebte, vom Leben so viel mitnehmen wollte, wie es nur irgend möglich war. Angesichts der ständig drohenden Gefahr eines chinesischen Einmarsches und einer gewaltsamen Beendigung der Party konnte er es den Menschen nicht verdenken.

»Was haben Sie über diese Aktion gehört?«, wollte Kurt von dem Mann wissen.

»Sie werden es kaum glauben«, sagte Wu, »aber von Geheimhaltung kann bei dieser Geschichte keine Rede sein. Tatsächlich werden Sie am Ende wahrscheinlich Vertreter mehrerer Nationen antreffen, die sich mit erheblich fragwürdigeren Interessenten einen heißen Bieterkampf liefern. Ganz zu schweigen von der finanziellen Hilfe einiger Banken, denen jegliche Skrupel fremd sind, mit wem sie ihre Geschäfte machen.«

»Wie schafft es ein Verein wie CIPHER, eine solche Nummer durchzuziehen?«

»Indem sie ein raffiniertes Täuschungsmanöver inszenieren«, sagte Wu. »Offiziell geht es um den Verkauf eines afrikanischen Bergbauunternehmens, das mitsamt aller technischen Einrichtungen den Besitzer wechseln soll.«

Netter Trick, dachte Kurt. »Wird die Transaktion auf diese Weise einfacher oder schwieriger?«

»Beides. Auf jeden Fall belebt es die Konkurrenz. Und man braucht keine Angst zu haben, sich in irgendwelchen finsteren Kellern mit Gaunern herumschlagen zu müssen. Sie werden während der Show gediegenen Luxus genießen können.«

»Wirklich? Wo?«

Wu drehte sich halb um. »Dort oben.«

Er deutete die Straße hinunter, auf Taipei 101, das höchste Bauwerk in Taiwan und eines der höchsten der Welt. Wie ein Neonmonolith zeichnete es sich gegen den schwarzen Nachthimmel ab.

Kurt studierte den Wolkenkratzer und sagte zu Joe: »Ein Lichtblick, könnte man sagen.«

Dann wandte er sich wieder an Wu. »Erzählen Sie uns mehr über CIPHER. Wie ist es zu deren Beteiligung an dieser Geschichte gekommen, und mit welchen Sicherheitsmaßnahmen müssen wir rechnen?«

»Da gibt es nicht viel zu erzählen«, entgegnete Wu. »Sie sind auf diesem Gebiet noch neu und agieren vollkommen anders. Betrachten Sie den Verein als eine Art Amöbe, eine Bande von Hackern ohne Hierarchie oder fest gefügte Struktur. Eher wie ein fünfköpfiges Monster und weniger wie ein einzelnes Wesen.«

»Wie ist das zu verstehen? Wie funktioniert es?«

»Es gibt keinen richtigen Boss, sondern wir haben es mit einer eher lockeren Gruppe von Interessenten zu tun, die unter sich abstimmen, welches Projekt sie vorantreiben und von welchem sie lieber die Finger lassen. Abgesehen von der jeweiligen Finanzierung arbeiten die fünf Gruppierungen unabhängig voneinander. Daher ist es schwierig, dort eine Lücke zu finden, durch die man sich hineinschmuggeln kann. Und genau deshalb haben sie sich mit kleineren Projekten zufriedengegeben.«

»Bis jetzt«, sagte Joe.

»Bis jetzt«, bestätigte Wu.

»Gibt es irgendeine Erklärung, weshalb sie sich plötzlich an eine derart große Hausnummer wagen?«

Wu zuckte die Achseln. »Es ist ein wenig schwierig, die wahren Gründe aus den Teeblättern herauszulesen, aber soweit wir in Erfahrung bringen konnten, ist es zwischen einem der CIPHER-Chefs, einem Mann namens Degra, und einer Gruppe auf dem Festland, die von einem britischen Expat namens Emmerson angeführt wird, zum Streit gekommen.«

»Emmerson ist uns bekannt«, sagte Kurt. »Mit ihm sollte man sich lieber nicht anlegen.«

»Was kann ich Ihnen dann Neues verraten?«, fragte Wu. »Ehrgeiz lässt sich nicht bremsen. Genauso wenig wie Boxer, die um jeden Preis in die nächste Gewichtsklasse aufsteigen wollen.«

»Nur sind die Konsequenzen in diesem Fall um einiges schlimmer als ein Knock-out«, meinte Kurt.

Wu nickte zustimmend. »Degra scheint sich dessen bewusst zu sein. Er hat seine Truppe aufgerüstet und zusätzliche Infanterie engagiert. Sie werden einige von denen bei der Auktion antreffen. Ein weiterer Joker, mit dem man rechnen muss. Diese Typen hat er von der Straße aufgelesen, es sind nicht gerade die berechenbarsten Zeitgenossen. Falls irgendetwas aus dem Ruder laufen sollte, werden sie sofort und ohne Zögern sämtliche im Raum Anwesenden unter Beschuss nehmen und ihre Opfer sicher nicht sorgfältig auswählen.«

Kurt speicherte diese Information. Alles in allem waren ihm echte Profis als Gegner grundsätzlich lieber als schießwütige Irre. Die Aktionen Ersterer waren eher einzuschätzen. »Ich denke, es ist sicher nicht das Klügste, sich in so etwas hineinzuwagen, aber genau das ist es, was wir beabsichtigen.«

Joe verzog das Gesicht. »Erinnere mich bei Gelegenheit daran, meine Lebensversicherung aufzustocken.«

Kurt lachte, dann fasste er Wu wieder ins Auge. »Wird Degra die Auktion leiten?«

»Das wird er«, sagte Wu. »Ich habe Ihnen ein Link zu ein paar Fotos geschickt. Aber Sie sollten ihn bereits an der weißen Strähne in seinem schwarzen Haar erkennen. Wenn der Plan aufgehen soll, müssen Sie direkt mit ihm reden und in Erfahrung bringen, was und wie er denkt. Aber was auch immer Sie tun, versuchen Sie bloß nicht, ihm die Hand zu schütteln. Er ist ein eingefleischter Hygienefanatiker und hat eine panische Angst, sich einen Krankheitserreger einzufangen.«

»Gut zu wissen«, sagte Kurt. »Nun, angenommen, ich wecke sein Interesse, was ist der Plan?«

Wu holte einen Gegenstand aus der Tasche, der wie ein altmodisches Klapptelefon aussah, in Wirklichkeit aber eine tragbare Festplatte mit extremem Fassungsvermögen war. »Damit diese Server in Gang gesetzt werden können, braucht Degra den Quellcode. Dieses Gerät enthält eine

Probe, die seine Techniker überprüfen können. Geben Sie es ihm, damit seine Leute den Inhalt untersuchen.«

Kurt betrachtete das handtellergroße Gerät. »Lassen Sie mich raten – auf dieser Festplatte befindet sich nicht nur der Quellcode.«

»Korrekt«, sagte Wu. »Sie enthält außerdem ein Programm, das unter dem Namen ›Tunnelwurm‹ bekannt ist. Dabei handelt es sich um einen Hochleistungstrojaner beziehungsweise -virus. Während Degras Techniker den Quellcode analysieren, lädt sich der Wurm selbstständig auf ihr System herunter und springt von Computer zu Computer, immer auf der Suche nach Informationen über die Server, Bankkonten oder alles andere, was wir gegen ihn verwenden können.«

»Diese Leute sind doch versierte Hacker«, gab Kurt zu bedenken. »Meinen Sie nicht, dass sie auf etwas wie dies hier warten und darauf vorbereitet sind?«

»Aber sie werden nichts finden«, erklärte Wu. »Ganz gleich, womit sie suchen, sie werden den Trojaner niemals aufspüren.«

Kurt war noch nicht überzeugt.

»Glauben Sie mir«, sagte Wu. »Ich habe einen Master-Grad in Programmieren, und ich habe fünf Jahre lang Hacker gejagt und konnte den Trojaner nicht lokalisieren, ganz gleich, welche meiner Hilfsmittel ich eingesetzt habe. Ich weiß nicht, woher dieser Trojaner kommt – ob er von Aliens eingeschleppt oder von irgendeinem sechzehnjährigen PC-Freak in Pasadena entwickelt wurde –, aber es gibt keine zehn Leute auf der ganzen Welt, die ihn aufspüren können, und keiner von ihnen hat irgendetwas mit CIPHER zu tun.«

Ob das nun wahr oder falsch war, es blieb alles, was sie

aus Wu herausbekommen konnten. Kurt steckte die Festplatte in die Tasche und blickte noch einmal zu dem Wolkenkratzer in der Ferne hinüber. Die Seitenflächen von Taipei 101 leuchteten blassblau, während die Turmspitze wie eine orangefarbene Neonnadel erstrahlte. Ihr Lichtschein illuminierte die niedrigen Wolken und die Nebelschwaden, die von der See landeinwärts trieben.

Kurt sah Wu fragend an. »Und wenn sie cleverer sind, als Sie annehmen, und längst über den Quellcode verfügen, was dann?«

Wus Miene verdüsterte sich. »Es gibt nicht viel, das wir tun können, um Ihnen zu helfen. Es existiert eine Möglichkeit, nach oben zu kommen, und dann sind da zwei Wege nach unten. Aber wenn Sie den Fahrstuhl nicht benutzen können, stehen wir vor einem Riesenproblem.«

26

TAIPEI 101

Gegen Mitternacht betraten Kurt und Joe die Lobby von Taipei 101. Nach Vorlage ihrer persönlichen Einladungen durchquerten sie das in den unteren Etagen residierende Einkaufszentrum und schlugen die Richtung zu den Fahrstühlen ein.

Dort wurden sie von zwei Wachmännern in Uniform erwartet, die zum Gebäudepersonal gehörten, und außerdem von einem Mann in einem olivfarbenen glänzenden Anzug, der offenbar den Sicherheitsdienst von CIPHER leitete. Zwei identisch gekleidete Bedienstete hielten sich in seiner Nähe bereit.

Das Trio überprüfte ihre Empfehlungsschreiben und geleitete sie zu einem der Fahrstühle, dessen Kabine Joe und Kurt aber allein betraten. Er setzte sich sofort in Bewegung und stieg mit zunehmender Geschwindigkeit in die Höhe.

»Offensichtlich der Expresslift«, stellte Joe fest. »Es knackt ständig in meinen Ohren.«

Kurt bestätigte mit einem Kopfnicken, dass es ihm genauso erging. »Konntest du erkennen, ob diese Typen bewaffnet waren?«

»Meinst du die in den Seidenanzügen?«, fragte Joe. »Die Beulen, die von den Pistolen unter ihren Jacketts stammten, waren doch deutlich zu erkennen.«

Kurt hatte sich so etwas schon gedacht, aber Joe hatte sie besser im Blick gehabt. »Offenbar hält CIPHER es für nötig, nicht nur den Ballsaal, sondern auch das Parterre zu sichern. Ich weiß nicht, ob das ein gutes oder ein schlechtes Zeichen ist.«

Nach dreißig Sekunden wurde die Kabine langsamer und hielt schließlich ohne einen spürbaren Ruck an. Die Türen öffneten sich zu einem weitläufigen Foyer mit weißem Marmorfußboden und ebensolchen Wänden. Orchideen in Tonbehältern verliehen dem Raum einige dekorative Farbtupfer.

Kurt trat aus der Fahrstuhlkabine. Zu seiner Rechten hatte sich ein Paar breitschultriger Männer vor einem rechteckigen, mit einem Tuch aus rotem Samt bedeckten Tisch aufgebaut. Ein zweiter Kontrollposten. Weniger geschniegelt gekleidet als die Männer im Parterre. Aber genauso schwer bewaffnet.

Hinter ihnen stand ein faltbarer Paravent, verziert mit chinesischen Ornamenten. Und dahinter gruppierten sich einige zerbrechliche Glasskulpturen eines berühmten taiwanesischen Künstlers.

Ehe sie ihren Weg fortsetzen konnten, erhielten Kurt und Joe elektronische Armbänder, deren Oberfläche so matt glänzte wie der Touchscreen eines Laptops. »Treten Sie ein und tippen Sie auf das Armband. Ihr persönlicher Assistent wird Sie über das weitere Prozedere ins Bild setzen.«

Kurt nickte, ging um den Paravent herum und trat in den Ballsaal. Auch wenn seine Miene keinerlei Reaktion zeigte, fand er den Ballsaal beeindruckend. Er nahm fast die gesamte Grundfläche des dreiundneunzigsten Stockwerks ein und bot auf drei von vier Seiten einen atemberaubenden Blick auf die Straße zu Füßen des Wolkenkratzers. Eine kleine Catering-Station blockierte die Aussicht auf der vierten Seite.

Ein Leuchter aus farbigen gläsernen Blumenblüten hing über der Tanzfläche. Andere Lampen verströmten gedämpftes Licht und verhalfen dem Raum zu einem allgegenwärtigen violetten Schimmer. Auf der anderen Seite des Leuchters wurde die Tanzfläche von einer Art nur leicht erhöhter Bühne begrenzt. Anstelle einer Band oder eines DJ-Cockpits war die Bühne mit mehreren überdimensionalen Videoschirmen besetzt, von denen einige breiter als zweieinhalb Meter waren.

Bilder von riesigen Erdbewegungsmaschinen füllten die Bildschirme: Planierraupen, Löffelbagger und Kipplaster, neben denen sich normale Reisebusse wie Kinderspielzeuge ausgenommen hätten. Sie wechselten sich mit Fotos von mit Goldbarren gefüllten Stahlkammern und von lachenden Arbeitern mit Schutzhelmen auf den Köpfen und zerschlissener Arbeitskleidung ab. Anschließend folgten ganze Serien von Diagrammen und Leistungskurven, die über die offenbar fantastischen Profite der verschiedenen Bereiche der Goldmine informierten.

»Diese Leute ziehen die Bergwerksnummer tatsächlich bis zum Ende durch«, stellte Kurt Austin fest.

Joe zuckte die Achseln. »Vielleicht bekommt der Käufer der Computer als Bonus noch ein Bergwerk dazu.«

»Ich frage mich, was die NUMA mit einer Goldmine anfangen sollte«, meinte Kurt mit einem Grinsen, ehe er wieder ernst wurde und das Thema wechselte. »Hast du mal durchgezählt?«

»Siebzig bis achtzig«, sagte Joe, nachdem er sich einen schnellen Überblick über die Anzahl der Leute verschafft hatte, die im Ballsaal herumschlenderten. »Ich schätze, das sind jeweils zur Hälfte Angehörige von CIPHER und Kaufinteressenten. Dabei habe ich das Personal hinter den Bars und mit den Getränketabletts auf der Tanzfläche gar nicht mitgezählt.«

Kurt grinste. »Dabei sind sie die wichtigsten Leute im Saal.«

»Und gleichzeitig diejenigen, bei denen man am wenigsten damit rechnen muss, dass sie Probleme machen werden«, sagte Joe.

Sie steuerten auf eine der gut bestückten Bars zu. »Sehen wir uns mal an, wen der Gastgeber als Betreuer für uns ausgesucht hat.«

Kurt tippte auf das gewölbte Display des Armbands. Es hellte sich grün leuchtend auf. Sekunden später erschien neben ihnen ein spindeldürrer Mann. Er sprach Englisch mit leichtem Akzent. »Ich heiße Chen«, stellte er sich vor. »Wie kann ich Ihnen behilflich sein?«

Ihre Tarnung war bewusst vage gehalten, aber intensivere Nachforschungen würden auf enge Verbindungen zu einer in Kalifornien ansässigen Firma hinweisen, die zu den heftigsten Konkurrenten der Hydro-Com gehörte. Jahrelange Rechtsstreitigkeiten prägten diese feindselige Beziehung. Hässliche Pressemeldungen mit bösartigen Anschuldigungen verliehen dem angeblichen Wirtschaftskrieg zusätzliche Farbe. Die Gerichtsprozesse und die Rivalität waren ausgiebig belegt. Aber wenn der Plan funktionieren sollte, müssten Degra und CIPHER die Details selbst in Erfahrung bringen und ihre eigenen Schlüsse ziehen.

»Eins nach dem anderen«, sagte Kurt. »Zuerst einmal brauchen wir etwas Stärkeres als Champagner.« Er ließ den

Blick über die Flaschen wandern, die vor der Rückwand der Bar aufgereiht waren, und hielt nach dem richtigen Getränk Ausschau. »Eine Flasche von dem Speyside Sherry Cask Single Malt dürfte fürs Erste ausreichen.«

Chen reagierte verunsichert. »Die ganze Flasche?«

»Was immer er sich wünscht«, sagte Kurt und deutete auf Joe.

»Mineralwasser, eisgekühlt«, sagte Joe. »Still, ohne Kohlensäure.«

»Anschließend«, fügte Kurt hinzu, »wäre es nett, wenn Sie uns unsere Kabine zeigen. Wir würden gern unser erstes Gebot platzieren.«

Chen wandte sich an den Barkeeper, schnippte mit den Fingern und deutete auf die Flasche 130 Proof Speyside Single Malt. Sie wurde auf ein Tablett gestellt, dazu zwei Kristallgläser und zwei Karaffen, eine mit Wasser, die andere mit Eiswürfeln gefüllt.

»Bitte folgen Sie mir«, sagte Chen.

Er geleitete sie durch den Saal zu einer Kabine, deren Fenster nach Norden hinausgingen. Halbrunde Sofas, abschirmende Paravents und gazeartige indigoblaue Deckenvorhänge schufen eine intime Atmosphäre.

Kurt setzte sich auf die eine Seite der Kabine, Joe auf die andere. Chen stellte das Tablett zwischen ihnen auf den Tisch. »Denken Sie daran, die erste Runde Gebote beginnt in zehn Minuten.«

Kurt nickte, und Chen verließ die Kabine.

»Das ist eine Eintausend-Dollar-Flasche Whisky«, sagte Joe.

»Zu schade, dass wir nicht allzu viel davon trinken werden«, sagte Kurt und schenkte sich ein Glas bis dicht unter den Rand voll.

»Ich denke, deine Definition von *viel* solltest du vielleicht noch einmal überdenken.«

Kurt rührte das Glas nicht an und stellte eine flackernde Kerze neben die Flasche. Der karamellfarbene Schimmer des Lichts, das durch den Whisky drang, verlieh der Stimmung eine zusätzliche, geradezu heimelige Qualität. »Hier drin ist es dunkler als in einem Steakhaus in Manhattan.«

»Ausgesprochen gemütlich und privat«, pflichtete Joe ihm bei.

Kurt schüttelte den Kopf und deutete auf die Armbänder. Er holte das Tablet hervor, das sie mitgebracht hatten, und aktivierte ein Störprogramm, das die CIA darauf installiert hatte. Das Programm spürte Wi-Fi und andere Funksignale im Nahbereich auf. Dazu gehörten auch Signale von den Bands und einer Hängelampe über dem Tisch.

Sobald diese Signale lokalisiert waren, begann der Computer, sie zu stören. Ein zweites Programm benutzte den Lautsprecher des Tablets, um einen Summton in einem Wellenbereich zu erzeugen, der für ein menschliches Ohr kaum wahrnehmbar war, gleichzeitig jedoch verhinderte, dass möglicherweise versteckte Mikrofone ihre Stimme aufzeichneten.

Als Kurt sich umblickte, zweifelte er nicht daran, dass das chinesische und das russische Kontingent das Gleiche taten. Es gehörte zu diesem Spiel.

Nachdem er die Vorbereitungen abgeschlossen hatte, loggte sich Kurt ins Offshore-Konto der CIA ein und verlinkte es mit dem Treuhandkonto, das CIPHER für diese Auktion eingerichtet hatte.

Während er sich darauf vorbereitete, ihr erstes Gebot abzugeben, lehnte sich Joe entspannt zurück und sah sich um. Die meisten Teilnehmer an der Auktion zogen sich in andere Kabinen zurück, die den Saal säumten. Von einem offiziellen Zeremonienmeister war nichts zu sehen. »Was meinst du, werden wir diesen Degra persönlich kennenlernen?«

»Nicht so früh«, antwortete Kurt. »Ich bezweifle, dass er sich zeigen wird, ehe sich bei den Interessenten die Spreu vom Weizen getrennt hat.«

Von dort, wo er saß, konnte Kurt die großen Bildschirme im vorderen Teil des Raums sehen. Die Digitalfotos waren verschwunden, und eine Digitaluhr, die die Sekunden zum ersten Bieten herunterzählte, füllte an ihrer Stelle den Bildschirm.

Ein Auktionator betrat die Bühne. »Halten Sie sich bereit, Ihre Gebote abzugeben«, verkündete er. »Denken Sie daran, dass sich das Bieten über mehrere Runden erstreckt. Momentan gibt es sechzehn Interessenten. In jeder der ersten drei Runden scheiden die Bewerber mit den niedrigsten Geboten aus. Das höchste Gebot am Ende einer jeden Runde wird als niedrigstes Gebot in die nächste Runde gehen. Nur die letzten vier Bieter erhalten Gelegenheit, direkt auf die angebotene Ware zu bieten. Teilgebote werden nicht akzeptiert.«

Der Auktionator trat zur Seite. Die Null erschien auf der Anzeige der Countdown-Uhr, und das Bieten begann. Kurt erlaubte sich einen Scherz und gab ein Gebot von einem Dollar ab.

Irritiert sah ihn Joe von der Seite an. »Wir sind hier nicht bei *Der Preis ist heiß*. Du wirst niemals gewinnen, wenn dein Gebot von jedem übertroffen wird.«

»Ich teste nur das System«, sagte Kurt.

Die erste Bieterrunde dauerte nur drei Minuten lang.

Während die Zeit verstrich, erschien auf dem Bildschirm im vorderen Teil des Saals eine Grafik. Sie bestand aus sechzehn Linien, die anzeigten, wer geboten hatte und wie viel. Mit fortschreitender Zeit wanderten sie weiter nach rechts, wie bei einer Bullen-Aktienmarkt-Grafik.

Alle Linien hatten ansteigende Tendenz, bis auf die Linie des Bieters Nummer acht, die bei einem Dollar stehen blieb, sowie des Bieters Nummer fünfzehn, der überhaupt erst ein Gebot abgeben musste.

»Jemand bedient sich meines Tricks«, sagte Kurt und reckte den Hals, um zu sich zu vergewissern, ob er feststellen konnte, wer ihn kopierte.

Es war nutzlos. Die meisten Bietergruppen hatten die Vorhänge vor ihren Kabinen zugezogen, und in den offenen Kabinen wurde heftig diskutiert.

Die Zeit verstrich schnell, während die Gebote die Zehn-Millionen-Grenze bereits eine Minute vor Ende der Runde erreichten. Sechzig Sekunden später bewegten sich die meisten Gebote bei über zwanzig Millionen.

»Cleveres System«, stellte Joe anerkennend fest. »Jeder will den Preis möglichst niedrig halten, aber auf keinen Fall in der nächsten Runde ausscheiden.«

»Raffiniert«, schloss Kurt sich an.

Für die letzten dreißig Sekunden hielten die Veranstalter der Auktion einen zusätzlichen Dreh bereit, als sie nämlich die Bildschirminhalte absichtlich löschten. Eine weitere wirkungsvolle Taktik, um bei den Bietern Panik auszulösen und den Preis in die Höhe zu treiben.

Kurt betrachtete den Anstieg der Linien und registrierte, welche Auswirkungen die letzte kleine Manipulation hatte. Da er ebenfalls um jeden Preis vermeiden wollte auszuscheiden, gab er über die Tastatur dreißig Millionen ein. Die er, nachdem er sich vergewissert hatte, dass die Kommata an den richtigen Stellen standen, in vierzig Millionen umwandelte.

Joe runzelte vielsagend die Stirn.

Kurt zuckte die Achseln. »Ist nicht mein Geld.«

Die Countdown-Uhr sprang auf null um, und die erste Runde der Auktion war beendet.

Auf eine Ansage, wer gewonnen und wer verloren hatte, wurde verzichtet. Die Beleuchtung wurde wieder gedrosselt, und die Bildschirme füllten sich erneut mit den Werbefotos des Bergwerkbetriebs. Nach einiger Zeit kam Chen zu ihrer Kabine zurück. »Ich freue mich, Ihnen mitteilen zu können, dass Sie zur zweiten Bieterrunde zugelassen wurden.«

Kurt nickte und prostete Chen lächelnd mit dem vollen Glas Speyside zu, während er sich entfernte.

Zwar hatte Kurt von seinem Platz auf der Couch eine gute Sicht auf die Bildschirme auf der Ballsaalbühne, aber vom Ballsaal selbst konnte er kaum etwas sehen. Joes Blickwinkel war um einiges besser. »Ist denn irgendetwas Interessantes los?«

»Mehrere Betreuer haben die anderen Kabinen aufgesucht und unterhalten sich mit den Käufergruppen«, antwortete Joe.

»Möchte jemand die Veranstaltung verlassen?«, fragte Kurt.

»Ja … eine Gruppe«, erwiderte Joe.

»Kannst du erkennen, wer?«

»Der Kleidung und den seltsamen Haarschnitten nach zu urteilen, tippe ich auf die Nordkoreaner.«

Zwei andere Gruppen räumten ebenfalls das Feld, wie Joe beobachten konnte. In beiden Fällen waren es offenbar

Europäer. Falls auch noch eine vierte Gruppe ausgeschieden war, blieb es Joe in diesem Augenblick zumindest verborgen.

Der Auktionator trat wieder ans Mikrofon und kündigte die nächste Runde an. An diesem Punkt wurde das höchste Gebot der vorangegangenen Runde offenbart. Zu Kurts Überraschung hatte ihn jemand erheblich überboten.

»Das Startgebot beträgt neunundvierzig Millionen U.S. Dollar«, sagte der Auktionator. »Kein geringeres Gebot wird akzeptiert. Falls dies am Ende der zweiten Runde noch immer das höchste Gebot sein sollte, wird die Auktion für abgeschlossen erklärt und die Ware übergeben.«

»Ich hatte erwartet, dass du gewinnst«, sagte Joe und trank einen weiteren Schluck Wasser.

Kurt hatte es ebenfalls angenommen, aber es war eigentlich gleichgültig. »Wir müssen am Ball bleiben, bis nur noch vier Parteien übrig sind, damit wir einige ganz besondere Fragen stellen können.«

Die zweite Runde verlief im Großen und Ganzen genauso wie die erste, allerdings hatte Bieter Nummer fünfzehn am Ende des Zwei-Minuten-Fensters den Preis bis auf siebzig Millionen Dollar hochgeschraubt.

Joe äußerte einen naheliegenden Verdacht: »Dir ist doch sicher klar, dass CIPHER jeden beliebigen Betrag nennen könnte und wir niemals erfahren würden, ob es sich um das Gebot eines legitimen Bieters handelt oder ob es von ihnen selbst stammt.«

»Ich wüsste nur eine Möglichkeit, wie sich das überprüfen lässt«, sagte Kurt. Er tippte fünfundneunzig Millionen und einen Dollar.

Am Ende der zweiten Runde verkündete der Auktionator, dass das höchste Gebot tatsächlich fünfundneunzig Millionen und einen Dollar betrug.

»Sie können durchaus ihre eigenen Bieter haben«, räumte Kurt ein. »Zumindest bis zur vierten Runde. Aber zum jetzigen Zeitpunkt werden sie es nicht riskieren, das höchste Gebot abzugeben.«

Mehrere andere Gruppen wurden aus dem Saal geleitet, und eine Pause von dreißig Minuten wurde verkündet. »Nun«, sagte Kurt, »mal sehen, ob wir ein paar persönliche Worte mit unserem Gastgeber wechseln können.«

Er schaltete den Störsender aus, tippte auf sein Armband und rief Chen. Als ihr Betreuer pflichtgemäß erschien, empfing ihn Kurt mit einer Frage. »Wie viel müsste ich zahlen, um einige zuverlässige Insiderinformationen zu erhalten?«

»Ich habe keine derartigen Informationen«, versicherte ihm der Betreuer.

»Aber wenn Sie jemanden kennen, der darüber verfügt?«

»Kein Geldbetrag würde ausreichen, dass ich mir meinen Ruf verderbe«, erwiderte Chen.

»Das kann ich verstehen«, sagte Kurt. »Und das respektiere ich.« Er nahm eine Visitenkarte aus der Tasche und schrieb ein einziges Wort darauf. »Würden Sie dies in meinem Namen dem Gastgeber zukommen lassen? Wohlgemerkt, dem Gastgeber, nicht dem Auktionator. Bestellen Sie ihm, ich würde mich gern mit ihm über den Quellcode unterhalten.«

27

In Windeseile kam der Mann von CIPHER zu Kurts und Joes Kabine. Offensichtlich war er nervös. Kurt streckte ihm die Hand entgegen. Angesichts seines gleichmäßig einfarbigen Haars und seiner Bereitschaft, Kurts Hand zu ergreifen und zu schütteln, stand es für Kurt außer Frage, dass der Mann nicht Degra sein konnte.

»Tut mir leid«, sagte Kurt, »aber ich muss mit jemandem sprechen, der die vollständige Entscheidungsgewalt hat.«

Der Mann zögerte und sprach in ein Mikrofon, das mit einer Klammer am Revers seines Jacketts befestigt war, und gab sich geschlagen. »Kommen Sie mit.«

»Nein«, erwiderte Kurt. »Er muss hierherkommen, um mit uns zu reden. Hierher in unsere Kabine.«

Der Mann fühlte sich sichtlich unbehaglich. Er gab Kurts Erwiderung weiter. Ein hektischer Dialog entwickelte sich, Worte flogen hin und her, bis sich der Mann schließlich entfernte und eine hagere Gestalt mit einer weißen Strähne in seinem dunklen Haar erschien. Er blieb einige Schritte von Kurt entfernt stehen und kam nicht näher.

Kurt blickte zu Joe hinüber. »Dies ist vielleicht eine gute Gelegenheit für dich, dir den Laden ein wenig genauer anzusehen.«

Joe erhob sich, bot Degra seinen Platz an und begann mit seinem Rundgang.

Degra blickte auf den Sitzplatz, blieb jedoch stehen. »Mir wurde mitgeteilt, Sie wollten sich mit mir unterhalten.«

»Über den Quellcode für die gestohlenen Computer«, sagte Kurt. »Er sollte installiert werden, sobald die Vector-Einheiten in Kalifornien eingetroffen sind. Da sie aber niemals dort ankamen, fehlt ihnen momentan alles, bis auf das grundlegendste Betriebssystem. Mit anderen Worten, sie werden niemals das leisten können, was Ihre Käufer von ihnen verlangen.«

Degra trat von einem Fuß auf den anderen, knickte aber nicht ein. »Ich versichere Ihnen, dass sich der Quellcode in unserem Besitz befindet und dem höchsten Bieter dieser Auktion vollständig übergeben wird – zusammen mit den Maschinen.« Der Mann lächelte wölfisch und entblößte dabei eine Zahnlücke, die wie eine Fortsetzung der weißen Strähne in seinem Haar erschien. »Womit Ihre Arbeitgeber genau das erhalten, hinter dem sie seit mehr als fünf Jahren her sind, daher empfehle ich Ihnen, das IPO-Geld auf jeden Fall bereitzuhalten.«

Degra hatte seine Pflichten als Kaufmann erkannt und erfüllt, was Kurt nur recht sein konnte. »Wie wäre es, wenn Sie es mir beweisen?«, fragte Kurt. »Überlassen Sie mir einen Teil des Codes, sodass ich ihn anhand der Aufzeichnungen, über die ich verfüge, testen kann? Aber bevor Sie antworten, sollten Sie sich darüber im Klaren sein, dass ich das Programm auf seine Authentizität überprüfen kann, selbst wenn niemand der hier Anwesenden dazu in der Lage ist.«

Missmutig verzog sich Degras schmales Gesicht. Seine Augen verengten sich, und seine Stirn legte sich in Falten. Offensichtlich erkannte er die doppelte Falle, die Kurt ihm gestellt hatte. Wenn er sich weigerte, eine Probe des Codes weiterzugeben, gab er damit automatisch zu, dass er nicht darüber verfügte. Und wenn er es wagen sollte, einen gefälschten Abschnitt des Codes weiterzugeben – und Kurt wäre in der Lage zu beweisen, dass er falsch war –, würde er nicht nur den höchsten Bieter verlieren, sondern möglicherweise auch noch andere, falls Kurt eine Szene machte, wenn er den Schauplatz der Auktion verließ.

Die eisige Fassade wurde brüchig. »Ich darf Sie daran erinnern, dass sich zahlreiche Bieter eingefunden haben, die die Server auch ohne die Software liebend gern übernähmen. Die Russen und die Chinesen, zum Beispiel. Sie können ganz sicher ohne Probleme ihr eigenes Betriebssystem entwickeln. Oder ganz einfach das existierende zu einem späteren Zeitpunkt in ihren Besitz bringen. Es ist die physikalische Architektur der Server und der Silikonchips, an deren Erwerb sie am meisten interessiert sind.«

Da war er endlich – der Durchbruch. CIPHER verfügte nicht über den Code. Was bedeutete, dass Kurt das Argument hatte, das er brauchte.

»Ich bin sicher, dass sie auch mit den bloßen Maschinen sehr glücklich sein werden«, räumte Kurt ein, »aber dann werden sie viel weniger dafür bezahlen. Und Sie werden bei ihnen auf der Abschussliste stehen, falls Sie sie übers Ohr gehauen haben. Glauben Sie mir, man wird sicher nicht mit ordentlichen Haftbefehlen und anderen amtlichen Schriftstücken bei Ihnen erscheinen.«

Degra schäumte. Für eine Minute sah es so aus, als würde er jeden Augenblick durchdrehen. Kurt gefährdete seinen Profit, seinen gesamten Plan, um genau zu sein. Aber er riss sich zusammen. Immerhin könnten ein Wutanfall und eine Demonstration von Gewalt in diesem Moment zu einem späteren Zeitpunkt einen Verlust von zweihundert Millionen Dollar zur Folge haben. »Sie müssen irgendeinen besonderen Grund für diese Fragen haben. Warum hören wir nicht auf, drum herumzureden, und kommen direkt zum Kern der Angelegenheit?«

Kurt zog die tragbare Festplatte aus der Tasche und legte sie auf den Tisch. »Sie brauchen den Code. Ich habe ihn. Aber er wird Sie mehr kosten als nur Geld.«

Kurt stellte sich die Gedankenkette vor, die durch den Kopf des Mannes ratterte. Hydro-Coms schärfster Konkurrent wegen geistigen Diebstahls vor Gericht. Natürlich hatten sie den Code. Sie hätten alles getan, um ihn sich zu beschaffen.

Degra riss den Blick von der tragbaren Festplatte los. »Angenommen, ich glaube Ihnen, an welcher Art von Tausch könnten Sie interessiert sein?«

Jetzt kam der heikle Teil. Kurt musste hart verhandeln, oder es sähe wie eine Falle aus. Aber zu viel zu verlangen, würde das Geschäft möglicherweise platzen lassen. »Wir bekommen zwei Maschinen für nichts. Sie verkaufen die restlichen, an wen Sie wollen. Wir kriegen fünfzehn Prozent vom Verkaufspreis direkt von hier überwiesen, sobald die Auktion abgeschlossen ist.«

Degra blickte abermals auf das Gerät auf dem Tisch. Er sabberte fast. »Meine Leute brauchen etwas Zeit, um Ihre Behauptung zu überprüfen.«

Kurt legte zwei Finger auf die Festplatte und schob sie auf dem Tisch zu Degra hinüber. »Das Passwort lautet CIPHER«, sagte er und warf einen Blick auf die tickende Uhr auf dem Bildschirm. »Sie haben sechsundzwanzig Minuten.«

28

Während Kurt mit dem Mann von CIPHER verhandelte, machte Joe eine Runde durch den Ballsaal. Wie jeder, der den Eindruck erwecken wollte, ziellos herumzuschlendern, legte Joe seinen ersten Stopp vor dem nächsten unversperrten Fenster ein.

Die Hände auf dem Rücken verschränkt, blickte er nach Westen, wo der Tamsui River wie eine schwarze Schlange erschien, die sich durch die strahlend hell erleuchtete Stadt wand. Wolkenberge einer massiven Gewitterfront trieben herein. Der Wetterbericht hatte starken Regen angesagt, allerdings nicht vor Anbruch des nächsten Tages.

Sich bewusst, dass er beobachtet wurde, mimte Joe Langeweile, blickte kurz zu Kurt und Degra und setzte seinen Spaziergang fort.

Als er an den verschiedenen Kabinen vorbeiging, stellte er fest, dass die Hälfte mittlerweile leer stand, während die restlichen mit Männern und Frauen besetzt waren, die ihre weiteren Strategien planten. Er wollte sich ihnen nicht so weit nähern, dass er Teile der im Flüsterton geführten Unterhaltungen aufschnappen konnte, aber er identifizierte einige Nationalitäten. In einer Kabine sah er drei Männer mit hellen kaukasischen Gesichtern. Wahrscheinlich Russen.

Ein paar Kabinen weiter posierte eine Gruppe Chinesen in teuren Maßanzügen als Geschäftsleute aus Shanghai. Aber ihre kerzengerade stramme Körperhaltung ließ vermuten, dass sie zum Militär gehörten oder Agenten des Geheimdienstes waren.

In einer Kabine im hinteren Teil des Saals residierte eine Männergruppe aus dem Mittleren Osten. Wahrscheinlich Iraner. Er war überrascht, dass sie offenbar noch immer mitbieten konnten. Aber soweit er wusste, war die Ölförderung auch wieder angelaufen.

Die Iraner beachtete er nicht weiter und gelangte zur Bar. In deren Nähe hatte sich eine weitere Gruppe versammelt und unterhielt sich lebhaft, aber leise. Sie einzuordnen, war auf den ersten Blick nicht ganz einfach. Drei Männer und eine Frau. Offenbar Asiaten. Und wenn Joe sich nicht täuschte, sprachen sie Mandarin, begleitet von lebhafter Gestik und sichtlich entspannt. Die Männer trugen Abendanzüge und keine Krawatten. Die Frau war mit einem burgunderroten Hosenanzug bekleidet.

Die Frau interessierte sich für die elektronischen Anzeigen, die gerade verkündeten, dass die dritte Bieterrunde in Kürze starten werde. Joe studierte ihre Gesichtszüge im reflektierten Licht der Bildschirme.

»Ich fasse es nicht«, murmelte er halblaut.

Als sie zu ihm herüberblickte, wandte Joe sich eilends ab und sah in die andere Richtung. Dabei lehnte er sich betont lässig über die Bar und drehte seinen Körper so weit herum, dass die Frau nur noch seine Schulter und seinen Rücken sehen konnte. Er bestellte ein Glas Don Julio Tequila und ließ den Blick zu den Fenstern hinüberwandern.

Es war vergeblich. Während der Barkeeper den Tequila einschenkte, spürte Joe, wie sich jemand von hinten näherte. Der Hauch von Jasmin im Parfüm, der seine Schleimhäute streichelte, verriet ihm, wer es war.

Er sprach, ohne sich umzudrehen und sie anzusehen. »Was um alles in der Welt hat Sie hierher verschlagen?«

»Ich würde Ihnen am liebsten die gleiche Frage stellen«, sagte Yan-Li. »Dies ist kaum ein Ort, an dem man damit rechnen kann, einen Ozeanografen anzutreffen. Andererseits heißt es aber auch, dass die NUMA eine Tarnung der CIA ist.«

»Tatsächlich«, sagte Joe, »gehören wir zur Justice League of America. Superman, Batman und Wonder Woman werden jeden Moment hier eintreffen.«

Joe sah ihr Lächeln im Spiegel hinter der Bar. Es war das gleiche unschuldige Lächeln, mit dem sie oft auf seine Scherze reagiert hatte, ganz gleich, ob sie gut oder schlecht waren. Es verflog sehr schnell. Es war nur ein kurzer Lichtblick in einem Ozean düsterer Emotionen.

»Ist Kurt auch hier?«, fragte sie.

»Das ist er«, antwortete Joe.

Sie entspannte sich ein wenig. »Das freut mich zu hören«, sagte sie. »Ich hatte … mir Sorgen gemacht.«

»Wegen Kurt?«

»Ich dachte, dass ihm etwas zugestoßen sein könnte«, sagte sie, »mehr nicht. Er geht immer so hohe Risiken ein.«

Joe legte eine Hand auf sein Tequilaglas. »Es scheint, als ob wir das zurzeit alle tun. Nun, was hat Sie denn hierhergeführt?«

»Ich habe jetzt nicht die Zeit, lange Erklärungen abzugeben«, sagte sie. »Aber Sie und Kurt sollten sich verabschieden. Sie müssen diesen Ort so schnell wie möglich verlassen.«

»Diese Leute haben amerikanische Technologie gestohlen«, sagte Joe. »Und wir gehen nicht von hier weg, ehe sich alles wieder in unserem Besitz befindet. Selbst wenn wir es kaufen und dafür bezahlen müssen. Allerdings gebe ich zu, das ist ein bisschen erniedrigend. Aber am Ende ist es auch bloß ein Geschäft.«

»Diese Kerle sind keine Geschäftsleute«, schnappte sie. »Sie sind Mörder.«

»Sie sind sicher keine Chorknaben«, erwiderte Joe. »Aber sie werden den Leuten, die versuchen, sie mit einigen Millionen Dollar zu bezahlen, doch sicherlich kein Leid zufügen.«

Seine Logik schien sie nicht zu überzeugen. Sie seufzte und sah sich nervös um. »Bitte«, flehte sie geradezu, »gehen Sie einfach.«

Ein Unterton von Verzweiflung schwang in ihrer Stimme mit. Da war kein Anzeichen von Mut oder Entschlossenheit. Es war keine Forderung, sondern nur eine flehentliche Bitte.

Joe wandte sich zu ihr um. Sie sah ihn beschwörend an und zitterte fast vor innerer Anspannung. Er konnte erkennen, dass sie sich trotz ihrer Worte absolut nicht sicher fühlte. »Falls jemand Sie zwingt, dies hier zu tun, sollten Sie mit uns kommen«, sagte Joe. »Wir bringen Sie nach Hause.«

»Ich habe kein Zuhause«, sagte sie kühl. »Sie haben es mir genommen. Wenn ich jetzt von hier weggehe, komme ich nie mehr dorthin zurück.«

Joe konnte ihr nicht ganz folgen.

»Ich habe schon zu viel gesagt«, bemerkte sie. »Bitte, gehen Sie. Wenn Sie bleiben, wird alles nur noch viel schlimmer.«

Sie ließ ihn ohne ein weiteres Wort stehen und zog sich genauso unauffällig zurück, wie sie sich ihm genähert hatte. Für einige Sekunde lag der Duft ihres Parfüms noch in der Luft, bis auch dieser sich verflüchtigt hatte.

Joe fixierte das Glas Tequila vor sich auf der Bar. Er atmete aus, nahm das Glas hoch, setzte es an und leerte es in einem Zug. Das Leben konnte manchmal verdammt schwer sein.

Als er zu ihrer Kabine zurückkehrte, saß Kurt mit übereinandergeschlagenen Beinen auf der Couch. Er wirkte entspannt und mit sich und der Welt im Reinen. Alles lief offenbar besser als geplant.

Joe ließ sich auf seinen freien Platz fallen, bereit, ihm die Stimmung zu verderben.

»Du siehst aus, als hättest du einen Geist gesehen«, sagte Kurt.

»Das habe ich auch«, erwiderte Joe. »Und irgendeine Stimme sagt mir, dass er ein Problem sein wird.«

29

Im hinteren Teil des Saals versammelten sich Yan-Li und ihre gesamte Hilfstruppe. Yan hatte Mühe, den emotionalen Aufruhr in ihrem Innern unter Kontrolle zu halten und sich darüber klar zu werden, ob das unerwartete Erscheinen von Kurt und Joe ein Segen oder ein Fluch war.

Für einen kurzem Moment zog sie in Erwägung, die beiden um Hilfe zu bitten. Unterstützung in so großer Nähe vorzufinden, war nichts, das man leichtfertig verwerfen sollte. Aber Emmersons Männer wichen ihr – wie offenbar befohlen – nicht von der Seite. Und selbst wenn es ihr gelingen sollte, sich aus ihren Klauen zu befreien, würde es für ihre Mutter und ihre Kinder eine Katastrophe zur Folge haben. Und das war eigentlich das Einzige, was wirklich Bedeutung hatte und um jeden Preis vermieden werden musste.

»Wir müssen unseren Zeitplan verkürzen«, verkündete sie.

Der Anführer der Gruppe trat vor. Er war ein drahtiger, mittelgroßer Mann mit muskulösen Unterarmen und langen spinnenartigen Fingern, die ständig in Bewegung waren und sich öffneten und schlossen und ihr mit brutaler Gewalt die Kehle zudrücken würden, falls sie es wagen sollte, ihren neuen Herrn und Meister zu verraten.

Emmerson hatte ihn Guānchá – den Watcher – genannt.

Ob zum Scherz oder als Warnung, hatte er offengelassen. Auf jeden Fall wurde damit seine Funktion beschrieben, die darin bestand, sie zu überwachen. Und er hatte sie tatsächlich keine Sekunde aus den Augen gelassen, seit sie einander zum ersten Mal begegnet waren, und sie mit misstrauischen Blicken verfolgt, sobald sie sich zu schnell bewegte oder etwas weiter von der Gruppe entfernte.

»Weshalb sollen wir jetzt schon aktiv werden?«, fragte Guānchá. »Hier laufen noch viel zu viele Leute herum.«

Der Plan sah vor, dass sie bis zur letzten Bieterrunde warten und Degra während der letzten Phase einkassieren sollten, wenn alle sich nur auf ihr letztes Gebot und auf die Countdown-Uhr konzentrierten, um notfalls in letzter Sekunde noch ein höheres Gebot abzugeben und sich auf diese Weise die Vector-Einheiten zu sichern.

»Weil sich amerikanische Agenten einmischen werden, wenn wir noch länger warten«, sagte Yan.

»Der Mann an der Bar?«

Offenbar hatte er deutlich gesehen, wie sie sich mit Joe unterhalten hatte.

»Ja«, sagte sie. »Ich kenne ihn. Er arbeitet für ihre Regierung. Er wird sicher nicht allein sein. Wir sollten jetzt handeln, solange wir dazu noch die Gelegenheit haben.«

Ein leises Knurren Guānchás signalisierte sein Einverständnis. Er wandte sich an die anderen Männer, die zu ihrer Gruppe gehörten. »Ihr wisst, was zu tun ist«, sagte er, »nehmt eure Positionen ein.«

»Ich mache mich an Degra heran«, sagte Yan. »Wenn er sich entfernt hat und nicht mehr zu sehen ist, schalte ich ihn aus. Achtet darauf, dass ihr in der Nähe seid, wenn ich handle.«

Die Männer nickten. Zwei von ihnen verließen die

Kabine und entfernten sich zum vorderen Bereich des Ballsaals und zu den Fahrstühlen.

Yan-Li schaute ihnen sekundenlang nach, dann verließ sie die Kabine und schlug die entgegengesetzte Richtung zur Bühne ein. Guānchá und ein Mann namens Zhu folgten ihr unauffällig und nutzten die Deckung, die die anderen Auktionsteilnehmer gaben.

Mit rasendem Herzschlag bemühte sich Yan-Li, die Situation so kühl wie möglich zu betrachten. Im Grunde hatte sie nichts anderes zu tun, als eine ihr gestellte Aufgabe zu erledigen.

Sie entdeckte Degra in der Menge. Zuerst nahm sie an, dass er die Bühne aufsuchen wollte, doch er ging an ihr vorbei, ohne sie eines Blickes zu würdigen, und strebte mit schnellen Schritten zum rückwärtigen Abschnitt des Ballsaals. In seiner Hast prallte er mit jemandem zusammen, unterließ es jedoch, sich bei diesem zu entschuldigen. Er ist mit den Gedanken ganz woanders, dachte Yan-Li. Und er ist wütend. Das konnte für sie von Vorteil sein.

Sie warf einen Blick zu Guānchá, um sich zu vergewissern, dass er sie gesehen und die Richtung gewechselt hatte.

Durch die Tür betrat Degra einen Raum hinter dem Ballsaal, ging weiter in einen anderen Bereich, der bisher als Lager- und Bereitstellungsraum genutzt, jedoch anlässlich der Auktion ins Kommandozentrum der Versteigerung umgewandelt worden war. Drei Männer standen dort – zwei eigens engagierte Wächter und einer von Degras vertrauenswürdigsten Technikern, ein Hacker, der sich Ferret nannte.

Ferrets Job bestand darin, die Gäste im Ballsaal und die hoch verschlüsselten Links zu überwachen, die jeder der anwesenden Bieter benutzte – nur um festzustellen, was sich aus ihren Systemen abzapfen ließ. Er arbeitete an zwei Laptops.

Degra blieb an seinem Tisch stehen. »Eine neue Aufgabe«, sagte er und streckte ihm die Speicherplatte entgegen, die Kurt ihm überlassen hatte. »Analysieren Sie das Programm auf diesem Gerät. Ich muss wissen, ob es das ist, was es sein soll, und ob es funktioniert.«

»Und was soll es sein?«, fragte Ferret.

»Das Betriebssystem für die Hydro-Com-Server.«

Überrascht zog Ferret die Augenbrauen hoch. »Wir versuchen seit Wochen, Zugang zu Hydro-Com zu finden. Wie ist es in Ihre Hände gelangt?«

»Einer ihrer Konkurrenten hat es mir überlassen«, sagte Degra, während er ein Desinfektionsmittel aus einer Pumpflasche auf dem Tisch auf seine Handflächen träufelte. »Sie wollen den Code gegen zwei unserer Maschinen und eine hohe Provision tauschen.«

»Ziemlich teuer«, sagte der Hacker.

»Nicht wenn er echt ist«, gab Degra zurück. »Überprüfen Sie es in der Strongbox und halten Sie Ausschau nach allem, was ein Problem verursachen könnte.«

Ferret holte einen dritten Laptop unter dem Tisch hervor. Während die Strongbox verschiedene Systeme für die Suche nach Viren und Trojanern enthielt, war sie überdies air-gapped. Und ohne mobile Kommunikationsverbindung konnte sie nicht missbraucht werden, um einen Virus ins Auktionsnetzwerk einzuschleusen.

Während er den Laptop aufklappte und bootete, begann Ferret sofort mit der Analyse. »Es ist ein Riesenprogramm.«

»Das sollte es auch sein.«

»Selbst wenn wir die CPU übertakten, wird die Untersuchung eine Weile dauern.«

Degra hatte keine Eile. »Tun Sie, was Sie tun müssen«, verlangte er. »Ich brauche eine Antwort, ehe wir die nächste Runde starten.«

Ferrets Blick sagte, dass dies nicht zu schaffen sei, aber er begab sich trotzdem an die Arbeit, um das Unmögliche möglich zu machen.

Da Degra in diesem Augenblick nichts anderes übrig blieb, als sich zu gedulden, bis er über den Inhalt des Laufwerks erfuhr, was er wissen wollte, ging er zum Ausgang. Er streckte eine Hand aus, zog die Tür auf und sah sich einer Vision in Burgunderrot gegenüber.

Yan-Li schlängelte sich an ihm vorbei und trat in den Raum. Anstatt so zu tun, als hätte sie sich verlaufen, sah sie Degra herausfordernd an. »Mein Auftraggeber würde gern ein vorzeitiges Gebot abgeben. Fünfhundert Millionen Dollar, und die Auktion ist beendet.«

Rasender Zorn loderte in Degras Augen, als er seine Besucherin geschockt anstarrte. »Sie müssen auf der Stelle von hier verschwinden«, stieß er gehetzt hervor. »Wenn die anderen Bieter davon Wind bekommen …«

»Hören Sie mich an«, verlangte sie und versperrte ihm den Weg.

Degra reagierte unglaublich schnell und nagelte sie an der Wand fest, indem er seinen Unterarm gegen ihren Hals presste. Ein Stilett erschien in seiner Hand. Er ließ es aufspringen und drückte seine Spitze gegen das weiche Fleisch unter ihrem Kinn.

»Überlegen Sie sich gut, was Sie sagen«, zischte er. »Sie haben dreißig Sekunden Zeit.«

Er hielt sie mit dem Unterarm unter ihrem Kinn an der

Wand fest. Ihre Arme hingen scheinbar herab. Sie zitterte von der aufputschenden Wirkung des Adrenalin, das durch ihre Adern raste. Aber sie hatte einen vollkommen klaren Kopf. Ihre eigene Waffe befand sich bereits in ihrer Hand. Ein Stift mit nadelscharfer Spitze.

Sie stieß ihn nach vorn und leicht nach oben. Er stach durch sein Oberhemd und drang tief in die Muskelschicht über seiner Magengrube ein. Gleichzeitig drückte sie mit dem Daumen den Zylinder innerhalb des Stifts nieder und verabreichte ihrem Gegner die reichliche Menge eines schnell wirkenden Betäubungsmittels.

Mit einem Ächzen wich er zurück. »Verdammte Schlampe … ich lasse dich den Haifischen zum Fraß vorwerfen …«

Er brachte seinen Satz nicht einmal zu Ende. Seine Beine gaben nach, und kraftlos sackte er in sich zusammen und blieb reglos auf dem Boden des Bereitstellungsraums liegen.

»Dreißig Sekunden waren mehr als genug«, sagte sie.

Während Degra zusammenbrach, reagierten seine Männer. Der Techniker in der Ecke des Raums stand auf und stieß beinahe einen seiner Laptops vom Tisch, während zwei Wächter auf sie zukamen.

Ein leiser Doppelknall einer schallgedämpften Pistole erklang, und beide Männer stürzten zu Boden. Einer war ins Herz, der andere zwischen die Augen getroffen worden.

Yan-Li wandte sich um und sah, dass Guānchá und Zhu den Raum hinter ihr betreten hatten.

Guānchá deutete auf den Mann mit den Laptops, hielt einen Finger hoch, bis der Mann zur Reglosigkeit erstarrte. Als die Spannung nachließ, verzog sich Guānchás Miene zu einem Lächeln, dann schoss er ihm in die Brust.

Die Kugel streckte den Mann nieder, aber er wand sich noch in Schmerzen. Um seinen Todeskampf zu beenden, trat Guānchá vor, bückte sich, packte den Mann am Hals, zog ihn hoch und brach ihm mit einem brutalen Ruck das Genick.

Yan erschauerte, als sie begriff, dass er mit ihr genauso verfahren würde, wenn sie nicht mitspielte. Sie wandte sich an Zhu und äußerte sich zu dem, was noch vor ihnen lag. »Wir müssen uns beeilen. Der Lastenaufzug befindet sich im rückwärtigen Teil des Turms. Fesselt und knebelt ihn.«

Yan half Guānchá, die toten Männer hinter einen der Tische in der Ecke zu schleifen, während Zhu Degras Hände mit einem Kabelbinder fesselte und sich den bewusstlosen Mann auf die Schulter lud.

Mit Zhu, der Degra trug, und Guānchá dicht hinter ihr bog Yan in einen dunklen, engen Flur ab, der zum Lastenaufzug führte. Am Ende des Flurs drückte sie auf den Aufwärts-Knopf, und das Warten begann.

Die Liftkabine war sieben Stockwerke entfernt. Und im Gegensatz zu den Expresslifts, die man durch die Lobby erreichte, war dieser ausgesprochen langsam.

Während er sich in ihre Richtung in Bewegung setzte, brach hinter ihnen im Ballsaal die Hölle los.

30

Laute Rufe und Schusslärm drangen von der Expresslifthalle im vorderen Bereich des Ballsaals herüber. Während bei den Leuten, die sich noch im Ballsaal aufhielten, die Neugier überwog und sie versuchten, Einzelheiten des Tumults zu erkennen, taumelte ein Mann in mit Blut durchtränkter Kleidung zwischen den Paravents hervor und riss eine der zerbrechlichen Glasskulpturen um.

Als sie auf dem Boden zerschellte, versetzte der Lärm jeden in einen Schockzustand. Als schließlich auch noch die Beleuchtung erlosch und der Ballsaal nur durch das stakkatohafte Mündungsfeuer von Maschinenpistolen erhellt wurde, ging jeder so schnell wie möglich auf Tauchstation.

Nach einem anfänglich aufbrandenden Chaos begannen die von CIPHER engagierten Schutztruppen, das Feuer zu erwidern. Wie bei jeder nicht von Hollywood inszenierten Schießerei herrschte mehr Verwirrung als Klarheit über die Kombattanten. Glaswände gingen unter den Schüssen zu Bruch, Splitter flogen in jede Richtung. Der Deckenleuchter in der Mitte des Saals wurde getroffen, und die gläsernen Blüten verteilten sich als bunter Kristallregen auf dem Boden. Jemand stieß die feuersichere Tür des Notausgangs auf, um den an der Auseinandersetzung Unbeteiligten eine sichere Flucht zu ermöglichen. Damit setzte er den Alarm in Gang und verstärkte mit dem stroboskopmäßigen Flackern der Notbeleuchtung die herrschende Verwirrung.

Als Veteranen zahlreicher Schießereien warfen sich Kurt und Joe beim Klang der ersten Gewehrsalven zu Boden. Sie rollten sich unter den Tisch und versuchten, sich flach auf den Untergrund pressend, das Geschehen zu analysieren.

»Und alles lief so gut«, sagte Kurt mit einem Anflug von Bedauern in der Stimme.

Zwei Querschläger zwitscherten in nächster Nähe an ihnen vorbei.

»Dies muss das sein, wovor Yan-Li uns zu warnen versuchte«, sagte Kurt. »Hätte ruhig etwas früher passieren dürfen. Und detaillierter.«

»Irgendeine Stimme sagt mir, dass nicht sie hier die Kontrolle hat«, meinte Joe. »Aber für wen arbeitet sie? Und weshalb?«

»Ich tippe auf Emmerson«, erwiderte Kurt. »CIPHER hat ihm und seinen Leuten die Vector-Einheiten vor der Nase weggeschnappt. Wer sonst sollte einen Grund haben, derart gewalttätig zu reagieren?«

»Klingt einleuchtend«, gab Joe zu. »Aber welche Verbindung besteht zu Yan-Li?«

»Außer dass beide in Hongkong leben, fällt mir nichts ein.« Kurt ließ den Blick so weit möglich durch den Ballsaal schweifen. Da dieser nur durch die Notbeleuchtung und das Licht von der Stadt, das durch die Fenster drang, erhellt wurde, war es schwierig, irgendetwas deutlich zu erkennen. Das Flackern der Alarmblitze war keine Hilfe. »Kannst du sie irgendwo dort draußen sehen?«

Joe kniff die Augen zusammen. »Nee.«

»Was ist mit Degra?«

»Auch von ihm keine Spur«, sagte Joe. »Aber wenn sie für Emmerson arbeitet und er die Computer wieder in seinen Besitz bringen will und Degra der Einzige ist, der weiß, wo sie zu finden sind …«

Joe brauchte den Satz nicht zu beenden. Er und Kurt lagen auf der gleichen Wellenlänge.

Kurt kroch unter dem Tisch hervor und nutzte die Seitenwand der Kabine als Deckung. Das Kampfgeschehen im vorderen Teil des Ballsaals hatte sich inzwischen beruhigt, und es fielen nur noch vereinzelte Schüsse, während die Gegner sich neue Positionen suchten. »Wir müssen sie finden.«

»Sieht so aus, als ob ihre Leute versuchen, sich den Weg zu den Fahrstühlen frei zu schießen – in der Hoffnung, mit heiler Haut zu entkommen«, sagte Joe.

Kurt schüttelte den Kopf. »Yan muss wissen, dass sie in einer Sackgasse landen würden. Sie dürfte die CIPHER-Leute im Parterre registriert haben. Ich denke, der Weg nach unten soll uns in die Irre führen.«

»Du meinst, sie will uns dazu bringen, auf die Vorderseite zu achten, während sie sich durch den Hinterausgang aus dem Staub machen?«

»So würde ich es jedenfalls versuchen«, sagte Kurt. »Ich würde auch nicht die Feuertreppe benutzen. Viel zu schwierig, eine Geisel fünfundachtzig Stockwerke eine Treppe hinunterzuschleifen.«

Joe nickte. Für den Fall, dass sie sich eine eigene Fluchtroute suchen müssten, hatte er sich den Grundriss des Gebäudes eingeprägt. »Im hinteren Teil des Gebäudes befindet sich ein Lastenaufzug. Aber er versorgt nur das obere Viertel des Wolkenkratzers. Er bringt dich zwar nicht ins Parterre hinunter, hilft dir jedoch, jede Blockade zu überwinden. Oder er bringt dich ganz nach oben, falls du etwas anderes im Sinn hast.«

»Nett«, sagte Kurt. Er stand auf, ergriff die Whiskyflasche und angelte sich außerdem eine Serviette vom Tisch. »Los. Geh voraus.«

Kurt folgte Joe durch den Ballsaal bis zum Bereitstellungsraum im rückwärtigen Teil.

Vorsichtig drückte Joe die Tür auf und warf einen Blick hinein. »Leer.«

Sie betraten den Raum und entdeckten die Leichen der Männer, die in der Ecke aufeinandergestapelt waren. »Kein Zweifel, sie sind wirklich hier gewesen.«

»Sieh mal«, sagte Joe und deutete auf einen der Computer.

Kurt warf einen Blick auf den Laptop. Die Festplatte, die er Degra überlassen hatte, war an die Haupt-USB-Schnittstelle angeschlossen. »Lass sie stecken«, sagte er. »Die Analyse läuft noch. Vielleicht findet man ja irgendetwas. Also, wo ist dieser Fahrstuhl?«

»Den Flur hinunter und an seinem Ende nach rechts«, sagte Joe.

Diesmal übernahm Kurt die Führung, und Joe folgte ihm mit ein paar Schritten Abstand. Als sie um die letzte Ecke bogen, gewahrte Kurt ein Licht am Ende des Flurs. Es war ein vertikaler strahlender Balken, der schmaler wurde, als die Fahrstuhltüren sich schlossen.

Er rannte los, sah Yan-Lis Gesicht und warf sich zur Seite, während sie eine Pistole hob und feuerte.

Dieser Satz brachte ihn in allzu engen Kontakt mit einem Stapel Serviertabletts. Sie wirbelten durch die Luft, prallten gegen die Flurwände und rutschten mit ohrenbetäubendem Lärm über den Marmorfußboden.

Sobald die Fahrstuhltür geschlossen war, herrschte im Flur Dunkelheit.

Joe kam mit schnellen Schritten zu Kurt herüber, um ihm auf die Beine zu helfen. »Ich glaube immer noch, dass sie nicht aus eigenem Antrieb handelt.«

»Dessen bin ich mir sicherer als je zuvor«, sagte Kurt. »Ihr Schuss ging nämlich meilenweit daneben.«

Im Fahrstuhl ließ Yan die Pistole sinken und wandte sich an Guānchá. »Wir werden auf dem Dach nicht allzu viel Zeit haben. Haben Sie das Exfiltrationsteam benachrichtigt?«

»Natürlich.«

»Wie weit ist der Helikopter entfernt?«

Guānchá warf einen Blick auf das Display der Countdown-Uhr, auf dem in einem zweiten Fenster die aktuelle Tageszeit angezeigt wurde. »Drei Minuten.«

Yan blickte auf die Stockwerkanzeige des Fahrstuhls. Dieser Lift war keine Expressversion wie der, mit dem sie aus dem Parterre heraufgekommen waren. Mehr noch, er schien unendlich langsam zu sein. Gleichzeitig kamen ihr die drei Minuten, die sie auf den Hubschrauber warten mussten, wie eine Ewigkeit vor.

Im Ballsaal war das Feuergefecht vor den Fahrstühlen zum Stillstand gekommen, die beiden Parteien gaben nur noch vereinzelte Schüsse aufeinander ab und blieben ansonsten in voller Deckung.

Die beiden Männer, die Guānchá vorausgeschickt hatte, um den Fahrstuhl zu sichern, hatten ihren Auftrag ausgeführt, das CIPHER-Sicherheitsteam ausgeschaltet und ihre Position gegen die anrückende Verstärkung behauptet.

Um ihre Erfolgschancen zu steigern, hatten sie den schweren Tisch auf die Seite gekippt, sich dahinter geduckt und ihn als Schutzschild benutzt, hinter dem sie ausreichend gesichert waren, um ihre Gegner unter Feuer zu nehmen. Aber je länger sie in dieser Position festgenagelt waren, desto prekärer wurde ihre Lage.

Der Plan – soweit sie ihn untereinander abgesprochen hatten – sah vor, dass sie die Fahrstuhllobby besetzten und die Wachmänner von CIPHER beschäftigten. Dann, sobald Yan-Li sich Degras bemächtigt hatte, sollten sie – Guānchá und Zhu – die CIPHER-Verstärkung von hinten unschädlich machen. Falls ihnen dies nicht gelänge, sah ein Ersatzplan vor, dass sie Degra als Geisel benutzten und die CIPHER-Truppe zwangen, die Waffen niederzulegen, sodass die gesamte Gruppe das Gebäude unbehelligt verlassen konnte.

Nichts von alldem schien möglich zu sein. Weder waren Guānchá und die Kavallerie eingetroffen, um die CIPHER-Truppe von hinten niederzumachen, noch war das Feuer eingestellt worden, woraus man hätte schließen können, dass Degra sich in der Gewalt der Truppe um Yan-Li befand.

Der eine der beiden Männer, die die Vorhut bildeten – sein Name lautete Gesh –, machte seiner Sorge Luft. »Irgendetwas ist schiefgegangen. Sie kommen nicht.«

Der zweite Mann pflichtete ihm bei. »Wir müssen schnellstens von her verschwinden.«

»Gib mir Feuerschutz«, sagte Gesh und rutschte seitlich zur Tischkante, feuerte mehrmals in den Ballsaal und drückte auf den Rufknopf des Fahrstuhls, als er die Rückwand der Fahrstuhllobby erreichte.

Als er sah, wie Gesh die Deckung verließ, sprang einer

der CIPHER-Wachmänner auf, um auf ihn zu schießen. Aber der Mann hinter dem Tisch war schneller und durchlöcherte sein Ziel mit einem Feuerstoß aus seiner Maschinenpistole.

Der Getroffene taumelte rückwärts und stürzte. Gesh tauchte mit einem Hechtsprung hinter den Tisch und landete auf dem Boden, als aus dem Ballsaal zurückgeschossen wurde.

Er bedeckte den Kopf mit den Händen, während die Kugeln mit dumpfen Lauten in die Tischplatte einschlugen. Zum Glück war der Tisch aus massiven Naturholzbalken gezimmert worden, die auf einem Stahlgerüst befestigt waren. Jeder Treffer entfachte einen wahren Regen von Holzsplittern und hinterließ eine kreisrunde Vertiefung im Stahlkern, aber keine Kugel war bisher durch den Schutzwall gedrungen.

»Mir geht die Munition aus!«, rief sein Partner. »Wo zur Hölle bleibt der Fahrstuhl?«

Gesh schaute zu den Anzeigetafeln an der Wand hoch. Leuchtende blaue Zahlen zeigten an, wo sich jeder der Fahrstühle gerade befand und in welche Richtung er sich bewegte. Der letzte Fahrstuhl in der Reihe kam herauf.

»Zieh den Tisch zurück«, sagte Gesh und legte auf seiner Seite eine Hand um die Kante der Tischplatte. »Der Fahrstuhl wird jeden Moment hier sein.«

Gemeinsam manövrierten sie den schweren Schutzschild rückwärts und zogen sich dabei weiter in die Lobby zurück, bis sie vor der Tür des Lastenaufzugs stehen blieben.

Ein kurzer Blick zum Ballsaal sagte ihnen, dass die Lobby noch immer leer war. Die Männer von CIPHER befanden sich nach wie vor in Deckung und hatten offenbar noch nicht den Mut, einen geballten Angriff zu riskieren.

Gesh feuerte ein weiteres Mal in die Lobby. »Komm schon«, knurrte er, als wollte er den Fahrstuhl zu größerer Eile antreiben.

Ein leises Glockenzeichen ertönte.

Die Türhälften glitten auseinander.

Ein Kugelregen drang aus der Kabine.

Gesh und sein Partner wurden von zahlreichen Kugeln getroffen, ehe sie reagieren konnten. Sie sackten zusammen, ohne einen einzigen Schuss abgegeben zu haben, und blieben reglos in dem Blut liegen, das aus ihren Schusswunden heraussickerte.

Das CIPHER-Sicherheitsteam aus dem Parterre verließ den Fahrstuhl und versammelte sich um die toten Männer. Der Mann in dem olivfarbenen Anzug sah sich prüfend um. »Alles klar. Beleuchtung wieder einschalten.«

Der Schalter wurde betätigt. Die Deckenlichter erwachten flackernd zum Leben. Sekunden später folgte die Ballsaalbeleuchtung.

Der weitläufige Raum lag in Trümmern und war nahezu menschenleer – bis auf die CIPHER-Wächter und einige Gäste und Angestellte, die entweder verwundet waren oder es nicht gewagt hatten, zu den Treppen zu rennen, um sich in Sicherheit zu bringen.

Einer der Hacker verließ seine Workstation und kam den Wachmännern entgegen. »Degra ist verschwunden. Ferret und die anderen sind tot.«

Niemand wollte länger an diesem Ort bleiben. Die Polizei und das Militär waren sicherlich längst unterwegs. Doch wenn jemand ihre Fragen würde beantworten können, dann konnte dies nur Degra sein. Und … wenn sie der Polizei wenigstens ein paar Angreifer übergeben könnten, würde dies sicherlich dazu beitragen, die Peinlichkeit einer solchen Niederlage in Grenzen zu halten.

»Diese Männer gehörten zu der Gruppe aus Macau«, stellte der Sicherheitschef fest und deutete auf die Gesichter der toten Männer. »Fünf Personen gehörten zu dieser Gruppe, inklusive der Frau in dem roten Kleid. Wo ist sie jetzt?«

Der Techniker hob den Laptop auf, der vom Tisch gefallen war, als dieser umgekippt wurde. Er war per Wi-Fi mit den Armbändern verbunden. Ein schneller Scan lieferte die Antwort.

»Auf der Rückseite des Gebäudes«, sagte einer seiner Männer. »Im Lastenaufzug. Unterwegs zum Dach.«

Der Mann im olivfarbenen Anzug wandte sich um. Die Hauptfahrstühle im Taipei 101 waren die schnellsten der Welt und erreichten allesamt die Aussichtsplattform auf dem Dach. »Ich denke, wir fangen sie oben ab.«

31

Mit einem Ruck kam der Lastenaufzug zum Stehen, und Yan-Li schlüpfte aus der Kabine, ehe die Türen sich vollständig geöffnet hatten. Sie befanden sich im einhundertersten Stockwerk, das selten besucht und für die Öffentlichkeit gesperrt war. Dort lagerte die Hausverwaltung Putzmaterial und Werkzeug.

Yan machte ein paar Schritte, fand die Außentür, drückte sie einen Spalt weit auf und hielt nach möglichen Hindernissen Ausschau. Sie sah den Boden des Daches und die gekrümmte Wand der darüber gelegenen Aussichtsplattform. Unmittelbar vor ihr befand sich ein weißer Kran, der benutzt wurde, um die Plattformen der Fensterputzer an der Fassade auf und ab zu bewegen. Ansonsten war das Dach leer.

Sie öffnete die Tür vollends und trat hinaus. Die Luft war schwül und feucht und roch nach Regen. Nebelschwaden trieben vorbei, vom Licht an der Spitze der Antenne, die wie eine Nadel in den Himmel ragte, orangefarben getönt.

»Alles klar«, rief sie und winkte den anderen, ihr zu folgen.

Guānchá kam als Erster, dann folgte Zhu, der Degra noch immer wie einen Sack Mehl auf der Schulter trug. Die Geisel begann sich zu rühren, stöhnte und bewegte schwerfällig einen Arm. Yan hoffte, dass der Mann sicher gefesselt im Hubschrauber saß, wenn die Wirkung des Betäubungsmittels vollständig nachließ.

»Wo ist der Helikopter?«, rief Zhu.

»Still«, befahl Yan. Sie lauschte angestrengt. Das Geräusch von Rotorflügeln war in einiger Entfernung zu hören. Es drang von Westen zu ihnen, wurde lauter und steigerte sich zu einem Dröhnen. Ein Landescheinwerfer flammte auf und durchbohrte die Nebelschwaden mit einem Lichtstrahl. Er schwang herum, wischte über die Säule in der Mitte des Daches, auf der sich die beleuchtete Nadel befand, und badete das gesamte Dach in grellen Schein. Yan hielt sich die Hand vor die Augen.

»*Ich kann nicht landen*«, drang die Stimme des Piloten aus dem Lautsprecher des tragbaren Funkgeräts, das Guānchá in der Hand hielt. »*Ich wiederhole, ich kann nicht landen. Gehen Sie zur Ecke des Daches. Wir setzen ein Rad auf die Dachkante, und Sie müssen in die Maschine klettern.*«

Yan-Li verdrehte die Augen, als sie die Aufforderung hörte. Sie sollte zur Kante eines fünfhundert Meter hohen Gebäudes gehen und auf eine vom Nebel glitschige Mauer klettern. Von dort aus würde sie in einen Helikopter springen müssen, der auf der Kante balancierte, während sie vom Abwind des Rotors durchgeschüttelt wurde. Klar, dachte sie. Kein Problem.

Sie biss die Zähne zusammen, machte einen Schritt vorwärts, schüttelte ihre High Heels ab und wagte sich in den Wind, der an den Beinen ihres Hosenanzugs zerrte.

Der Pilot war gut. Er navigierte den Helikopter näher heran und brachte ihn genau in die Position, die er beschrieben hatte. Das Rad auf seiner rechten Seite berührte die Dachmauer des Gebäudes, während die tödlichen

Rotorflügel nur wenige Meter von der Dachnadel entfernt die Luft durchschnitten.

Yan kauerte sich auf die Mauer. Sie wandte sich um und trieb Guānchá und Zhu zur Eile an. »Nun kommt schon!«, rief sie.

Guānchá trat aus dem Schatten, reichte Yan das Funkgerät und kletterte neben ihr auf die Mauer.

Deren Krone war breit und solide, aber nass von den Nebelschwaden. Vorsichtig setzte Guānchá einen Fuß auf die Kante, streckte sich nach dem Helikopter aus, legte eine Hand um einen Griff an der Tür und zog sich hoch.

Sicher in der Kabine des Hubschraubers angekommen, wandte er sich um und gab Zhu ein Zeichen. »Reich ihn zu mir herüber.«

Zhu machte einen Schritt. Aber ehe er die Mauer erreichte, schlugen Pistolenkugeln in die Außenhaut des Hubschraubers ein und stanzten eine Naht von der Türöffnung bis zum Cockpit hinein.

Yan hörte nichts, aber sie sah Funken fliegen, als die Kugeln die metallene Hülle des Hubschraubers durchbohrten. Sie sprang von der Mauer und duckte sich auf das feuchte Dach, während der Helikopter seine Position auf der Dachkante verließ und seitlich wegtauchte.

Zhu fing sich mehrere Treffer in den Rücken ein und stolperte vorwärts, wobei er Degra beinahe über die Mauer wuchtete. Anstatt in den Tod zu stürzen, krachte Degra mit dem Gesicht voraus gegen die Mauer und sackte davor zusammen.

Ihn zu sich heranziehend, suchte Yan hinter der stählernen Verstrebung Deckung, die den Ausleger des Fensterputzerkrans abstützte. Sie zog ihre Pistole hervor und bereitete sich auf ihr vermutlich letztes Gefecht vor.

Nun saß sie an der nordöstlichen Ecke des Gebäudes in der Falle, hinter sich einen fünfhundert Meter tiefen Abgrund und vor sich die CIPHER-Fußsoldaten, die unaufhaltsam zu ihr vorrückten.

32

Der Klang ihrer eigenen Schritte auf den Metallstufen hallte von den Betonwänden wider, während Kurt und Joe auf der Feuertreppe zum Dach hinaufstürmten. Am oberen Ende stießen sie die Tür auf, vollkommen außer Atem, aber bereit, sich jeder Art von Kampf zu stellen, die sie dort antrafen.

Das Dach war zwar menschenleer, ruhig war es dennoch nicht.

»Das ist ein Helikopter«, sagte Joe.

Kurt hörte es ebenfalls. »Hier entlang.«

Sie überquerten das Dach. Die nordöstliche Ecke kam in Sicht, als den Helikopter die ersten Treffer erwischten. Er sackte weg, verschwand in der Nacht und ließ mehrere Gestalten zurück, die sich hinter einen Kran am Rand des Daches duckten. Sie lieferten sich ein Feuergefecht mit einer Gruppe, die in einem toten Winkel des Daches Schutz gefunden hatte. »Sieht so aus, als hätten Yan und ihre Freunde den letzten Flug in die Freiheit verpasst.«

Der Lärm des Helikopters verhallte schnell. Was immer für ein Honorar Emmerson dem Piloten versprochen haben mochte, es reichte ihm offenbar nicht aus, um einen Flug in eine aktive Kampfzone zu riskieren.

»Irgendeine Stimme sagt mir, dass er nicht zurückkommen wird«, meinte Joe ahnungsvoll. »Wenn wir Degra aus ihren Händen befreien, ist er uns einen Riesendank schuldig. Vielleicht schaffen wir es sogar, ihn von hier irgendwohin zu bringen, wo er wesentlich bessere Unterbringungsmöglichkeiten antrifft. Wie die CIA sie zum Beispiel für Leute seines Kalibers bereithält.«

Kurt hatte den gleichen Gedanken. Regel Nummer eins, wenn eine Operation aus dem Ruder läuft: Schnapp dir das Zielobjekt und such das Weite. Und diese Operation war so weit aus dem Ruder gelaufen, wie es kaum schlimmer hätte sein können. »Tolle Idee, aber vorher müssen wir diese CIPHER-Leute von hier vertreiben, ehe wir unsere Hilfe anbieten.« Er zog den Korken aus der Literflasche Speyside: »Hast du vielleicht mal Feuer?«

Joe nahm ein Zippo-Feuerzeug aus der Tasche, das er immer bei sich trug. »Und ich dachte, du bewahrst die Flasche auf, um auf irgendetwas anzustoßen.«

»Wer sagt denn, dass ich es nicht tue?«

Während Joe das Feuerzeug bereithielt, stopfte Kurt die Serviette in den Hals der Whiskyflasche. Sie färbte sich bernsteingelb, während sie sich mit dem angewärmten 130 Proof Alkohol vollsog. »Dies dürfte der teuerste Molotow-Cocktail der Geschichte sein.«

»Ich dachte mir schon, dass du die Flasche aus irgendeinem besonderen Grund mit der Kerze anwärmst«, sagte Joe.

»Wärme erhöht die Brennbarkeit des Whiskys«, sagte Kurt. »Dichtere Dämpfe garantieren eine größere Explosion.«

Joe zündete die Serviette an. Als sie brannte, schlich Kurt an der Mauer entlang, bis er die CIPHER-Wächter sehen konnte, die sich hinter einigen Arbeitsgeräten auf dem Dach versteckten.

Der Grundriss des Daches, die Position des Fensterputzerkrans und die Tatsache, dass Degra immer noch eine Geisel war, hatten die Kampfhandlungen einschlafen lassen. Mittlerweile wurden Drohungen und Forderungen ausgetauscht und durch gelegentliche Schüsse unterstrichen.

»Ich zähle drei Gegner«, sagte Joe. »Wir können nur hoffen, dass sie keine Verstärkung in Reserve haben.«

Als die Serviette lichterloh brannte, schleuderte Kurt die Eintausend-Dollar-Flasche in einem weiten Bogen von sich. Sie stieg hoch, fiel lautlos herab, schlug zwischen den Männern des CIPHER-Teams auf dem Dach auf und explodierte mit einer Flammenwolke.

Die Männer des CIPHER-Teams spritzten auseinander, stellenweise mit brennendem Whisky benetzt.

Kurt startete durch, rammte den nächsten Vertreter des CIPHER-Teams und warf ihn auf das Deck unter der Aussichtsplattform. Um ihn schnell ruhigzustellen, schmetterte Kurt seinen Kopf mehrmals gegen das Hochhausdach.

Der zweite Pistolenschütze drehte sich im Kreis, um die Flammen zu löschen. Er lehnte sich zurück und versuchte, seine brennende Jacke abzustreifen, als Joe ihn erreichte und mit einem kraftvollen Bodycheck zu Boden streckte.

Der nasse Untergrund erstickte einen Großteil der Flammen, aber Joe bot ihm trotzdem seine Unterstützung an. »Lassen Sie mich Ihnen behilflich sein.« Er zog dem Mann die Jacke über den Kopf und schickte ihn mit einer rechten Geraden ins Land der Träume.

Der dritte Schütze war der CIPHER-Sicherheitschef, der Mann im olivfarbenen Anzug. Er hatte den Flammen ausweichen können und hielt nun Ausschau nach den Angreifern.

Als er Joe entdeckte, brachte er sofort seine Waffe in Anschlag.

Joe warf sich nach links und rollte sich hinter die halbrunde Mauer. Querschläger prallten von ihrer Betonkrone ab.

Während der Mann auf Joe feuerte, stürmte Kurt auf ihn zu, erwischte ihn in Taillenhöhe und rammte ihm den Kopf unter das Kinn.

Der Mann in Oliv wusste nicht, was ihn erwischt hatte. Sein Kopf kippte nach hinten und krachte auf das Dach, als Kurt auf ihm landete. Er verlor das Bewusstsein und rührte sich nicht mehr.

Während sich Kurt die Pistole schnappte, die er fallen gelassen hatte, kam Joe im Laufschritt zu ihm. »Gutes Tackling«, sagte Joe. »Mindestens eine Fünfzehn-Yard-Strafe, wenn es bei einem Match der NFL passiert wäre.«

»Manchmal ist besondere Härte vonnöten«, erwiderte Kurt. »Hast du dir irgendwas aus der Abteilung ›Verloren und gefunden‹ sichern können?«

Joe hielt die Pistole hoch, die er einem ihrer Gegner abgenommen hatte.

»Gut«, sagte Kurt. »Und nun kommt der schwierige Teil.«

Er wandte sich zum Kran an der Ecke des Daches um. Erst jetzt registrierte er, dass nur noch Yan-Li und Degra übrig waren. Er sah, dass sie eine Waffe hatte und die Geisel als menschliches Schutzschild vor sich herschob.

»Yan, ich bin's – Kurt«, rief er. »Wir können Sie von hier wegbringen. Aber Sie müssen sich vorher entscheiden, ob wir Freund oder Feind sind.«

Nach mehreren langen Sekunden rutschte die Pistole über das Dach zu ihnen herüber. Yan stand langsam auf. »Ich weiß zwar nicht, wie Sie das hinbekommmen wollen, aber ich vertraue Ihnen.«

33

Kurt hob die Pistole auf und steckte sie sich in den Gürtel.

»Für ein Paar Typen, die ohne Waffen reingekommen sind, sehen wir inzwischen geradezu wie Pistoleros aus«, stellte Joe fest.

Yan-Li half Degra auf die Beine. Das Betäubungsmittel verlor schnell seine Wirkung. Allerdings wirkte er noch immer leicht benommen und desorientiert, aber immerhin konnte er aus eigener Kraft stehen.

»Was haben Sie mit ihm gemacht?«

»Betäubt. Noch fünf Minuten, und er wird uns Probleme machen.«

Kurt wandte sich an Joe. »Bring ihn zur südwestlichen Ecke und mach ihn startbereit. Wir kommen in einer Minute nach.«

»Was ist mit den restlichen CIPHER-Leuten?«, fragte Joe.

»Viele können nicht mehr übrig sein«, antwortete Kurt. »Und angesichts der Tatsache, dass die halbe Polizeitruppe von Taipeh hierher unterwegs ist, wird niemand im Gebäude, der irgendwas auf dem Kerbholz hat, länger als nötig hierbleiben.«

»Wahrscheinlich sollten wir das auch nicht«, meinte Joe und entfernte sich mit dem Gefangenen zur gegenüberliegenden Seite des Daches.

Kurt schätzte, dass sie fünf Minuten Zeit hatten. Die

Sicherheitsteams würden sich an die standardmäßige Prozedur halten, wie sie in Städten wie dieser auf dem gesamten Planeten üblich war und perfekt ausgeführt wurde. Zuerst würden sie das Gebäude umstellen und Absperrungen errichten. Dann würden sie in Mannschaftsstärke eindringen, sämtliche Ausgänge sichern und die unteren Stockwerke möglicherweise evakuieren. Erst danach würden sie einen Gang höher schalten und Beamte in den fünfundachtzigsten Stock und aufs Dach hinaufschicken.

Während Joe seine neue Position aufsuchte, sah Kurt die Chinesin kopfschüttelnd an. »Wie zum Teufel sind Sie nur in diese Geschichte hineingeraten?«

Beschämt senkte sie den Blick. »Emmerson hat meinen Sohn und meine Tochter in seiner Gewalt«, erklärte sie. »Und meine Mutter ebenfalls. Weil mein Ex-Mann nicht getan hat, was er von ihm verlangte, meint er, dass ich ihm nun etwas schuldig bin.«

Während sie Ching Shihs Schatz gesucht hatten, hatte sie Kurt erzählt, ihr Mann sei gestorben. »Ich hatte angenommen, Sie seien verwitwet.«

»Das bin ich auch«, sagte sie. »Jetzt.«

Allmählich verstand er. »Der Mann, den wir auf der *Swift* gefunden haben, Lucas Teng, war er … es?«

Sie nickte, während ihr Tränen in die Augen traten. »Er war an Schmuggel und Piraterie beteiligt«, sagte sie. »Er hatte dieses Schiff in Emmersons Auftrag gekapert. Die Leute von CIPHER haben es gestohlen. Und nun muss ich für sein Versagen bezahlen. Emmerson hält mich so lange fest, bis die Hydro-Com-Server wieder in seinem Besitz sind.«

Sie tat Kurt aufrichtig leid. »Piraten und Cyberkriminelle«, sagte er, »sind kaum der richtige Umgang für Sie.«

»Die Leute meines Mannes waren ganz okay«, erwiderte sie. »Ich weiß zwar, dass auch sie Kriminelle gewesen sind, aber sie wissen, wer ich bin. Und waren eigentlich immer anständig zu mir. Selbst Lucas war okay, auch wenn er ein Lügner und ein Dieb war.«

»Meinen Sie, dass sie hinter Ihnen stehen?«, fragte Kurt. »Von wegen Ganovenehre und so weiter?«

»So weit würde ich nicht gehen«, sagte sie. »Aber Lucas hat für sie gesorgt. Und ich nehme an, dass sie deshalb auch noch zu mir halten.«

Das war ja schon etwas, dachte Kurt. Wenn auch nicht viel. »Was hat Emmerson mit diesen Computern vor? Er ist doch kein Hacker, sondern eher ein Gangster der alten Schule.«

»Ich habe keine Ahnung«, sagte sie. »Sie verkaufen, vermute ich. Wie diese anderen Leute es auch tun wollen.«

»Nur dass er versucht hat, diesen Diebstahl geheim zu halten«, sagte Kurt, »während CIPHER es in die Welt hinausposaunte, um das Interesse zu wecken.«

Irgendwie ergab das Ganze keinen Sinn und vermittelte Kurt das Gefühl, dass hinter Emmersons Plänen noch etwas vollkommen anderes steckte. Dennoch, als von unten der Klang von Sirenen und Martinshörnern heraufdrang, wurde Kurt klar, dass dies nicht der geeignete Zeitpunkt für eine intensive Befragung war.

»Mittlerweile dürften wir vollkommen umstellt sein«, sagte er. »Wir sollten verschwinden.«

Er ging zur südwestlichen Ecke des Wolkenkratzers voraus, wo Joe bereits eine von Steven Wu vorbereitete Gerätekiste geöffnet und geleert hatte. Darin befanden sich Sprechfunkgeräte und Pistolen und sogar Rauchgranaten.

Wichtiger waren jedoch Rucksäcke mit Basejump-Fallschirmen und Gurtgeschirren für Tandemabsprünge.

Joe hatte Degra ein solches Geschirr angelegt und sich seinen eigenen Fallschirm auf den Rücken geschnallt. Einen Rucksack reichte er Kurt, und ein zweites Gurtgeschirr war für Yan-Li bestimmt.

Kurt blickte über die Dachkante hinunter auf die Masse von Fahrzeugen und hektisch blinkenden Blaulichtern. Dabei fiel ihm ein mögliches Problem ein, an das er bisher noch gar nicht gedacht hatte. Er wandte sich zu Yan-Li um und stellte ihr eine Frage. »Wartet da unten noch immer ein Exfiltrationsteam auf Sie, oder war dieser Hubschrauber Ihr einziges Fluchtmittel?«

Sie sah mit großen Augen zu ihm hoch. »Es gibt tatsächlich ein Bodenteam.«

»Können Sie es irgendwie erreichen?«

»Per Funk.«

»Rufen Sie es«, sagte er.

»Weshalb?«

»Rufen Sie Ihre Leute und sagen Sie ihnen, sie sollen sich bereithalten«, flüsterte er. »Aber vorher … nehmen Sie meine Pistole.« Er legte die Waffe neben sie, bevor er die Fallschirmgurte strammzog.

Sie starrte ihn verwirrt an. »Ich verstehe nicht, warum …«

Kurt blickte ihr in die Augen. »Was geschieht mit Ihrer Familie, wenn Sie nicht mit Degra auftauchen?«

»Darüber möchte ich noch nicht einmal nachdenken«, sagte sie.

»Dann nehmen Sie die Pistole an sich, rufen Sie Ihr Team und bringen Sie Degra zu ihm.«

»Und was dann?«

»Verraten Sie es mir«, sagte Kurt.

Damit trat er zurück, wandte Yan den Rücken zu und gab ihr Gelegenheit zu tun, was er ihr empfohlen hatte.

Sie zögerte, hin- und hergerissen zwischen dem, was sie tun wollte – und das war, mit Kurt und Joe zu fliehen und sich in Sicherheit zu begeben –, und dem, was sie tun musste. Und dies bestand darin, jede Möglichkeit zu nutzen, ihre Familie zu retten.

Sie ergriff die Waffe und stieg auf die Plattform hinauf. Mit der linken Hand zog sie den Schlitten zurück, sodass sich die Blicke ihrer Schicksalsgefährten bei dem metallischen Geräusch fragend auf sie richteten.

Kurt erstarrte demonstrativ.

Joe und Degra folgten seinem Beispiel, allerdings vollkommen perplex.

»Tut mir leid«, sagte Yan-Li laut, »aber Degra kommt mit mir.«

Kurt drehte sich langsam um. Die Chinesin hatte die Pistole in einer Hand und das Funkgerät in der anderen. Kurt und Joe mit der Pistole in Schach haltend, schaltete sie das Funkgerät ein und rief ihr Bodenteam.

Joe stützte Degra, der krampfhaft blinzelte, um die Benommenheit des Betäubungsmittels zu vertreiben. Offensichtlich begriff er, was hier los war, aber er war machtlos, es aufzuhalten.

»Geben Sie mir Ihren Fallschirm«, verlangte Yan-Li. Kurt reichte ihr das sorgfältig verschnürte Paket, dessen Tragegurte sie über ihre Schultern streifte.

Mit der Hand gab sie Joe ein Zeichen und einen neuen Befehl. »Bringen Sie ihn zu mir«, forderte sie ihn auf.

Joe sah in Kurts Richtung. Kurt nickte. »Schnall sie aneinander.«

Joe zog Degra auf die Plattform hinauf und verband sein Tandemgeschirr mit Yans Fallschirm.

»Warten Sie«, sagte Degra. Es waren die ersten Worte, die er in seiner Benommenheit hervorbrachte. »Das können Sie nicht tun.« Er drehte sich hin und her, stellte jedoch in diesem Augenblick fest, dass er am Rand eines fünfhundert Meter tiefen Abgrunds stand. Das bremste seinen Elan. Von nun an verhielt er sich vollkommen ruhig, weil er nicht abstürzen wollte.

»Sie wissen, dass wir Ihnen auf den Fersen bleiben«, sprach Kurt eine Warnung aus, die hauptsächlich für Degras Ohren bestimmt war.

»Sie werden uns ohne Hilfe niemals finden«, sagte Yan.

»Sie haben recht«, sagte Kurt. »Ohne Hilfe nicht.«

Ohne ein weiteres Wort stieß sich Yan-Li ab und tauchte mit Degra elegant in die Tiefe.

Kurt stieg auf die Plattform und warf einen Blick nach unten. Der Fallschirm öffnete sich sofort. Der Gleitschirm entfaltete sich und spannte sich auf. Yan-Li und ihre Beute entfernten sich vom Wolkenkratzer und segelten in Richtung Fluss.

»Was hatte das alles zu bedeuten?«, fragte Joe irritiert.

»Zwei Probleme wurden gelöst und ein drittes geschaffen«, antwortete Kurt, während er in das Tandemgeschirr schlüpfte.

»Ich hoffe, du hast auf der *Sapphire* etwas, um meine Erinnerung auszulöschen«, sagte Joe, »denn ich möchte dies hier nicht erklären müssen.«

»Überlass mir das Reden«, sagte Kurt. »Und jetzt sollten wir diesen gastlichen Ort verlassen, bevor wir von der taiwanesischen Bundespolizei mit lästigen Fragen gelöchert werden.«

Joe trat auf die Plattform, hakte Kurt an seinem Gleitschirm fest und trat an die Kante. »Auf eins«, sagte er. »Drei … zwei … eins …«

Während Joe das letzte Wort aussprach, machten er und Kurt einen Schritt ins Leere, verließen das Gebäude und stürzten in die Dunkelheit. Joe bediente den Gleitschirm lehrbuchmäßig. Die Gurte schnitten in ihre Schultern, der Fall wurde aufgehalten – und nun begannen sie zu fliegen.

Während Joe den Flug lenkte, nutzte Kurt die Gelegenheit, um die Welt unter ihnen zu studieren. Dann blickte er zu dem Schirm über ihnen hoch, von dem kaum etwas zu erkennen war, weil er sich mit seiner schwarzen Farbe kaum vom Nachthimmel abhob. Schließlich richtete er den Blick auf die mindestens einhundert Rettungsfahrzeuge, die am Fuß des Taipei-101-Turms parkten.

Wie er erwartet hatte, war das Gebäude von Polizei umlagert, was bedeutete, dass sie kaum mit Problemen konfrontiert werden würden, sobald sie sich weit genug vom Ort des Geschehens entfernt hätten.

Während das Gebäude hinter ihnen zurückblieb, schaute Kurt in Flugrichtung. Sie hatten Kurs auf einen weitläufigen Park, den Wu ihnen als Ziel empfohlen und beschrieben hatte. Der Untergrund schien mit jedem Meter, den sie sich dem Park näherten, schneller unter ihnen hinwegzugleiten. Trotz des Hochleistungssegels über ihren Köpfen sanken sie rasant.

Vor ihnen erschien eine Baumgruppe. In sicherem Abstand schwebten sie darüber hinweg und hatten eine Rasenfläche unter sich. Joe zog an den Leinen, um die Landung abzumildern. Kurt hob die Füße. Sie glitten über das nasse Gras und stoppten schließlich.

Innerhalb von Sekunden hatten sie sich von dem Gleitschirm befreit. Ein Minivan kurvte mit hohem Tempo über den Rasen und blieb mit bereits geöffneter Seitentür neben ihnen stehen.

Kurt und Joe hechteten hinein. Wu trat aufs Gaspedal und steuerte auf die nächste Ausfahrt zu.

Gleichzeitig warf er einen Blick nach hinten. Joe hatte ihm per Funk angekündigt, dass sie gemeinsam mit dem CIPHER-Chef vom Turm abspringen würden, aber er musste feststellen, dass dies offenbar nicht geschehen war.

»Wo ist Degra?«

Dies war eine Frage, die ihnen während der nächsten Stunden und Tage noch des Öfteren gestellt werden sollte.

34

NUMA-JACHT SAPPHIRE

Als Kurt und Joe auf die *Sapphire* zurückkehrten, wurde das Wetter von dem angekündigten Tiefdrucksystem bestimmt. Rein meteorologisch betrachtet, war es in keiner Weise bemerkenswert, sondern hatte nichts anderes im Gepäck als einen starken Dauerregen, der in nervtötender Eintönigkeit auf die Decks prasselte und über die getönten Fensterscheiben des Schiffes herabrann.

Zu schade, dachte Kurt. Wenn er sich jemals einen Wolkenbruch gewünscht hätte, der stark genug war, um das Satellitensignal zu blockieren, dann hätte es ruhig an diesem Tag sein können.

Stattdessen funktionierte das System ohne den geringsten Makel, und die Videoverbindungen zwischen den Kommunikationszentren der NSA und der NUMA wurden schnell und störungsfrei hergestellt.

Rudi Gunn erschien auf einem Bildschirm, während sich das Triumvirat – bestehend aus Anna Biel, Elliot Harner und Arthur Hicks – den anderen Bildschirm teilte.

»Der Vorfall wurde in sämtlichen Nachrichten ausgiebig durchgehechelt«, sagte Rudi. »Reporter sprechen von mindestens acht oder neun Todesopfern, vielleicht auch mehr. Da kann man nur froh sein, dass Sie beide wohlauf sind.«

Kurt erklärte, wie Yan-Li und ihre Begleiter eine Schießerei als Ablenkung genutzt hatten und wie er und Joe sie und Degra bis aufs Dach verfolgt und sich dort mit den CIPHER-Hilfstruppen herumgeschlagen hatten, die ebenfalls daran interessiert gewesen waren, Degra in ihre Gewalt zu bekommen.

Diese Phase des Geschehens brachte ihnen Lob und Anerkennung für ihren Mut und ihre Geistesgegenwart ein, aber als Kurt beschrieb, wie Degra mit Yan-Li geflohen war, war er auf dem besten Weg, sich das Wohlwollen seiner Zuhörer zu verscherzen.

Die geballte Breitseite aus Missfallen und Enttäuschung aller drei Agenturchefs traf ihn mit voller Wucht, allerdings nahm er in ihren Reaktionen subtile Unterschiede wahr.

Nachdem sie ihrem Schock über den Ausgang der Affäre ausreichend Ausdruck verliehen hatte, beruhigte sich Anna Biel – von der NSA – und bemühte sich um eine gemäßigte Haltung. Sämtliche Farbe war aus ihrem Gesicht gewichen, und die Sorgenfalten in ihrer Stirn hatten sich merklich vertieft. Sie sah nicht gerade glücklich aus, schien sich jedoch zumindest für den Augenblick gefangen zu haben und verzichtete darauf, wie ihre Kollegen in den Angriffsmodus zu schalten.

Arthur Hicks von der Cyber Division der CIA war zwar zutiefst frustriert, überließ das Feld aber seinem Boss, der vor Wut schäumte.

»Nur um festzuhalten, ob ich Sie richtig verstanden habe«, sagte Elliot Harner. »Sie hatten Degra in Ihrer Gewalt und haben zugelassen, dass sich die Frau mit ihm aus dem Staub machte – ist das richtig? Dazu auch noch mit unserem Fallschirm?« Voller Abscheu schüttelte er den Kopf. »Ich weiß nicht, ob ich das Ihrer Inkompetenz, Ihrer Dummheit oder etwas noch Schlimmerem zuschreiben soll. In meinen Augen sieht es so aus, als ob Ihnen die sympathischen Gefühle für diese Frau wichtiger waren als die Ausführung Ihres Auftrags.«

Das war für Rudi zu viel, sodass er sich genötigt sah, Kurts charakterliche Eignung für den Aufgabenbereich, in dem er sich betätigte, vehement zu verteidigen. Doch Kurt brachte ihn mit einer beschwichtigenden Geste zum Schweigen.

»Ist schon okay«, sagte Kurt. »Lassen Sie ihn ruhig weitersprechen. Fahren Sie fort, Harner. Führen Sie Ihren Gedanken zu Ende.«

Als ob er eine Falle witterte, schaltete Harner einen Gang zurück. »Der Punkt ist, dass Sie einen unmissverständlich formulierten Auftrag hatten. Sie hatten entsprechende Unterstützung und einen klar umrissenen Plan, dem Sie nur buchstabengetreu zu folgen brauchten. Darin war nicht davon die Rede, mit einer Chinesin zusammenzuarbeiten, die möglicherweise auf Emmersons Lohnliste steht.«

»Sie steht tatsächlich auf Emmersons Lohnliste«, sagte Kurt. »Das hat sie mir gegenüber sogar zugegeben. Aber so weit war ich noch nicht. Lassen Sie mich mal raten: Sie wussten darüber Bescheid, ehe wir in die Geschichte eingestiegen sind, zogen es jedoch vor, uns nicht darüber zu informieren.«

Harner begriff, dass er zu viel gesagt hatte. »Wir hatten sie mit Lucas Teng in Verbindung gebracht.«

»Und waren Sie nicht der Meinung, dass es hätte sinnvoll sein können, uns diese Information mitzuteilen, bevor Sie uns in die Höhle des Löwen geschickt haben?«

Vielsagende Seitenblicke von Anna machten deutlich, dass auch ihr dieses Verhalten ganz und gar nicht gefiel.

»Tatsache ist, dass Sie die Zielperson auf dem Präsentierteller vor sich hatten und sie laufen ließen«, fuhr Harner fort.

Kurt sah Joe an, um ihm eine kleine Warnung zukommen zu lassen, dass es gleich noch ein wenig schlimmer würde und er sich lieber anschnallen sollte.

»Ich habe nicht zugelassen, dass sie ihn mitgenommen hat«, erwiderte Kurt kühl. »Ich habe sie sogar aufgefordert, es zu tun. Ich habe sie sogar eigenhändig von diesem verdammten Dach hinuntergestoßen.«

Kurt sagte es mit klarem, offenem Blick und sah dabei direkt in die Kamera, doch es traf die Teilnehmer an der Videokonferenz unvorbereitet und wie ein Hammerschlag.

»Hat sie Ihnen eine Pistole vor die Nase gehalten?«, wollte Anna wissen.

»Das hat sie«, gab Kurt zu. »Aber ich hatte ihr die Pistole gegeben.«

Rudis Mikrofon zeichnete ein leises Knurren auf, aber nicht mehr. Rudi kannte Kurt lange genug, um zu vermuten, dass er etwas ganz Besonderes im Sinn hatte. Er konnte nur hoffen, dass der Nutzen dieser Aktion einen solchen Schritt auch rechtfertigte, wonach es in diesem Moment allerdings ganz und gar nicht aussah.

»Haben Sie den Verstand verloren?«, fragte Harner entgeistert. Er wandte sich nach rechts und richtete das Wort an die Direktorin der NSA. Genau genommen war das Ganze eine NSA-Operation. »Deshalb war ich von Anfang an dagegen, die NUMA ins Spiel zu bringen. Dieser Verein ist doch vollkommen unkontrollierbar. Die Agenten sind eine Truppe tickender Zeitbomben. Das waren sie von Anfang an. Seit Sandecker den Verein gegründet hat.«

Annas Blick warnte ihn, sich nicht im Ton zu vergreifen, aber sie fand auch kein Wort der Verteidigung für Kurt oder die NUMA. Sie drehte sich wieder zum Bildschirm um. »Ich erwarte, dass Sie einen verdammt guten Grund für Ihr Verhalten nennen können. Und ich habe keine Lust, noch länger auf Ihre Erklärung zu warten.«

Kurt entsprach ihrem Wunsch. »Als Sie uns losgeschickt haben, hatten wir zwei Optionen. Plan A sah vor, Degra zu überzeugen, dass wir den Quellcode hatten und ihn dazu zu bringen, die tragbare Festplatte mit dem Wurm an einen seiner Computer anzuschließen. Dieses Ziel wurde erreicht. Die Festplatte befindet sich an Ort und Stelle, aber wo der Computer ist und was sie damit machen, weiß ich nicht. Plan B war um einiges einfacher: Wir wollten dafür sorgen, dass wir die höchsten Bieter sind und die Computer zurückkaufen. Dies lief jedoch offensichtlich aus dem Ruder, als Yan und ihre Freunde die Auktionshalle in einen Schießstand verwandelten. Damit blieb uns nur der übliche, nicht näher erläuterte Plan C. Wir mussten das Zielobjekt schnappen und das Weite suchen. Was zu tun wir im Begriff waren, bis ich die zweihundert Streifenwagen sah, die vor dem Haus parkten, und erkannte, dass sich die ganze Geschichte zu einem internationalen Zwischenfall zu entwickeln schien.«

»Woraufhin Sie aufgegeben und versucht haben, Ihre Haut zu retten«, sagte Harner anklagend.

»Nein«, sagte Kurt. »Ich habe den Ball ins Aus gespielt und die Uhr angehalten.«

Schweigen senkte sich auf die Gruppe herab. Allgemeine Verwirrung machte sich breit, gepaart mit einer vagen Vermutung, dass Kurt tatsächlich einen bestimmten Plan verfolgte.

Die NSA-Direktorin ergriff wieder das Wort. Ihre Stimme klang ruhig und sachlich. »Kurt, Sie müssen mir erklären, wie Sie die Uhr angehalten haben, was ich so verstehe, dass Sie uns Zeit kauften, die wir anderenfalls nicht haben würden.«

»Es ist ganz einfach«, sagte Kurt. »Degra ist nicht irgendein gefangener Terrorist aus einem gescheiterten Staat ohne legitime Regierung. Er ist Chinese und damit Bürger der einzigen anderen Supermacht auf diesem Planeten. Wir können ihn nicht einfach entführen, ihn in irgendeinem Safe House verstecken und die Wahrheit aus ihm herauskitzeln. Dazu bekommen wir niemals die Chance. Sobald die Chinesen wissen, dass er sich in unserer Gewalt befindet – und eins können Sie mir glauben, das würden sie längst wissen –, müssten Sie mit einem unbarmherzigen sowohl diplomatischen, wirtschaftlichen als auch legalen Druck rechnen, ihn auf der Stelle freizulassen.«

Harner lehnte sich zurück und verschränkte die Arme vor der Brust.

»Der Punkt ist, dass Degra das weiß«, fügte Kurt hinzu. »Er weiß auch, dass wir ihn nicht foltern werden. Schlimmstenfalls müsste er mit Schlafentzug und langen Verhören à la guter Cop/böser Cop rechnen und vielleicht sogar mit Waterboarding.«

»Davon sind wir abgekommen. Das machen wir nicht mehr«, protestierte Harner.

»Es würde auch nicht funktionieren, wenn Sie es täten«, antwortete Kurt. »Nicht in der kurzen Zeit, die Sie ihn festhalten können. Alles, was er tun muss, ist ein paar Tage lang durchzuhalten und abzuwarten, bis die chinesische Regierung uns zwingt, ihn freizulassen, indem sie unsere Diplomaten als Verhandlungsmasse wahllos von der Straße holt. In diesem Szenarium läuft die Uhr sehr schnell ab. Degra gewinnt. Wir verlieren. Game over.«

»Degra ist ein Krimineller«, gab Harner zu bedenken.

»Aber ein Krimineller, der weiß, wo die Vector-Einheiten geblieben sind«, sagte Kurt. »Die Chinesen würden Himmel und Erde in Bewegung setzen, um ihn zurückzukriegen.«

Der CIA-Direktor hatte dieser Logik zwar nichts entgegenzusetzen, aber das machte ihn nicht glücklicher. »Nun, dank Ihnen brauchen sie nichts in Bewegung zu setzen. Wahrscheinlich ist er längst wieder in Hongkong.«

»So gut wie sicher ist er es«, sagte Kurt. »Aber in der Gewalt seines Feindes. Einer Partei, die nicht an die Genfer Konvention oder an chinesische Gesetze oder – soweit ich es beurteilen kann – an moralische Prinzipien und menschlichen Anstand gebunden ist.«

»Emmerson«, sagte Anna.

»Genau«, bestätigte Kurt.

Anna Biel beugte sich vor. Ihre Miene verriet zunehmendes Interesse, unterstrichen durch die Tatsache, dass die Farbe sehr schnell in ihr Gesicht zurückkehrte. »Laut Ihrem Plan ist davon auszugehen, dass Emmerson keine Hemmungen hat und Degra auf eine Art und Weise foltern wird, wie wir es uns kaum vorstellen können. Infolgedessen erfährt er, wo die Server sich befinden. Und was dann? Wie hilft uns das weiter? Sie befinden sich dann noch immer in der Hand von Kriminellen, wenn auch denen einer anderen Gruppe.«

»Es hilft uns weiter, weil wir jemanden in der Gruppe haben«, sagte Kurt. »Nämlich eine Frau, um genau zu sein.«

»Yan-Li«, sagte Anna. »Natürlich.«

Kurt nickte. Die NSA-Direktorin folgte ihm offenbar. Zweifellos durchschaute sie jetzt seinen Plan, aber er erklärte ihr bereitwillig auch noch den Rest. »Yan sitzt momentan mit Emmerson in einem Boot. Und muss alles tun, was er von ihr verlangt, in der Hoffnung, ihre Familie heil und unversehrt zurückzubekommen.«

»Bis zu dem Moment, wenn er sie nicht mehr braucht«, meinte Anna. »In dem Augenblick sind sie nicht mehr als Passivposten, die schnellstens loszuwerden Emmerson nicht zögern wird.«

Kurt widersprach nicht. »Yan weiß das. Sie ist zu klug und zu stark, um nicht die Wahrheit zu erkennen. Sie weiß, dass wir hier draußen sind und unbedingt an die Computer herankommen wollen. Und sie weiß, dass sie uns vertrauen kann. Sie wird abwarten und sich im richtigen Moment bei uns melden.«

»Und dann?«

»Liefere ich Ihnen Degra, Emmerson und die Hydro-Com-Server in einem Geschenkpaket mit einer großen Schleife darum.«

In den drei Konferenzräumen, Tausende Meilen weit voneinander entfernt, wurde es gleichzeitig vollkommen still.

Anna nickte fast unmerklich. Es war ein großes Wagnis. Aber dieses Wagnis war längst schon eingegangen worden. Von der NUMA, nicht von der NSA. Ihre Rechnung war simpel. Sollte etwas schiefgehen, würden Kurt und Joe die Verantwortung übernehmen. Aber wenn es gut ging, wenn es wirklich zu ihren Gunsten ausgehen sollte, nun, dann war eine Menge Ruhm zu ernten.

Trotzdem hatte sie noch Fragen. Angefangen damit, wie weit Kurt diese Sache durchdacht hatte. »Warum würde sie sich eher an Sie wenden als an chinesische Dienststellen?«

»Weil Emmerson überall in der chinesischen Regierung

seine Leute sitzen hat. Auf diese Weise konnte er überhaupt so viele Jahre überleben. In ihrem Fall wäre ein Kontakt mit den chinesischen Behörden in etwa das Gleiche, als wenn sie mit Emmerson direkt spräche.«

Anna nickte abermals. »Und was macht Sie so sicher, dass er sie noch nicht erschossen und ihre sterbliche Hülle im Ozean entsorgt hat?«

»Weil er sie braucht, um diese Operation erfolgreich zu Ende zu führen«, sagte Kurt. »Die Hydro-Com-Server befinden sich irgendwo unter Wasser in ihrem Versteck. Wenn sie nicht dort wären, hätten wir längst ein Signal aufgefangen. Yan-Li ist Kinnard Emmersons Tauch- und Bergungsexpertin. Er hat gar keine Zeit, sich jemand Neues zu suchen. Und er hätte Mühe, jemand Besseren zu finden. Ihr droht vorläufig kaum eine Gefahr, bis diese Computer wieder in seinem Besitz oder vollkommen außerhalb seiner Reichweite sind.«

»Wie sicher sind Sie sich all dessen?«, fragte die NSA-Direktorin.

»Sehr sicher. Selbst wenn – und so sieht es im Augenblick für mich aus – von dieser Geschichte offenbar meine weitere Karriere abhängt«, sagte Kurt.

»Das würde ich auch sagen. Aber Tatsache ist trotz allem – und das sollten wir nicht vergessen –, dass Sie die Uhr angehalten und uns eine weitere Chance verschafft haben, das Spiel doch noch zu gewinnen. Ich nehme an, Sie haben einen Plan. Oder nicht?«

»Ich habe ein paar Ideen.«

Sie drehte sich um und fixierte Rudi. »Ich denke, jetzt ist es Ihre Mission, Gunn. Und glauben Sie mir, Rudi, wenn die Sache schiefgeht, wird das Blut, dass dabei vergossen wurde, an Ihren Händen kleben.«

Die Konferenzteilnehmer trennten ihre Verbindungen, und nur der NUMA-Link blieb aktiv. Rudi brauchte ein paar Sekunden, um seine Gedanken zu ordnen, dann wandte er sich an Kurt und Joe.

»Wie üblich haben Sie beide sich auf einen sehr langen Ast hinausgewagt und ihn halb durchgesägt, bevor Sie nachgeschaut haben, was sich unter Ihnen befand. Um bei diesem Bild zu bleiben, bin ich ehrlich überrascht, Sie noch immer auf dem Baum anzutreffen. Aber da ich wahrscheinlich mit Ihnen beiden dort oben herumturne, verraten Sie mir einfach, was Sie brauchen, damit dieser Plan funktioniert.«

Kurt wusste, dass Rudi keine leeren Versprechen machte. Er würde liefern, was er sich wünschte. »Informationen über den Aufenthaltsort von Yan-Lis Kindern und ihrer Mutter«, sagte er. »Wenn wir sie retten, hat er nichts mehr, womit er sie unter Druck setzen kann.«

Nachdenklich nickte Rudi. »Diese Infos kann ich besorgen. Es besteht die Chance, dass Emmerson sie irgendwo in Hongkong versteckt hat. Was sonst noch?«

»Yan sprach davon, dass sie noch mit der Truppe ihres Ex-Mannes zusammenarbeitet. Sie mögen zwar keine Musterknaben sein, aber verglichen mit Emmerson und Degra machen sie keinen so üblen Eindruck. Sie könnten glatt so etwas wie Verbündete oder Helfer werden. Vorausgesetzt, wir haben etwas, das wir ihnen anbieten können.«

»Man könnte für sie ein Asyl arrangieren«, schlug Rudi vor.

»Ich dachte an etwas Reizvolleres für Leute, die sich selbst als Piraten betrachten«, sagte Kurt.

»Geld?«

»Schätze«, sagte Kurt. »Und zwar eine Menge. In Gestalt von Ching Shihs Schiff.«

»Die *Drache*?« Rudis Augen weiteten sich. »Für den Fall, dass Sie es vergessen haben, die Zeiten von ›Wer es findet, dem gehört es‹ sind vorbei. Auf keinen Fall können wir die Taschen einer Bande von Schiffsentführern und Kriminellen mit historisch bedeutenden und wahrscheinlich unbezahlbaren Kulturgütern vollstopfen, nur weil es für unsere Zwecke dienlich ist.«

»Wir brauchen ihnen den Schatz ja nicht zu überlassen«, sagte Kurt. »Demjenigen, der die Position nennen kann, an der das Schiff seinerzeit gesunken ist, winkt eine Belohnung von zehn Millionen Dollar. Wir brauchen nichts anderes zu tun, als Beweise für die Existenz des Wracks vorzulegen, und schon werden die Chinesen bereitwillig zahlen und vielleicht sogar noch ein paar Orden und Ehrenurkunden für die Finder obendrauf packen. Welcher Pirat mit einem Funken Berufsehre im Leib könnte der Versuchung widerstehen, auf einen Schlag reich und als gesetzestreu betrachtet zu werden?«

Rudi versuchte gar nicht erst, diese Frage zu beantworten. Er hatte es aufgegeben, an Kurts Intuition zu zweifeln. Höchstwahrscheinlich hatte Kurt mal wieder recht. Ob die Chinesen wirklich so großzügig und edelmütig wären, stünde auf einem anderen Blatt, aber das sollten die Piraten selbst abwägen. »Da wäre noch immer das Problem, das Schiff zu finden.«

»Wir haben dicht davorgestanden«, sagte Kurt, »bis uns diese Geschichte dazwischenkam. Das Wrack liegt entweder in der Bucht von Ki-Song Island oder irgendwo ganz in der Nähe. Paul und Gamay könnten dort weitermachen, wo wir damals aufgehört haben. Wenn das Wrack dort liegt, wo ich es vermute, werden Sie es bis zum Ende der Woche wissen.«

»Und wenn es nicht dort ist?«

»Dann können Sie nur die Kaffeekasse leeren und hoffen, dass Yans Team sich so billig kaufen lässt.«

Wie immer hatte Kurt alles großräumig simplifiziert und zählte auf eine reichliche Dosis Optimismus, Gottvertrauen und ganz einfach Glück, mit deren Hilfe sich die meisten Probleme sicher aus dem Weg räumen ließen. Diese Kombination hatte sich schon des Öfteren als erfolgreich erwiesen.

»Was sein muss, muss sein«, sagte Rudi. »Also, wie bringen wir Sie nach Hongkong, ins Land der politischen Unruhe und der zehntausend Identifikationskameras? Es wird Ihnen nicht viel nützen, mehr oder weniger offiziell einzureisen und gleichzeitig zuzulassen, dass Emmerson und die chinesische Regierung über Ihre Ankunft unterrichtet werden, kaum dass Sie gelandet sind.«

»Ganz meine Meinung«, sagte Kurt. »Deshalb brauchen wir die *Phantom*.«

35

Joe stand vor einer Computerkonsole neben dem Landeteller auf dem Achterdeck der *Sapphire.* Die Jacht pflügte mit voller Kraft auf südlichem Kurs durch die See. Das Ziel war die Insel Ki-Song, wo sie aufgrund der jüngsten Ereignisse die Suche nach dem Piratenschiff *Seidener Drache* vorzeitig abgebrochen hatten.

Vom Sonnenlicht geblendet, blickte er zum blauen Himmel im Süden hinauf, von wo sich eine riesige Drohne näherte und zum Landeanflug ansetzte.

»*Air Truck approaching*«, drang eine elektronische Stimme aus dem Lautsprecher der Computerkonsole.

Der Air Truck war ein brandneues Luftfahrzeug, das für die NUMA von Ingenieuren entwickelt worden war, die vehement die Ansicht vertraten, menschliche Piloten seien überflüssig. Der Revolution autonomer Autos Rechnung tragend, lenkten sich mittlerweile auch Luftfahrzeuge, die mit Kameras, Radar sowie LiDAR- und GPS-Empfängern ausgestattet waren, in stetig zunehmender Zahl selbst.

Als Pilot empfand Joe diese Entwicklung beinahe als persönliche Beleidigung und sah in dem Air Truck nicht mehr als ein großes, dummes, ferngesteuertes Flugzeug mit vier Rotoren. Dennoch bewunderte er die Batteriepacks, die dem Flieger erlaubten, Strecken von fünfhundert Meilen mit einer einzigen Ladung zurückzulegen, und an jedem Stromanschluss auf einem Schiff oder zu Lande aufgeladen werden konnten.

Er setzte ein Headset auf und schickte den Passagieren eine Nachricht. »Bereithalten für automatische Landeroutine.«

Paul Trouts Stimme antwortete. »*Ich hoffe nur, dass sie nicht zu rau wird. Ich habe jetzt schon Rückenschmerzen von dem engen Sitz, in dem ich seit Stunden eingepfercht bin.*«

Erfreut nahm Joe zur Kenntnis, dass er der Negativliste des ungeliebten Air Trucks einen weiteren Punkt hinzufügen konnte. Er war ganz eindeutig nicht für groß gewachsene Menschen konstruiert.

»Dieser Apparat bekommt es meistens ganz gut hin«, scherzte Joe, »aber gelegentlich schlägt er einen Purzelbaum und legt sich auf den Rücken, um seine Passagiere ins Meer zu kippen. An eurer Stelle würde ich mich festhalten.«

Gamay ließ als Nächste von sich hören. Ihre Stimme klang allerdings ganz und gar nicht amüsiert. »*Falls irgendetwas in dieser Richtung passieren sollte, mache ich dich dafür regresspflichtig, Joe Zavala. Ich finde es sowieso nicht besonders toll, in einem Flugzeug ohne Pilot den Ozean zu überqueren.*«

»Meine Idee war es nicht«, erwiderte Joe.

Indem er auf einen Knopf in der Konsole drückte, startete er die Auto-Lande-Sequenz. Von acht Kameras und einem LiDAR-System geleitet, näherte sich der Air Truck der *Sapphire* von achtern, schwenkte auf ihren Kurs ein, passte seine Geschwindigkeit an, ging über dem Landeteller in Position und sank dann langsam herab. Der Truck schaffte es sogar, dem Wellengang und den Rollbewegungen des Boots zu folgen.

Nachdem die Kufen sicher auf dem Landedeck aufgesetzt hatten, schalteten sich die Rotoren aus und kamen erheblich schneller zum Stillstand als bei einem Hubschrauber. Innerhalb von Sekunden befand sich die Maschine in neutralem Betriebsmodus. Das Kabinendach wurde aufgeschoben, und endlich konnte Paul zum ersten Mal nach zwei Stunden aufrecht sitzen. Erleichtert seufzte er, während er sich streckte.

Er kletterte heraus, gefolgt von Gamay. Beide trugen kleine Reisetaschen.

»Schicker Eimer«, sagte Paul und sah sich erfreut um. »Zu unserer letzten Mission hat Rudi uns in einem lecken Trawler geschickt.«

»Sie ist ein gutes Schiff«, lobte Joe die *Sapphire*, »auch wenn die Mannschaft ziemlich unfreundlich und nur wenig hilfsbereit ist. Was immer ihr tut, stellt Stratton auf keinen Fall irgendwelche Fragen zu den Drohnen.«

Wenig später trat Kurt durch die Tür des hinteren Deckaufbaus. Er und die Neuankömmlinge begrüßten einander eher wie Familienangehörige, die sich lange nicht gesehen hatten.

»Wir sind wie Schiffe in der Nacht, die auf dem Ozean aneinander vorbeirauschen«, sagte Kurt mit einem Anflug von Sentimentalität.

»Könnte man fast sagen«, erwiderte Gamay. »Soweit ich gehört habe, zieht es euch beide in eine heiße Gegend.«

»Wie heiß es dort ist, weiß ich gar nicht«, erwiderte Kurt. »Laut, hektisch und gefährlich trifft eher zu.«

»Besser Sie als wir.«

Paul und Gamay begaben sich unter Deck, während Joe und Kurt ihre Plätze im Air Truck einnahmen.

Über den Touchscreen im Cockpit gab Joe die Koordinaten ihres Flugziels ein und tippte den Startbefehl. Dabei krümmte er sich innerlich gequält. Die Vorstellung, ein Flugzeug per Knopfdruck auf die Reise zu schicken, verursachte ihm beinahe körperliche Schmerzen.

Die Rotoren erreichten schnell ihre Betriebsdrehzahl, und der Air Truck hob ab. Er entfernte sich nach Osten, wo die *Phantom* an Bord eines Versorgungsschiffes der NUMA auf sie wartete.

36

CHINESISCHE HOHEITSGEWÄSSER
ÖSTLICH DES VICTORIA HARBOUR

Wie schwarzes Öl strömte Wasser über den gekrümmten Rumpf der *Phantom* und floss derart glatt und turbulenzfrei ab, dass das Schiff, selbst wenn es sich über Wasser bewegte, wie eine etwas höhere Welle im natürlichen Seegang erschien. Sobald es versank, ganz gleich in welche Tiefe, war es unauffindbar. Unsichtbar und kein Geräusch erzeugend, entging es sogar aktiven Sonarimpulsen.

Als gemeinsames Projekt der U.S. Navy und der NUMA vereinigte dieses fertige Produkt die modernsten und wirkungsvollsten Technologien beider Organisationen in sich. Offiziell auf den Namen *Phantom* getauft, glich es äußerlich einer extrem flachen, länglichen Schildkröte mit breitem ovalem Leib.

Für den Einsatz bei Aufklärungsmissionen konstruiert, besaß das U-Boot keine Tiefenruder, keinen Kommandoturm, kein Seitenruder und auch keinen aus dem Rumpf ragenden Propeller. Es manövrierte mithilfe beweglicher Platten auf dem Rücken und am Bauch, außerdem verfügte es über Druckstrahlruder an den Seiten, die in jede Richtung drehbar waren. Damit glich es einem modernen tauchfähigen Kampfflugzeug.

Seine Antriebsenergie erhielt es von einem Mikroreaktor, dem kleinsten Kernkraftwerk der Welt, und es führte eine ganze Kollektion Hightech-Geräte mit sich – inklusive einer eigenen Tarnkappendrohne und hochsensibler Mikrowellenscanner, um Funksignale aufzuspüren und abzufangen.

Von besonderer Bedeutung war für Kurt und Joe seine Fähigkeit, in vielbefahrenen, eher seichten Gewässern unbemerkt operieren zu können. Ohnehin schon bedeutend leiser als jedes andere standardmäßige U-Boot, war die *Phantom* mit zusätzlichen schallschluckenden Systemen ausgestattet, darunter auch mit Gel gefüllten Zellen auf der Außenseite, die aktive Sonarsignale streuten oder vollständig verschluckten.

Während Joe das Boot in Richtung Hongkong und Victoria Harbour lenkte, entdeckte er eine chinesische Fregatte auf Übungsfahrt. »Wir könnten uns neben sie setzen und unseren Unterwasser-Frisbee einem realistischen Test unterziehen.«

»Sorry, Amigo«, sagte Kurt. »Ich weiß, dass du nichts lieber tätest, als auszuprobieren, was dieses Boot wirklich leistet und wo seine Grenzen sind, aber wir haben strikten Befehl, jeden Kontakt mit chinesischen U-Boot-Abwehreinrichtungen zu vermeiden. Und das werden wir in unserem eigenen Interesse auch tun.«

»Spielverderber«, sagte Joe. »Aber ich versteh schon. Dieses U-Boot ist genauso topsecret wie die Computer, die wir suchen.«

»Weshalb sie dreihundert Pfund Sprengstoff in seinem Rumpf verteilt haben. Damit wir es vollständig zerbröseln können, falls wir in einem Abfangnetz landen und aus dem Wasser gefischt werden sollten.«

»Soll das vor oder nach unserem Ausstieg passieren?«, fragte Joe.

»Wenn ich es mir recht überlege, wurde über diesen Punkt noch gar nicht gesprochen.«

»Hoffen wir, dass es nicht dazu kommt«, sagte Joe. »Jetzt muss ich mich erst einmal in den Kanal hineintasten. Der Meeresgrund steigt an. In ein paar Minuten beträgt die Wassertiefe weniger als dreißig Fuß. Wir müssen schnellstens den ausgebaggerten Teil des Hafens erreichen, sonst geraten wir zu nah an die Wasseroberfläche.«

Kurt nickte in Joes Richtung. »Achte auf jeden Fall auf Wrackteile der *Queen Elizabeth*«, sagte er in Erinnerung an den berühmten Ozeandampfer, der im Jahr 1972 im Victoria Harbour in Brand geraten und gesunken war.

»Wenn wir tatsächlich auf ihre Reste stoßen sollten, sind wir ganz schön weit vom Kurs abgekommen«, sagte Joe. »Die Chinesen haben den Großteil der Trümmer unter einem Landgewinnungsprojekt begraben.«

Kurt quittierte diese Information mit einem überraschten Lachen und wandte seine Aufmerksamkeit wieder dem Bildschirm vor sich zu. Während Joe sich auf das Lenken des U-Boots konzentrierte, durchforstete Kurt die Daten, die er vor dem Ablegen von der *Sapphire* auf den Bordcomputer heruntergeladen hatte.

Über Hongkong verstreut besaß Emmerson eine ansehnliche Anzahl von Immobilien. Aber die größte und abgeschiedenste Landfläche war eine Region westlich einer Gegend, die früher den aufschlussreichen Namen Junk Bay getragen hatte, mittlerweile jedoch in Tseung Kwan O umbenannt worden war.

Früher einmal war Junk Bay ein Zentrum der Schiffsbau- und der Abwracktechnik gewesen. Während Chinas Wohlstand zunahm und diese Industriezweige in ärmere Länder abwanderten, wurde die gesamte Region einer gründlichen Schönheitskur unterzogen und zeichnete sich jetzt durch imposante Wolkenkratzer, ausgedehnte öffentliche Parks und großzügige Sportanlagen aus.

Die einzige Erinnerung an die alte Welt war Emmersons Industriepark, zu dem der alte Abwrackbetrieb und ein riesiger Hangar für Wasserflugzeuge gehörten, in dem früher einmal die Royal Navy residiert hatte.

Emmerson kaufte den baufälligen Hangar von der englischen Regierung, bevor das Militär Hongkong im Jahr 1999 verlassen hatte. Da die Flugzeughalle eigentlich abgerissen werden sollte, bekam er sie ausgesprochen günstig. Aber anstatt sie dem Erdboden gleichzumachen, ließ Emmerson sie instand setzen und verwandelte den Hangar und das Rollfeld vor seinem Tor in eine Produktionsstätte, in der er ausrangiertes militärisches Gerät für den Export in Drittweltstaaten aufarbeiten ließ.

»Das Ganze erinnert mich an einen Schrottplatz, auf dem ich in meiner Jugend immer wieder Ersatzteile für meine diversen Autos gesucht habe«, sagte Kurt, während er die Fotos betrachtete.

Das weitläufige Gelände war mit veralteter und defekter Kriegstechnik übersät, häufig ausgeschlachtet und von wertvollen Metallelementen befreit, manchmal auch repariert und für den Verkauf so weit wie möglich modernisiert.

»Dem Aussehen nach stammt das meiste offenbar aus Russland und anderen östlichen Staaten«, sagte Kurt, »was eine Erklärung für diese Pipeline-Schweißdrohnen sein könnte, die mich in der Nähe des Wracks der *Canberra Swift* angegriffen haben.«

Joe war der gleichen Meinung. »Das Mini-U-Boot, von dem aus sie operierten, hat in meinen Augen ausgesehen, als stammte es aus chinesischer Produktion. Aber das heißt noch lange nicht, dass wir Yans Mutter und ihre Kinder hier antreffen können. Wie kommst du darauf, dass wir richtig sind?«

»Dies ist der logisch am ehesten passende Ort«, sagte Kurt. »Weit vom Schuss und relativ einfach abzusichern. Eine Art von Lokalität, wo die Anwesenheit bewaffneten Wachpersonals keinen Verdacht erregt. Darüber hinaus haben wir die Informationen, die sich Rudi von der CIA beschafft hat.«

»Ich wette, er musste sie Harner regelrecht aus den Klauen reißen«, sagte Joe.

Kurt hatte den gleichen Gedanken, obwohl Rudi nichts in dieser Richtung hatte verlauten lassen. »Wie sich herausgestellt hat, hat die CIA diesen Ort kurz nach dem Verschwinden der *Canberra Swift* ins Visier genommen und beobachten lassen. Offenbar hatten sie Emmerson schon sehr frühzeitig unter Verdacht. Sie zogen sogar die Möglichkeit in Erwägung, dass die *Swift* in dem Hangar für Wasserflugzeuge versteckt worden sein könnte.«

»Kein allzu abwegiger Gedanke«, sagte Joe. »Es ist ein großes Gebäude. Diese Rolltore messen von Seite zu Seite gut einhundertdreißig Meter. Und die lichte Höhe beträgt schätzungsweise fünfundvierzig Meter.«

»Ganz schön beeindruckend«, gab Kurt zu, »aber doch nicht groß genug, um einem zweihundert Meter langen Schiff ausreichend Platz zu bieten. Noch nicht einmal, wenn man es diagonal hineinbekäme. Trotzdem hat sich die Überwachung in anderer Hinsicht bezahlt gemacht.«

Er blätterte auf dem Bildschirm durch das Dokument und wischte mit dem Finger nach links, um weitere Seiten zu öffnen. Bei einer, die besonders aufschlussreich war, hielt er inne. »Diese Fotos sind drei Tage nach dem Hijacking aufgenommen worden.«

Er drehte das Tablet so zur Seite, dass Joe darauf blicken konnte. Die Bilder waren aufgrund der Entfernung, aus der sie aufgenommen worden waren, extrem körnig, aber doch noch scharf genug, um zwei größere Männer zu erkennen, die drei kleinere Gestalten zum Hangar eskortierten.

Auf den weiteren Bildern war deutlich zu erkennen, dass die kleineren Personen unsanft vorwärts gestoßen wurden, von ihren Gesichtern war jedoch nichts zu sehen, weil sie mit grauen Kapuzen-Sweatshirts bekleidet waren, die ihre Köpfe verhüllten.

»Viel ist nicht zu erkennen«, sagte Joe enttäuscht.

»Streng mal deine Fantasie an«, forderte Kurt ihn auf.

»Dann würde ich auf drei Kinder tippen.«

»Oder zwei Kinder und eine Großmutter«, sagte Kurt. »Yans Mutter ist nur eins fünfzig groß.«

Joe blickte noch einmal auf die Fotos. »Das ist doch schon was.«

»Und hier ist noch etwas anderes«, sagte Kurt. »Einem Techniker in Langley ist es gelungen, die Spur von Emmersons Männern aufzunehmen, indem er eins ihrer Mobiltelefone klonte. Der Mann suchte mehrmals eine nahe gelegene Apotheke auf. Aus einer Textnachricht ging hervor, dass Blutdruck- und Herzmedikamente abgeholt werden können.«

Joe zuckte die Achseln. »Für das Syndikat zu arbeiten kann ganz schön stressig sein. Sie sollten mal darüber nachdenken, eine Selbsthilfegruppe zu gründen.«

»Dazu äußere ich mich nicht«, sagte Kurt, »aber auf den Rezepten standen die gleichen Medikamente, die auch

Yans Mutter einnimmt. Es sind die gleichen Tabletten, die zurückgelassen werden, wenn jemand aus seiner Wohnung entführt wird und man später nicht noch einmal an den Ort des Verbrechens zurückkehren möchte.«

Joe wertete dies als überzeugendes Argument. »Es klingt, als wären wir zum richtigen Ort unterwegs. Was wissen wir über den Bau?«

»Starkes Sicherheitssystem, Kameras, zahlreiche Wachposten, ganz zu schweigen von gesicherten Toren, Stacheldrahtzäunen und freilaufenden Wachhunden«, zählte Kurt auf. »Aber das alles befindet sich auf der Landseite. Wir kommen vom Wasser. Das Gebäude ragt über die Bucht hinaus und schafft so etwas wie einen überdachten Bootshafen. Damit gleicht es eher einem Bootsschuppen als einem Flugzeughangar. Das Tor endet oberhalb der Wasseroberfläche. Wir schwimmen hin und tauchen darunter hinweg.«

»Sollte ich nach Bewegungssensoren fragen?«

»Davon gibt's jede Menge«, antwortete Kurt. »Aber nicht auf der Hafenseite. Dort herrscht zu viel Aktivität auf dem Wasser, sodass die Sensoren nicht zuverlässig funktionieren würden. Sie würden alle zehn Sekunden Alarm schlagen, und nicht nur deshalb. Ich denke auch an Boote, Vögel und Fliegende Fische. Höchstwahrscheinlich sind auch dort Kameras installiert, aber sie werden uns unter der Wasseroberfläche wohl nicht wahrnehmen.«

»Ich liebe dein Selbstvertrauen«, sagte Joe. »Und wenn wir drin sind?«

»Wir suchen uns einen Ort, wo wir unbeobachtet bleiben, ziehen unsere Nasstauchanzüge aus und mischen uns unters Volk, als gehörten wir dorthin.«

»Ich verstehe«, sagte Joe und signalisierte mit einem

Kopfschütteln, dass er von dem Plan alles andere als begeistert war. Mit den Fingern rieb er über den Kragen des billigen Overalls, den er trug. »Ich dachte mir schon, dass es bestimmt einen triftigen Grund gibt, weshalb wir diese einteiligen Elvis-Presley-Pyjamas tragen.«

»Elvis hätte sich niemals in einen Overall ohne Pailletten oder Fransen an den Nähten verirrt«, erwiderte Kurt. »Aber du hast recht. Wir tragen diese Dinger nicht, weil sie besonders bequem oder kleidsam sind. Sie entsprechen dem Outfit, das Emmersons Männer auf den CIA-Fotos trugen. Sie sollen dafür sorgen, dass wir nicht auffallen.«

»Was meinst du denn, wie viele von Emmersons Leuten wir hier überhaupt zu sehen bekommen?«

Kurt warf einen Blick auf seine Armbanduhr. Es war schon spät, nach Mitternacht. »Hoffentlich nur wenige. Sicher werden wir dort einige Wächter antreffen, die auf die Geiseln aufpassen sollen, ansonsten rechne ich nicht mit Problemen. Die Leute – Männer und Frauen –, die sich dort aufhalten, gehören zum normalen Personal. Ich denke an Mechaniker und einfache Arbeiter. Und von denen dürfte niemand bewaffnet sein.«

»Einige möglicherweise doch.«

»Na ja, bei einem Betrieb, in dem Emmerson der Boss ist, muss man wohl davon ausgehen.«

Danach verstummten die U-Boot-Fahrer. Durch den zentralen, regelmäßig ausgebaggerten Kanal gelangten sie in den Victoria Harbour. Er führte sie weit genug nach Westen, wo der normale Schiffsverkehr merklich nachließ.

Joe riskierte es, ein wenig höher zur Wasseroberfläche aufzusteigen, während er die *Phantom* in Richtung Junk Bay lenkte.

»Wie auf den jüngsten Satellitenfotos zu erkennen ist,

ankern am nördlichen Ende des Kanals außerhalb der Mole einige Schuten«, sagte Kurt.

»Das klingt nach einem geeigneten Parkplatz, auf dem wir vor neugierigen Blicken sicher sind«, meinte Joe.

Während er das Tempo drosselte, manövrierte Joe ihr U-Boot zwischen die kastenförmigen Arbeitsschiffe. Vorläufig noch in Tauchposition, brachte er den motorisierten Anker aus, der selbstständig im Schlick Halt suchen würde. »Hier herrscht zwar keine nennenswerte Strömung, aber ich habe keine Lust, hierher zurückzukommen und feststellen zu müssen, dass sich unsere einzige Fluchtmöglichkeit ohne uns auf den Rückweg gemacht hat.«

Der Anker bohrte sich in den Meeresgrund und fixierte das U-Boot etwa fünf Meter unterhalb der Wasseroberfläche.

»Wir sollten uns landfein machen und uns in die Schleusenkammer zwängen«, sagte Kurt. »Zum Hangar zu schwimmen wird heute eine unserer leichtesten Übungen sein.«

37

JUNK BAY, HONGKONG

Kurt und Joe verließen das schildkrötenförmige U-Boot durch eine Tauchschleuse an seiner Unterseite. Sie benutzten Kreislauftauchgeräte – sogenannte Rebreather – und trugen Vollgesichtshelme mit integriertem Kommunikationssystem, sodass sie sich miteinander unterhalten konnten. Anstatt in Nasstauchanzüge war jeder der beiden in eine Hülle aus sogenannter Schrumpffolie geschlüpft, die im Grunde nichts anderes war als ein einteiliger wasserdichter Overall ohne zusätzliche Kälteisolierung.

Üblicherweise wurde er über die bereits vorhandene Bekleidung – gewöhnlich ein Nasstauchanzug – gezogen und sollte seinen Träger vor schädlichen Chemikalien und anderen Gefahren schützen, die im Wasser lauerten. Im Gegensatz zu regulären Trockentauchanzügen, die klobig waren und einen hohen Auftrieb aufwiesen, erhöhte die Schrumpffolienversion den Auftrieb des Tauchers nicht, vorausgesetzt der Taucher benutzte den integrierten Strohhalm, um sämtliche Luft aus dem Inneren der Folienhülle herauszusaugen.

»Wichtige Teile meines Körpers schwitzen in diesem Anzug«, beklagte sich Joe, um das Comm-System zu testen und einen Lacher aus Kurt herauszukitzeln.

»Geht mir genauso«, sagte Kurt. »Bleib in Bewegung und schwimm weiter. Das kalte Wasser hilft.«

Sie überquerten die Bucht in einer Tiefe von gut drei Metern, geleitet von einem sanften Lichtschein, der unter dem Hangartor hervordrang und dem schmutzigen Hafenwasser einen grünlichen Schimmer verlieh. Während sie sich ihrem Ziel näherten, erschien vor ihnen im Wasser das regelmäßige Streifenmuster vertikaler Schatten, die zu einem stählernen Gitter gehörten und das Licht blockierten.

Während er das Hindernis untersuchte, gewann Kurt den Eindruck, dass es ein gigantischer Unterkiefer war, der sich in geschlossener Position befand, bis jemand im Innern des Hangars auf einen Knopf drückte und ihn nach vorne aufklappen ließ. Offensichtlich konnten die Stäbe heruntergelassen werden, um Schiffen oder Wasserflugzeugen die Ein- oder Ausfahrt zu erlauben. In der geschlossenen Position waren sie jedoch bestens geeignet, das Hindurchschlüpfen jedweden Fremdkörpers zu verhindern, der größer war als eine Makrele.

»Davon war in den Infos über diesen Ort nichts zu finden«, sagte Joe.

»Weil niemand hier getaucht ist, um die Lage genau zu sondieren«, erwiderte Kurt. »Ich habe allerdings mit einer Sperre wie dieser gerechnet. Alles in allem ist es nicht allzu schlimm.«

Er öffnete den Reißverschluss einer Tasche auf seiner Brust und holte eine kleine Metallsäge heraus, die mit Batterie betrieben wurde. Sie bestand aus einer Trennscheibe, deren Schneide mit Industriediamanten besetzt war.

Kurt schaltete sie ein, und die Scheibe startete sofort und lief auf viertausend Umdrehungen pro Minute hoch. Gegen die erste Gitterstange gepresst, fraß sie sich in den korrodierten Stahl und durchtrennte ihn innerhalb von Sekunden.

Kurt machte einen gleichen Schnitt einige Fuß unter diesem ersten und entfernte die Stahlstange, die er in den Schlick fallen ließ. Nicht lange, und er hatte vier Stäbe aus dem Gitter herausgelöst. Die entstandene Lücke bot einem Taucher ausreichend Platz, um sie zu passieren.

Während Kurt die Säge sinken ließ, glitt Joe durch die Öffnung. »Dir ist hoffentlich klar, dass uns die Chinesen wegen Spionage erschießen werden, wenn wir geschnappt werden.«

Kurt verstaute die Säge in seiner Brusttasche. »Ich denke«, sagte er, »verglichen mit dem, was Emmerson mit uns tun würde, wäre diese Strafe geradezu harmlos. Aber besser uns schnappt überhaupt niemand.«

Zwanzig Meilen entfernt verfolgte Yan-Li eine Demonstration von Brutalität, die als Beweis dafür hätte dienen können, wie prophetisch Kurts Worte waren.

Dort, im Halbdunkel eines kahlen Lagerraums in einem der unteren Stockwerke des Government House, kauerte Degra auf den Knien. Er war geschlagen, gefoltert und nahezu ununterbrochen bedroht worden, und doch war er noch nicht so weit gebrochen worden, seinen Peinigern irgendetwas zu verraten.

Je länger Degra schwieg, desto mehr geriet Emmerson in Rage. Bald prügelte er selbst, ignorierte den Körper seines Gefangenen völlig und schlug ihm ins Gesicht.

Degras rechtes Auge war vollständig zugeschwollen. Sein Gesicht war mit Blutergüssen und Risswunden übersät, Blut rann aus einem Mundwinkel, und Blut und Schleim tropften aus seiner zerschmetterten Nase.

»Hast du tatsächlich geglaubt, du könntest mich bestehlen?«, zischte Emmerson und beugte sich dicht über das geschundene Gesicht. »Du meintest wohl, dass dich dein dünner Schleier der Anonymität schützen würde.«

Er schlug Degra noch einmal ins Gesicht, diesmal eher um ihn zu beleidigen, als ihn effektiv zu verletzen. Blutiger Speichel spritzte auf die Wand. »Du sitzt hinter deiner lächerlichen Tastatur und tippst darauf herum und glaubst, du hättest so etwas wie Macht, aber wie alles andere in der Welt ist sie nichts Reales, Greifbares. Und sie wird dir hier auch nicht weiterhelfen.«

»Meine Leute werden kommen, um mich zu holen«, brachte Degra zwischen seinen geschwollenen Lippen mühsam hervor. »Sie wissen, dass Sie mich in Ihrer Gewalt haben, und Sie werden kommen und mich herausholen.«

»Oh, wie sehr ich mir wünsche, dass sie es tun«, erwiderte Emmerson. »Unglücklicherweise glauben sie aber, dass die Amerikaner dich geschnappt haben. Woraus sich ergibt, dass man dich niemals finden wird … hier … bei mir.«

Degra spuckte Emmerson an und besudelte seinen grauen Maßanzug mit Blut und Speichel.

Emmerson wich einen Schritt zurück, wischte den Speichel ab und nahm einen Hammer vom Tisch. Weit ausholend schmetterte er den Hammer auf einen ausgestreckten Finger der Hand, mit der Degra sich an der Tischkante festhielt, um nicht mit seinem Stuhl umzukippen.

Der Schrei, der über Degras Lippen drang, hatte nichts Menschliches mehr.

Yan-Li wandte sich schauernd ab, als der Hammer von der blutigen Masse gehoben wurde, zu der Degras Finger zerstampft worden war. Sie hielt die Luft an und unterdrückte mühsam einen Brechreiz.

»Jetzt sind es nur noch neun«, warnte Emmerson seinen

Gefangenen. »Du kannst sicher sein, jeder Schlag wird schlimmer werden als der vorangegangene.«

Auch wenn Degra damit gedroht hatte, ihr den Hals durchzuschneiden, und obwohl er der Mann sein konnte, der Lucas getötet hatte, passte es ganz einfach nicht zu Yan-Lis Persönlichkeit, untätig zuzuschauen, wie jemand gefoltert wurde. In diesem Augenblick wünschte sie sich nichts anderes als ein Ende dieser grässlichen Demonstration und platzte mit dem ersten Gedanken heraus, der ihr durch den Kopf ging. »Das ist doch vollkommen sinnlos.«

Emmerson hielt inne und wandte sich zu ihr um. »Ihnen wird doch nicht etwa übel … wegen mir, oder?«

Yan biss die Zähne zusammen. Sie bemühte sich um eine vollkommen ungerührte Miene. »Nein«, log sie. »Aber das führt zu nichts. Er verliert Blut. Er fängt an zu fantasieren und spürt die Schmerzen nicht mehr. Wenn Sie ihn weiter misshandeln, verfällt er in einen Schockzustand und stirbt möglicherweise. Und dann stehen wir wieder am Anfang.«

Emmerson runzelte die Stirn. »Wir?«, wiederholte er überrascht. »Interessant. Und was würden Sie als Nächstes vorschlagen?«

Sie war selbst überrascht, dass sie das Wort *wir* benutzt hatte, obgleich ihre und Emmersons Wünsche auf gewisse Art durchaus eine gemeinsame Richtung hatten. Aber ihr eigener Realitätssinn trübte sich, während Verzweiflung und Erschöpfung ihr Denken mehr und mehr lähmten.

Vielleicht war es auch nur eine Reaktion ihres Unterbewusstseins gewesen, gespeist aus der Hoffnung, ihn sich gewogen zu stimmen. Vielleicht war dies eine besondere Form des Stockholm-Syndroms, das ihr Handeln zunehmend bestimmte.

Sie zwang sich, wieder ihren Kopf zu benutzen und nachzudenken. Sie musste ihre geistige Betäubung abschütteln und nach etwas suchen, das Emmerson gefiel und Degra ohne weitere Foltern zum Reden animierte.

»Er hat panische Angst, sich mit einem Bazillus zu infizieren. Er fürchtet sich vor Krankheit, Bakterien und Schmutz. Vielleicht können Sie dies gegen ihn einsetzen.«

»Interessant«, sagte Emmerson noch einmal und legte den Hammer auf den Tisch zurück. »Sehr interessant.« Er wandte sich an einen seiner Männer und sprach jetzt so laut, dass Degra ihn verstehen konnte. »Geh zu den Käfigen und bring die Ratten hierher.«

Die Ratten, dachte Yan. Die halb verhungerten, blutgierigen, von Flöhen wimmelnden Ratten. Sie waren nach ihrer langen Gefangenschaft sicherlich geradezu tollwütig vor Hunger. Ihr Geruch allein würde Degra vielleicht zum Reden bringen. Aber wenn nicht, dann würden sie sich schon bald näher an ihn heranwagen, ihn beschnüffeln und an seinen Wunden knabbern. Sein blutiges Gesicht und seine Finger mussten wie frisches Schlachtfleisch riechen.

Der Gedanke erfüllte sie mindestens ebenso mit Entsetzen, wie dabei zugesehen zu haben, als Emmerson ihn ständig schlug. »Ich muss nicht die ganze Zeit hier sein. Ich kann das nicht länger mit ansehen.«

»Das ist auch nicht nötig«, meinte Emmerson. »Wir schließen ihn hier ein und warten ab. Bei ihrem Gestank und dem Kratzen ihrer Klauen auf den Steinen, wenn sie sich an ihn heranschleichen, und der Vorstellung, wie sich ihre scharfen Zähne in seine Wunden fressen, wird er sicher schon bald darum betteln, uns endlich verraten zu dürfen, wo diese Computer geblieben sind.«

Emmerson ging mit ihr zur Tür, während er den Wächtern eine letzte Anweisung gab.

»Lasst ihn einige Zeit schreien, ehe ihr mich ruft. Ich möchte, dass er ein Wrack ist, wenn ich wieder hierherkomme und ihn mir vornehme.«

Sie verließen den Lagerraum, wobei Kinnard Emmerson offenbar ihre Nähe suchte und Yan-Li sich fragte, ob ihr Verhalten ihn möglicherweise zu einer freundlichen Geste oder vielleicht sogar zu etwas noch Schlimmerem animiert hatte, als es brutale Prügel war.

Als könnte er ihren inneren Widerstreit wahrnehmen, lächelte er freundlich. »Folgen Sie mir«, sagte er. »Sie haben Ihre Sache gut gemacht. Dafür haben Sie eine Belohnung verdient.«

38

Nachdem sie unter dem Hangartor hindurch- und in die ehemalige Wasserflugzeugbasis hineingeschwommen waren, wunderte sich Kurt, wie viel Licht durch die Wasseroberfläche zu ihnen herabdrang. Anstatt nur eine geringe Anzahl von Lampen aus Sicherheitsgründen eingeschaltet zu lassen, sah es so aus, als erstrahlte die gesamte Deckenbeleuchtung in voller Pracht.

»Bleib unten und beweg dich nicht zu schnell«, empfahl Kurt. »Es ist nicht so dunkel, wie ich gehofft hatte.«

Sie schlichen dicht über dem Untergrund weiter und achteten darauf, kein Sediment aufzuwirbeln. Ihr Ziel war der Schattenbereich eines Schiffes … nicht weit vor ihnen.

Als sich der Rumpf über ihnen wölbte, wagte Kurt den Aufstieg. Er stützte sich mit einer Hand gegen die Unterseite und stellte auf Anhieb fest, dass er kein gewöhnliches Schiff vor sich hatte.

Der Rumpf war wie ein großes V geformt und an jeder Seite mit seltsamen Rippen versehen. Ansonsten vollkommen sauber und erstaunlich glatt, hatte sich keinerlei Meeresfauna wie zum Beispiel Muscheln an ihm festsetzen können. Außerdem war er lang und schmal – zigarrenförmiger als bei jedem Schiff, dem Kurt bisher begegnet war.

Er tastete sich an dem Rumpf entlang und hielt Ausschau nach einem Ruder oder einer Schraube, fand jedoch nichts dergleichen. Auf halbem Weg bemerkte er einen zweiten Schatten, der fast einen rechten Winkel mit dem Rumpf bildete. In einiger Entfernung entdeckte er gleichzeitig ein anderes Gebilde, das im Wasser lag. Es sah wie ein etwa zehn Meter langes Kanu aus, aber Kurt identifizierte es schnell als Schwimmer am Ende eines Auslegers.

Vorsichtig auftauchend, brach er unter dem breiten Flügel eines Flugzeugs durch die Wasseroberfläche. Sein Heck zeigte zum Kai, die Nase war auf das Tor gerichtet.

Neben ihm kam auch Joe hoch. Beide waren durch den seitlich ausladenden V-förmigen Rumpf vor neugierigen Blicken geschützt.

»Was für ein Ungetüm ist das denn?«, fragte Kurt mit leiser Stimme. Auch wenn sie in ihrer aktuellen Position nicht zu sehen waren, kam er sich an der Wasseroberfläche derart ungeschützt vor, dass er nur zu flüstern wagte. »Etwa ein Flugboot?«

Joe nahm es genauer unter die Lupe. Obwohl er sich aus ihrer Position nur einen teilweisen Überblick verschaffen konnte, erkannte er, dass sie das Hangarbecken mit einer Rarität teilten. Über ihm hingen an einer kurzen Tragfläche drei Strahltriebwerke dicht nebeneinander. Er musste davon ausgehen, dass sich die gleiche Anzahl auf der anderen Rumpfseite befand, was die Gesamtzahl auf sechs erhöhte. Die wuchtige Tragfläche, die seitlich hervorragte, erschien massiv und solide. Das Heck des Flugzeugs teilte sich in der Mitte und bildete ein breites Y.

»Das ist ein Ekranoplan«, verkündete Joe.

»Der Name klingt, als stammte es aus einem Science-Fiction-Film«, erwiderte Kurt verwundert. »Was genau ist ein Ekranoplan?«

»Eine verrückte Idee, mit der die Russen vor einigen

Jahren glaubten, Furore machen zu können«, antwortete Joe. »Er gleicht einem Flugboot, aber er fliegt nicht sehr hoch. Er nutzt den Bodeneffekt, der in einer Zone dicht über dem Untergrund wirksam ist und dem Flugzeug dank der ungewöhnlichen Luftdruckverhältnisse in diesem Bereich zu einem zusätzlichen Luftpolster unter den Tragflächen verhilft. Dank des Bodeneffekts sind hohe Geschwindigkeiten und enorme Nutzlasten möglich. Bedeutend größere, als mit einem herkömmlichen Flugzeug transportiert werden können.«

»Das Ding ist riesig«, sagte Kurt und versuchte, sich eine Vorstellung von seiner wahren Größe zu machen.

»Größer als eine 747«, sagte Joe. »Den Prototyp haben die Amerikaner, als sie dieses – damals – größte Flugzeug der Welt entdeckten, auf den Namen *Kaspisches Seemonster* getauft. Die Russen bauten einige davon in den Siebzigern und Achtzigern. Die Idee dahinter war, sie als besonders schnelle Schiffe einzusetzen, um Invasionstruppen an Ort und Stelle zu transportieren.«

»Ich vermute mal, dass Emmerson diese Maschine für seine eigenen Zwecke neben all seinen sonstigen Aktivitäten instand gesetzt hat«, sagte Kurt.

»Und sie hier vor den Augen der Öffentlichkeit versteckt«, fügte Joe hinzu. »Und erst recht vor den HD-Objektiven unserer Satellitenkameras.«

Erneut ließ Kurt den Blick durch den Hangar wandern in der Hoffnung, dass ihm seine besondere Ausstrahlung mehr über Emmersons Absichten verriet. Das Innere wurde von der riesigen rechteckigen Wasserfläche mit Docks auf drei Seiten und dem gigantischen Einfahrtstor auf der Wasserseite beherrscht. Trotz des hellen Scheins der Lichtquellen an der Decke erschien der Hangar wie eine riesige

Höhle. Die dunklen Metallwände und das schlammige trübe Wasser saugten das Licht auf. Die Schatten des Heckleitwerks und der Tragflächen des Ekranoplans verstärkten die höhlenartige Atmosphäre noch zusätzlich.

Die einzigen echten Farbtupfer kamen von den gelb lackierten Schienen eines Brückenkrans hoch unter dem Hangardach, mit dessen Hilfe schwere Ausrüstungsteile zu den Docks transportiert wurden.

Der Hangar war so groß, dass noch nicht einmal das monströse Flugzeug ihn ausfüllte. Zwei Center-Console-Boote waren weiter hinten angedockt, zwischen ihnen zwei kleinere Flugzeuge mit Deltaflügeln.

»Sind das auch Ekranoplane?«, fragte Kurt.

»Ich tippe auf Skimmer«, sagte Joe. »Für kurze Strecken, eher langsam, aber immer noch schneller als das schnellste Boot. Man kann sie als Minivans mit Tragflächen betrachten. Um damit Personal durch die Gegend zu kutschieren, vergleichbar mit Tenderbooten.«

»Bei all diesen Aktivitäten dürfte es nicht allzu schwierig sein, sich unauffällig unters Volk zu mischen«, sagte Kurt. »Nur … es wird uns wohl kaum helfen, Yans Mutter und ihre Kinder zu finden.«

»Vielleicht doch«, widersprach Joe. Er sah hinüber zu einem Bürokomplex hinter dem Anlegeplatz, der am weitesten von ihnen entfernt war. »Was hältst du davon?«

Kurt folgte seinem Blick und entdeckte einen von Emmersons Handlangern, der ein Tablett mit gefüllten Speisetellern und drei Flaschen Wasser vor sich hertrug. Er stieg die Treppe hinauf, folgte einem Laufgang und blieb vor der vierten Tür im oberen Stockwerk stehen. Mit einem Schlüssel öffnete er die Tür und trat ein.

Joe grinste triumphierend. »Entweder hat der Chef

Appetit auf einen Mitternachtssnack, oder wir stoßen dort auf Yan-Lis Familie.«

Im Government House betrat Yan-Li das luxuriöse Domizil Kinnard Emmersons. Der Unterschied zwischen dieser Unterkunft und Degras momentaner Bleibe konnte nicht krasser sein.

Sie wurde aufgefordert, auf einer weißen Couch Platz zu nehmen, die mit einem außerordentlich weichen Material bezogen war. Sobald sie saß, bot Emmerson ihr ein Glas Wein an, das er aus einer Karaffe aus Bleikristall gefüllt hatte. Sie nahm das Glas entgegen und bedankte sich widerstrebend.

Der Wein war gut und schmeichelte ihrem Gaumen. Weder Sorte noch Jahrgang hätte sie sich jemals leisten können.

»Erinnern Sie sich an den Deal, den ich Ihnen damals in Ihrem kleinen Apartment in den Mid Levels angeboten habe?«, fragte Emmerson, schenkte sich selbst ein Glas Wein ein und verschloss die Karaffe wieder mit dem gläsernen Stopfen. »Ein kleines Vermögen für Ihre Hilfe.«

»Ich erinnere mich«, sagte sie.

»Dieses Angebot steht noch«, meinte er.

Sie studierte ihn aufmerksam und versuchte einzuschätzen, wie ernst ihm dieses Angebot war, während ihr gleichzeitig ein Sprichwort ihrer Mutter einfiel. Es ist immer leicht, jemandem das Blaue vom Himmel zu versprechen, weil es kostenlos ist.

»Weshalb sollten Sie jetzt daran interessiert sein, mich als Verbündete zu gewinnen?«, fragte Yan. »Sie haben Degra in Ihrer Gewalt. Und Sie dürften auch schon bald wieder über Ihre Computer verfügen. Warum lassen Sie mich und meine Familie nicht einfach … gehen? Sie brauchen mich nicht mehr.«

»Ich Sie brauchen?« Emmerson lachte. »Meine Liebe, Sie sollten mittlerweile erkannt haben, dass es genau andersherum ist. Ihr hübsches Gesicht ist überall in Taiwan zu sehen. Ihr Ex-Mann wurde als derjenige identifiziert, der die *Canberra Swift* entführt hat. Und Sie wurden mit der Schießerei und Degras Verschwinden in Verbindung gebracht. Zöge ich meine schützende Hand zurück, säßen Sie im Gefängnis, noch ehe dieser Tag endet. Und das auch nur, falls die CIPHER-Leute Sie nicht vorher aufstöbern und Ihnen die Haut in Streifen schneiden.«

Wie ein enttäuschter Lehrer, der seinen Musterschüler tadelt, schüttelte er den Kopf. »Ich fürchte, es ist eher so, dass Sie und Ihre Familie mich brauchen.« Er legte eine Hand auf ihre Schulter und blickte ihr in die Augen. »Sie sind nicht mehr meine Gefangene. Sie sind jetzt meine Schutzbefohlene.«

Seine Berührung und seine Worte verursachten ihr eine schlimmere Übelkeit als die Foltern, die sie hatte mit ansehen müssen. Ein Teil ihres Geistes rebellierte gegen diese offensichtliche Manipulation, jedoch ein anderer – nüchterner – Teil erkannte, dass seine Sicht der Dinge nicht grundlegend falsch war.

Im Grunde erwartete sie, dass die CIPHER-Leute auf Vergeltung brannten, wo und wie auch immer sie diese üben konnten. Selbst wenn sie nicht zum Zuge kämen, würde die chinesische Regierung sie ohne reguläres Verfahren einfach verschwinden lassen, sobald die falschen Funktionäre entschieden, dass sie die Nation verraten hatte.

Sie saß in der Falle, gefangen in einem unentwirrbaren

Netz. Es schien, als würde dieses Netz immer enger und verschlungener, je mehr sie sich bemühte, sich daraus zu befreien. Vielleicht hatte sie deshalb im Folterraum das Wort *wir* benutzt. Vielleicht traf es wirklich zu, dass sie nirgendwohin fliehen konnte.

Sie trank von ihrem Wein und hoffte, dass der Alkohol ihre Nerven ein wenig beruhigte.

»Es ist nicht nur meine naturgegebene Großzügigkeit«, sagte Emmerson mit absolut ernster Miene. »Sie haben sich auch als hochintelligent, einfallsreich und diskret erwiesen. Ich spreche nicht von Loyalität, denn ich bin kein Narr. Ich weiß, dass es allein das Schicksal Ihrer Familie ist, das Sie an mich bindet. Aber ich weiß auch, dass Sie mir in meiner Welt sehr nützlich sein könnten.«

Ihr Unbehagen wuchs. »Wie sollte das funktionieren? Wie könnte oder sollte ich Ihnen von Nutzen sein, wenn diese Computer wiederaufgetaucht sind und Sie darüber verfügen können?«

»Nicht alle meine Aktivitäten sind so ruchlos«, sagte er. Seine Hand rutschte von ihrer Schulter herab auf ihren Unterarm. »Ich betreibe auch legale Geschäfte und nehme meine Verpflichtungen gegenüber der Gesellschaft wahr. In diesem Bereich könnten Sie mich unterstützen. Leihen Sie mir ein wenig von Ihrem Prestige, und ich könnte Ihre wissenschaftliche Arbeit fördern. Und vielleicht – von Zeit zu Zeit – würde ich auch den ein oder anderen Gunstbeweis einfordern.« Er zuckte die Achseln. »Wer weiß? Vielleicht könnten Sie mich sogar mögen.«

Sie war sich nicht sicher, ob diese Gunstbeweise, auf die er anspielte, kriminelle Handlungen oder Akte persönlicher Intimität umfassten. Jedenfalls stieß sie beides ab. Aber sie würde sicherlich besser fahren, wenn sie diese

Reaktion nicht offen zeigte. Zu einem solchen Spiel gehörten immer noch zwei.

»Ich bin alt genug, um zu verstehen, was Sie meinen«, sagte sie. »Um ehrlich zu sein, ich hatte seit Jahren den Verdacht, dass Lucas etwas anderes im Sinn hatte, als er verlauten ließ. Eine Frau spürt so etwas bei ihrem Ehemann. Sie bemerkt Stimmungsschwankungen und hört es aus dem heraus, was er sagt … und wie er es sagt. Für eine Weile hatte ich angenommen, er hätte eine Affäre. Als ich herausfand, dass er mich aufrichtig liebte, jedoch ein Doppelleben führte …«

Sie hielt inne, als ließe sie die Vergangenheit noch einmal Revue passieren, verfolgte in Wirklichkeit jedoch sehr aufmerksam Emmersons Reaktion. Seine Miene signalisierte … Interesse.

»Anstatt sich zu verteidigen«, fuhr sie fort, »fragte er mich, ob ich mich ihm nicht anschließen wolle. Und für einen Moment – wirklich nur für einen Moment – dachte ich ernsthaft darüber nach. Das Leben in der Forschung ist langweilig und eintönig, jedenfalls die meiste Zeit. Deshalb habe ich mich auf die Schatzsuche verlegt. Immerhin kann die Arbeit auf diesem Gebiet manchmal richtig spannend sein.«

Emmerson saß ihr gegenüber und hörte ihr aufmerksam zu, ein Glas Wein in der Hand, die Beine übereinandergeschlagen. Der Folterknecht war verschwunden, der Aristokrat zurückgekehrt. Auch wenn ein Spritzer von Degras Blut sein teures Oberhemd besudelte.

Er füllte ihr Weinglas wieder auf und ergriff das Wort. »Wenn ich richtig verstanden habe, beschäftigen Sie sich mit der Lebensgeschichte der Piratenkönigin Ching Shih«, begann er. »Interessanterweise kenne ich sie recht gut. Wie

Sie sicherlich wissen, stand sie vor der gleichen Entscheidung. Eigentlich war ihr Mann, Lord Cheng, der wahre Piratenfürst der Region. Sie war lediglich seine angetraute Gemahlin und bis zu einem gewissen Grad auch seine Partnerin. Dann jedoch ist er völlig unerwartet gestorben. Ching Shih hätte sich mit der Rolle der trauernden Witwe und einem zurückgezogenen Leben in angemessenem Luxus zufriedengeben können. Stattdessen übernahm sie die Führung der Dynastie und baute die mächtigste und am meisten gefürchtete Flotte auf, die die Ozeane in diesem Teil der Welt je befahren hatte.«

Yan-Li war das alles natürlich bekannt. Sie erkannte auch die Parallelen zwischen dem Schicksal der Piratenkönigin und ihrem eigenen … und doch gab es einen wesentlichen Unterschied. »Ich betrachte mich nicht als Piratenkönigin.«

»Warum nicht? Die Männer Ihres Mannes tun es doch. Sie befolgen jede Ihrer Anweisungen, führen jeden Ihrer Befehle aus.«

»Sie meinten ja, dass sie mich irgendwann verraten würden, wenn es hart auf hart kommt.«

»Und das werden sie auch eines Tages tun«, bekräftigte er. »Aber Menschen können sich ändern. Sie müssen nicht immer gleich sein. Sehr oft kommt es darauf an, ob sie richtig geführt werden oder ob man sie sich selbst überlässt und sie tun und lassen können, was sie wollen.«

Sie nickte und trank einen weiteren Schluck Wein. Sie hatte nur wenig gegessen, außerdem kaum geschlafen, und allmählich machte sich beides bemerkbar. Sie hatte zunehmend Mühe, klar und logisch zu denken.

»Der Punkt ist«, fügte Emmerson hinzu, »dass Ching Shih ihre Wahl getroffen hat. Jetzt müssen Sie Ihre Wahl treffen. Ich habe Ihnen mein Wort gegeben, dass ich Sie und Ihre Familie freilasse, sobald die Computer sich wieder in meinen Händen befinden. Sie werden frei sein, damit ist die Schuld Ihres Mannes beglichen. Aber was wird dann aus Ihnen?«

Es war eine rhetorische Frage und sollte sie dazu bringen, alle Möglichkeiten durchzugehen, um schließlich und unausweichlich bei der schlechtesten zu enden. Sie gab sich alle Mühe, die Gedankensprünge gar nicht erst auszuführen. »Ich werde darüber nachdenken«, sagte sie. »Wenn ich das Angebot annehme, brauche ich einige Garantien.«

»Natürlich«, erwiderte er. »Aber zuerst habe ich ein Geschenk für Sie. Anstatt in die Stadt zurückzukehren, werden Sie heute Nacht hier schlafen. Am Ende des Flurs in der oberen Etage ist eine kleine Suite für Sie vorbereitet. Sie verfügt über ein Marmorbad, einen Kleiderschrank voller Designermode und ein Bett mit seidenen Laken und den edelsten Federkissen.«

Sie sah ihn mit einem Ausdruck wachsender Unruhe an.

»Keine Sorge«, beruhigte er sie, »die Tür hat ein stabiles Schloss. Niemand wird Sie mitten in der Nacht besuchen. Aber während Sie sich entspannen und Kraft schöpfen, sollten Sie sich mein Angebot durch den Kopf gehen lassen. Denken Sie an Ihre Kinder, die die renommiertesten Schulen besuchen würden, und auch an Ihre Mutter, die von aufmerksamem Personal umsorgt würde und in ihrem Alter nicht mehr zu arbeiten bräuchte. Sie wären vor jeder Gefahr geschützt, während Sie Expeditionen unternehmen könnten, die zu finanzieren die Universität sich nicht leisten kann. Ich kann eine vollkommen neue Welt für Sie erschaffen, aber Sie müssten vorher auch zum Ausdruck bringen, dass Sie es wollen.«

»Ich muss darüber schlafen«, beharrte sie. »Morgen früh werde ich Ihnen meinen Entschluss mitteilen.«

»Natürlich«, sagte er wieder. »Und was ist für einen langen, tiefen und gesunden Schlaf wichtiger, als seinen Kindern eine Gute Nacht zu wünschen?«

Ihre Augen weiteten sich. »Sind sie hier?«

»Nein«, enttäuschte er sie. »Aber Sie können mit ihnen sprechen.«

Sie hob den Kopf. »Das fände ich schön«, sagte sie in einem beinahe freudigen Konversationston, als hätte sie vergessen, wo sie sich befand. »Geben Sie mir das Telefon zurück?«

»Ich habe sogar noch etwas Besseres auf Lager«, sagte er und richtete eine Fernbedienung auf einen Flachbildfernseher auf der anderen Seite des Raums. »Sie dürfen sie live und in Farbe sehen.«

Der Bildschirm hellte sich auf. Eine Kommunikationsverbindung wurde hergestellt. Innerhalb von Sekunden füllte sich das leere Rechteck des Bildschirms mit einem kristallklaren Bild. Es zeigte einen spartanisch eingerichteten Raum in irgendeinem Industriegebäude. Auf dem Boden lagen eine Matratze sowie eine schmuddelige Steppdecke, mehrere Spielzeuge und ein Malbuch.

Yans Mutter war dort. Im Hintergrund lagen ihre Kinder und schliefen, beide mit einem Kuscheltier im Arm. Zwar sahen alle abgemagert und zerbrechlich aus, aber wenigstens wirkten sie unversehrt, und sie lebten.

Dieser Anblick löste das Flattern eines Schmetterlingsschwarms in Yan-Lis Magengrube aus. Sie bemühte sich, ihre Freude nicht allzu offen zu zeigen, konnte ihre Tränen jedoch kaum zurückhalten.

Emmerson reichte ihr die Fernbedienung. »Fünf Minuten«, sagte er im Tonfall eines besorgten Elternteils. »Es ist schließlich schon spät.«

Er ging hinaus und schuf damit eine Illusion von Privatsphäre für sie. Yan redete schnell, beinahe atemlos. Sie stellte ein halbes Dutzend Fragen und bat ihre Mutter, die Kinder zu wecken. Sie sprach mit jedem, unterhielt sich mit ihnen über banale und auch über wichtige Dinge und versprach, dass alles schon bald wieder gut und normal sei.

Als ihre Tochter ihr versicherte, dass es ihnen gut gehe, empfand Yan tiefen Stolz auf ihre offensichtliche innere Kraft. Als ihr Sohn jedoch gestand, dass er Albträume habe und endlich wieder nach Hause zurückkehren wolle, zersprang ihr Herz in Millionen Splitter, und die Tränen, die sie bis zu diesem Moment hatte zurückhalten können, strömten über ihr Gesicht.

»Bald«, versprach sie. »Bald.«

Die fünf Minuten verstrichen schneller, als Yan-Li sich vorgestellt hatte. Als einer von Emmersons Männern den Raum betrat, um das Gespräch zu beenden, verlor sie beinahe die Kontrolle über sich.

Sie fasste sich, zwang sich, ganz ruhig zu bleiben, und verabschiedete sich. Als das Bild verschwand, stand sie noch einige Sekunden im Raum, starrte auf das dunkle Rechteck und folgte dann einem der Hausdiener zu der Luxussuite, die Emmerson für sie hatte herrichten lassen.

Sie nahm ein Bad, schlüpfte in einen seidenen Pyjama, der ihr beinahe perfekt passte, und ließ sich in das paradiesisch anmutende Kingsize-Bett sinken.

Eine zweite Tränenflut quoll aus ihren Augen, als sie den Kopf auf das Kissen bettete. Trotz aller logischen Gedanken, trotz allem, was sie durchlitten und riskiert hatte, empfand ihre erschöpfte Seele nichts anderes als eine tiefe

Schuld. Während sie hier im Luxus schwelgte, schliefen ihre Mutter und ihre Kinder auf dem schmutzigen Fußboden eines Lagerhauses irgendwo in Hongkong.

Aber sie waren am Leben, sagte sie sich. Wenigstens das war ein tröstlicher Gedanke.

Sie weinte sich in den Schlaf und sagte sich wieder und wieder, dass sie alles tun würde, um sie zu retten, ganz gleich, was es sein mochte, das von ihr verlangt wurde. Notfalls würde sie sich sogar Kinnard Emmerson in seiner kriminellen Welt anschließen.

39

Nachdem sie in einer dunklen Ecke von Emmersons Hangar aus dem Wasser gestiegen waren, nutzten Kurt und Joe einen Gerätestapel als Deckung, schälten sich aus ihren Schrumpffolien-Overalls und versteckten ihre Tauchausrüstung.

Nach kurzer Suche fanden sie einen Flachbett-Transportkarren, der mit mehreren Kisten beladen war. Sie nutzten ihn als Tarnung, um in dem lebhaften Betrieb hinter Emmersons gigantischem Wasserflugzeug nicht aufzufallen. Mit tief ins Gesicht gezogenen Strickmützen auf den Köpfen überquerten sie das Dock und schlugen die Richtung zu der weiter entfernten Bürozeile ein.

»So weit, so gut«, flüsterte Kurt. Er senkte die Stimme so weit wie möglich, aber bei dem Klappern der Maschinen, dem Summen des Generators, der den gesamten Komplex mit elektrischem Strom versorgte, und den Stimmen der Männer, die sich gegenseitig Anweisungen oder Scherzworte zuriefen, war die Gefahr ohnehin nur gering, dass ihre Unterhaltung belauscht wurde.

»Stimmt«, sagte Joe. »Aber wir werden diesen Karren nicht die Treppe hinaufschaffen können. Was sollen wir tun, damit wir nicht auffallen?«

»Ich habe eine Idee«, meinte Kurt.

»Ich hatte auch nichts anderes erwartet«, antwortete Joe. »Dann lass mich gleich die nächste Frage stellen. Wie sollen wir sie herausschaffen? Eigentlich hatten wir doch geplant, sie aus einem abgelegenen, leeren Hangar herauszuschmuggeln. Das wird bei dem hektischen Betrieb, der hier herrscht, wohl kaum gelingen.«

Kurt erkannte, dass sie irgendwie improvisieren mussten, aber wie sie weiter vorgehen sollten, hing davon ab, was sie vorfänden – und wo. »Sehen wir erst einmal zu, dass wir unbemerkt auf die andere Seite kommen. Dann werden wir weitersehen.«

Den Karren vor sich herschiebend, erreichten sie das Dock auf der anderen Seite, wo die Boote und die kleinen Skimmer mit den Deltaflügeln vertäut waren. Sie gingen ein kurzes Stück weiter und gelangten unter den Laufgang vor den Büros in der oberen Etage. Vor einer Tür, die sich genau unter dem Raum befand, in dem der Mann mit dem Speisetablett verschwunden war, blieben sie stehen.

Den Karren neben der Tür parkend, drückte Kurt die Türklinke nach unten. Die Tür war unverschlossen. Ohne zu zögern, drückte er sie auf und trat über die Schwelle. Sie kamen in einen Lagerraum, der mit Werkzeug und großen Kabelrollen gefüllt war.

Joe folgte, und Kurt schloss die Tür hinter ihm.

»Sieh dir diesen Kram an«, sagte Joe.

»Und was haben wir vor uns?«

»Hochleistungsglasfaserkabel«, sagte Joe und legte eine Hand auf eine riesige Rolle Leitungsdraht, der mit Gummi umhüllt war. Daneben stand ein großer Behälter, gefüllt mit seltsam aussehenden Werkzeugen. »Das sind automatische Kabelverbinder, um die Leitungen miteinander zu verknüpfen. Offenbar hat Emmerson die Absicht, ins Telekommunikationsgeschäft einzusteigen.«

»Ich hatte ohnehin schon das Gefühl, dass er noch

anderweitig aktiv sein muss und nicht bloß gestohlene Ware verkaufen will«, sagte Kurt. »Aber eins nach dem anderen. Zuerst müssen wir nach oben steigen und uns bei Yans Familie bemerkbar machen.«

»Und wie willst du das schaffen?«

»Indem wir eine Pyramide bauen.«

Der erste Schritt bestand darin, eine Plattform zu konstruieren. Was sie bewerkstelligten, indem sie Kisten auf einem Tisch stapelten. Die Kisten hatten einen ausreichenden Abstand zueinander, sodass ein Schreibtischstuhl darauf Platz fand.

»Damit würden wir aber keine Arbeitsplatz-Sicherheitsinspektion überstehen«, sagte Joe.

Kurt kletterte auf die wacklige Konstruktion und entfernte die abgehängte Platte der Zwischendecke. Jetzt stand ihnen kaum noch etwas im Weg.

Er reichte die Platte zu Joe hinunter und schaltete die batteriebetriebene Säge ein. Ein gleichmäßiges leises Summen ertönte, als die Trennscheibe zu rotieren begann, und das sofort lauter und intensiver wurde, als sich die Sägezähne in den Deckenputz fraßen.

»Bleibt nur zu hoffen, dass der Arbeitslärm draußen noch einige Zeit andauert«, sagte Joe, ging zur Tür und zog eine Pistole aus seinem Overall – für den Fall, dass sie unliebsame Gesellschaft bekämen.

Kurt arbeitete schnell, raffte eine Handvoll Isoliermasse zusammen und schnitt in das Bodenbrett über seinem Kopf.

»Drücken wir die Daumen, dass wir den richtigen Punkt erwischt haben«, sagte Joe.

»Ich wüsste nicht, weshalb das nicht so sein sollte«, erwiderte Kurt. »Ich hoffe nur, dass wir nicht genau unter einem Schuh durch die Decke – also über uns der Fußboden – stoßen.«

Er machte einen geraden Schnitt, dann einen rechtwinkligen und wiederholte das Gleiche auf der gegenüberliegenden Seite. Als sich die beiden Einschnitte trafen, begann die Platte über ihm zu wackeln. Kurt bückte sich und gab Joe die Säge, ehe er das Brett vollends aus der entstandenen Öffnung löste.

Es fiel herab, Kurt fing es auf und schaute hoch. Die erschrockenen Gesichter zweier Kinder blickten zu ihm herab. Yans Tochter, vierzehn Jahre alt, runzelte die Stirn und hatte einen ernsten Ausdruck in den Augen. Sie war das Ebenbild ihrer Mutter, wie Kurt feststellen konnte. Yans Sohn, zehn Jahre alt, riss die Augen weit auf und konnte offenbar nicht fassen, was er sah. Hinter den beiden gewahrte Kurt das Gesicht einer älteren Frau, die das Geschehen beunruhigt verfolgte. Yans Mutter.

Kurt lächelte und legte einen Finger auf die Lippen, darauf vertrauend, dass diese Geste international bekannt war und sofort richtig verstanden wurde. »Gebt keinen Laut von euch.«

Yans Tochter nickte. »Okay«, sagte sie auf Englisch. »Wer sind Sie?«

Kurt stellte sich vor und deutete auf Joe. »Wir sind Freunde eurer Mutter. Wir arbeiten mit ihr zusammen. Wir wollen euch hier herausholen. Aber wir müssen uns beeilen.« Er gab ihnen ein Zeichen, näher zu kommen. »Schick deinen Bruder zuerst herunter.«

Der Junge schüttelte den Kopf und wich zurück. Es war deutlich zu erkennen, dass er Angst hatte. Wahrscheinlich hatten Emmersons Wächter ihm mit irgendetwas gedroht.

Diese Entwicklung war nicht in ihrem Sinn. Kurt zog

sich hoch und stellte fest, dass Yans Tochter hitzig flüsternd mit ihrem Bruder diskutierte. »Ich verspreche euch«, sagte Kurt, »euch wird nichts zustoßen. Aber wir dürfen keine Zeit verlieren.«

Der Junge ließ sich jedoch nicht überzeugen und schüttelte abermals den Kopf. Kurt überlegte, ob er ihn sich einfach schnappen und zu Joe hinunterlassen sollte, aber das Letzte, was er in diesem Moment brauchen konnte, war ein Kind, das laut genug schrie, um Emmersons Schergen auf den Plan zu rufen.

Während er nach einem Plan suchte, der nicht darauf hinauslief, den Jungen kurzfristig zu knebeln, fiel Kurt ein, dass Yan erwähnt hatte, ihr Sohn liebe alte Filme und stelle sich immer vor, eine der Hauptpersonen zu sein.

»Es ist genauso wie in *The Great Escape*«, sagte Kurt und begann, die Filmmusik zu pfeifen, so gut er es vermochte.

»*The Great Escape*«, sagte der Junge stockend. »Mit Steve McQueen und Richard Attenborough.«

Kurt grinste. Er hatte eine Schwäche für jeden, der alte Filme liebte. »Und vergiss James Coburn nicht«, sagte er, hob den Jungen hoch und ließ ihn zu Joe hinunter. »Wenn wir schon so tun, als wären wir Personen dieses Films, sollte es auch jemand sein, der es im Film geschafft hat rauszukommen.«

Yans Tochter lachte und folgte ihrem Bruder. Schließlich half Kurt auch ihrer Großmutter durch die Öffnung. Sie ließ sich ein wenig zu früh los, aber Joe fing sie auf wie ein Eiskunstläufer, der eine besonders akrobatische Figur mit seiner Partnerin vorzuführen hatte.

Kurt war als Letzter an der Reihe. Er schwang die Beine über den Rand der Öffnung und wollte sich gerade fallen lassen, als ein metallisches Klirren verriet, dass ein Schlüssel ins Türschloss geschoben wurde.

Verdammt, dachte er. Wir hatten es schon so gut wie geschafft.

Die Tür wurde aufgestoßen, und einer von Emmersons Männern kam herein. Vollkommen perplex erstarrte er beim Anblick eines erwachsenen Mannes, der auf dem Fußboden saß und dessen Füße in der Öffnung einer Falltür verschwanden.

Während er nicht richtig begriff, was diese seltsame Szene zu bedeuten hatte, gab es für ihn keinen Zweifel hinsichtlich der Bedeutung der 9-mm-Pistole mit dem aufgeschraubten Schalldämpfer, die Kurt auf seine Herzgegend richtete.

Im Gesicht des Mannes sah Kurt, wie ihm die Erkenntnis dämmerte. Mit der freien Hand bedeutete Kurt dem Mann, vollends einzutreten und zur Zimmerwand zu gehen.

Der Mann zögerte. Ein kurzer Moment der Unschlüssigkeit.

Tu's lieber nicht.

Der Mann griff nach der Pistole, die in seinem Hosenbund steckte, und brachte sie erstaunlich schnell in Anschlag.

Kurt drückte zweimal ab. Die erste Kugel traf den Unterschenkel des Mannes, sodass er in den Raum hineinstolperte, anstatt rückwärts auf den Laufgang vor den Büros im zweiten Stock hinauszutaumeln. Die zweite Kugel bohrte sich in seine Leibesmitte. Der Mann stürzte auf den Schreibtisch in der Ecke des Raums. Außer einem erstickten Stöhnen gab er keinen Laut von sich, sackte auf der Tischplatte zusammen und rutschte herunter.

Während auf den Boden stürzte, verlor er die Pistole aus der Hand. Sie schlug mit dem Griff zuerst auf, und ein Schuss löste sich, der das Bürofenster zerschmetterte.

So knapp davor.

Kurt sprang auf, schnappte sich die Waffe des Toten und schaute aus dem zertrümmerten Bürofenster. Mehrere von Emmersons Männern blickten zum zweiten Stock der Bürozeile hoch. Einer von ihnen deutete auf das Fenster. Der Schuss kam von dort, stellte Kurt sich vor, ihn sagen zu hören.

Er verließ den Platz am Fenster und kam zur quadratischen Bodenöffnung.

»Das klingt, als könnten wir nicht mehr auf das Überraschungsmoment zählen«, sagte Joe und hob den Kopf zur Decke.

»Das können wir wohl vergessen«, bestätigte Kurt. »Mehrere von Emmersons Männern sind hierher unterwegs. Es wird Zeit für einen neuen Plan. Ich lenke ihre Aufmerksamkeit weiter auf dieses Büro, während du Yans Familie von hier weg und zur *Phantom* schaffst.«

Wie Joe schon einige Zeit vorher hatte verlauten lassen, war dies einfacher gesagt als getan. »Ich denke, wir können eins der Boote stehlen, aber wir müssen dann noch immer die Hangartore öffnen, um rauszukommen. Höchstwahrscheinlich befinden sich die Torkontrollen irgendwo am Ende des Docks. Was meinst du, wie lange du diese Kerle beschäftigen kannst, ohne erschossen zu werden?«

»Ich habe ein paar Witze auf Lager, die ich ihnen erzählen könnte«, sagte Kurt, »aber an deiner Stelle würde ich jetzt nicht trödeln. Steck deinen Knopf wieder ins Ohr. Wir sollten besser in Kontakt bleiben.«

Joe befolgte den Rat und klemmte den Ohrhörer ins

rechte Ohr. Kurt tat das Gleiche und ging von der Öffnung wieder zum Fenster. Er presste sich daneben flach an die Wand und blickte in einem schrägen Winkel hinaus.

Mittlerweile hatten zwei von Emmersons Männern die Treppe erreicht. Weitere kamen vom Dock herübergerannt. »Ich habe gleich fünf oder sechs vor der Tür«, sagte Kurt. »Der Rest arbeitet noch.«

»Wir sind bereit auszubrechen«, sagte Joe. »Beschäftige sie mit irgendetwas.«

Genau das hatte Kurt vor. Er schraubte den Schalldämpfer von seiner Waffe ab, damit sie den größtmöglichen Lärm erzeugte, wenn er abdrückte, und nahm die Waffe des toten Wächters in die andere Hand. Sein Ziel anvisierend, eröffnete er mit beiden Pistolen das Feuer.

Die Schüsse hallten ohrenbetäubend laut durch die Hangarhalle – für die Angreifer ein Grund, sich flach auf die Treppenstufen zu werfen. Die Männer auf dem Dock gingen ebenfalls in Deckung. Aber Kurt schoss gar nicht auf sie. Er zielte nach oben auf die Lampen im Dachgebälk. Mit einer kurzen Serie präziser Schüsse löschte er drei Bogenlampen in seiner Nähe.

Glassplitter und glimmende Glühfadenreste regneten auf das Dock herab. Über den Büros wurde es schlagartig dunkel, als sein Feuer heftig erwidert wurde.

Kurt ging auf Tauchstation und robbte auf dem Fußboden zur Tür. Er öffnete sie einen Spaltbreit und feuerte durch die Lücke.

Der Schusslärm ließ nach. Befehle hallten über das Dock. Ein greller Scheinwerfer wurde auf seine Stellung gerichtet. Er erhellte den Laufgang im oberen Stockwerk. Aufgrund des scharfen Kontrasts erschien das Parterre erheblich dunkler.

Kurt wusste, womit er angesichts dieser Festbeleuchtung rechnen musste. Blitzartig verließ er seine Position, während ein Kugelregen die Wellblechwand durchlöcherte.

»Offensichtlich habe ich jetzt ihre ungeteilte Aufmerksamkeit«, sagte er ins Mikrofon seines Headsets. »Sobald ich das Feuer wieder eröffne, solltet ihr den Abflug machen.«

»Und wann wird das sein?«, fragte Joe.

»Bei drei … zwei … eins …«

Während sich Kurt mit den Männern auf der Treppe ein hitziges Gefecht lieferte, öffnete Joe vorsichtig die Tür, die auf das mittlerweile im Dunkeln liegende Dock führte. Der treue Handkarren mit seinem Stapel Holzkisten wartete noch dort, wo sie ihn stehen gelassen hatten.

»Folgt mir«, sagte er zu den Kindern. »Bleibt dicht bei mir und erklärt eurer Großmutter, dass wir zu einem dieser Boote schleichen.«

Die Schüsse hatten die Kinder erschreckt. Der Junge war offenbar vollkommen verängstigt, aber seine Schwester nahm ihn fest bei der Hand und sprach mit ihrer Großmutter. Sie kamen zu Joe und liefen geduckt neben ihm her, während er den Handkarren über den dunklen Pier schob.

Einer von Emmersons Männern entdeckte Joe, doch anstatt anzugreifen, rief er ihm eine Warnung zu, winkte und gab Joe ein Zeichen zurückzubleiben und in Deckung zu gehen. Joe stoppte und winkte ebenfalls. Der Mann rannte los, um sich an dem Kampf gegen Kurt zu beteiligen, da er die drei Flüchtlinge hinter dem Kistenstapel auf dem Handkarren nicht gesehen hatte.

In der Hoffnung, keine weitere Aufmerksamkeit auf

sich zu lenken, änderte Joe seinen Kurs, folgte dem Verlauf des Piers und erreichte das erste Boot.

»Steigt ein und versteckt euch«, sagte Joe zu Yans Tochter und deutete auf ihren Bruder und ihre Großmutter. »Nehmt die Köpfe runter, macht euch so klein wie möglich und gebt keinen Mucks von euch.«

Die Großmutter verließ den Pier zuerst, wobei Yans Tochter ihr half. Yans Sohn setzte mit einem Sprung über den Bootsrand. Alle drei gingen sofort auf die Knie hinunter und duckten sich.

Das kleine Boot verfügte über einen Außenbordmotor, hohe Speigatten als Schutz vor der Bugwelle und ein erhöhtes Podest am Bug. Die Lücke zwischen der Konsole in der Mitte und der Seitenwand bot eine perfekte Möglichkeit, sich zu verstecken, wenn man sich auf dem Deck ausstreckte und nicht riskierte, den Kopf zu heben.

»Ich bin gleich wieder zurück«, versprach Joe.

Er ließ den Handkarren stehen und rannte über das Dock zu dem riesigen Hangartor. Dessen Kontrollen fand er genau dort, wo sie sein sollten – direkt daneben an der Hangarwand. Es gab nur ein Problem. Der zentrale Hebel war in der geschlossenen Position eingerastet und verriegelt, und Joe hatte weder eine Schlüsselkarte noch kannte er das Passwort, um ihn freizugeben und mit seiner Hilfe das Tor zu öffnen.

In der oberen Etage des Bürokomplexes hatte Kurt keine Ahnung, wie weit Joes Fluchtoperation gediehen war, da ihre Verfolger ihn inzwischen unter Dauerfeuer genommen hatten.

Auf dem Boden liegend, schob er eine Hand durch den Türspalt und schoss blindlings auf die Männer auf dem

Laufgang, die sich seiner Position gerade näherten. Er drückte dreimal in schneller Folge ab und zog sich dann zurück. Er schaffte es noch rechtzeitig, sich von der Tür wegzurollen, als ein Kugelhagel aus verschiedenen Richtungen im Büro einschlug.

Licht strömte herein, als die Tür und das dünne Wellblech der vorderen Wand durchlöchert wurden. Die Reste der Fensterscheibe wurden aus dem Rahmen gesprengt. Eine Schublade wurde aufgerissen, und Dokumente flatterten wie die Federn eines verwundeten Vogels durch die Luft.

Kurt zog sich weiter zurück, aber die letzte tödliche Salve, die er erwartete, blieb aus. Was ihm in dieser Situation half, war mehr als nur Glück. Emmersons Männer mussten annehmen, dass sich Yans Mutter und ihre Kinder noch immer in dem Raum befanden, und sie wussten, was ihnen blühte, wenn den wertvollen Geiseln ihres Chefs etwas zustoßen sollte.

Dennoch würden sie sicherlich schon bald wieder angreifen. »Wie läuft es da unten?«, rief Kurt.

»Nicht besonders gut«, antwortete Joe per Funk. »Die Hangartore sind verriegelt, und ich kann sie von hier aus nicht öffnen. Das heißt, wir brauchen einen neuen Plan.«

Eine Kugel durchschlug die Tür. Und eine zweite. Eine dritte traf die obere Türangel, und das Türblatt schwang in einem schiefen Winkel hin und her.

Kurt schob den Aktenschrank im hinteren Teil des Büros von der Rückwand nach vorn und suchte dahinter Schutz. »Ganz gleich, was du vorhast, beeil dich. Ich habe das Gefühl, dass diese Kerle immer näher kommen.«

Während er versuchte einzuschätzen, wie weit sie vorgerückt waren, zielte Kurt auf einen Bereich der dünnen

Wellblechwand und feuerte mehrmals. Dann wartete er einige Sekunden und feuerte wieder. Er versuchte, Munition zu sparen, aber das Magazin der Waffe des Toten war leer, und die letzten Kugeln in seinem eigenen Magazin waren auch schnell verfeuert. Er trennte sich von der geliehenen Waffe und ersetzte das leere Magazin seiner eigenen. Damit hatte er nur noch eins in Reserve.

Mit dem Rest seiner Munition ging er äußerst sparsam um und feuerte nur noch gelegentlich einen Schuss ab, um Joe ausreichend Zeit zu geben zu starten, was immer er im Sinn hatte.

40

Joe Zavalas neuer Plan führte ihn in eine andere Richtung. Mit gesenktem Kopf und geduckt rannte er über das Dock. Während er sich eine neue Deckung suchte, unterschied er sich in Verhalten und Aussehen nicht von den anderen Arbeitern im Hangar. Ebenso wie sie war er bemüht, nicht von einem direkten Treffer oder Querschläger verwundet zu werden.

Aber anstatt sich unsichtbar zu machen, schwang er sich auf die Leiter an der Innenwand des Hangars. Sie endete hoch oben unter dem Dach an der Kabine des Kranführers.

Hände und Füße flogen über die Sprossen, während er die Leiter mit atemberaubendem Tempo hinaufturnte. Als er die Unterseite der kleinen Kabine erreichte, stieß er deren Bodenklappe auf und katapultierte sich mit einem Klimmzug regelrecht durch die Öffnung.

Der Kranführer wirbelte herum, als die Bodenklappe gegen die Kabinenwand schlug. Der Mann hatte die Schießerei unten im Hangar beobachtet. Sein Platz in sicherer Entfernung über dem Chaos bot ihm dazu die ideale Gelegenheit.

Er entdeckte Joe und sagte auf Mandarin etwas zu ihm. Dabei erhob er sich halb von seinem Sitz, um Joe abzudrängen. Joe erreichte die letzte Leitersprosse, warf sich vorwärts und holte mit der Linken zu einem Schwinger aus.

Der Kranführer wurde aus seinem Sitz gehoben. Er prallte gegen die Seitenscheibe seiner Kabine, die ihn stützte, sodass er nicht umkippte. Der Adrenalinspiegel in seinem Blut ließ ihn jede Vorsicht vergessen, und er griff Joe trotz der Enge der Krankabine sofort an. Eine Hand krallte er in Joes Overall, die andere Hand packte seinen Hals.

Die Attacke warf Joe zurück. Rücklings krachte er gegen die hintere Kabinenwand. Der Kranführer presste einen Unterarm gegen Joes Hals, aber Joes Hände und Arme waren frei, und ein Dampframmenstoß in die Magengrube des Mannes lähmte seinen Kampfgeist.

Der Kranführer knickte nach vorn ein und presste die Hände auf den Leib. Joe nutzte die Gelegenheit und hämmerte einen Ellbogen auf den Hinterkopf des Mannes. Der Kranführer sackte auf den Boden der Kabine. Joe hielt nach einem Hilfsmittel Ausschau, um seinen Gegner, der sich ins Land der Träume verabschiedet hatte, dauerhaft ruhig zu stellen. Ein kleiner elektrischer Ventilator war an eine Steckdose im Armaturenbrett angeschlossen. Joe zog den Stecker aus der Anschlussdose, wälzte den Mann auf den Bauch und fesselte ihn mit dem Stromkabel.

Nur um zu verhindern, dass er auf ähnliche Weise überrascht wurde, schloss Joe die Bodenklappe und beschwerte sie mit dem Körper seines bewusstlosen Gegners.

»Und jetzt«, murmelte Joe halblaut, »wird es Zeit, einen Ausgang zu öffnen, wo keiner ist.«

Er faltete sich in den Sitz und warf einen prüfenden Blick auf die Kontrollen. Er hatte schon häufiger Kräne bedient. Und obwohl die Beschriftungen in chinesischer Sprache gehalten waren, hatte er eine recht genaue Vorstellung davon, welche Hebel und Drehschalter er bedienen musste, um sein Vorhaben auszuführen.

Von seinem Platz aus konnte er den gesamten Hangar überblicken. Unter sich sah er die kleinen Boote, die Skimmer mit den Deltaflügeln, und sogar die gesamte Oberseite des Ekranoplans. Während er das riesige Flugboot studierte, registrierte er die typischen russischen Designelemente. Eine beliebige Wölbung hier, eine seltsame Vertiefung dort. Im Dach des Flugzeugs befanden sich einige Luken und Montagepunkte für Maschinenwaffen – allerdings hatte Emmerson sämtliche Kanonen und Geschütze entfernen lassen. Dicht hinter dem Cockpit ragte ein ganzer Wald von Antennen aus dem Rumpf, und ein dunkler Streifen in der Mitte, der sich über die gesamte Länge des Flugzeugrumpfs erstreckte, musste so etwas wie ein rutschfreier Laufgang sein, auf dem sich die Mitglieder der Besatzung gefahrlos bewegen konnten.

Wirklich ein wahres Monster, dachte Joe und konzentrierte sich auf seine aktuelle Aufgabe. Da er die Hangartore aus seiner momentanen Position nicht öffnen konnte, musste er sich sein eigenes Tor schaffen.

Er betrachtete die schwere Last, die auf einer Plattform unter der Laufkatze des Krans bereitstand. Er zählte vier Pipeline-Schweiß-ROVs, wie er sie bereits kennengelernt hatte, als sie Kurt vor einigen Tagen attackiert hatten. Jede der Maschinen wog einige Hundert Pfund. Damit müsste es zu schaffen sein.

Indem er einen kleinen Joystick bediente, um die Last zur Seite zu bewegen, und mit einem zweiten Joystick das Kranseil steuerte, hob Joe die Plattform an und bewegte sie in den rückwärtigen Teil des Hangars.

»Phase eins abgeschlossen«, gab er zu Kurt durch. »Wie ist die Lage bei dir?«

»*Schlecht, gegen noch schlechter tendierend*«, antwortete

Kurt. »*Ich habe nur kurz rübergeschaut. Sie haben ihren Rammbock einsatzbereit und kommen gerade in meine Richtung.*«

Ein Blick zum Laufgang ließ Joe erkennen, dass die Männer, die sich hinter dem Rammbock versammelten, nur das erste Problem waren. Eine zweite Gruppe benutzte eine Leiter, um auf der anderen Seite von Kurts Position auf den Laufgang zu klettern.

»Sie haben dich umzingelt«, meldete Joe seinem Freund. »Aber keine Sorge, Hilfe ist unterwegs.«

»*Brich nur das Tor auf und verschwinde von hier*«, befahl Kurt.

Ein weiterer kleiner Joystick auf dem Armaturenbrett des Krans ermöglichte Joe die Kontrolle von Fahrtrichtung und Geschwindigkeit des Krans. Er fuhr die Ladung vom Laufgang zurück, ließ ein gutes Stück Kranseil ab und lenkte sie mit dem vollen Tempo der Laufkatze zum Laufsteg zurück.

Die Plattform am Ende des Kranseils nahm Geschwindigkeit und Schwung auf. In dem Augenblick, in dem die Laufkatze, unter der die Plattform hing, ihr maximales Tempo erreichte, begann Joe, das Seil einzuziehen.

Die Laufkatze erreichte das Ende ihrer Laufschienen und wurde von den Prellböcken, die mit dicken Gummipolstern verkleidet waren, gestoppt. Die schwere Palette schwang ungehindert weiter und beschleunigte, je mehr Kranseil Joe einzog. Die Dachkonstruktion über ihm ächzte unter der schweren Last. Die Männer auf dem oberen Laufsteg, die den Rammbock bedienten, bekamen nichts davon mit. Ein lauter Ruf von unten warnte sie in letzter Sekunde.

Die Männer drehten sich um und rannten auseinander,

als die Behelfsabrissbirne den Laufsteg traf. Zwei von ihnen brachten sich mit einem verzweifelten Sprung in Sicherheit, der Rest wurde durcheinandergeworfen wie Bowling Pins nach einem Strike.

Der Laufsteg wurde zusammengefaltet, als bestünde er aus Alufolie, während die Wellblechwand dahinter eingedrückt wurde.

Als das Pendel seine Energie aufgebraucht hatte, schwang es zurück, und die Männer stürzten auf das Dock hinunter. Ein Mann klammerte sich an die Palette, bis sie sich über dem Wasser befand, und stürzte ins Hangarbecken.

Kurt spürte den Rammstoß, als der gesamte Raum um ihn herum durchgeschüttelt wurde und schwankte. Die Metallwände gaben nach, verbogen sich, und Nieten sirrten durch das Büro wie der Inhalt einer abgeschossenen Schrotpatrone.

»Also, das dürfte alles wieder ins rechte Lot gebracht haben«, meinte Kurt.

Er wagte einen Blick aus der vollkommen verzogenen Türöffnung auf das Chaos. Joe hatte die Gefahr von der rechten Seite im wahrsten Sinne des Wortes hinweggefegt, aber die Männer auf der anderen Seite waren nach wie vor im Anmarsch.

»*Phase zwei beginnt*«, sagte Joe an. »*Es wird Zeit, das Hangartor zu öffnen. Außerdem werde ich einen Kurs bei der Abriss-Akademie belegen, wenn wir wieder zu Hause sind. Du hast ja keine Ahnung, wie viel Spaß die Nummer eben gemacht hat.*«

Kurt konnte es sich vorstellen. Aber das Problem war, dass Joes Aktion für allgemeine Aufmerksamkeit gesorgt hatte. Laute Rufe hallten durch den Hangar, und die Bürozeile lag nun unter massivem Feuer. Mehrere Männer rannten zur Leiter, die zu der Krankabine hinaufführte.

Kurt nahm sie ins Visier, zwang sie, schnellstens in Deckung zu gehen, und konnte Joe eine kurze Atempause verschaffen. Mehr zu tun stand jedoch leider nicht in seiner Macht.

»Öffne das Tor und hau auf schnellstem Weg ab«, sagte Kurt. »Für heute hast du genug Spaß gehabt.«

»*Würde ich gern tun*«, sagte Joe. »*Aber ich weiß nicht, wie ich von hier runterkommen soll. Du musst dich um Yans Mutter und die Kinder kümmern. Ich breche das Tor auf, damit ihr fliehen könnt. Sie verstecken sich in einem der Boote.*«

Kurt gefiel diese Idee zwar ganz und gar nicht, aber die Chance zu widersprechen zerschlug sich in dem Moment, als zwei von Emmersons Männern in der Türöffnung erschienen.

Kurt feuerte einmal, trieb sie zurück und verschaffte sich einen kurzen Moment Zeit.

Sie duckten sich, tauchten weg und bereiteten eine Attacke vor. Nur Sekunden später riskierten sie es, rissen die Tür von der Angel ab, an der sie noch hing, und eröffneten das Feuer aus allen Rohren. Sie schossen wild um sich.

Das Büro wurde von Kugeln zersiebt. Aktenschrank, Schreibtisch und die Matratze lösten sich unter dem Feuersturm auf.

Federn wirbelten durch die Luft, als die Steppdecke mehrere Treffer abbekam. Die Füllung der Matratze verteilte sich auf dem Boden, und Querschläger schlugen Funken aus den Wellblechwänden.

Nachdem sie das Büro gut zehn Sekunden lang mit ihrem Kugelhagel zerlegt hatten, hielten sie inne.

Der Pulverqualm verzog sich, sonst bewegte sich in dem Trümmerfeld gar nichts. Lediglich ein paar Daunenfedern segelten lautlos zu Boden.

Die beiden Männer betraten den Raum. Sie fanden ihre zwei toten Kameraden und den umgekippten Aktenschrank. Sie sahen die Matratze, die zerfetzte schmuddelige Steppdecke und das Kinderspielzeug auf dem Fußboden. Aber sie entdeckten keine Spur von den Gefangenen oder von dem Mann, der nur wenige Sekunden zuvor noch auf sie geschossen hatte.

41

Kurt war durch das Loch geschlüpft, das er in den Fußboden gesägt hatte. Anschließend hatte er die Steppdecke darüber gezogen, um seine Flucht zu verbergen. Sie verschloss die Öffnung, während im Raum über ihm die Kugeln einschlugen.

»Ich bin draußen«, sagte er zu Joe. »Sieh zu, dass du jetzt aus deinem Kran rauskommst.«

Joes Reaktion verriet Kurt, dass er seine Chancen, das zu schaffen, nicht gerade günstig einschätzte. »*Yans Mutter und die Kinder sind in dem ersten Boot. Ich glaube, du solltest dich bei ihnen blicken lassen, bevor unsere Freunde dahinterkommen, wie du es geschafft hast, dich in Luft aufzulösen.*«

Über ihm waren die Schüsse verstummt. Jetzt hörte er Schritte von Männern in schweren Stiefeln. Selbst bei der geschickten Tarnung würde es nicht lange dauern, bis Emmersons Männer seinen Fluchtweg entdeckten.

Da für Diskussionen keine Zeit blieb, rannte Kurt los und hechtete über die Kante des Docks ins Boot.

Yans Mutter und ihre Kinder lagen dort und zitterten vor Angst. Er löste die Achterleine und robbte nach vorn zum Bug, wo die zweite Leine befestigt war.

Über ihm schwang die schwere Palette hin und her. Sie wischte über das Dock, zwang mehrere Leute, schnellstens in Deckung abzutauchen, und streifte das Heckleitwerk des Ekranoplans.

Emmersons Männer konzentrierten sich nun auf Joe. Sie rannten zur Kranleiter, nahmen Joes Position unter Feuer, ehe sie auseinanderwichen und sich zerstreuten, als das schwere Pendel zurückschwang und dann erneut auf sie zukam.

Kurt fühlte sich durch das Geschehen an einen Riesen erinnert, der Ameisen verscheuchen will, oder an King Kong auf dem Empire State Building, umschwirrt von Doppeldeckern, die er mit unbeholfenen Schlägen aus der Luft zu holen hoffte. Alles in ihm wehrte sich dagegen, Joe sich selbst zu überlassen, doch in diesem Augenblick konnte er wirklich nichts anderes für ihn tun, als seine Gegner von ihm abzulenken.

Zum Ruderstand in der Bootsmitte zurückrobbend, hob Kurt den Motor leicht an, sodass die Schraube nur noch zur Hälfte ins Wasser eintauchte, und ließ den Motor an.

Die Maschine zündete mit einem Husten. Kurt gab Gas, und das Boot startete zu einem weiten Bogen, wobei es eine Gischtwolke in der Form eines Hahnenschweifs hinter sich herzog. Die Bugwelle wusch über das Dock.

»*Wie ich sehe, hast du das Boot endlich erreicht*«, drang Joes Stimme mit einem Krächzen aus dem Ohrhörer. »*Halt dich bereit für das Tor, ich verschaffe dir eine Ausfahrt.*«

Wie von Sinnen manövrierte Kurt mit dem Boot in dieser Enge, beschrieb eine Kreisbahn und lenkte mit der einen Hand und bediente mit der anderen den Gashebel. Als Emmersons Männer darauf aufmerksam wurden, begannen einige von ihnen, in seine Richtung zu schießen.

Er kurbelte am Ruder, lenkte in die eine Richtung und dann gleich wieder in die andere. Dabei raste er auf den

Ekranoplan zu, verfehlte ihn um Millimeter und rauschte fast auf Tuchfühlung nahe am Rumpf des Flugboots entlang, als er die Kreisbahn beendete.

Seine Manöver ließen Emmersons Männer befürchten, er könnte versuchen, das Flugboot in einer Kamikaze-Aktion in die Luft zu jagen und den Hangar in ein Flammenmeer zu verwandeln, in dem sie dann wie in einer tödlichen Falle gefangen wären. Einige schossen weiter auf ihn, mussten jedoch schon bald erkennen, dass alle Schüsse ihn verfehlten und nichts anderes bewirkten, als Löcher in die Hülle des bis zur Halskrause mit Treibstoff gefüllten Flugboots zu stanzen.

Kurt schlug die entgegengesetzte Richtung ein und war so lange sicher, wie sich Emmersons fliegendes Kronjuwel hinter ihm befand. Zumindest konnte er sich darauf verlassen, bis eine Gestalt durch eine Luke auf der Oberseite des Rumpfs erschien und auf ihn zu schießen begann.

Blitzartig reagierend, verschwand Kurt unter dem Flugzeugheck und umrundete es gerade noch rechtzeitig, um Joes abschließenden Zerstörungsakt verfolgen zu können.

Da ihm Kurts Eskapaden eine kurze Ruhepause verschafften, weil sie seine Angreifer in Atem hielten, hatte Joe ausreichend Zeit, die Palette in eine neue Position zu bringen.

Er lenkte sie vom Hangartor weg und nahm es gleich wieder ins Visier. Wie zuvor ließ er Kranseil nach und erlaubte der Ladung, Schwung aufzunehmen. Diesmal war sein Ziel die Wasseroberfläche, weshalb er im letzten Moment mehr Seil auslaufen ließ.

Die Laufkatze stoppte. Die Palette schwang vorwärts, sank herab und tauchte im selben Augenblick ein, als sie das Tor traf. Wie ein gigantischer Paukenschlag hallte der

Aufprall im Hangar wider. Das dünne Blechtor konnte dem Rammbock nicht standhalten, der ein riesiges Loch hineinstanzte, es aus den Führungsschienen hebelte und seine linke Hälfte zum Einsturz brachte.

Kurt sah das Tor fallen, kurbelte am Ruder und schob den Fahrthebel auf volle Kraft voraus.

Da er wusste, dass er eine Rampe brauchte, um über die getauchte Barriere hinwegzusetzen, da sie sein Boot sonst zerfetzen würde, suchte er sich einen schwimmenden Teil des Hangartors aus.

»Festhalten!«, rief er.

Sein Timing war nahezu perfekt. Das Boot hob von der schwimmenden Torhälfte ab, die es so nach oben drückte, dass es über die Barriere segelte und nicht mit ihr kollidierte. Der Schutzbügel vor dem Propeller machte unsanft Bekanntschaft mit dem Hindernis, aber der massive Stahlbügel bewahrte den Propeller vor einem ernsthaften Schaden.

Das Boot landete glatt in horizontaler Lage. Kurt lenkte nach rechts und wählte einen südlichen Kurs, weg von den Schuten und der *Phantom*. Als er eine ausreichende Strecke zurückgelegt hatte, wandte er sich nach Osten in Richtung Ufer und nahm wenig später endgültig Kurs auf die rostigen Schuten im Norden.

Yans Mutter sagte etwas, das Kurt nicht verstand, daher übersetzte Yans Tochter es für ihn. »Was ist mit Ihrem Freund?«

»Wir kehren bald zu ihm zurück«, sagte Kurt. »Aber zuerst müssen wir zusehen, dass wir verschwinden.«

Joe wusste, dass Kurt ihn nicht im Stich lassen würde, aber er wusste auch, dass er nun für jeden, der sich noch in dem

Bürotrakt befand, das Ziel Nummer eins wäre. Es wurde höchste Zeit, dass er sich empfahl – zumindest musste er es versuchen.

Er schob den Körper des immer noch halb bewusstlosen Kranführers zur Seite und öffnete die Bodenklappe. Der Blick nach unten war wenig ermutigend. Männer kamen auf der Leiter zu ihm hoch. Der Mann an der Spitze zog eine Pistole und feuerte.

Joe schlug die Klappe zu und schob den Kranführer auf seinen Ruheplatz. Das würde seine Verfolger notfalls für eine Weile beschäftigen. Aber seine Minuten waren gezählt.

In Gedanken ging er seine Optionen durch und musste erkennen, dass es eigentlich nur eine einzige gab. Wenn er nicht nach unten entwischen konnte, musste er es nach oben versuchen.

Er kletterte aufs Armaturenbrett, stieß die Deckenklappe auf und zog sich auf das Dach der Kabine hinauf. Dort suchte er sich einen Halt.

Joe wusste, dass die Leiter zu den Laufschienen unter dem Hangardach hinaufführte, damit im Fall des Falles irgendein bemitleidenswerter Mechaniker in die schwindelnde Höhe hinaufklettern konnte, um dort Reparaturen auszuführen.

»Offenbar bin diesmal ich der arme Mechaniker«, murmelte Joe. Er kletterte los, beeilte sich und vermied es, nach unten zu schauen. Er zog in Erwägung, ins Wasser zu springen, bei dieser Sprunghöhe würde er allerdings im Schlamm des Hangarbeckens versinken.

Schüsse fielen, und Kugeln prallten klirrend gegen die Verstrebungen. Eine fand ein Stück über ihm ein Ziel, eine andere weit unter seinen Füßen. Sie schossen sich auf ihn ein. Und obgleich es nicht gerade einfach war, aus diesem Winkel einen präzise gezielten Schuss anzubringen, vor allem mit Handfeuerwaffen, brauchte es letztlich nur einen einzigen Glückstreffer, um Joe den Tag zu verderben.

Dicht unterhalb des Daches schwang er sich auf die gelbe Schiene, auf der sich die Katze bewegte. Indem er sich darauf entlangtastete, brachte er einen Dachträger zwischen sich und die Kugeln, die auf ihn abgefeuert wurden.

Er schob sich weiter und wäre an einer Stelle von der reichlich geschmierten Schiene beinahe abgerutscht. Schließlich erreichte er die Katze, die nach seinem letzten Zerstörungsakt am Ende ihrer Bahn stehen geblieben war. Die Seile, an denen die Plattform hing und vor dem Hangartor ins Wasser eingetaucht war, spannten sich in einem Winkel von fünfundvierzig Grad nach unten.

Ziemlich steil, dachte Joe. Aber besser als nichts.

Er zog die Ärmel seines Overalls über die Hände und schlug sie doppelt um, um seine Handflächen zu schützen. Dann packte er das Seil, verließ seinen Platz auf dem gelben Querträger des Schienensystems und glitt abwärts.

Emmersons Männer nahmen ihn aufs Korn und feuerten auf ihn, aber Joe ließ sich nicht beirren. Er lockerte seinen Griff und rutschte schneller und schneller. Am Seil hinunterrasend, begannen seine Hände, von der Reibung zu brennen. Der Stahl zerfetzte den Stoff des Overalls und schnitt in sein Bein, wo er eine längliche Wunde hinterließ.

Joe ließ das Seil los, legte die letzten zehn Meter im freien Fall zurück und schlug hart auf dem Wasser auf. Während er fiel, breitete er die Arme aus, um seinen Fall abzubremsen, ehe er den Grund des Hangarbeckens in fünf Metern Tiefe erreichte.

Er federte den Aufprall mit den Beinen so gut es ging

ab und verharrte für Sekunden vollkommen reglos. Er war, soweit er es jetzt beurteilen konnte, unverletzt geblieben. Allerdings steckten seine Schuhe im Schlamm fest. Er zog ein Bein heraus, dann das andere. Mit kräftigen Schwimmbewegungen glitt er unter Wasser in Richtung des Hangartors.

Selbst mit weit geöffneten Augen konnte Joe in dem trüben Wasser nur wenig erkennen. Er verließ sich auf seinen Tastsinn und hoffte, die Luft lange genug anhalten zu können. Die anstrengende Kletterpartie und die rasende Talfahrt am Kranseil hatten seinem Körper einiges abverlangt, seine Muskeln schrien geradezu nach frischem Sauerstoff.

Er prallte gegen einen Trümmer des geborstenen Tors, überquerte ihn und fand die Barriere. Er kletterte drüber und genehmigte sich einen tiefen Atemzug, als sein Kopf durch die Wasseroberfläche brach.

Nun außerhalb des Hangars blieb Joe an der Wasseroberfläche und kraulte in Richtung der rostigen Schuten und des versteckten Unterseeboots.

Joe wusste in diesem Moment nicht, dass er beobachtet worden war.

Und während Emmersons reguläre Arbeiter die unerwarteten Ereignisse halbwegs unbeschadet überstanden hatten, wussten diejenigen, die abkommandiert worden waren, um die Geiseln zu bewachen, dass sie ihres Lebens nicht mehr froh werden würden, wenn es ihnen nicht gelänge, jemanden zu fangen, dem man die Schuld an diesem Desaster aufladen könnte.

Vier von ihnen sprangen in das noch zur Verfügung stehende Boot. Einer machte es los, während ein anderer den Platz am Ruder einnahm. Die restlichen zwei suchten sich mit Sturmgewehren im Anschlag Positionen an Bug und Heck, als das Boot mit röhrendem Motor vom Dock ablegte.

42

Die Männer, die es übernommen hatten, Joe zu jagen, warteten vor der Unterwasserbarriere ungeduldig darauf, dass sie gesenkt wurde. Nachdem auf dem Dock der richtige Knopf gedrückt wurde, fuhren die Gitterstäbe nach unten.

Der Mann an der Ruderkonsole schob den Fahrthebel erneut nach vorn, und das Boot startete hinaus auf die dunkle Bucht, während seine vier Insassen Ausschau nach dem flüchtenden Schwimmer hielten.

»Kann jemand ihn sehen?«, fragte der Mann am Ruder.

In Bugnähe hantierte einer der Männer mit einem Handscheinwerfer herum, fand den Schalter und richtete den Lichtstrahl aufs Wasser. Er erhellte die Wasserfläche bis auf eine Entfernung von etwa zweihundert Metern.

Er schwenkte den Scheinwerfer hin und her und suchte nach einem Hinweis auf die Existenz des Schwimmers und des Motorboots, fand jedoch nichts von beidem.

»Vielleicht ist er schon weiter draußen«, meinte einer der Männer.

»Er wird ganz sicher nicht durch die Bucht schwimmen«, sagte der Mann an der Steuerkonsole.

»Na ja, er wäre ganz schön dumm, wenn er auf unserer Seite zum Ufer zurückschwämme.«

»Was ist mit den Schuten?«, fragte einer der Gewehrschützen.

Der Bootslenker blickte zu der Ansammlung dunkler Schatten hinüber, die dicht an dicht vor dem Dock lagen. Sie waren in der Dunkelheit nahezu unsichtbar. Und nicht allzu weit entfernt. Natürlich.

Er drehte das Ruder, wendete, gab mäßig Gas und hielt in langsamer Fahrt auf die verlassene und stumme Ankerreede zu.

Der Lichtstrahl erfasste etwas, das vor ihnen im Wasser trieb. Einer der Gewehrschützen feuerte eine Salve ab. Die Kugeln schlugen rings um das Ziel ein und erzeugten winzige Wasserfontänen, die vom Lichtstrahl der Lampe erfasst wurden. Eine zweite Salve hatte den gleichen Effekt, ansonsten erfolgte im Wasser keinerlei Reaktion.

Der Mann am Ruder lenkte das Boot neben das Objekt. Anstatt einen von Kugeln durchsiebten menschlichen Körper fanden sie einen Overall, der in aller Eile von dem Schwimmer abgestreift worden sein musste. Er trieb auf dem Wasser, getragen von einigen Lufttaschen, die sein Absinken verhinderten.

»Sucht weiter«, befahl der Bootslenker. »Er kann auf keinen Fall weit gekommen sein.«

Die Männer suchten die Wasseroberfläche in verschiedenen Richtungen ab und ließen die Blicke hin und her wandern. Einer der Männer entdeckte einen Spritzer weißen Schaums. »Dort!«

Alle Köpfe fuhren herum. Der Scheinwerfer wurde darauf gerichtet. Verglichen mit dem dunklen Overall, leuchtete die nasse Haut des Schwimmers im grellen Schein der Handlampe geradezu.

Der Pilot gab Gas und hielt auf den Flüchtenden zu. Die Männer im Bug brachten die Gewehre in Anschlag, aber der Scheinwerfer hatte sie verraten.

Der Schwimmer tauchte ab wie ein Tümmler und strebte mit kraftvollen Beinschlägen in die Tiefe. Er war verschwunden, ehe die Männer das Feuer eröffnen konnten.

»Nicht schießen«, befahl der Steuermann. »Ihr vergeudet nur Munition.«

Er unterbrach die Zündung des Motors, und sie trieben lautlos weiter, wobei die Männer angestrengt in die Dunkelheit lauschten. Sie waren aufs Äußerste angespannt und warteten begierig darauf, den tödlichen Schuss abfeuern zu können. Sie warteten. Und warteten.

»Könnte es sein, dass du ihn getroffen hast?«, fragte einer der Männer.

»Wenn ja, müsste er längst aufgetaucht sein und im Wasser treiben.«

Der Steuermann wusste es offenbar besser. »Er ist Taucher. Und hat sicherlich eine starke Lunge. Aber er ist kein Fisch. Er kann nicht für immer unter Wasser bleiben.«

Joe hatte es bis auf den Grund der Bucht geschafft. Mit den Beinen stieß er sich ab, um voranzukommen, für einen Menschen war dies eine weitaus effizientere Methode der Fortbewegung, als zu schwimmen. Er hielt die Arme ruhig, außer um sich damit auszubalancieren. Und bewegte den restlichen Körper so sparsam wie möglich. Aber mit jedem Anwinkeln und Strecken der Beine verbrauchte er weiteren Sauerstoff. Seine Brust schmerzte. Das Zwerchfell verkrampfte sich, während die Lunge auf Sauerstoffnachschub wartete.

Noch einen Schritt, feuerte er sich an. Dann noch einen. Und noch einen oder vielleicht sogar zwei weitere danach.

Schließlich konnte er die Qualen nicht mehr ertragen. Er hatte das Gefühl, als würde seine Brust jeden Moment explodieren. Er stieß sich vom Grund der Bucht ab und stieg zur Wasseroberfläche auf, wobei er einen Strom winziger Luftbläschen ausatmete.

Er durchbrach den Wasserspiegel weiter vom Boot entfernt, als man realistischerweise hätte erwarten können.

Aber nicht weit genug.

»Dort drüben!«

Der Scheinwerfer schwang abermals herum. Der Schwimmer hatte die Schuten fast erreicht.

»Schießt auf ihn!«, befahl der Steuermann.

Die Männer nahmen ihr Ziel ins Visier, aber ehe sie abdrückten, durchlief das Boot ein heftiger Ruck. Es legte sich auf die Seite und wurde nach vorn gestoßen.

Einer der Schützen kippte über den Bootsrand ins Wasser, der andere wurde vorwärts geschleudert und fiel auf den Mann mit dem Scheinwerfer. Lediglich der Steuermann behielt seine Position bei. Er umklammerte das Ruder, drehte es in Richtung des Rammstoßes und schob den Fahrhebel auf volle Kraft. Der Außenbordmotor heulte auf und schwenkte in seiner Verankerung hoch und zur Seite. Die Schraube tauchte aus dem Wasser und drehte ohne Widerstand in der Luft unglaublich laut durch.

Der Steuermann blickte nach achtern. Das gesamte Heck ragte aus dem Wasser. Der Motor selbst war hoch und seitlich gegen den Heckspiegel gedrückt worden. Es sah aus, als wären sie auf Grund gelaufen, aber sie bewegten sich noch und nahmen sogar Tempo auf. Zur Seite schauend, begriff er auch, weshalb. Das Boot war auf den gewölbten Rücken eines, wie es schien, großen dunklen Seeungeheuers gehoben worden, das sie nun mit stetig zunehmender Geschwindigkeit vor sich herschob.

Der Steuermann wandte den Kopf in Fahrtrichtung. Die stählerne Wand der nächsten Schute erschien im Scheinwerferlicht. Unaufhaltsam bewegten sie sich darauf zu.

»Nein«, rief er hilflos.

Während die Bestie in letzter Sekunde abtauchte, wurde das kleine Glasfaserboot mit voller Wucht gegen das ankernde Schiff gedrückt.

Der Bug zersplitterte. Das restliche Boot rollte bei dem Aufprall zur Seite und prallte hart gegen die verrostete Flanke der Schute.

Der Steuermann wurde aus seinem Sitz katapultiert, gegen den Rumpf des Arbeitsboots geschleudert und landete im Wasser, wo er verzweifelt gegen eine drohende Ohnmacht und die Gefahr zu ertrinken ankämpfte. Wo seine Leidensgefährten geblieben waren, wusste er nicht. Vergessen war auch der Mann, den sie gejagt hatten. Er sank auf den Grund der Bucht, ohne auch nur den geringsten Schimmer, wer oder was dieses Vernichtungswerk ausgelöst haben mochte.

Nicht allzu weit entfernt verfolgte Joe Zavala das Schauspiel ohne den geringsten Zweifel daran, was gerade geschehen war. Innerlich jubelte er, als das Glasfaserboot zerschmettert wurde, und wartete geduldig, während die *Phantom* wendete und neben ihm auftauchte.

Zur gleichen Zeit, als das Wasser von ihrem schildkrötenförmigen Rumpf abfloss, kletterte Joe an Bord. Er registrierte einige Beschädigungen an den Gelmatten, wahrscheinlich waren sie bei dem unsanften Kontakt mit dem Verfolgerboot und seinem Propeller entstanden. Er fragte sich, wie weit die akustischen Tarnkappeneigenschaften und die Geschwindigkeit durch die Schäden beeinträchtigt werden würden.

Sich zur Mitte der Wölbung tastend, klopfte er an der Luke. Sekunden später klappte sie auf, und Kurt schob den Kopf durch die Öffnung. »Hat jemand ein Wassertaxi bestellt?«

»Es wurde auch Zeit, dass du dich mal blicken lässt«, schimpfte Joe. »Ich dachte schon, ich müsste bis nach Kalifornien schwimmen.«

»Bist du deshalb halbnackt?«

»Der Overall hat mich zu sehr behindert.«

Kurt machte Platz, und Joe schlängelte sich ins Boot und schloss die Luke hinter sich. Er war noch ein wenig außer Atem, seine Handflächen bluteten, und er war nur mit seiner Boxershorts bekleidet, aber beim Anblick von Yan-Lis Kindern und ihrer Mutter, die hinter den Kommandositzen Platz gefunden hatten, erhellte ein strahlendes Lächeln seine Miene.

Kurt warf ihm ein Handtuch zu und gab den Pilotensitz frei. »Du hast das Kommando.«

Joe trocknete sich ab, so gut er konnte, und nahm den Platz vor dem Armaturenbrett ein. »Und du bekommst für deine überzeugende Imitation eines streitlustigen Wals den Oscar.«

»Deine King-Kong-Nummer war auch nicht schlecht«, erwiderte Kurt. »Aber könntest du uns jetzt von hier wegbringen?«

»Mit Vergnügen«, sagte Joe. »Auf welchem Weg wäre es dir am liebsten?«

»Auf dem gleichen, auf dem wir hergekommen sind«, sagte Kurt. »Bring uns in den Hafenkanal und nimm Kurs auf internationale Gewässer.«

In genau diesem Moment konferierte Kinnard Emmerson im Arbeitszimmer seines Luxusdomizils mit dem blonden Mann von Hydro-Com. Auf dem Tisch lag eine nautische Karte des westlichen Pazifiks. Lange, dünne und verschiedenfarbige Linien verliefen kreuz und quer in alle Richtungen auf der Karte und bündelten sich in der Nähe von Landmassen.

»Dies sind die internationalen Glasfaser-Hauptleitungen«, erklärte Emmerson. »Die Unterseekabel sind farblich nach Typ und Eigentümer gekennzeichnet.« Er deutete auf einige zusätzliche Markierungen. »Dies sind die Tiefen-Gradienten.«

Der Amerikaner nickte. »Ich kenne ihre Bedeutung«, sagte er. »Ich kann mehrere Punkte erkennen, die sich als geeignet anbieten, aber wir brauchen Hilfe. Dieser NUMA-Besuch hat uns einen unserer Taucher gekostet. Wir brauchen jemanden, der unterhalb von dreihundert Metern Meerestiefe arbeiten kann. In geringerer Tiefe würde der Spleiß zu leicht auffallen.«

Dies war Emmerson bewusst. Es war zum Teil der Grund, weshalb er Yan-Li bei sich einquartiert hatte. »Machen Sie sich deshalb keine Sorgen«, sagte er. »Finden Sie nur heraus, welcher mögliche Spleißpunkt die größte Aussicht auf Erfolg bietet. Ich wünsche mir den ungehinderten Zugriff auf die Kommunikation zwischen den Vereinigten Staaten und China.«

Der blonde Mann blickte von der Karte hoch. »Ich hatte angenommen, Sie wollten solche Spleißpunkte überall auf dem Planeten einrichten?«

»Das soll auch geschehen«, bestätigte Emmerson. »Aber man verteidigt zuerst seinen eigenen Hügel, ehe man andere erobert.«

Der Mann wandte sich wieder der Karte zu und konzentrierte sich auf die Hauptleitung zwischen den USA und Hongkong. Er suchte einen Punkt in der richtigen Meerestiefe und möglichst weit von den Schifffahrtslinien entfernt.

Emmerson ließ ihn in Ruhe suchen und ging Guānchá entgegen, der soeben den Raum betreten hatte.

»Wir haben ein Problem«, sagte Guānchá. In der Hand hielt er ein Mobiltelefon, das er Emmerson auffordernd entgegenstreckte. »Die Männer am Hangar.«

Emmerson spürte, dass der Amerikaner zu ihm herübersah. »Suchen Sie weiter«, sagte er zu ihm. »Ich möchte, dass Sie mir noch vor morgen früh einen geeigneten Punkt nennen.«

Er ließ sich das Mobiltelefon von Guānchá reichen. »Ja. Was gibt es?«

Die Stimme am anderen Ende war kaum zu verstehen. Der Anrufer war in Panik, vollkommen außer Atem und schrie fast. Was er sagte, war nicht zu entschlüsseln.

»Sprich langsam«, verlangte Emmerson. »Und berichte genau, was geschehen ist.«

»Männer sind hierhergekommen«, sagte der Anrufer ein wenig ruhiger. »Sie haben sich die Gefangenen geholt. Dabei haben sie hier fast alles zerstört. Wir können von Glück sagen, dass sie das Flugzeug nicht in die Luft gesprengt haben.«

Der Hangar. Yan-Lis Familie. Sein Druckmittel. Emmerson hatte das Gefühl, als lege sich ein stählerner Ring um seinen Kopf und ziehe sich schmerzhaft zu.

»Wie sind sie dort hineingekommen?«, hakte er nach. »Waren es Leute von CIPHER?«

»Nein«, erwiderte der Mann am Telefon. »Weiße. Europäer oder Amerikaner. Sie waren zu zweit.«

»Zwei Männer sind in den Hangar eingebrochen und haben die Gefangenen herausgeholt, während ihr zugesehen habt?«, schnappte Emmerson. »Ganz allein? Wie konntet ihr so etwas zulassen?«

»Sie hatten Pistolen. Und sie haben uns völlig überrumpelt.«

Emmerson massierte seine Schläfen. Er verzichtete darauf, seinen Gesprächspartner darauf aufmerksam zu machen, dass rund ein Dutzend Männer im und am Hangar ebenfalls bewaffnet waren. »Wie sind sie hereingekommen? Ich hatte doch Befehl gegeben, den Hangar zu verschließen.«

»Wir haben Tauchausrüstungen gefunden«, berichtete der Mann. »Moderne Geräte. Neueste Technik.«

Emmerson kam ein Verdacht, wer die Schuldigen sein könnten. »Wie haben diese Männer ausgesehen?«

Er schaltete den Lautsprecher des Telefons ein, während die Eindringlinge beschrieben wurden. Guãnchá hörte aufmerksam zu und nickte. »Das sind die Männer von der Auktion.«

Emmerson kannte sie als Vertreter der NUMA. Er hatte sich nach dem Gerangel am Wrack der *Canberra Swift* über sie informiert.

»NUMA.« Ein wütendes Knurren drang über seine Lippen. Wenn sie bereit waren, vor seiner Festung zu erscheinen und sich direkt mit ihm anzulegen, dann musste man sie als eine ernsthafte Bedrohung betrachten. »Wie konnten sie entkommen?«

»Sie schnappten sich eins unserer Boote, aber wir haben es kurz danach nicht weit von hier gefunden. Sie müssen an Land gegangen sein. Soll ich unsere Freunde bei der Polizei alarmieren?«

Emmerson ließ sich diese Möglichkeit kurz durch den Kopf gehen und entschied sich dann dagegen. Die Männer von der NUMA würden sicher nicht zu Fuß flüchten. Damit befänden sie sich in seiner Domäne – wo Polizei und Kameras und ihre europäische Erscheinung ein entscheidendes Manko wären. Stattdessen würden sie ihre Stärken nutzen. Das hieß, sie verfügten über ein Schiff oder ein Unterseeboot.

»Vergiss die Polizei«, sagte er. »Seht nur zu, dass das Gebäude gesichert wird. Und lasst eine gründliche Inspektion des Flugzeugs durchführen. Es muss morgen früh flugbereit sein.«

»Was ist mit den Amerikanern?«

»Ich werde mich um sie kümmern.«

Emmerson trennte die Verbindung und wählte die Nummer eines hochrangigen Freundes im Ministerium für Staatssicherheit. Erklärungen wurden abgegeben, Zusagen gemacht, Belohnungen in Aussicht gestellt. Nachdem man sich einig geworden war, führte er ein zweites Telefongespräch, und zwar mit der Marinegarnison auf Stonecutters Island.

Befehle wurden gegeben, wie sie in Hongkong noch nie zuvor gegeben wurden.

»Ein als topsecret eingestuftes US-amerikanisches Unterseeboot ist in den Victoria Harbour eingedrungen und wurde benutzt, um drei chinesische Bürger zu entführen. Das U-Boot muss gefunden und entweder gekapert oder vernichtet werden. Unter keinen Umständen darf es internationale Gewässer erreichen. Als zusätzlicher Anreiz wird die Einheit, die diese Mission erfolgreich durchführt, reich belohnt.«

Kanonenboote und andere Patrouillenboote wurden

augenblicklich in Marsch gesetzt. Für die U-Boot-Abwehr entsprechend ausgerüstete Helikopter wurden aufgetankt und startbereit gemacht, während man ihre Besatzungen aus den Betten holte.

Zwei U-Boot-Abwehr-Fregatten wurden vor dem Hafen in Position gebracht, um den Eindringling abzufangen. Ein namenloser U-Boot-Jäger mit der Schiffskennung 805 und lediglich einer kleinen Notmannschaft an Bord legte vom Dock ab.

Über diese Aktivitäten wurde Emmerson ins Bild gesetzt. Er bedankte sich überschwänglich und äußerte die dringende Bitte, über den Gang der Dinge ständig informiert zu werden.

Er beendete das Gespräch, zwar nach wie vor besorgt, aber zuversichtlich. Und zufrieden mit sich selbst, weil er Yan-Li gestattet hatte, früher an diesem Tag mit ihrer Mutter und ihren Kindern zu sprechen.

Hätte er damit gewartet, diese Karte auszuspielen, hätte er sich alle Chancen verdorben, da er sich sicher war, dass sie alle am nächsten Morgen tot seien.

43

Nachdem Joe seinen Platz im linken Pilotensessel der *Phantom* eingenommen hatte, wandte sich Kurt nach hinten zu Yan-Lis Mutter und ihren Kindern um.

»Wir suchen uns jetzt einen sicheren Weg aus dem Victoria Harbour und treffen uns danach – sobald wir die chinesischen Hoheitsgewässer verlassen haben – mit einigen Freunden«, sagte er. »Dies wird einige Zeit dauern, daher macht es euch so bequem wie möglich.«

Yans Tochter übersetzte Kurts Worte für ihre Großmutter, während Yans Sohn Kurt mit weit aufgerissenen Augen anstarrte. Anscheinend hatte ihn irgendetwas wieder in seinen Angstzustand verfallen lassen.

»Neuer Film«, sagte Kurt. »Jules Verne. *20.000 Meilen unter dem Meer.*«

Der Junge lachte. »Kirk Douglas und James Mason.«

»Genau«, sagte Kurt. »Nur ohne den Riesentintenfisch.«

Er setzte sich Kopfhörer auf, aktivierte das passive Sonarsystem und achtete auf alles, was der Computer möglicherweise nicht aufgezeichnet und gemeldet hatte. Er hörte eine Turbulenz auf der Backbordseite. Sie wurde auf dem Monitor als unbekannte Quelle dargestellt. Ganz gleich, welche Richtung das U-Boot auch einschlug, das Signal und seine Richtung blieben konstant. Das konnte nur eins bedeuten. Die Turbulenz wurde von der *Phantom* selbst erzeugt.

»Wir haben ein akustisches Leck und geben Geräusche von uns«, sagte Kurt.

»Der Bodycheck, den du den Typen in dem Motorboot verpasst hast, hat einen Teil unserer Schallisolierung beschädigt«, meinte Joe. »Aber das dürfte eigentlich kein Problem sein, solange uns niemand zu dicht auf die Pelle rückt.«

»Berühmte letzte Worte«, sagte Kurt.

Sie vollendeten den Kurswechsel nach Osten und folgten dem Hauptkanal. »Noch fünf Meilen, bis wir in tieferem Wasser sind«, sagte Joe. »In zwanzig Minuten, bei dieser Geschwindigkeit.«

Kurt lauschte angestrengt. Der Hafen erwachte zum Leben. Schiffsbewegungen, wohin man auch sah. »Für diese Uhrzeit verdammt viel Aktivität.«

»Könnte es daran liegen, dass der Hafen niemals schläft?«, fragte Joe.

Dieser Meinung war Kurt nicht. Er identifizierte die pulsierenden Schallwellen eines schnellen Patrouillenboots, das über die Wellen hüpfend auf sie zukam. Schon bald übertönten die Schallspitzen, wenn das Boot auf dem Wasser aufschlug, das stets vorhandene Hintergrundrauschen.

»Zielobjekt nähert sich von achtern«, meldete Kurt. »Mit hohem Tempo.«

»Verfolgt es uns?«

Die Tracking-Linien auf dem Monitor ließen auf einen Abfangkurs schließen, aber es bewegte sich zu schnell und zielgerichtet, um sie wahrzunehmen.

»Negativ«, sagte er. »Sie haben es nur eilig und werden uns überholen.«

»Ich kann nur hoffen, dass du recht hast«, sagte Joe.

»Wir haben hier nämlich nicht allzu viel Platz zum Manövrieren.«

Der Klang der rotierenden Propeller gesellte sich als Grundton zu dem regelmäßigen Pochen, wenn das Boot auf einem Wellenkamm aufsetzte. Das Boot passierte sie, ohne sein Tempo zu drosseln, und ließ sie mit Höchstgeschwindigkeit hinter sich.

Kurt schwenkte die Sonarantenne nach Osten herum und fing Ping-Laute in größerer Entfernung auf. Im Kopfhörer klangen sie fast wie das Läuten einer Glocke.

»Neues Problem«, sagte Kurt. »Jemand setzt Sonarbojen auf dem hinteren Teil des Kanals aus und versucht, uns den Fluchtweg abzuschneiden.«

Joe runzelte die Stirn und biss die Zähne zusammen. »Ich würde ja meinen, dass wir uns keine Sorgen machen müssten, nur sind wir nicht mehr so leise wie auf unserer Herfahrt. Und angesichts der beschädigten Gelkissen würde uns nur ein einziger Ping schon verraten.«

Während Kurt sich diese Feststellung durch den Kopf gehen ließ, drang ein anderer Laut aus der Außenwelt zu ihnen. Dieser war zwar gedämpft, aber eindeutig. »Ein Helikopter beteiligt sich an der Party«, sagte Kurt. »Er wird von irgendetwas geleitet. Wahrscheinlich von einer Sonarantenne oder einem Magnetometer.«

Joe ging tiefer zum Grund des Kanals hinunter, durfte jedoch nicht riskieren, aufzusetzen und das Boot im Schlick festzufahren. »Tiefer geht es nicht mehr.«

»Stopp«, befahl Kurt. »Dreh unsere schöne Seite nach Norden.«

Joe schaltete den Antrieb aus und wendete die *Phantom*, während sie zum Stillstand kam. Beide Männer hielten den Atem an, als die Sonarantenne in zweihundert Metern

Entfernung nördlich von ihnen passierte. Das Pingen des Senders klang kalt und durchdringend. Es wurde lauter und schriller und erschien wie ein unsichtbarer Suchscheinwerfer.

Es wanderte über sie hinweg und verhallte, während es sich nach Osten entfernte.

Joe sah Kurt von der Seite an, sagte jedoch nichts. Kurt presste die Hörmuscheln auf die Ohren und versuchte, jedes bisschen an Information aus ihnen herauszufiltern. Ohne Joe anzusehen, sagte er leise: »Dreh um. Wir müssen eine andere Ausfahrt finden.«

44

An Bord des chinesischen Hubschraubers war es alles andere als still. Der heulende Motor, die rasenden Rotoren und die offene Seitentür machten es unmöglich, selbst den lautesten Ruf zu hören, geschweige denn zu verstehen. Die Männer der Besatzung trugen Helme mit integrierten schalldämmenden Headsets. Sie unterhielten sich per Intercom oder verständigten sich mit Handzeichen.

»Was haben Sie?«, fragte der Commander seinen Sonartechniker.

»Irgendetwas ist da unten«, erwiderte dieser. »Im Kanal.«

Der Commander blickte auf den Sichtschirm, der eine bildliche Darstellung der Sonarechos zeigte. Er sah nichts. »Wo?«

Der Techniker deutete auf einen verschwommenen Schatten in der Bildecke. Für den Commander sah es wie ein Fehler des Prozessors oder wie der Bildschirmdefekt eines billigen Fernsehers aus. »Ich kann nichts erkennen.«

»Der Kanal müsste vollständig frei sein«, erklärte der Sonartechniker. »Das Sonarbild sollte eine homogene gleichmäßige Fläche zeigen. Dies dort unten könnte ein kleines Boot sein.«

»Oder Abfall, der von einem Schiff ins Meer gekippt wurde.«

Der Sonarmann schüttelte den Kopf. »Da ist eindeutig ein Fremdkörper.«

Doch der Commander ließ sich nicht überzeugen. Auf dem Bildschirm waren keine weiteren Schatten zu erkennen. Er schaltete die Sprechverbindung mit dem Piloten ein. »Kehren Sie um, wir haben ein Ziel bei Zwei-fünf-null. Halten Sie sich für den Abwurf von Wasserbomben bereit.«

Die Aussicht, ein amerikanisches Spionage-U-Boot zum Auftauchen zu zwingen und zu kapern, erzeugte einen heftigen Adrenalinstoß. Sie wären Helden der Volksrepublik und dürften damit rechnen, gefeiert und reich belohnt zu werden.

»Sprengladungen bereit.«

»Überfliegen Sie diese Position und warten Sie auf mein Abwurfkommando.«

»Nicht gut«, sagte Kurt, als er hörte, dass sich das akustische Profil des Hubschraubers veränderte. »Sie haben uns gefunden.«

»Nenn mir die Richtung.«

Kurt hörte mehrere Aufschläge auf der Wasseroberfläche. Sie lagen weit im Norden. Außerhalb des Kanals. »Bleib in der Zufahrt und geh tiefer runter.«

Joe nahm Kurs auf den Kanalgrund – in der Hoffnung, dort vor der Druckwelle verschont zu werden. Er hatte das Boot kaum wieder horizontal ausgerichtet, als vier Explosionen schnell nacheinander erfolgten.

Die *Phantom* wurde von einer Druckwelle getroffen und nach vorn und schräg aufwärts geschoben. Ihre Nase zeigte steil nach oben zur Wasseroberfläche, und sie flatterte wie ein Herbstblatt im Wind.

Joe brachte das U-Boot wieder unter seine Kontrolle. »Das war nicht allzu schlimm.«

»Kleine Ladungen«, sagte Kurt. »Übungsbomben. Offenbar wollen sie uns lieber einfangen als zerstören.«

»Keins von beidem klingt besonders reizvoll«, sagte Joe. »Denk daran, was passiert, wenn wir geschnappt und wegen Spionage vor Gericht gestellt werden.«

Dann war deutlich zu hören, wie der Helikopter umkehrte.

»Bring uns aus dem Kanal hinaus!«, befahl Kurt. »Dann nach Süden und später nach Westen.«

Joe gab Vollgas und verließ den Kanal in Richtung Süden. Schließlich schwenkte er nach Westen, wie Kurt es verlangt hatte.

Während er nach einem deutlichen Hinweis lauschte, dass sie der Gefahr entronnen waren, hörte Kurt das leise Klatschen, als weitere Sprengladungen im Wasser landeten.

Diesmal klangen die Explosionen noch weiter entfernt. Die Ladungen waren bis auf den Grund gesunken, ehe sie detonierten. Die Druckwelle hielt sich in Grenzen und verlief sich weit hinter ihnen.

»Bleib auf Westkurs«, sagte Kurt. »Mit Höchsttempo.«

»Wenn wir diese Richtung beibehalten, kehren wir in den Victoria Harbour zurück«, warnte Joe.

»Es ist unsere einzige Chance«, sagte Kurt. »Wir müssen in Bewegung bleiben, solange im Wasser noch Turbulenzen sind, die ihre Signale blockieren.«

Joe ging auf volle Kraft und blieb mit der *Phantom* in Tauchposition. Das flache Schildkrötenprofil erlaubte ihnen, im flachen Wasser zu navigieren, aber ihr Abstand zur Wasseroberfläche betrug nicht mehr als drei Meter und vielleicht die Hälfte zwischen Kiel und der Schlammschicht des Hafengrundes.

Joe konzentrierte sich auf den Vorwärtsscanner, der den

Bereich vor ihnen auf Hindernisse oder andere Unregelmäßigkeiten abtastete. An einem Punkt stieg er fast einen Meter hoch, um einer Sandrippe auszuweichen, und schwenkte gleich scharf nach rechts, um nicht mit einem Betonpfeiler zu kollidieren, der nicht auf der Karte eingezeichnet war. Sekunden später passierten sie mehrere Autos, die halb im Schlick vergraben waren. »Und ich dachte immer, dass die Unfalldichte in D.C. am höchsten ist.«

»Sie müssen von der Fähre gerutscht sein«, sagte Kurt und lauschte auf mögliche Verfolger.

»Ist uns jemand auf den Fersen?«

»Patrouillenboote rauschen durch die Bucht«, sagte Kurt, »und der Helikopter kreist auch noch in der Luft. Sie machen so viel Lärm, dass sie uns wahrscheinlich noch nicht einmal hören würden, wenn wir ein Bordradio auf volle Lautstärke eingestellt hätten.«

Die blinkende Kontrolllampe des Vorwärtsscanners meldete einen Alarm. Ein Objekt versperrte ihnen den Weg. Es war lang und dünn, und auf beiden Seiten war kein Ende zu erkennen.

»Eine Gasleitung«, warnte Kurt. »Rausch bloß nicht dagegen.«

»Verdammt«, knurrte Joe.

Rechtzeitig zu stoppen war unmöglich. Joe konnte nichts anderes tun, als darüber hinwegzusteuern und zu hoffen, dabei nicht aufzufallen.

Sie durchbrachen die Wasseroberfläche, flogen dann aber nicht hoch in die Luft, sondern setzten ihre Fahrt über Wasser fort und schoben eine hohe Bugwelle vor sich her wie ein Schwan, der auf einem stillen Bergsee landet. Sobald die Gaspipeline hinter ihnen lag, richtete Joe die

Nase der *Phantom* wieder abwärts und stabilisierte sie in fünf Metern Wassertiefe.

Er sah Kurt an. »Ich gehe davon aus, dass immer die Chance besteht, sie könnten vergessen haben, ihr Scanning-Radar einzuschalten.«

Kurt presste die Hörmuscheln fester auf die Ohren. Dann schüttelte er den Kopf. Sie waren schon wieder aufgespürt worden.

45

U-BOOT-JÄGER DER VOLKSREPUBLIK CHINA SCHIFFSKENNUNG 805

Der Kapitän der 805 hatte den Befehl um zwei Uhr nachts verärgert zur Kenntnis genommen, weil er annahm, dass es sich lediglich um eine Bereitschaftsübung handelte, die sich irgendein Sesselfurzer hatte einfallen lassen, und nicht um einen echten Alarmeinsatz. Ein amerikanisches Unterseeboot im Victoria Harbour. Diese Vorstellung war doch vollkommen absurd.

Trotzdem scheuchte er seine Männer aus den Kojen und legte in Rekordzeit vom Dock ab. Allerdings verließen sie den Slip auf Stonecutters Island mit deutlichem zeitlichem Abstand nach den Flugkörperschnellbooten und den Hubschraubern, die mit Höchsttempo auf östlichen Kurs gingen. Er war sich so gut wie sicher, dass sie das beschriebene Zielgebiet erreichen würden, nur um darüber informiert zu werden, dass die Übung beendet sei.

Mit diesem Gedanken im Kopf war der Commander einigermaßen überrascht, als die Helikopter den Kontakt mit einem Zielobjekt meldeten und Wasserbomben abzuwerfen begannen. Die Überraschung verwandelte sich jedoch in einen ausgeprägten Schock, als sein Radargast einen Kontakt meldete, der sich mit hohem Tempo von der Aufschlagzone entfernte.

Die Radarsonde lieferte das Symbol eines Wasserfahrzeugs, das sich kurz zeigte und gleich wieder unsichtbar war – ein handfester Beweis dafür, dass irgendetwas gezwungen worden war aufzutauchen, nur um gleich darauf wieder in der Tiefe zu verschwinden.

»Breiter Sonarscan«, befahl er. »Abfangkurs berechnen.«

»Ich habe etwas«, bekräftigte der Sonartechniker. »Bestätigtes Zielobjekt bewegt sich mit sechsundzwanzig Knoten nach Westen. Entfernung viertausend Meter und näher kommend. Genau in unsere Richtung.«

Der Commander der 805 erlaubte sich ein zufriedenes Grinsen. Manchmal hatte es durchaus seine Vorteile, wenn man sich zu spät zum Tanz einfand.

»Bringen Sie uns auf Parallelkurs«, befahl er.

»Sollen wir die Werfer laden?« Diese Frage kam vom Ersten Offizier, kurz XO.

Das Schiff war mit sechs U-Boot-Abwehrwerfern bestückt, die verschiedene Ladungen abschießen konnten.

»Versetzen Sie die Rohre in Bereitschaft und laden Sie U-Boot-Abwehrraketen«, befahl der Commander. »Ich möchte sie mit unserem ersten Schuss treffen und ihnen nicht die ganze Nacht hinterherjagen.«

Der XO sah ihn beschwörend an und senkte die Stimme, als er erwiderte: »Sollten wir nicht versuchen, sie zum Auftauchen zu zwingen, wie uns ausdrücklich befohlen wurde?«

Der Commander schüttelte den Kopf. »Die Amerikaner werden niemals zulassen, dass ihr Topsecret-Boot in fremde Hände fällt. Entweder entgehen sie unserer Attacke und können fliehen, oder sie versenken ihr Schiff mit ihren eigenen Mitteln, von denen sie sicher genug an Bord haben. Dann ist es schon besser, dass wir sie mit einem

Treffer ausschalten und anschließend die Trümmer einsammeln, anstatt zu riskieren, dass sie entkommen.«

Der XO stellte keine weitere Frage. Er ließ sich von dem Waffenoffizier bestätigen, dass die richtigen Geschosse ausgewählt und scharf gemacht wurden. »Wir nehmen die Raketen«, sagte er. »Einheiten eins und zwei sind scharf und startbereit.«

Trotz der klaren Befehle und der Kommandostruktur ergriff den XO und den Waffenoffizier eine nervöse Spannung. Die U-Boot-Abwehrraketen glichen im Prinzip Torpedos, die wie Raketen gestartet wurden. Sie wurden normalerweise bei größeren Entfernungen verwendet, um Torpedos mit Zielsuchsystemen in der Nähe eines entfernten Ziels zu Wasser zu lassen. Sich ihrer aber in der Enge des Victoria Harbour zu bedienen, war eine gefährliche Wahl. Wenn sie vom Kurs abkämen, würden sie innerhalb von Sekunden die Wohnviertel Hongkongs treffen. Und wenn sie wie beabsichtigt im Wasser landeten und kein U-Boot fanden, auf das sie Jagd machen konnten, würden sie sich einen passierenden Frachter, ein Kreuzfahrtschiff oder einen Tanker als Ziel aussuchen. Oder sogar die 805 selbst.

»Einheit eins abfeuern«, befahl der Commander.

Die Rakete startete auf Knopfdruck und überschüttete das dunkle Schiff mit blendend hellem Lichtschein. Die Rakete sprang aus dem Rohr und raste zum Erstaunen aller, die vom Ufer aus Zeuge dieses Schauspiels wurden, über den Hafen.

Sie bewegte sich in nordöstlicher Richtung, verließ die Sicherheitszone um den U-Boot-Jäger und schwenkte scharf nach Süden. Drei Sekunden später verstummte der Raketenmotor, und der Torpedo trennte sich von der

Startstufe. Er stürzte in den Hafen und wurde augenblicklich aktiv.

In der *Phantom* hörte Kurt das Brüllen der startenden Rakete und das laute Klatschen acht Sekunden später, als der Torpedo auf dem Wasser aufschlug.

Das Ganze glich dem Endspiel-Szenarium eines Schachduells. Ihr einziger Vorteil war die Entfernung – sie waren der 805 so nahe, dass die Rakete, die sich noch in der Startphase befand, zunächst an ihnen vorbeiflog, bevor sie eine scharfe Kehre vollzog und den Torpedo nur eine Meile von ihrem Heck entfernt im Wasser absetzte.

Das von dem im Anmarsch befindlichen Torpedo ausgelöste hektische Pingen füllte die Kabine.

»Dieses Gebimmel gefällt mir gar nicht«, sagte Joe.

Kurt konnte nicht eindeutig feststellen, ob der Torpedo sie als Ziel aufgefasst hatte, aber der Computer war sich dessen absolut sicher. »Er befindet sich auf Abfangkurs. Wir können nur hoffen, dass unser angeblich so perfektes, von der Navy spendiertes Abwehrsystem anständige Arbeit leistet. Setz den Köder aus, nimm Gas zurück und zieh scharf nach rechts.«

Joe streckte die Hand nach dem Bedienfeld des Abwehrsystems aus, aktivierte den Köder der *Phantom* und schickte ihn mit einem Knopfdruck ins Gefecht. Ein mülltonnengroßer Schwimmkörper wurde ausgeklinkt. Sein besonders lauter Propeller startete und ein Paar zwei Meter langer Tragflächen faltete sich seitlich aus dem Rumpf des Ködergehäuses. Sie flatterten im Wasser träge auf und ab, erzeugten eine heftige Turbulenz und reflektierten die Ping-Signale des Sonars.

Während der Köder dem ursprünglichen Kurs der *Phan-*

tom folgte, legte Joe das U-Boot in eine rechtwinkelige Rechtskurve, sodass seine unbeschädigte Seite dem herannahenden Torpedo zugewandt war. Als zweiten wichtigen Vorteil konnten sie sich die Fähigkeit der *Phantom* zunutze machen, bei voller Fahrt unter Wasser wie ein UFO regelrechte Haken zu schlagen und abrupte rechtwinkelige Kursänderungen auszuführen, denen weder ein Schiff noch ein Torpedo zu folgen vermochten.

Als Joe das U-Boot nach Steuerbord riss, wurde Kurt beinahe aus seinem Sitz gehoben. Yans Mutter und Kinder klammerten sich an alles in ihrer Nähe, das ihnen halbwegs sicheren Halt bot.

Die zielsuchende Waffe hatte mittlerweile fast zu ihnen aufgeholt. Das Rauschen ihres Propellers und die Sonarsignale waren durch den Rumpf der *Phantom* deutlich zu hören.

Doch sie raste an ihnen vorbei, ohne zu detonieren, und folgte dem Köder. Kurt hätte die Distanz zu der bevorstehenden Explosion lieber noch um einiges vergrößert, aber jetzt konnten sie nichts mehr tun als hoffen und beten.

»Achtung! Festhalten!«, rief Kurt, riss das Headset herunter und verfolgte, wie auf dem Computermonitor die beiden Kursvektoren miteinander verschmolzen. »Jetzt wird es laut.«

Laut war eine Untertreibung. Die Explosion klang wie ein Donnerschlag in einem winzigen Raum. Und sie fühlte sich entsprechend an. Die *Phantom* wurde von der Druckwelle wie ein Spielzeug herumgewälzt, rollte erst in die eine Richtung – weg von dem anvisierten Ziel –, um dann sofort wieder zurückgezogen zu werden.

Viel schlimmer hätte es allerdings für sie ausgesehen, wenn

die *Phantom* ein herkömmliches Unterseeboot mit glatten Stahlwänden auf beiden Seiten gewesen wäre. Aber ihr stromlinienförmiges Schildkrötenprofil lenkte den Explosionsdruck größtenteils über den Schiffsrumpf hinweg, anstatt ihn aufzufangen und an ihre Passagiere in Form wuchtiger Erschütterungen weiterzugeben.

Kurt blickte zu Joe hinüber. »Das ist unsere Chance. Ehe die von der Explosion ausgelösten Turbulenzen sich beruhigt haben, vergehen einige Minuten. Gelegenheit für uns, einen neuen Kurs festzulegen.« Er deutete auf einen Punkt des Navigationsbildschirms. »Dies ist unser Ziel. Bring uns dorthin und such dir einen Parkplatz im Schlick.«

Joe studierte den Navigationsbildschirm und fragte sich, weshalb Kurt diesen besonderen Punkt ausgewählt hatte. Er konnte auf der digitalen Karte lediglich eine dünne Linie aus Punkten erkennen, deren Bedeutung ihm vollkommen fremd war. Aber dies war nicht der geeignete Zeitpunkt für langwierige Diskussionen. Er legte den Kurs fest und lenkte das Unterseeboot vorsichtig in die Richtung, um die kurzfristige Tarnung der noch immer spürbaren Auswirkungen der Torpedoexplosion weiterhin zu nutzen.

Die Mannschaft der 805 verfolgte, wie die Kursvektoren des Torpedos und des vermuteten Zielobjekts einander schnitten. Sie hörten den gedämpften Knall der Explosion, spürten die Druckwelle und sahen ein oder zwei Sekunden später eine schäumende Wassersäule in die Höhe schießen. Qualm und Dampf vermischten sich. Dann übernahm die Schwerkraft das Regiment, und die in die Luft geschleuderten Wassermassen regneten herab. Dunkelheit und Stille kehrten zurück, und nicht mehr als ein sich ausdehnender kreisrunder Gischtring markierte die Position der Explosion.

Wie ein Pfau spreizte sich der Commander vor Stolz und Selbstvertrauen. Er wusste, dass sein Torpedo das Ziel getroffen hatte.

»Maschinen viertel Kraft!«, befahl er. »Scan weiträumig fortsetzen! Sobald die Turbulenzen sich beruhigt haben, möchte ich das Wrack das Unterseeboots inspizieren. Oder das, was davon übrig geblieben ist.«

Während der nächsten drei Stunden stand er in Admiralspose auf der Kommandobrücke. Aber trotz aller Bemühungen und zahlreicher Kreuz- und Quer-Passagen seines Schiffes, der ASW-Hubschrauber und sogar der U-Boot-Abwehrfregatten, die bis zu diesem Zeitpunkt die Hafenausfahrt abriegelten, wurden weder eine Spur von einem Wrack noch irgendein Hinweis auf die Existenz des geheimnisvollen amerikanischen Unterseeboots gefunden.

Enttäuscht und niedergeschlagen ließ der Commander sich in den Sessel neben dem Sonartechniker sinken. »Haben Sie irgendetwas Auffälliges gehört?«

»Nur dies«, antwortete der Mann und schaltete das, was seinem Kopfhörer übermittelt wurde, auf den Lautsprecher des Sonarscanners.

Der Kapitän neigte den Kopf leicht zur Seite und versuchte, sich einen Reim auf das eintönige Rauschen und Dröhnen zu machen, mit dem der Lautsprecher die Kommandobrücke füllte. »Was ist das?«

»Der morgendliche Straßenverkehr im Hafentunnel kurz vor Beginn der Rushhour.«

Die *Phantom* hatte die Nacht halb vergraben im Sediment direkt über dem Hafentunnel verbracht. Mithilfe des

Bohrankers und der vertikalen Druckstrahlruder hatte Joe das Boot sicher und unverrückbar in seiner Position fixiert, ähnlich einem blutsaugenden Parasiten im Fell eines Wildtiers.

Die Schiffe und Helikopter, die nach ihnen suchten, hatten ihren Ruheplatz mindestens ein halbes Dutzend Mal überquert, aber deren Sonartechniker waren allesamt in diesen Gewässern ausgebildet worden. Sie identifizierten den Tunnel bereits bei dem ersten Geräusch, das sie auffingen. Und sie erkannten die langen diagonalen Linien, die auf dem Sonarschirm erschienen, sobald die Tonsignale von den Betonröhren auf dem Grund des Hafens reflektiert wurden. Keiner von ihnen schenkte ihnen weitere Beachtung.

»Das war einer deiner besten Einfälle«, applaudierte Joe seinem Freund, während sich die Suchflotte über ihren Köpfen zerstreute. »Aber wir können nicht für immer auf diesem Tunnel hocken bleiben. Wie genau gedenkst du, von hier zu verschwinden, ohne dass es jemandem auffällt?«

»Das ist eine einfache Geschichte«, sagte Kurt. »Hongkong ist einer der betriebsamsten Häfen der Welt. Dieser geringfügige Vorfall dürfte nicht dazu führen, dass er lange geschlossen wird. Sobald er wieder geöffnet ist, warten wir ab, bis das richtige Schiff ablegt, manövrieren uns darunter und begleiten es ins freie Wasser wie ein Pilotfisch oder ein Schiffshalter. Falls die Chinesen mittels Horchgeräten die Hafeneinfahrt überwachen, werden sie uns beim Rumpeln eines Tankers oder eines Containerschiffes dicht über unseren Köpfen nicht aufspüren.«

Joe tippte gegen seinen imaginären Mützenschirm, machte es sich bequem und richtete sich auf eine längere

Wartezeit ein. Die ersten beiden Schiffe ließen sie noch passieren, ehe sie den Anker einzogen und sich aus ihrem Sedimentbett befreiten, als sich ein leerer Tanker näherte.

Der Tanker hatte die nützlichen Charakteristika: groß, laut und langsam. Das waren allesamt Eigenschaften, die der angeschlagenen *Phantom* halfen, ihre Präsenz zu verschleiern. Die Tatsache, dass er sehr hoch im Wasser lag, nachdem er seine Ladung gelöscht hatte, war ein zusätzliches Plus. Auf diese Weise hatte Joe ausreichend Platz, um die *Phantom* zwischen die Unterseite des Rumpfs und den Schlamm auf dem Grund des Victoria Harbour zu dirigieren.

46

GOVERNMENT HOUSE, THE PEAK

Yan-Li wachte vom Klang einer freundlichen weiblichen Stimme auf. Sie gehörte einer von Emmersons Hausangestellten, die ihr ein exquisites Frühstück brachte, dann die Fenstervorhänge aufzog und den morgendlichen Sonnenschein hereinließ.

»Mr. Emmerson bittet Sie, ihn in einer halben Stunde unten zu treffen«, sagte die junge Frau und verließ Yan-Lis Schlafzimmer.

Yan-Li warf einen prüfenden Blick auf das Frühstückstablett und entschied sich zuzugreifen. Sie musste etwas essen, um bei Kräften zu bleiben.

Während sie frühstückte, ließ sie sich Emmersons Angebot durch den Kopf gehen. Irgendwie störte es sie, dass sie ernsthaft darüber nachdachte, aber welchen Grund hätte sie nennen sollen, es nicht zu tun?

Nachdem sie ihre Mahlzeit beendet hatte, duschte sie und zog die Kleider an, die sie am Vortag getragen hatte. Sie waren gereinigt und gebügelt worden, während sie schlief. »Offenbar bin ich Gefangene in einem Fünf-Sterne-Hotel«, murmelte sie, um eine menschliche Stimme zu hören und sich bewusst zu machen, dass sie nicht träumte, auch wenn es nur ihre eigene Stimme war.

Sie verließ ihre kleine Suite, ging durch den Korridor und die Treppe hinunter. Im Parterre traf sie Emmerson, der dort in Gesellschaft mehrerer Mitglieder der Truppe ihres Mannes wartete. Sie alle umringten Callum, der Yan misstrauisch musterte.

»Es wird Zeit, den Vertrag zu erfüllen«, erklärte Emmerson. »Degra hat kapituliert und den Ort genannt, wo sich die Computer befinden.«

Ein Helikopter brachte sie von dem luxuriösen Bergdomizil hinunter zu dem Industriegelände neben der alten Flugboot-Basis. Als sie den Hangar betrat, erblickte Yan-Li den Ekranoplan zum ersten Mal. Callum hatte ihn damals beschrieben, als er von den schrecklichen Vorgängen berichtete, nachdem sie wegen des Untergangs der *Swift* aus dem Meer gefischt worden waren.

Seine Beschreibung war ihm allerdings in keiner Weise gerecht geworden. Dabei erschien er nicht flugbereit. Mehrere Mechaniker turnten oben auf seinem Rumpf herum, reparierten irgendwelche Schäden und ersetzten Teile des y-förmigen Heckleitwerks.

Als sich Yan-Li im Hangar umsah, stellte sie fest, dass dies nur der geringste Teil des angerichteten Schadens war. »Was ist denn hier passiert?«

Emmerson hatte sofort eine Antwort parat. »Männer von CIPHER sind gestern in die Halle eingedrungen. Sie müssen entweder angenommen haben, Degra hier zu finden und befreien zu können, oder sie wollten uns eine Nachricht schicken. Sie haben sechs meiner Männer getötet. Ich erwähnte bereits, dass sie rachsüchtig sind. Dies sollten Sie nicht vergessen, wenn Sie Ihre Entscheidung treffen.«

Yan nickte langsam. »Was ist der Plan?«, fragte sie. »Wie soll es weitergehen?«

Emmerson deutete mit einem Kopfnicken auf ein Unterseeboot, das vor dem Dock lag. »Sie und Ihre Männer begeben sich mit dem Unterseeboot zu einem Schiff, das westlich des Hafens bereitliegt. Ich habe Callum schon entsprechend informiert. Es handelt sich um ein altes Amphibienschiff mit einer Dockingbucht, die das U-Boot aufnehmen kann.«

Während er ihre Frage beantwortete, näherten sich zwei Delta-Maschinen aus der Bucht. Mit ihren Tragflächen ähnelten sie Mantarochen oder riesigen Motten. Emmerson nannte sie Skimmer und erklärte, dass sie sich das gleiche physikalische Auftriebsprinzip zunutze machten wie der Ekranoplan. Yan-Li verfolgte, wie etwa ein Dutzend Männer, die der äußeren Erscheinung nach nichts anderes als schwer bewaffnete Söldner sein konnten, das Dock überquerten und sich vor den beiden Flugzeugen versammelten.

»Tarnkleidung, Körperpanzer, Sturmgewehre«, zählte sie auf. »Ziehen wir in den Krieg?«

»CIPHER wird die Server bewachen und nicht kampflos wieder hergeben«, führte Emmerson aus. »Ganz sicher nicht zu diesem Zeitpunkt. Diese Männer werden mit jeder Art von Abwehr fertig, auf die sie treffen sollten. Und Sie und Ihre Leute schnappen sich derweil die Computer.«

Yan war erleichtert, dass ihr weitere Kampfhandlungen offenbar erspart blieben. Verstehend nickte sie.

»Wir treffen uns auf dem Schiff«, sagte Emmerson. »Überprüfen Sie sorgfältig Ihre Ausrüstung und halten Sie sich für einen ausgedehnten Tauchgang bereit. Wenn alles läuft wie geplant, erwartet Sie und Ihre Truppe eine angemessene Bezahlung.«

Emmerson entfernte sich mit Guānchá an seiner Seite. Sie unterhielten sich kurz mit den Männern in Kampfkleidung und machten sich schließlich daran, in die Maschinen einzusteigen.

Yan und Callum gaben ihren Leuten ein Zeichen und deuteten auf das Mini-U-Boot. Während sie sich einen Weg durch die Trümmerhaufen auf dem Dock suchten, fragte sich Yan, weshalb sich die CIPHER-Truppe wohl den Hangar anstatt Emmersons Luxusbehausung auf dem Hügel als Angriffsziel ausgesucht hatte. Noch seltsamer kam es ihr vor, dass sie den gesamten Komplex mehr oder weniger in Schutt und Asche gelegt, jedoch sein Kronjuwel – den Ekranoplan – nicht einmal angerührt hatten.

Sie konnte nicht behaupten, mit den Verhaltensweisen krimineller Banden vertraut zu sein, aber irgendetwas kam ihr an diesem Szenarium höchst seltsam vor.

47

KI-SONG ISLAND

Als sie an Bord der *Sapphire* eintrafen, hatten Paul und Gamay Trout den Eindruck, dass sie diesmal den längsten Strohhalm gezogen hatten.

»Als Operationsbasis schlägt eine Jacht jedes Unterseeboot um Längen«, hatte Paul spontan verkündet.

Aber schon am dritten Tag ihrer Expedition litten er und Gamay unter zunehmender Langeweile. Trotz der angespannten Hoffnung auf Erfolg und der Aussicht auf Ruhm und Anerkennung, die mit einer Schatzsuche gewöhnlich einhergingen, waren neunzig Prozent der damit verbundenen Aktivitäten ungefähr genauso aufregend, wie es sein mag, einen Wohnzimmerteppich methodisch nach einer verloren gegangenen Haftschale abzusuchen.

Während ihrer wiederholten Fahrten um die Insel und der Abstecher in die Bucht setzten sie alle möglichen Sensoren ein. So unter anderem ein Bodenradar, einen sogenannten 3D-Sub-Bottom-Profiler – dessen Suchstrahl in tiefere Erdschichten vordringen konnte –, und hochempfindliche Magnetometer. Praktisch alles aus dem Arsenal eines professionellen Wracksuchers. Aber nachdem sie die gesamte Bucht sowie sämtliche Zufahrten und einen weit gesteckten Bereich der Gewässer um die gesamte Insel abgetastet hatten, konnten sie nichts vorweisen, was auch nur entfernt den Aufwand gerechtfertigt hätte.

Paul hatte es allmählich satt. »Wir müssen mal runtergehen und diese Blunderbuss bergen, die Kurt und Yan entdeckt haben.«

»Lautet so die Bezeichnung dieser Dinger?«

»Arkebuse oder Donnerbüchse sind andere Namen«, antwortete Gamay. »Gelegentlich werden sie auch Hakenbüchse genannt, weil ihr schwerer Lauf beim Anlegen von einem langen Stab mit Haken gestützt wurde. Fortschrittlichere Modelle haben dann – in alle Richtungen drehbar – auf einem Dreibein geruht.«

»Arkebuse oder Blunderbuss – ob Buse oder Buss, die eine ist so gut wie die andere«, sagte Paul. »Der Punkt ist, dass wir sie heraufholen müssen. Sie könnte uns den entscheidenden Hinweis liefern.«

Gamay war der gleichen Meinung. »Alles ist besser, als einen weiteren Tag lang auf die verschnörkelten Linien eines Magnetometers zu starren.«

Sie tauschten ihre legere Freizeitkleidung gegen ihre Sporttauchausrüstung und warteten, während Winterburn die *Sapphire* in die Einfahrt der Bucht lenkte.

Von dort würden sie schwimmen. Nachdem sie die GPS-Koordinaten eingegeben hatten, ließen sie sich von der Heckplattform ins Wasser gleiten und überquerten langsam das Riff.

»Hoffentlich hängt der Tigerhai, dem Kurt in die Quere gekommen ist, nicht mehr hier herum«, sagte Paul.

»Meinst du, Haie haben Appetit auf uns?«, fragte Gamay mit gespieltem Ernst. »Genau genommen sind wir doch Süßwasserfische, oder? Und deshalb für Haie keine ausgesprochene Delikatesse.«

»Das ist nicht lustig«, erwiderte Paul. »Und ob es sich tatsächlich so verhält, möchte ich lieber nicht ausprobieren.«

Mithilfe des GPS-Trackers fanden sie zu der Korallenformation, hinter der Kurt und Yan sich vor dem Hai versteckt hatten. Während sie dicht über den Meeresboden glitten, hielten sie nach Anzeichen für die Existenz des Artefakts Ausschau.

Gamay landete den ersten Treffer und entdeckte die scharfkantigen Verästelungen einer Geweihkoralle, die bei der Haiattacke abgebrochen waren. »Offenbar sind wir am richtigen Ort.«

»Sind wir«, bestätigte Paul. »Sieh dir dies an.«

Mit der Wischbewegung einer Hand entfernte er eine Portion Sediment und legte den geschwärzten Teil des Riffs frei, der mit dem invasiven Bewuchs bedeckt war. Ein bis zwei Meter entfernt befand sich ein weiterer verfärbter Sektor.

Gamay kam mit einem Flossenschlag zu Paul herüber und hielt sich mit leichten Paddelbewegungen in Position. »Wir sollten es ausgraben und heraufholen.«

»Ich liebe es, wenn du gegen Regeln verstößt«, sagte Paul mit einem Grinsen, das durch die Gesichtsscheibe seines Taucherhelms vergrößert wurde.

Mit ihren Tauchermessern und zwei kleinen Meißeln brachen sie weitere Korallen ab und kratzten Sediment weg, das sich um die Waffe angesammelt und verhärtet hatte. Sie brauchten eine halbe Stunde, um den Lauf, den reich verzierten Abzugsbügel und die Überreste der Basis freizulegen, mit der die Waffe drehbar auf einem Dreibein befestigt wurde.

Vorsichtig wickelte Paul den Fund in eine Schutzhülle ein und brachte ihn zur Wasseroberfläche, während Gamay den mit dem dunklen Bewuchs bedeckten Bereich weiter untersuchte. Als sie sich tiefer arbeitete, stieß sie auf noch eine Überraschung. Ein Messingfernrohr. Sie grub es vollständig aus und schlug es in eine schützende Umhüllung ein.

Ein paar Minuten nach Paul tauchte sie auf und wartete Wasser tretend neben der Schwimmplattform der *Sapphire*.

»Sieh dir dies hier mal an«, rief sie.

Paul erschien mit Stratton im Gefolge. Gamay reichte ihm das nautische Instrument und kletterte an Bord.

»Ich nehme Ihre Pressluftflasche«, sagte Stratton.

»Danke«, sagte Gamay und schlüpfte aus dem Tauchgeschirr, während Paul ihr Fundstück auswickelte.

»Ein Messingteleskop aus dem achtzehnten Jahrhundert«, stellte Paul nach kurzer Inspektion fest. »Es hat ein wenig Weißrost angesetzt, aber nicht viel, wenn man bedenkt, wie lange es schon da unten gelegen haben muss.«

Gamay nickte. »Beide Artefakte sind außerordentlich gut erhalten. Hoffen wir, dass sie wirklich so alt sind, wie wir annehmen, und nicht erst einhundert Jahre danach hier versanken.«

48

Später an diesem Tag begannen Paul und Gamay damit, die Fundstücke eingehender zu untersuchen. Stratton und Winterburn verfolgten das Geschehen als interessierte Beobachter und machten sich mit gelegentlichen Fragen und Kommentaren bemerkbar.

Zunächst wurden die Fundstücke in Behälter gelegt, die spezielle Lösungen enthielten und so eine weitere Oxidation und Korrosion zu verhindern und gleichzeitig die verhärteten Salze aufzulösen vermochten, die sich auf ihnen festgesetzt hatten.

Diese Wechselbäder nahmen mehrere Stunden in Anspruch. Danach begann die mühsame Feinarbeit. Mit unterschiedlich dicken Nadeln und Bürsten befreiten Paul und Gamay die glatten Oberflächen von den Ablagerungen und legten ein Ziermuster auf dem Griff der Arkebuse und chinesische Schriftzeichen auf dem Messinggehäuse des Fernrohrs frei.

Außerdem entdeckten sie etwas, mit dem sie nicht gerechnet hatten. Eine verhärtete graue Masse im Lauf der Hakenbüchse und im Hohlrohr des Teleskops.

Gamay empfand sie als unangenehm und klebrig. Paul, der Geologe, begegnete ihr hingegen mit unverhohlenem Interesse. »Dies ist kein klassisches Sediment«, urteilte er, kratzte eine kleine Probe ab und zerrieb sie zwischen den Fingern. »Es ist Vulkanasche.«

»Das ist ein vielversprechender Hinweis und gibt Anlass zur Hoffnung«, sagte Gamay, »da wir wissen, dass die *Seidener Drache* während eines explosiven Vulkanausbruchs verschwunden ist.«

»Sieht so aus, als ob Kurt mit seiner Vermutung richtig liegt«, sagte Paul.

Gamay nickte. »Der aus Holz bestehende Teil der Arkebuse zeigt deutliche Brandspuren«, fügte sie hinzu, »als wäre sie einem Feuer ausgesetzt gewesen, das jedoch schnell erloschen ist.«

»Was ja auch genau das ist, das man erwarten kann, wenn Holz vulkanischer Hitze ausgesetzt wurde und in Wasser eintauchte«, sagte Paul. »Oder …«

Gamay sah ihn fragend an. »Oder was?«

Paul beantwortete ihre Frage mit einer weiteren Frage. »Was konnte man noch mal im Tagebuch über den Vulkanausbruch lesen? Vielleicht finden wir dort einen weiteren entscheidenden Hinweis.«

Gamay schaltete einen Laptop, der auf einem Tisch in ihrer Nähe bereitstand, ein und rief den übersetzten Text aus Ching Shihs Tagebuch auf.

»›Die *Seidener Drache* kann nicht aus der Bucht entkommen‹«, las sie vor. »›In den Klauen der Korallen gefangen, wird sie verschlungen vom Rauch und vom Feuer und einer Flut flüssiger Lava, die sich den Berg hinabwälzt. Ein angemessenes Ende für solche Verräter.‹«

Paul nickte und wiederholte den Satz in Gedanken noch einmal. »Wirklich hochinteressant. Aber bisher sind wir nirgendwo auf vulkanisches Gestein gestoßen«, sagte er. »Wir haben nur das Riff gefunden, das Sediment und die Asche. Sollte die Eruption flüssige Lava freigesetzt haben, müssten wir hier und da Reste davon finden, vor allem dort, wo der Lavastrom Schlick und Sand vor sich hergeschoben hat.«

»Worauf willst du hinaus?«, fragte Gamay argwöhnisch. »Wenn du mir damit andeuten möchtest, dass wir an der falschen Insel suchen, darfst du heute Nacht auf der Gästecouch schlafen.«

»Nicht an der falschen Insel«, sagte Paul, »sondern wir suchen unter einem falschen Aspekt. Ching Shih hat der Welt grundsätzlich mitgeteilt, dass die *Drache* als Strafe verschlungen wurde. Man kann es dichterische Freiheit ihrerseits nennen. Aber sie ist meilenweit entfernt gewesen. Und ihre Beobachtungen erfüllten einen bestimmten Zweck. Entweder als eine Art göttliche Warnung an die Adresse derer, die vielleicht die Absicht hatten, sie zu hintergehen, oder weil sie verhindern wollte, dass jemand zu der Insel zurückkehrt, um nach dem zu suchen, was nach ihrer Auffassung von Rechts wegen ihr Eigentum war.«

»Als hätte sie von ›Feuer und Schwefel‹ gesprochen«, meinte Gamay.

»Schwefel ist gar nicht so falsch«, sagte Paul, »denn den kann man bei jedem Vulkanausbruch finden.«

»Dir ist hoffentlich klar, dass ich dir längst zugestimmt habe«, sagte Gamay, verengte die Augen zu Schlitzen und sah ihn drohend an.

»Okay«, sagte Paul. »Tut mir leid, bin wohl ein bisschen abgedriftet. Wie dem auch sei, der Punkt ist jedenfalls: kein vulkanisches Gestein, keine Lava, keine Spur von Feuer und Schwefel.«

»Und wie sind dann diese Brandspuren an die Arkebuse gelangt?«

»Durch superheiße Asche oder Bimsstein«, schlug Paul vor, »das Zeug, das ich aus dem Fernrohr herausgekratzt habe. Und wenn das zutrifft, werden wir das Schiff niemals dort finden, wo wir es vermuten.«

»Und wo stattdessen?«, fragte sie und hatte das Gefühl, als verstünde sie überhaupt nichts mehr.

»Viel tiefer unter uns«, sagte Paul. »Bedeckt mit einer dicken Ascheschicht … wie Pompeji.«

Nun verstand sie allmählich, was er meinte. »Wie tief, denkst du?«

»Teile von Pompeji waren unter bis zu zehn Metern Asche begraben. Wahrscheinlich gibt es dort Bereiche, die noch gar nicht ausgegraben wurden, weil sie erheblich tiefer liegen.«

Gamay fand diese Neuigkeit ganz und gar nicht so vielversprechend wie Paul. »Das Sonar kann nicht in diese Tiefe vordringen. Und in Anbetracht der Tatsache, dass beim Bau der Schiffe in jener Zeit kaum Metall verwendet wurde, werden wir mit einem Magnetometer auch nicht besonders weit kommen.«

»Wir müssen doch irgendetwas zur Verfügung haben, das wir benutzen können«, sagte Paul.

Das war offenbar das Stichwort für Stratton, um sich an der Diskussion zu beteiligen. Er räusperte sich, hob die Hand und dachte sekundenlang nach. »Wir haben einen Breitband-Sub-Bottom-Profiler an Bord«, sagte er. »Er ist zwar nicht dafür konstruiert worden, vergrabene Schätze zu suchen. Aber wenn die Sedimentschicht gleichmäßig verteilt ist, ließe sich jedes größere Objekt darunter aufgrund seiner unterschiedlichen Dichte aufspüren. Stellen Sie es sich vor … wie ganze Nüsse in einem Müsliriegel.«

Paul und Gamay wechselten einen kurzen Blick. Hoffnung und Vorfreude.

Dann aber bemühte sich Stratton, ihre hohen Erwartungen gründlich zu dämpfen. »Das heißt, wenn das alte Holzschiff nicht zum größten Teil längst verbrannt war, bevor es gesunken ist.«

»Der Kolben dieser Hakenbüchse besteht aus Hartholz, das mit Ölfarbe bedeckt wurde«, sagte Paul. »Wenn dies nicht verbrannte, dann dürfte die Zeit auch nicht ausgereicht haben, das Schiff mit seinen mit Seewasser getränkten Planken in Brand zu setzen. Schlimmstenfalls hat es seinen Mast und Teile des Oberdecks verloren.«

»Mit der *Sapphire* in die Bucht zu gelangen, ist nach wie vor unmöglich«, gab Winterburn zu bedenken. »Sie ist einfach zu groß.«

Gamay wandte sich an Stratton. »Können Sie nicht eine Drohne so weit modifizieren, dass sie den Profiler transportieren kann?«

»Klar«, erwiderte Stratton. »Ich glaube, wir haben noch ein Exemplar, das Kurt und Joe nicht zerstört haben.«

49

NUMA-ZENTRALE
WASHINGTON, D.C.

Rudi Gunn saß noch in seinem Büro und arbeitete, als das Intercom auf seinem Schreibtisch summte und die Stimme der Nachtbereitschaft am Empfang aus dem Lautsprecher drang. »*Anna Biel möchte Sie sprechen, Mr. Gunn.*«

Zu Rudi verirrten sich nicht viele Besucher, vor allem nicht um diese späte Tageszeit. Er warf einen Blick auf seine Uhr. »Bestellen Sie ihr, dass ich sie gleich in der ...«

Die Tür öffnete sich, und Anna Biel erschien im Spalt und schob den Kopf hindurch. In den Händen hielt sie Starbucks Kaffeebecher, beide mit Plastikdeckeln verschlossen, aus deren Trinköffnungen Dampf aufstieg.

»Hat sich schon erledigt«, sagte Rudi der Empfangsdame am Telefon.

»Sorry wegen der Störung«, entschuldigte sich die NSA-Direktorin, »aber man dringt ja nie zur Spitze vor, wenn man wartet, bis man an der Reihe ist.«

Rudi nahm einen Becher und lud sie mit einem Handzeichen ein, Platz zu nehmen. »Ich möchte nicht undankbar erscheinen«, sagte er, »aber wir haben auf dieser Etage vier Kaffeeautomaten und im Parterre eine rund um die Uhr geöffnete Cafeteria.«

»Das haben wir genauso«, erwiderte sie, »aber es ist einfacher, etwas Stärkeres hinzuzufügen, wenn sich der

Kaffee in einem Pappbecher befindet. Meinen Sie nicht auch?«

Während er den Becher ein wenig hob und den Kopf vorbeugte, konnte er den Alkohol in dem Gebräu riechen. »In diesem Fall bedanke ich mich.« Er trank einen Schluck und stellte die brennende Frage: »Sind Sie hierhergekommen, um moralische Unterstützung zu spenden oder um schlechte Nachrichten zu überbringen?«

»Wegen Ersterem«, antwortete sie. »Ich nehme an, Sie haben von Ihren Männern nichts gehört, seit die Chinesen den Victoria Harbour unter Feuer genommen haben.«

»Nein«, gab Rudi zu, »aber wir machen uns noch keine Sorgen. Wenn die Chinesen Kurt und Joe in ihrer Gewalt hätten, würden sie die beiden längst im Rahmen einer Siegesparade auf dem Platz des Himmlischen Friedens der Welt präsentieren. Und wenn sie die *Phantom* versenkt hätten, würden sämtliche Fernsehsender der Welt in ihren Abendnachrichten Videos von dem Wrack zeigen.«

»Das ist auch unsere Meinung.«

»Befürchten Sie, dass die Chinesen wegen des Eindringens mit dem Finger auf uns zeigen werden?«

»Eigentlich nicht«, sagte sie. »Auf jeden Fall nicht öffentlich. Sie können es nicht riskieren einzugestehen, dass ein kleines amerikanischen Unterseeboot einer Armada von U-Boot-Abwehrkräften in einem Gewässer entgehen konnte, das im Grunde nicht mehr als ein Planschbecken in ihrem eigenen Hinterhof ist. Ohne irgendwelche Trümmer, um zu beweisen, dass sie uns besiegten, werden sie wohl bei der Terroristen-Version bleiben.«

Rudi hob seinen Kaffeebecher zum Toast. »Auf die chinesische Vernunft.«

Auch sie hob ihren Becher und prostete Rudi zu. »Bleibt

uns immer noch die Frage, was mit Kurt und Joe geschehen ist. Augenzeugen berichten, dass zahlreiche Wasserbomben und mindestens eine U-Boot-Abwehrrakete in ihre Richtung abgeworfen beziehungsweise abgefeuert worden sind. Dass die Chinesen anschließend keinerlei Trümmer gefunden haben, heißt noch lange nicht, dass sich die beiden lebend aus dem Hafen retten konnten. Beschädigte U-Boote haben die Angewohnheit, sich noch für eine Weile weiterzuschleppen, nur um endgültig unterzugehen, bevor sie die Heimat erreichen.«

»Offensichtlich ist das eine berechtigte Sorge«, sagte Rudi. »Aber die *Phantom* ist ein widerstandsfähiges Schiff. Selbst wenn der Rumpf aufgrund eines entstandenen Schadens plötzlich geplatzt wäre, hätten Kurt und Joe es mit Sicherheit geschafft, rechtzeitig auszusteigen. Beide sind erfahrene Taucher und bewahren – wenn sie unter Druck sind – einen absolut kühlen Kopf. Ich kann nur annehmen, dass sie sämtliche offensichtlichen Orte meiden, die die Chinesen ins Visier nehmen könnten, wie zum Beispiel ein Hilfs- und Versorgungsschiff der NUMA oder irgendein anderes amerikanisches Schiff in der Region.«

»Aber Sie haben bisher keine aktive Suche eingeleitet, oder?«

Rudi schüttelte den Kopf. »Man kann keine Suchaktion starten, ohne die Chinesen auf sie aufmerksam zu machen und auf ihre Spur zu setzen oder einzugestehen, dass von Anfang an wir für das Eindringen in ihre Hoheitsgewässer verantwortlich waren.«

»Das ist eine verdammte Zwickmühle, in der Sie da stecken«, antwortete Biel. »Sie haben mein aufrichtiges Mitgefühl.«

»Sparen Sie es sich auf«, sagte Rudi. »Ich erwarte, dass

wir über kurz oder lang von ihnen hören werden, selbst wenn sie sich per R-Gespräch von irgendeiner Ferieninsel melden sollten, an deren Strand sie mit ihrer Rettungsinsel angetrieben wurden.«

»Ich mag Ihr Selbstvertrauen und Ihre Zuversicht«, sagte die NSA-Chefin. »Und dann was?«

»Dann setzen wir Himmel und Hölle in Bewegung, Yan-Li die Nachricht zukommen zu lassen, dass ihre Mutter und ihre Kinder in Sicherheit sind.«

Anna trank einen weiteren Schluck Kaffee. »Das dürfte nicht so einfach sein, wenn man bedenkt, dass Emmerson ihr sicherlich keinen Zugang zu E-Mail, Telefon oder sonstigen Möglichkeiten der Textübermittlung gestatten wird. Wie wollen Sie dieses Problem lösen?«

Darauf hatte Rudi keine Antwort parat, aber er vertraute darauf, dass ihm beizeiten etwas Entsprechendes einfallen würde. »Wir alle arbeiten daran. Schlimmstenfalls engagiere ich ein Himmelsschreiber-Team, das über Hongkong kreist und *Sofort Kurt anrufen* ans Firmament kritzelt.«

Bei dieser Vorstellung verzog sich Annas Miene zu einem amüsierten Lächeln, dann aber wurde sie gleich wieder ernst. »Hoffen wir lieber, dass Kurt rechtzeitig auftaucht, um sich per Telefon zu melden.«

50

NUMA-JACHT SAPPHIRE
KI-SONG ISLAND, SÜDCHINESISCHE SEE

Paul hatte den Kopf geneigt und nahm eine leicht geduckte Haltung ein, um neben Stratton in dem engen Sonarraum stehen zu können. Gamay und Winterburn verfolgten die Suche auf der Kommandobrücke. Sie alle hatten es kaum erwarten können, die Ausdrucke der Messergebnisse des Sub-Bottom-Profilers in Augenschein zu nehmen.

»Da ist etwas«, sagte Paul und wandte sich an Stratton, der die Drohne dirigierte. »Lenken Sie sie noch einmal zurück und über den letzten Sektor.«

Da die Jacht zu groß war, um sich gefahrlos in der flachen und mit Korallenformationen gefüllten Bucht zu bewegen, patrouillierten sie vor der Einfahrt wie ein Postenschiff während einer Seeblockade hin und her. Unterdessen flitzte die kleine Drohne, einem systematischen Kreismuster folgend, in der Bucht herum.

Der erste Scan, der in geringer Tiefe einen weiten Bereich einbezogen hatte, war ergebnislos verlaufen. Ein zweiter Scan, ein wenig tiefer mit schmalerer Bündelung des Suchstrahls, hatte ebenfalls nichts erbracht. Aber der dritte Scan wendete nun das Blatt – auch wenn die Drohne gezwungen war, den Korallen auszuweichen und den Grund der Bucht ausschließlich in schmalen Streifen anstatt in breiten Bahnen abzutasten.

Bei derart geringem Abstand zum Meeresboden fielen die Signale, die der Profiler sendete, erheblich konzentrierter aus. Sie lieferten ein deutliches Bild von den verschiedenen aufeinandergepackten Sedimentschichten.

Alles war eben und gleichförmig, und plötzlich wurde diese Ordnung gestört. Stratton hatte die Drohne gewendet und passierte die Anomalie ein zweites Mal.

»Dort unten ist definitiv etwas vergraben«, sagte Stratton.

Als sie die Position erneut passierten, zeigte es sich noch einmal. Aber nun waren sie zu nahe bei ihrem Fund, um ihn vollständig unter sich zu sehen.

»Steigen Sie ein wenig auf«, empfahl Paul. »Und ändern Sie den Annäherungswinkel. Folgen Sie der Hauptachse.«

Stratton manövrierte die Drohne in Position und vergrößerte den Abstand zwischen Sensor und Meeresgrund um knapp zwei Meter. Während dieser Passage war alles deutlich zu erkennen, als ein langes zigarrenförmiges Objekt auf dem Sichtschirm erschien.

Nach mehreren weiteren Passagen rechnete der Computer die einzelnen Bilder zusammen. Das Zielobjekt war etwa fünfundsechzig Meter lang und zwanzig Meter breit.

»Das passt«, sagte Paul und verglich ihre Messung mit dem, was sie über das Schatzschiff wussten. »Entweder ist das die *Seidener Drache*, oder jemand hat sich mit uns allen einen fantastischen Schabernack erlaubt.«

Stratton klatschte ihn ab und stieß einen triumphierenden Freudenruf aus.

Paul aktivierte das Intercom und rief die Kommandobrücke, wo Gamay und Winterburn vor einem Monitor saßen, der die Suchergebnisse des Profilers zeigte. »Wir haben es gefunden«, rief er. »Es liegt dort unten und erscheint vollkommen intakt. Im Sediment konserviert, so wie wir es erwartet haben.«

Doch Gamays Reaktion fiel unerwartet emotionslos und reserviert aus. »*Wir haben auch etwas gefunden. Ein Schiff, das sich von Süden nähert. Ich könnte mir vorstellen, dass du dich ans Heck stellen möchtest, um einen prüfenden Blick darauf zu werfen.*«

Gamay hatte ihren Satz noch nicht beendet, als Paul hörte, wie die Maschinen verstummten. Weshalb Winterburn die Jacht während der Annäherung eines geheimnisvollen Schiffes stoppte, konnte er sich nicht erklären, aber allein diese Reaktion und ihre mögliche Ursache gefielen ihm ganz und gar nicht.

»Bleiben Sie hier«, riet er Stratton. »Bereiten Sie sich darauf vor, alles zu löschen – für den Fall, dass wir von jemandem geentert werden, der uns unseren Fund streitig machen möchte.«

Stratton nickte, versetzte die Drohne in den Stopp-Modus, in dem sie ihre Position automatisch beibehielt, und notierte die Koordinaten in unleserlicher Krakelschrift auf einen Schreibblock, der mit sinnlosen Kritzeleien gefüllt war, – nur für den Fall, dass er sich gezwungen sah, den Inhalt der Computer aus ihren Datenspeichern zu entfernen.

Paul verließ die kleine Kabine und rannte nach achtern durch das Schiff zum Heck. Dabei schaute er unterwegs aus den Salonfenstern. Aber er konnte nichts sehen, da sich das Schiff offenbar auf der anderen Seite befand. Es musste sich ihnen genau von hinten nähern.

Er stieß die Tür zum Bootsheck auf und trat auf die Plattform hinaus.

Fünfzig Meter hinter dem Schiff konnte er ein schwarzes scheibenförmiges Objekt ausmachen, das auf den Wellen tanzte. Der höchste Punkt seines Rumpfs erhob sich keine zwei Meter über die Meeresoberfläche. Es sah wie ein UFO aus, das gelandet war, um eine Runde zu schwimmen.

Paul kniff die Augen zusammen und blinzelte heftig, während sich eine Luke öffnete. Anstatt kleiner grüner Männchen erkannte er eine vertraute Gestalt, die sich ins Freie schlängelte.

Kurt hatte einen dichten Stoppelbart im Gesicht. »Bitte um Erlaubnis, an Bord kommen zu dürfen«, sagte er laut. »Ich habe zwei Mannschaftsmitglieder dabei, denen Grillkäse und Eiscreme versprochen wurden, und ein weiteres, dem ich ein heißes Bad und ein Glas Wein schuldig bin.«

Die Kinder kletterten an Deck, gefolgt von ihrer Großmutter.

»Ich weiß nicht«, erwiderte Paul. »Es wäre ja immerhin möglich, dass Sie uns den Schatz unterm Hintern wegstehlen wollen.«

»Schatz?«, sagte Kurt. »Habt ihr etwas gefunden?«

»Nicht *etwas*«, erwiderte Paul, »sondern alles. Das gesamte Schiff und sein Inhalt sind in gut zehn Metern Asche vergraben.«

Mit der *Phantom* im Schlepp – und Yan-Lis Familie, die gesättigt und zur Ruhe gebettet war – trafen sich Kurt und Joe mit Paul und Gamay im Funkraum der *Sapphire*.

»Wir freuen uns natürlich, Sie zu sehen«, sagte Gamay. »Aber warum haben Sie diesen weiten Weg gewählt, um hierherzukommen? Das Mutterschiff der *Phantom* dürfte doch um einiges näher gewesen sein.«

»Wir sind davon ausgegangen, dass die Chinesen es

beobachtet haben, weshalb wir auf unserem Weg dorthin mit einer ganzen Armada von U-Boot-Jägern hätten rechnen müssen«, sagte Kurt. »Indem wir hierhergekommen sind, haben wir die Hälfte der Strecke in vietnamesischen Gewässern zurückgelegt. Dort waren wir viel sicherer.«

»Außerdem«, fügte Joe noch hinzu, »wollten wir wissen, wie ihr vorangekommen seid. Dann lasst mal hören. Was haben Sie gefunden?«

Paul entrollte eine postergroße Version des hochauflösenden Scans von dem vergrabenen Schiff. Was er sah, verschlug Kurt Austin den Atem.

»Der Detailreichtum ist unglaublich«, sagte Joe. »Das hat Ihnen der Sub-Bottom-Profiler geliefert?«

»Stratton fand einen Weg, um den Suchstrahl stärker zu bündeln und auf diese Weise ein detailliertes Bild zu erhalten«, erklärte Paul.

»Ein Hoch auf Stratt«, sagte Joe.

»Was ist mit den Artefakten?«, wollte Kurt wissen.

»Fragt, und ihr werdet es sehen«, sagte Gamay. Sie legte die sorgfältig gereinigte Arkebuse auf den Tisch. »Wir müssen sie so schnell wie möglich wieder in den Tank zurücktun, aber ich dachte mir, Sie würden sich das gute Stück gern einmal in natura ansehen.«

Kurt, der ein besonderes Faible für historische Waffen hatte, konnte sich an den filigranen Silberverzierungen am Kolben und am Schloss der antiken Donnerbüchse kaum sattsehen. Sie war noch immer weiß von den Salzen, die an ihr klebten, aber die schlimmsten und härtesten Verkrustungen waren inzwischen behutsam entfernt worden. »Sie ist in einem sensationellen Zustand«, sagte er staunend. »Ganz eindeutig Handwerkskunst auf höchstem Niveau aus dem achtzehnten Jahrhundert.«

Gamay nickte. »Aber warten Sie mal. Wir haben noch mehr.«

Sie holte ein zweites, in ein Tuch eingewickeltes Objekt. Während sie es auf den Tisch legte, schlug sie die Zipfel des Tuchs zurück und enthüllte das Teleskop, das sie nicht weit von der Arkebuse entfernt auf dem Meeresgrund gefunden hatten.

Ebenso wie die Arkebuse war auch das Fernrohr in der luftlosen Umgebung der Vulkanasche ausnehmend gut erhalten geblieben. Und mittlerweile gesäubert, sah es aus, als stammte es von der Auslage eines Antiquitätengeschäfts.

»Fantastisch«, sagte Joe.

»Unglaublich«, schloss Kurt sich ihm an.

»Und dies ist das beste Detail«, sagte Gamay und deutete auf die eingravierten Schriftzeichen. »Die ersten beiden sind Symbole für Glück und Wohlstand. Die letzten beiden entsprachen dem Namen von jemandem, der in Ching Shihs Tagebuch genannt wird. Zi Jun Chu oder Meister Jun.«

Kurt erkannte den Namen. »Jun war der Eigentümer der *Seidener Drache*. Der Mann, der Ching Shih ursprünglich den Schatz gestohlen hat.«

»Er ist der Eigentümer dieses Teleskops gewesen. Damit steht außer jedem Zweifel, dass dieses Wrack unter der Ascheschicht die *Drache* ist«, sagte Gamay.

Kurt lehnte sich zurück. Damit hatten sie schließlich erfolgreich abgeschlossen, was Yan-Li fast drei Jahre zuvor begonnen hatte. Falls es Gerechtigkeit gab, würde dieser Erfolg dazu beitragen, sie zu wahren.

»Wir sollten Rudi anrufen«, sagte Kurt. »Es wird Zeit, dass wir den nächsten Zug machen.«

Das Videogespräch mit Rudi lief viel besser als der

Anruf aus Taipeh. Rudi war derart erfreut zu erfahren, dass Kurt und Joe unversehrt aufgetaucht waren – und er die *Phantom* nicht als in die Hand der Chinesen gefallen abhaken musste –, dass er weder die Worte *internationaler Zwischenfall* aussprach noch sich nach Details hinsichtlich der Schäden an dem Fünfzig-Millionen-U-Boot-Prototyp erkundigte.

»Nun, da wir Yan-Lis Mutter und ihre Kinder in Sicherheit gebracht haben, müssen wir irgendeinen Weg finden, sie zu erreichen, ohne dass Emmerson etwas mitbekommt«, sagte Kurt.

»Daran arbeiten wir bereits«, teilte Rudi mit. »Da gibt es nur ein wesentliches Problem – sie ist verschwunden. Die CIA war für einige Zeit an ihr dran, aber Emmerson hat sie keine Sekunde lang aus den Augen gelassen. Sie wurde in seinem Anwesen und wenig später am Flugboot-Hangar gesehen, nachdem ihr ihn in Schutt und Asche gelegt habt. Seitdem ist sie von der Bildfläche verschwunden.«

»Das betrachte ich als eindeutigen Hinweis darauf, dass Emmerson seinen nächsten Zug vorbereitet«, sagte Kurt. »Degra muss ihm verraten haben, wo die Server deponiert sind.«

»Wir hatten gehofft, dass Yan sich spätestens in diesem Moment bei uns meldet«, sagte Rudi.

Trotz allem war Kurt nicht allzu beunruhigt. Die Dinge entwickelten sich zwar schneller, als er gehofft hatte, aber immer noch in der Reihenfolge, die er erwartet hatte. »Emmerson wird nicht mehr Informationen hinausposaunen, als er unbedingt muss. Er wird das Versteck der Server für sich behalten, bis er keine andere Wahl hat, als sein Wissen zu teilen.«

Rudi wies auf die offensichtliche Schwachstelle hin. »Es wird uns nicht viel nützen, wenn Yan in der letzten Sekunde oder so kurz vor dem Anlaufen der Aktion mit uns Kontakt aufnimmt, dass wir keine Zeit mehr haben, um uns einzuschalten. Ich bringe dies zwar nur ungern zur Sprache, aber wenn sie die Computer für ihn herbeischafft und er sie als gefährliche Zeugin beseitigt, stehen wir wieder dort, wo wir am Anfang gestanden haben. Dann müssen wir nämlich versuchen, die Computer von den Kriminellen zu kaufen, die sie gestohlen haben.«

»Ich glaube allerdings nicht, dass Emmerson sie verkaufen will«, sagte Kurt. »Das war ausschließlich die Absicht der CIPHER-Leute. Nach meinem Dafürhalten hat Emmerson etwas ganz anderes im Sinn.«

»Und was?«

»Kann ich nicht sagen. Aber Joe und ich haben im Flugboot-Hangar einen Lagerraum gefunden, voll mit Hightech-Spleißwerkzeug und Breitband-Glasfaserkabeln.«

»Und es war ganz sicher nicht das Material für den Hausgebrauch«, fügte Joe hinzu. »Dort gab es riesengroße Trommeln mit aufwendig isoliertem Kabel in Industriequalität.«

Gamay ergriff das Wort. »Die Taucher im Silicon Valley trainierten spezielle Tiefsee-Spleißtechniken, um die Vector-Einheiten mit Tiefsee-Glasfaserkabeln zu verbinden. Das kann kein Zufall sein.«

»Es klingt, als wolle Emmerson diese Computer miteinander verbinden«, sagte Kurt. »Aber zu welchem Zweck?«

»Könnte eine besondere Art des Hackings sein«, versuchte Paul eine Erklärung.

»Das würde auch den Konflikt mit CIPHER erklären«, sagte Joe. »Wir sind doch von der Annahme ausgegangen, dass sich CIPHER in Emmersons Aktivitäten gedrängt hat. Aber möglicherweise waren wir auf dem falschen Dampfer und es lief andersherum.«

»Womit wir noch immer vollkommen im Dunkeln tappen, was Emmersons Pläne betrifft«, sagte Rudi. »Ich werde Hiram diese Informationen schnellstens zukommen lassen. Mal sehen, ob er sich einen Reim darauf machen kann.«

»Wo ist Hiram überhaupt?«, fragte Kurt. »Ich nahm an, dass er an dieser Telefonkonferenz teilnimmt.«

»Er hält sich noch in Kalifornien auf«, erklärte Rudi. »Während der letzten fünf Tage hat er die Datenbanken von Hydro-Com durchforstet – auf der Suche nach Material, das uns helfen könnte. Für Ihre Informationen wird er sicherlich dankbar sein. In der Zwischenzeit sollten Sie sich beide ein wenig Ruhe gönnen. Ich weiß nicht, wann uns die nächste Hiobsbotschaft erreicht, aber wenn es geschieht, sollten Sie beide topfit und einsatzbereit sein.«

51

MERCY HOSPITAL
SAN MARIN, KALIFORNIEN

Sabrina Lang wurde vom Piepen des Alarms der Infusionspumpe geweckt, das signalisierte, dass der Flüssigkeitsvorrat aufgebraucht war. Die Krankenschwester kam herein, schaltete die Maschine ab und überprüfte Sabrinas Blutdruck und andere Vitalfunktionen.

»Wie fühlen Sie sich?«

Sie stellten diese Frage jedes Mal, wenn sie hereinkamen. Sabrina hatte wirklich keine Antwort darauf. Physisch kämpfte sie noch immer mit dem Schmerz der Schusswunde, aber den hatten die Medikamente auf ein dumpfes Pochen reduziert. Mental fühlte sie sich taub. Fast wünschte sie sich, noch immer bewusstlos zu sein. Sie wusste, dass Pradi tot war, auch wenn sie sich weigerten, sie zu informieren. Sie wusste, dass sie am Versagen des Sicherheitssystems von Hydro-Com zum Teil selbst schuld war, auch wenn es auf derart raffinierte Weise bewerkstelligt worden war.

»Ich fühle mich gut«, murmelte sie wenig überzeugend.

»Sie klingen aber nicht gut«, sagte die Krankenschwester. »Doch ich nehme Sie beim Wort. Sind Sie bereit, Besuch zu empfangen?«

»Wer ist es?«, fragte sie. Sie hatte bereits ihre Eltern gesehen und war nicht daran interessiert, weitere Anwälte oder Spezialagenten vom FBI oder Kollegen von Hydro-Com durch ihr Krankenzimmer paradieren zu sehen.

»Ein mitfühlender Computerfreak«, sagte Hiram Yaeger und schob den Kopf durch den Türspalt.

Zu ihrer Überraschung zauberte sein Anblick ein Lächeln auf ihr Gesicht. »Klar«, sagte sie. »Ich würde Sie umarmen, aber ich hänge an all diesen Schläuchen und Drähten.«

Die Krankenschwester winkte Hiram herein. »Ich hatte Sie doch gebeten, im Flur zu warten«, schimpfte sie. »Aber da dies das erste Lachen ist, das wir bei ihr zu sehen bekommen, seit sie aufgewacht ist, lasse ich es Ihnen durchgehen. Sie haben dreißig Minuten.«

Hiram trat ins Zimmer und zog sich einen Stuhl ans Krankenbett. Er war in Kalifornien geblieben, teils um zu sehen, ob er in der Datenbank von Hydro-Com irgendetwas finden konnte, das sie zu den Computern führte, und dann auch, um sich jederzeit nach dem Wohlbefinden der verletzten Sicherheitschefin erkundigen zu können.

Er konnte sich nicht von dem Gefühl frei machen, an ihrer Schussverletzung mitschuldig zu sein. Wenn er nicht hinter dem Taucher hergerannt oder gar nicht erst ins Silicon Valley gekommen wäre, läge sie wahrscheinlich nicht einmal im Krankenhaus. Die Tatsache, dass sie jung genug war, um Hiram an seine eigene Tochter zu erinnern, die momentan die Graduiertenschule nicht weit entfernt in Stanford besuchte, stachelte seinen Beschützerinstinkt ganz besonders an. »Ich würde Sie gern fragen, wie es Ihnen geht, aber ich nehme an, dass Sie diese Frage mittlerweile bis obenhin satthaben.«

»Gründlich«, bestätigte sie.

»Stattdessen bitte ich Sie um Hilfe«, fuhr er fort. »Wir

haben ein oder zwei Dinge über die Männer, die die Vector-Server gestohlen haben, in Erfahrung bringen können, aber es ist nicht das, was wir erwarteten. Ich hoffte, dass Sie vielleicht irgendeine Idee haben, welche Absichten sie tatsächlich verfolgen.«

»*Sie* brauchen meine Hilfe?«

»Ich mag zwar allgemein eine ganze Menge über Computer wissen, aber ich habe absolut keine Ahnung, wozu diese Server fähig sind«, gab Yaeger zu. »Niemand außerhalb von Hydro-Com weiß das wirklich. Und da Pradi tot ist und Ihr Chefprogrammierer mit dem Quellcode im Gepäck das Weite gesucht hat, steht keiner mehr zur Verfügung, der sich mit den Maschinen besser auskennt als Sie.«

»Dem könnte ich widersprechen«, sagte sie, »aber ich tue, was ich kann, um zu helfen. Was wissen wir bis jetzt?«

Yaeger beschrieb, wer Emmerson war, und äußerte sich zum Drei-Parteien-Streit zwischen CIPHER, der NUMA und Emmerson um den Erwerb der Hydro-Com-Rechner. Er erläuterte, was sie über die Pläne von CIPHER – nämlich die Computer so teuer wie möglich zu verkaufen – wussten, und weshalb sie annahmen, dass Emmerson etwas Ähnliches im Sinn hatte. »Was kann er mit diesen Computern anfangen, was ihm mehr einbringen würde, als wenn er sie verkauft?«

»Er könnte sie miteinander koppeln«, antwortete Sabrina. »Wenn sie entsprechend eingerichtet würden, um parallel zu arbeiten, hätte er am Ende einen unglaublich leistungsfähigen Supercomputer zu seiner Verfügung. Er wäre um ein Mehrfaches schneller als die schnellsten Maschinen da draußen, aber um dies auszunutzen, bräuchte er ein wahres Genie von Programmierer ... das er natürlich jetzt hat.«

Diesen Aspekt hatte Yaeger bereits bedacht. »Aber welchen Nutzen zieht er daraus? Supercomputer werden doch eingesetzt, um Kernexplosionen in allen Einzelheiten zu analysieren oder das Universum in siebzehn Dimensionen zu erforschen und darzustellen. Universitäten und Regierungen benutzen sie. Aber ich kann beim besten Willen nicht erkennen, dass eine solche Maschine für jemanden wie Emmerson von besonderem Wert sein sollte.«

Sie nickte und verstellte das Krankenhausbett, damit sie ein wenig aufrechter sitzen konnte. »Er könnte Bitcoins und andere Kryptowährungen damit berechnen«, sagte sie. »Ich habe vor Kurzem gelesen, dass Cryptomining mehr elektrischen Strom verbraucht als die Nationen Finnland, Dänemark und Schweden zusammen. Weil die Vectors im Prinzip Selbstversorger sind – das heißt, ihre Energie wird durch Gezeiten und Unterwasserströmungen erzeugt – und ohne aufwendige Kühlsysteme auskommen, können sie Kryptotransaktionen weitaus effizienter ausführen als die zurzeit existierenden Serverfarmen. Das war eigentlich eine der ursprünglichen Ideen hinter dem Projekt.«

»Wie viel Kapital könnte er auf diesem Weg erzeugen?«, fragte Yaeger.

»Schwer zu sagen«, erwiderte sie. »Natürlich hängt es vom jeweiligen Wert der verschiedenen Währungen ab, aber mehrere Millionen Dollar im Monat dürften dabei schon zusammenkommen.«

Dies klang nach einer Menge Geld, aber CIPHER hatte fünfhundert Millionen Dollar für den Verkauf der Maschinen in Aussicht. Die Vorstellung, dass Emmerson es vorziehen würde, sein Einkommen mit Cryptomining zu generieren und gleichzeitig ein Angebot von einer halben

Milliarde Dollar ausschlüge, war eher unwahrscheinlich. Yaeger kam zu dem Schluss, dass dies nicht der Grund sein konnte.

»Es muss noch etwas anderes ein, das diese Vector-Maschinen zu leisten imstande sind, wozu kein anderer Computer in der Lage ist. Irgendetwas, das für einen Gangsterboss seines Kalibers von höherem Wert ist als die Kontrolle über eine reguläre Corporation oder gar Regierung.«

Sabrina ließ sich nach hinten in ihr Kopfkissen sinken, und ihr Blick verlor sich in der Weite, während sie sich Hirams Frage durch den Kopf gehen ließ. Um eine Antwort darauf zu finden, war eine andere Denkweise notwendig, mussten andere Aspekte und Informationen berücksichtigt werden. Als Sicherheitsexpertin war sie darin trainiert, wie ein Hacker – ein Krimineller – zu denken. Es war die einzige Möglichkeit, um den Crackern immer etwas voraus zu sein.

Schließlich dämmerte ihr eine Antwort, und sie richtete den Blick – nunmehr wieder klar und fokussiert – auf ihren Besucher und lächelte.

52

WASHINGTON, D.C.

Das Telefon auf Rudi Gunns Nachttisch machte sich durch ein Zwitschern bemerkbar. Während er sich herumrollte, öffnete Rudi ein Auge und blickte auf das Display. Er las Hiram Yaegers Namen und antwortete sofort.

»Ivy Bells«, verkündete Yaeger, ohne sich wie gewöhnlich mit einem Hallo zu melden.

Rudi richtete sich auf. »Es ist ein bisschen früh für Weihnachtslieder, aber summen Sie doch mal ein paar Takte, dann erkenne ich vielleicht die Melodie.«

»Das ist kein Lied«, klärte Yaeger ihn auf. »Es ist der Codename einer Geheimdienstoperation, die unsere Navy während des Kalten Kriegs durchgezogen hat.«

»Operation Ivy Bells«, sagte Rudi.

»Genau«, bestätigte Yaeger.

Rudi war jetzt hellwach.

»Anfang der Siebzigerjahre«, fuhr Yaeger fort, »auf der Höhe des Konflikts, haben die Russen das Ochotskische Meer als privates Gewässer genutzt, um Unterseeboote zu testen und neue Raketentechnologien zu entwickeln. Sie unterhielten eine ICBM-Basis auf der Halbinsel Kamtschatka und arbeiteten an der Entwicklung von Antischiffsraketen, die von U-Booten abgefeuert werden konnten. Trotz der vielfältigen Aktivitäten in dieser Region konnten unsere Geheimdienste nur gelegentliche Funksprüche aufschnappen, aber nichts von Bedeutung. Daraus schlossen sie, dass ein Unterseekabel zwischen der Halbinsel und dem Festland verlegt worden war.«

Rudi konnte sich vage an Einzelheiten erinnern. »Die Navy schickte ein modifiziertes Angriffs-U-Boot los, das dieses Kabel aufspüren konnte.«

»Die USS *Halibut*«, sagte Yaeger. »Sie war mit den modernsten elektronischen Einrichtungen der damaligen Zeit ausgerüstet worden, darunter befanden sich auch ein Tiefsee-Suchsystem für Sättigungstaucher und Schutzkufen, die es ihr erlaubten, auf dem Meeresgrund aufzusetzen, ohne befürchten zu müssen, dass der Rumpf beschädigt wurde. Nachdem sie sich an mehreren russischen Patrouillen vorbeigeschlichen hatte, brachten Taucher der *Halibut* einen elektronischen Kragen an dem Kabel an. Dieser Kragen zeichnete sämtliche Nachrichten zwischen den Endpunkten des Kabels auf, ohne sie zu unterbrechen. Da die Russen annahmen, dass das Kabel sicher war, fand die gesamte Kommunikation vollkommen unverschlüsselt statt. Und da wir uns damals noch in der Analogära befanden, musste die Navy die Informationen auf Band aufzeichnen und ihre Leute losschicken, um die vollen Bänder zu holen und sie gegen leere auszutauschen.«

Rudi konnte sich entsinnen, davon vor Jahren aus dem Mund eines alten Annapolis-Kommilitonen gehört zu haben. Die adrenalinträchtigen Missionen gehörten zu den meistgehüteten Geheimnissen des Kalten Krieges. Sogar die Mannschaften der Unterseeboote wurden mit falschen Erklärungen abgespeist für den Fall, dass sie geschnappt wurden. »Die Aufnahmen sind nach Washington gebracht worden«, erinnerte sich Rudi, »wo die CIA sie analysieren und sich ausgiebig die ungefilterte russische Topsecret-

Kommunikation anhören konnte. Es war, wie es so schön heißt, ein Riesen-Spionage-Coup.«

»Genau«, sagte Yaeger. »Und ich denke, dass Emmerson etwas Ähnliches plant, nur in einem internetbasierten Stil, der dem einundzwanzigsten Jahrhundert entspricht.«

»Wir haben keine militärischen Seekabel im Pazifik«, sagte Rudi. »Und das gilt sowohl für die Russen als auch für die Chinesen.«

»Emmerson hat nichts mit dem Militär im Sinn«, konterte Yaeger. »Er ist Zivilist. Und an zivilen – das heißt, kommerziellen – Informationen interessiert. An allem, was er einsetzen kann, um Geld zu verdienen oder seine Macht und seinen Einfluss zu vergrößern.«

»Sprechen Sie weiter«, sagte Rudi.

»Die Welt lebt heutzutage von Daten«, dozierte Yaeger. »Gesellschaftsberichte, Finanzreporte, Blaupausen, technische Diagramme, chemische Formeln. All diese Informationen umschwirren uns in jeder Sekunde eines jeden Tages. Sie beeinflussen, schaffen und vernichten Vermögen, machen unbedeutende Nationen zu mächtigen Verhandlungspartnern und lassen andere im Mülleimer der Geschichte verschwinden. Im einundzwanzigsten Jahrhundert sind Informationen mehr wert als alles Gold, Erdöl und sämtliche Bitcoins zusammen. Und da die Weltwirtschaft aufs Engste miteinander verzahnt ist, überqueren unendliche Datenmengen Grenzen in beiden Richtungen und rasen in einem Netz von Glasfaserkabeln, das sich über den Grund der Ozeane spannt, um die Welt.«

»Nicht auch per Satellit?«, fragte Rudi.

»Das ist eine allgemeine Fehleinschätzung«, sagte Yaeger. »Trotz Hunderter von Kommunikationssatelliten reisen weniger als ein Prozent aller Daten durchs All. Der

Rest – Milliarden und Abermilliarden von Megabytes pro Tag – kursiert unter Wasser in abgeschirmten Kabeln, wie Kurt und Joe sie in Emmersons Hangar gefunden haben.«

Rudi erkannte, worauf Yaeger hinauswollte. »Und mithilfe dieser Kabel und der Hydro-Com-Server gedenkt Emmerson, diesen Datenstrom anzuzapfen und sich einzuverleiben, was er kriegen kann.«

»Genauso wie die Navy es damals während der Operation Ivy Bells machte«, sagte Yaeger. »Nur müssen in diesem Fall keine Magnetbänder geborgen werden, weil er die Hydro-Com-Server auf dem Grund des Ozeans hat, die ständig Daten aufsaugen und sie ihm über jeden Computerterminal zugänglich machen, den er benutzt, um sich die neuesten Nachrichten anzusehen.«

»Das erklärt auch, weshalb er den Quellcode brauchte, aber keinen Käufer gesucht hat, der ihm die Server abnahm.«

»Genau«, sagte Yaeger. »Dies ist auch der Grund, weshalb er die Vernichtung der *Canberra Swift* verschleiern wollte, weil er bemüht war, jedermann glauben zu machen, dass die Computer zerstört wurden, was ihm ermöglicht hätte, sie ins Kabelnetz einzugliedern, ohne dass jemand ahnte, dass sie noch existierten.«

»Ganz schön raffiniert«, musste Rudi zugeben. »Ich vermute, dass die Fähigkeit der Hydro-Com-Maschinen, unter Wasser zu funktionieren, eine entscheidende Rolle spielt.«

»Sie vermuten richtig«, erwiderte Yaeger. »Bei einem regulären Server muss das Hacking an Land stattfinden, wo es wesentlich leichter aufgespürt und eliminiert werden kann. Aber die Hydro-Com-Einheiten können in großer Tiefe und vollkommen unabhängig arbeiten, weil sie ihre

Betriebsenergie aus den Wasserströmungen und den Gezeiten beziehen. Er kann sie in jedem Ozean der Welt platzieren und in jedes Hauptkabel einspleißen, das er anzapfen möchte.«

Rudi hatte noch weitere Fragen. »Wie muss man sich dieses Hacking eigentlich vorstellen? Wie funktioniert es? Operation Ivy Bells bestand doch im Prinzip aus nichts anderem als dem Anzapfen eines Tiefseetelefonkabels, aber die heute gebräuchlichen Systeme arbeiten mit Lichtimpulsen. Diese kann Emmerson aber nicht abhören, er muss sie sehen.«

»Für ihn gibt es nur zwei Möglichkeiten, dies zu bewerkstelligen«, sagte Yaeger. »Durch den Einsatz eines Beam Splitters oder indem er einen Shunt-Loop-Bypass installiert.«

Rudi seufzte. »Bitte für Laien verständlich ausdrücken, Hiram. Hier haben wir zwei Uhr.«

»Natürlich«, sagte Yaeger. »Ein Beam Splitter teilt den Lichtstrahl auf, reflektiert einen Teil des Strahls in eine andere Richtung und lässt den Rest ungehindert durch. Beam Splitter sind schon früher beim Hacking benutzt worden, aber sie würden Emmerson mit einem Problem konfrontieren, weil die Signalstärke spürbar abnehmen und anzeigen würde, dass eine Störung vorliegt oder ein Hacking im Gange ist.«

Das leuchtete Rudi ein. »Und was ist mit dieser zweiten Methode?«, fragte er. »Diesem Loop-Bypass?«

»Bei dieser Technik wird das Glasfaserkabel an zwei Punkten durchtrennt und eine Überbrückungsschlinge verwendet. Diese Schlinge leitet das vollständige Signal durch ein anderes Gerät, das die Daten liest und kopiert und das Signal zum Hauptkabel zurückleitet. Die Daten treffen am Ende des Kabels in voller Stärke ein, wenn auch um den Bruchteil einer Sekunde verzögert. Man muss sich das wie die Ausweichstrecke eines Highways vorstellen«, wählte Yaeger einen griffigen Vergleich. »Man fährt mit konstanter Highwaygeschwindigkeit weiter, legt jedoch eine längere Strecke zurück und trifft später als geplant am Ziel ein.«

»Ich verstehe«, sagte Rudi. »Aber Licht ist mit einhundertsechsundachtzigtausend Meilen pro Sekunde unterwegs. Würde man von dieser Verzögerung wirklich etwas bemerken?«

»Ein Umweg von nur einer Meile hätte zur Folge, dass die Datenpakete nicht am Ziel eintreffen«, erklärte Yaeger.

Rudi nickte. »Okay. Dies würde dann bedeuten, dass Emmerson die Maschinen in unmittelbarer Nähe des Hauptkabels aufstellen müsste, was er ja auch tun kann, weil die Hydro-Com-Maschinen entsprechend konstruiert wurden, um ihre Arbeit in extremer Tiefe zu verrichten.«

»Das ist richtig«, sagte Yaeger. »Tatsächlich kann er sie sogar direkt in die Seekabel einspleißen, weil die Vector-Einheiten mit eigenen Signalverstärkern ausgestattet sind. Dank dieser Einrichtung treffen die Daten mit unverminderter Stärke und so gut wie null Verzögerung am Ziel ein, sodass ein Hacking unentdeckt bleibt.«

Ein passender Kommentar kam ihm in den Sinn, aber Rudi behielt ihn lieber für sich. »Die Informationen des gesamten Planeten auf Knopfdruck verfügbar und die zweitgrößte Wirtschaft der Welt im Nacken, um ihm diese Daten abzukaufen.«

»Yip«, gab Yaeger zurück, für ihn ungewöhnlich salopp. »Er wird Zugriff auf Industriegeheimnisse, Regierungsverlautbarungen und Gewinnprognosen haben, die eine

Markt bestimmende Wirkung haben können. Ganz zu schweigen von den teils gesetzwidrigen Texten und E-Mails, die zwischen Menschen hin- und hergehen, die außereheliche Affären haben oder in andere kompromittierende Aktivitäten verwickelt sind. Kurz, von allem, was zwischen den beiden Nationen oder Regionen per Kabel ausgetauscht wird.«

»Sie haben vergessen, Katzen-Videos und Dating-Profile zu erwähnen«, scherzte Rudi.

»Die auch«, sagte Yaeger und lachte schallend.

Rudi wurde wieder ernst. Er glaubte, einen Haken entdeckt zu haben. »Sind all diese Daten nicht chiffriert?«

»Natürlich«, sagte Yaeger. »Aber mit acht der leistungsfähigsten Computersysteme zu seiner freien Verfügung wird nichts davon allzu lange chiffriert bleiben.«

Rudi lehnte sich gegen das Kopfteil seines Bettes. Die Kombination aus der Möglichkeit, Informationen zu verkaufen oder sie als Instrument der Einflussnahme einzusetzen, würde aus Emmerson eine der mächtigsten Persönlichkeiten sowohl in China als auch im Rest der Welt machen. Ihn als nahezu allwissend zu betrachten, wäre keineswegs übertrieben.

»*Semper magis*«, sagte Rudi in Erinnerung an Emmersons Familienmotto. »Immer mehr.«

»Glauben Sie mir«, meinte Yaeger. »Wenn Emmerson diese Maschinen in die Finger bekommt, gibt es nichts mehr, was seine Besitzgier noch reizen könnte. Dann hätte er alles. Mehr gäbe es nicht.«

53

KABELLEGER OCEANIC NAVIGATOR

Die *Oceanic Navigator* war ein unansehnliches Schiff, ganz gleich von welcher Seite man sie betrachtete. Sie erschien buglastig und schwerfällig mit Deckaufbauten, die so weit wie möglich zum Bug verschoben waren, und einem mittschiffs gelegenen Bereich, der von einer riesigen Trommel mit einigen Tausend Metern Glasfaserkabel beherrscht wurde. Am Heck ragte ein Wald von Kränen in die Luft sowie breite gekrümmte stählerne Bänder, Spanner genannt, mit denen das Kabel sicher auf den Meeresboden hinabgelassen werden konnte.

Yan-Lis Anfahrt zum Schiff, langsam und ermüdend, war ohne einen Zwischenfall verlaufen. Nach Erreichen des Schiffes war das Mini-U-Boot mit einem Kran an Bord gehievt und sofort mit Schutzplanen bedeckt worden. Auf die gleiche Weise waren die Skimmer am Heck des Schiffes verhüllt worden.

Seitdem war das Schiff siebzehn Stunden lang mit Höchstgeschwindigkeit einem nordwestlichen Kurs gefolgt. Die innere Anspannung und die Monotonie hatten Yan an Deck getrieben, um frische Luft zu tanken und sich ein wenig umzusehen.

Sie stand in der Nähe der Backbordreling, wo mehrere Plastikliegestühle auf dem Deck festgeschraubt waren, um zu verhindern, dass sie über Bord gingen. An der Wand des Deckaufbaus prangte ein Schild mit dem sarkastischen Hinweis *Crew Lounge*.

Das Arrangement hatte absolut nichts von einer Lounge an sich, dachte Yan-Li, aber ein kühler Wind sorgte für einen angenehmen Kontrast zu der drückenden Schwüle, die in den unteren Decks herrschte.

Während sie sich an die Reling lehnte – wie jeder normale Passagier eines Kreuzfahrtschiffes –, blickte Yan zum Horizont. Ein Gefühl der Freiheit prägte diesen Augenblick. Jedenfalls bis Kinnard Emmerson und Guānchá erschienen.

Letzterer blieb an der Tür stehen, und Emmerson kam über das Deck auf sie zu. »Mir ist gesagt worden, Sie wollten mich sprechen.«

Sie machte einen tiefen Atemzug und sah ihm in die Augen. Es war Zeit, sich auf das Wagnis einzulassen. »Ich nehme Ihr Angebot an«, sagte sie. »Ich bezweifle zwar, dass es die Art von Luxus und Pracht beinhaltet, die Sie versprechen, aber es ist besser als die Alternative.«

Er reagierte darauf, als wäre ihre Entscheidung eine ausgemachte Sache gewesen und er nichts anderes erwartet hätte.

»Aber vorher«, fügte sie hinzu, »möchte ich noch mit meinen Kindern sprechen.«

»So, so, wollen Sie das?«

»Ja, das will ich«, bekräftigte sie. »Ich mache mir keine Illusionen über das, was wir versuchen werden. Nach dem, was mit Degra geschehen ist, werden die CIPHER-Leute in voller Gefechtsbereitschaft sein. Nicht jeder, der in diese Geschichte einsteigt, wird am Ende heil wieder herauskommen. Ich möchte die Gesichter meiner Kinder sehen und ihnen sagen, wie sehr ich sie liebe. Nur für den Fall, dass ich nicht zu den Glücklichen gehöre.«

»Sie brauchen sich kaum Sorgen zu machen«, sagte Emmerson mit Nachdruck. »Die Männer, die mich begleiten, werden mit dem, was von CIPHER noch übrig ist, kurzen Prozess machen. Sie haben nichts anderes zu tun, als die Computer zu stehlen, während über Ihnen die Schlacht tobt.«

»Trotzdem«, sagte sie, »ich möchte sie sprechen. Ich musste mir schon den Weg aus Taipei 101 freikämpfen. Vielleicht habe ich diesmal nicht so viel Glück.«

Er seufzte, kniff die Lippen zusammen und schüttelte den Kopf. »Ich fürchte, das wird nicht möglich sein. Ich will, dass Sie ausschließlich Ihr eigenes Überleben und den Erfolg der Mission im Auge behalten. Ich sage es Ihnen klar und deutlich. Wenn ich habe, was ich will, bekommen Sie, was Sie wollen.«

Sie hatte diese Reaktion erwartet. Tatsächlich hätte es sie sogar vollkommen aus der Bahn geworfen, wenn sie anders ausgefallen wäre.

Doch sie gab sich damit nicht zufrieden. »Nicht einmal Sie selbst können sicher sein, dass wir am Ende als Sieger dastehen.«

»Das sollten Sie aber lieber sein«, erwiderte er eisig. »Wenn Sie Ihre Kinder jemals wiedersehen wollen, wäre es besser, wenn Sie mich nicht so enttäuschten, wie Ihr Mann es getan hat.«

Die Samthandschuhe waren abgestreift worden. Jetzt kam die eiserne Faust zum Vorschein. Sie spannte sich, trat innerlich einen Schritt zurück und registrierte, wie sein Tonfall sich änderte. Aber es war offenbar reine Show. Tatsächlich hatte sie sich nicht mehr so frei gefühlt, seit sie zwei Wochen zuvor von Emmerson in ihrem Apartment überrascht worden war.

»Ich werde mein Bestes tun«, sagte sie und klang fast unterwürfig.

Er streckte eine Hand aus und berührte ihren Unterarm. Der Kontakt ließ sie vor Abscheu erschauern. Sie bekam eine Gänsehaut. »Ich weiß, dass ich mich auf Sie verlassen kann.«

Damit wandte sich Emmerson um und entfernte sich. Guāncháfixierte sie noch einige Sekunden, dann folgte er seinem Boss und verschwand mit ihm im Schiff.

Yan blieb allein an der Reling zurück.

Sie blickte wieder auf die endlosen blauen Wellen der See hinaus und unterdrückte ein Lächeln. Sie war sich jetzt ganz sicher. Emmerson hatte ihre Kinder und ihre Mutter nicht länger in seiner Gewalt. Jemand war in den Hangar eingedrungen und hatte die Geiseln herausgeholt. Aber es konnte niemand von CIPHER sein, denn diese Leute hätten den gesamten Komplex dem Erdboden gleichgemacht und Emmersons geliebtes Flugzeug in Konfetti verwandelt.

Die Freude und Erleichterung, die sie verspürte, kamen in Wellen, bis sie die Bewegung nicht mehr zurückhalten konnte. Das Lachen stahl sich in ihr Gesicht wie Sonnenstrahlen durch eine Wolkendecke.

Wer konnte es sein, der übers Meer gekommen war und eine Festung wie Emmersons Hangar gestürmt hatte, nur um eine alte Frau und zwei Kinder zu befreien? Dies fragte sie sich. Wer konnte hoffen, ein derart waghalsiges Unternehmen erfolgreich durchzuführen? Wer würde es auch nur versuchen?

»Ja … wirklich, wer?«, murmelte sie in den Wind.

Als sie die Hände in die Vordertasche ihres Pullovers schob, berührte sie einen kleinen Gegenstand. Sie hatte ihn in ihrer Tauchtasche gefunden. Federleicht und zylinderförmig, erinnerte er sie an ihre Zeit mit Kurt und Joe. Es war ein Abschiedsgeschenk, das Joe ihr mit einem amüsierten Grinsen zugesteckt hatte. Er hatte ihr sogar erklärt, sie brauche nur die obere Kappe zu drehen, und schon kämen Kurt und er angerannt. Trotz allen Zweifels hoffte sie, dass tatsächlich geschehen würde, was aus seinem Mund eher wie ein Scherz geklungen hatte.

Mit beiden Händen in der Pullovertasche drehte sie die Kappe des winzigen Peilsenders, bis sie ein leises Klicken mehr spürte als hörte. Nun brauchte sie das Teil nur noch unbemerkt ins Meer zu werfen.

Sie atmete tief durch und sammelte sich, um eine überzeugende Vorstellung zu geben. Sie schloss eine Hand um den Gegenstand und zog beide Hände aus der Tasche. Sie reckte sich, täuschte ein Gähnen vor, stützte sich wieder auf die Reling und schnippte mit den Fingern Joes Abschiedsgeschenk über Bord.

Das kleine Objekt landete, vom Wind erfasst, gut fünf Meter vom Schiffsrumpf entfernt im Wasser. Es versank und war für ein paar Sekunden nicht mehr zu sehen. Dann machte sich der Auftrieb bemerkbar, und es kam wieder an die Meeresoberfläche.

Dort wurde es von den Ausläufern der Bugwelle erfasst und erneut zum Rumpf zurückgespült, tauchte wieder ab, wurde hochgewirbelt und erschien gut hundert Meter hinter dem Schiff auf den Wellen.

Zu diesem Zeitpunkt war der Sender vollkommen unsichtbar, zumal Yan das winzige Blinklicht, das seine Existenz verraten hätte, mit einem kräftigen Druck ihres Daumens zerstört hatte. Der Sender selbst strahlte jedoch mit unverminderter Sendeleistung sein L-Band-Signal ab.

Yan blieb nichts anderes übrig, als zu hoffen, dass irgendjemand in der NUMA-Zentrale vor einem Funkgerät saß und das Signal identifizierte.

54

NUMA-ZENTRALE
WASHINGTON, D.C.

Die Nachtschicht der Abteilung für Fernerkundung und Fernmeldewesen stand vor einem Rätsel.

»Da ist es schon wieder«, sagte Lexi Fields. Mit dem Radiergummi ihres Bleistifts Härte 2 deutete sie auf den Blip auf dem Bildschirm.

Lexi war eine neue Angestellte der NUMA und hatte gerade erst die Caltech absolviert. Sie geriet noch immer in helle Aufregung, wenn etwas Ungewöhnliches geschah – was in dieser Abteilung allerdings nur selten der Fall war.

Lee Garland, der Direktor der Abteilung, beugte sich über ihre Schulter und studierte den Bildschirm.

»Was haben wir vor uns?«, fragte Lexi.

»Einen neuartigen Bergungspeilsender«, antwortete Lee. »Aber seine Position ergibt keinen Sinn. Es muss ein Fehler sein.«

Lexi schüttelte den Kopf. »Ich habe jede mögliche Diagnose durchgeführt. Es ist ein richtiges Signal. Wenn auch etwas schwach«, fügte sie hinzu, »aber es ist weder ein Geist noch ein Defekt oder eine Fehlfunktion.«

»Auf welches Einsatzteam ist der Sender codiert?«, fragte Garland.

Sie blickte auf die Liste, die auf einem Pop-up-Menü erschien. »Kurt Austin. Wer immer das ist.«

Lee lachte verhalten. »Sie sind wirklich neu hier, nicht wahr?«

»Heute ist mein achter Tag«, sagte die junge Frau voller Stolz. »Allerdings hat man mir noch keinen Platz in der Tiefgarage angewiesen.«

»Also«, meinte er, ohne den Blick von dem blinkenden Punkt auf dem Computerbildschirm abzuwenden, »irgendetwas sagt mir, dass Ihnen dies sehr schnell zu dem ersehnten Parkplatz verhelfen wird. Für die Zukunft: Wenn Sie auf etwas stoßen, das mit dem Code von Kurt Austin oder Joe Zavala gekennzeichnet ist, dann sollte es in jeder Hinsicht Priorität haben. Vor allem dann, wenn es keinen Sinn ergibt.«

Garland griff nach dem Telefonhörer und wählte Rudi Gunns Nebenstelle. »Hey, Rudi, hier ist Lee in der Fernerkundung. Wir fangen ein seltsames Signal auf, von dem ich annehme, dass Sie darüber informiert werden möchten.«

»Welche Art von Signal?«, wollte Rudi wissen.

»Eine Tauchpositionsmarkierung.«

»Ein Notfallsender?«

»Nein«, sagt Lee. »Nur eine gewöhnliche Positionsmarkierung, die uns hilft, jemanden zu finden, der einen Tauchgang in starker Strömung durchführt oder in einer Zone mit extrem schlechter Sicht festhängt.«

»Was ist daran so seltsam?«, fragte Rudi. »Jedes unserer Teams benutzt diese Dinger.«

»Diese Markierung ist für Kurt Austin registriert«, erklärte Lee. »Und falls er nicht wieder vermisst wird, ist seine Position verdammt weit entfernt von dort, wo er eigentlich sein sollte.«

Karten der Südchinesischen See zeigten mehr einander überlappende Hoheitsgebietsansprüche als jedes andere Gewässer auf dem Globus.

Nur wenige Minuten nach Empfang der chiffrierten Satellitennachricht aus Washington beugten sich Kurt und Joe über eine solche Karte.

Ein schneller Blick ließ sie einander überschneidende Grenzlinien Chinas, Taiwans, Malaysias und der Philippinen erkennen. In vereinzelten Fällen überspannten die Gebietsansprüche von drei oder vier Nationen das schmale Gewässer oder die Kette kleiner Inseln. Einige dieser Eilande waren nicht mehr als Riffe oder Felsformationen, die sich die Hälfte der Zeit unter Wasser befanden.

»Jeder Diplomat hätte ein Lebenswerk vor sich, wenn er dieses Durcheinander entwirren müsste«, sagte Joe.

»Dutzende haben es schon versucht«, sagte Winterburn und kam zu ihnen an die Navigationskonsole.

Kurt streckte eine Hand zur Wand aus und knipste einen Deckenstrahler an. Bei dieser besseren Beleuchtung konnte er das Kleingedruckte entziffern, das die Angaben von Längen- und Breitengraden enthielt.

Mithilfe eines dreiunddreißig Zentimeter langen Parallellineals und eines antik anmutenden Navigationszirkels aus Messing – um die Entfernung zwischen mehreren Bezugspunkten zu berechnen – markierte er einen Punkt auf der Karte. »Dort hat die Fernerkundung das Signal des Peilsenders aufgefangen.«

»Dort ist aber nichts als offener Ozean«, stellte Joe fest.

»Sind Sie sicher, dass Sie genau wissen, wie man diese Dinger benutzt?«, fragte Winterburn mit einem überheblichen Grinsen. »Bei all diesem modernen Schnickschnack, mit dem Sie ständig herumrennen, haben Sie im Laufe der

Zeit die grundlegenden klassischen Navigationstechniken möglicherweise vergessen.«

Kurt erlaubte sich den Anflug eines Lächelns, ersparte sich jedoch einen Kommentar. Er überprüfte seine Berechnungen und richtete sich auf. »Die Position stimmt«, sagte er. »Dann kann man wohl davon ausgehen, dass die Karte ebenfalls korrekt ist.«

»Ich möchte nicht allzu pessimistisch sein«, sagte Joe, »aber könnte es nicht sein, dass sie Yan einfach über Bord geworfen haben?«

Kurt äußerte berechtigte Zweifel. »Es wäre ein absoluter Glücksfall, mit einem Notfallpeilsender in der Tasche ins Meer geworfen zu werden. Ich glaube eher, dass Yan uns irgendetwas mitteilen möchte. Aber was?«

»Vielleicht ist dies der Ort, wo die Server versteckt wurden«, sagte Joe.

»Wenn das der Fall sein sollte, kommen wir in jedem Fall zu spät«, sagte Kurt.

»Wir sollten zumindest in der Lage sein, in Erfahrung zu bringen, auf welchem Schiff sie sich befindet«, sagte Winterburn.

Joe trat an einen Computerterminal und rief das AIS auf, um sich darüber zu informieren, welche Schiffe sich in der Umgebung der angegebenen Position aufhielten. »Ich sehe drei Schiffe in der Region, aber keins von ihnen hat das Signal in einem Abstand von weniger als zehn Meilen passiert.«

»Wir können wohl kaum davon ausgehen, dass Emmerson mit eingeschaltetem AIS unterwegs ist«, sagte Kurt.

»Könnte Rudi seine neuen Freunde bei der NSA nicht bitten, einen ihrer Satelliten diese Gegend unter die Lupe nehmen zu lassen?«, fragte Winterburn.

»Ist bereits in Arbeit«, sagte Joe. »Aber sie brauchen ein bisschen Zeit, um einen ihrer Vögel in Position zu bringen. Es wird wohl noch ein oder zwei Stunden dauern, bis wir etwas erfahren.«

Kurt bezweifelte, dass sie Stunden warten müssten. Auf der Suche nach einer Möglichkeit, Emmersons nächsten Schritt vorauszuberechnen und ihm zuvorzukommen, zerbrach er sich den Kopf. »Angenommen, sie ist bei ihm, und sie befinden sich auf einem Schiff, dann dürften sie vom Victoria Harbour oder einem Punkt irgendwo in der Nähe in See gestochen sein.«

Er schnappte sich wieder das Parallellineal, legte ein Ende auf die westliche Hafenausfahrt und das andere auf die Positionsmarkierung des Peilstrahlsenders. Er zeichnete eine Linie durch beide Punkte und weiter zum unteren Rand der Karte.

»Und angenommen, sie sind in Eile und folgen einem geradlinigen Kurs, dann würden sie … genau dort hinkommen.«

Er legte das Lineal beiseite und studierte die Karte. Die neue Linie durchschnitt nichts direkt, aber sie passierte etwas, das eindeutig als Festland gekennzeichnet war, in einem Abstand von weniger als zehn Meilen.

»Badger Island«, sagte Joe nach einem Blick auf die Karte. »Eine winzige Insel, die zu den Spratly Islands gehört, einer Inselgruppe in dieser Region. Weniger als achtzig Meilen von hier entfernt.«

»Ein absoluter Glücksfall«, stellte Kurt erfreut fest.

»Ich weiß nicht, ob man es einen Glücksfall nennen kann«, hielt Winterburn dagegen. »Badger Island ist umstrittenes Terrain. Deshalb haben sich Vietnam und China während der Neunzigerjahre einige wilde Kämpfe geliefert. Als wir mit unserer Suche nach Ching Shihs Schatz begonnen haben, wurden wir gewarnt, der Insel nicht zu nahe zu kommen.«

»Was ist dort geschehen?«, fragte Joe.

Winterburn rückte seine Brille auf der Nase zurecht. »Die Chinesen meldeten 1992 ihren Anspruch auf die Insel an. Nach einigen Jahren ständigen Hickhacks entschieden sie schließlich, die Verhandlungen abzubrechen und dort lediglich eine Siedlung aufzubauen. Aber Vietnam war ihnen zuvorgekommen und hatte schon einen Außenposten eingerichtet, einen Hafen angelegt und in der Gegend etwa einhundert Soldaten stationiert. Die Chinesen gerieten in Rage und griffen mit einer ganzen Flotte Kanonenboote an. Zwei Dutzend Vietnamesen wurden bei dem Bombardement getötet, und die Chinesen verloren ein Kanonenboot durch Raketenfeuer von der Insel. Ein Waffenstillstand wurde vereinbart, und beide Seiten erklärten sich bereit, die Insel sich selbst zu überlassen und auf sämtliche juristischen Auseinandersetzungen hinsichtlich möglicher Schadensersatzforderungen zu verzichten. Seitdem ist die Insel unbewohnt und Niemandsland geblieben.«

Kurt hob den Kopf. »Eine Insel, die niemand betreten darf, ohne Gesetz und ohne irgendeine souveräne Verwaltung. Könnte es für eine Gruppe internationaler Krimineller einen besser geeigneten Ort geben, dort etwas zu verstecken, wonach die ganze Welt auf der Suche ist?«

Das war eine rhetorische Frage. Niemand im Raum bezweifelte, das CIPHER sie als ihre eigene Version einer Schatzinsel ausgewählt hatte. Ebenso wenig hegte jemand den geringsten Zweifel, dass Emmerson und Yan-Li dorthin unterwegs waren.

»Ich mache die *Phantom* sofort startbereit«, erklärte Joe.

Kurt nickte. »Und ich suche alles zusammen, was wir mitnehmen sollten, damit sich der Trip lohnt.«

55

SÜDCHINESISCHE SEE IN DER NÄHE VON KI-SONG ISLAND

Kurt und Joe machten sich in der *Phantom* auf den Weg und ließen die *Sapphire* hinter sich zurück. Sie hatten kurz in Erwägung gezogen, den Air Truck zu benutzen, aber da sie wussten, dass die Vector-Einheiten unter Wasser deponiert worden waren und dass sie auf keinen Fall gesehen werden durften, wenn sie sich der Insel näherten, hatten sie keine andere Wahl.

Nachdem sie sich ein beträchtliches Stück in nördlicher Richtung entfernt hatten, schwenkte die *Sapphire* auf ihren Kurs ein und folgte ihnen in gemächlicher Fahrt. Sie hatten verabredet, dass die Jacht dicht genug hinter ihnen blieb, um ihnen notfalls Hilfe leisten zu können, aber auch wieder nicht so dicht, dass sie auf der Insel oder auf Emmersons Schiff einen Alarm auslösten.

Während sich die *Phantom* der Insel näherte, lenkte Joe das flache U-Boot an die Wasseroberfläche, damit Kurt die Tarnkappendrohne der *Phantom* starten konnte. Die für jedes Radar unsichtbare Drohne hatte breite flache Rotorflügel, die weniger Auftrieb erzeugten als die regulären Rotorflügel, dafür waren sie erheblich leiser. Sie erlaubten der Drohne einen vollkommen unauffälligen Schwebeflug. Dreihundert Meter über dem Grund war die Drohne für das menschliche Ohr nicht mehr wahrnehmbar.

Beim ersten Überflug war keinerlei Aktivität zu sehen.

»An der Inselfront nichts Neues«, modifizierte Kurt den Titel eines berühmten Kriegsfilms.

»Siehst du irgendwelche Hinweise darauf, wo sie die Server versteckt haben könnten?«, fragte Joe.

Die Insel war knapp fünf Meilen lang, aber nur einige Hundert Meter breit. Die Küstenniederungen waren mit dichtem Urwald bewachsen, während ein Grat aus vulkanischem Gestein das Rückgrat der Insel bildete und an einem Punkt bis in siebzig Meter Höhe aufragte. Eine Bucht in der Form eines Halbmonds, geschützt von einem vorgelagerten Riff, war das auffälligste Merkmal der nördlichen Seite der Insel, während die südliche Seite deutlich steiler und zerklüfteter aussah. Ein Hafen wurde von einer zerbröckelnden Mole abgeschirmt.

»Die einzigen Hotspots, die ich erkennen kann, befinden sich nicht weit vom Hafen entfernt«, sagte Kurt. »Ein paar windschiefe und baufällige Wellblechhütten und zwei Fahrzeuge mit noch warmen Motorhauben.«

»Der Hafen wäre ein geeigneter Ort«, sagte Joe. »Ebener Grund und einfacher Zugang. Außerdem vor starkem Wellengang geschützt.«

Kurt musste ihm zustimmen. Als er das Dock ins Visier nahm und heranzoomte, fand er noch etwas anderes, das ihre Einschätzung bestätigte – eine einzige große Maschine, die einen neuen und kaum benutzten Eindruck vermittelte. »Als was würdest du dies bezeichnen?«

Joe beugte sich zu dem Monitor vor und studierte das Bild, das die Drohnenkamera übermittelte. »Als Teleskopkran«, sagte Joe. »Er hat genau die richtige Größe, um diese Server auf den Haken zu nehmen.«

»Nimm Kurs auf den Hafen«, sagte Kurt. »Ich packe meine Sachen zusammen.«

Etwa vierhundert Meter vor der Hafenmole verließ Kurt die *Phantom*. Er trug einen schwarzen Nasstauchanzug und benutzte wieder einen Rebreather, um sich nicht durch aufsteigende Luftblasen zu verraten. Ein Nachtsicht-Headset, das in seine Tauchermaske integriert war, funktionierte in der geringen Wassertiefe im Hafen der Insel weitaus effizienter als das System der *Scarab* in der Wassertiefe, in der das Wrack der *Canberra Swift* lag.

Mit kräftigen Beinschlägen passierte er die Mole und gelangte in den geschützten Hafen. Auf der Brust trug er einen Beutel, der mit Sprengladungen gefüllt war, und einen zweiten Beutel mit dem gleichen Inhalt zog er als Reserve hinter sich her. Das zusätzliche Gewicht drosselte sein Tempo so, dass er sich nur relativ langsam seinem Ziel näherte.

Das Erste, was in Sicht kam, war das äußere Ende des Betondocks. Sich am Sockel des Docks entlangtastend, entdeckte er schließlich ein Paar heller Lichtquellen, die ohne das Nachtsichtgerät unsichtbar für ihn geblieben wären.

Er setzte seinen Weg fort, hielt auf die winzigen Lichtpunkte zu und traf auf einen langen achteckigen Zylinder, in dem er einen der verschwundenen Hydro-Com-Server erkannte.

Dies war das erste Mal, dass Kurt eine der Einheiten in natura betrachten konnte. Sie waren größer, als er es sich vorgestellt hatte. Er schwamm näher an sie heran und strich mit der Hand über eine Kohlefaserplatte, die zur äußeren Druckhülle gehörte. Sie hatte eine raue Oberfläche, wie eine Kieselwand. Als er die matt leuchtende Kontrolltafel und eine Kette von LEDs erreichte, die dem Wasser ringsum zu einem blau-weißen Leuchten verhalfen, verharrte er.

Dann bewegte er sich zu dem Ring in der Mitte, der sich um das Gehäuse spannte. An diesem Ring waren die Turbinenblätter befestigt, die, von der Wasserströmung angetrieben, rund um die Servereinheit rotierten und auf diese Weise den elektrischen Strom erzeugten, der den Rechner in Gang hielt.

Es handelte sich um ein Design von bemerkenswerter Eleganz, insgesamt schien es ein technisches Wunderwerk zu sein. Kurt empfand fast so etwas wie ein schlechtes Gewissen, wenn er daran dachte, dass er im Begriff war, dieses technische Juwel zu zerstören.

Sich an einem der Haltegriffe an der Außenhülle fixierend, zog er den Beutel mit den Sprengladungen zu sich heran und stellte ihn auf den Meeresboden. Er öffnete ihn und holte die erste Ladung heraus.

Es waren die gleichen Sprengladungen, die sie auch schon am Wrack der *Swift* eingesetzt hatten, eine Kombination von RDX und Thermit mit über zweitausend Grad Celsius Hitze und einer alles vernichtenden Druckwelle.

Kurt platzierte die Ladungen und stellte den Zeitzünder ein. Während dieser die verstreichende Zeit abzuzählen begann, schwamm Kurt zum zweiten Server, präparierte ihn auf die gleiche Weise und justierte den Zeitzünder dergestalt, dass beide Ladungen im Abstand von nur wenigen Sekunden explodieren würden.

Danach überließ er die beiden Computer der Obhut ihrer Timer und schwamm weiter, um die restlichen Sprengladungen zu verteilen. Bei neutralem Auftrieb im Wasser schwebend, suchte Kurt die Bucht ab. Er schaltete das Nachtsichtgerät auf volle Leistung, immer in der Hoffnung, das Leuchten einer weiteren Kontrolltafel wahrnehmen zu können. In seiner Umgebung sah er nichts anderes als den dunklen Schlick auf dem Grund der Bucht, die Betonwand des Docks und die Rümpfe und Kiele einiger kleiner Boote.

Die anderen Server waren nirgendwo zu sehen.

56

Yan-Li saß in der vertrauten Enge von Kinnard Emmersons aufwendig renoviertem Mini-U-Boot. Wie üblich herrschte dort großes Gedränge. Neben den Mitgliedern der Mannschaft ihres verstorbenen Ex-Mannes teilten sich Guānchá und mehrere von Emmersons Domestiken den ohnehin nur knapp vorhandenen Platz. Am Ende der Fahrt würden sie alle ins Wasser aussteigen – Yan-Li und ihre Leute, um die Server zu bergen, Guānchá und seine Männer, um jeden möglichen Widerstand zu brechen.

Dem Mini-U-Boot folgten vier weitere Taucher. Sie saßen auf DPVs – Diver Propulsion Vehicles – oder Schlitten, wie Yan sie nannte. Dabei blieben sie immer weiter hinter dem Unterseeboot zurück, holten jedoch wieder auf, als das U-Boot anhielt und Yan und ihrem Team auszusteigen erlaubte.

Als sie ins dunkle Wasser eintauchte, ließ sie sich von einer der Maschinen ziehen, während die anderen Taucher sich jeweils zu zweit einen Schlitten teilten und einige Nachzügler sich mit ihren Flossen als einziger Schwimmhilfe begnügen mussten.

Sie bewegten sich durch die flache Bucht und hielten nach einer Höhle Ausschau, in der, wie Degra schließlich gestanden hatte, die Computer versteckt seien. Yan-Li rechnete schon fast damit, nichts zu finden – dann wäre dies der letzte rachsüchtige Trick eines besiegten Feindes.

Aber während sie am Felssockel der Insel entlangglitten, entdeckte sie eine Öffnung.

Yan sah auf ihre Uhr. Noch lagen sie präzise in der Zeit. Irgendwo nördlich ihrer Position landeten Emmersons Söldner mit den Skimmern am Strand. Eine weitere Minute, und sie hätten die Gleitflugzeuge verlassen und wären zu Fuß und kampfbereit.

Der Plan war simpel. Emmersons Krieger würden die CIPHER-Truppe nicht weit vom Hafen auf der anderen Seite der Insel in Atem halten. Ihr eigenes Taucher-Team – im Ernstfall allesamt wehrlos, weil Emmerson sich geweigert hatte, sie mit Waffen auszurüsten – sollte zur selben Zeit die Vector-Einheiten aus der Höhle herausholen.

57

Auf der anderen Seite der Insel tauchte Kurt unweit eines im Zerfall begriffenen Abschnitts des Docks auf, wo größere Betontrümmer abgebrochen und in die Bucht gestürzt waren. Als sein Kopf die Wasseroberfläche durchbrach, konnte er das tiefe Brummen eines Stromgenerators oben auf dem Dock gerade so wahrnehmen.

»Joe, kannst du mich hören?«

»*Leise, aber einigermaßen klar*«, antwortete Joe Zavala. »*Schön, dass du endlich gelernt hast, deine Indoorstimme zu nutzen.*«

»Scheint eine gute Gelegenheit zu sein, sie auszuprobieren«, sagte Kurt. »Leider haben wir ein Problem. Ich habe im Hafen nur zwei Server gefunden.«

»*Könnten sie die anderen schon abgeholt haben?*«, fragte Joe.

»Möglich ist alles«, sagte Kurt. »Aber wie Rudi durchblicken ließ, gibt es keinen Hinweis auf einen Verkauf. Nach dem, was in Taipeh passiert ist, ist auf dem Markt zurzeit eine gewisse Zurückhaltung angesagt.«

»*Der einzige andere Ort, wo die Server sein könnten, befindet sich auf der anderen Seite der Insel*«, sagte Joe.

»In der Bucht«, präzisierte Kurt.

»*An jedem anderen Ort bestünde die Gefahr, dass der Wellengang sie in die Korallen drückt*«, sagte Joe. »*Und für angestoßene Ware interessiert sich niemand.*«

Kurt stimmte ihm zu. »Es würde zu viel Zeit in Anspruch nehmen, zur *Phantom* zurückzuschwimmen und die Insel zu umrunden. Ich mache mich zu Fuß auf den Weg. Erwarte mich auf der anderen Seite.«

»*Okay*«, sagte Joe.

Kurt tauchte wieder ab und schwamm zum Strand, der gegenüber vom Dock lag. Er fand eine Lücke zwischen den Betontrümmern, die er nutzte, um ans Ufer zu gelangen. In einem Gebüsch ließ er sich auf den Boden sinken, legte eine kurze Rast ein und traf Vorbereitungen für seinen Fußmarsch.

Er streifte Schwimmflossen und Tauchermaske ab und packte sie in den Sack mit den Sprengladungen. Er musste einen etwa sechzig Meter hohen Abhang überwinden, um auf die andere Seite der Insel zu gelangen. Und er musste seine Tauchausrüstung und sechzig Pfund Sprengstoff mitschleppen, sonst lohnte sich die Strapaze dieser Bergwanderung nicht.

Nachdem er seine Last zu einem möglichst kleinen Gepäckstück zusammengepresst hatte, vergewisserte er sich, dass seine Ohrhörer einwandfrei funktionierten, damit er auch weiterhin mit Joe kommunizieren konnte, und begann den Aufstieg auf einem Weg schräg über den Berghang, um sich in Serpentinen zum Grat hinaufzuarbeiten.

Er hatte etwa fünfzig Meter zurückgelegt, als eine Explosion den Dschungel mit einem gelben Lichtblitz erhellte. Flammen schossen in den Himmel, beleuchteten dicht belaubte Bäume, schlanke Bambusschösslinge und einen Schwarm aufgeregt kreischender Vögel, die mit wildem Flügelschlag vor der Hitze flüchteten.

Nachdem sich der Qualm verzogen hatte, entdeckte er in einiger Entfernung das Gerippe eines Tiefladers. Panische

Rufe und heftiges Gewehrfeuer folgten. Kurt konnte nicht erkennen, wer da auf wen schoss, aber er sah Männer, die durch den Dschungel rannten, und Leuchtspurgeschosse, die kreuz und quer durch die Dunkelheit flitzten.

Er ließ sich fallen und robbte hinter den Stamm einer entwurzelten Palme. »Großes Problem«, murmelte Kurt vor sich hin. »Die Montagues und die Capulets haben sich entschieden, ihre Fehde zwischen mir und der anderen Seite der Insel ein für alle Mal und ohne Rücksicht auf Verluste zu beenden.«

58

Yan-Li blieb in der Nähe des Höhleneingangs stehen und ließ ihren Schlitten los, der zum sandigen Meeresgrund hinabsank. Mit einem Handzeichen winkte sie Guānchá und seine Männer zu sich. Sie deutete auf das Innere der Höhle und imitierte mit den Fingern eine Pistole.

Es war an der Zeit, dass sie ihren Job erledigten.

Guānchá nickte. Aber anstatt in die Höhle einzudringen, bedeutete er ihr vorauszuschwimmen. Offenbar war geplant, dass sie zusammen mit ihren Gegnern ausgelöscht werden sollte.

Lediglich ihre Flossen benutzend, bewegte sie sich vorwärts. Vorsichtig wagte sie sich in den Einlass zur Höhle mit Guānchá und seinen Männern hinter ihr. Sie riskierte es nicht, eine Lampe anzuknipsen, aber ein matter Lichtschein in einiger Entfernung vor der Gruppe verriet ihr, dass sie sich am richtigen Ort befanden.

Am Ende des schmalen Felstunnels fand sie die breitere Grotte, die ihnen beschrieben worden war. Das Wasser war hier glasklar und von den illuminierten Instrumententafeln der Hydro-Com-Server blau getönt. Sie drückte sich flach an die Höhlenwand und betrachtete die Maschine in ihrer Reichweite, die an ein Versorgungskabel angeschlossen war, das sich nach oben wand. Sie hörte das Summen eines Stromgenerators, dessen Vibration im Wasser spürbar war. Dies betrachtete sie als Vorteil.

Sie hielt den Atem an, um zu vermeiden, Luftblasen auszustoßen, schwamm zum Server und gelangte hinter das Gehäuse. Guãnchá und seine Männer folgten ihr.

Hier deutete sie nach oben zur Wasseroberfläche. Guãnchá nickte, und gemeinsam schwebten sie aufwärts.

Yan durchbrach die Wasseroberfläche so leise und turbulenzfrei wie irgend möglich. Das Summen des Generators wurde lauter, als ihre Ohren aus dem Wasser auftauchten. Sie entdeckte ihn auf den Felsen zu ihrer Linken. Auf der anderen Seite, so weit wie möglich von dem Generator entfernt, saßen zwei von CIPHERs Männern auf umgedrehten Holzkisten und waren in ein Kartenspiel vertieft. Sturmgewehre lehnten neben ihnen an der Felswand. Zwischen ihren Füßen stand eine Schnapsflasche.

Auch Guãnchá sah sie. Aber ehe er einen Schuss abfeuern konnte, hallte ein lauter Ruf durch die Höhle.

Yan legte den Kopf in den Nacken. Hoch über ihnen, an eine Strickleiter geklammert, die zu einem Spalt in der gewölbten Decke der Höhle hinaufführte, befand sich ein dritter Mann. Er war gerade dabei, aufwärts- oder abwärtszuklettern. Ganz gleich, wohin er wollte, aus seiner Position hatte er die eindringenden Taucher sofort ausgemacht.

Er rief etwas und drehte sich, als er seine eigene Waffe zu ziehen versuchte, ohne den Halt an der Leiter zu verlieren.

Guãnchá legte auf ihn an, zielte sorgfältig, drückte dreimal ab und schoss ihn von der Leiter. Er kippte nach vorn, stürzte ab und tauchte mit lautem Klatschen wenige Schritte entfernt ins Wasser ein. Aber sein lauter Warnruf hatte die Männer auf den Felsen bereits alarmiert.

Sie warfen die Spielkarten auf die Kiste zwischen ihnen und schnappten sich ihre Waffen. Spielkarten flatterten durch die Luft. Die Schnapsflasche zerschellte, als einer in seiner Hast, aus dem Schussfeld zu hechten, sie mit einem Fußtritt zur Seite schleuderte. Schusslärm brandete auf, als der Mann ins Wasser feuerte.

Augenblicklich ging Yan auf Tauchstation und entkam so den Kugeln. Als sie den Meeresgrund unter den Füßen spürte, duckte sie sich hinter das Gehäuse des Servers, der ihr am nächsten war.

Über ihr paddelten Guānchá und seine Männer heftig mit den Flossen, um sich zu drehen, zurückzuschießen und gleichzeitig zu vermeiden, selbst getroffen oder getötet zu werden. Einer von ihnen sackte plötzlich in sich zusammen, kippte zur Seite und trieb mit dem Gesicht nach unten im Wasser. Blut sickerte aus seinen Wunden, während die Waffe aus seiner Hand rutschte und auf den Grund der Höhle sank. Yan verließ ihre Position und beeilte sich, die Waffe aufzuheben.

Mit der Pistole in der Hand schwamm sie zum Höhleneingang und tauchte in seinem Schatten auf. Der Gedanke, Guānchá und seine Männer zu töten, ging ihr kurz durch den Kopf. Aber zuerst mussten sie die Männer von CIPHER ausschalten.

Sie blickte sich um und fand sich in der Nähe der Felswand hinter dem Generator wieder. Sie zielte auf die dröhnende Maschine und drückte mehrmals ab. Benzin spritzte in die Luft, geriet in Brand, und Flammen loderten hoch. Einer der Männer kam aus der Deckung und versuchte zu fliehen.

Doch er kam nicht weit. Guānchá schoss ihm in den Rücken.

Sein Partner wählte eine andere Taktik, beförderte mit einem Tritt die brennende Maschine in den Höhlenteich.

Eine Dampfwolke stieg auf, als der Generator ins Wasser eintauchte und sich das brennende Benzin auf der Wasseroberfläche ausbreitete.

Die Flammen rasten in Yans Richtung. Sie tauchte wieder ab und strebte in die Tiefe. Diesmal streifte eine Kugel ihren Arm, schlitzte den Nasstauchanzug auf und zeichnete eine blutige Furche in die Haut.

Das Salzwasser kühlte sie. Der anfangs brennende Schmerz wurde zu einem dumpfen Pochen abgemildert. Sie sah hoch, während ein gedämpftes Rattern erklang, als eine Maschinenpistole ertönte.

In der Höhle wurde es still. Die Schlacht war vorbei.

Vorsichtig auftauchend, suchte Yan-Li die Höhle nach anderen Anzeichen von Gefahr ab. Falls sie jemals die Chance hätte, ihre Peiniger zu attackieren, dann war dies der richtige Moment.

Direkt neben ihr entstand ein Wasserwirbel. Eine knochige Hand mit langen spinnenartigen Fingern legte sich auf ihre Schulter, und Guānchá drehte sie zu sich herum. Er spuckte seinen Regulator aus, während sich seine freie Hand nach ihrer Pistole ausstreckte.

»Die nehme ich lieber an mich«, sagte er und wand ihr die Waffe aus den Fingern. »Sie werden genug damit zu tun haben, die Maschinen auf die Schwimmer zu laden.«

Die Waffe war eine flüchtige Chance gewesen, nicht mehr. Besser wäre es, wenn sie auf die NUMA vertraute. Sie würde erledigen, was man von ihr erwartete – die Server auf entsprechenden Schwimmern befestigen, damit sie zum Unterseeboot geschleppt werden könnten. Sie würde sich dabei jedoch Zeit lassen und ihren Helfern jede mögliche Minute verschaffen, um rechtzeitig einzutreffen.

59

NUMA-OPERATIONSRAUM
WASHINGTON, D.C.

In Washington saßen Rudi Gunn, Anna Biel und zwei Angestellte im NUMA-Operationsraum zusammen und verfolgten den Verlauf der Mission in Realzeit. Auf einem Bildschirm waren die Bilder zu sehen, die von der Drohne der *Phantom* aufgezeichnet wurden. Ein zweiter Bildschirm neben diesem lieferte einen weiträumigeren Überblick über die Insel und die Gewässer in ihrer Umgebung. Sie stammten von einem NSA-Satelliten, der diese Region überflog.

Fast zwanzig Minuten lang hatte in dem Raum vollkommene Stille geherrscht, nur unterbrochen durch das Summen der Ventilatoren und das gelegentliche Kratzen eines Schreibstifts auf Papier, sobald sich einer der Anwesenden eine Notiz machte.

Die Mission war durch nichts gestört worden. Bis alles gleichzeitig aus dem Ruder lief und in einem vollkommenen Chaos endete.

Das Drohnenvideo zeigte Explosionen, deren grelle Blitze die bis dahin ruhige Nacht für Sekundenbruchteile zum Tag werden ließen. Leuchtspurgeschosse schwirrten kreuz und quer durch den Dschungel, und die Schnellfeuerkommunikation zwischen Joe und Kurt lieferte dazu den Live-Kommentar.

Aber das war nicht das Schlimmste.

Auf dem Bildschirm, der den Satelliten-Feed empfing, erschien westlich der Insel ein rot blinkendes Icon.

»Was ist das?«, fragte Rudi und starrte mit zusammengekniffenen Augen auf den Monitor.

»Der Satellit zeichnet eine neue Wärmequelle auf, die sich der Region nähert«, sagte der NSA-Assistent. »Typ oder Ursprung unbekannt, aber der Kurs ist eindeutig und bestätigt. Ihr Ziel ist die Insel.«

Der blinkende rote Punkt wanderte unbeirrt weiter, eine rote Linie hinter sich herziehend, die die Richtung anzeigte, aus der er sich seinem Ziel näherte.

»Zu schnell für ein Schiff«, entschied Rudi.

»Der Satellit soll das Objekt heranzoomen«, verlangte Anna.

Der NSA-Techniker tippte einen entsprechenden Befehl für die Kameras ein und konzentrierte den Fokus auf den neuen Eindringling. Die Insel verschwand, desgleichen die Linien, die den Kurs von Emmersons Schiff und der *Phantom* darstellten. Das Einzige, was auf dem Bildschirm zurückblieb, waren die See und die soeben entdeckte Bedrohung.

Aus der Nähe betrachtet, löste sich das Bild in zwei charakteristische und vertraute Umrisse auf.

»Helikopter«, sagte Rudi.

Ein Erkennungscode erschien unter den beiden Bildern, während das NSA-System die infraroten Signaturen mit bekannten Mustern aus seinem Modellkatalog verglich.

»Mi-26 Halos«, las Anna die Bildunterschrift laut vom Bildschirm ab.

»Russische Schwerlasthubschrauber«, stellte Rudi fest. »Woher kommen die denn? In dieser Region sind keine russischen Schiffe gemeldet.«

Der NSA-Assistent ließ die Finger über die Tastatur fliegen und durchsuchte die Datenbank der NSA. »Der wahrscheinliche Ursprung ist ein Punkt an der vietnamesischen Küste, ein ländliches Gebiet etwa einhundertsechzig Meilen entfernt im Westen.«

Dies verkomplizierte die Angelegenheit. »Geschätzte Flugzeit der Hubschrauber bis zur Ankunft?«, fragte Anna.

»Acht Minuten«, antwortete der NSA-Techniker.

»Was sagt der Countdown dieser Sprengladungen?«, fragte Rudi.

Der NUMA-Assistent hatte eine schlechte Nachricht. »Fünfzehn Minuten und ein paar Sekunden.«

Anna sah fragend zu Rudi hinüber. Genau genommen war es eine Mission der NUMA, aber die Exekutive zog es in jedem Fall vor, einen internationalen Zwischenfall zu vermeiden. »Ich bin absolut nicht interessiert, heute zwei vollständig bemannte russische Hubschrauber vom Himmel zu holen.«

Rudi verstand. Viele schlimme Dinge passierten in der klandestinen Welt, aber im Allgemeinen waren die dort tätigen Agenten und Operatoren erfahrene Profis. Man tötete keine Angehörigen der anderen Seite, wenn es sich vermeiden ließ, und sie töteten keine Leute der eigenen Seite. Das waren die Regeln des Spiels.

Rudi sah den NUMA-Techniker an. »Verbinden Sie mich mit Joe Zavala.«

Einige Tasten wurden gedrückt, dann war die Leitung offen.

»Joe, hier ist Rudi. Zwei russische Helikopter sind unterwegs, um die Server aufzusammeln. Tun Sie alles in Ihrer Macht Stehende, um sie davon abzuhalten zu landen und zu laden.«

Joe Zavala saß im Kommandosessel der *Phantom*, nahm Rudis Befehl zur Kenntnis und ging in Gedanken seine Optionen durch. Für einen kurzen Augenblick verfolgte er die Idee, die *Phantom* zu verlassen, die Strecke zu den Vector-Servern schwimmend zu bewältigen und die Timer der Sprengsätze neu einzustellen. Aber während er Videoaufnahmen der Drohne studierte, konnte er verfolgen, wie eine Gruppe von CIPHER-Leuten einen regelrechten Verteidigungsgürtel um das Dock legten, während der Teleskopkran seinen Ausleger über das Wasser schwenkte und ins Wasser eintauchte, um den ersten der Server aus dem Hafenbecken zu hieven.

Genau zur gleichen Zeit geriet Kurt im Dschungel zwischen der CIPHER-Truppe und Emmersons Söldnern ins Kreuzfeuer.

Er aktivierte sein Mikrofon und rief Kurt. »Was ist dein augenblicklicher Status?«

»*Ich gebe mir alle Mühe, nicht in die Luft gesprengt oder erschossen zu werden*«, antwortete Kurt. »*Aber ich bin hier vollkommen festgenagelt ohne die geringste Chance, auf die andere Seite der Insel zu kommen.*«

Zwei Probleme, eine Lösung, dachte Joe. »Ping mir deine Position. Ich schicke dir die Drohne.«

»*Wozu?*«, fragte Kurt, nachdem er Joe die gewünschten Daten übermittelt hatte.

»Lufthoheit«, sagte Joe und tippte auf der Steuerkonsole der Drohne den Befehl zum Ausführen der Landsequenz ein paar Schritte von Kurts Position entfernt.

Die Drohne schwebte in Kurts Richtung und ging in den Sinkflug. »Ich vermute, du hast noch einige Sprengladungen übrig«, sagte Joe. »Wenn du zwei Stück erübrigen kannst, sollte es mir gelingen, die Russen abzuschrecken und dir den Weg über die Insel zur Bucht auf der anderen Seite freizumachen.«

»*Klingt gut*«, sagte Kurt. »*Wenn du mir auch noch ein kaltes Bier abwerfen kannst, schlag ich dich glatt für eine Belobigung vor.*«

»Sorry«, sagte Joe. »Keine alkoholischen Getränke während dieses Flugs. Aber ich werde dir Informationen zukommen lassen, woher die Schüsse kommen.«

Joe hielt inne, um einen Blick auf den Bildschirm zu werfen. Die Infrarotkamera zeigte etwa zwei Dutzend Männer, die sich an verschiedenen Punkten verschanzt hatten. Einige zwischen Kurt und der Bucht, andere zwischen Kurt und dem Höhenzug, der sich über die gesamte Länge der Insel erstreckte. »Angenommen, du wählst einen direkten Weg über die Insel, dann muss ich einige der Neuankömmlinge aus dem Weg räumen.«

»*Für den Fall, dass du es vergessen haben solltest, aber diese Drohne ist unbewaffnet*«, gab Kurt zu bedenken.

»Momentan noch«, sagte Joe. »Mach drei Ladungen scharf. Stell die Timer auf dreißig und vierzig Sekunden und auf fünf Minuten ein. Häng die Kurzzeitladungen an den linken Greifer und die Fünf-Minuten-Ladung an den rechten. Und achte darauf, dass du sie nicht verwechselst.«

»Dreißig, vierzig Sekunden und dann fünf Minuten«, wiederholte Kurt, »von links nach rechts. Was genau hast du vor?«

»Mit den ersten beiden Ladungen sprenge ich dir einen Weg durch den Wald«, erklärte Joe. »Und die letzte benutze ich, um unsere Besucher aus Moskau abzuschrecken.«

Auf dem Monitor verfolgte Joe, wie sich die Drohne Kurts Position näherte. Sie zersäbelte ein paar Laubblätter, fand einen ebenen, freien Bereich und setzte knapp zwei

Meter von Kurts Deckung entfernt auf dem Waldboden auf.

Kurts Gestalt erschien vor der Kamera. Schnell befestigte er die Sprengladungen an den Greifklauen, die unter dem Rumpf der Drohne herabhingen.

Während Kurt damit beschäftigt war, die Drohne zu bewaffnen, holte Joe den Satelliten-Feed aus Washington auf seinen Bildschirm. Die russischen Hubschrauber folgten ihrem Kurs. Sie hatten entweder noch nichts von der Schießerei auf der Insel bemerkt, oder sie hatten Befehl, ihren Weg trotz der offensichtlichen Kampfhandlungen fortzusetzen.

»*Ladungen sind an Ort und Stelle*«, meldete Kurt. »*Bring den Vogel in die Luft.*«

Joe übernahm wieder die Kontrolle über die Drohne und lenkte sie im Steigflug von Kurts Position weg. Sie gewann nur langsam an Höhe, da sie nun schwerer war und sich nicht mehr so einfach manövrieren ließ. Für einen kurzen Augenblick waren die flüsterleisen Rotoren ein entscheidendes Manko.

»Komm schon, Baby«, knurrte Joe und lenkte die kleine Maschine in Richtung Himmel. »Nur noch ein bisschen höher.«

Als sie sich über die Baumwipfel erhob, begann jemand, sie unter Beschuss zu nehmen. Joe gewahrte Leuchtspurgeschosse zu seiner Rechten und drückte den kleinen Steuerknüppel sofort scharf nach links. Die Kampfzone hinter sich lassend, setzte die Drohne den Steigflug fort, während die Sekunden auf den Timern zügig heruntergezählt wurden.

Joe lenkte die Drohne zu den Angreifern zurück. Er navigierte sie von der Seite zum Schlachtfeld, ließ sie hin-

und herschaukeln und öffnete die linke Greifklaue, als der Timer siebenundzwanzig verstrichene Sekunden anzeigte. Die beiden Ladungen gingen in den freien Fall über, und die Drohne legte sich in eine Rechtskurve und schoss davon. Die erste Ladung explodierte im Dschungel lauter und greller als die vorangegangen. Das Thermit regnete auf die Bäume herab, setzte Palmwedel und Gebüsche in Brand und zwang die Kombattanten in ihrer Nähe, das Weite zu suchen.

Die zweite Ladung ging zehn Sekunden später hoch und scheuchte jeden, der halbwegs bei Vernunft war, noch weiter vom Ort des Geschehens weg.

»Die Luft ist rein«, meldete Joe. »Halte dich links von den Explosionsherden, und du hast freie Bahn bis zum Höhenzug.«

Kurt war bereits gestartet. Er beschrieb einen weiten Bogen und mied die Flammen und die beißenden Rauchschwaden des brennenden Thermits. Er ließ das Dickicht des Waldes hinter sich und rannte den felsigen Berghang hinauf.

Dreißig Pfund weniger schleppen zu müssen, half ihm, den Aufstieg in Nullkommanichts zu schaffen, aber er hatte nun nicht mehr genug Sprengladungen, um sämtliche Server zu vernichten, falls er sie fände.

Nachdem er die letzten fünf Meter auf allen vieren zurückgelegt hatte, erreichte er den Grat und gönnte sich eine kurze Pause. Der Halbmond der Bucht schimmerte im Mondschein dreißig Meter unter ihm. Sie bot einen seltsam ruhigen Anblick, sofern man sich vergegenwärtigte, dass auf der anderen Seite der Insel ein regelrechter Krieg getobt hatte.

Kurt duckte sich, wagte sich ein paar Schritte weiter vor und ließ den Blick über die Wasserfläche schweifen. Noch immer kein Anzeichen von Aktivität. Kein einziges Boot störte die Gleichförmigkeit der Meeresoberfläche. Und auch jenseits des Riffs, an dem sich die Wellen der Südchinesischen See schäumend brachen, war kein einziges Schiff zu sehen.

Kurt ließ sich nicht von seinem Vorhaben abbringen. Die Vector-Einheiten mussten sich irgendwo in nächster Nähe befinden. Es gab auf der ganzen Insel einfach keinen anderen Ort mehr, wo sie hätten versteckt werden können.

60

Unten in der Grotte hatten Yan und ihr Team jede Vector-Einheit mit einer aufblasbaren Manschette versehen, danach die Manschetten mit Druckluft gefüllt, bis sich die achteckigen Maschinen in einem Zustand neutralen Auftriebs befanden, vom Boden abhoben und reglos im Wasser schwebten. Und nun justierte sie das Luftvolumen entsprechend.

Eine Maschine hatte einen zu starken Auftrieb und ständig die Tendenz, zur Wasseroberfläche aufzusteigen, während die gelbe Manschette einer anderen ein winziges Leck aufwies und stetig Luft verlor, bis die Maschine nach einiger Zeit über den Grund zu schleifen drohte, und Yan-Li den verlorenen Luftvorrat auffüllen musste.

Sie zögerte den Prozess so lange es ging hinaus und verlangte sogar, dass die fehlenden Einheiten gesucht wurden, weil sie nur sechs der insgesamt acht Vector-Server in der Höhle vorfanden. Guānchá verwarf diese Idee, und seine Geduld für alles andere als einen sofortigen Aufbruch war schnell erschöpft. Yan entschied, ihm lieber nicht zu widersprechen, und setzte die Vorbereitungen für den Transport ohne Verzögerung fort.

Die ersten beiden Server bereiteten die größten Schwierigkeiten. Yan dirigierte sie eigenhändig durch den Tunnel nach draußen in die Bucht. Die Luftsäcke stießen immer wieder gegen die Decke des Tunnels, während die Computer dazu neigten, sich zu drehen oder sich auf den Kopf zu stellen. Dabei schrammten sie wiederholt an der Innenwand des Tunnels entlang oder blieben an Felsvorsprüngen hängen.

Sobald sie die Bucht erreichten, wurde es für Yan-Li und ihre Begleiter einfacher, die Server zu transportieren. Sie verwendeten Schleppseile, um die Gehäuse an einen der Schlitten anzuhängen. Nachdem sie sich vergewissert hatte, dass die Einheiten sicher vertäut waren, kehrte sie mit ihren Helfern in die Höhle zurück.

Da sie nun mehr Bewegungsspielraum hatten, fiel es ihnen auch leichter, die Computer nacheinander in die Bucht zu schleppen.

Als der letzte Vector die Höhle verlassen hatte, stellte Yan einen zweiten Schleppzug zusammen. Dieser hatte vier Wagen, die von zwei Schlitten gezogen wurden. Er war deutlich langsamer als der Zweierzug und verriet Yan-Lis Bemühen, Rettern, die inzwischen vielleicht zu ihnen unterwegs waren, mehr Zeit zu verschaffen.

Sie schwang sich auf den rechten der beiden Schlitten und befahl einem ihrer Helfer, die Steuerung der Maschine auf der linken Seite zu übernehmen. Alle anderen – Guãnchás und Emmersons Männer eingeschlossen – müssten schwimmen.

61

Joe hatte in der *Phantom* – dank der Kamera der Drohne, die er lenkte – einen nahezu totalen Überblick über das Geschehen in der halbmondförmigen Bucht von Badger Island. Die russischen Hubschrauber schwebten über dem Hafen und waren gerade dabei, zu landen und die Server zu übernehmen. Er beobachtete, dass die CIPHER-Leute die Vector-Einheiten mit dem Teleskopkran aus dem Wasser gehoben und auf Transportkarren gesetzt hatten.

Joe blickte auf seine Uhr. Bis zur Explosion der Sprengladung, die Kurt an die Drohne gehängt hatte, dauerte es noch eine ganze Minute. In diesem Augenblick ging ihm durch den Kopf, dass er Kurt vielleicht hätte empfehlen sollen, die Zeitspanne der dritten Sprengladung bis zur Zündung zu verkürzen. Fünf Minuten kamen ihm jetzt wie eine halbe Ewigkeit vor.

Mittlerweile hatte der erste Helikopter das Dock fast erreicht. Während er die Nase leicht herunternahm, um in den Sinkflug zu gehen und zu landen, fing der Funkfrequenz-Scanner der *Phantom* einen hektischen Dialog zwischen den russischen Piloten und den CIPHER-Leuten auf der Insel auf. Das Hin und Her wirkte kurz angebunden, aggressiv und angespannt. Dabei kam Joe eine vermeintlich blendende Idee.

Er schaltete den Transmitter auf die russische Frequenz und begann zu sprechen. »Hallo, russischer Hubschrauber im Anflug auf Badger Island«, sagte er und bemühte sich um einen möglichst glaubwürdigen chinesischen Akzent. »Sie nähern sich offiziellem Hoheitsgebiet der Volksrepublik China. Kehren Sie sofort um. Landen Sie dort nicht und nehmen Sie keine Fracht auf.«

»*Wer ist da?*«, antwortete eine offenbar belustigte russische Stimme. »*Sie klingen ungefähr genauso chinesisch wie meine Babuschka.*«

Joe schaute auf das Drohnenvideo. Die Helikopter blieben unbeirrt auf Anflugkurs. Mit ihren voll eingeschalteten Positionslampen sahen sie wie fliegende Christbäume aus. Joe blieben noch vierzig Sekunden bis zur Zündung der letzten Drohnenladung.

»Kehren Sie auf der Stelle um«, sagte Joe. »Dies ist die absolut letzte Warnung.«

»*So sorry, Amerikanski*«, sagte der Russe. »*Wir holen uns Ihre Computer, und es gibt nichts, was Sie tun können, um uns daran zu hindern.*«

»Das werden wir noch sehen«, erwiderte Joe.

Er bediente die Kontrollen der Drohne und lenkte sie hinunter und über das Dock, als beabsichtigte er einen Frontalangriff. Einige CIPHER-Leute feuerten auf die Drohne, andere gingen fluchtartig in Deckung.

Nachdem er über das Dock hinausgeschossen war, wendete Joe die Drohne und leitete einen zweiten Anflug ein. Diesmal nahm er die Server aufs Korn und hoffte, sie vom Dock und zurück ins Wasser zu fegen. Als der Timer die Fünf-Sekunden-Markierung erreichte, klinkte Joe die letzte der Ladungen aus.

Wie es der Zufall wollte, prallte sie vom Ausleger des Teleskopkrans ab und detonierte nicht zwischen den Servern, sondern über dem Dock in der Luft.

Der grelle Blitz erleuchtete den ganzen Hafen. Hell genug, um die Aufmerksamkeit der Russen zu wecken und ihnen die gewünschte Botschaft zu vermitteln.

Die schwerfälligen Hubschrauber brachen ihren Anflug ab und spritzten in die entgegengesetzten Richtungen auseinander. Einer flog nach Süden und der andere nach Norden, beide gewannen dabei an Höhe und ergriffen die Flucht.

Joe ärgerte sich, dass er nicht das Ziel getroffen hatte, aber er hoffte, dass der Feuerball der Explosion ausreichte, um die Russen von ihrer Absicht abzubringen. Er beobachtete, wie die Helikopter in sicherer Entfernung über dem Meer kreisten. Nach einem kurzen Dialog, in dem, wie er sich vorstellte, wahrscheinlich die Themen Befehlsverweigerung, Militärgericht und längerfristige kostenfreie Unterbringung in einem sibirischen Straflager – für den Fall, dass sie die gewünschte Fracht nicht nach Hause mitbringen sollten – erschöpfend behandelt worden waren, schickten die Helikopter sich an, einen zweiten Versuch zu starten, und näherten sich dem Dock erneut.

»*Sehr beeindruckend, Amerikanski*«, meldete sich der Russe wieder, diesmal aber nicht mehr so freundlich. »*Na los, machen Sie es noch mal.*«

Joe wünschte sich, er könnte es. Doch er hatte keine Sprengladungen mehr. Aber er verfügte noch immer über seine Drohne.

Er schickte sie mit Höchstgeschwindigkeit dem Helikopter entgegen, nahm sein Cockpit ins Visier und schaltete den Scheinwerfer in der Nase der Drohne ein.

Der erste Angriff überrumpelte den Piloten. Seine Maschine verließ die Formation, brach seitlich aus, bis er sie abfing und wieder zurück auf Kurs brachte.

Joes zweite Runde des Hühnchen-Spiels war weniger wirkungsvoll. Der große Helikopter setzte seinen Anflug fort, und jetzt war Joe gezwungen, mit der Drohne auszuweichen, da er nicht mitansehen wollte, wie seine einzige Waffe auf der Panzerglasscheibe des Hubschraubercockpits wie ein lästiges Plastikinsekt zerplatzte.

Während sich die Drohne in eine weite Kurve legte, eröffneten die Russen das Feuer und entfesselten einen wahren Blizzard von 7,62 mm Projektilen aus der vierläufigen Rotationskanone an der Seite unter dem Rumpf des Helikopters.

Joe lenkte die Drohne augenblicklich steil in die Höhe und über das Dach des Helikopters, wo sie vor vollständiger Vernichtung kurzfristig sicher war. Joe wusste jedoch, dass er so viel Glück kein zweites Mal haben würde.

Der führende Helikopter setzte seinen Flug zum Dock weiter fort und erreichte das ferne Ende des Piers, während ein Teil der CIPHER-Mannschaft den ersten Server in seine Richtung schob.

»Dieses Teil nicht einladen!«, rief Joe. »Es ist mit einer Bombe präpariert und wird explodieren, ehe Sie zu Hause ankommen!«

Diesmal erhielt er keine Antwort.

»Hören Sie«, sagte Joe. »Ich bin selbst Pilot. Ich versuche, Sie zu warnen. Laden Sie bitte nichts in Ihre Maschine!«

Das Schweigen im Lautsprecher seines Headsets sagte ihm, dass es nutzlos war. Daher wählte er einen Selbstmord-Kurs für die Drohne, kehrte zum Dock und den Männern zurück, die den Server auf dem Handwagen vor sich herschoben. Er entschied sich für die Gruppe auf der rechten Seite des Karrens und raste in Kopfhöhe auf sie zu.

Drei der vier Männer tauchten rechtzeitig weg. Der letzte blieb zwar am Karren, duckte sich jedoch. Der Karren schlingerte in ihre Richtung, nachdem sie aufgehört hatten, ihn zu schieben.

»*Das reicht jetzt*«, meldete sich der Russe wieder per Funk.

Als Joe die Drohne wendete, wurde sie von einem Kugelhagel aus der Mini-Kanone zertrümmert.

Danach hatte Joe keine Sicht mehr auf das Schlachtfeld. Aber er sah den Timer auf dem Computerbildschirm. Er hatte ein wenig geflunkert, was den Stand des Countdowns betraf. »An Ihrer Stelle würde ich mich von dem Container entfernen«, rief er. »Sie haben drei … zwei … eine …«

»Sekunde« brachte er schon nicht mehr über die Lippen, als die Sprengladungen, die Kurt an den Servern angebracht hatte, hochgingen. Flammensäulen schossen von den beiden Servern in den Himmel, und die Männer von CIPHER wurden vom Dock in die See gefegt.

Für einen kurzen Moment war der Hafen von einem wabernden hellen Schein erleuchtet. Er verblasste schnell zu einem dunklen Orange und schließlich zu einem Wirbel rot schimmernder Glutflocken und schwarzen Qualms.

Joe standen die Videoaufnahmen der Drohne zwar nicht mehr zur Verfügung, aber er hatte noch Zugriff auf die Satellitenbilder. Er tippte gegen den Bildschirm und rief die Verbindung auf.

Die zerrissenen qualmenden Überreste der HydroCom-Maschinen waren auf dem Dock zu erkennen. Er konnte auch ein paar CIPHER-Leute ausmachen, die schwimmend vor den Flammen flüchteten. Andere rannten zu den Wellblechhütten zurück. Am wichtigsten war für ihn jedoch, dass die russischen Hubschrauber abdrehten und sich unbeschädigt und mit leeren Frachtabteilen entfernten.

Während Joe eine Faust triumphierend in die Luft stieß, erreichte ihn über Funk eine seltsame Nachricht.

»*Na vashe zdorov'ye*«, sagte der Russe. »*Auf Ihre Gesundheit, Amerikanski. Ich werde heute Abend einen Wodka auf Sie trinken.*«

»Genehmigen Sie sich ruhig einen Doppelten«, empfahl Joe.

Er streckte die Hand wieder nach den Radiokontrollen aus und schaltete auf den Satellitenkanal zurück. »Die Russen kehren ohne Geschenk nach Hause zurück«, verkündete er stolz. »Und jetzt braucht Kurt dringend Hilfe.«

Während Joe den Hafen verließ, um auf schnellstem Weg auf die andere Seite der Insel zu gelangen, tastete sich Kurt über die Klippen, von wo er auf die Bucht hinunterblicken konnte. Schließlich entdeckte er etwas, das dort nicht hingehörte.

Während er den Blick über die Bucht schweifen ließ und seinen Augen gestattete, sich an die Lichtverhältnisse anzupassen, fiel ihm etwas auf, das darauf hinwies, dass die Bucht nicht so verlassen und menschenleer war, wie es auf den ersten Blick erschien. Eine Ansammlung winziger Luftbläschen trieb am Fuß der Klippe auf dem Wasser. Auf eine zu große Fläche verteilt und zu gleichförmig, um natürlichen Ursprungs zu sein, reflektierten die Streifen das Mondlicht und erzeugten Linien, die direkt auf die Steilwand der Klippe deuteten.

Er tastete sich an dem Felsvorsprung entlang bis zu einem Punkt über dem sprudelnden Bereich. Erst jetzt gewahrte er den Eingang zur Höhle, der etwas tiefer in den Felsen eingeschnitten war. Aus der Luft unsichtbar – und so wie es aussah nur per Boot erreichbar – war es ein ideales Versteck für die Server.

Kurt dankte der Vorsehung, dass er diesen Eingang gefunden hatte. Nur war er offenbar leider nicht der Erste.

Dem Bereich nach zu urteilen, wo die Luftblasen an die Wasseroberfläche stiegen, musste eine ganze Gruppe von Tauchern erst vor Kurzem die Höhle verlassen haben. Sie waren auf dem Weg hinaus in die Bucht.

Er rief Joe per Funk. »Ich glaube, ich habe die Server gefunden«, sagte er. »Emmersons Leute sind dabei, sie aus einer Höhle auf der Südseite der Bucht zu holen. Unseligerweise bin ich zu spät gekommen, um sie aufzuhalten. Sie müssen zum Kabellegerschiff unterwegs sein. Versuch, eine Position zu finden, um ihnen den Weg abzuschneiden.«

»*Bin schon unterwegs*«, antwortete Joe.

Das war eine gute Nachricht. Die schlechte Nachricht folgte auf dem Fuß, als Kurt in den Büschen ihm gegenüber eine Bewegung wahrzunehmen glaubte. Er war sich nicht sicher, ob es CIPHER-Leute oder Mitglieder von Emmersons Truppe waren. Aber im Grunde war es auch bedeutungslos, da er auf der ganzen Insel sowieso keine Freunde hatte.

Als Schüsse fielen, duckte er sich und robbte aus dem Weg. Mehrere Kugeln sirrten in nächster Nähe an ihm vorbei. Andere sprengten Splitter aus dem Felsen rechts von ihm. Die einzige sichere Richtung war offenbar der Klippenrand, wo er sich in einen Felsspalt fallen ließ.

Gedämpfte Stimmen drangen aus dem Gebüsch zu ihm herüber. Ein weiterer Feuerstoß hallte durch die Nacht. Aber er lag weit daneben und zu hoch.

Reiner Feuerschutz, dachte Kurt. Und er hatte recht. Auf die nächste Salve folgte ein dumpfer Aufschlaglaut und kurz danach ein metallisches Klirren, als etwas über die Felsen in seine Richtung rollte.

Er brauchte nicht genauer nachzuschauen, um zu wissen, dass es eine Handgranate war.

Für ihn gab es nur einen Ausweg. Er rannte zum Klippenrand und sprang von der Kante ab, während die Granate hinter ihm explodierte.

62

Kurt schlug mit über vierzig Meilen auf dem Wasser auf. Die Druckwelle der Explosion hinter ihm verschaffte ihm den zwar willkommenen, von seinem Gegner aber sicher nicht gewünschten Vorteil, dass er weiter vom Fuß der Klippe entfernt ins Wasser eintauchte, als unter normalen Umständen möglich gewesen wäre.

Er landete mit den Schuhen voraus und rauschte erst einmal durch sechs, sieben Meter Wasser abwärts, ehe die Wucht des Aufschlags nachließ. Anstatt sofort zur Wasseroberfläche aufzusteigen, suchte er seinen Regulator, wischte ihn ab und schob ihn sich in den Mund.

Pressluft aus seinem Rebreather atmend, blieb er auf dem Grund der Bucht, holte in aller Ruhe seine Tauchmaske aus der Tasche und stülpte sie sich über das Gesicht. Nachdem er die Maske ausgeblasen hatte, wurde er mit einer klaren, ungehinderten Sicht auf seine Umgebung belohnt.

Er aktivierte die Nachtsichtfunktion und blickte sich um. Draußen in der Bucht konnte er eine Gruppe von Gestalten erkennen, die sich langsam von der Felswand entfernten und ins tiefe Wasser der Bucht vordrangen. Zu der Formation gehörten nicht nur mehrere Taucher, sondern auch ein Schleppzug der Hydro-Com-Server, die man zu einer langen Kette aneinandergehängt hatte. Er sah die prallen Luftsäcke, die ihnen den für diese Transportweise notwendigen Auftrieb verliehen, und konnte auch die elektrisch angetriebenen Schlitten ausmachen, die die gesamte Ladung durchs Wasser zogen.

Entschlossen, sie zu verfolgen, griff Kurt in seine Brusttasche, in der er die Schwimmflossen verstaut hatte. Er zog sie heraus und schickte sich an, sie über die Füße zu streifen, als er einen heftigen Stoß in den Rücken erhielt. Ein Arm schob sich unter sein Kinn und riss seinen Kopf zurück. Eine Messerklinge zielte nach seinem entblößtem Hals. Kurt schwang den rechten Arm hoch, fing das Gelenk der Hand, die das Messer hielt, ab und verdrehte die Hand, bis sie sich weit öffnete und das Messer verlor.

Der Angreifer riss Kurt die Tauchmaske vom Gesicht. Kurt rammte ihm den Ellbogen in die Magengrube. Er drehte sich und gab das Handgelenk nicht frei.

Alles, was Kurt in der Dunkelheit erkennen konnte, waren verschwommene silberne und dunkelblaue schattenhafte Konturen. Der Taucher, der ihn angriff, hatte eine athletische Gestalt, war jedoch nicht besonders schnell. Er verstand nicht viel von Hebelwirkung und hatte offenbar nur wenig Erfahrung in Unterwasserangelegenheiten.

Kurt zog ihn dicht an sich heran und bohrte ihm ein Knie in den Leib. Der Taucher krümmte sich und war für einen kurzen Augenblick benommen. Kurt riss das Mundstück des Mannes heraus und erwischte ihn noch einmal mit dem Knie. Er packte ihn bei den Schultern und drückte ihn nach unten auf den Grund der Bucht.

Der Mann konnte einen Arm befreien und griff sich in den Nacken. Als die Hand wieder zum Vorschein kam, blitzte ein zweites Messer darin, dessen Klinge Kurts Gesicht um wenige Zentimeter verfehlte, seinen Atemschlauch jedoch durchtrennte und einen explosionsartigen Wirbel aufsteigender Luftblasen entfesselte.

Kurt schlug den Messerarm des Mannes zur Seite, fixierte ihn in einem Hebelgriff. Zu diesem Zeitpunkt ging es nur noch darum, wer länger ohne einen Atemzug auskam – ein Duell, das zu gewinnen Kurt sicher sein konnte. Der Mann verdrehte den Arm, verlor auch dieses Messer aus dem Griff und versuchte, Kurts Kehle zu erreichen. Aber Kurt streckte seinen Arm aus, der länger war, und drückte den Mann in den Sand.

Die Hand des Mannes sank herab, krallte sich in den Grund der Bucht und kam zur Ruhe. Seine Augen starrten blicklos in die Tiefe.

Kurt hielt seinen Gegner in dieser Position fest, bis er sicher sein konnte, dass er tot war. Dann schnappte er sich den Regulator des Mannes und genehmigte sich einen tiefen Atemzug seiner Pressluft.

Er war einer von Kinnard Emmersons Leuten, steckte in einem schwarzen Nasstauchanzug mit Kapuze und hatte eine silbern glänzende Pressluftflasche auf dem Rücken. Seine Tauchmaske und sein Regulator wiesen keinerlei Besonderheiten auf – wie eine Nachtsichtelektronik oder ein Kommunikationssystem. Das bedeutete, dass Kurt weder gehört noch gesehen worden war. Die Tatsache, dass niemand von der Transportmannschaft zurückgekehrt war, betrachtete er als beruhigende Bestätigung.

Kurt nahm dem Mann Luftflasche, Tauchmaske, Tauchgeschirr und Schwimmflossen ab. Sich von seinem ruinierten Rebreather befreiend und seine Hightech-Maske zurücklassend, setzte er seine sämtlichen noch verbliebenen Energiereserven ein, um die flüchtenden Komplizen seines toten Gegners einzuholen.

63

Yan-Li wusste nicht, dass Kurt und Joe sich bereits am Ort des Geschehens befanden. Ebenso wenig wusste sie vom Erscheinen der Russen und vom Verlauf der Auseinandersetzungen auf der anderen Seite der Insel.

Ehrlicherweise musste sie sich eingestehen, dass sie auch kaum darüber nachgedacht hatte, weil sie bis zu diesem Moment damit beschäftigt gewesen war, ihre Karawane heil über das Riff zu führen. Entsprechend erleichtert atmete sie innerlich auf, als sie und Emmersons Leute das Mini-U-Boot erreichten. Wie geplant vertäuten sie die Supercomputer am Mini-U-Boot, um sie die restliche Strecke zur *Oceanic Navigator* zu schleppen.

Nachdem sie an Bord gelangt war, befreite sie sich sofort von ihrer Tauchausrüstung. Nur Sekunden später setzte sich das Mini-U-Boot in Bewegung und nahm Kurs aufs offene Meer, begleitet von den anderen Tauchern, die wieder ihre Schlitten benutzen konnten, während sich die restlichen Mitglieder des Bergungstrupps an die beiden Leinen der Serverschleppzüge klammerten.

»Wir sollten uns nur auf viertel Kraft beschränken«, empfahl Yan-Li. »Nicht mehr. Sonst riskieren wir, alles zu verlieren, was wir eben gerade unter den größten Mühen geborgen haben.«

Guānchá, der ebenfalls an Bord zurückgekehrt war, musterte sie misstrauisch. »Das dauert doch eine Ewigkeit«, sagte er und gab dem Steuermann mit dem Kopf ein Zeichen. »Geh auf halbe Kraft. Ich glaube nicht, dass sich diese Computer selbstständig machen.«

Sie nahmen jetzt Fahrt auf, schafften aber trotzdem nicht mehr als vier bis fünf Knoten.

»Was ist mit den Tauchern?«, fragte Yan. »Ihren Leuten und meinen.«

»Sie werden genug Zeit haben, um uns einzuholen, während wir die Computer verladen.«

Yan konnte ihm kaum widersprechen, daher versuchte sie es auch gar nicht erst. Sie fand einen Sitzplatz, löschte ihren Durst aus einer Wasserflasche und fragte sich, ob all ihre Hoffnungen vergebens waren.

Während Joe das südliche Ende von Badger Island umrundete, war er um einiges schneller unterwegs als Emmersons repariertes Mini-U-Boot, das nur noch über ein Antriebsaggregat verfügte, das jeden Moment gefährlich zu überhitzen drohte. Er ließ den Punkt hinter sich, wo die Küstenfelsen wie eine ausgestreckte Klaue ins Meer hinausragten, und nahm direkten Kurs auf das Kabellegerschiff.

Ohne Drohne als künstliches Auge musste er sich mit dem Satellitenbild begnügen, das ihm aus Washington übermittelt wurde. Aber selbst dies verlor mittlerweile zunehmend an Qualität. »Was ist denn mit der Funkverbindung los?«, fragte er. »Habt ihr etwa vergessen, die Telefonrechnung zu bezahlen?«

»*Der Erfassungsbereich verkleinert sich*«, erwiderte Rudi Gunn. »*Der Satellit befindet sich in einem Orbit. Wir können ihn nicht an einem festen Punkt seiner Bahn parken. Er wandert weiter und folgt der Erdkrümmung.*«

Joe konnte erkennen, dass sich der Blickwinkel veränderte und das Bild sich verzerrte. Es war, als blickte er durch eine gebogene Glasscheibe. »Wie lange noch, bis überhaupt nichts mehr zu erkennen ist?«

»*Sechzig Sekunden.*«

»Irgendwo eine Spur von Kurt?«

»Negativ«, antwortete Rudi. »Wir haben sein Signal nach der letzten Explosion verloren. Seitdem hatten wir keinen Kontakt mehr.«

»Soll ich umkehren und nach ihm suchen?«

»Ebenfalls negativ«, sagte Rudi. »Wenn er am Leben ist, wird er wohl zu diesem Frachter unterwegs sein. Und wenn es ihn doch erwischt hat, müssen Sie den Job allein zu Ende bringen.«

Joe verstand. »Ich werde das Schiff am Heck rammen und die Selbstversenkungsladungen zünden, wenn es sein muss. Möglich, dass die *Oceanic* trotzdem nicht untergeht, aber mit einem beschädigten Ruder und einer verbogenen Schraubenwelle kann sie sich nicht vom Fleck bewegen.«

»Das sollte Ihr letztes Mittel sein«, sagte Rudi. »Aber Sie müssten einen großen Vorsprung vor den Tauchern haben, die Kurt gemeldet hat. Sie brauchen nichts anderes zu tun, als zu verhindern, dass sie die Server an Bord schaffen.«

Das klingt schon einfacher, dachte Joe. »Schicken Sie mir eine letzte Ansicht des Frachters rüber, bevor wir den Satelliten verlieren. Wenn es geht, eine Nahaufnahme.«

Rudi und das NSA-Team reagierten auf der Stelle. Die Superoptik der HD-Kamera des Satelliten zoomte das Schiff heran. Es lag ruhig im Wasser, seine Maschinen liefen, wie an den Auspuffrohren zu erkennen war, aber es machte keine Fahrt. Während der Satellit den Fokus zum

Heck wandern ließ, konnte Joe erkennen, dass der Kran in Bewegung gesetzt worden war. Mehrere Männer hielten sich in seiner Nähe bereit. Von Eile war ihnen nichts anzumerken. Nichts deutete daraufhin, dass sie befürchteten, die Position des Schiffes schnellstens verlassen zu müssen oder von etwas für sie Unangenehmem überrascht zu werden.

Das hätte Joe signalisieren sollen, dass er sich entspannen konnte und einen ausreichenden Vorsprung vor Emmersons Leuten hatte, um sich mit seinem Überraschungsangriff Zeit lassen zu können – so wie ein Highway Trooper, der mit gezückter Radarpistole hinter einer Reklametafel wartet, um Jagd auf Raser zu machen. Aber die Crew des Kabellegerschiffes erschien ihm zu entspannt. Als hätte sie ihre Arbeit bereits erledigt.

Er versuchte, auf dem Bildschirm irgendetwas zu erkennen, das ihm vielleicht entgangen war, aber der Satellit wanderte über den Horizont, und der Bildschirm verdunkelte sich.

»Wir haben den Rendezvouspunkt erreicht«, verkündete Guānchá. »Bringen Sie uns nach oben.« Die Tiefenruder stellten sich auf. Wasser wurde aus den Ballasttanks herausgedrückt. Das U-Boot stieg auf.

Yan-Li fasste nach einem Haltegriff, während das Mini-U-Boot durch die Meeresoberfläche brach. Sie fühlte sich am ganzen Körper wie taub und war vollkommen erschöpft.

»Öffnen Sie die Luke«, befahl Guānchá und sah sie auffordernd an.

Sie erhob sich von ihrem Platz und kletterte die kurze Leiter durch den Einstiegsschacht hinauf. Sie löste die

Verriegelung und drehte das Verschlussrad, bis sie spürte, dass die Luke nachgab. Nun drückte sie sie vollends auf. Kühle Nachtluft strömte herein und weckte ihre Lebensgeister ein wenig.

Sie kletterte weiter durch den Verschlussring und schob den Kopf hinaus, um sich umzuschauen.

Der Frachter war nirgendwo zu sehen. Sie blickte in alle Himmelsrichtungen. Überall nichts als freier Ozean.

Sie war vollkommen perplex, bis ein seltsames Dröhnen die Ankunft von etwas vollkommen Unerwartetem ankündigte. Sie blickte nach Norden, als der Lärm von Strahltriebwerken an ihre Ohren drang und schnell näher kam. Auf ihre Position zurasend, gewahrte sie Emmersons Ekranoplan. Sein Seemonster. Repariert und jetzt hier, um sie alle aufzusammeln.

64

In einem unspektakulären Landemanöver setzte der Ekranoplan auf der Meeresoberfläche auf und bewegte sich in Richtung des Mini-U-Boots, in dessen Kommandoturm Yan-Li und Guãnchá warteten. Gleichzeitig wendete die gigantische Maschine, schaltete auf Schubumkehr und legte die letzten Meter rückwärts zurück. Unter dem Heckleitwerk flammten Scheinwerfer auf, während sich eine breite Heckklappe herabsenkte, die als Rampe für das Einladen der wertvollen Fracht diente.

Die Server wurden von dem Mini-U-Boot abgekoppelt, zur Rampe gezogen und an Tauen befestigt, die aus dem riesigen Frachtraum herabgelassen wurden. Winden nahmen ihre Arbeit auf, und der Serverzug bewegte sich zur Rampe.

Sobald sie den Rand der Rampe erreicht hatten, tauchten sie aus dem Wasser auf. Helfer standen bereit und befreiten sie von den Luftsäcken, die ihnen während ihrer Unterwasserreise den notwendigen Auftrieb verliehen hatten. Es war ein mühsamer, langsamer Prozess, der zum Schluss auch mit dem Mini-U-Boot wiederholt wurde.

Nun, da sich die Ladung sicher an Bord befand, kletterte Yan aus dem U-Boot heraus. Guãnchá und die restliche Mannschaft folgten ihr. Plötzlich fühlte sie sich einsam und vollkommen nutzlos und suchte sich eine dunkle Nische, in der sie sich für die Dauer des anschließenden Fluges verkriechen konnte.

Sie verfolgte, wie die Taucher mit den Wasserskootern auftauchten. Sie kamen nacheinander an Bord, während ihre Maschinen mit Winden aus dem Wasser gehievt und auf dem Boden des Laderaums abgestellt und gesichert wurden. Aber während sich der Laderaum nach und nach füllte, verstrich die Zeit, in der Hilfe hätte eintreffen können.

Sie richtete den Blick auf die Insel. Sie war nicht mehr als eine unscharfe Silhouette vor einem steingrauen Himmel. Es gab keinerlei Anzeichen, dass dort eine regelrechte Schlacht stattgefunden hatte.

Keinerlei Anzeichen von Aktivität.

Dann erschien ein Boot. Lang, ein fester Rumpf mit Schlauchwülsten, besetzt mit mehreren Männern. Als es näher kam, erkannte Yan vorn in der Mitte ihren Peiniger – Kinnard Emmerson.

Offensichtlich wechselte er das Flaggschiff. Wie der Admiral einer Kriegsflotte.

Das Boot rauschte die Rampe hinauf und wurde schnellstens vollends an Bord gezogen und im Heckbereich des riesigen Flugzeugs an Bodenankern gesichert.

Emmerson stieg aus, ging nach vorn und passierte sie wortlos, während er das Cockpit aufsuchte, um seine Befehle zu geben.

Die Lautstärke der Triebwerke nahm zu. Emmersons Taucher folgten ihm zu den besseren Plätzen im vorderen Abschnitt der Maschine. Im Durcheinander des Beladens und der Startvorbereitungen kam niemand auf die Idee, die Toten oder Verwundeten zu zählen oder über die Zurückbleibenden auch nur ein Wort zu verlieren. Sie dachten bloß daran, ihre Arbeit zu erledigen und das Flugzeug so schnell wie möglich in die Luft zu bringen.

Yan achtete kaum darauf. Sie starrte aus der Hecköffnung des Flugzeugs, während die Rampe hochstieg. Meerwasser floss nach allen Seiten ab, und die offene Verbindung zwischen der Welt draußen und dem Gefängnis im Flugzeug verschloss sich langsam und unbarmherzig.

In ihr regte sich die Versuchung, die letzte Chance zu nutzen. Aber mit welchem Ergebnis? Sie könnten aus dem Flugzeug auf sie schießen oder mit den Kufen einfach über sie hinwegbügeln oder sie ganz einfach den Naturgewalten aussetzen, die dann den Rest besorgen würden. Sie verharrte auf ihrem Platz und erschauerte, als die Rampe mit einem dumpfen Dröhnen endgültig mit ihrem Rahmen verschmolz.

Das Flugzeug bewegte sich bereits, drehte in den Wind und nahm Tempo auf.

Yan fand einen geeigneten Platz an der Rumpfwand, lehnte sich mit dem Rücken dagegen und rutschte daran herab, bis sie auf dem Aluminiumdeck saß. Sie war am Boden zerstört. Sie war sich so sicher gewesen, dass in Gestalt von Kurt und Joe Rettung erscheinen und den Tag zu einem guten machen würde.

Selbst wenn sie zu spät kamen, hätten sie dem Frachter folgen können. Sie hätten ihn aufspüren und außer Betrieb setzen können. Sie hätten ihn entern und das Kommando übernehmen können. Aber Emmersons monströses Flugzeug würde niemals verfolgt oder aufgehalten oder besetzt werden. Es würde das Ostchinesische Meer überqueren und sie am nächsten Morgen nach Hongkong zurückbringen.

Und dann – dessen war sie sich absolut sicher – wartete nur noch der Tod auf sie.

65

Ohne Drohne und die Satellitenbilder war Joe Zavala vorübergehend blind. Aber immerhin konnte er noch hören. Er aktivierte das Sonarsystem und lauschte auf Anzeichen, die auf ein sich ihm näherndes Vehikel hätten schließen lassen.

Die Hydrophone waren durch die Explosionen im Victoria Harbour beschädigt worden, und das Rauschen, das aus seinem Headset drang, deckte alles andere zu und war geradezu nervtötend. Aber trotz all dieser Widrigkeiten konnte Joe das Geräusch von etwas wahrnehmen, das sich seiner Position näherte.

Es war nicht das gleichmäßige Summen des elektrisch betriebenen Propellers eines Tauchboots oder das leise Rumpeln einer Turbulenz im Wasser, die durch das Schleppen eines halben Dutzends automobilgroßer Computergehäuse verursacht wurde. Eher klang es so, als verrichtete in seiner Nähe ein Rasenmäher seine Arbeit.

Während er die *Phantom* in diese Richtung wendete, ließ er sie bis dicht unter die Meeresoberfläche aufsteigen. Das U-Boot war nicht mit einem traditionellen Periskop ausgestattet, verfügte jedoch über einen kleinen, in Grenzen ausfahrbaren Fotomast, der mit Kameras und anderen sensorischen Instrumenten bestückt war.

Nachdem er die Kameras auf die herannahende Quelle der Vibrationen gerichtet hatte, schaltete er sie auf Nachtsichtmodus und gewahrte zwei kleine Flugzeuge, die auf ihn zukamen.

»Die Skimmer«, stieß Joe vor Verblüffung halblaut hervor. Er erkannte sie auf Anhieb wieder, da er sie bereits in Emmersons Hangar in Hongkong gesehen hatte.

Ebenso wie der Ekranoplan, der in dem Hangar gelegen hatte, nutzten sie den Bodeneffekt, folgten dicht über der Wasseroberfläche ihrem Kurs und setzten schließlich zwischen Joe und dem vor Anker liegenden Schiff auf der Meeresoberfläche auf. In der Luft wendig und leicht manövrierbar, schaukelten sie im Wasser wie überladene Rettungsflöße.

Joe richtete seine Aufmerksamkeit auf das Kabellegerschiff. Auf dessen Deck setzte im Heckbereich hektische Aktivität ein. Die Männer beendeten ihre Pause, schnippten die Zigarettenreste ins Meer und brachten den Kran in Position, während sie gleichzeitig einen langen orangefarbenen Schlauch von einer Trommel abwickelten. Die Farbe löste das Rätsel.

»Treibstoffleitungen.«

Der erste Skimmer wurde ans Heck des Kabellegers heranmanövriert. Der Kranausleger streckte sich ihm entgegen und senkte sich auf ihn herab. Doch statt das kleine Flugboot zu ergreifen und an Bord zu hieven, hielt er es in Position. Einer der Männer auf dem Frachter setzte mit einem Sprung auf das Flugboot über, hantierte mit dem orangefarbenen Schlauch und ließ ihn in einer Öffnung auf der rechten Seite des Flugzeugrumpfs einrasten.

»Zwei kleine Wasserflugzeuge docken am Heck von Emmersons Schiff an.«

»*Offenbar kehren seine Expeditionstruppen ins heimische Lager zurück*«, sagte Rudi.

»Teilweise ist das richtig. Sie kehren zwar zurück, haben anscheinend aber nicht die Absicht, lange an Ort und Stelle zu bleiben«, erwiderte Joe. »Soweit ich erkennen kann, sind sie gelandet, um aufgetankt zu werden.«

»*Ist irgendwo etwas von den Servern zu sehen?*«

»Noch nicht«, antwortete Joe. »Diese Flugzeuge sind effektiv auch zu klein, um sie zu transportieren. Die Maschinen sind im Grunde nicht mehr als Minivans mit Tragflächen.«

»*Trotzdem ist es eine gute Nachricht*«, sagte Rudi. »*Der Rest der Truppe dürfte wahrscheinlich in Kürze bei Ihnen eintreffen.*«

Das klang durchaus einleuchtend, dachte Joe, aber es wird nicht gehen. »Das glaube ich kaum. Tatsächlich sieht es eher so aus, als hätten sie längst den Abmarsch gemacht.«

»*Wie kommen Sie darauf? Wenn ein anderes Schiff in der Gegend erschienen wäre, hätten wir es doch schon vor Stunden aufgespürt und identifiziert.*«

»Ganz sicher nicht, wenn dieses Schiff ein düsengetriebenes Transportvehikel war, das sich den Bodeneffekt zunutze macht«, erwiderte Joe. »Erinnern Sie sich noch an den Ekranoplan, den Kurt und ich in Emmersons Hangar gefunden haben? Ich möchte fast wetten, dass er ihn benutzt hat, um die Server aufzusammeln und mit ihnen den Abgang zu machen, ehe irgendjemand etwas bemerken konnte. Der Frachter dient nur als Tankstelle für die Skimmer.«

Rudi murmelte etwas, das dem gepressten Klang seiner Stimme nach zu urteilen ein saftiger Fluch hätte sein können. »*Das ist, ganz egal, wie man es betrachtet, eine Hiobsbotschaft*«, knurrte Rudi. »*Und es bedeutet, dass er mittlerweile schon halb in Hongkong sein könnte.*«

»Halb« war sicherlich zu großzügig geschätzt. Hongkong war sechshundert Meilen weit entfernt. Voll beladen schaffte der Ekranoplan eine Höchstgeschwindigkeit von zweihundertfünfzig, vielleicht sogar zweihundertfünfundsiebzig Meilen in der Stunde. Und dabei war noch nicht einmal die Zeit mitberechnet, die fürs Einladen und den Start verbraucht worden war. Trotzdem bestand nicht die geringste Chance, Emmerson aufzuhalten, bevor er den chinesischen Luftraum erreichte und sich in Sicherheit befand.

Es sei denn, er kehrte gar nicht nach Hause zurück.

Joe warf einen kritischen Blick auf das Heck des Frachters. Die Maschinen, die aufgetankt wurden, waren reine Kurzstreckenflugzeuge, schwer und langsam und dafür konstruiert, wie der Ekranoplan im Wirkungsbereich des Bodeneffekts zu operieren. Sie könnten Hongkong von dieser Position aus niemals erreichen, nicht einmal, wenn sie vollständig aufgetankt wären. Das Ziel, das sie ansteuern würden, musste sehr viel näher liegen.

Rudis Stimme drang aus den Kopfhörern und unterbrach Joes Gedankengang. »*In Anbetracht dieser neuen Information wird es wahrscheinlich am sinnvollsten sein, wenn Sie diese Region jetzt verlassen. Kehren Sie zur Insel zurück und schauen Sie sich in der Bucht um, ob Sie Kurt finden können. Wenn er verwundet ist, wird er Hilfe brauchen. Und wenn er getötet wurde … na ja, egal, wie oder was, wir müssen jedenfalls zusehen, dass wir ihn von der Insel holen, ehe die Chinesen oder die Vietnamesen dort irgendwelche Ermittlungen durchführen.*«

»Kurt ist nicht auf der Insel«, sagte Joe. »Wenn er dort wäre, hätten wir längst sein Signal aufgefangen. Er ist ins Wasser gegangen, was mich vermuten lässt, dass er sich wahrscheinlich in Emmersons Nähe aufhält – entweder als blinder Passagier oder als sein Gefangener.«

»*Und Emmerson ist dabei, nach China zurückzukehren.*«

»Genau das ist er nicht, wie ich glaube«, sagte Joe. »Jedenfalls noch nicht. Diese Skimmer können nur relativ kurze Strecken zurücklegen. Hongkong ist für solche Maschinen von hier aus unerreichbar. Sie müssen mindestens ein weiteres Mal auftanken. Oder, was noch besser wäre, unterwegs von etwas aufgegriffen werden, das bedeutend größer und schneller ist als sie.«

Noch hing der erste Skimmer an der Treibstoffleitung, während der zweite darauf wartete, ebenfalls abgefertigt zu werden.

Joe hatte einen Geistesblitz – der ihm einerseits sehr gut gefiel, den er gleichzeitig jedoch hasste.

»Ich brauche den Air Truck«, informierte er Rudi. »Nehmen Sie Verbindung mit der *Sapphire* auf und veranlassen Sie, dass dieses große, dumme, ferngesteuerte Flugzeug gestartet wird und mich hier abholt. Ich werde diesen Typen folgen, sobald sie starten.«

66

Kinnard Emmerson saß im Cockpit des Ekranoplans, als er von der Meeresoberfläche abhob und Badger Island hinter sich ließ. Er wandte sich kurz zu seinem Navigator um. »Werden wir verfolgt?«

Der Ekranoplan hatte ein Täuschkörper-System an Bord, das Emmerson umfangreich modernisiert und aktualisiert hatte. Dazu gehörten sensible vorausgerichtete Antennen und Infrarotsensoren, die sofort Alarm schlugen, wenn er von einem Radar erfasst wurde oder wenn sich ihm von hinten ein Flugzeug oder eine Rakete näherte.

»Nichts, Sir«, erwiderte der Navigator. »Alles sauber, alles frei.«

Sauber. Frei. Der Klang dieser Worte gefiel ihm. Sie hatten sich von der Insel befreit, von der Bedrohung durch CIPHER und von der ständigen Einmischung der NUMA.

Emmerson hätte beinahe einen Freudenruf ausgestoßen, aber das war nicht sein Stil. Als er den Navigator ansah, war seine Miene nach wie vor ernst. »Halten Sie die Augen offen. Ich mag keine unliebsamen Überraschungen.«

Während der Navigator nickte und sich wieder über seinen Monitor beugte, öffnete Emmerson seinen Sitzgurt und erhob sich. Er trat durch die Cockpittür in das schallisolierte Mannschaftsabteil. Guănchá stand dort mit dem blonden Amerikaner und Yan-Li, die man zwecks einer kurzen Unterweisung nach vorn gebracht hatte.

Der Amerikaner erklärte ihr gerade die nächste Aufgabe, die auf sie wartete. Er hatte ein längeres Stück Glasfaserkabel in der einen Hand und das k-förmige Werkzeug in der anderen. »Damit wird beim Spleißen die Verbindung geschaffen«, erläuterte er. »Besonders wichtig ist, dass die beiden Laser den exakten Winkel zueinander bilden. Ein grünes Kontrolllicht zeigt an, wenn sich das Kabel am richtigen Punkt befindet.«

Yan nickte, und der Mann fuhr fort: »Fügen Sie die beiden Enden aneinander, sobald die grüne Lampe leuchtet. Ein Kaltlaser führt den Schnitt und die Versiegelung der Enden aus. Der Spleißvorgang erfolgt augenblicklich.«

»Wie ich sehe, kennen Sie beide sich bereits«, sagte Emmerson. Sein Blick wanderte zu Yan. »Ich nehme an, Sie verstehen, was verlangt wird.«

»Kinderspiel.«

»Ganz sicher nicht in vierhundert Metern Wassertiefe.«

»Dann ist dies also die letzte Aufgabe«, sagte sie.

»Letzte Aufgabe?«, wiederholte er. »Ich dachte, wir sind Partner.«

»Ist es nicht so, dass in einer Partnerschaft jeder ein Mitspracherecht hat?«, fragte sie mit kaum verhohlener Ironie. Nicht einmal in dieser Situation schaffte sie es, ihre spitze Zunge im Zaum zu halten.

Emmerson runzelte die Stirn und deutete ein Kopfschütteln an. »Nicht in dieser Firma.«

Yan spürte, wie ein Gefühl hilfloser Wut in ihr aufwallte. Sie hielt seinem Blick für einen Moment stand und gab sich einen Ruck. »Ich hänge Ihre Computer in die Hauptleitung«, sagte sie, »aber weiter werde ich nichts tun, solange meine Familie nicht in Sicherheit ist und nach Hause zurückkehren darf.«

Er nickte. »Okay.«

Die Bedingungen hatten sich verändert, aber jeder versuchte, die alte Konstellation zu seinem Vorteil zu nutzen.

Emmerson griff in die Innentasche seiner Jacke und holte einen dünnen Stapel kleiner Büchlein hervor. Sie hatten das Format internationaler Reisepässe. »Unterrichten Sie Ihre Leute«, sagte er, »und verteilen Sie diese an sie.«

»Was ist das?«, fragte sie, nahm sie entgegen und stellte fest, dass sie mit metallischem Klebeband versiegelt waren, auf dem farbige Hologramme schillerten.

»Bücher von Nummernkonten«, sagte Emmerson. »Bezahlung für geleistete Dienste. Die bis jetzt zurückgehalten wurde.«

Yan betrachtete die Kontobücher genauer. Sie wirkten sehr eindrucksvoll, hatten implantierte Computerchips, die ihre Echtheit bestätigten, und Umschläge, in die der Name einer malaysischen Gemeinschaftsbank eingeprägt war.

Er griff in eine andere Tasche und holte ein weiteres Kontobuch hervor. »Der Anteil Ihres Mannes. Er gehört jetzt Ihnen. Sie haben ihn sich verdient.«

Yan nahm das kleine Büchlein an sich. Sie erkannte es als das, was es sein sollte – der letzte Köder, um sie über die Ziellinie zu locken.

»Verlieren Sie sie bloß nicht«, warnte Emmerson und grinste, als wäre das Ganze ein besonders gelungener Witz. »Es sind ausnahmslos Nummernkonten. Die Bücher dienen zur Identifikation. Ausgezahlt wird ausschließlich an den Inhaber persönlich.«

Yan erkannte seinen Geniestreich auf Anhieb. Emmerson hatte soeben zu Spiel, Satz und Sieg aufgeschlagen.

Wie hätte sie die anderen jetzt noch bitten können, sich auf ihre Seite zu stellen und gegen den Mann zu rebellieren, der gerade ankündigte, sie reich zu machen?

Sie verstaute die Bücher in einer Tasche ihres Overalls. »Ich vermute, dass wir nicht nach Hongkong fliegen.«

»Das tun wir ganz bestimmt«, korrigierte er sie. »Aber erst, wenn wir erledigt haben, was noch erledigt werden muss.«

67

NUMA-JACHT SAPPHIRE

Als die Befehle in der Funkzentrale eingingen, pflügte die *Sapphire* gerade nach Norden. Gamay empfing die Nachricht und informierte Paul und Stratton.

»Rudi bittet uns, den Air Truck von überflüssigem Gewicht zu befreien und sofort zu starten, um Joe aufzusammeln.«

»Überflüssiges Gewicht?«, fragte Stratton irritiert.

»Er meint alles, außer lebensrettendem Gerät«, präzisierte sie.

»Was ist mit Kurt?«, wollte Paul wissen.

»Von ihm hat Rudi nicht gesprochen«, erwiderte Gamay. »Er meinte nur, so schnell wie menschenmöglich.«

Sie rannten aufs Oberdeck und schoben die Cockpittüren auf. Hastig räumten Paul und Gamay Werkzeug, Ausrüstungsgegenstände und die auswechselbaren Passagiersitze aus dem Fluggerät. Während sie seine Last verringerten, turnte Stratton ins Cockpit und präparierte den Air Truck für einen autonomen Flug. Er schloss die Vorbereitungen ab, indem er die Koordinaten ins Navigationssystem eingab, und kletterte mit Pauls Hilfe, der ihm eine Hand reichte, aus dem Cockpit.

»Das wär's«, sagte er.

»Nicht so eilig«, bremste Winterburn und kam im Laufschritt zu ihnen. Er hatte eine stabile Plastikbox in der

Hand. Darin befanden sich eine geladene Pistole und ein Reservemagazin. »Ein wichtiger lebensrettender Ausrüstungsgegenstand.«

Er lehnte sich in den Air Truck und befestigte die Box unter dem Sicherheitsgurt eines der beiden fest montierten Pilotensessel.

Während Paul die Cockpitkuppel schloss und alle zurücktraten, trat Stratton zu der Fernsteuerungskonsole neben dem Helipad und schlug mit der flachen Hand auf den Startknopf.

Innerhalb von Sekunden hatte der Flugkörper einen Vorflug-Check durchlaufen und seinen Antrieb gestartet. Die vier Rotoren erreichten ihre Betriebsdrehzahl, und der Air Truck hob ab und schwang sich in die Luft – wie eine Libelle, die von einem Stein abhebt und auf einen Fluss zusteuert.

Die Maschine ging auf nördlichen Kurs und nahm Tempo auf. Sobald die Tragflächen ausreichend Auftrieb hatten, richteten sich die hinteren Rotoren aus ihrer horizontalen Position auf und erzeugten zusätzlichen Schub. Dank dieser Konfiguration auf seine maximale Reisegeschwindigkeit beschleunigt, verschwand der Air Truck in der Nacht.

68

Yan-Li verließ Emmerson und den Bereich der schallgeschützten Mannschaftsunterkünfte und gelangte in den tosenden Lärm des Frachtraums. Sie ging wie ein Zombie, passierte die erste Servergruppe und zwängte sich an dem Mini-U-Boot vorbei, das den mittleren Abschnitt des Flugzeugs ausfüllte.

Während sie die restlichen Server hinter sich ließ, erreichte sie den Heckbereich der Maschine, wo ihre Männer Platz gefunden hatten und zusammensaßen.

Sie betrachtete ihre Gesichter. Sie wirkten niedergeschlagen und überhaupt nicht erleichtert oder gar euphorisch. Immerhin hatten sie die Mission erfolgreich abgeschlossen und hätten jeden Grund zur Freude gehabt. Aber Yan hatte keine Ahnung von dem, was sie zwei Wochen zuvor an genau diesem Punkt hatten mitansehen müssen. Sie spürte jedoch ihren Schmerz. Trotz allem befanden sie sich noch immer in Emmersons Gewalt, leibeigene Diener ohne Aussicht auf eine legitime Zukunft. Derartige Umstände konnten die Seele zerfressen.

Für einen kurzen Moment zog sie in Erwägung, die Kontobücher zurückzuhalten und gar nicht erst zu erwähnen. Aber wenn sie das tat und Emmerson sie bloßstellte, würde er damit einen Keil zwischen sie und die Männer treiben. Es wäre ein letzter hinterhältiger Trick seinerseits und würde ihn am Ende über sie triumphieren lassen.

»Ich habe einige Neuigkeiten für euch«, sagte sie laut genug, um über dem heulenden Wind und den dröhnenden Motoren verstanden zu werden.

Sie bedeutete ihnen mit einem Handzeichen näher zu kommen, holte die Bücher hervor und legte sie auf die Bugabdeckung des Festrumpfschlauchboots.

Die Piraten betrachteten die Bücher und sahen sich fragend an. Wenn man bedachte, dass die Aktivitäten dieser Gruppierung bislang ausschließlich von Geld bestimmt waren, erschien dieses Zögern höchst seltsam. Schließlich nahm einer der Männer das oberste Buch vom Stapel. Der Mann brach die Versiegelung und las den Text, der den Gebrauch des Buchs erläuterte. Sein Gesicht zeigte keinerlei Regung.

Ein anderes Crewmitglied griff nach seiner Bezahlung. Und dann nahmen auch die anderen ihre namentlich gekennzeichneten Anteile an sich.

Callum war der Letzte, der ein Kontobuch von der Bootsabdeckung angelte. »Eins ist noch übrig«, stellte er fest.

»Dies war für Lucas bestimmt«, sagte Yan.

»Dann sollten Sie es nehmen«, sagte Callum zu ihr.

Sie schüttelte den Kopf. »Nein. Nehmen Sie es. Teilen Sie es unter den anderen auf.«

Callum fixierte das Kontobuch, machte jedoch keinerlei Anstalten, es zu berühren. Während er weiterhin zögerte, drang eine Stimme aus den Schatten hinter ihnen.

»Sie sollten Ihre Zeit nicht vergeuden«, riet die Stimme. »Selbst wenn diese Konten echt sein sollten, wird niemand von Ihnen je einen Penny davon zu Gesicht bekommen.«

Die Köpfe der Angesprochenen drehten sich vollkommen synchron zu dem Eindringling um. Yan-Li folgte ihrem Beispiel, blickte an ihren Männern vorbei und starrte wie vom Donner gerührt Kurt Austin an, der wie ein Geist aus dem Dunkel einer Nische des Laderaums hervortrat.

69

Callum machte einen hastigen Schritt in Kurts Richtung, aber Kurt hatte schon mit einer aggressiven Reaktion gerechnet. »Bleiben Sie ganz ruhig«, warnte er. »Ich bin auf Ihrer Seite.«

»Wer zum Teufel sind Sie?«, fragte ein anderer Pirat.

»Sprechen Sie leise«, bat Kurt. »Ich bin ein Freund von Yan-Li. Und wenn Sie am Ende dieser Geschichte nicht in einem nassen Grab landen wollen, dann sollten Sie sich lieber anhören, was ich zu sagen habe.«

Sein Erscheinen schockte und überwältigte Yan vollkommen. Sie brauchte einige Sekunden, um ihre Sprache wiederzufinden. »Wie sind Sie hierhergekommen?«

»Wer ist das?«, wollte Callum wissen.

»Kurt ist ein Freund von mir«, erklärte sie mit Nachdruck. »Er ist Amerikaner und arbeitet für die NUMA.«

Offenbar war Callum die Bezeichnung bekannt. »Sie sind es gewesen, der uns am Wrack dazwischenkam.«

Kurt reagierte mit einem entwaffnenden Lächeln auf den Vorwurf. »*Dazwischenkam* ist ein starkes Wort. Zumal, genau betrachtet, ich dort als Erster erschienen bin und die Computer längst nicht mehr dort waren. Aber Sie haben recht. Das war ich. Und jetzt bin ich hier, um Ihnen einen Ausweg anzubieten.«

»Wir haben einen Ausweg«, meinte einer der Piraten und hielt sein Kontobuch hoch.

»Haben Sie das wirklich?«, fragte Kurt. »Und wann kommen Sie an das Geld? Nachdem Sie auf den Grund des Meeres hinabgetaucht sind und Emmersons Supercomputer ins Glasfaserseekabelnetz eingefügt haben? Glauben Sie ernsthaft, dass er auf der Meeresoberfläche auf Sie warten wird, wenn Sie nach getaner Arbeit auftauchen? Glauben Sie wirklich, dass er die einzigen Leute auf der Welt, die wissen, was er getan hat – und wo er es getan hat –, am Leben lässt, damit sie darüber reden können? Hat einer von Ihnen mal *Die Schatzinsel* gelesen? Nachdem Kapitän Flint seinen Schatz vergrub, tötete er den Seemann, der ihm dabei geholfen hatte, damit er am Ende der Einzige war, der das Versteck kannte. Emmerson wird genau das Gleiche tun.«

Sie starrten ihn verwundert an. Er ließ sie starren. Sie sollten nachdenken. Sie sollten selbst erkennen, was ihnen bevorstand.

»Wie will er uns alle loswerden?«, fragte ein anderer Pirat.

»Da hat er jede Menge Möglichkeiten«, sagte Kurt. »Er kann Sie erschießen lassen, wenn Sie aus dem Wasser auftauchen oder einfach abfliegen und Sie wassertretend zurücklassen. Alles Weitere … nun, entweder ertrinken Sie oder Sie sterben an Unterkühlung oder ein Hai erbarmt sich Ihrer und verkürzt Ihre Qualen auf seine eigene Weise.«

»Wir werden wohl kaum Wassertreten«, sagte Yan. »Wir werden das U-Boot benutzen.«

»Das macht es ihm noch einfacher. Sieben auf einen Streich. Sie tauchen ab, spleißen den Computer wie geplant ein. Er hat vorher das U-Boot sabotiert, und niemand sieht Sie jemals wieder.«

Unruhe brach unter den Versammelten aus. Teils weil sie wussten, dass Kurts Szenarium sehr wahrscheinlich war, und dann auch, weil sie es einfach nicht glauben wollten. Diskussionen entbrannten. Argumente wurden hektisch ausgetauscht.

»Still«, verlangte Yan, als sie die Stimmen erhoben. »Einer von Ihnen sollte das U-Boot unter die Lupe nehmen. Nachschauen, ob irgendwelche Hinweise auf Sabotage zu finden sind.«

Ein Mann nickte und entfernte sich. Ein zweiter Mann begleitete ihn.

»Es wird ganz sicher nichts Offensichtliches sein«, sagte Kurt.

»Hoffen wir lieber das Gegenteil«, sagte Callum.

Kurt zuckte die Achseln. Er würde abwarten.

Yan sah ihn fragend an. »Während das Ergebnis kommt, könnten Sie uns doch verraten, wie Ihr weiterer Plan aussieht.«

»Im Grunde sehr simpel«, sagte Kurt. »Wir schnappen uns das Flugzeug mit Gewalt. Fliegen zurück nach Da Nang und übergeben Emmerson der Polizei.«

Dieser Vorschlag ging unter wie ein Ballon aus Blei.

»Sie haben sämtliche Waffen«, sagte Callum. »Und wir hätten kaum eine Möglichkeit, nach Hause zurückzukehren, wenn die vietnamesische Regierung diese Maschine beschlagnahmt.«

»Meine Leute werden uns holen«, sagte Kurt.

»Und dann was? Haben wir dann die Wahl zwischen einem amerikanischen oder einem chinesischen Gefängnis?«

»Ich habe etwas wesentlich Besseres im Sinn«, sagte Kurt. »Eine Zehn-Millionen-Dollar-Belohnung. Und höchstwahrscheinlich einen schweren Fall akuter Amnesie auf Seiten der chinesischen Regierung hinsichtlich Ihrer jüngsten Aktivitäten.«

Sie sahen ihn an, als hätte er den Verstand verloren. Kurt wandte sich an Yan-Li. »Erzählen Sie ihnen, wonach Sie gesucht haben, bevor Emmerson Sie in diese Geschichte hineingezogen hat.«

»Ching Shihs verschollenes Schatzschiff«, übernahm Yan-Li, »ist ein wichtiger Teil unseres kulturellen Erbes. Die Parteiführung in Peking zahlt demjenigen, der das Schiff findet, eine Belohnung von zehn Millionen US-Dollar. Ich bin seit zehn Jahren intensiv mit der Suche befasst. Kurt hat mir während des Sommers geholfen. Wir stehen dicht vor einem Erfolg.«

Offenbar waren die Piraten von dieser Geschichte weitaus mehr beeindruckt. Sie mochten vielleicht nicht wissen, was sich hinter dem Titel *Die Schatzinsel* verbarg, oder wer Kapitän Flint und Robert Louis Stevenson waren, aber ihre eigenen Legenden waren ihnen natürlich geläufig. Ching Shih wurde in China als Heldin verehrt, desgleichen Piraten und Schmuggler. Die Legende von ihrem gestohlenen Schatzschiff war ebenfalls allgemein bekannt. Alle paar Jahre fand jemand einen zerbrochenen Tonkrug oder eine alte Bronzestatue und behauptete, das Schiff gefunden zu haben. Damit wurde großes Aufsehen erregt, das sich aber schon bald wieder legte, weil das Schiff selbst verschwunden blieb.

Kurt ließ sie in Ruhe über den Schatz und die Belohnung nachdenken, und dann fügte er das Sahnehäubchen hinzu. »Seit wir abberufen wurden, haben Freunde von mir die Suche fortgesetzt – und das Wrack gefunden.«

Er holte sein Mobiltelefon aus einer wasserdichten

Tasche. Nachdem er es eingeschaltet und den PIN-Code eingegeben hatte, reichte er es zu Yan-Li hinüber. »Scrollen Sie die Bilder durch«, schlug er vor. »Sie finden dort eine kleine Auswahl der Preziosen, die zu dem Schatz gehören.«

Sie öffnete die Foto-App und strich mit einem Finger seitwärts über das Telefondisplay. Das erste Dutzend Fotos zeigte Sonarscans und Bilder des Sub-Bottom-Profilers. Als Nächstes folgten die Artefakte, die Paul und Gamay Trout geborgen hatten.

»Meister Jun«, entzifferte sie die chinesischen Schriftzeichen.

Kurt nickte. »Das Schiff liegt dort«, bekräftigte er. »Begraben unter zwölf Metern Asche. Wenn es ausgegraben wird, wird es perfekt erhalten sein. Der Fund des Jahrhunderts. Und zum gegenwärtigen Zeitpunkt wissen nur eine Handvoll Leute, wo genau es liegt, und keiner von ihnen arbeitet für die chinesische Regierung. Wenn Sie mir helfen, Emmerson dieses Flugzeug abzunehmen, dann werden wir das Weite suchen. Und es bleibt Ihnen überlassen, das Wrack zu finden und Reichtum, Ruhm und Ehre auskosten zu dürfen.«

Die Männer begannen, über diese Idee zu diskutieren. Diesmal mit gesenkten Stimmen, im Flüsterton und bei Weitem ruhiger als vorher. Für Kurt war das ein Zeichen, dass er sie zumindest teilweise überzeugt und auf seine Seite gezogen hatte.

Yan war weiterhin in die Betrachtung der Fotos vertieft. Bis sie eins fand, das sie fast zu Tränen rührte. Es zeigte ihre Mutter und ihre Kinder auf dem Deck der *Sapphire*, und hinter ihnen Kurt, der die Arme um sie legte.

Mit einem Zischen zog sie die Luft ein, hob den Kopf

und sah ihn mit glänzenden Augen an. »Das ist doch kein Trick, oder?«

Er wusste genau, was sie gesehen hatte. »Sie sind es wirklich«, bestätigte er. »Vor vierundzwanzig Stunden auf dem Deck der *Sapphire* aufgenommen.«

Sie betrachtete das Foto noch einige Sekunden länger, sehnsuchtsvoll verloren im Lächeln ihrer Kinder und ihrer Mutter. »Danke«, sagte sie mit vor Rührung heiserer Stimme. »Vielen Dank.«

Kurt nickte, und sie scrollte zu den Bildern von den Artefakten zurück. Dann reichte sie das Telefon den anderen Piraten, und sie ließen es von Hand zu Hand wandern, während sie die Fotos studierten. Die Bilder waren scharf, die Details beeindruckend, aber keiner der Piraten verfügte über das historische Wissen, um entscheiden zu können, ob diese Bilder Fälschungen waren oder nicht.

»Trauen Sie ihm?«, fragte einer von ihnen.

»Mehr als jedem anderen Menschen, den ich kenne«, antwortete sie mit Nachdruck. »Auf jeden Fall mehr, als ich Emmerson jemals trauen würde.«

Das schien allen auszureichen. Außer einem.

»Also, ich traue ihm nicht«, sagte Callum laut. »Er ist ein amerikanischer Agent, der uns jede Lüge auftischen würde, um zu erreichen, was er vorhat. Aber im Grunde ist es mir vollkommen egal, ob er lügt oder die Wahrheit sagt. Emmerson hat zwei unserer Brüder ermordet, und es wird Zeit, dass wir es ihm heimzahlen.«

Danach warf Callum das Kontobuch voller Abscheu auf den Boden. »Lieber sterbe ich bei dem Versuch, Emmerson für das, was er getan hat, zu töten, als von seinem Geld zu leben.«

Das hatte Kurt nicht erwartet. Aber es war ihm durchaus willkommen. Bei Auseinandersetzungen an räumlich stark begrenzten Schauplätzen wie diesem war Rache ein viel besserer Antrieb, aufs Ganze zu gehen, als Geld.

Und falls Callums entschlossene Haltung nicht ausreichte, kamen die beiden Männer zurück, die das Mini-U-Boot inspiziert hatten. Einer von ihnen hielt ein Paar schwarzer Zylinder in den Händen.

»Diese hier haben wir gefunden«, sagte der andere. »Sie waren versteckt und bereits scharf gemacht, um jederzeit gezündet zu werden.«

Auf einem Display im Gehäuse der Sprengladung waren die Ziffern einer Countdown-Uhr zu erkennen, die bei 0073 angehalten worden war. Kurt verlor kein Wort darüber, dass die Sprengladungen von ihm stammten und er sie im U-Boot platziert hatte, während er sich dort versteckt hatte, nachdem der Ekranoplan gestartet war. Er hatte eigentlich nicht beabsichtigt, dass die Ladungen gefunden wurden, da er sie als letzte Versicherung betrachtete, für den Fall, dass Yans Leute doch nicht bereit waren, sich auf seine Seite zu schlagen. Aber Callums Worten nach zu urteilen – und angesichts des aufgefundenen Sprengstoffs – waren die Piraten nun geradezu begierig, in den Kampf zu ziehen.

Einer nach dem anderen warf sein Kontobuch auf den Boden. Nach klassischer Piratensitte hatten sie ihren Bund besiegelt. Und nun wurde es Zeit, die Meuterei in Szene zu setzen.

70

Joe befand sich in Überwasserfahrt und fünf Meilen östlich des Kabellegerschiffes, als ein Signal auf seinem Bildschirm ihn darauf aufmerksam machte, dass sich der Air Truck im Anflug befand.

Er stoppte die *Phantom*, schaltete die Positionslichter ein und schälte sich aus seinem Sessel. Während er durch die Lukenöffnung hinauskletterte, entdeckte er die roten und grünen Navigationslichter des ferngesteuerten Flugzeugs, das direkt auf ihn zukam.

Nachdem er die Einstiegsluke geschlossen hatte, wartete Joe, als sich der Air Truck über dem Unterseeboot in Position navigierte. Während sich alle vier Rotoren wieder in vertikaler Stellung befanden, schwebte die Maschine über ihm. Die Scheinwerfer in ihrer Unterseite flammten auf und erhellten die *Phantom* und das grüne Wasser ringsum.

Nun korrigierte der Air Truck mit präziserer Sicht auf sein Ziel seine Position ein wenig und ließ eine mit einem Gewicht beschwerte Leine aus seinem offenen Bauch zu dem U-Boot herab. Sie stoppte genau über seinem Kopf. Er brauchte seine Position kaum zu verändern, um sie zu ergreifen.

Beeindruckt von der Präzision der Navigationsautomatik, musste Joe sich insgeheim eingestehen, dass er seine offene Abneigung gegen diesen Flieger vielleicht ein wenig überhastet geäußert hatte.

Er schlang die Arme um die Leine, stellte sich auf den Haken, klemmte einen Fuß hinein und setzte den anderen darauf.

Er schmiegte sich dicht an die Leine und begann, leicht zu schwingen, als das Kabel langsam eingezogen wurde. Der Aufstieg verlief erstaunlich gleichmäßig und ruhig. Weil der Air Truck von vier gegenläufigen Rotoren und nicht wie ein Helikopter von einem einzigen großen Rotor angetrieben wurde, entsprach die Luftturbulenz unter ihm keinem von Menschenhand erzeugten Tornado. Daher brauchte Joe bei seinem Aufstieg keine Führungsleine, um sich zu stabilisieren und nicht wie ein Kreisel unkontrolliert am Windenkabel zu rotieren.

Er wurde durch die Lücke zwischen den beiden Auslegergalgen gehievt, wo das Kabel stoppte. Joe verließ seinen Standplatz auf dem Haken und wechselte auf das hintere Trittbrett, auf das Yan und Kurt sich gerettet hatten, als sie vor dem Hai flüchteten. Von dort brauchte er nur noch ein kurzes Stück bis zum Cockpit zu kriechen.

Er öffnete die Heckluke, kletterte in den Air Truck und schlängelte sich bis zum Pilotensitz. Ein Grinsen spielte um seine Lippen, als er das Care-Paket fand, das Winterburn ihm mitgeschickt hatte. Er legte es auf den Kopilotensitz und tippte mit einem Finger auf den Touchscreen der Instrumententafel, die sofort strahlendhell aufleuchtete.

Dann aktivierte er das Komm-System und rief die *Sapphire*. »Ich sitze im Truck«, meldete er. »Na los, gebt die Kontrollen frei, damit ich euch zeigen kann, wie ein richtiger Pilot dieses Ding fliegt.«

Als Pauls Stimme antwortete, klang sie seltsam roboterhaft. *»Ich fürchte, das kann ich nicht tun, Joe.«*

»Sehr lustig. Was soll der Quatsch?«

»*Nein, ernsthaft*«, erwiderte Paul. »*Ich kann das nicht machen. Ich warte darauf, dass Stratton den Befehl eingibt.*« Eine Pause entstand. »*Er sagt, die volle Kontrolle hast du … jetzt.*«

Sobald Joe die Maschine lenken konnte, tippte er auf den Touchscreen und schob die virtuellen Kontrollen auf »Maximale Geschwindigkeit«. Die Nase kippte leicht ab, und der Air Truck schoss mit einer Beschleunigung vorwärts, von der ein Helikopter nur träumen konnte.

Einen kurzen Blick zurückwerfend, konnte Joe verfolgen, wie die *Phantom* hinter ihm kleiner wurde.

Die *Sapphire* würde in zwei Stunden eintreffen und sie in Schlepp nehmen. Er bezweifelte, dass jemand sie in dieser Zeitspanne per Zufall finden würde.

Während der Air Truck Tempo aufnahm, beugte sich Joe über die Modus-Kontrollen, mit deren Hilfe die Propellerkonfiguration geregelt wurde. Bei achtzig Knoten schaltete er die hinteren Rotoren auf Vorwärtsantrieb. Die Maschine beschleunigte mit einem merklichen Ruck und erreichte nach wenigen Sekunden einhundertsechzig Knoten.

Ein Blick auf den Navigationsbildschirm bestätigte ihm, dass er sich auf dem richtigen Kurs befand. Er hatte zehn Minuten zuvor die Skimmer starten sehen. Sie hatten sich nach Osten entfernt. Er wählte die gleiche Richtung.

Ihre Höchstgeschwindigkeit schätzte er auf einhundertzehn Knoten, je nach Windverhältnissen ein wenig schneller oder langsamer. Sie hatten einen Vorsprung von etwa fünfzehn Meilen – das war eine Distanz, die er innerhalb einer halben Stunde aufholen würde.

»Pillepalle«, murmelte er.

Er brauchte nichts anderes zu tun, als ihnen dorthin zu

folgen, wo immer sie landen mochten, dann musste er nur noch Emmersons Armee – allein auf sich gestellt – außer Gefecht setzen und Kurt finden und retten.

Er warf einen kurzen Blick auf die Pistole. Er hoffte bloß, dass Winterburn daran gedacht hatte, auch eine ausreichende Menge Munition einzupacken.

71

Kurt spürte, wie sich das Deck des Ekranoplan nahezu unmerklich neigte. Darauf folgte eine Veränderung der Lautstärke seiner schrill kreischenden Triebwerke. »Es klingt, als legten wir gleich einen Boxenstopp ein.«

Dazu konnte Yan-Li eine Erklärung liefern. »Emmerson wollte die Server einspleißen, ehe wir nach Hongkong zurückfliegen.« Sie warf einen Blick auf ihre Armbanduhr. Es war schon fast heller Tag. »Ich hatte angenommen, er wollte es bei Nacht erledigen. Aber was weiß ich schon.«

Kurt hatte sofort eine Idee. »Wahrscheinlich hat er sämtliche Überflugpläne durchgearbeitet und eine Lücke im Beobachtungszyklus gefunden – ein winziges Zeitfenster, in dem er unbeobachtet arbeiten kann. Das wird unsere Chance sein.«

Pläne wurden skizziert, Fallen vorbereitet. Während Emmersons Männer ausnahmslos bewaffnet waren, würde den Piraten das Überraschungsmoment helfen. Kurt gab ihnen nur einen einzigen Rat. »Verhalten Sie sich alle vollkommen normal, bis Yan das Zeichen gibt. Erledigen Sie, womit Sie gerade beschäftigt sind, bis Emmersons Männer im Raum verteilt sind und sich vollkommen sicher fühlen.«

Die Mitglieder der Gruppe trennten sich, und jeder suchte sich in dem nunmehr ziemlich vollgestopften Frachtraum einen anderen Platz. Yan kletterte auf das Mini-U-Boot und hielt sich in der Nähe seines Andockkragens auf. Kurt interessierte sich für einen Stapel Sauerstoffflaschen, der sich ein paar Schritte von dem U-Boot entfernt befand. Die restlichen Piraten verteilten sich im hinteren Abschnitt des Frachtraums.

Der Ekranoplan wurde stetig langsamer, und sein Kiel tauchte schließlich ins Wasser ein. Die Bremswirkung war enorm. Diejenigen, die sich nirgendwo festhielten, hatten Mühe, auf den Füßen zu bleiben.

Die dicke Ente saß wieder in ihrem Teich und kam allmählich zum Stillstand. Sie schwang herum und drehte die Nase in die Wellen, während sie den letzten Rest Schwung verlor. Nun würde es nicht mehr lange dauern.

Kurt wartete, die Augen gesenkt, das Haar unter einer Strickmütze verborgen. Er hatte geplant, die Sauerstoffflaschen mit einem Manometer zu prüfen, als Emmersons Männer den Frachtraum betraten.

Die Tür zu den Mannschaftsräumen öffnete sich. Emmersons Truppe kam herein, und Kurt war angenehm überrascht, was ihre Zahlenstärke betraf. Fünf Männer inklusive des hochgewachsenen Mannes, den er schon in Taiwan gesehen hatte, sowie eines blonden Mannes, der wie ein kalifornischer Surfer aussah. Schließlich erschien auch Emmerson persönlich.

Es sah nach einem fairen Kampf aus.

Sie begaben sich zum hinteren Ende des Frachtraums, passierten die Hydro-Com-Server und näherten sich damit Kurts Position. Kurt wuchtete sich eine Sauerstoffflasche auf die Schulter und wandte das Gesicht ab. Sie gingen an ihm vorbei, ohne ihn eines zweiten Blicks zu würdigen.

Kurt schaute sich unauffällig um und stellte fest, dass zwei von Emmersons Gefolgsleuten an der vorderen Tür zurückgeblieben waren. Während er überlegte, wie man mit diesem Problem fertigwerden könnte, machte sich Emmerson bei Yan-Li bemerkbar, die auf dem Rand des Tauchboots stand und so tat, als inspizierte sie die Tiefenruder.

»Es wird Zeit«, rief Emmerson und übertönte mit seiner Stimme die im Leerlauf orgelnden Triebwerke draußen.

Sie wandte sich zu ihm um und ließ absichtlich ein Bleigewicht vom Rand des U-Boots herabrollen. Es fiel drei Meter tief und schlug dröhnend auf dem Aluminiumdeck auf. Der Knall hallte als mehrfaches Echo durch den riesigen Laderaum.

Dieser Vorfall war sowohl eine Ablenkung als auch ein Signal. Emmerson, Guānchá und der blonde Mann blickten reflexartig in ihre Richtung. Im gleichen Moment wichen zwei von Yans Männern auseinander und gaben den Blick auf Callum frei, der neben zwei Sauerstoffflaschen stand, die an ein Rohr angeschlossen waren.

Callum öffnete die Ventile der Sauerstoffflaschen gleichzeitig, und sie entließen ihren unter hohem Druck stehenden Inhalt in das Rohr. Ein längliches Stück Metall befand sich in dem Rohr. Ein Pfropfen aus Stoff katapultierte die Stange heraus. Wie eine Harpune flog sie auf Emmerson zu, kam jedoch vom Kurs ab und traf die Brust des blonden Mannes.

Er stürzte zu Boden und presste beide Hände auf das Brustbein.

Emmerson verfolgte das Geschehen reglos und wie vom Donner gerührt.

Guānchá reagierte blitzschnell, zog seine Pistole und feuerte mehrmals auf Callum.

Callum suchte hinter dem Tauchboot Deckung, von dessen Rumpf die Kugeln abprallten und als Querschläger durch die Halle zwitscherten.

Oben auf dem U-Boot ging Yan-Li auf ein Knie hinunter und griff nach dem Tauchgürtel, dem sie das Gewicht entnommen hatte. Sie holte aus, verdrehte den Oberkörper so weit wie möglich und schleuderte den Gürtel in Guānchás Richtung. Er traf seinen Nacken und seine Schulter und brachte ihn so sehr aus dem Gleichgewicht, dass seine nächste Kugel ein Stück vor ihm auf das Deck prallte.

Sobald er sein Gleichgewicht wiedergefunden hatte, wirbelte er herum und legte auf Yan-Li an, aber sie rannte bereits über das U-Boot. Als zwei Schüsse über ihr die Decke des Frachtraums trafen, sprang sie auf der anderen Seite vom U-Boot herunter.

Emmersons Begleiter begriffen allmählich, was hier geschah. Sie stürmten los, zogen ebenfalls ihre Waffen und warfen sich ins Getümmel. Als sie an Kurt vorbeirannten, drehte er sich plötzlich um die eigene Achse und schwenkte die Sauerstoffflasche den anstürmenden Männern entgegen. Der erste Mann wurde von dem Stahlzylinder voll erwischt. Er ging zu Boden, als wäre er vor eine solide Wand gerannt, und landete mit zertrümmerter Nase und einer schweren Gehirnerschütterung flach auf dem Rücken.

Sein Partner hatte mehr Glück, wurde nur halb getroffen und ein wenig vom Kurs abgebracht, während er vorwärtsrannte. Er prallte gegen die Nase des U-Boots, stützte sich daran ab, um nicht zu stürzen, und drehte sich mit schussbereiter Pistole in der Faust zu Kurt um.

Kurt war bereits bei ihm. Er schlug ihm die Pistole aus der Hand und traf ihn mit einem mörderischen Kinnhaken. Der Mann sackte zusammen und streckte sich auf dem Boden aus, während Kurt sich seiner Pistole bemächtigte.

Mittlerweile hatte sich Emmerson von seinem anfänglichen Schock erholt. Er und Guānchá zogen sich zurück.

Sie feuerten nur noch gelegentlich einen Schuss ab und bewegten sich in Richtung Cockpit. Zwei Piraten wechselten im Laufschritt die Position, um ihnen den Weg abzuschneiden, wurden jedoch von einem Kugelregen niedergestreckt.

Während die Männer zusammenbrachen, erreichten Emmerson und Guānchá die Stirnwand des Laderaums, gelangten durch die Tür hinaus und schlugen sie hinter sich zu.

Kurt und Yan schleiften die blutenden Piraten hinter das U-Boot. Callum kam zu ihnen.

»Was nun?«, fragte Yan.

»Wir könnten sie angreifen«, schlug Callum vor. »Wir haben genügend Leute. Und wir haben die Waffen.«

»Nur einige Waffen«, sagte Yan. »Wer weiß, worüber sie außerdem noch verfügen. Wenn sie uns kommen sehen, schießen sie durch die Wand auf uns.«

Alle Blicke richteten sich erwartungsvoll auf Kurt.

»Ich habe es satt, es immer auf die schwierige Weise zu versuchen«, sagte er. »Öffnen Sie die hintere Tür und schieben sie das Boot hinaus. Ich werde das verdammte Flugzeug in die Luft jagen.«

72

Emmerson ließ sich ins Cockpit fallen. Er raste vor Zorn darüber, wie vollständig sich das Blatt gewendet hatte. Er verfluchte sich selbst, nicht daran gedacht zu haben, einige seiner Söldner mitzunehmen oder zu warten, bis die Skimmer von der Insel zurückkehrten, ehe er abflog. Dies hätte jedoch bedeutet, sich zu lange in der Gefahrenzone aufzuhalten und möglicherweise das Zeitfenster im Satelliten-Überwachungszyklus zu verfehlen, das er doch brauchte, um die erste Vector-Einheit an Ort und Stelle zu installieren. Eine solche Entwicklung war im Plan einfach nicht vorgesehen.

Aber was nun? Er konnte doch kaum nach Hongkong zurückfliegen und sich in ein Rückzugsgefecht verwickeln lassen. Und wenn er die Piraten zurückließ, riskierte er, dass seine Absichten bekannt würden.

»Setzen Sie uns sofort in Marsch«, befahl er. »Dieses Flugzeug soll so schnell wie möglich starten, und dabei solltet ihr scharf hin und her manövrieren, bis sich jeder im Frachtraum den Schädel eingeschlagen hat und nur noch ein Haufen blutiger Knochen ist.«

Die Piloten zögerten nur eine Sekunde und schoben dann die Fahrtregler bis an den Anschlag. Sie hatten ebenfalls keine Lust, von den meuternden Piraten getötet zu werden.

Kurt hörte, wie die Strahlturbinen der Maschine aufheulten, als er in der Nähe des Hecks damit beschäftigt war, die Zeitzünder der Sprengsätze neu einzustellen und die Ladungen dort zu platzieren, wo sie den größtmöglichen Schaden anrichten würden.

Zur gleichen Zeit versammelte Yan-Li die Verwundeten und half ihnen, ins Festrumpfschlauchboot einzusteigen, das sie an den Rand der geschlossenen und verriegelten Rampe schoben.

Es war Callums Aufgabe, die Rampe herabzulassen und das Tor zu öffnen. Er stand an der Schalttafel und rief sich ins Gedächtnis, was genau Emmersons Helfer dort Wochen zuvor getan hatte. Zuerst entsperrte er das Schloss, dann legte er den Sicherungshebel um und klappte den Steuergriff von der Geschlossen- nach unten in die Offen-Position.

Die Hydraulik startete. Die Verriegelungen sprangen auf, und ein Lichtspalt erschien zwischen den Torhälften. Die Morgendämmerung war angebrochen, der Himmel schimmerte rötlich, und die See erstrahlte in einem tiefen Blau.

Ganz plötzlich lief ein Ruck durch die Tore, und sie verharrten in halb offener Position.

»Was ist los?«, fragte Yan-Li.

Callum wandte sich zur Schalttafel um. Die Kontrollleuchten waren weder rot noch grün. Sie waren erloschen.

»Sie haben die Hydraulik ausgeschaltet«, sagte er. »Offenbar haben sie vom Cockpit aus den Stromkreis unterbrochen.«

Alle Blicke saugten sich an der Öffnung fest. Sie war viel zu schmal, um das Boot hindurchzuschieben.

»Wir sitzen in der Falle«, sagte Yan-Li.

Das Flugzeug hatte sich mittlerweile in Bewegung gesetzt und wälzte sich schwerfällig herum und in den Wind hinein, um seinen Startanlauf zu beginnen.

Kurt sah sich um. Sie mussten handeln, ehe die Maschine vom Wasser abhob.

Er entdeckte eine Leiter an der Wand in der Nähe des Stapels von Sauerstoffflaschen, die zu inspizieren er vorgetäuscht hatte. Sie führte zum Dach des Ekranoplans hinauf, das laut Joes Beschreibung dem Deck eines Schiffes glich.

»Schauen Sie sich um, ob Sie so etwas wie ein Handbuch finden, in dem erklärt wird, wie man die Hydraulik auch ohne elektrischen Strom bedienen kann«, sagte er. »Ich versuche, ins Cockpit zu kommen, um mit den Piloten zu reden.«

Yan starrte ihn ungehalten an. »Sie haben das doch für eine schlechte Idee gehalten.«

Kurt ergriff eine der Sprengladungen und ließ die andere an Ort und Stelle für den Fall, dass er mit seinem Vorhaben scheiterte. »Ich hatte gesagt, die Tür zu stürmen, ist eine schlechte Idee. Aber hinaufzusteigen und es von oben zu versuchen, müsste eigentlich klappen.«

Kurt ging zur Leiter, kletterte hinauf und öffnete die Luke an ihrem oberen Ende. Er stemmte sie mit der Schulter hoch, um sie vollends zu öffnen. Dabei kämpfte er die ganze Zeit gegen den Wind. Nachdem er die Öffnung hinter sich gelassen hatte, fand er sich hinter einem niedrigen Windschutz und in nächster Nähe einer leeren Geschützlafette wieder, die früher mit einer großkalibrigen Kanone bestückt gewesen war.

Er begann seinen Weg nach vorn und blinzelte heftig mit zugekniffenen Augen, um sie vor dem zunehmend stärkeren Wind zu schützen. Allein dies war schon ein Indiz, dass sie an Geschwindigkeit gewannen. Er musste sich beeilen. Geduckt rannte er los und legte ein Drittel der Strecke mit gesenktem Kopf zurück, ehe er auf Hände und Knie niedersank.

Er befand sich mittschiffs, das riesige Y des Heckleitwerks weit hinter sich, die Stummelflügel befanden sich direkt unter ihm und die am vorderen Rand der Tragflächen montierten Triebwerkblöcke gut fünfzehn Meter vor ihm. Er musste in Bewegung bleiben und sich weiterkämpfen.

Er machte sich auf dem Flugzeugrumpf so flach wie möglich und schlängelte sich unter Einsatz von Knien und Ellbogen weiter, wie die Army es ihre Rekruten lehrte. Die gerippte Außenhaut des Flugzeugrumpfs gewährte ihm ausreichenden Halt, stellenweise unterstützt durch eine in die Jahre gekommene Antirutsch-Beschichtung. Aber der Moment war nicht mehr weit, dass er sich nicht mehr auf dem fliegenden Ungetüm halten konnte.

Er presste sich an die Aluminiumhaut und gelangte auf gleiche Höhe mit den kreischenden Triebwerken. Er krümmte sich, als ihn der Lärm von beiden Seiten attackierte, und er das Gefühl hatte, die Schallwellen seien dabei, seine Zähne zu lockern.

Als er den Kopf anhob, löste er beinahe eine Katastrophe aus, da der Wind ihn sofort packte, um ihn vom Flugzeugrumpf zu zerren. Er presste das Gesicht wieder auf die Aluminiumhaut und rollte sich halb nach rechts, um die Antenne zu erreichen, die auf halbem Weg zwischen dem Cockpit und den Triebwerkblöcken aufragte.

Er war nur einen guten halben Meter von den Antennen entfernt, als der Ekranoplan vom Ozean abhob. Der Flugwind ließ für einen kurzen Augenblick nach, als er von der riesigen aufwärts gerichteten Flugzeugnase abgeblockt wurde. Aber sofort kehrte er heulend zurück, als das Flugzeug sich wieder horizontal ausrichtete.

Die neuerliche Windböe riss Kurt beinahe los. Sein rechter Fuß verlor seinen Halt, während sein ganzer Körper einige Zentimeter nach hinten rutschte. Er drückte Bein und Fußknöchel auf das Flugzeugdach und benutzte die Seite seines Neoprentauchschuhs, um die Reibung zu erhöhen und mehr Grip zu erreichen. Das war im letzten Moment eine erfolgreiche Taktik gewesen, doch er würde seinen Kampf gegen den Wind bald verlieren.

Verzweifelt streckte er sich aus und bekam die Basis der nächststehenden Antenne zu fassen. Sie mit eisernem Griff umklammernd, zog er sich vorwärts. Nachdem er eine zweite Antenne ergriffen hatte, schaffte er es, sich in diesen kleinen Wald hineinzubugsieren.

Er suchte eine bessere Position, drehte sich und verankerte die Füße hinter einer dritten Antenne, die die Form eines breiten, stummelhaft kurzen Propellerflügels hatte.

Er dankte Gott im Stillen für die Eigenheiten des russischen Design-Ethos. Bei einem amerikanischen Flugzeug dieser Art wären sämtliche technischen Einrichtungen von einem stromlinienförmigen Gehäuse umhüllt gewesen.

Der Wind peitschte in sein Gesicht. Seine Haare fühlten sich an, als würden sie mitsamt den Wurzeln aus seiner Kopfhaut gerissen, und seine Augen tränten ohne Ende. Mittlerweile befanden sie sich in der Luft und hatten die Einhundert-Knoten-Marke bereits überschritten.

Es war offensichtlich, dass er das Cockpit nicht erreichen würde. Aber auf diesem Weg zurückzukehren, schien ebenfalls unmöglich.

Er sah sich um. Er hatte nur noch eine Karte, die er ausspielen konnte. Wenn sein nächster Schritt nicht von Erfolg gekrönt sein würde, bliebe ihm nur noch die Wahl, entweder vom Flugzeug heruntergeweht zu werden, oder in seiner momentanen Position auszuharren, bis die Sprengsätze, die er dort zurückgelassen hatte, es zerrissen.

Im Hecksektor des Flugzeugrumpfs suchte Yan-Li noch immer nach einer Möglichkeit hinauszugelangen. Es musste doch einen Weg geben, die Tore manuell zu öffnen. »Halten Sie nach einer Alarmeinrichtung Ausschau«, wies sie Callum an. »Nach einer Möglichkeit, die Tore mit der Hand zu bedienen.«

Die beiden durchkämmten den hinteren Bereich des Flugzeugs. Yan-Li beherrschte die russische Sprache zwar nicht, aber sie konnte sich die Bedeutung einiger Piktogramme an der Innenwand des betagten Rumpfs halbwegs zusammenreimen. Sie fand schon bald eine Instrumententafel mit einem entsprechenden Piktogramm und öffnete die Klappe mit der Markierung. Dort sah sie einen langen Hebel, der sie an die Pumpstange eines fahrbaren Wagenhebers erinnerte.

»Das ist es.«

Sie ergriff den Hebel mit beiden Händen und zog mit aller Kraft daran. Zuerst wollte er nicht nachgeben. Aber als sie daran zu rütteln begann und abwechselnd daran zog und dagegen drückte, bewegte er sich. Der nächste Versuch war schon einfacher und erfolgreicher. Ebenso der dritte.

Der manuelle Hydraulikhebel war vermutlich seit Jahren nicht mehr geölt worden. Dennoch ließ er sich bewegen, wenn auch nur mühsam. Callum kam ihr zu Hilfe, und sie wechselten sich beim Bedienen der Pumpe ab.

Sie warf einen Blick zum Hecktor und sah, dass die Flügel sich öffneten. Allerdings langsam und immer nur ein paar Zentimeter bei jeder Hebelbewegung. »Schneller«, feuerte sie ihren Helfer an. Aber Callum wurde eher langsamer und kapitulierte schließlich ganz.

»Es ist zu spät«, stieß er atemlos hervor und deutete mit einem Kopfnicken auf die Öffnung zwischen den Torhälften und die vorbeigleitende Meeresoberfläche. »Wir fliegen.«

Mit der linken Hand nach wie vor die Antenne umklammernd und die Füße sicher und unverrückbar verkeilt, griff Kurt in seine Gerätetasche und nahm die letzte Sprengladung heraus, die übrig geblieben war. Er drückte sie gegen seine Brust, damit sie nicht weggeweht wurde, danach betätigte er mit dem Daumen mehrmals den Timerknopf, bis auf dem Display das Symbol: *02* erschien. Dann, zur Sicherheit, spendierte er sich zwei zusätzliche Sekunden. Bei dem, was er vorhatte, war Eile nicht das Maß aller Dinge.

Nachdem er den Timer eingestellt hatte, schaute er nach rechts und nach hinten. Das Triebwerksgehäuse befand sich hinter ihm in etwa zwanzig Metern Entfernung. Die Aufhängung war derart kurz und dick, dass der erste Motor den Rumpf fast berührte. Alles, was er tun musste, war, den Sprengsatz dreieinhalb Meter weit hinauszubefördern, sodass der Wind den Rest erledigen konnte.

Da er genau wusste, dass er den Arm nicht in den Flugwind strecken konnte, ohne von seinem Platz weggerissen zu werden, überprüfte er, wie weit er sich drehen konnte, um Schwung zu holen, und stellte fest, dass es ausreichen konnte. Also fasste er den Sprengsatz ins Auge.

Während er die Tränenflüssigkeit in seinen Augen wegblinzelte, bis er für eine Sekunde klare Sicht hatte, drückte Kurt auf den Startknopf.

Der Timer zählte runter von 04 zu 03 zu 02. Kurt verdrehte den Oberkörper und schleuderte den Sprengsatz im Winkel von fünfundvierzig Grad. Der Wind erfasste ihn augenblicklich, und Kurt sah ihn nie wieder. Er flog nach achtern und leicht zur Seite, während Kurt das Gesicht gegen den Flugzeugrumpf drückte und sich mit beiden Händen an der Basis der Antenne festhielt.

Er hatte gehofft, das zweite oder vielleicht sogar dritte Triebwerk zu erwischen – je weiter draußen, desto besser –, aber das erste Triebwerk verschlang die Sprengladung bereits, ehe sie die gewünschte Position erreichte.

Kurts Timing war nahezu perfekt. Die Ladung explodierte, sobald sie im Innern des Gehäuses verschwunden war, und sprengte das Triebwerk von innen auseinander.

Splitter des ersten Triebwerks wurden vom zweiten aufgesogen, während die Druckwelle die Aufhängung verdrehte und bewirkte, dass das dritte Triebwerk seine eigenen Turbinenlamellen auffraß und zermalmte. Eine dreißig Meter lange Feuer- und Funkenschleppe trat aus der hinteren Triebwerksöffnung aus und erhellte den Morgen über dem Meer wie ein Römisches Feuer.

Kurt spürte die Hitzewelle, wurde jedoch vor den schlimmsten Auswirkungen der Explosion durch den Wind und die Tatsache geschützt, dass sie innerhalb des Gehäuses stattgefunden hatte.

Unter seinem erhobenen Ellbogen hindurch nach achtern blickend, sah er den breiten Schweif aus Feuer und Qualm, der zum Himmel aufstieg.

Mit einer letzten Drehung und einem dumpfen Knurrlaut wurde das erste Triebwerk abgerissen, taumelte am Flugzeugrumpf entlang und kollidierte beinahe mit dem Höhenleitwerk, ehe es hinter ihnen verschwand und in die See stürzte.

Das Flugzeug erzitterte, driftete nach rechts, stellte sich auf und wurde langsamer.

Seine Fingerknöchel traten weiß hervor, während Kurt sich weiterhin an die Antenne klammerte. Er hatte einen perfekten Knock-out ausgeführt. Die einzige Frage war, ob er seine Nachwirkungen nun auch überleben würde.

73

Alles, was Emmerson verspürte, war ein gedämpfter Knall, aber die Wand hektisch blinkender roter und gelber Warnleuchten auf der Instrumententafel des Flugingenieurs und die Tatsache, dass das Flugzeug zu schütteln und zu vibrieren begann, erfüllten ihn mit Entsetzen.

»Was ist passiert?«, wollte er wissen.

Die Piloten gaben keine Antwort. Sie waren viel zu sehr damit beschäftigt, einen Absturz und den Tod in den Wellen unter ihnen abzuwenden.

»Die Steuerbordmotoren sind ausgefallen«, meldete der Navigator. »Wir haben einen Feueralarm. Treibstoffzufuhr unterbrechen. Backbordseite stilllegen.«

Während der Kopilot die Treibstoffleitung absperrte, betätigte der Pilot Steuer und Seitenruder und demonstrierte geschickte Hände und schnelle Füße. Ohne Antrieb und mit einem Triebwerksbrand auf der Steuerbordseite des Flugzeugs konnte er das flügellahme Monster nur noch mit den Seitenrudern lenken. In seinem Sitz bewegte er sich wie ein Schwerarbeiter und hielt die Nase auf geradem Kurs, während die Maschine langsamer wurde.

Die Maschine sank unaufhaltsam aufs Wasser hinab. Der Pilot zog den Steuerknüppel zurück und richtete die Nase in der letzten Sekunde ein wenig auf, um eine nahezu perfekte Landung auf dem Meer auszuführen.

Emmerson war fassungslos. »Was tun Sie da? Bringen Sie uns in die Luft!«

»Dieses Flugzeug fliegt nirgendwohin«, erwiderte der Pilot. »Es fliegt nicht mehr. Nie mehr.«

Die Piraten im Laderaum zu eliminieren, stand nicht mehr auf der Tagesordnung. Flucht war anscheinend auch keine Option. Emmerson öffnete seinen Sitzgurt, ergriff seine Pistole und war darauf vorbereitet, um sein Leben zu kämpfen.

Er raste vor Wut, aber sie hatten noch immer gewisse Vorteile. Der erste bestand darin, dass er und Guānchá ans Töten gewöhnt waren, die pharisäerhaften Water Rats aber nicht.

»Wir müssen sie auf die altmodische Weise abservieren«, sagte er zu Guānchá. »Auge in Auge.«

Guānchá nickte, lud seine Pistole nach und trat durch die Cockpittür.

Emmerson wollte ihm gerade folgen, als ein Knistern aus dem Lautsprecher des Funkgeräts drang. »*Hier ist Skimmer eins*«, sagte eine Stimme. »*Wir sehen den Rauch. Ist bei Ihnen alles okay?*«

Vielleicht war trotz allem eine Flucht noch im Bereich des Möglichen. Emmerson packte den Piloten am Arm. »Holen Sie den Skimmer hierher. Bestellen Sie ihm, dass er landen und uns abholen soll.«

74

Yan-Li spürte die Explosion und stürzte aufs Deck, während durcheinander gewirbelte Maschinenteile und Granatsplitter ein Dutzend Löcher in den Rumpf des Ekranoplans stanzten. Auch wenn nirgendwo lodernde Flammen zu sehen waren, drang der beißende Gestank von brennendem Kerosin in das Flugboot.

Ein Gefühl der Euphorie strömte durch ihren Körper. Kurt hatte es irgendwie geschafft, das fertigzubekommen, was er versprochen hatte. Mit der Hand gab sie Callum ein Zeichen. »Bringen Sie das Boot in Position.«

Callum und die anderen manövrierten das Schlauchboot auf seinen Rollen in die Mitte der Rampe. Yan kehrte zur Handpumpe zurück und betätigte sie, während ein Krampf ihre Arme und Schultern zu lähmen drohte. Schließlich klafften die Torhälften weit genug auf, dass die Rampe der Schwerkraft gehorchend von selbst herab und in Position fiel. Mit einem lauten Klatschen tauchte sie ins blaue Wasser hinter dem Flugzeug ein, und das Boot rutschte über die Rollen hinab ins Meer. Yan atmete erleichtert aus, ließ den Hebel der Hydraulikpumpe los, sank auf die Knie und gönnte sich eine sekundenlange Verschnaufpause.

Dann erhob sie sich, ging zur Rampe, war dazu bereit, sie hinabzurennen und ins Wasser zu springen, das ihr einladend zuzuwinken schien. Sie war vielleicht noch drei

Meter von der Freiheit entfernt, als ein scharfer Schmerz in der Rückseite eines ihrer Beine aufbrandete.

Der widerhallende Knall des Schusses ertönte – wie es schien – erst eine halbe Ewigkeit später, während sie mit dem Gesicht zuerst auf das Aluminiumdeck des Laderaums stürzte. Benommen von dem heftigen Aufprall und verwirrt durch den brennenden Schmerz in ihrem Oberschenkel, wurde ihr der Geschmack von Blut in ihrem Mund bewusst, weil sie sich auf die Zunge gebissen hatte.

Sie hörte schwere Schritte auf dem Deck hinter ihr. Sie hob eine Hand und gab den Helfern ihres verstorbenen Mannes mit einem Winken zu verstehen, sie sollten so schnell wie möglich fliehen, ehe auch ihnen etwas Schlimmes zustieß.

Doch sie weigerten sich. Callum schwenkte das Boot herum, aber Pistolenschüsse von oben trieben sie zurück.

Unter größter Mühe wälzte sich Yan-Li auf den Rücken. Ihr Blick fiel auf Guānchá. Er stand zehn Meter hinter ihr, halb verdeckt von der Nase des Mini-U-Boots.

Sie schaute zu ihm hoch, um ihm in die Augen zu sehen, wenn er auf sie schoss. Er sollte wissen, dass – selbst wenn er sie tötete – sie es war, die ihn und seinen Boss vernichtet hatte.

Und dann fesselte etwas anderes ihre Aufmerksamkeit. Eine matt leuchtende LED an Guānchás rechter Seite. Genau dort, wo Kurt sie platziert hatte.

Sie begann über ihren Möchtegern-Mörder zu lachen. Sie lachte so laut und unbändig, dass er für einen Moment vollkommen verwirrt war. Irritiert blickte er auf sie hinunter, als der letzte der NUMA-Sprengsätze vor seinen Füßen detonierte.

Guānchá wurde von dem Feuerball der Explosion eingehüllt. Von der Druckwelle getroffen, wurde Yan-Li zum Flugzeugheck geschoben. Ihre Kleider und ihr Haar wurden von der Hitze versengt. Sie fand sich nur wenige Schritte vom Rand der Rampe und der liebevollen Umarmung der See entfernt wieder. Rauch und Feuer waberten um sie herum. Sie kämpfte sich auf die Knie und kroch weiter, aber das Deck neigte sich in die falsche Richtung. Das Flugboot, in der Mitte geborsten, nahm mittschiffs Wasser auf und sackte ab, während beide Enden sich aufrichteten und in den Himmel ragten.

75

Kurt war es gelungen, sich in seiner Position zu halten, während der Ekranoplan seine Notlandung durchführte. Als das Flugboot langsamer wurde und schließlich richtungslos zu treiben begann, erhob er sich und rannte zur Nase der Maschine. Er fand seine Pistole, öffnete die Luke des Notausstiegs im Cockpitdach und zielte mit der Waffe in den grün-grauen Raum unter seinen Füßen.

Er sah drei leere Sitze, Trümmer und Abfälle auf dem Boden und ein zurückgelassenes Headset. Keine Spur von Emmerson oder den Piloten.

Noch immer auf dem Dach des Flugboots, ging er zur Backbordseite, weg von den qualmenden und glühenden Triebwerken. Er sah am Rumpf hinunter und bemerkte eine offene Luke. Eine Strickleiter hing heraus, deren unterste Sprosse nur zwei Meter über der Wasseroberfläche hin und her schwang.

Kurt blickte durch den wirbelnden Qualm hinaus aufs Meer. Etwa einhundert Meter vom Flugzeug entfernt, erspähte er drei Gestalten, die sich an Rettungskissen klammerten und schwammen, was das Zeug hielt.

Ein Skimmer erschien, drosselte das Tempo und setzte in nächster Nähe auf dem Wasser auf. Die Männer schwammen darauf zu.

»Das muss Emmerson mit seinen Piloten sein«, murmelte Kurt vor sich hin.

Er suchte sich einen sicheren Stand, hob die Pistole, aber ein sägendes Geräusch, das sich ihm von hinten näherte, ließ Alarmglocken in seinem Kopf schrillen. Er konnte gerade noch rechtzeitig herumwirbeln, um den anderen Skimmer auf sich zueilen zu sehen. Augenblicklich tauchte er zur Seite weg und warf sich auf den Bauch, um nicht enthauptet zu werden.

Während das lärmende Flugzeug über ihn hinwegjagte, eröffnete Kurt das Feuer und betätigte den Abzug, so schnell er es vermochte.

Sich auf die Seite rollend, verfolgte er seinen weiteren Flug, während es sich entfernte, und hoffte, dass er die richtigen Stellen getroffen hatte. Dicht über der Wasseroberfläche dahinrasend, zog es einen dünnen Rauchfaden hinter sich her. Er wurde dunkler und dicker, und dann schlugen Flammen aus dem Heck der Maschine.

Sie ging wieder auf östlichen Kurs, rollte träge zur Seite und tauchte mit der Nase zuerst in die See. Es geschah wie in Zeitlupe. Eine kleine Wassersäule markierte den Aufschlag, und zurück blieb ein weißer Gischtring, der sich langsam ausdehnte.

Kurt kam auf die Füße und wandte sich wieder zu der Maschine um, die gelandet war, um Emmerson zu retten. Er brachte die Pistole noch einmal in Anschlag, aber es hatte keinen Sinn. Er hatte die letzte Patrone verfeuert.

»Emmerson«, murmelte er frustriert. »Ich kann nicht glauben, dass Sie sich so einfach aus dem Staub machen.«

»*Hast du was gesagt, alter Freund?*«

Kurt war vom Klang der Stimme in seinem Ohr geschockt. Außerdem war er geschockt, dass der Ohrhörer noch immer funktionierte und aus welchem Grund auch immer an Ort und Stelle geblieben war. Er schaute zum

Himmel und bemerkte den Air Truck, der sich von Westen näherte.

»Joe?«, rief er. »Kannst du mich wirklich hören?«

»*Laut und deutlich*«, antwortete Joe. »*Bist du das da auf dem Dach dieses Kaspischen Seemonsters?*«

»Wer sollte es sonst sein?«, fragte Kurt. »Wie hast du uns gefunden?«

»*Ich würde dir gern antworten, anhand der meilenlangen Rauchspur, die du mir hinterlassen hast*«, sagte Joe. »*Aber tatsächlich verfolge ich seit einer Stunde diese Skimmer. Es war ein richtig netter Flug, allmählich lässt die Batterie allerdings nach. Halt noch einen Moment durch. Ich sammle dich auf.*«

»Negativ«, erwiderte Kurt. »Nutz das, was deine Batterien noch hergeben, um Emmersons Flucht zu verhindern. Er sitzt in diesem anderen Skimmer.«

»*Bist du sicher?*«, fragte Joe. »*Ich würde dich wirklich nur ungern in einem brennenden Flugzeug zurücklassen.*«

»Keine Sorge«, sagte Kurt, während der Air Truck in niedriger Höhe über ihn hinwegschoss. »Ich bin vollkommen okay.«

Schon den Bruchteil einer Sekunde später war alles genau das Gegenteil von »okay«. Die Sprengladung, die Kurt im Rumpf des Flugboots deponiert hatte, wurde gezündet, und der riesige Ekranoplan knickte wie ein Strohhalm in der Mitte ein.

Kurt wurde von den Füßen gerissen. Er landete auf dem Rücken, verlor die Pistole aus der Hand und spürte, wie sich die Perspektive der Welt ringsum schlagartig verschob. Als das Flugboot in der Mitte zusammenklappte, rutschte Kurt auf dem zunehmend steiler geneigten Deck abwärts und wurde erst von dem Knick in der Mitte gestoppt. Das

Aluminium war heiß und von der Wirkung des Thermits aufgeweicht.

Kurt wusste, dass dies ein schlechtes Zeichen war. Er stemmte sich mit den Händen hoch und versuchte, zum Rand des Flugzeugrumpfs zu kriechen. Aber dessen Aluminiumhaut platzte auf, und unter ihm gähnte ein Abgrund, der ihn mit Haut und Haar verschlang.

76

Joe, der von der Explosion nichts mitbekommen hatte, nahm den nach Norden fliegenden Skimmer ins Visier. Die Maschine beschleunigte bereits und hob vom Wasser ab, ehe Joe sie erreichte. In etwa zwanzig Metern Höhe erreichte er schnell seine Höchstgeschwindigkeit. Und auch wenn er den Air Truck nicht hinter sich lassen konnte, hatte er trotzdem mehrere Vorteile.

Zum einen war er aus Aluminium gefertigt anstatt aus Kunststoff, wodurch es eher unwahrscheinlich war, dass Joe etwas gegen ihn ausrichten konnte, selbst wenn er ihn von der Seite rammte. Ein zweiter Vorteil bestand darin, dass der Skimmer Tragflächen hatte, keine Rotoren. Wenn Joe auch nur einen einzigen seiner vier Rotoren verlor, wäre der Air Truck augenblicklich instabil und würde sich wahrscheinlich überschlagen und abstürzen.

Das schien auch der Pilot des Skimmers zu erkennen, denn sobald Joe sich ihm näherte, schwenkte er mit seiner Maschine in Joes Richtung.

Mit fliegenden Fingern auf dem Armaturenbrett lenkte Joe den Air Truck aus der Gefahrenzone. Er legte sich auf die Seite und brachte sich fast mit einem Sprung in Sicherheit, ehe er seine Fluglage wieder stabilisierte.

Der Pilot des Skimmers war zur Attacke entschlossen und legte sich in eine scharfe Kurve, um noch einmal zu versuchen, Joe anzugreifen.

Der zweite Anlauf, Joe vom Himmel zu holen, war jedoch genauso fruchtlos wie der erste. Aber diesmal schwang sich Joe über die angreifende Maschine hinweg und kam auf ihrer anderen Seite wieder herunter. Fast hätte er sich dazu hinreißen lassen, laut *Olé!* zu rufen.

Der Air Truck war so wendig und leicht manövrierbar, dass Joe das Duell mit dem Skimmer wie ein Stierkampf vorkam. Zumal sich das Geschehen in geringer Höhe dicht über dem Meer abspielte.

»Das ist fast genauso, als scheuchte man mit einer aufgemotzten Corvette einen Minivan vor sich her«, sagte er halblaut und lachte kichernd.

Im Skimmer fand Emmerson die Situation überhaupt nicht so amüsant. Er fluchte und belegte den Piloten mit einer Litanei von Schimpfworten. Erst als er begreifen musste, dass der Skimmer keine höhere Geschwindigkeit erreichen konnte, konzentrierte er seine Wut auf die Söldner. »Wenn ihr nicht für den Rest eures Lebens in einem amerikanischen Gefängnis schmoren wollt, müsst ihr diesen verdammten Vogel eliminieren.«

Die bewaffneten Männer, von denen drei während der Kämpfe auf Badger Island verwundet worden waren, zeigten sich alles andere als begeistert über diese Aufforderung. Aber sie begriffen den Ernst ihrer Lage. Also entsicherten sie ihre Waffen und nickten.

Während Joe den Air Truck wieder in seine vorherige Position manövrierte, näherte sich ihm der Skimmer ein weiteres Mal. Doch anstatt zu versuchen, seinen wendigen Verfolger vom Himmel zu holen, setzte er sich mit weit geöffneter Seitentür neben ihn.

Joe wusste genau, was jetzt als Nächstes käme. Er schwenkte nach rechts weg, als ein Söldner im Skimmer mit einem Sturmgewehr auf ihn feuerte.

»Gefährlicher Minivan«, murmelte Joe, seine frühere Einschätzung korrigierend, und griff zur Pistole auf dem Kopilotensitz.

Er schaffte es, die Box mit einer Hand zu öffnen, und legte die Finger um die halbautomatische Waffe. Aber kaum hielt er sie richtig in der Hand, zwang ihn ein Kugelhagel aus Emmersons Maschine, Fluchtmaßnahmen einzuleiten.

Einige hektische Manöver warfen ihn im Cockpit hin und her. Dabei wäre ihm die Pistole beinahe aus der Hand gerutscht. »Falls sich bei mir jemals die Notwendigkeit ergeben sollte, dass dieses Ding sich selbst fliegt«, sagte er, »wäre es in genau diesem Moment.«

Eine ruhige, gelassene Frauenstimme antwortete aus dem Lautsprecher des Armaturenbretts. »*Nennen Sie Kurs und Zielort.*«

Joe war ehrlich geschockt. Von dieser Funktion hatte ihm Stratton nichts verraten.

»*Fluggerät in Ihrer Nachbarschaft aufgefasst*«, fuhr die Stimme fort. »*Empfehle Linkskurve fünfundvierzig Grad, um Kollision zu vermeiden, oder Formationsflugmodus aktivieren.*«

»Formationsflug?«, fragte Joe.

»Formationsflugmodus aktiviert«, sagte die Stimme. »*Wählen Sie gewünschte Formation: Seite an Seite, Staffel rechts oder Staffel links?*«

Joe traute seinen Ohren kaum. »Staffel rechts«, sagte er. »Bring uns in zweite Position. Abstand vierzig Fuß von rechter Tragflächenspitze.«

Der Autopilot übernahm, und der Air Truck drosselte abrupt die Geschwindigkeit. Er schwenkte mit einem derart heftigen Ruck nach rechts, dass die Sicherheitsgurte tief in Joes Sitzbeugen einschnitten. Während er sich ausrichtete, setzte der Air Truck seinen Geradeausflug fort und hatte innerhalb von Sekunden wieder die alte Geschwindigkeit erreicht.

Das Manöver trug geradezu zu einem Schleudertrauma bei. Aber als Joe aufschaute, befanden sie – der Air Truck und er – sich nach rechts versetzt genau hinter dem Heckleitwerk des Skimmers und folgten seinem Kurs mit gleicher Geschwindigkeit in enger Staffelformation.

Der Skimmer drehte scharf ab und versuchte, auszubrechen und zu fliehen, aber Joes Computer reagierte so schnell, dass sich das Bild nicht veränderte.

»Ich entschuldige mich hiermit bei allen Fernsteuerungsenthusiasten«, sagte Joe, ergriff die Pistole und entsicherte sie. »Das ist fantastisch.«

Der Skimmer drehte abermals scharf ab, diesmal in Joes Richtung, aber der Air Truck passte sich dem Manöver augenblicklich an. Die Rotoren veränderten die Stellung, und das Fluggerät machte einen Schlenker, drehte ein und bestrafte Joe mit einem weiteren Schleudertrauma, brach jedoch nicht aus der Formation aus.

Joe fasste nach oben und fand den Verschlussgriff des Notausstiegs. Er zog mit einem Ruck daran und schob die Kuppel auf. Der Flugwind drang brüllend ein. Der Klang der Rotoren war plötzlich ohrenbetäubend.

Mit beidhändigem Griff richtete er die Pistole auf die Motorverkleidung des Skimmers und eröffnete das Feuer. Er drückte so oft ab, bis Rauch aus dem Gehäuse aufstieg.

Der Skimmer drehte ab, und der Air Truck folgte ihm.

»Formationsflugmodus Ende«, sagte Joe.

Der Computer reagierte jedoch nicht. Er folgte dem qualmenden Flugzeug, das aussah, als würde es jeden Moment überkippen und ins Meer stürzen.

»Formationsflugmodus beenden.«

Der Wind war wohl zu laut. Das Mikrofon konnte ihn nicht aufnehmen.

Der Skimmer legte sich auf den Rücken und stürzte senkrecht ab. Joe schlug mit der flachen Hand auf die Kontrolltafel, betätigte jeden Knopf und Schalter, den er fand. Endlich wurde der Autopilot abgeschaltet, und Joe zog von der möglichen Absturzstelle weg und wandte sich nach rechts.

Er erwischte einen Blick auf Emmerson in dem kleinen Flugzeug, sein Gesicht war eine Maske rasender Wut hinter der Plexiglaskuppel des Cockpits. Dann stürzte der brennende Skimmer mit der Nase voraus in die See.

»Das war knapp«, sagte Joe. »Vielleicht ist automatisiertes Fliegen trotz allem doch nicht so toll.«

Er brachte die Maschine wieder unter seine Kontrolle und kehrte um. Von Überlebenden war im Meer nichts zu sehen. Niemand hob den Kopf über die Wellen und wartete auf Rettung. Nur Trümmer, weißer Schaum … und die Nase des kleinen Flugzeugs verschwand zwischen den Wellen.

»Das kann niemand überlebt haben«, sagte er sich.

Als er zum Ekranoplan zurückkehrte, zeigte die Batterieanzeige einen kritischen Wert. Als er sich ihm näherte, erschreckte ihn der Zustand des Riesenflugzeugs.

Was einst ein prachtvolles Beispiel hervorragender Ingenieurskunst und genialen Einfallsreichtums gewesen war, bestand nur noch aus einer zertrümmerten Hülle. Sie war in vier Teile zerbrochen und versank mit der Mitte voraus.

Das Heck tauchte zuerst ab und zog die rechte Tragfläche mit sich durch einen sich ausbreitenden Kreis nicht brennenden Kerosins. Die Nase war nach oben gerichtet und versank genauso dramatisch, während Luft und Gischt aus den Cockpitfenstern und den offenen Notausstiegsluken gepresst wurden.

Das Seemonster verschwand außer Sicht. Zurück blieben einige Trümmer und mehrere Männer in einem Festrumpfschlauchboot, die hin und her fuhren, als hielten sie nach Überlebenden Ausschau.

Als er das Wrack umkreiste, sah Joe niemanden, der schwamm, um sich in Sicherheit zu bringen – oder sich an irgendein treibendes Trümmerteil klammerte. Nur ein paar kleine Feuer flackerten auf dem Wasser und Kerosinpfützen schillerten.

Das rote Warnlicht der Batterieanzeige begann, hektisch zu blinken. Die Rotoren wurden auf halbe Kraft gedrosselt, und dann erklang die Computerstimme wieder. »*Autolande-Sequenz eingeleitet.*«

Joe konnte nur wenig tun, außer in seinem Sessel zu sitzen, während sich der Air Truck auf den Ozean herabsenkte. Der Rumpf tauchte zuerst ein, dann die Rotoren, die stoppten, sobald sie das Wasser berührten.

Joe saß ruhig und entspannt auf seinem Platz, während die Wellen plätschernd den Rumpf überspülten. Die Maschine war nun ein sehr teures Kanu, für das Joe kein Paddel zur Verfügung stand.

Die Männer im Boot kamen zu ihm herüber. »NUMA«, sagte einer von ihnen.

Es war nicht zu leugnen, das Logo prangte unübersehbar auf der Seitenfläche. Joe nickte. »Und wer sind Sie?«

»Water Rats«, sagte der Mann. »Mein Name ist Callum.«

Die Piraten. »Besser sie als noch mehr von Emmersons Leuten.«

»Ist Yan-Li bei Ihnen?«

»Sie war es«, sagte Callum. »Und Ihr Freund mit dem silbergrauen Haar auch.«

Joe sah sich um. Keine Spur von den Kollegen Schatzsucher.

Joe nutzte den restlichen Batteriestrom, um die *Sapphire* zu benachrichtigen und seine Position und einen kurzen Lagebericht durchzugeben. Außerdem informierte er sie, dass er mit den Piraten Verbindung aufgenommen hatte, und meldete danach Kurt als vermisst und vermutlich tot.

Es war ein Moment, von dem Joe niemals erwartet hätte, dass er ihn erleben würde, sogar angesichts der Risiken, die sie ständig eingingen. »Ich hatte wirklich angenommen, dass er heil rauskommen würde«, sagte Joe traurig. »Ich hätte ihn nicht zurücklassen sollen.«

Er lehnte sich in seinem Sitz zurück und schloss in stiller Trauer die Augen. Und erst in dem Moment schlug er sie wieder auf, als ein Rumpeln im Wasser seine Neugier weckte.

Er sah sich um. Etwa dreißig Meter von ihm entfernt entstand ein Schaumkreis auf dem Wasser, der sich ausbreitete und die Wasseroberfläche weiß färbte. Ein Objekt erschien in der Mitte des Kreises, brach durch die Wasseroberfläche und erzeugte, als es wieder ein wenig einsank, eine große Welle.

Joe erkannte das Mini-U-Boot, dessen breiter flacher

Rumpf, die grauweiße Farbe seines Rumpfs und der orangefarbene Docking-Kragen unverwechselbar waren.

Es war möglich, dachte er, und sogar wahrscheinlich, dass der natürliche Auftrieb des U-Boots es aus dem Wrack von Emmersons Flugzeug losgerissen hatte. Aber dazu hätte es wasserdicht verschlossen sein müssen.

»Ich frage mich …«, sagte Joe.

Die Einstiegsluke sprang auf, und Kurt kletterte heraus und reckte sich in der Sonne. Er bückte sich und half einem anderen Passagier aus dem Boot, einer Frau mit langem dunklem Haar – Yan-Li. Ihr Bein war bandagiert, und sie konnte offenbar nicht stehen, aber sie lächelte.

»Ich hoffe, niemand hat sich wegen uns Sorgen gemacht«, rief Kurt.

»Wie bist du …«, sagte Joe. »Ich meine …«

Kurt lachte. »Ich bin auf Yan gestoßen, als das Flugzeug versunken ist. Wir haben versucht hinauszuschwimmen, aber wir schafften es nicht. Die einzige Option, die uns blieb, war, das U-Boot als sichere Zuflucht zu benutzen. Wir dachten uns, dass früher oder später jemand käme, um das Wrack näher in Augenschein zu nehmen, den wir dann um Hilfe bitten könnten. Aber das Flugzeug brach auseinander, als wir auf dem Meeresgrund aufschlugen. Wir wurden losgerissen, und hier sind wir.«

Joe grinste. »Gut zu wissen, dass dein sprichwörtliches Kurt-Austin-Glück seine Wirkung noch immer nicht verloren hat.« Er wandte sich an Yan-Li. »Schön, Sie wiederzusehen. Wie ich immer sage, es ist schwer, eine gute Frau nicht aufsteigen zu lassen. Was in Ihrem Fall im wahrsten Sinne des Wortes zutrifft, wie man sieht.«

Sie lächelte trotz ihrer Schmerzen. »Nett, Sie hier zu treffen, Joe.«

»Und Emmerson?«, fragte Kurt.

Joe strahlte. »Es ist mir eine ganz besondere Freude, verkünden zu dürfen, dass ihm das Handwerk gelegt wurde. Für immer.«

Das zauberte ein Lächeln auf das Gesicht eines jeden. Yan-Li schaute zu Callum und den anderen Piraten hinüber, dann wandte sie sich wieder zu Joe und Kurt um – und lächelte spitzbübisch. »Also, was den Schatz betrifft … wann können meine neuen Kollegen und ich bekannt geben, das wir ihn gefunden haben?«

77

KI-SONG ISLAND
DREI WOCHEN SPÄTER

»Yan-Li, kommen Sie doch mal her.«

Callums Stimme klang dringend, aber dies hätte auch eine Folge der Verzerrungen der schlechten Unterwasserkommunikation gewesen sein können. Yan-Li legte den Zollstock in den Sand, wo sie gerade einen freigelegten Schiffsbalken ausmessen wollte, und stieß sich vom Meeresboden ab. Das Wasser war kristallklar – die Sicht betrug unglaubliche dreißig Meter –, und sie konnte den gesamten Ausgrabungsort überblicken. Andere, die ebenso in orangefarbene Nasstauchanzüge gehüllt waren wie sie, arbeiteten in der Nähe. Zwei Taucher der Republik Vietnam stocherten mit schlanken stählernen Sonden im Boden herum, während zwei Mitglieder ihres Teams, Callum inklusive, am anderen Ende der Ausgrabungsstätte einen Saugschlauch bedienten. Callum selbst kniete und führte die Saugdüse über den Meeresboden. Es sah gar nicht so aus, als sei er in Schwierigkeiten.

Sie vollführte mit ihren Schwimmflossen einen kraftvollen Scherenschlag und schwebte über ein ausgedehntes Aluminiumgitter, das über die gesamte Fundstätte gelegt worden war. Dies markierte den Beginn der ernsthaften fachgerechten Ausgrabungsarbeiten. Sie hatten eine Schicht von fünfundvierzig Zentimetern Schlick und Sediment in einem rechteckigen Bereich rund um das Schiff entfernt und einige Testgrabungen vorgenommen. Sie mussten noch weitere Grabungen sowie umfangreiche Abstützungs- und Verschalungsmaßnahmen durchführen, ehe sie damit beginnen konnten, die *Seidener Drache* in ihrer Gesamtheit freizulegen. Aber sie hatten bereits die ersten kleineren Artefakte gefunden.

Callum arbeitete in einem der quadratischen Gittersektoren, wo er eine seichte Vertiefung im dichten Sediment geschaffen hatte. Yan näherte sich und verharrte dann über ihm, wobei sie registrierte, dass er den Sauger mit bemerkenswerter Vorsicht und Behutsamkeit einsetzte.

Er hatte guten Grund, vorsichtig zu sein. Nun, da er und die anderen Piraten als offizielle Mitglieder der Expedition geführt wurden, wartete ein möglicher Anteil der chinesischen Belohnungssumme auf sie, ganz zu schweigen von den amtlichen Regierungsdokumenten, die sie von sämtlichen Strafen für ihre früheren Aktivitäten lossprachen. Das würde eine moderne Piratenamnestie sein, dachte Yan, wie Ching Shih sie seinerzeit für ihre Gefolgsleute am Ende ihrer Piratenkarriere arrangiert hatte.

»Ist alles okay?«, fragte sie.

»Ja«, erwiderte Callum mit vor Eifer glänzenden Augen. »Unter dem Sand habe ich etwas Glattes ertastet.«

Während die Saugdüse losen Sand und kleine Kieselsteine verschluckte, gewahrte Yan auf dem Grund der entstandenen kleinen Grube ein weißes Objekt. Es war flach und glatt, und es glänzte. Auf einer Seite befand sich ein blaues Muster in Form einer blütenähnlichen Sonnenmonstranz. Es war ein kleiner Porzellanteller, den Callum nach und nach freilegte. Er löste ihn vorsichtig aus seinem Sandbett und reichte ihn Yan.

»Ist es etwas Wertvolles oder … Wichtiges?«, fragte er.

Sie hielt den Teller dicht vor ihren Tauchhelm. Antike Schiffswracks in Südostasien enthielten fast immer einzigartiges Porzellangeschirr, mit dessen Hilfe sich das Alter des Schiffes relativ genau bestimmen ließ. Yan-Li kannte sich in chinesischem Porzellan ausgesprochen gut aus, und sie zitterte innerlich vor Erregung, als sie den Teller umdrehte. Auf seinem Boden fand sie ein quadratisches, von Hand gemaltes Symbol.

Es war in *Zhuanshu*, der archaischen Siegelschrift, ausgeführt, was ein weiteres Indiz für sein hohes Alter zu sein schien. Diese Markierung war gewöhnlich für kaiserliche Waren reserviert. Sie erkannte das Siegel von Jiaqing, der ein Kaiser der Qing Dynastie gewesen war und von 1786 bis 1820 regiert hatte. Und damit zur gleichen Zeit, als Ching Shih zur See gefahren war.

Nachdem sie den Teller in einem Netzsäckchen verstaut und dieses mit der Kennnummer des Gitterquadrats, in dem er gefunden wurde, versehen hatte, wandte sich Yan-Li um und klopfte Callum auf die Schulter. »Ein wirklich bedeutender Fund. Möglicherweise haben Sie den entscheidenden Hinweis geliefert, um die *Seidener Drache* eindeutig zu identifizieren, und damit dem gesamten Team zu zehn Millionen Dollar verholfen.«

»Danke. Und danke, dass Sie Ihr Versprechen nicht zurückgenommen haben.«

Sie war nahe genug bei ihm, um sein Gesicht durch die Sichtscheibe des Tauchhelms sehen zu können. »Sie haben mich nicht im Stich gelassen, als Emmerson versuchte, mich zu brechen, und mich für seine Zwecke benutzt hat«, erwiderte sie. »Sie und die anderen haben treu zusammengestanden, Lucas wäre stolz auf Sie gewesen.«

Sie sah ihm in die Augen und konnte erkennen, dass ihm diese Feststellung mehr als alles andere bedeutete. Er lächelte und kehrte an seine Arbeit zurück.

Yan-Li drehte sich auch um und leitete ihr Auftauchen ein. Sie sah über sich ihre Kinder, die zusammen mit Kurt an der Wasseroberfläche schnorchelten, und ein Lächeln erschien in ihrem Gesicht. Kurt und Joe waren gerade erst mit der *Sapphire* eingetroffen, angeblich um bei den Ausgrabungen zu helfen. Stattdessen hatten beide Männer aber ihre Zeit damit verbracht, Yans Kinder zu beschäftigen.

Sie tauchte neben ihnen auf und wurde sofort freudig begrüßt.

»Kurt hat versprochen, mir morgen das Tauchen beizubringen«, sprudelte ihr Sohn hervor.

»Mir auch«, schloss sich ihre Tochter an.

»Sind sie nicht ein bisschen jung fürs Wracktauchen?«, meinte Yan-Li zu Kurt.

»Es ist nie zu früh, potenzielle NUMA-Mitarbeiter zu rekrutieren«, antwortete er lachend. »Hast du was gefunden?«

Sie zeigte ihm den Porzellanteller. »Aus der Qing Dynastie. In der auch Ching Shih gelebt hat.«

»Fast so gut wie eine Schiffsglocke«, sagte Kurt.

»Ich kann es kaum erwarten, Dr. Zhou diesen Fund zu zeigen.«

»Komm doch zum Mittagessen zu uns auf die *Sapphire*, wenn du hier fertig bist. Joe hat für die Kinder Cheeseburger und Tamales zubereitet.«

Sie nickte und schwamm zu einem großen chinesischen Forschungsschiff zurück, das offiziell in Partnerschaft mit der vietnamesischen Regierung die Ausgrabungsarbeiten beaufsichtigte. Der Chefarchäologe des Projekts, Dr. Zhou, war von der Entdeckung genauso beeindruckt. Yan-Li überließ den Teller einem Team von Konservatoren und schwamm zu der in der Nähe ankernden *Sapphire* hinüber.

Eine üppige Mittagstafel war auf einem Klapptisch am Heck vorbereitet worden, und ihre Kinder futterten sich gerade durch knietiefe Makkaroni mit Käse. Kurt reichte Yan ein Badetuch und eine eisgekühlte Flasche Mineralwasser, nachdem sie an Bord geklettert war.

»Bei solchem Service verliere ich vielleicht die Lust, auf das chinesische Schiff zurückzukehren«, sagte sie.

»Und dabei hast du noch nicht mal von Joes Tamales gekostet«, erwiderte Kurt und zog einen Stuhl für sie heran.

»Ich bin so froh, dass du und Joe Zeit hattet, um zu der Ausgrabung zu kommen. Ich bin mir ein wenig seltsam vorgekommen, ohne dich mit den Arbeiten anzufangen.«

»Wir mussten noch ein paar wichtige Dinge bezüglich der Inventur von Mr. Emmersons Hinterlassenschaft klären.«

»Konntet ihr die Vector-Server aus dem Wrack des Ekranoplans bergen?«

»Ja. Sie haben alles vollkommen intakt überstanden und machten einen funktionsfähigen Eindruck.«

Joe erschien mit einem Teller heißer Tamales.

»Die sehen wirklich köstlich aus«, sagte Yan.

»Ein Rezept meiner Großmutter. Die besten im ganzen Land.«

Kurt warf einen Blick auf Ki-Song Island. »Ich glaube, du meinst damit Vietnam.«

»Sehr witzig. Nicht ganz so witzig ist die Tatsache, dass Rudi eben angerufen hat. Er wartet darauf, dass wir uns auf der Videoleitung melden.«

»Entschuldige uns«, sagte Kurt und nahm einen Bissen von einem der Tamales, ehe er Joe in den Salon folgte. »Deine Großmutter wusste offensichtlich genau, was sie in der Küche zu tun hatte.«

»Sie behauptete, dass mein Großvater nach einem Teller voll davon einen Bullen mit bloßen Händen in die Knie zwingen konnte.«

»Klingt, als wäre es genau das Richtige für uns, bevor wir uns Rudi zeigen.«

Gunn wartete geduldig auf dem Bildschirm, formell gekleidet in einem dunkelblauen Anzug und gelber Krawatte. »Tut mir leid, Sie beim Lunch zu stören, Kurt, aber ich habe gerade an einem Geheimdienst-Briefing in der City teilgenommen und wollte die guten Neuigkeiten mit Ihnen beiden teilen.«

»Haben Sie entschieden, uns die *Sapphire* zu überlassen und uns für den Rest des Jahres freizugeben?«, fragte Joe.

»Nein. Tatsächlich schulden Sie mir zwölfhundert Dollar. Und ich genehmige Ihnen drei freie Tage bis zu Ihrem nächsten Auftrag.«

»Für was denn zwölfhundert Dollar?«, fragte Kurt.

»Es ist eine Rechnung der CIA für eine Flasche Whisky, gekauft in Taiwan, auf Kosten der Regierung. Ich hoffe, sie hat geschmeckt.«

»Mehr als das – sie war überwältigend. Eine notwendige Ausgabe, die uns geholfen hat, Degra aus dem Gebäude zu holen.«

»Dies ist mit ein Grund meines Anrufs«, sagte Rudi. »Die NSA belohnt sie mit einer Belobigung für Ihren mutigen Einsatz zum Wohle der Nation.«

»Mit welcher Summe dürfen wir rechnen?«, fragte Joe pragmatisch.

»Mit keiner, fürchte ich. Und da es die NSA ist, bekommen Sie noch nicht einmal eine Urkunde, die Sie sich an die Wand hängen können. Aber Ihre Personalakte wird demnächst um einen wohlwollenden Brief reicher sein. Die Geheimdienst-Agenturen sind erfreut, dass Ihre diversen Aktivitäten keine unliebsamen Reaktionen ausgelöst haben. Die Chinesen glauben, dass Kinnard Emmersons Verschwinden dem Absturz seines Flugzeugs zuzuschreiben war, und äußern keine weiteren Vermutungen. Degra wurde lebend aufgestöbert, aber er wird wohl den Rest seiner Tage im Gefängnis verbringen, zusammen mit den überlebenden Mitgliedern von CIPHER. Und ich kann außerdem berichten, dass dank Ihrer geheimen Bergungsaktion nach Emmersons Absturz fünf Vector-Einheiten sicher in die Vereinigten Staaten zurückgekehrt sind.«

»Fünf Vector-Einheiten?«, fragte Joe. »Wir hatten doch sechs intakte Server geborgen, die wir unter Wasser zu einem Unterseeboot der Navy transportiert haben.«

»In der Tat.« Rudi wandte sich ab, als jemand außerhalb den Kamerabildes mit ihm sprach. »Entschuldigen Sie mich einen Moment.«

Joe warf Kurt einen kurzen Blick zu. Doch dieser reagierte lediglich mit einem Achselzucken. Eine Minute später kehrte Rudi mit einem Papier in der Hand zurück.

»Ich habe soeben diese Nachricht von Hiram erhalten. Er schreibt, dass Dr. Zhou, der Archäologe Ihres kleinen Unternehmens, die chinesischen Behörden darüber informiert hat, dass sie die *Seidener Drache* aufgrund einer Arkebuse, eines Fernrohrs und eines Porzellantellers aus der Qing Dynastie eindeutig identifizieren konnten. Er beantragte, dass die zehn Millionen Dollar Belohnung an Yan-Li und ihre Partner ausgezahlt werden sollen.«

»Das sind wirklich großartige Neuigkeiten«, sagte Joe.

»Warte einen Moment«, bremste Kurt. »Der Teller wurde doch erst vor zwanzig Minuten gefunden.«

»Wurde er das?«, fragte Rudi.

Joe sah Kurt leicht verwirrt an. »Du meinst doch nicht … der sechste Server?«

»Versichern Sie mir, dass er es nicht getan hat«, sagte Kurt zu Rudi.

»Wie ich schon erwähnt habe, offiziell gibt es keinen sechsten Server. Nach weiterer Analyse der Vorgänge entschied die National Security Agency, dass sich tatsächlich nur fünf Vector-Server an Bord des Ekranoplans befunden haben, als er unterging.«

»Ich verstehe«, sagte Kurt. »Und dieses separate achteckige Trümmerteil des Flugzeugwracks, das wir neben dem Navy-U-Boot ganz sanft auf den Meeresboden gestellt haben?«, fragte er.

»Hat ein neues Zuhause. Ein nettes ruhiges Plätzchen auf dem Meeresboden, wo es ganz tief und dunkel ist, wo eine ständige Strömung herrscht und in nächster Nähe der Hauptstrang eines internationales Glasfaserseekabels liegt.« Rudi lehnte sich in seinem Sessel nach vorn. »Natürlich haben Sie das nicht von mir gehört.«

Kurt schüttelte den Kopf. »In diesem Fall, Rudi, sollten Sie uns eine ausreichende Menge an Briefpapier zur Verfügung stellen.«

»Und warum das?«, fragte Rudi Gunn mit einem wissenden Grinsen.

»Weil ich das Gefühl habe, dass Joe und ich von jetzt an nur noch auf die altmodische Weise miteinander korrespondieren werden. Nämlich mit Schreibstift und Papier.«